यशस्वी भारत

मोहन भागवत

प्रभात
प्रकाशन

प्रकाशक • **प्रभात प्रकाशन प्रा. लि.**
4/19 आसफ अली रोड,
नई दिल्ली–110002

संस्करण • 2022
मूल्य • छह सौ रुपए
संपादन • श्री श्याम किशोर
मुद्रक • आर–टेक ऑफसेट प्रिंटर्स, दिल्ली

YASHASVI BHARAT *by* Shri Mohan Bhagwat ₹ 600.00
Published by Prabhat Prakashan Pvt. Ltd., 4/19 Asaf Ali Road, New Delhi-2
e-mail: prabhatbooks@gmail.com ISBN 978-93-90366-19-4

प्रस्तावना

'यशस्वी भारत' राष्ट्रीय स्वयंसेवक संघ के विद्यमान सरसंघचालक मा. मोहनजी भागवत के भिन्न-भिन्न प्रसंगों पर, भिन्न-भिन्न स्थानों पर दिए हुए भाषणों का संग्रह है। इस संग्रह में 2018 के सितंबर मास में दिल्ली में दिए गए दो भाषणों तथा तृतीय दिन के प्रश्नोत्तरी का भी अंतर्भाव है। राष्ट्रीय स्वयंसेवक संघ को समझना वैसे आसान नहीं है। फिर भी यह संग्रह कुछ मूलभूत बातों पर अच्छा प्रकाश डालता है। जिनकी बुद्धि निर्मल है, ऐसे लोगों को संघ समझना, कुछ मात्रा में क्यों न हो, इस पुस्तक के पठन से आसान होगा।

संघ : सामाजिक क्षेत्र का अनन्वय* अलंकार

यह मैं इसलिए कह रहा हूँ, क्योंकि संघ को समझना आसान नहीं है। संघ की, जिसके साथ तुलना करें या साम्य बतलाएँ, ऐसी कोई संस्था या संगठन विश्व भर में नहीं है। संघ यानी एक प्रकार का सामाजिक क्षेत्र का 'अनन्वय' अलंकार है। साहित्य शास्त्र में जिसके साथ तुलना हो सके, ऐसा कोई उपमान नहीं मिलता, तब 'अनन्वय' अलंकार होता है। उसके उदाहरणस्वरूप एक श्लोक दिया जाता है—

गगनं गगनाकारं सागरः सागरोपमः।
रामरावणयोर्युद्धं रामरावणयोरिव।।

आकाश कितना बड़ा है? उत्तर है 'गगनाकारम्'। यानी आकाश इतना ही। सागर कितना गहरा है? उत्तर है सागरोपमः। यानी सागर की सागर के साथ ही तुलना की जा सकती है। वैसे ही राम-रावण का युद्ध। राम-रावण के युद्ध के समान ही है।

---

* अनन्वय : एक अर्थालंकर, जिसमें उपमेय स्वयं उपमान होता है

'उपमा' अलंकार के दो घटक रहते हैं। एक उपमेय और दूसरा उपमान। किसी सुंदर मुख को हम 'मुखचंद्र' कहते हैं। इसमें 'मुख' उपमेय है और 'चंद्र' उपमान। कभी हाथ की तुलना कमल से की जाती है और 'करकमल', यह शब्द प्रचलित होता है। इसमें 'कर' उपमेय है और 'कमल' उपमान। संघ की तुलना की जाए, ऐसी कोई अन्य संस्था न होने के कारण हम कहते हैं कि संघ संघ जैसा ही है। उसके संबंध में कोई उपमान नहीं है। इसलिए संघ समझना आसान नहीं है। प्रत्यक्ष अनुभव से यानी संघ की किसी शाखा में जाकर ही उसकी अनुभूति लेना आवश्यक है।

'धर्म' का व्यापक अर्थ

सरल शब्दों में बताना हो तो मैं कहूँगा कि संघ हिंदुओं का संगठन करता है। प्रश्न है कि 'हिंदू' क्या है? हम निश्चिंतता से कह सकते हैं कि हिंदू धर्म है। किंतु ध्यान में रखना होगा कि 'धर्म' का अर्थ बहुत व्यापक है। अंग्रेजी भाषा में उसका समुचित पर्याय उपलब्ध नहीं है। अंग्रेजी में अकसर 'धर्म' का 'रिलिजन' पर्याय दिया जाता है; किंतु यह पर्याय अपर्याप्त है। मैं यहाँ कुछ शब्दों का उदाहरण देता हूँ—'धर्मशाला'। क्या अंग्रेजी में इसका अनुवाद 'रिलिजस स्कूल' करेंगे? 'धर्मार्थ अस्पताल'। क्या यह 'हॉस्पिटल फॉर रिलिजंस' है। 'राजधर्म', क्या यह राजा का 'रिलिजन' है, जो प्रजा का नहीं है? और 'पुत्रधर्म' क्या यह बेटे का रिलिजन है, जो उसके माता-पिता का नहीं है?

यहाँ मैं थोड़ा विस्तार कर रहा हूँ। हम अपने लिए कितना भी बड़ा भवन बनाएँ, वह 'धर्म' नहीं होता। हम जब औरों के लिए 'भवन' स्थापित करते हैं, तब 'धर्मशाला' खड़ी होती है। हम अपने या अपने परिवार के लिए दवाइयों का कितना भी बड़ा भंडार बनाएँ, वह 'धर्म' नहीं होता। जब अन्य लोगों के लिए निःशुल्क चिकित्सा की व्यवस्था खड़ी करते हैं, तब 'धर्मार्थ अस्पताल', यह फलक लगाने की योग्यता हम प्राप्त करते हैं। 'राजधर्म' यानी राजा के वे कर्तव्य, जो उसको प्रजा के साथ जोड़ते हैं और 'पुत्रधर्म', यानी पुत्र के वे कर्तव्य, जो उसे माता-पिता के साथ जोड़ते हैं। तो 'धर्म' व्यक्ति को व्यापक अस्तित्व के साथ जोड़ने का साधन है। कितनी व्यापकता? इसकी कोई सीमा नहीं है। 'महाभारत' कहता है कि 'धारणाद् धर्म इत्याहुः धर्मो धारयति प्रजाः', यानी जो 'धारण' यानी पोषण करता है, उसे धर्म कहते हैं और धर्म 'प्रजा' की धारणा करता है तथा प्रजा यानी केवल 'मानव' नहीं, 'प्रजा' में पशु-पक्षियों सहित संपूर्ण सृष्टि सम्मिलित है। वृक्ष है, पर्वत हैं, नदियाँ भी हैं। इनको जोड़ने की जो व्यवस्था है,

उसे 'सृष्टिधर्म' कहा है। अत: हिंदू समाज के लिए केवल 'मानव धर्म' पर्याप्त नहीं है। पशु और पक्षियों में भी भगवान् का अस्तित्व है, ऐसी उसकी मान्यता है। 'गौ' गोमाता बनती है। इसी तरह 'गंगा' केवल पानी का प्रवाह नहीं रहती, वह 'गंगामैया' बनती है। हिमालय को महाकवि कालिदास ने 'देवतात्मा' कहा है। इस प्रकार हिंदू धर्म संपूर्ण सृष्टि को जोड़ता है। व्यक्ति, समष्टि यानी मानव समाज और सृष्टि, यानी मानवेतर अस्तित्व, इनके साथ-साथ हिंदू धर्म परमेष्ठी तत्त्व के साथ भी जोड़ता है। यह अंग 'रिलिजन' बन सकता है। तो 'धर्म' की संपूर्ण और सम्यक् संकल्पना है, व्यक्ति, समष्टि, सृष्टि और परमेष्ठी यानी परमात्मा। हिंदू इस अर्थ में 'धर्म' है। 'हिंदू धर्म' है।

विविधता का समादर

परमेष्ठी तत्त्व के भी अनेक रूप हो सकते हैं, ऐसी हिंदुओं की मान्यता है। वेदों में इंद्र और वरुण दो प्रमुख देवता हैं, लेकिन इन देवताओं के मंदिर नहीं हैं। जिनके मंदिर हैं, जैसे शिव मंदिर, विष्णु मंदिर, राम मंदिर, कृष्ण मंदिर, दुर्गा मंदिर आदि, इनके नाम भी वेदों में नहीं हैं। राम और कृष्ण तो ऐतिहासिक पुरुष भी हैं। कई लोग मूर्तिपूजा में विश्वास रखते हैं, उन्हें मूर्ति का रूप और आकार चुनने की स्वतंत्रता है। कोई मूर्तिपूजा को ठीक नहीं मानते, उनको भी 'हिंदू' में स्थान है। नए-नए देवतास्वरूप आ गए हैं। आधुनिक काल में 'साईं मंदिर' बने हैं, 'संतोषी माता' के भी मंदिर हैं। गजानन महाराज का देवस्थान है। इन सबका अस्तित्व 'हिंदू धर्म' को मान्य है। इसलिए डॉ. सर्वपल्ली राधाकृष्णन ने कहा है कि Hinduism is not a religion, it is a common-wealth of many religions. अर्थ है हिंदू एक 'रिलिजन' नहीं है, अनेक रिलिजनों का वह महासंघ है। शर्त केवल इतनी ही है कि राम का मंदिर तोड़कर साईं मंदिर नहीं बनना चाहिए।

इसलिए 'हिंदू' संकल्पना में वेदों का प्रामाण्य न माननेवाले जैन और बौद्ध, मूर्तिपूजा का विरोध करनेवाले आर्यसमाजी, इन सबका अंतर्भाव है। हमारा विद्यमान संविधान भी बताता है कि हिंदुओं को जो लागू है, वह जैनों, बौद्धों तथा सिखों को भी लागू है। क्योंकि ये सब रिलिजंस कहिए, मजहब कहिए, संप्रदाय कहिए, माननेवाले लोग अपने रिलिजन का अभिमान तो धारण करते हैं, किंतु अन्य भी पंथ, संप्रदाय रह सकते हैं, उनको भी अस्तित्व का अधिकार है, ऐसी उनकी मान्यता है। इस प्रकार मान्यता यदि ईसाई व इसलामी मतवाले भी देंगे तो वे भी 'हिंदू' धर्म की व्यापक परिधि में आ जाएँगे।

एक उदाहरण

यहाँ मैं मेरे जीवन का एक प्रसंग बताता हूँ। मैं 17 वर्षों तक नागपुर के हिस्लॉप कॉलेज में, जो 'चर्च ऑफ स्कॉटलैंड' द्वारा संचालित है, प्राध्यापक रहा। बात 1956–57 की होगी। मेरे से आयु में करीब दो दशक बड़े एक ईसाई प्राध्यापक ने पूछा, 'मिस्टर वैद्य, क्या मैं आर.एस.एस. का मेंबर बन सकता हूँ?' मैंने उत्तर दिया, 'हाँ, अवश्य बन सकते हैं।' उनका प्रश्न आया, 'मुझे क्या करना पड़ेगा?' मैंने उत्तर दिया, 'आप चर्च के साथ जुड़े रह सकते हैं, 'बाइबल' को आप पवित्र किताब के नाते शिरोधार्य मान सकते हैं तथा ईसामसीह को भगवान् का पुत्र मान सकते हैं।' मैं उनकी मुद्रा पर आश्चर्य के भाव देख रहा था। हमारा संभाषण अंग्रेजी में चल रहा था। मैंने आगे कहा कि "But you have to accept the validity of other faiths and religions also." (आपको अन्य पंथ और मजहब भी सही हो सकते हैं, यह मानना पड़ेगा)। तुरंत उन्होंने जवाब दिया कि 'मैं यह नहीं मानूँगा। क्योंकि मैं यह मानूँगा तो मैं अपने रिलिजन का प्रसार नहीं कर सकूँगा।' अंत में मैंने कहा कि 'आप आर.एस.एस. के सदस्य नहीं बन सकते।' हिंदू धर्म जैसा ऊपर बताया, सब पंथों, संप्रदायों, आस्थाओं, मजहबों और रिलिजनों का समादर करता है। रा.स्व. संघ की 'हिंदू धर्म' की यह मूलभूत अवधारणा है।

'राष्ट्र' और 'राज्य'

इस धर्म को माननेवाले लोगों का नाम हिंदू है। अतः यह 'हिंदू राष्ट्र' है। 'राष्ट्र' यानी लोग होते हैं। 'राज्य' एक अलग अवधारणा है, तो 'राष्ट्र' अलग अवधारणा है। एक 'राष्ट्र' में अनेक 'राज्य' रह सकते हैं। आप भारतवर्ष का इतिहास देखेंगे तो पाएँगे कि इसमें अनेक 'राज्य' रहे हैं। जब अलेक्जेंडर का आक्रमण हुआ था, तब पाटलिपुत्र में नंद साम्राज्य था तो सीमावर्ती भाग में अनेक छोटे-मोटे गणराज्य थे। पोरस का भी एक राज्य था। हम लोग जानते हैं कि भगवान् बुद्ध का जन्म एक गणराज्य में ही हुआ था, किंतु भारत राष्ट्र एक था। आदि शंकराचार्य ने चार मठों की स्थापना की। वे भारत की चारों दिशाओं में आज भी विद्यमान हैं। दक्षिण में श्रृंगेरी, पूर्व में जगन्नाथपुरी, उत्तर में बदरीनाथ और पश्चिम में द्वारका। पवित्र गंगाजल रामेश्वरम् को ले जाने की प्रथा, जो अभी भी चल रही है, बहुत पुरानी है। इसी प्रकार एक राज्य में अनेक राष्ट्र रह सकते हैं। 1985 तक रूस में यानी यू.एस.एस.आर. में (यूनियन ऑफ सोवियत सोशलिस्ट रिपब्लिक्स) अनेक राष्ट्र सम्मिलित थे। जैसे ही रूस

की शक्ति कम हो गई, वे सारे राष्ट्र अलग हो गए। जैसे अजरबैजन, ताजकिस्तान, तुर्कमेनिस्तान, लेटेनिया आदि। युगोस्लाविया में भी 1990 तक तीन राष्ट्र विलीन थे। वे अब स्वतंत्र हो गए हैं। राज्य का आधार कानून होता है। कानून वे नियम होते हैं, जिनके समर्थन में दंडशक्ति (सेना और पुलिस) खड़ी रहती है। सुप्रसिद्ध इंग्लिश ग्रंथकार अर्नेस्ट बार्कर लिखते हैं—

"The State is a legal association. It exists for law, it exists in and through law : we may even say it exits as law; if by law, we mean not only a sum of legal rules, but also, and in addition, an operative system of effective rules which are actually valid and regularly enforced. The essence of the State is a living body of effective rules; and in that sense the State is law." (Principles of Social and Political Theory, page 89)

(भावार्थ—राज्य कानून के द्वारा बनी हुई व्यवस्था होती है। वह कानून के लिए अस्तित्व में रहती है। कानून यानी केवल नियम नहीं होते, अपितु उनको अमल में लाने की एक परिणामकारक व्यवस्था भी होती है। अत: संक्षेप में कहें तो राज्य परिणामकारक नियमों की जीवमान संस्था रहती है और राज्य यानी कानून ही होता है)। तात्पर्य यह है कि 'राज्य' एक राजकीय व्यवस्था होती है और कानून से वह ठीक चले, इसलिए उसके पीछे दंडशक्ति यानी पुलिस और सेना उपस्थित होती है। इस दंडशक्ति के कारण ही कानून परिणामकारक होता है।

'राष्ट्र' यानी लोग होते हैं। लोगों का राष्ट्र बनने के लिए तीन प्रमुख शर्तें हैं— 1. जिस भूमि पर वे लोग रहते हैं, उस भूमि के प्रति उनकी मनोभावना। यदि वे अपने देश को माता या पिता मानते हैं तो वह मातृभूमि या पितृभूमि होती है। ऐसी भावना जिनकी होती है, उनका राष्ट्र बनता है। 2. अपने पूर्वजों के प्रति सम्मान भावना और 3. तीसरी तथा सबसे महत्त्व की शर्त है उनकी समान मूल्य व्यवस्था। हिंदुस्तान की भूमि में रहनेवाले लोग ये तीनों शर्तें पूरी करते हैं। 'भारत माता की जय' कहने में उनको अभिमान होता है। 'वंदे मातरम्' का उच्चार करने पर उन्हें आनंद की अनुभूति होती है। राम, कृष्ण, चंद्रगुप्त, अशोक, छत्रपति शिवाजी आदि महापुरुष अपने पूर्वज लगते हैं और अच्छा-बुरा मानने का उनका समान मानदंड होता है। यह मूल्य-व्यवस्था है। विविधता का आदर, विविधता में एकता की अनुभूति। 'एकं सत् विप्रा बहुधा वदन्ति', ये सारी मान्यताएँ उनकी मूल्यव्यवस्था के मानदंड हैं। अत: यह हिंदू राष्ट्र है। मैं यहाँ अर्नेस्ट रेना नाम के फ्रेंच ग्रंथकार के अनमोल विचार प्रस्तुत कर रहा हूँ। 'What is a Nation' पुस्तक उनकी मूल फ्रेंच पुस्तक का अनुवाद है। रेनाँ लिखते हैं—"The soil provides the substratum, the field for struggle and labour, man provides the soul. Man is everything in the formation of this sacred thing that we call people. Nothing that is material suffices here. A nation is a spiritual principle, the result of the intricate workings of history, a spiritual family and not a group determined by the configuration of the earth."

He adds–"Two things which are really one go to make this soul of spiritual principle. One of these things lies in the past, the other in the present. The one is the possession in common of a rich heritage of memories and the other is actual agreement, the desire to live together and the will to make the most of the joint inheritance. Man cannot be improvised. The sacrifice and devotion... To share the glories of the past, and a common will in the present, to have done great good deeds together and to desire to do more these are essential conditions of a people's being." (Modern Political Thought, page 764, 765)

(भावानुवाद—भूमि मानव के संघर्ष की और परिश्रम की आधारभूत होती है। किंतु राष्ट्र को आत्मतत्त्व मानव ही स्वयं देता है। जिसे हम राष्ट्र कहते हैं, उसकी रचना मानव ही करता है, भू-भाग नहीं। राष्ट्र एक आध्यात्मिक तत्त्व है। अनेक ऐतिहासिक प्रसंगों से वह बनता है। यह आत्मतत्त्व या आध्यात्मिक तत्त्व दो बातों से, जो वह वस्तुत: एक ही है, बनता है। एक बात भूतकालीन होती है और दूसरी वर्तमानकालीन। पहली भूतकालीन स्मृतियों का समृद्ध उत्तराधिकार होता है और दूसरी बात होती है एकत्र रहने की मनीषा और संयुक्त उत्तराधिकार से जो प्राप्त हुआ है, उसका अधिकतम सदुपयोग करने की उत्कट इच्छा। परिश्रम, त्याग और निष्ठा इनसे जो प्रदीर्घ भूतकाल संपन्न हुआ होता है, उस भूतकाल से जिस प्रकार व्यक्ति का व्यक्तित्व बनता है, वैसे ही राष्ट्र का व्यक्तित्व भी बनता है। राष्ट्रतत्त्व की संकल्पना सिद्ध होने के लिए पराक्रमयुक्त भूतकाल, महान् व्यक्ति और उनके बारे में गौरव की भावना तथा उस गौरव की समान अनुभूति एवं वर्तमान के संबंध में समान मनीषा, सभी ने मिलकर पूर्व में महान् कार्य किया है, ऐसी अनुभूति और उससे भी अधिक श्रेष्ठ करने की अभिलाषा राष्ट्र के अस्तित्व के लिए आवश्यक शर्तें हैं)।

संक्षेप में, राष्ट्र और राज्य इन संकल्पनाओं का अंतर हमने नित्य ध्यान में

रखना चाहिए। शासनकर्ताओं को भी 'राज्य', 'राष्ट्र' के अनुकूल कैसे रहे, इसकी चिंता करनी चाहिए।

यह हिंदू राष्ट्र है, इसलिए मैं कहूँगा कि यह हिंदू राष्ट्र है। हिंदू राष्ट्रीय समाज है। यह समाज अनेक कारणों से दुर्बल हो गया था। भाषाएँ और बोलियाँ अनेक होना स्वाभाविक है, किंतु उनके कारण अलगाव बढ़ा। जातियाँ भी अनेक थीं और आज भी हैं। उन जातियों के लोगों को अपनी जाति के संबंध में इतना अहंकार उत्पन्न हुआ कि पूरा राष्ट्र दुर्बल हो गया। विदेशी आक्रांताओं ने इस भूमि पर कब्जा किया। हम हिंदू करीब हजार वर्षों तक परकीय आक्रांताओं के गुलाम रहे। इन सब जातियों, भिन्न-भिन्न भाषा बोलनेवाले लोगों, जो सारे हिंदू समाज के अंग थे, को संगठित करने का काम 1925 में राष्ट्रीय स्वयंसेवक संघ ने प्रारंभ किया। संघ के संस्थापक थे डॉ. केशव बलिराम हेडगेवार। उन्होंने यह समाज संगठन का काम प्रारंभ किया, जो आज संपूर्ण देश में विस्तारित और व्याप्त है। डॉ. हेडगेवार संघ के आद्य सरसंघचालक थे। इसी संगठन के वर्तमान संघचालक डॉ. मोहनजी भागवत हैं। इस 'यशस्वी भारत' पुस्तक में उन्होंने जो मूल रूप में कहा है, उसका मैं यहाँ संक्षेप में निर्देश करता हूँ :

1. यह 'यशस्वी भारत' पुस्तक के प्रथम प्रकरण का शीर्षक है, 'हिंदू, विविधता में एकता के उपासक'। हम स्वस्थ समाज की बात करते हैं, तो उसका आशय 'संगठित समाज' होता है (पृष्ठ 27)।
2. हम को दुर्बल नहीं रहना है, हम को एक होकर सबकी चिंता करनी है।
3. भारत की परंपरागत संस्कृति के आधार पर पूर्व में कभी इस भारत का जो चित्र दुनिया में था, वह अत्यंत परम वैभव-संपन्न, शक्ति-संपन्न राष्ट्र के रूप में था और परम वैभव, शक्ति-संपन्न होने के बाद भी दुनिया के किसी देश को न रौंदनेवाला था। उलटा सारी दुनिया को एक सुख-शांतिपूर्वक जीने की सीख अपने जीवन से देनेवाला भारत है (पृष्ठ 45)।
4. हमारा काम सबको जोड़ने का है।
5. संघ में आकर ही संघ को समझा जा सकता है।
6. संगठन ही शक्ति है। विविधतापूर्ण समाज को संगठित करने का काम संघ करता है।

7. राष्ट्रीयता ही संवाद का आधार हो। वैचारिक मतभेद होने के बाद भी एक देश के हम सब लोग हैं और हम सबको मिलकर इस देश को बड़ा बनाना है। इसलिए हम संवाद करेंगे (पृष्ठ 73)।
8. संघ का काम व्यक्ति-निर्माण का है। व्यक्ति निर्मित होने के बाद वे समाज में वातावरण बनाते हैं। समाज में आचरण में परिवर्तन लाने का प्रयास करते हैं। यह स्वावलंबी पद्धति से, सामूहिकता से चलनेवाला काम है।...संघ केवल एक ही काम करेगा—व्यक्ति-निर्माण, लेकिन स्वयंसेवक समाज के हित में जो-जो करना पड़ेगा, वह करेगा (पृष्ठ 205)।
9. भारत से निकले सभी संप्रदायों का जो सामूहिक मूल्यबोध है, उसका नाम 'हिंदुत्व' है।
10. हमारा कोई शत्रु नहीं है, न दुनिया में है, न देश में। हमारी शत्रुता करनेवाले लोग होंगे, उनसे अपने को बचाते हुए भी हमारी आकांक्षा उनको समाप्त करने की नहीं, उनको साथ लेने की है, जोड़ने की है। यह वास्तव में हिंदुत्व है (पृष्ठ 221)।
11. परंपरा से, राष्ट्रीयता से, मातृभूमि से, पूर्वजों से हम सब लोग हिंदू हैं। यह हमारा कहना है और यह हम कहते रहेंगे (पृष्ठ 257)।
12. हमारा कहना है कि हमारी जितनी शक्ति है, हम करेंगे, आपकी जितनी शक्ति है, आप करो, लेकिन इस देश को हमको खड़ा करना है। क्योंकि संपूर्ण दुनिया को आज तीसरा रास्ता चाहिए। दुनिया जानती है और हम भी जानें कि तीसरा रास्ता देने की अंतर्निहित शक्ति केवल और केवल भारत की है (पृष्ठ 276)।
13. देशहित की मूलभूत अनिवार्य आवश्यकता है कि भारत के 'स्व' की पहचान के सुस्पष्ट अधिष्ठान पर खड़ा हुआ सामर्थ्य-संपन्न व गुणवत्तावाला संगठित समाज इस देश में बने। यह हमारी पहचान हिंदू पहचान है, जो हमें सबका आदर, सबका स्वीकार, सबका मेल-मिलाप व सबका भला करना सिखाती है। इसलिए संघ हिंदू समाज को संगठित व अजेय सामर्थ्य-संपन्न बनाना चाहता है और इस कार्य को संपूर्ण संपन्न करके रहेगा (पृष्ठ 279)।

इस प्रस्तावना के समारोप के अवसर पर मैं आग्रह से प्रार्थना करता हूँ कि वर्तमान पीढ़ी इस 'यशस्वी भारत' को पढ़े। उसमें व्यक्त किए गए विचारों पर विचार करे। संघ समझने का अर्थ संघ की अनुभूति है। इसलिए हम यथासंभव शाखा के कार्य से जुड़ें और सामाजिक एकता तथा सामाजिक समरसता का अनुभव लेकर अपना जीवन समृद्ध एवं सार्थक बनाएँ।

इति शुभ।

—मा.गो. वैद्य

80, विद्या विहार कॉलोनी
रिंग रोड, राणा प्रताप नगर,
नागपुर-440022 (महाराष्ट्र)
इ-मेल : babujivaidya@gmail.com

अनुक्रम

प्रस्तावना *5*

1. राष्ट्रीयता हो संवाद का आधार 17
2. हिंदू : विविधता में एकता के उपासक 27
3. संकल्पित हों हिंदू 37
4. बदलना होगा समाज का आचरण 43
5. आंबेडकर और उनका भारत 61
6. देश का भवितव्य 76
7. अहिंसा : सिद्धांत और आचरण 90
8. विकास की अवधारणा 97
9. अमर राष्ट्र भारत 105
10. स्त्री सशक्तीकरण : चाहिए अपना विमर्श 118
11. संघ : एक विचार 138
12. चाहिए संपूर्ण समाज का बल 155
13. संघ का दृष्टिकोण 171
14. संघ का कार्य : व्यक्ति-निर्माण 205
15. संघ विषयक कुछ जिज्ञासाएँ 232
16. समापन 275
17. भारत के 'स्व' की पहचान 279

राष्ट्रीयता हो संवाद का आधार

छोटे-छोट स्वार्थ सबके अलग-अलग हैं। विविधताओं से भरा हुआ देश है। पंथ, संप्रदाय, जाति, उपजाति, भाषा, प्रांत कितनी सारी बातें हैं। इन सबको एक रसायन के आधार पर उनकी विविधता-विशेषता कायम रखते हुए और हजारों वर्षों से एक दिशा में चलनेवाली जो राष्ट्रीयता है, उसके आधार पर सबका विचार स्पष्ट हो, उसके आधार पर समाज में संवाद चले। स्वतंत्रता के बाद ऐसा होना चाहिए था, लेकिन आज तक ऐसा नहीं हुआ।

अपरिवर्तनीय है परिवर्तन का नियम

परिवर्तन यह अपरिवर्तनीय नियम है, ऐसा कहते हैं। समय के अनुसार यात्रा अपनी चलती रहे, इसलिए जो-जो परिवर्तन करना पड़ता है, वह करते हैं। वैसा ही 'पाञ्चजन्य' और 'ऑर्गनाइजर' के बारे में हुआ है और थोड़ा पहले होता तो और अच्छा होता, लेकिन ठीक है। अब यह जो दृष्टि है कि समय के अनुसार कुछ बदलना है, वह दृष्टि स्थापित हो गई और चलती रहेगी। क्या परिवर्तन होना चाहिए,

> *परिवर्तन यह एक अपरिवर्तनीय नियम है, परंतु परिवर्तनशील दुनिया का जो मूल सत्य है, वह शाश्वत है और वह अपरिवर्तनीय है। परिवर्तन हितकारी हो, इसलिए अपरिवर्तनीय जो है, उसका मान रखकर चलना पड़ता है। तभी परिवर्तन भी सफल होता है।*

* 24 मार्च, 2014, नई दिल्ली; 'पाञ्चजन्य' एवं 'ऑर्गेनाइजर' के पत्रिका स्वरूप का लोकार्पण कार्यक्रम

कहाँ-कहाँ आगे बढ़ना चाहिए, यह कैसा चलना चाहिए, गोयनकाजी स्वयं पत्रकारिता में इतने वर्षों से काम कर रहे हैं कि मैं नहीं मानता हूँ कि उनसे अधिक सलाह और कोई देगा। मैं एक दूसरी बात कहने के लिए खड़ा हूँ। परिवर्तन यह एक अपरिवर्तनीय नियम है, परंतु परिवर्तनशील दुनिया का जो मूल सत्य है, वह शाश्वत है और वह अपरिवर्तनीय है। परिवर्तन हितकारी हो, इसलिए अपरिवर्तनीय जो है, उसका मान रखकर चलना पड़ता है। तभी परिवर्तन भी सफल होता है।

शाश्वत बात क्या है, कागज बदले, आकार बदले, रंग बदले, सब बदले, परंतु जो करने के लिए ये सारे बदलाव करते हैं, वह न बदले, आखिर यह समाचारों का आदान-प्रदान वृत्तपत्रों के द्वारा, फिर दूरदर्शन के द्वारा और आजकल अंतरतानों के द्वारा ऐसा एक सिस्टम चल रहा है, उसके पहले भी होता था, लेकिन उसके पहले लोग जाते थे, गाँव-गाँव जाते थे, प्रवचन करते थे, कथाएँ करते थे, समाचार बताते थे, इतिहास बताते थे। माध्यमों का वह प्रकार उस समय था।

'पाञ्चजन्य' और 'ऑर्गनाइजर' के कार्यकर्ताओं को यह बताने की आवश्यकता नहीं है, मैं केवल स्मरण दिला रहा हूँ। समाचार-पत्र, प्रचार-पत्र, विचार-पत्र, एक-एक प्रकार को चलाना भी बहुत कठिन हो गया है। ऐसे समाचार-पत्र की अथवा प्रचार-पत्र की अथवा विचार-पत्र की चिंता करनेवाले अच्छे-अच्छे व हट्टे-कट्टे लोगों को लगता था कि आज चट्टान जैसे ये जो खड़े हैं, कोई हवा इनको डिगा नहीं सकती, लेकिन ऐसी चिंता करने से काम उनके पास आ गया तो नींद की गोलियाँ खाना उनका प्रारंभ हो जाएगा, यह मैंने स्वयं देखा है। इसलिए यह यात्रा कठिन है। परंतु तीनों की थोड़ी-थोड़ी भूमिका निभाते हुए और उनको चलाते रहना, यह और भी कठिन है। यह कार्य इतने दिनों से कर रहे हैं, उसकी आदत हो गई है। अनुकूलता में ही ज्यादा सावधान रहना पड़ता है। कठिनाइयों में तो कैसे चलना है, इसकी तो बहुत आदत है। अनुकूलता उत्पन्न हुई तो कभी-कभी यह लगता है कि संकट आया, गया। ऐसा न लगने देते हुए और पर्याप्त सावधानी रखकर इन सबको करना पड़ता है, वह भी करना पड़ेगा।

शाश्वत बात क्या है, कागज बदले, आकार बदले, रंग बदले, सब बदले, परंतु

जो करने के लिए ये सारे बदलाव करते हैं, वह न बदले, आखिर यह समाचारों का आदान-प्रदान वृत्तपत्रों के द्वारा, फिर दूरदर्शन के द्वारा और आजकल अंतरतानों के द्वारा ऐसा एक सिस्टम चल रहा है, उसके पहले भी होता था, लेकिन उसके पहले लोग जाते थे, गाँव-गाँव जाते थे, प्रवचन करते थे, कथाएँ करते थे, समाचार बताते थे, इतिहास बताते थे। माध्यमों का वह प्रकार उस समय था। अब आज का प्रकार है, जब यह प्रकार है, तो उसको करना है, परंतु किसको करना है, विचार की स्पष्टता होनी चाहिए और संवाद उत्पन्न होना चाहिए। संवाद माध्यम ही है, वैसे और आज देखते हैं चित्र, तो ऐसे लगता है कि संवाद माध्यमों से विसंवाद ज्यादा पैदा होता है। वास्तव में माध्यमों का काम जन प्रबोधन और जनों में संवाद पैदा करना है। समाज के सारे जो व्यापार चलते हैं, खेती-नौकरी से लेकर राजनीति तक, वह समाज चलाने के लिए हैं।

संवाद बिन समाज अधूरा

जिस समाज में संवाद नहीं है, वह आदि समाज कैसे आगे बढ़ेगा। संवाद उत्पन्न होने के लिए गंतव्य की स्पष्टता चाहिए। मैं कौन हूँ, इसकी स्पष्टता चाहिए, मुझे कहाँ जाना है और मैं कौन हूँ, उसके संदर्भ में परिस्थितियों का कैसे हमें विचार करना है, इसकी स्पष्टता चाहिए। वह स्पष्टता उत्पन्न करना और वह संवाद उत्पन्न करना। संघ के स्वयंसेवकों के द्वारा जीवन के अन्य-अन्य क्षेत्रों में ये जो सारे कार्य और प्रकल्प खड़े किए गए हैं, वे इसलिए नहीं खड़े किए गए हैं कि उनसे कोई प्रभाव पैदा होगा। प्रभाव पैदा होता है, उनका कोई इलाज नहीं है।

संघ के स्वयंसेवक व्यक्ति-निर्माण का, संघ का कार्य चलाए रखते हुए अन्य-अन्य कार्यों में क्यों गए हैं। इसलिए कि संपूर्ण समाज को एक विशिष्ट दिशा में चलाना है और संपूर्ण समाज को जोड़कर रखना है। इस दृष्टि से समाज के सभी क्रियाकलापों में कुछ परिवर्तन की आवश्यकता है। यह परिवर्तन करने के लिए वहाँ वे लोग गए हैं। क्योंकि विचार के बारे में हम सब लोग भ्रमित हैं। जैसे छोटी बात मैं बताता हूँ, राष्ट्रवादी पत्रकारिता अब राष्ट्रवाद का विषय है नहीं, वह एक सत्य है। लेकिन भाषा जो आती है, उसी के शब्दों का उपयोग हम करते हैं। सोचकर बोलनेवाला शब्दों को परिवर्तित कर देता है।

पूजनीय बालासाहब ने एक बार कहा था कि 'हिंदुत्ववाद' कहते हैं, यह गलत शब्द है, हिंदुत्व शब्द है, यह हिंदुइज्म नहीं है, 'हिंदुनेस' है। इसलिए राष्ट्रवाद भी राष्ट्रीय पत्रकारिता वाली बात है। विचारधाराएँ अनेक हो सकती हैं, उस परिस्थिति में

उस समय क्या करना है, इसके अनेक दृष्टिकोण हो सकते हैं, अनेक मत हो सकते हैं, परंतु एक बात पक्की होनी चाहिए कि हम एक राष्ट्र हैं, लेकिन उसके बारे में एक भ्रम है, इसलिए हम देखते हैं कि वह भी एक खूँटा है, जहाँ सारी बातें जन-जन से एक दिशा में जाती हैं। वहाँ बँधी नहीं रहने से वे भटकती हैं।

वह नीचे का आधार जब छूट जाता है, तो हवा उसको कहाँ उड़ा ले जाएगी और क्या-क्या उसकी गति करेगी, इसका कोई भरोसा नहीं है। ऐसे समाज के सब लोगों में एक मूल बात हम कौन हैं, हम क्या हैं, हम एक हैं, इसका आभास होना अत्यंत आवश्यक है। ऐसे राष्ट्र को निर्देश करने के लिए कौन से शब्द का उपयोग करना है, यह अपना-अपना मत होता है, लेकिन एक राष्ट्र है और वह राष्ट्र यानी संयोग से एकत्र हुए लोगों में कोई स्वार्थ सामूहिक रूप से पूरा करने के लिए, कोई तंत्र उत्पन्न करके, जबरदस्ती थोपी हुई एकता नहीं है।

पतंग आसमान में खुला विचरण करती है, पतंग उड़ाते हैं हम लोग, कई बार हवा की दिशा से इधर-उधर जा सकती है, लेकिन जब तक नीचे किसी के हाथ में उसकी डोरी है, तब तक वह विचरण करती रहेगी। वह नीचे का आधार जब छूट जाता है, तो हवा उसको कहाँ उड़ा ले जाएगी और क्या-क्या उसकी गति करेगी, इसका कोई भरोसा नहीं है। ऐसे समाज के सब लोगों में एक मूल बात हम कौन हैं, हम क्या हैं, हम एक हैं, इसका आभास होना अत्यंत आवश्यक है। ऐसे राष्ट्र को निर्देश करने के लिए कौन से शब्द का उपयोग करना है, यह अपना-अपना मत होता है, लेकिन एक राष्ट्र है और वह राष्ट्र यानी संयोग से एकत्र हुए लोगों में कोई स्वार्थ सामूहिक रूप से पूरा करने के लिए, कोई तंत्र उत्पन्न करके, जबरदस्ती थोपी हुई एकता नहीं है।

विविधता हमारी विशेषता

संपूर्ण सृष्टि के मूल में जो एकता है, उसे प्रत्यक्ष साक्षात्कार करने के बाद उस एकता के भान में से पैदा हुआ यह आत्मीय संबंध है। इसलिए चाहे जिसका दबाव बनाओ और छोटे-छोटे स्वार्थ अलग प्रकार के हों, हम लोग एक घर के, एक बनकर रहेंगे, इस प्रकार के दृढ़ भाव से सब लोगों को जवान, वृद्ध, महिला-पुरुष, जंगलों में रहनेवाले वनवासियों से लेकर अंतरराष्ट्रीय उद्योग चलानेवाले उद्योगपतियों तक को

ओत-प्रोत होने की पहली आवश्यकता है। जिस सत्य के आधार पर हमारा यह राष्ट्र बना है, उस सत्य की अपेक्षा में हमारा गंतव्य क्या होना चाहिए, सृष्टि के सारे क्रियाकलापों में योगदान देने के लिए हमारा कर्तव्य क्या होना चाहिए ? इसके बारे में सबकी समझ होनी चाहिए। यह गंतव्य और यह हमारा स्वरूप निश्चित होने के कारण उसके आलोक में आज की परिस्थिति में जो-जो यहाँ बिखरा है, उस पर क्या विचार करना है, क्या चर्चा करनी है, इसकी नीति उसके संदर्भ में बननी चाहिए। यह जब तक होगा नहीं, तब तक संवाद नहीं चलेगा, विसंवाद ही रहेगा। ये छोटे-छोटे स्वार्थ तो सबके अलग-अलग हैं, विविधताओं से भरा हुआ देश है। पंथ, संप्रदाय, जाति, उप-जाति, भाषा, प्रांत कितनी बातें हैं! इन सबको एक रसायन के आधार पर उनकी विविधता-विशेषता कायम रखते हुए, उनको बढ़ाते हुए, सब बातें होनी चाहिए और हजारों वर्षों से एक दिशा में चलानेवाली जो राष्ट्रीयता है, उस राष्ट्रीयता के आधार पर सबका विचार स्पष्ट हो, उस राष्ट्रीयता के आधार पर सब समाज में संवाद चले। ऐसा स्वतंत्रता के बाद होना चाहिए था, लेकिन आज तक ऐसा हुआ नहीं है।

छोटे-छोटे स्वार्थ तो सबके अलग-अलग हैं, विविधताओं से भरा हुआ देश है। पंथ, संप्रदाय, जाति, उप-जाति, भाषा, प्रांत कितनी बातें हैं! इन सबको एक रसायन के आधार पर उनकी विविधता-विशेषता कायम रखते हुए, उनको बढ़ाते हुए, सब बातें होनी चाहिए और हजारों वर्षों से एक दिशा में चलानेवाली जो राष्ट्रीयता है, उस राष्ट्रीयता के आधार पर सबका विचार स्पष्ट हो, उस राष्ट्रीयता के आधार पर सब समाज में संवाद चले। ऐसा स्वतंत्रता के बाद होना चाहिए था, लेकिन आज तक ऐसा हुआ नहीं है।

भौगोलिक एकता की घोषणा तो बहुत देर से हुई है, चर्चा तो बहुत हुई; लेकिन भौगोलिक एकता के पीछे भावना कौन सी है, इसकी स्पष्टता नहीं है। इसलिए स्पष्टता को उत्पन्न करना, उसके प्रकाश में परिस्थिति को कैसे देखना, इसके विचार समाज में लाते रहना—यह काम निरंतर करते रहनेवाले ये दो साप्ताहिक हैं और यही उनको करना है। यह काम स्वयंसेवकों ने इन दो नामों से प्रारंभ किया है और चला रहे हैं। उसके पीछे तो राष्ट्रीय स्वयंसेवक संघ नाम के संगठन में मिला संस्कार और प्रेरणा है। लेकिन वह संस्कार ही उनको कहता है कि मत अलग-अलग

हो सकते हैं, मन अलग-अलग नहीं होना चाहिए। हमारी तो पहले से परंपरा है, मतों को लेकर एक-दूसरे से वाद करना, शास्त्रार्थ करना किसलिए—तत्त्वबोध के लिए। यह हमारी परंपरा है और आज तो हमने प्रजातांत्रिक रूप को स्वीकार किया है। उसमें तो है ही कि मैं तुम्हारी बात को बिल्कुल भी नहीं मानता, लेकिन अपनी बात को तुम रख सको, इसके लिए मैं प्रतिबद्ध हूँ। इस प्रकार का वातावरण दिखता नहीं और इस प्रकार का वातावरण माध्यमों के कारण उत्पन्न हो रहा है, ऐसा भी दिखता नहीं। जन-प्रबोधन करनेवाले सबकी यह जिम्मेदारी है, दायित्व है, यह कर्तव्य है, जन-प्रबोधन करनेवाले सब लोगों का यह धर्म है।

सत्य का हो संचार

प्रिय ही क्यों, सत्य बोलना है तो सत्य तो कटु भी होता है। लेकिन सत्य बोलने के बाद आदमी जुड़ना चाहिए और आदमी जुड़े इसलिए असत्य मत बोलो। अप्रिय सत्य मत बोलो। यह कुशलतापूर्वक करने का काम है और समाज इसको कुशलतापूर्वक कर सके, इसलिए उसके प्रबोधन करने का कर्तव्य माध्यमों का होता है। जिस जमाने में वृत्तपत्र नहीं थे, प्रिंट मीडिया जिसको कहते हैं, नहीं था, विजुअल मीडिया नहीं था, ऐसा कुछ नहीं था, उस समय आदमी आदमी के पास जाता था। इसकी व्यवस्था थी, तरह-तरह के लोग, तरह-तरह के वेश बनाकर आते थे और ये सारी बातें बताते थे। खेल-खेल में बताते थे, अपनी आजीविका भी उस पर चलाते थे। अब वह समय गया। अब आते ही नहीं, लेकिन यह दायित्व तो है और दायित्व माध्यम होता है। उसको रिझानेवाली बात बननी चाहिए, कैसे बनेगी, नमक के घोल में सेर नमक को एक स्फटिक के रूप में जमा करना है, तो पहले किसी नमक के स्फटिक को बाँधकर उसमें टाँगना पड़ता है। घुला हुआ नमक अगर स्फटिक के रूप में फिर से लाना है, तो स्फटिक का रूप लेकर किसी को वहाँ अंदर घोल में रहना पड़ता है। वह स्वयं घुल न जाए, वह बना रहे स्फटिक के रूप में तब सारा नमक उस स्फटिक

जिस जमाने में वृत्तपत्र नहीं थे, प्रिंट मीडिया जिसको कहते हैं, नहीं था, विजुअल मीडिया नहीं था, ऐसा कुछ नहीं था, उस समय आदमी आदमी के पास जाता था। इसकी व्यवस्था थी, तरह-तरह के लोग, तरह-तरह के वेश बनाकर आते थे और ये सारी बातें बताते थे। खेल-खेल में बताते थे, अपनी आजीविका भी उस पर चलाते थे।

के नाते उसमें जमा होता है। तो उदाहरण के रूप में राष्ट्रीय पत्रकारिता को चलाना यह काम है। हम सब लोग यह कह सकते हैं, यह देख रहे हैं कि वर्षों की लंबी परंपरा में 'पाञ्चजन्य' और 'ऑर्गनाइजर' दो ऐसे नाम हैं, जिन्होंने इतने दशकों तक इस व्रत को अखंड-अक्षुण्ण रखा है। यह एक व्रतस्थ होकर अपनी परंपरा को अखंड-अक्षुण्ण रूप से निभाना, यह बात न बदलनेवाली बात है और उसका बार-बार पालन किया है। बाकी सब बदले, वह बदलना ही पड़ता है, समय के अनुसार रूप बदलना पड़ता है। लेकिन रूप के पीछे जो व्यक्ति है, अंदर का जो व्यक्त होता है, उस रूप के माध्यम से वह वहीं रहता है और वह समय को देखता है और उसके लिए चलता है, वह कालजयी बनता है। ऐसी कालजयी यात्रा जो करते हैं, उनके उद्घोष में यह सामर्थ्य रहता है कि सोए हुए को जगा सके। दुष्ट बुद्धिवाले को हटा सके और सज्जनों को उनका अधिकार दिला सके। सामान्य लोगों को उनका संदर्भ रहता है।

राम जन्मभूमि के आंदोलन में कौन समाचार ठीक रहेगा कौन नहीं, इसका कोई भरोसा नहीं था, तो आम जनता भी 'पाञ्चजन्य' और 'ऑर्गनाइजर' को देखने के लिए भागती थी कि वास्तव में क्या हो रहा है। क्योंकि उनको विश्वास था, उनके ऊपर कि सही क्या है, यह उनको यही बताएगा। यह एक विचारधारा की प्रेरणा है, एक संगठन के स्वयंसेवक हैं, परंतु वह संगठन ही ऐसा है और वह विचार ही ऐसा है, जो कहता है कि 'एकं सत् विप्रा बहुधा वदन्ति' कि सत्य एक है, इसलिए एक होकर सबको चलना चाहिए और विचार भी ऐसा है कि वह संगठन की उत्पत्ति नहीं है, वह तो अपने देश का सनातन काल से चलता आया हुआ विचार है, दुनिया का सत्य है, जिसको पहचानने की आवश्यकता आज दुनिया के सामने फिर से उपस्थित हो गई है। इसलिए ये लोग चलेंगे, तो ठीक

यह एक विचारधारा की प्रेरणा है, एक संगठन के स्वयंसेवक हैं, परंतु वह संगठन ही ऐसा है और वह विचार ही ऐसा है, जो कहता है कि 'एकं सत् विप्रा बहुधा वदन्ति' कि सत्य एक है, इसलिए एक होकर सबको चलना चाहिए और विचार भी ऐसा है कि वह संगठन की उत्पत्ति नहीं है, वह तो अपने देश का सनातन काल से चलता आया हुआ विचार है, दुनिया का सत्य है, जिसको पहचानने की आवश्यकता आज दुनिया के सामने फिर से उपस्थित हो गई है।

चलेगा। क्योंकि ये धैर्यशाली लोग हैं। यह जो शब्द प्रयोग यहाँ हुआ, अभी विवेक गोयनकाजी ने भी यहाँ किया, पत्रकारिता कौन सी 'करेज', 'जर्नलिज्म ऑफ करेज'। तो धैर्य और साहस दोनों की ध्वनि है करेज शब्द में। 'धृत्युत्साहसमन्वितः' ऐसा देखा गया है, तो जिसके पास धृति नहीं है, वह साहसी नहीं बन सकता, वह दुःसाहसी हो सकता है और जिसके पास साहस नहीं है, उसकी धृति का कोई उपयोग नहीं है। यह तो कायरता हो गई। इसलिए धृति उत्साह समन्वितः चलनेवाले ये लोग हैं, यह विश्वास है। उसका बड़ा महत्त्व होता है।

धृत्युत्साहसमन्वितः

अभी जो दृश्य दिखता है देश में, उसमें ध्यान में आता है कि आधार कहाँ है, कहाँ मिलेगा, इससे लोग परेशान हैं, जहाँ उनको दिखता है, वहाँ जा रहे हैं। परंतु उनको आधार ही देना है तो धृत्युत्साहसमन्वितः वाले लोग आधार दे सकेंगे। विचारों की भूमि में जिनके पैर पक्के जड़े-गड़े हैं, कहाँ जाना है, जिनकी दृष्टि के सामने साफ है, उसे नित्य स्मरण है, वहाँ जाने का अटूट संकल्प जिनके पास है, वे स्वयं की चिंता नहीं करते, वे संकल्प की पूर्ति की चिंता करते हैं। ऐसे लोग जहाँ मिलेंगे, वहाँ जैसा वह सारा नमक एक स्फटिक के रूप में इकट्ठा आ जाता है, वैसा होगा। वैसा होने की आवश्यकता है। इसलिए 'पाञ्चजन्य', 'ऑर्गनाइजर' का जब मैं विचार करता हूँ, क्योंकि उनकी यात्रा की कठिनाइयों को मैंने भी बहुत करीब से देखा है, सुलझाया उन्होंने ही है, लड़कर अपने रास्ते को निकालनेवाले वीर तो वही हैं। मैं उनका वर्णन करनेवाला एक कार्यकर्ता हूँ। परंतु मुझे एक अंग्रेजी कविता याद आती है, कविता कोई बड़े जगप्रसिद्ध कवि की है, ऐसा नहीं है, लेकिन पाँचवीं की क्लास में अंग्रेजी विषय में हमको वह कंठस्थ करनी पड़ी थी। पाँचवीं की परीक्षा होने के बाद पाँचवीं का पाठ्यक्रम याद रखने की आवश्यकता नहीं है। लेकिन वह कविता जिसकी याद जीवन भर रहती है, उसका जीवन सफल हो-न-हो, उसका जीवन समाधानी-सुखी तो निश्चित हो जाता है। वह कविता कहती है—'गॉड गिव मी करेज, टू डू व्हाट इज राइट, करेज टू स्पीक, करेज टू फाइट फॉर ऑनेस्टी, गुडनेस, जस्टिस एंड ट्रुथ, करेज टू डू, इन माई यूथ···' बाकी तो आसान है, पाँचवीं की कक्षा की जिसकी इंग्लिश ठीक है, वह व्यक्ति इसका अर्थ जान सकता है। लेकिन उससे अगर पूछा जाए कि करेज टू डू गुड इन माई यूथ ऐसा क्यों? बुढ़ापे में भी क्यों नहीं, बचपन में भी क्यों नहीं? तो इन सब सद्गुणों की तारुण्य एक परीक्षा है। 'यौवनं धनसंपत्तिः प्रभुत्वमविवेकिता' एक-

एक आदमी के जीवन को तबाह कर सकने की क्षमता रखनेवाला विकार है, दुर्गुण है।

चार इकट्ठा आ गए तो क्या होगा, तो एक सुभाषित है। तरुणाई में शक्ति रहती है भटकने की, बुढ़ापे में भटकने का साहस नहीं रहता और बचपन में भटकने की इच्छा नहीं रहती, बड़ों के पीछे चलना। अब मनुष्य की तरुणाई एक अलग विषय है। 'पाञ्चजन्य' और 'ऑर्गनाइजर' मैं मानता हूँ कि अभी अपने यौवन में हैं, उनका शैशव समाप्त हो गया है। अभी आ गए हैं, ऐसा नहीं है, कुछ वर्ष हो गए हैं। लेकिन अभी अपने यौवन में हैं। इसलिए इन सब बातों पर ध्यान रखना। नए-नए परिवर्तन अपने जीवन में उत्पन्न होते हैं, यश उत्पन्न होता है, वैभव उत्पन्न होता है, उस समय अविवेक हटाना, विवेक रखना।

विवेक यानी कहाँ जाना है—इसका स्मरण, मैं कौन हूँ—इसका स्मरण। इसके संदर्भ में परिस्थिति का विचार और अपना रास्ता तय करना। सारे समाज में जो भान लाना है, विचारों की स्पष्टता लानी है, उसका उदाहरण इन साप्ताहिकों का विचार बने, इन साप्ताहिकों का चलना बने। अब तक बना है, जो एक बड़ी तपस्वी परंपरा मिली है। उदाहरण अपने सामने हैं, आदर्श अपने सामने हैं और जो आदर्श-कल्पनाएँ उन्होंने दी हैं, हो सकता है, यह उनके जीवन से हम देख रहे हों, यह कठिन नहीं है। कष्टसाध्य है, कष्ट सहने पड़ेंगे, कष्टों से डरना नहीं है, संकटों से डरना नहीं है, विपत्तियों से डरना नहीं है, यह हमारे खून में है। उसका उपयोग करना चाहिए और उसके अनुसार चलना चाहिए। तो उद्यम-साहस, धैर्य ऐसे जो सद्गुणों की संपत्ति है, वे जिनके पास हैं, उनकी दैव भी सहायता करते हैं।

> *सारे समाज में जो भान लाना है, विचारों की स्पष्टता लानी है, उसका उदाहरण इन साप्ताहिकों का विचार बने, इन साप्ताहिकों का चलना बने। अब तक बना है, जो एक बड़ी तपस्वी परंपरा मिली है, उदाहरण अपने सामने हैं, आदर्श अपने सामने हैं और जो आदर्श-कल्पनाएँ उन्होंने दी हैं, हो सकता है, यह उनके जीवन से हम देख रहे हों, यह कठिन नहीं है। कष्टसाध्य है, कष्ट सहने पड़ेंगे, कष्टों से डरना नहीं है, संकटों से डरना नहीं है, विपत्तियों से डरना नहीं है, यह भी हमारी परंपरा नहीं है, हमारे खून में है।*

राष्ट्रीय स्वयंसेवक संघ की यात्रा, 'पाञ्चजन्य' की परंपरा, 'ऑर्गनाइजर'

की परंपरा, ये सब इसकी साक्षी हैं। उसको ध्यान में रखना, उसी दिशा में आगे बढ़ना। तो हम भी जिस बात के लिए इतने सारे कष्ट करके, कठिन यात्रा, प्रवाह के विरुद्ध चलनेवाली यात्रा को धीरे-धीरे उसको बढ़ाते हुए उसको करने में लगे हैं, वह यात्रा बहुत जल्दी संपूर्ण सफलता के साथ सफल होगी, यह विश्वास मन में मेरे भी है, उनके भी है। इस यात्रा के लिए शुभकामना देता हुआ मैं अपनी बात समाप्त करता हूँ।

□

हिंदू : विविधता में एकता के उपासक

हिंदू कौन? एक शब्द, जो कभी सनातन भारतवर्ष का सहज परिचय हुआ करता था, अनेकानेक कारणों से उसे कालक्रम में भ्रम-संशय की स्थिति में डाल दिया गया, किंतु यह आज भी उतना ही सत्य है, "विविधता में एकता की संस्कृति पर विश्वास करनेवाला, अपने पूर्वजों का गौरव मन में लेकर चलनेवाला, इस धरती को माता माननेवाला और इस धरती की संस्कृति का उपासक ही हिंदू है।" बहुत पहले अंग्रेजों ने हमारे हाथ में टूटा आईना देकर हमें भ्रम में रखने का काम किया। समय आ गया है कि इस आईने को फेंककर हमारे संतों, क्रांतिकारियों और महापुरुषों ने जो आईना दिया, उसमें भारत की एकात्मता का असली चेहरा देखें।

हमें क्यों इकट्ठा होना चाहिए?

आज हम लोग हिंदू होने के नाते इकट्ठे हुए हैं। सवाल है—क्यों इकट्ठा होना चाहिए? तो पहली बात ध्यान में रखनी चाहिए कि अगर 'हिंदू' नाम का समाज है, तो उसमें एकता होनी ही चाहिए। एक रहना और मिलकर सारे काम करना, यह समाज की सामान्य अवस्था है।

समाज आदमी से बनता है। 'आदमी', 'मनुष्य' जैसे शब्द हम जब सुनते हैं, तो हमारे सामने ऐसे मनुष्य का चित्र आता है, जो चल-फिर रहा है, बातचीत कर रहा है, काम कर रहा है, हँस रहा है अथवा गा रहा है। क्या वास्तव में सब मनुष्य ऐसे ही होते हैं? बिल्कुल नहीं। कुछ मनुष्य बेहोशी की हालत में पड़े हैं। आज भी पड़े हैं। कुछ मनुष्य बीमार हैं और कुछ अपंग भी हैं। मनुष्य कहने के बाद मन में ऐसे लोगों

---

* 21 नवंबर, 2014, नई दिल्ली; विश्व हिंदू कांग्रेस का उद्घाटन कार्यक्रम

का विचार नहीं आता है। इसलिए जब हम 'मनुष्य' शब्द कहते हैं, तो उससे मतलब होता है—'स्वस्थ मनुष्य'। इसी तरह जब भी हम 'हिंदू समाज' की बात करते हैं, तो उसका आशय 'संगठित समाज' से होता है।

अनेकता में एकता

अगर हम लोगों में आपस में भेदभाव है, छोटी-मोटी बातों को लेकर झगड़ा है, तो फिर हम समाज की कसौटी पर खरे नहीं उतरते हैं। हम बीमार समाज हो गए हैं। हम मूर्च्छा की हालत में पड़े समाज हो गए हैं। हम अपंग समाज हो गए हैं। हमें ऐसा नहीं रहना है। इसलिए समाज के नाते हम सबको मिल-जुलकर रहना है। हम जानते हैं कि हमारे समाज में अनेक भाषाएँ हैं, सभी समझ में नहीं आतीं। एक भाषा की जितनी बोलियाँ हैं, वे सारी भी समझ में नहीं आतीं। मैं हिंदी बोल रहा हूँ। यह भाषा मनुष्य अलग-अलग जगहों पर अलग-अलग प्रकार से बोलते हैं, सबकी समझ में नहीं आती। पुरानी कहावत 'कोस-कोस पर बदले पानी, तीन कोस पर बानी' आज भी चरितार्थ होती है। हमें भाषा और बोली के फेर में पड़कर खाँचों में नहीं बँटना है।

जब हम 'मनुष्य' शब्द कहते हैं, तो उससे मतलब होता है—'स्वस्थ मनुष्य'। इसी तरह जब भी हम 'हिंदू समाज' की बात करते हैं, तो उसका आशय 'संगठित समाज' से होता है।

बिहार में मुझे संघ के काम के लिए भेजा गया। वहाँ जाने के बाद मैंने पहले घूम-फिरकर पूरा बिहार देखा। लगातार प्रवास था। प्रवास करते-करते मुजफ्फरपुर पहुँचा। वहाँ हमारे विभाग प्रचारकजी मुझे लेने के लिए आए। उन्होंने कार्यालय ले जाकर बिठाया, जलपान कराया और फिर मुझसे पूछा, "आपके इस पाजामे को फींच लूँ क्या?" तो मैं डर गया कि ये हमारे विभाग प्रचारक हैं, हमारा अपना कार्यकर्ता और जलपान कराने के बाद पाजामा खींचने की बात करता है। मैंने कहा कि "क्यों भाई, क्या हुआ?" तो उन्होंने कहा कि "यह मैला हो गया है।" तब मेरे ध्यान में आया कि वहाँ की हिंदी में पाजामा फींचने का मतलब है—'धो देना'। वे धोने के लिए कह रहे थे और मैं डर गया कि क्या करेंगे अब मेरा!

हृदय की भाषा एक

एक ही हिंदी भाषा है। इतनी बोलियाँ हैं। देवी-देवता बहुत हैं। मूर्तिपूजा को

न मानने वाले लोग भी हैं। भगवान् को न मानने वाले भी लोग हैं। सब अपने ही समाज में हैं। जाति-पाँति का बड़ा डंका बजता है, तो इसको लेकर लोग झगड़ा करते हैं। न जाने कितनी जातियाँ हैं और उनमें भी उपजातियाँ हैं। इनका कोई ओर-छोर नहीं है। भारत के बाहर की दुनिया कैसी है, इस पर भी विमर्श होना जरूरी है। उनका कहना है—अगर संगठित होना है तो एक जैसे हो जाओ। एक ही भाषा बोलो। एक ही भगवान् की पूजा करो। एक ही प्रकार की जाति रखो। सब एक जैसे ही रहना, अलग-अलग नहीं चलेगा।

तमिलनाडु जाओ, वहाँ के लोग भी इन्हीं शब्दों में कहते हैं। गुजरात जाओ, इन्हीं शब्दों में कहते हैं। बंगाल जाओ, इन्हीं शब्दों में कहते हैं। अपनी-अपनी भाषा में नहीं कहते, इन्हीं शब्दों में कहते हैं–'भारत माता की जय।'

यूनिफॉर्मिटी, यानी एक जैसा रूप हो तो एकता है। हमारे देश में ऐसा नहीं है। हमारे देश में कहा गया है कि भाषा कोई भी हो, हृदय की भाषा एक है, तो बस काम हो गया। हमारे यहाँ हृदय की भाषा एक है। काशी में लोग गंगा से काँवड़ उठाते हैं और रामेश्वरम् तक चले जाते हैं। जरा भी नहीं सोचते कि वहाँ कोई रिश्तेदार है, कहाँ रुकना है, कहाँ पर बैठना है, बस चल दिए। नागपुर से पैदल चलकर यहाँ पास में पचमढ़ी आते हैं। महादेव की यात्रा करने के लिए, कौन अपना है? कोई है खिलानेवाला? कोई है छत के नीचे सुलानेवाला? कुछ नहीं सोचते। क्योंकि अपना ही देश है, अपने ही लोग हैं, एक-दूसरे की भाषा नहीं आती तो क्या हो गया? हृदय की भाषा तो एक है।

'भारत माता की जय' यह उद्घोष किस भाषा में है? इसकी कोई भाषा है क्या? यह तो हृदय की भाषा है। वह हम सबके हृदय की भाषा है, इसलिए हम कहते हैं—'भारत माता की जय।' तमिलनाडु जाओ, वहाँ के लोग भी इन्हीं शब्दों में कहते हैं। गुजरात जाओ, इन्हीं शब्दों में कहते हैं। बंगाल जाओ, इन्हीं शब्दों में कहते हैं। अपनी-अपनी भाषा में नहीं कहते, इन्हीं शब्दों में कहते हैं—'भारत माता की जय।' आखिर क्यों? क्योंकि वह हमारे हृदय की भाषा है।

जैसी दृष्टि-वैसी सृष्टि

'जाकी रही भावना जैसी, प्रभु मूरत देखिइ तिन तैसी।'

तुम जैसा देखते हो, तुम देखो भाई। भगवान् को तुम कैसे देखते हो, इसको

लेकर झगड़ा क्यों हो? जैसा मैं हूँ, वैसा मैं भगवान् को मानता हूँ। अगर मैं कलाकार हूँ, तो मुझे मुरलीधर कृष्ण प्यारे हैं। मैं पहलवान हूँ तो बजरंग बली का भक्त बन जाता हूँ। मैं अगर वनों के सान्निध्य में रहता हूँ, तो बड़ा देव भगवान् हो जाते हैं। यह अपनी-अपनी दृष्टि और रुचि की बात है। भगवान् तो एक ही हैं। मनुष्य को स्वतंत्रता है। अपनी दृष्टि से उसकी पूजा करो। दूसरे को उसकी दृष्टि से पूजा करने दो। उसको बदलो मत। उसका मतांतरण मत करो। कोई जरूरत नहीं है। अपनी दृष्टि से अपने भगवान् की श्रद्धा-पूजा करो। दूसरा जीव अपनी दृष्टि से अपने भगवान् की पूजा-अर्चना करता है, उसका सम्मान करो।

आखिर कौन है हिंदू?

मेरा मानना है कि सब विभिन्नताओं को स्वीकार करो। केवल सहन मत करो। क्योंकि अंत में आप सब लोग एक हैं। भारत माता के पुत्र हैं। सब लोग अगर एक ही तरह के कपड़े पहनकर यहाँ इस सम्मेलन में आते, तो यहाँ उबाई-सी आने लग जाती। सब लोग सफेद-सफेद पहने हैं, सब लोग काला-काला पहने हैं। कोई लाल रंग के कपड़े पहनकर आए, कोई हरे रंग के कपड़े पहनकर आए, कोई सफेद पहनकर आए तो विविधता है। विविधता से सुंदरता बढ़ती है। विविधता तो जीवन की सुंदरता है, लेकिन यह निकली कहाँ से? इस विविधता के निकलने का एक ही स्रोत है। वह परमात्मा ही सबमें आत्मा बना है। कंकड़-पत्थर भी राम के ही रूप हैं, जीव-जंतु भी राम के ही रूप हैं। मनुष्य भी राम के ही रूप हैं। राम को देखना है, तो बाहर जाने की जरूरत नहीं है।

विविधता में एकता। इसलिए जो भारत माता का पुत्र है, वह हिंदू है। इस विविधता में एकता मानने वाली संस्कृति पर विश्वास करता है और जिन लोगों ने इस संस्कृति को यहाँ तक लाने के लिए पसीना बहाया, खून दिया, उनका आदर-सम्मान करता है, उनकी कृति का अनुग्रहण करता है, वह हिंदू है। हम सब हिंदू हैं।

जब अकेले बैठे हों, तो अपने अंदर देखो और जब घर के बाहर हों, तो अपने सब भाई-बहनों, अपने जंगल, जानवर, जल में, अपने पशुओं में देखो। उनकी सेवा करो। यह हमारे देश का संदेश है—विविधता में एकता। इसलिए जो भारत माता का पुत्र है, वह हिंदू है। इस विविधता में एकता मानने वाली संस्कृति पर विश्वास करता है और जिन लोगों ने इस संस्कृति को यहाँ तक लाने के लिए पसीना बहाया, खून दिया,

उनका आदर-सम्मान करता है, उनकी कृति का अनुग्रहण करता है, वह हिंदू है। हम सब हिंदू हैं। इस भारत माता को हिंदुस्थान कहते हैं। इंग्लैंड में इंग्लिश लोग रहते हैं, अमेरिका में अमेरिकन लोग रहते हैं, जर्मनी में जर्मन लोग रहते हैं, हिंदुस्थान में हिंदू लोग रहते हैं। जो हिंदुस्थान में रहते हैं, हिंदुस्थान को भारत माता मानकर उसकी भक्ति करते हैं, जो इस देश की परंपरा रही है, विविधता में एकता की, उस पर चलने का आग्रह रखते हैं और जो इसके पूर्वजों का गौरव मन में लेकर चलते हैं, वे सारे के सारे हिंदू हैं। भले ही वे पूजा किसी भगवान् की करें या न करें।

जात-पाँत का भेद मिटाओ

अगर कोई 'मुसलिम राष्ट्रीय मंच' है, तो वहाँ भारत माता की आरती होगी। इसमें आश्चर्य की कोई बात नहीं है, यह बिल्कुल स्वाभाविक बात है। क्योंकि इबादत से मुसलमान होंगे, राष्ट्रीयता से तो हिंदू हैं, भारत माता के पुत्र हैं। इसलिए हम हिंदू समाज हैं। अगर समाज हैं, तो हमको एक रहना ही है। भाषा-भेद को छोड़ो। खानपान, रीति-रिवाज के भेद को छोड़ो। देवी-देवताओं के भेद और जात-पाँत के भेद को छोड़ो, यही संदेश है। इस देश में जिसने सत्य का साक्षात्कार कर लिया, उसने भगवान् को देख लिया। सत्य का साक्षात्कार करनेवालों में ऐसा कोई एक व्यक्ति है क्या, जिसने समाज में जात-पाँत का जहर घोला ? एक भी नहीं है। जात-पाँत का समर्थन करनेवाले विद्वान् होंगे, बुद्धिमान होंगे, लेकिन जिन्होंने सत्य का साक्षात्कार किया, वे जात-पाँत के भेद का समर्थन नहीं करते। वे कहते हैं, 'मानव सब एक हैं। सबमें एक ही राम हैं। सबमें एक ही भगवान् हैं।'

'शरीर की चमड़ी के भेद को लेकर क्या बैठे हो ? जन्म कहाँ हुआ, क्या देखते हो ? यह शरीर वगैरह सब आने-जाने वाली बातें हैं। जीवन को चलानेवाला जो है, वह सबमें एक है। उसको देखो, सबको अपना भाई मानो।' हम लोग उनके आदर्श को भूल गए। उनके उपदेश को भूल गए। इसलिए हमारी ऐसी स्थिति हो गई। अब फिर से हमको स्वस्थ समाज बनना है। हमको एक समाज बनना है। हमको स्वाभाविक अवस्था का समाज बनना है, इसलिए हमको एक बनना है। इसलिए हमारा यह हिंदू सम्मेलन है। यह एकता का संदेश सारी दुनिया को जाना चाहिए।

समय की आवश्यकता

ध्यान से देखें तो पाश्चात्य जगत् के पास पर्यावरण की समस्या का कोई निदान

नहीं है। दुनिया में पंथ-संप्रदाय को लेकर भयानक रक्तपात चल रहा है। सभी के बीच एकता का उपाय उनके पास नहीं है। आर्थिक उन्नति होती है, तो मनुष्य की मनुष्यता, समाप्त होती है। मनुष्यता को बचाने का उपाय उनके पास नहीं है। ऐसे में वे हमारे पास आते हैं। दुनिया कहती है, 'भारत तो विश्वगुरु बन रहा है।' प्रश्न है—भारत को विश्वगुरु बनना है, तो इसका उत्तरदायित्व किस पर है। भारत के लिए कौन उत्तरदायी है ? भारत के लिए हम उत्तरदायी हैं, 'हम हिंदू'। भारत का भला-बुरा होता है, तो हिंदू से जवाब माँगा जाएगा। आपके होते हुए ऐसा क्यों नहीं हुआ और आपके होते हुए ऐसा कैसे हुआ ? ये प्रश्न केवल हिंदुओं से पूछे जाएँगे। हिंदू के लिए दुनिया में कौन है ? भारत के सिवा कोई है ? कोई नहीं है। उस भारत को विश्वगुरु बनाना दुनिया के लिए आवश्यक है।

हम नहीं तो कौन?

यह हमारा कर्तव्य है। हमको एक होकर अपने कर्तव्य के लिए तैयार होना चाहिए। अगर हम संगठित नहीं होते, तो दुनिया ऐसे दुष्टों से भरी पड़ी है कि वे दुर्बलों पर अत्याचार करते हैं। हम संगठित नहीं होते, तो हमारे समाज के भाई वंचित रह जाते। पिछड़े रह जाते। शिक्षा नहीं है उनके पास, स्वास्थ्य नहीं है उनके पास, आर्थिक उन्नति नहीं है उनके पास। लोभ-लालच देकर उनको हमसे तोड़ ले जानेवाले लोग हैं। हमारे ही लोगों को हमारे अपने देश के खिलाफ, भारत माता के खिलाफ खड़े करनेवाले लोग हैं। उनके चंगुल में हमारा समाज नहीं आना चाहिए। हमको दुर्बल नहीं रहना है। हमको एक होकर सबकी चिंता करनी है। सबकी सेवा करनी है। मेरे समाज का कोई भी व्यक्ति हो, मैं उसे दुर्बल नहीं रहने दूँगा। उसे सबल बनाऊँगा। इतना सबल बनाऊँगा कि वह सबको देनेवाला बन जाएगा। हमें ऐसे देनेवाले लोगों का समाज खड़ा करना है। इस उद्देश्य से हिंदू सम्मलेन का आयोजन हुआ है।

हमको दुर्बल नहीं रहना है। हमको एक होकर सबकी चिंता करनी है। सबकी सेवा करनी है। मेरे समाज का कोई भी व्यक्ति हो, मैं उसे दुर्बल नहीं रहने दूँगा। उसे सबल बनाऊँगा। इतना सबल बनाऊँगा कि मेरे से लेते-लेते वह सबको देनेवाला बन जाएगा।

लेना होगा संकल्प

हम लोगों को संकल्प लेना है—'हम सब एक हैं।' पहली बात यह है कि 'आपस में भेद का आचरण नहीं करेंगे।' भेद का आचरण क्यों करते हैं? यह प्रवृत्ति गलत आईना दिखाती है। इसकी एक बानगी देता हूँ। किसी पागलखाने में एक मरीज सुबह उठकर रोने लगा—"डॉक्टर साब! अब आप मुझे बचा नहीं सकते, मैं मर गया, मेरे टुकड़े-टुकड़े होनेवाले हैं।" उसे सब लोग समझा रहे हैं, मगर पागल क्या समझेगा? थोड़ी देर के बाद डॉक्टर आ गया। डॉक्टर ने पूछा तो उसने वही कहानी दोहराई कि मेरे तो अब टुकड़े-टुकड़े होनेवाले हैं, कोई मुझे बचा नहीं सकता, आप भी नहीं बचा सकते। डॉक्टर बात करता रहा, फिर उसको कुछ ध्यान आया, तो उसके कमरे में गया। वहाँ एक आईना था, उसे उठाकर फेंक दिया। दूसरा नया आईना लाकर लगा दिया और वापस आकर उससे कहा कि "जाओ, जरा देख आओ, अब भी तुम्हारे टुकड़े हो रहे हैं क्या? अगर हो रहे होंगे, तो मैं तुम्हारे अंतिम संस्कार की व्यवस्था करता हूँ, नहीं होंगे तो मैं तुम्हें और दवाई देता हूँ।" पागल व्यक्ति आईना देखने के लिए गया।

वापस आया तो हँसते-हँसते, तालियाँ पीटते-पीटते बोला, "डॉक्टर, क्या चमत्कार हो गया? मैं ठीक हो गया, अब मेरे टुकड़े नहीं होंगे।" इसके बाद डॉ. साहब ने उसको भोजन करके सो जाने के लिए कहा। लोगों ने पूछा, "आपने क्या किया, यह जो समझ नहीं रहा था, वह समझ गया?" डॉक्टर ने कहा, "आप जानते नहीं, उसके कमरे में जो आईना था, वह टूट गया था और आज सुबह उठकर उसने अपना चेहरा उसमें देखा। अब टूटे आईने में अपना चेहरा भी टूटा नजर आता है, तो वह रोने लगा कि मैं अब टूट रहा हूँ और अब मुझे कोई नहीं बचा सकता। मैंने कमरे में जाकर देखा तो पाया कि आईना टूटा है, तो उसको फेंक दिया। दूसरा आईना लाकर लगा दिया और फिर उसे देखने को कहा। बस इतनी सी बात है।"

अंग्रेजों की चाल

बहुत पहले अंग्रेजों ने हमारे हाथ में टूटा आईना दे दिया। हमारा जो आईना था, वह उन्होंने ले लिया। उसे कहाँ विसर्जित कर दिया। हमारे हाथ में टूटा आईना दिया और उसको देख-देखकर हम आपस में भेद का पालन करते हैं। मैं कहता हूँ, फेंक दो वह आईना। यह हमारा नया आईना है, जो हमको हमारे क्रांतिकारियों ने दिया है। स्वतंत्रता आंदोलन के नेताओं ने दिया है। हमारे समाज-सुधारकों ने दिया है। हमारे

संतों ने दिया है। अपना देश एक है। अपना समाज एक है। अपना एक राष्ट्र है। हम एक समाज हैं। भारतवर्ष के समाज को दुनिया हिंदू कहती है। हम हिंदू समाज हैं और हम एक हैं। एक-दूसरे के भाई हैं। जात-पाँत का भेदभाव नहीं करेंगे।

लेना होगा संकल्प

आज पहला संकल्प यह लें कि 'मैं अगर संपन्न हूँ, तो मेरे अपने हिंदू भाइयों में जो दुर्बल हैं, उनकी मदद के लिए जोर लगाऊँगा। दोनों हाथों से कमाकर उनके लिए हजार हाथों से बाँटूँगा।' आज पहली बात यह संकल्प लेना। दूसरा संकल्प कि 'मैं अपने परिसर में, अपने घर के अहाते में पर्यावरण की रक्षा करूँगा। अपने घर में अपने देवी-देवताओं की पूजा श्रद्धापूर्वक करूँगा।' साथ ही 'अपने घर-परिवार में सब लोगों को 'भारत माता' की पूजा फल, पुष्प और कुमकुम से नहीं बल्कि अपने जीवन के आचरण से करने की शिक्षा दूँगा।' मैं यह करूँगा कैसे? महापुरुषों की कहानियाँ बताऊँगा, देशभक्तों की कहानियाँ बताऊँगा। उन्होंने कैसे त्याग किया? कैसे अपने देश के लिए जीवन जिया? यह बताऊँगा और धीरे-धीरे हम सबका जीवन देश के लिए जीनेवालों का जीवन हो, इसकी चिंता मैं अपने परिवार में करूँगा। मेरे अपने और मेरे परिवार द्वारा अपने भाइयों की सेवा तथा अपने देश की भक्ति करूँगा। तीसरा संकल्प है कि जीवन में सारे काम परिश्रमपूर्वक प्रामाणिकता से करते हुए स्वाभिमान से जीकर अपने देश का नाम ऊँचा करूँगा।

मैं अगर संपन्न हूँ, तो मेरे अपने हिंदू भाइयों में जो दुर्बल हैं, उनकी मदद के लिए जोर लगाऊँगा। दोनों हाथों से कमाकर उनके लिए हजार हाथों से बाँटूँगा।

देश का सम्मान सर्वोपरि

एक बार अपने देश का एक यात्री जापान गया। वहाँ उसने सेब खरीदे और अपने जापानी दोस्त के साथ सेब खाने बैठ गया। उसके पास चार-पाँच सेब थे। उनमें से एक सड़ा हुआ निकला, तो जापानी दोस्त ने कहा, "मैं उसको फेंक आता हूँ।" वह सेब लेकर गया और घंटे भर बाद हाथ में एक किलो सेब लेकर वापस लौटा। उसने सेब अपने भारतीय मित्र के हाथों में देकर कहा, "जो सेब आप लाए थे, वे जापान में पैदा हुए सेब नहीं थे। वे बाहर से आयात किए गए थे, इसलिए सड़े निकले। हमारे देश का सेब सड़ता नहीं है। मैंने अपने देश के एक किलो सेब खरीदकर आपको दिए हैं। जब आप

वापस जाएँगे, तो हमारे देश की बदनामी मत करना कि वहाँ सड़ा सेब मिलता है। वह दूसरे देश का था।" हर छोटे-छोटे कदम पर देश का सम्मान रहे, इसका हमें पूरा खयाल रखना होगा। इसके लिए सजग रहना होगा। यह हम सब लोगों को मिलकर करना है।

सम्मेलन का उद्‌देश्य

हर छोटे-छोटे कदम पर देश का सम्मान रहे, इसका हमें पूरा खयाल रखना होगा। इसके लिए सजग रहना होगा। यह हम सब लोगों को मिलकर करना है।

अपने अंचल में हमारे बहुत सारे भाई रहते हैं। सबको मिलकर रहना चाहिए। बार-बार इकट्‌ठे आना चाहिए। इतना बड़ा सम्मेलन बार-बार नहीं होगा। छोटी-छोटी संख्या में हमेशा इकट्‌ठा आना चाहिए। भेद का आचरण समाप्त कर देना चाहिए। साथ रहना, साथ विचार करना, मिलकर चलना, एक-दूसरे की सहायता करना, खाते समय मिल-बाँटकर खाना, ऐसा सब होना चाहिए। सब लोगों को मिलकर कम-से-कम अपने जैसा अच्छा बनाना और आगे बढ़ना, यह हम सबका उद्‌देश्य होना चाहिए।

भारतवर्ष को ऐसा बनाना है

कहते हैं—अखंड भारतवर्ष का केंद्र बैतूल है। हिमालय तो बाद में आया। उसके पहले विंध्य था। उसके पहले सतपुड़ा था, सह्याद्रि था, अरावली था। चारों तरफ से इन पर्वतों से घिरे क्षेत्र की नदियाँ भारतवर्ष की प्राचीन नदियाँ हैं। नर्मदा से लेकर वर्धा-वहिन गंगा तक, जो यहाँ से निकलती हैं और बाहर जाती हैं। उन नदियों के, उन पर्वतों के प्रदेश में रहनेवाले हम सब लोग अगर अपने आप को ऐसा बना लेंगे तो सारा भारतवर्ष ऐसा बनेगा। सारे भारतवर्ष को ऐसा बनाना है और उस उन्नत भारतवर्ष द्वारा, विश्वगुरु भारतवर्ष के द्वारा संपूर्ण दुनिया को सुख-शांति और कल्याण का रास्ता दिखाना है। हमको इसका सहभागी बनना है। दुनिया की अपेक्षा है, हमारा कर्तव्य है। यदि हम लाख साल तक तपस्या करेंगे, उससे वह पुण्य और भाग्य नहीं मिलेगा, जो हमें इसको करने से मिल जाएगा।

माँ का महत्त्व

आपको मुक्ति दिलानेवाले ऊँचे से ऊँचे भगवान् ने इसी धरती पर मानव के रूप में जन्म लिया है। यह भारत केवल मनुष्यों की जननी नहीं है। यह देवों की जननी है।

इसकी सेवा विश्व-जननी की सेवा है। इसकी सेवा है, तो बाकी कुछ नहीं चाहिए।

एक बार देवताओं के बीच प्रतियोगिता हुई, वे कौन से देव हैं, जिनका वाहन जल्दी दौड़ता है ? सब लोग अपना-अपना वाहन लेकर आ गए। कार्तिकेयजी अपने मोर को लेकर आ गए। इंद्र अपने ऐरावत पर बैठकर और विष्णुजी गरुड़ लेकर आ गए। सबने मिलकर शिवजी को रेफरी बनाया और कहा, "शिव-पार्वती, आप बैठकर देखिए, कौन पहले आता है।" वहाँ गणेशजी भी आ गए। अब गणेशजी का शरीर तो मोटा है। सब लोगों ने कहा, "अरे! आप इतने मोटे हैं। आपका वाहन तो चूहा है, वह क्या दौड़ेगा ? आप यहाँ क्या करने आए हैं ?" तो गणेशजी ने कहा, "हम भी प्रतियोगिता में आए हैं।" प्रतियोगिता शुरू हो गई, सब लोग दौड़ लगाने चले गए। पूरी पृथ्वी का चक्कर लगाकर आना था। गणेशजी देखते रहे। सब लोग दूर चले गए, तब उन्होंने माता पार्वती की तीन प्रदक्षिणा की और बैठ गए। सब देव वापस आए। जब पूछा गया कि कौन जीता, तो शिवजी ने कहा, "गणेशजी जीते।" तो सभी एक स्वर में बोले, "गणेशजी कैसे जीत गए ? वे तो दौड़े ही नहीं!" शिवजी बोले, "दौड़े कैसे नहीं, आप लोग तो धातु, मिट्टी और लोहे से बनी धरती का चक्कर लगाते रहे। इन्होंने तो धरती के साक्षात् तत्त्व माता का चक्कर लगाया, सारा काम हो गया।"

भारत माता की साधना करेंगे, तो वह मुक्ति का हाथ जोड़कर हमारे दरवाजे पर खड़ी रहेगी। वह आपके लिए प्रस्तुत है। 'अपने जीवन को धन्य करने के लिए', 'देश के जीवन को सुंदर और उन्नत बनाने के लिए', 'दुनिया के जीवन को कल्याण के रास्ते पर चलाने के लिए' काम करने का संकल्प आज आप धारण कीजिए।

देशभक्ति से मुक्ति

भारत माता की साधना करेंगे, तो वह मुक्ति का हाथ जोड़कर हमारे दरवाजे पर खड़ी रहेगी। वह आपके लिए प्रस्तुत है। 'अपने जीवन को धन्य करने के लिए', 'देश के जीवन को सुंदर और उन्नत बनाने के लिए', 'दुनिया के जीवन को कल्याण के रास्ते पर चलाने के लिए' काम करने का संकल्प आज आप धारण कीजिए। बहुत लोग काम कर रहे हैं, इनके साथ आप भी लग जाइए। ऐसा एक आह्वान आपके सामने रखता हूँ।

□

संकल्पित हों हिंदू

भारत में अगर हिंदू उत्तरदायी होकर खड़ा नहीं होगा, संगठित होकर खड़ा नहीं होगा, शक्ति-संपन्न होकर खड़ा नहीं होगा तो भारतवर्ष में रहनेवाले प्रत्येक व्यक्ति को दुःख का ही सामना करना पड़ेगा। सारी दुनिया में सुख-शांतिपूर्ण जीवन चलता रहे, ऐसा कल्याणकारी पथ सारी दुनिया को हिंदू समाज बताएगा। हिंदू समाज का संकल्प सत्य संकल्प होता है। सबका मंगल कार्य करनेवाला संकल्प होता है। किसी के विरोध में वह संकल्प नहीं होता है।

हिंदू समाज का संकल्प—सबका मंगल

हिंदू समाज जब-जब मन से संकल्प करता है, उस संकल्प को अवरुद्ध करने की शक्ति दुनिया में किसी की नहीं होती, क्योंकि हिंदू समाज का संकल्प सत्य संकल्प होता है। सबका मंगल करनेवाला संकल्प होता है। किसी के विरोध में वह संकल्प नहीं होता है। वह संकल्प अपने पवित्र हिंदू धर्म, हिंदू संस्कृति और हिंदू समाज के स्वरक्षण तथा उसकी सर्वांगीण उन्नति का होता है। इतिहास साक्षी है, जब-जब हिंदू समाज की उन्नति हुई है, तब-तब सभी प्रकार के संघर्ष, आसमानीय-सुल्तानीय संकटों से त्रस्त दुनिया को सुख-शांति का नया रास्ता मिला है। नया संकल्प सत्य संकल्प है। संकल्प यह भी है कि यदि कहीं उलटी-सीधी चर्चा होती है, तो उससे अपने मन में शंका नहीं लाना। हमारे कार्यकर्तागण हमारे लिए दिग्दर्शन दे रहे हैं। हमारे संतजन हमारे लिए संकल्प दे रहे हैं। उसमें सबके

---

* 22 दिसंबर, 2014, कोलकाता, विश्व हिंदू परिषद् के स्वर्ण जयंती समारोह के अंतर्गत आयोजित सम्मेलन

कल्याण की भावना है और उसकी भावना शुद्ध और सत्य है और उस संकल्प के पीछे हम सब लोगों के दृढ़ संकल्प का और बाहुओं के बल का पुरुषार्थ खड़ा है।

हिंदू समाज जाग रहा है

हिंदू समाज जाग रहा है। सज्जनों को हर्षित करनेवाली और दुर्जनों को भय-कंपित करनेवाली बात अब प्रत्यक्ष हो रही है। हिंदू समाज के प्रत्येक व्यक्ति को उस संकल्प पर अडिग रहना पड़ेगा। अब किसी प्रकार से भयभीत होने की आवश्यकता नहीं है। हिंदू अपने देश में कहीं से घुसपैठ करके नहीं आए। हिंदू बाहर से यहाँ बसने के लिए भी नहीं आए। हिंदू यहीं पर जनमे हैं, इसी मिट्टी में पले, इसी देश के उत्थान में लगे पूर्वजों के वंशज हैं। यह हिंदुओं का देश है, यह हिंदुओं का हिंदू राष्ट्र है। हिंदू भागेगा नहीं, हिंदू अपनी भूमि, अपनी जगह छोड़ेगा नहीं। जो कुछ हिंदुओं की पहले की निंद्रा के कारण गया है, उसको वापस लाने का पुरुषार्थ अब हिंदू करेंगे। संपूर्ण दुनिया की भलाई करने के लिए हिंदू जाग रहा है। उसके जागने से किसी को डरना नहीं चाहिए। डरेंगे वही, जो स्वार्थी या दुष्ट होंगे और इसलिए हिंदू समाज के जागरण के विरुद्ध उठने वाली आवाजें केवल उन्हीं लोगों की होती हैं, जिनके स्वार्थ को खतरा होता है या जिनकी दुष्टता पर प्रतिबंध आता है। कभी हिंदू समाज ने किसी और को दबाने की बात नहीं की है। आज भी नहीं करता है। इतने अपराध पाकिस्तान करता है, कितने अपराध बांग्लादेशी घुसपैठियों की तरफ से होते हैं, हिंदू केवल अभी तक उसे सहन करता आ रहा है। लेकिन हमारे भगवान् सिखाते हैं कि सौ अपराधों के बाद सहन भी मत करो। अब सौ अपराध पूरे हो गए, अब और क्या होना बाकी है ? कितना सहन करना है ? केवल हमें सहन नहीं करना पड़ता, इन्हें तो दुनिया को सहन करना पड़ रहा है। दुनिया के पास उपाय नहीं है, हिंदुओं के पास उपाय है, वह जानता है कि अगर हिंदू खड़े हो जाते हैं, तो फिर कोई दुष्ट ताकत, कोई स्वार्थी ताकत हमारी सम्मिलित-संगठित शक्ति के आगे खड़ी नहीं रह सकती।

दुनिया के पास उपाय नहीं है, हिंदुओं के पास उपाय है, वह जानता है कि अगर हिंदू खड़े हो जाते हैं, तो फिर कोई दुष्ट ताकत, कोई स्वार्थी ताकत हमारी सम्मिलित-संगठित शक्ति के आगे खड़ी नहीं रह सकती।

एक बार विष्णुजी शंकरजी से मिलने के लिए गए। अपना वाहन लेकर गए।

शिवजी ने आशीर्वाद दिया, शुभकामनाएँ दीं। उन दोनों की बात होने लगी। शंकरजी के गले में साँप था तो विष्णुजी गरुड़ पर बैठे थे। गरुड़ के आगे साँप रहता नहीं, भागता है। लेकिन अब शिवजी के गले में था, इसलिए हिम्मत करके बोला कि क्यों गरुड़जी, सब हाल-चाल ठीक है न? तो गरुड़जी ने कहा कि हालचाल तब तक ठीक है, जब तक तुम शिवजी के गले में हो। जरा भूमि पर उतर आओ, फिर हालचाल बताता हूँ। अब हिंदू का भी यही कहना है। शिवजी के गले में बैठे हो, तब तक तुम्हारा हाल ठीक है, अब जमीन पर उतरने की भूल मत करना, क्योंकि अब हिंदू जाग रहा है। हिंदू जागा है, हिंदू अपनी सुरक्षा कर लेगा, हिंदू अपनी उन्नति कर लेगा और इतना ही नहीं, दुनिया के सब संत्रस्त लोगों को हिंदू अभय प्रदान करेगा। सारी दुनिया में सुख-शांतिपूर्ण जीवन चलता रहे, ऐसा कल्याणकारक पथ सारी दुनिया को हिंदू समाज बताएगा। सभी हिंदू एकजुट होकर संकल्प लेंगे और उस पर दृढ़ रहेंगे, तो केवल हिंदुओं का ही नहीं, सारी दुनिया के भले लोगों का कल्याण होगा और सारी दुनिया के दुष्ट लोगों को अपना मुँह छिपाने के लिए अँधेरे कोने की तलाश करनी पड़ेगी। यह हिंदू समाज को करना है और तब तक अपने स्वार्थ का विचार नहीं करना है। मेरा क्या होगा, इससे डरना नहीं, हमारे स्वातंत्र्य योद्धा डरे नहीं। फाँसी चढ़ रहे थे—खुदीराम बोस, सार्वजनिक स्थान में फाँसी हो रही थी। सारा जन समुदाय इकट्ठा हुआ, उसमें उनकी माता भी थीं। माता की आँखों में आँसू थे, खुदीराम बोस डरे नहीं, खुदीराम बोस ने माता को कहा, "माता, धीरज रखो। अभी तो मैं जा रहा हूँ, लेकिन मेरा काम अभी अधूरा पड़ा है। तो नौ महीने में फिर से वापस आना है। तुम्हारे ही उदर में फिर से जन्म लूँगा और जन्म लेकर काम पूरा करूँगा।"

"माता, धीरज रखो। अभी तो मैं जा रहा हूँ, लेकिन मेरा काम अभी अधूरा पड़ा है। तो नौ महीने में फिर से वापस आना है। तुम्हारे ही उदर में फिर से जन्म लूँगा और जन्म लेकर काम पूरा करूँगा।"

शिवजी की तरह विषपान के लिए तैयार रहना होगा

देशभक्त हिंदू का, सत्यभक्त हिंदू का ऐसा चरित्र होता है। मेरे नौजवान भाइयो! हमको उस चरित्र का परिचय फिर से देना पड़ेगा। हम केवल अपनी सुरक्षा के लिए नहीं लड़ रहे, केवल अपनी उन्नति के लिए नहीं लड़ रहे। अपनी उन्नति और सुरक्षा की बलि देकर दुनिया का कल्याण हो पाए तो हम उसकी बलि देने के लिए भी तैयार

रहनेवाले हैं। दुनिया के कल्याण के लिए शिवजी ने हलाहल-कालकूट ग्रहण किया था। शिवजी ने दुनिया को बचाने के लिए विष पी लिया था। आज दुनिया को बचाने के लिए संपूर्ण हिंदू समाज फिर से अमृत-संजीवनी लेकर खड़ा हो, इसकी आवश्यकता है और इसलिए उस हिंदू को हम खड़ा कर रहे हैं। हम सब लोग मिलकर करेंगे। जो भूले-भटके बिछड़ गए, उनको वापस लाएँगे। लोभ-लालच में बलपूर्वक लूट लिये गए। हमसे जिसने लूटपाट की, वह चोर पकड़ा गया। उसके पास मेरा माल है। दुनिया जानती है, वह मेरा माल है। मैं वह माल वापस लेता हूँ, इसमें कौन सी बड़ी बात है? पसंद नहीं तो कानूनी लड़ाई लड़ो। कहा है संसद् ने 'कानूनी लड़ाई लड़ो।' करने के लिए जब तैयार नहीं तो क्या करेंगे? हमको किसी को बदलना नहीं है। हिंदू किसी को बदलने पर विश्वास नहीं करता। हिंदू कहता है, परिवर्तन अंदर से होता है। लेकिन हिंदू दूसरे का परिवर्तन नहीं करता है, तो किसी को हिंदू का भी परिवर्तन नहीं करना चाहिए। इस पर हिंदू आज अड़ा है, और अड़ेगा। यह सारे संकल्प अभी, इसी समय इसी क्षण से अपने नित्य आचरण में लाना और उन पर अड़े रहना, खड़े रहना। आज के हिंदू धर्म के आचरण के लिए उसके प्राथमिक आचरण का यह सार है। उस पहली पायदान पर हम सबको रहना है। इस सार को देना नहीं है। गुरु तेगबहादुरजी का बलिदान हुआ, आरे से उनको चीरा गया। उनका सिर आरे से धड़ से अलग कर दिया गया। मुँह से दर्द की एक सिसकारी नहीं निकली। अंदर में अजपा जप चल रहा था। गरदन कटाने के बाद लोगों ने देखा, रीढ़ की हड्डी पर कोई कागज लिपटा है। वह कागज निकालकर देखा, उस पर लिखा था—'सिर दिया, लेकिन सार नहीं दिया।'

आज के हिंदू धर्म के आचरण के लिए उसके प्राथमिक आचरण का यह सार है। उस पहली पायदान पर हम सबको रहना है। इस सार को देना नहीं है। गुरु तेगबहादुरजी का बलिदान हुआ, आरे से उनको चीरा गया। उनका सिर आरे से धड़ से अलग कर दिया गया। मुँह से दर्द की एक सिसकारी नहीं निकली। अंदर में अजपा जप चल रहा था। गरदन कटाने के बाद लोगों ने देखा, रीढ़ की हड्डी पर कोई कागज लिपटा है। वह कागज निकालकर देखा, उस पर लिखा था—'सिर दिया, लेकिन सार नहीं दिया।'

सार नहीं देंगे और सिर भी नहीं देंगे

हिंदुओं को आज जो करना है, उसका सारांश संकल्प रूप में ग्रहण किया है—'हम सिर दे देंगे, सार नहीं देंगे और सिर भी नहीं देंगे, हम सिर बचाएँगे।' सिर काटने वालों से कटने वालों के सिर बचाएंगे। सारी दुनिया को अभय देनेवाला, अपने आपमें स्वसुरक्षित, जिसकी ओर टेढ़ी आँख करके देखने की दुनिया के दुष्टों की हिम्मत नहीं होगी। ऐसा हिंदू हम खड़ा करेंगे और हिंदू के नाते संपूर्ण दुनिया को फिर से एक बार युगानुकूल मानव संस्कृति की दीक्षा देंगे। उस संकल्प को पूरा करने के लिए ये छोटे-छोटे नौ संकल्प आपको दिए हैं। उनका आचरण इसी क्षण से प्रारंभ करो। जितना तुरंत संभव है, उतना रोज के आचरण में लागू करो, क्योंकि इस देश का हिंदू इस देश के भाग्य के लिए उत्तरदायी है। हम जब कहते हैं कि भारत मेरा देश है, तो हम यह नहीं कहते कि हम भारत के मालिक हैं। हम कहते हैं—"यह मातृभूमि है और मैं उसका पुत्र हूँ।" माता के लिए मेरा जन्म है, हम इसके उत्तरदायी हैं। जितनी जल्दी हिंदू समाज खड़ा हो जाएगा, उतनी जल्दी भारतभूमि पर बसनेवाले हर एक का, वह किसी की भी पूजा करता हो, हर एक का कल्याण होगा। जब तक भारतभूमि में हिंदू खड़ा नहीं होगा, तब तक किसी का कल्याण संभव नहीं है! क्या है? "पाकिस्तान तो भारतभूमि ही है न? यह तो 1947 में कुछ हुआ, इसलिए वहाँ गई है। लेकिन आप देखिए, वहाँ तो हिंदू को खड़े करने लायक रखा। उस दिन से आज तक पाकिस्तान सुख में है कि दु:ख में है? थोड़ा-बहुत भारत में हिंदू खड़ा है तो भारत पाकिस्तान से ज्यादा सुख में है कि दु:ख में है? यही है, जो भारत था, उसमें हिंदू जब तक खड़ा है, भारत के सब लोगों का कल्याण है।" भारत में अगर हिंदू उत्तरदायी होकर खड़ा नहीं होगा, संगठित होकर खड़ा नहीं होगा, शक्ति-संपन्न होकर खड़ा नहीं होगा तो भारतवर्ष में

> *'हम सिर दे देंगे, सार नहीं देंगे और सर भी नहीं देंगे, हम सिर बचाएँगे।' सिर काटने वालों से कटने वालों के सिर बचाएँगे। सारी दुनिया को अभय देनेवाला, अपने आपमें स्वसुरक्षित, जिसकी ओर टेढ़ी आँख करके देखने की दुनिया के दुष्टों की हिम्मत नहीं होगी। ऐसा हिंदू हम खड़ा करेंगे और हिंदू के नाते संपूर्ण दुनिया को फिर से एक बार युगानुकूल मानव संस्कृति की दीक्षा देंगे।*

रहनेवाले प्रत्येक को दुःख का ही सामना करना पड़ेगा। हम अपना दुःख दूर कर रहे हैं, उससे दुनिया का दुःख दूर होनेवाला है। यह समझो, हम खड़े हो रहे हैं। जिनके स्वार्थ की दुकानें बंद होंगी, जिनकी दुष्टता चल नहीं सकेगी, वे विरोध करने का प्रयास करेंगे। संघर्ष थोड़ा-बहुत होगा। लेकिन संघर्ष करते समय भी हमको पता है कि यह तो हमारा दुष्टों की दुष्टता के खिलाफ संघर्ष है, स्वार्थी लोगों के स्वार्थ के खिलाफ संघर्ष है। हम किसी से द्वेष नहीं करते।

अंतिम संकल्प

हिंदुस्तान में परम वैभव-संपन्न हिंदू राष्ट्र और सुखी-सुंदर मानवता संपन्न दुनिया बनाने वाला विश्वगुरु हिंदुस्थान, जिसको खड़ा करने के लिए हमने संकल्प लिया है, प्रारंभिक संकल्प उसके आचरण पर पक्का रहना होगा। वह समय दूर नहीं, जब देश के लोग परिवर्तन को अपनी आँखों से देखेंगे। एक शर्त है, अपने संकल्प पर हर कीमत पर अडिग रहना होगा। इसलिए इन संकल्पों का स्मरण नित्य मन में रखिए और अपना आचरण उस प्रण के अनुसार कीजिए। निर्भय होकर, आश्वस्त होकर अंतिम विजय को निश्चित कर सब लोगों को चलना प्रारंभ करना होगा।

हिंदुस्तान में परम वैभव-संपन्न हिंदू राष्ट्र और सुखी-सुंदर मानवता संपन्न दुनिया बनाने वाला विश्वगुरु हिंदुस्थान, जिसको खड़ा करने के लिए हमने संकल्प लिया है, प्रारंभिक संकल्प उसके आचरण पर पक्का रहना होगा। वह समय दूर नहीं, जब देश के लोग परिवर्तन को अपनी आँखों से देखेंगे।

□

बदलना होगा समाज का आचरण

सत्य की प्रतिष्ठा तब होती है, जब उसके पीछे कोई शक्ति होती है। विश्व-कल्याण और मानवता का उदात्त विचार होते हुए भी भारतीय सनातन संस्कृति आक्रांताओं की शिकार हुई, क्योंकि समाज की शक्ति उसके पीछे खड़ी नहीं थी। इसलिए संघ ने स्वयं को केंद्रित किया समाज को सशक्त करने में। इसकी कार्य-पद्धति बनाई व्यक्ति-निर्माण की। यह स्पष्ट देखा गया है कि समाज का आचरण बदले तो बाकी सब बदलता है, सबको बदलना पड़ता है, लेकिन यह भी तय है कि समाज का आचरण वातावरण से बदलता है। उस समय लोगों में समाज के प्रति आत्मयीता का भाव और देशात्मबोध की चेतना का घोर अभाव था। इस कमी को अपने समय के सभी महापुरुषों ने समझा और स्वीकार किया, लेकिन यह हो कैसे? उन्हें समझ नहीं आया। ये सारे लोग अपने-अपने अभियान में लगे रहे, लेकिन संघ ने अलग रास्ता चुना। संघ आज भी इसी वातावरण के निर्माण में लगा है।

धर्म की उपेक्षा है समस्याओं की जड़

आज दुनिया अनेक समस्याओं से जूझ रही है। हमें उन समस्याओं की विवेचना करनी ही होगी। गौर से देखें तो जो समस्याएँ पहले थीं और जो समस्याएँ अभी दिखती हैं, वे सब धर्म की उपेक्षा के कारण हैं। विद्वानों ने धर्म को कई तरह से समझाया है। इसकी अनेक व्याख्याएँ की जाती हैं। बात तब की है, जब मैं दसवीं कक्षा में

* 4 जनवरी, 2015, कर्णावती (अमदाबाद) में कार्यकर्ता सम्मेलन

पढ़ रहा था। हमारी भौतिक शास्त्र की किताब थी। मातृभाषा माध्यम में पढ़ाई हो रही थी, इसलिए वह किताब मराठी में थी। अंग्रेजी में कहते हैं—'जनरल प्रोपर्टीज ऑफ मैटर', उस विषय की किताब थी। उस किताब का नाम दिया था—'सामान्य वस्तु धर्म'। प्रश्न उठता है, क्या वस्तु का भी धर्म होता है? यहाँ धर्म से आशय अलग है। अग्नि का क्या स्वभाव होता है? विद्युत् का क्या स्वभाव होता है? स्वभाव को धर्म कहते हैं, धर्म शब्द को कर्तव्य के अर्थ में भी प्रयुक्त किया जाता है। पुत्र का पिता के प्रति कर्तव्य है, यह 'पुत्र धर्म' है। राजा का प्रजा के प्रति कर्तव्य है, यह 'राजधर्म' है। ऐसे कर्तव्यों को भी धर्म का नाम देते हैं। यह इस लोक में और परलोक में भी सुख प्राप्त करा देनेवाला धर्म है, ऐसा कहते हैं। साथ ही, सबको जोड़नेवाला, सबको ऊपर उठानेवाला, सबकी धारणा करनेवाला, उसको भी धर्म कहते हैं। इस धर्म की उपेक्षा करने के कारण ही सारी दुनिया संकट में है।

दुनिया भारत की ओर देख रही है

भारत की परंपरागत संस्कृति के आधार पर पूर्व में कभी इस भारत का जो चित्र दुनिया में था, वह अत्यंत परम वैभव-संपन्न, शक्ति-संपन्न राष्ट्र के रूप में था। परम वैभव, शक्ति-संपन्न होने के बाद भी दुनिया के किसी देश को न रौंदनेवाला था। उलटा, सारी दुनिया को सुख-शांतिपूर्वक जीने की सीख अपने जीवन से देनेवाला भारत है। इस नाते सदियों तक भारत ने पूर्व काल में अपना उदाहरण उपस्थित किया है।

यहाँ लगी प्रदर्शनी में पर्यावरण समस्या की जानकारी मिलती है। दुनिया ऐसी अनेक समस्याओं से ग्रस्त है। आज नहीं, कम-से-कम दो हजार वर्ष से स्थिति ऐसी ही है। इन समस्याओं का हल निकालने के लिए अनेक प्रकार के उपाय भी करके देखे दुनिया ने। कभी ईश्वर को माननेवाले विचारों का सहारा लिया, कभी ईश्वर को न माननेवाले विचारों का सहारा लिया। अंततोगत्वा विज्ञान हाथ में लगा तो विज्ञान के आधार पर चलने का दंभ भरकर सारी दुनिया तंत्रों या मशीनों के सहारे चली, अभी भी चल रही है। लेकिन सत्य स्थिति यह है कि सबको निराशा ही हाथ लगी है। 'कोई नया रास्ता चाहिए', ऐसा दुनिया भर के चिंतक कहते हैं। नया रास्ता कैसे बनना चाहिए, इसका वर्णन करते समय यह भी कहते हैं कि 'नया रास्ता ढूँढ़ने के लिए अब हमको भारत के

पास जाना पड़ेगा।' क्योंकि भारत की परंपरागत संस्कृति के आधार पर पूर्व में कभी इस भारत का जो चित्र दुनिया में था, वह अत्यंत परम वैभव-संपन्न, शक्ति-संपन्न राष्ट्र के रूप में था। परम वैभव, शक्ति-संपन्न होने के बाद भी दुनिया के किसी देश को न रौंदनेवाला था। उलटा, सारी दुनिया को सुख-शांतिपूर्वक जीने की सीख अपने जीवन से देनेवाला भारत है। इस नाते सदियों तक भारत ने पूर्व काल में अपना उदाहरण उपस्थित किया है। फिर से उन्हीं सनातन मूल्यों के आधार पर इस भारत से हमको सीख लेनी चाहिए। ऐसा दुनिया के चिंतक पिछले सौ साल में विचार करते आए हैं। यह भारत का कर्तव्य भी है। हम भारत के लोगों के लिए अपनी संस्कृति का आदेश है। इस देश में जनमे हम लोगों का कर्तव्य है, क्योंकि हमारा देश दुनिया का प्राचीनतम देश है। उस प्राचीनतम समय से बिल्कुल इस क्षण तक जो परंपरा का सूत्र है, वह आज भी यहाँ अक्षुण्ण रूप में विद्यमान है। हम दुनिया के अग्रजन्मना हैं। अग्रजन्मना होने के नाते हमारा दायित्व है कि हम दुनिया को जीवन की शिक्षा दें।

कमी कहाँ रही?

इस संदर्भ में जब हम अपने देश का विचार करते हैं, तो हमको बहुत सारी समस्याएँ दिखाई देती हैं। बहुत सारी कमियाँ भी दिखाई देती हैं। उन कमियों को दूर करना है। उन समस्याओं का निवारण करना है। दुनिया के लिए प्रामाणिकता से, निस्स्वार्थ सर्वस्व की आहुति देकर इस देश के लिए काम करनेवाले महापुरुषों की परंपरा भी दिखाई देती है। अध्यक्ष महोदय ने अपने वक्तव्य में एक प्रश्न किया कि कमी कहाँ रह गई? उन महापुरुषों के सामने भी यह प्रश्न था। आधुनिक काल में 1857 के स्वतंत्रता युद्ध के पश्चात् जब देश की चिंता करनेवाले ऐसे महापुरुषों ने विचार किया तो उस विचार-मंथन से चार धाराएँ निकलीं। एक धारा के लोगों का विचार था कि राजनीतिक जागृति के अभाव में ही इस देश पर संकट आए। दूसरी धारा थी, देश को रूढ़ि-कुरीतियों से मुक्त करके आधुनिक वैज्ञानिक आधार से जीवन

आधुनिक काल में 1857 के स्वतंत्रता युद्ध के पश्चात् जब देश की चिंता करनेवाले ऐसे महापुरुषों ने विचार किया तो उस विचार-मंथन से चार धाराएँ निकलीं। एक धारा के लोगों का विचार था कि राजनीतिक जागृति के अभाव में ही इस देश पर संकट आए। दूसरी धारा थी, देश को रूढ़ि-कुरीतियों से मुक्त करके आधुनिक वैज्ञानिक आधार से जीवन जीने की दिशा देनेवाले लोगों की।

जीने की दिशा देनेवाले लोगों की। एक धारा चली, अपने देश की जीवन-परंपरा के मूल तक जाकर, उसको यथार्थ समझकर, दरिद्रनारायण की सेवा करके समाज को खड़ा करनेवाले लोगों की। स्वामी दयानंद से लेकर स्वामी विवेकानंद तक संतों ने इस धारा में योगदान दिया। एक धारा थी, जो कहती थी, पहले हाथ में शस्त्र लेकर अंग्रेजों को भगाओ, सब ठीक हो जाएगा। इन चारों धाराओं के महापुरुष अपनी प्रामाणिकता को दाँव पर लगाकर काम करते रहे। लेकिन सबके मन में यह प्रश्न आता था कि क्या कमी रही?

कहाँ है परम वैभवशाली भारत?

बात करें संघ निर्माता डॉ. हेडगेवार की, तो उस आयु में, तीसरी-चौथी कक्षा में उनकी प्रकृति में देशभक्ति प्रकट होती थी। देश के हित के लिए चलनेवाले सभी कामों में उनका सहयोग रहता था। बचपन में ही अनाथ हो गए। पालनकर्ता कोई रहा नहीं, बहुत कठिनाई में, दरिद्रता में जीवन चलाना पड़ा, पढ़ाई करनी पड़ी। अपनी पढ़ाई अच्छे से करते थे। पहले दस में हमेशा नंबर रहता था। जब तक यह पढ़ाई चलती रही, तब तक रहा। दूसरी बात जो जीवन भर नहीं छूटी, वह थी—देश के हित में चलनेवाले सब प्रयासों में पूरी शक्ति लगाकर योगदान करना। स्वाभाविक रूप से उनके इस सार्वजनिक कार्य की वजह से समकालीन सभी महापुरुषों से उनका संपर्क हुआ, उनसे चर्चाएँ हुईं, विचार-मंथन हुआ। स्वयं प्रत्येक महापुरुष का, उन्होंने कार्यकर्ता बनकर प्रत्यक्ष अनुभव लिया। समाज के इतिहास का, वर्तमान का अध्ययन किया, चिंतन किया। तब उनके ध्यान में आया, परम वैभव-संपन्न, शक्ति-संपन्न भारत, दुनिया के जीवन को ज्ञान का प्रकाश देनेवाला भारत आज नहीं है। वह कमी क्या है? वह कमी क्या थी? महापुरुषों के अध्ययन-अनुभव का निष्कर्ष एक ही था। वे सभी प्रामाणिक लोग थे। इसलिए एक ही निष्कर्ष पर पहुँचे। सब प्रकार की विचारधाराएँ थीं, अलग-अलग कार्यक्षेत्र थे, लेकिन निष्कर्ष एक ही था। वह क्या था?

स्वाभाविक रूप से उनके इस सार्वजनिक कार्य की वजह से समकालीन सभी महापुरुषों से उनका संपर्क हुआ, उनसे चर्चाएँ हुईं, विचार-मंथन हुआ। स्वयं प्रत्येक महापुरुष का कार्यकर्ता बनकर उन्होंने प्रत्यक्ष अनुभव लिया। समाज के इतिहास का, वर्तमान का अध्ययन किया, चिंतन किया।

देशात्मबोध की चेतना

अपने देश में कम्युनिस्ट पार्टी की स्थापना करनेवालों में एक थे—सर मानवेंद्रनाथ रॉय। जिन चंद कार्यकर्ताओं को प्रारंभ में लेनिन ने निमंत्रण देकर बुलाया था, सर मानवेंद्रनाथ रॉय उनमें से एक थे। वे लेनिन से मिलकर आए। आगे चलकर रैडिकल ह्यूमैनिस्ट बने और 'रैडिकल ह्यूमैनिज्म' नाम से अपने जीवन भर का अनुभव पठन करनेवाला एक ग्रंथ भी लिखा। उसके अंतिम प्रकरणों में निष्कर्ष के रूप में वे लिखते हैं, उनके शब्द अंग्रेजी में हैं, मैं हिंदी में बता रहा हूँ, वे कहते हैं—"जब तक इस देश के सामान्य व्यक्ति के अंत:करण में देशात्मबोध की चेतना जगाकर उसके सद्गुणों की उन्नति नहीं की जाती, तब तक भारतवर्ष में कोई भला काम यशस्वी नहीं होगा।" वे आगे कहते हैं, "यह रास्ता बहुत लंबा लगता है। लेकिन अगर यही एकमात्र रास्ता है तो यही सबसे छोटा रास्ता है।" डॉ. हेडगेवार जिन-जिन से मिले हैं, जिन-जिन से उनकी चर्चाएँ हुई हैं, उनमें ऐसे कई नाम हैं; बाबू सुभाषचंद्र बोस, लोकमान्य तिलक, महात्मा गांधी, डॉ. बाबा साहेब आंबेडकर, क्रांतिकारियों के शिरोमणि वीर सावरकर, उनके बंधु बाबाराव सावरकर, भगत सिंह, चंद्रशेखर आजाद आदि-आदि। वे ऐसे सब लोगों के निकट संपर्क में आए। सबका एक ही निष्कर्ष था कि इस देश के प्रत्येक व्यक्ति को संपूर्ण देश अपना लगे; भूमि, जल, जंगल, जमीन, जानवर सहित यह सारा देश मेरा अपना है, ऐसा भाव जगे, तभी कोई उपाय है। संपूर्ण विश्व को परमात्मा का रूप माननेवाले और जड़-चेतन-चराचर में उसके अंश के रूप में आत्मा का निवास माननेवाले भारतवासियों को पहले यह सारा देश अपना लगे, तभी कोई

> *डॉ. हेडगेवार जिन-जिन से मिले हैं, जिन-जिन से उनकी चर्चाएँ हुई हैं, उनमें ऐसे कई नाम हैं; बाबू सुभाषचंद्र बोस, लोकमान्य तिलक, महात्मा गांधी, सावरकर, डॉ. बाबा साहेब आंबेडकर, क्रांतिकारियों के शिरोमणि वीर सावरकर, उनके बंधु बाबाराव सावरकर, भगत सिंह, चंद्रशेखर आजाद आदि-आदि। वे ऐसे सब लोगों के निकट संपर्क में आए। सबका एक ही निष्कर्ष था कि इस देश के व्यक्ति को संपूर्ण देश अपना लगे; भूमि, जल, जंगल, जमीन, जानवर सहित यह सारा देश मेरा अपना है, ऐसा भाव जगे, तभी कोई उपाय है।*

उपाय है। उसकी भूमि, उसके जल, जंगल, जमीन, जानवर सबको आत्मीयता से हृदय में धारण करके व्यवहार करने की उसकी योग्यता बने, तभी कोई उपाय है। जब तक यह नहीं होता, तब तक यह सनातन प्रश्न कायम रहेगा—कमी कहाँ रह गई?

हम कैसे परतंत्र हो गए?

यह कमी ऐसी नहीं कि एकदम से दिख जाए, तब भी नहीं दिखती थी। हम परतंत्र बने, तब हम निर्धन नहीं थे। तब हम 'सोने की चिड़िया' कहलाते थे, तब हम दुर्बल नहीं थे। हमारे अपने राज्य थे, हमारे अपने राजा थे, हमारी अपनी सेनाएँ थीं और उन्होंने बार-बार अपने शत्रुओं को युद्ध में पछाड़ा था। विदेशी आक्रामकों को भी पछाड़ा था। जितनी आसानी से बाकी दुनिया में उन आक्रांताओं ने अपनी छाप पैदा की, उतनी आसानी से उनको भारत के दरवाजे भी पार करने को नहीं मिले। जहाँ पचास-पचास वर्षों में दुनिया के सत्रह-अठारह देश उन्होंने संपूर्णतः बदल दिए, वहाँ भारत की दहलीज को पार करने के लिए उनको सौ-सौ साल लड़ना पड़ा। ऐसे पराक्रमी सूरमा-वीरों का हमारे यहाँ अभाव नहीं था। लेकिन मुट्ठी भर लोग हजारों मील दूर से आते हैं। उसी मुट्ठी भर संख्या के साथ उत्तर से दक्षिण, पूरब से पश्चिम हमारे देश को जीत लेते हैं और वर्षों तक उस देश का राज इसी देश के लोगों को अपना कर्मचारी बनाकर चलाते हैं। यह कैसे हो सकता है? इस कमी को दूर करना है। ऐसा हमारे लिए प्रामाणिकता से, निस्स्वार्थ बुद्धि से काम करनेवाले संतजनों का आदेश है। उस कमी को दूर करने के लिए क्या करना है?

जितनी आसानी से बाकी दुनिया में उन आक्रांताओं ने अपनी छाप पैदा की, उतनी आसानी से उनको भारत के दरवाजे भी पार करने को नहीं मिले। जहाँ पचास-पचास वर्षों में दुनिया के सत्रह-अठारह देश उन्होंने संपूर्णतः बदल दिए, वहाँ भारत की दहलीज को पार करने के लिए उनको सौ-सौ साल लड़ना पड़ा।

डॉ. हेडगेवार ने किए प्रयोग

इसके प्रयोग डॉ. हेडगेवार ने किए। बाकी सभी महापुरुषों को यह कमी मालूम तो थी, परंतु किसी के पास इस काम के लिए समय नहीं था। सबने अपना-अपना काम चुन लिया था। उनको इस बात की अधिक चिंता थी कि उनका काम पूर्ण

सफल होगा या नहीं, असफल भी हो सकता है। डॉ. हेडगेवार ने सोचा कि इतने सारे काम इतने सारे लोग कर रहे हैं, तो सब काम को छोड़ मैं इसी एक काम के पीछे लगता हूँ। वह काम जो सबके काम को सफल करेगा। इसे ध्यान में रखते हुए उन्होंने प्रयोग किए। उन्होंने एक ऐसी कार्य पद्धति ढूँढ़कर निकाली, जो इस देश के कोने-कोने में बसनेवाले किसी भी व्यक्ति को, चाहे वह शहर का हो, सुशिक्षित हो, धन-संपन्न हो या जंगल में बसता हो, देहात में बसता हो, अशिक्षित हो, निर्धन हो, उन सभी के मन में यह भावना पैदा करेगा कि इस देश की सनातन परंपरा, यहाँ की भूमि, जल-जंगल, जानवर सहित यह सारा देश मेरा अपना देश है, सब स्वार्थ और भेदों को दूर करके मैं इस देश के लिए जीवन जीऊँगा और अगर आवश्यकता है तो इस देश के लिए प्राण अर्पण करने के लिए भी तैयार हूँ।

यहाँ की भूमि, जल-जंगल, जानवर सहित यह सारा देश मेरा अपना देश है, सब स्वार्थ और भेदों को दूर करके मैं इस देश के लिए जीवन जीऊँगा और अगर आवश्यकता है तो इस देश के लिए प्राण अर्पण करने के लिए भी तैयार हूँ। एक सरल कार्य-पद्धति—एक घंटा एकत्र होकर, प्रेरणा देनेवाले, स्वभाव बनानेवाले, संस्कारदायक, सीधे-सादे-सरल शारीरिक, बौद्धिक कार्यक्रमों को करना।

एक सरल कार्य-पद्धति—एक घंटा एकत्र होकर, प्रेरणा देनेवाले, स्वभाव बनानेवाले, संस्कारदायक, सीधे-सादे-सरल शारीरिक, बौद्धिक कार्यक्रमों को करना। इस साधना को निरंतर करो, अपने व्यक्तित्व को योग्य बनाओ और उसको देश-कार्य में प्रेरित करो। अपने पवित्र हिंदू धर्म, हिंदू संस्कृति, हिंदू समाज की सुरक्षा में प्रयुक्त करो, क्योंकि यह देश हिंदू देश है, परंपरा से है, कोई संघ ने निर्माण नहीं किया। चलता आया है और हिंदू कहने से इतनी उदारता है कि उसमें सब विविधता स्वीकार होती है। बाकी दुनिया में क्या है? वहाँ सहिष्णुता की बात करते हैं। यानी सहन करो, ये लोग गलत हैं, ये लोग समझते नहीं, ये लोग अज्ञानी हैं, ये लोग तुमसे श्रेष्ठ नहीं हैं, लेकिन तुम सहन करो। हमारे यहाँ ऐसा नहीं कहते। हमारे यहाँ ऐसा कहते हैं कि सहन मत करो, स्वीकार करो। उनके पास भी सत्य है, उनके पास भी श्रेष्ठता है—'एकं सद्विप्राः बहुधा वदन्ति।' विद्वान् एक ही विषय का वर्णन अलग-अलग प्रकार से करते हैं और मनुष्य की भी देखने की दृष्टि अलग-अलग होती

है। इसलिए दुनिया में तरह-तरह की विविधता है। मनुष्य की परिस्थिति भी उसको विविधता की ओर ढकेलती है।

रामेश्वरम् की पूजा करने के लिए जो पुजारी हैं, वे एक वस्त्र पहनकर वहाँ पूजा करते हैं, जबकि बदरीनाथ, केदारनाथ के पुजारी पूरा लबादा ओढ़कर पूजा करते हैं। कारण स्पष्ट है, वहाँ की बर्फीली हवा में अगर एक वस्त्र लपेटकर पूजा करेंगे तो पूजा करने के पहले ही भगवान् को प्राप्त हो जाएँगे, उधर पूरा लबादा ओढ़कर अगर रामेश्वर के मंदिर में खड़े हो गए तो पसीने से तर हो जाएँगे। अलग-अलग वातावरण है तो अलग-अलग तरीके बनते हैं। इसमें कोई बड़ी बात नहीं, सबको स्वीकार करो। सब में सत्य है, सब एक जगह पहुँचेंगे। 'सर्व देव नमस्कारः केशवं प्रति गच्छति', सबके साथ मिल-जुलकर रहो, सबको साथ लेकर चलो। इस विविधता में एकता को पहचानो, क्योंकि यह सारी विविधता एक से ही बनी है।

ऐसी है अपनी भारतीय संस्कृति

ऐसा श्रेष्ठ विचार जिस भूमि में पैदा हुआ, जिस भूमि के महापुरुषों ने अपने जीवन से इस विचार को सींचा, अपने आचरण से इस विचार को प्रभावी बनाया और संपूर्ण दुनिया के सामने मनुष्यत्व के उत्तम आदर्श खड़े किए, ऐसी श्रेष्ठ परंपरावाला हमारा देश है। वह परंपरा हमारी पहचान है। वह विविधता में एकता देखनेवाली संस्कृति हमारी पहचान है। उस विविधता में एकता के संस्कार के मूल में, यह जो संतों के द्वारा साक्षात्कृत सत्य है, वह हमारी पहचान है। इसलिए हम हिंदू हैं।

सनातन तत्त्वज्ञान का उपहार देनेवाला, उस तत्त्वज्ञान का साक्षात् करनेवाला, महापुरुषों की परंपरा देनेवाला, ऐसा हमारा पवित्र 'हिंदू धर्म' है। इसका आधार हमारी सनातन धर्म-संस्कृति है। इसे भारतीय संस्कृति कहते हैं, आर्य संस्कृति कहते हैं, हिंदू संस्कृति कहते हैं। वह संस्कृति है, जो हमें सबमें ईश्वर देखना सिखाती है। सबके प्रति कृतज्ञता-बोध का आचरण करनेवाला संस्कार देती है। गाय को भी 'गौ माता' कहती है, तुलसी को 'तुलसी माता' कहती है, गंगा को 'गंगा माता' कहती है। इन सबने हमको जीवन दिया है। जिसने इनका पोषण लिया है, उसे दाम दोगुना करके वापस करना है। यह प्रत्येक मनुष्य का कर्तव्य है। मनुष्य का जीवन स्वार्थ के लिए नहीं होता, पशु

का होता है। पशु को विचार नहीं दिया है, जन्म से अंत तक उसको केवल जीना है और उसे कोई काम नहीं है। मनुष्य को विचार दिया है, तो मनुष्य विचार करता है, समझता है, मैं कौन हूँ? इस जगत् में क्यों हूँ? इस जगत् से मेरा संबंध क्या है? यह जगत् क्या है? यह कहाँ से आया? कहाँ जाएगा? बहुत विचार करता है। विचारपूर्वक जीवन जीनेवाला मनुष्य स्वार्थ के लिए जी नहीं सकता। वह सेवा और परोपकार के लिए जीएगा। जिन-जिन से जीवन मिलता है, उन सबके प्रति कृतज्ञ रहेगा और अपने जीवन से सारी दुनिया के जीवन का विकास करेगा। ऐसा श्रेष्ठ विचार जिस भूमि में पैदा हुआ, जिस भूमि के महापुरुषों ने अपने जीवन से इस विचार को सींचा, अपने आचरण से इस विचार को प्रभावी बनाया और संपूर्ण दुनिया के सामने मनुष्यत्व के उत्तम आदर्श खड़े किए, ऐसी श्रेष्ठ परंपरावाला हमारा देश है। वह परंपरा हमारी पहचान है। वह विविधता में एकता देखनेवाली संस्कृति हमारी पहचान है। उस विविधता में एकता के संस्कार के मूल में, यह जो संतों के द्वारा साक्षात्कृत सत्य है, वह हमारी पहचान है। इसलिए हम हिंदू हैं।

भारत में अगर हिंदू समाज खतरे में आता है तो भारत खतरे में आएगा। "हिंदू भाव को जब-जब भूले, आई विपद महान। भाई टूटे, धरती खोई, मिटे धर्म-संस्थान।" पिछले हजार वर्षों से यही तो हमारे देश का इतिहास रहा है। इस देश का 'हिंदू देश' के नाते पूर्ण संरक्षण करना, इस देश को अपने स्वाभाविक कर्तव्य के लिए योग्य बनाना, यह दायित्व भी हिंदू समाज का है। इस देश के प्रति उत्तरदायी, इसके भले-बुरे का जवाबदार हिंदू समाज है और इसलिए उस हिंदू समाज का संगठन करो। संपूर्ण देश के प्रति उसके मन में आत्मीयता जगाओ। मातृभूमि की भक्ति में वह सराबोर हो जाए, ऐसा करो। उस मातृभूमि की सेवा करने योग्य लोग बनें, ऐसे संस्कार देने का काम करो। इस मातृभूमि की सेवा के लिए मन से सारे स्वार्थ निकालकर, मन से सारे भेदों को तिलांजलि

इस देश का 'हिंदू देश' के नाते पूर्ण संरक्षण करना, इस देश को अपने स्वाभाविक कर्तव्य के लिए योग्य बनाना, यह दायित्व भी हिंदू समाज का है। इस देश के प्रति उत्तरदायी, इसके भले-बुरे का जवाबदार हिंदू समाज है और इसलिए उस हिंदू समाज का संगठन करो। संपूर्ण देश के प्रति उसके मन में आत्मीयता जगाओ। मातृभूमि की भक्ति में वह सराबोर हो जाए, ऐसा करो।

देकर, संपूर्ण देश की आत्मवत् सेवा करें, ऐसी सद्गुण संपदा, ऐसी योग्यता, ऐसी प्रेरणा उनमें उत्पन्न करो। सारा समाज इस प्रकार उठ खड़ा हो जाएगा तो कमियाँ पूरी हो जाएँगी। जो-जो प्रयास हम कर रहे हैं, वे संपूर्ण सफल हो जाएँगे। इसलिए संघ का काम चल रहा है।

सेवा के कार्य में लगा है संघ

राष्ट्रीय स्वयंसेवक संघ के स्वयंसेवक शाखा चलाते हैं। शाखा में नित्य आते हैं। इन संस्कारों को ग्रहण करते हैं। अपनी योग्यता को प्राप्त करते हैं और फिर विविध संगठनों में जाते हैं। जो स्वतंत्र, स्वायत्त संगठन हैं। विभिन्न गतिविधियाँ करते हैं। संघ प्रारंभ हुआ तो लोगों को समझ में नहीं आता था कि ये क्या करेंगे? मैदान पर खेल खेल रहे हैं, हवा में डंडे घुमा रहे हैं, इससे देश का भला क्या होनेवाला है? आज यह प्रश्न कोई नहीं पूछता। आज की स्थिति देखें तो 1,60,000 के ऊपर छोटे-बड़े सेवाकार्य; चिकित्सा क्षेत्र में, सेवा क्षेत्र में, शिक्षा क्षेत्र में, सामाजिक समरसता के क्षेत्र में, लोगों को स्वावलंबी बनाने के काम में संघ के स्वयंसेवक लगे हैं। सरकार का पैसा लिये बिना, अपना पैसा खर्च करके, अपना समय खर्च करके ऐसे सारे काम चला रहे हैं। जीवन के अन्यान्य अंगों में स्वयंसेवक सक्रिय हैं। अलग संगठनों में रहते हुए, काम करते हुए सभी स्वतंत्र हैं, लेकिन सभी संघ के स्वयंसेवक हैं। इन संस्कारों से जो शिक्षा मिली है, उस शिक्षा का उपयोग वे समाज-कल्याण के लिए स्वतंत्र रूप से गतिविधियों में करते हैं।

जीवन उस रूप में खड़ा हो, इसके लिए मार्गदर्शन करने में भारत सक्षम है। भारतवर्ष की निर्मिति ही कुछ ऐसी है—'परम वैभवं नेतुमेत्त स्वराष्ट्रम्'। वास्तव में इसी सूत्र का विचार होना चाहिए।

यह विराट् प्रयास क्यों चल रहा है? यह इसलिए चल रहा है कि मनुष्य का जीवन इतने वर्षों के बाद, विज्ञान की इतनी प्रगति होने के बाद, दुनिया में सब प्रकार के इतने सारे अनुभव लेने के बाद जिस तरह से खड़ा होना अपेक्षित था, उस रूप में खड़ा नहीं हुआ है। जीवन उस रूप में खड़ा हो, इसके लिए मार्गदर्शन करने में भारत सक्षम है। भारतवर्ष की निर्मिति ही कुछ ऐसी है—'परम वैभवं नेतुमेतत् स्वराष्ट्रम्'। वास्तव में इसी सूत्र का विचार होना चाहिए।

यह काम करेगा कौन?

प्रश्न है, यह काम करेगा कौन? दूसरा कोई करेगा, ऐसा विचार नहीं करना चाहिए। संघ कहता है—'जो काम अपना है, वह अपने को ही करना है।' आत्मनिर्भर समाज हो, वह किसी पर निर्भर न हो, सरकार पर भी निर्भर न हो। हाँ, एक व्यवस्था है, एक तंत्र है तो उसके तहत सरकार को चुनना पड़ता है, लोगों को सजग रहना पड़ता है, अपना कर्तव्य करना पड़ता है। अपना कर्तव्य करेंगे, लेकिन समाज के द्वारा निर्मित सारा तंत्र, सारी संस्थाएँ, सारे संगठन, ये सब समाज के इशारे पर चलेंगे, समाज के मन से चलेंगे। ऐसा स्वामी समाज, पालक समाज, ऐसा समाज जिस देश में खड़ा होता है, उस देश की सरकार, उस देश के नेता, उस देश की पार्टियाँ सबकुछ उस देश के विकास के लिए, उन्नति के लिए, सुख, शांति और स्थायित्व के लिए सहायक बनते हैं। जिस समाज में यह नहीं हो सकता, वहाँ सरकार कितनी भी अच्छी हो, लोग कितने भी अच्छे हों, लाभ पूरा नहीं मिलता। ऐसा विचार करके ही संघ ने अपने आप को केंद्रित किया केवल ऐसा समाज खड़ा करने में। क्योंकि संघ जानता है, कमी और किसी बात की नहीं है। कमी तो हमारी तैयारी की है। अगर हम तैयार हैं, तो हमको कौन रोक सकता है? बीमारियाँ आती हैं, जाती हैं। बीमारी में कुछ लोग बीमार पड़ते हैं। बड़ी भयंकर बीमारी हुई, तो कुछ लोग मृत्यु को भी प्राप्त हो जाते हैं। लेकिन सब नहीं मरते, सब बीमार नहीं पड़ते। कुछ लोग पड़ते हैं, क्योंकि उनकी प्रतिकार शक्ति कम होती है। अगर हम योग्य हैं, तो परिस्थिति हमको नहीं बिगाड़ सकती। परिस्थिति हमारे अनुकूल बनकर चलती है।

आत्मनिर्भर समाज हो, वह किसी पर निर्भर न हो, सरकार पर भी निर्भर न हो। हाँ, एक व्यवस्था है, एक तंत्र है तो उसके तहत सरकार को चुनना पड़ता है, लोगों को सजग रहना पड़ता है, अपना कर्तव्य करना पड़ता है। अपना कर्तव्य करेंगे, लेकिन समाज के द्वारा निर्मित सारा तंत्र, सारी संस्थाएँ, सारे संगठन, ये सब समाज के इशारे पर चलेंगे, समाज के मन से चलेंगे।

बारह वर्षों में क्या सीखा?

पुराने जमाने में अपने देश में छोटे-छोटे राजा हुआ करते थे। केरल में ऐसा ही एक छोटा सा राज्य था। उसका एक राजकुमार था। उस राजकुमार को उसके पिता

ने पढ़ाई करने के लिए भेज दिया। भेजते समय राजकुमार से कहा, "आगे चलकर तुम राजा बनोगे। तुमको प्रजा की रक्षा करनी है, तो युद्धकला सीखनी होगी।" उस जमाने में आचार्य परशुराम की युद्ध विद्या सिखानेवाले इक्कीस आचार्यों का एक गुरुकुल केरल में था। वह वहाँ गया। बारह वर्ष अपने आचरण से अपने गुरुओं का प्रिय बनकर उसने अपनी विद्या का खूब मनन-अध्ययन किया। बारह वर्ष पूरे होने के बाद परीक्षा की घड़ी आई, वह अपने आचार्यों के सामने पहुँचा। बीस आचार्य बैठे थे, प्रधानाचार्य सामने थे। अपने शस्त्र-अस्त्र लेकर उनके पास पहुँचा। साष्टांग प्रणिपात करके कहा, "आचार्य! मैं उपस्थित हूँ, परीक्षा लीजिए।"

"क्षमा करें महाराज, मैं गलत था। 27 से भी एक साथ नहीं लड़ना पड़ेगा। एक ने मारा है, उसको रोको, दूसरे को धौंस दिखाओ, तीसरे की बगल से बाहर जाओ, जाते-जाते चौथे की पीठ की ओर जाओ और फिर सबको घेरे में मत आने दो, सामने रखो अपने को। एक समय एक से ही लड़ना पड़ता है। मैं एक व्यक्ति से अच्छा लड़ सकता हूँ।"

आचार्यों ने कहा, "परीक्षा तुम्हारी लेते हैं। लेकिन यह बताओ कि तुमने कितना सीखा है?"

उसने उत्तर दिया, "आचार्य, आपकी कृपा से बारह वर्षों में मैं इतना सीख गया हूँ कि मैं अकेला दस हजार लोगों से लड़ सकता हूँ।"

आचार्य ने कहा, "बहुत अच्छी बात है। बहुत कुछ सीखा तुमने, लेकिन हमको लगता है कि आज परीक्षा का समय नहीं है, छह महीने के बाद तुम्हारी परीक्षा लेंगे।"

छह महीने के बाद बुलाया, पूरक परीक्षा में बुलाया है, यानी फेल हो गया। वह विचार करने लगा कि मुझसे क्या गलती हुई? मेरा उत्तर कहाँ गलत हो गया? सब ग्रंथ फिर से पढ़े, मैदान में जाकर सब अभ्यास फिर से किए। सारा कुछ करने के बाद उसे पता लग गया। छह महीने के बाद जब परीक्षा में गया और प्रधानाचार्य ने फिर पूछा कि कितना सीखे हो? क्या परीक्षा लें? तो उसने कहा, "आचार्य पिछली बार मुझसे गलती हो गई। दस हजार लोगों से लड़ना ही नहीं पड़ेगा। घेरा डाल के भी दस हजार लोग मारेंगे तो उनके शस्त्र आपस में ही टकरा जाएँगे, इतनी भीड़ होती है। मार तो वही सकते हैं, जो अंदर खड़े हो सकते हैं। बाकी लोग नहीं मार सकते हैं। दस हजार में अंदर

किसी भी व्यक्ति को घेरकर खड़े होने की अधिकतम संख्या है 27। जो 27 से एक साथ लड़ सकता है, वह 10 हजार क्या, एक लाख से भी लड़ सकता है। मैं 27 लोगों से लड़ सकता हूँ।"

आचार्यों ने कहा, "बहुत अच्छा, क्योंकि तुम अब उचित दिशा में विचार कर रहे हो, उचित दिशा में और विचार करो और छह महीने के बाद फिर आओ।"

उसने फिर से विचार किया तो उसके ध्यान में आया। अगली बार पहुँचा तो आचार्य ने वही पूछा तो उसने कहा, "क्षमा करें महाराज, मैं गलत था। 27 से भी एक साथ नहीं लड़ना पड़ेगा। एक ने मारा है, उसको रोको, दूसरे को धौंस दिखाओ, तीसरे की बगल से बाहर जाओ, जाते-जाते चौथे की पीठ की ओर जाओ और फिर सबको घेरे में मत आने दो, सामने रखो अपने को। एक समय एक से ही लड़ना पड़ता है। मैं एक व्यक्ति से अच्छा लड़ सकता हूँ।"

आचार्य ने कहा, "बहुत अच्छा, तुम ठीक दिशा में आगे बढ़ रहे हो, लेकिन अभी पहुँचे नहीं हो। पहुँच जाओ और छह महीने के बाद फिर आओ।"

फिर विचार करने के बाद उसके ध्यान में बात आई और फिर छह महीने के बाद आचार्य ने जब वही प्रश्न पूछा तो उसने उत्तर दिया, "महाराज, आपने जो मुझे सिखाया है, वह तो मनुष्यता सिखाई है। किसी से लड़ाई-झगड़ा करना थोड़े ही सिखाया है।"

> ***"आपने किसी से लड़ाई-झगड़ा करना सिखाया नहीं और मेरा कोई शत्रु नहीं, मेरे मन में किसी के प्रति शत्रु भाव नहीं है। निर्वैर भाव में हूँ हिंदू जैसा और इसलिए मुझे किसी से लड़ना आता नहीं। मैं किसी से नहीं लड़ सकता। लेकिन मैं ऐसा हूँ, दुनिया ऐसी है क्या? दुनिया तो बड़ी दुष्ट है। उसमें छोटी मछलियों को बड़ी मछलियाँ निगलने का प्रयास करती रहती हैं। ऐसी दुनिया में जीना है, तो अपना और अपनी प्रजा का बचाव मैं कर सकूँ, इतना मैं लड़ सकता हूँ।"***

अब इसे इस तरह से समझें। हम संघ के स्वयंसेवकों को दंड वगैरह सिखाते हैं। मारपीट करने के लिए सिखाते हैं क्या? ऐसा नहीं है। उनमें गुणों का विकास करना है, अच्छे गुणों का विकास करना है। वीरवृत्ति एक अच्छा गुण है, वह होनी चाहिए प्रत्येक मनुष्य में, स्वयंसेवकों में भी होनी चाहिए। तो उसने कहा, "आपने

किसी से लड़ाई-झगड़ा करना सिखाया नहीं और मेरा कोई शत्रु नहीं, मेरे मन में किसी के प्रति शत्रु भाव नहीं है। निर्वैर भाव में हूँ हिंदू जैसा और इसलिए मुझे किसी से लड़ना आता नहीं। मैं किसी से नहीं लड़ सकता। लेकिन मैं ऐसा हूँ, दुनिया ऐसी है क्या? दुनिया तो बड़ी दुष्ट है। उसमें छोटी मछलियों को बड़ी मछलियाँ निगलने का प्रयास करती रहती हैं। ऐसी दुनिया में जीना है, तो अपना और अपनी प्रजा का बचाव मैं कर सकूँ, इतना मैं लड़ सकता हूँ।"

आचार्य ने कहा, "बहुत अच्छा! अब तुम्हें मिल गया सही उत्तर। तुम कैसे लड़ते हो? यह तो हम 12 साल से देख रहे हैं। तुम्हारी परीक्षा लेने की जरूरत नहीं। तुम्हारे ध्यान में बात आ गई, जाओ वापस, हो गए उत्तीर्ण।"

हिंदू समाज को होना है गुण-संपन्न

हिंदू समाज के लिए भी यही बात है। हम एक हो जाएँ, हम गुण-संपन्न हो जाएँ, सनातन धर्म-संस्कृति के गौरव पर अपने आपको पक्का रखें और उसका आचरण करें। अपने मूल्यों पर आधारित काल-सुसंगत आचरण करके दिखाएँ, तो ऐसी कोई शक्ति नहीं है दुनिया में, जो हमारी उन्नति को रोक सकेगी। दुनिया भी अंतर्मन से हमारी उन्नति चाहती है। क्योंकि इतिहास ने बार-बार देखा है, जब भारत दुनिया का सिरमौर देश बना, विश्वगुरु बना, तब दुनिया सुख-शांतिमय बनी है। दुनिया के कलह मिट गए। मनुष्य का समूह से और समूह का सृष्टि से झगड़ा समाप्त हो गया। विकास हुआ, लेकिन पर्यावरण की कीमत पर नहीं हुआ। प्रत्येक मनुष्य सच्चे अर्थों में पुनः स्वतंत्र बना, लेकिन अपने परिवार से अलग नहीं हुआ, अपने समाज से अलग नहीं हुआ। अपने-अपने तरीके से, अपनी विविधताओं पर पक्के रहकर और बाकी लोगों की विविधताओं और शिष्टता को स्वीकार करते हुए संपूर्ण विश्व एक सत्य की ओर चलने लगा। 'सर्वे भवन्तु सुखिनः, सर्वे सन्तु निरामयाः, सर्वे भद्राणि पश्यन्तु, मा कश्चित् दुःखभागभवेत्।' इस प्रार्थना के अर्थ का वास्तविक चित्र भारत के जीवन

> ***'सर्वे भवन्तु सुखिनः, सर्वे सन्तु निरामया, सर्वे भद्राणि पश्यन्तु, मा कश्चित् दुःखभाग भवेत्।' इस प्रार्थना के अर्थ का वास्तविक चित्र भारत के जीवन के कारण सारी दुनिया में उपस्थित होने लगा। उस भारत की फिर से आवश्यकता है और उस भारत को ठीक वैसा ही खड़ा करने का दायित्व हिंदू समाज का है।***

के कारण सारी दुनिया में उपस्थित होने लगा। उस भारत की फिर से आवश्यकता है और उस भारत को ठीक वैसा ही खड़ा करने का दायित्व हिंदू समाज का है।

दुनिया करती है शक्ति का सम्मान

संपूर्ण हिंदू समाज को संगठित होना पड़ेगा, बल-संपन्न होना पड़ेगा, क्योंकि दुनिया में सत्य की प्रतिष्ठा तब होती है, जब उसके पीछे कोई शक्ति होती है। जिस सत्य की शक्ति है, उस सत्य को अपना प्रचार नहीं करना पड़ता और जिस सत्य के साथ शक्ति नहीं, उस सत्य की पग-पग पर अप्रतिष्ठा होती है। इसलिए यह सारा जो मानवता का सत्य है, सबको स्वीकार करनेवाला, किसी का अकल्याण न चाहनेवाला, सबका मंगल करनेवाला, उसके पीछे अपने राष्ट्र की शक्ति खड़ी करने के लिए हिंदू समाज की शक्ति को खड़ा करना पड़ेगा। यह पवित्र कार्य संघ ने अपने जिम्मे लिया है। उसके पूर्ण होने तक संघ यह काम करता रहेगा। इतने वर्षों के कार्य करने के बाद अब लोगों को धीरे-धीरे संघ समझ में आ रहा है। इसलिए सर्वदूर अनुकूलता है, सर्वदूर स्वीकार्यता है। पूरे समाज का बहुत अच्छा स्नेह हमको मिल रहा है। इस अनुकूलता का लाभ लेकर द्रुत गति से कार्य करते हुए लोगों को, संपूर्ण समाज को इस प्रकार गुण-संपन्न, संगठित, स्वाभिमानी और विश्व-कल्याण की भावना से प्रेरित उद्यमी, शक्ति-संपन्न समाज बनाना है। इसीलिए इस शिविर का आयोजन हुआ है। इनका कार्य गाँव-गाँव तक पहुँचाना है। प्रत्येक बस्ती में इन विचारों को अपने जीवन से दरशानेवाले, कार्य करनेवाले गुण-संपन्न और त्यागी लोग खड़े

संपूर्ण हिंदू समाज को संगठित होना पड़ेगा, बल-संपन्न होना पड़ेगा, क्योंकि दुनिया में सत्य की प्रतिष्ठा तब होती है, जब उसके पीछे कोई शक्ति होती है। जिस सत्य की शक्ति है, उस सत्य को अपना प्रचार नहीं करना पड़ता और जिस सत्य के साथ शक्ति नहीं, उस सत्य की पग-पग पर अप्रतिष्ठा होती है। इसलिए यह सारा जो मानवता का सत्य है, सबको स्वीकार करनेवाला, किसी का अकल्याण न चाहनेवाला, सबका मंगल करनेवाला, उसके पीछे अपने राष्ट्र की शक्ति खड़ी करने के लिए हिंदू समाज की शक्ति को खड़ा करना पड़ेगा। यह पवित्र कार्य संघ ने अपने जिम्मे लिया है। उसके पूर्ण होने तक संघ यह काम करता रहेगा।

हो जाएँ तो उनकी वहाँ की उपस्थिति से ही जो वातावरण बनेगा, उससे समाज का आचरण बदल जाएगा। समाज का आचरण बदले तो बाकी सब बदलता है। सबको बदलना पड़ता है। समाज का आचरण वातावरण से बदलता है।

स्वयंसेवक का अर्थ है अनुशासन

एक शिविर था बंगलुरु में, इसमें 40 हजार स्वयंसेवक थे। 24 वर्ग किलोमीटर के परिसर में पूरा शिविर था। विशाल समापन कार्यक्रम था, उसी अनुरूप यातायात की समस्या थी। उसमें ढाई लाख लोग आएँगे, ऐसा अनुमान था, तो कार्यकर्ता पुलिस कमिश्नर से मिलने गए। पुलिस कमिश्नर ने कहा, "देखिए, हमारे पास संख्या कम है। आप शिविर के अंदर की सारी जिम्मेदारी स्वयं सँभाल लें, बाहर का हम देखेंगे।" उस दिन शिविर में ढाई लाख लोग आए। समापन देखने के लिए जमीन पर चलनेवाली रेलगाड़ी को छोड़कर सब तरह के वाहन उस दिन वहाँ इकट्ठा हुए। लेकिन शिविर के अंदर आने के बाद पैंतालीस मिनट के अंदर जहाँ वाहन पड़ाव था, वहाँ लोग पहुँच गए। वाहन छोड़कर सभा में आए। दो घंटे सभा चली, बैठे रहे शांतिपूर्वक, सब सुना-देखा और सभा जैसे ही समाप्त हुई, वैसे ही लोग चले, वाहन तल पर से अपना वाहन लिया और गेट के बाहर पैंतालीस मिनट में पहुँच गए। कहीं कोई जाम नहीं। जैसे ही गेट के बाहर गए, चार घंटे जाम में फँस गए। वहाँ पर सब था। पुलिस वरदी में उपस्थित थी, सीटी थी, डंडे थे, कानून था, सब था। लेकिन जाम लगा तो चार घंटे के बाद खुला।

आपके पास क्या है?

दो-तीन दिन के बाद हमारे कार्यकर्ता गए कमिश्नर का धन्यवाद करने के लिए। मिलने पर उलटा उन्होंने पूछा, "आपके पास क्या है? मैं आया था आपकी व्यवस्था देखने, पर व्यवस्था तो कुछ नहीं थी वहाँ। चूने की लाइनें लगाई थीं और कहीं-कहीं एकाध स्वयंसेवक खड़े थे रास्ता बताने के लिए। आपके यहाँ तो कुछ नहीं हुआ। इतने सारे लोग केवल 24 वर्ग किलोमीटर के अंदर इकट्ठा हुए। जबकि हमने हाईवे बंद कर दिया था। एक तरफ से जाने के लिए खुला छोड़ दिया था। हमारे पास कानून व्यवस्था थी, वरदी थी, सीटी थी, डंडा था। हमारे यहाँ जाम क्यों लगा?" तो हमारे कार्यकर्ता ने उनको बताया, "आपके पास सब था, लेकिन एक बात नहीं थी, जो हमारे पास थी।" कमिश्नर बोले, "वह कौन सी चीज?" तो कार्यकर्ता बोले, "ढाई

लाख जनता के साथ हमारे 40 हजार स्वयंसेवक भी थे। उनके कारण अनुशासनपूर्ण व्यवहार का एक वातावरण बना। उस वातावरण में सब लोग अनुशासन से चले। इसलिए जैसी व्यवस्था थी, वैसा काम हो गया। आपके यहाँ सब था, यह वातावरण नहीं था। वातावरण नहीं है, तो फिर अस्तव्यस्तता होती है। वैसा हुआ और जाम लग गया।"

संपूर्ण समाज को अपनी सहज आत्मीयता से गले लगाएँ। बिना स्वार्थ और भेद के कैसे जिया जाता है, यह अपने उदाहरण से बताएँ। संपूर्ण समाज में उत्साह, उमंग उत्पन्न करके राष्ट्र को आगे ले जाने के लिए, उनको बड़ा करने के लिए तैयार करें। संघ और कुछ नहीं चाहता—"तेरा वैभव अमर रहे माँ, हम दिन-चार रहें न रहें।" ऐसा विशाल कार्य करना है, इसलिए ही संघ कहता है, "संघ को केवल बाहर से मत देखो, अंदर आओ, संघ को देखो और अगर आपको लगता है कि यह ठीक है तो संघ के स्वयंसेवक बनो।"

अंदर आओ, संघ को देखो

संपूर्ण देश में, गाँव-गाँव में, प्रत्येक बस्ती में इस प्रकार का वातावरण बनानेवाले चरित्र-संपन्न, शीलवान लोग खड़े हों। जो इन हिंदुओं के सनातन धर्म को, संस्कृति को अपने जीवन से प्रकट करें। संपूर्ण समाज को अपनी सहज आत्मीयता से गले लगाएँ। बिना स्वार्थ और भेद के कैसे जिया जाता है, यह अपने उदाहरण से बताएँ। संपूर्ण समाज में उत्साह, उमंग उत्पन्न करके राष्ट्र को आगे ले जाने के लिए, उनको बड़ा करने के लिए तैयार करें। संघ और कुछ नहीं चाहता—"तेरा वैभव अमर रहे माँ, हम दिन-चार रहें न रहें।" ऐसा विशाल कार्य करना है, इसलिए ही संघ कहता है, "संघ को केवल बाहर से मत देखो, अंदर आओ, संघ को देखो और अगर आपको लगता है कि यह ठीक है तो संघ के स्वयंसेवक बनो।" क्योंकि किसी और पर अवलंबित रहकर समाज को चलना विहित नहीं है, हो भी नहीं सकता। ठेका देने से काम नहीं होते। मालिक अगर देखता नहीं है, तो ठेकेदार ठेके का काम ठीक से नहीं करता। यह जैसा अनुभव है, वैसे सारे राष्ट्र को बड़ा करना है तो संघ को ठेका नहीं देना है। संघ के साथ खड़े होकर तैयार होना है। काम तो पूरे समाज को करना है। समाज उस परिस्थिति में अगर इकट्‌ठा रहा, भेद और स्वार्थ छोड़कर विचार करनेवाला रहा, देश के हित में विचार करनेवाला रहा, अपने सनातन मूल्यों के

आधार पर उसकी दृष्टि रखकर पूरी दुनिया और सारी बातों का विचार करनेवाला रहा, तो अपने आप उपाय निकल आएँगे। फिर समाज उसे पूरा कर लेगा। उसकी चिंता हमको नहीं है। लेकिन करनेवाला समाज योग्य बने। पूरा समाज करेगा, तब यह काम होगा। अकेले संघ से होनेवाला नहीं है और इसलिए गाँव-गाँव में, बस्ती-बस्ती में इस काम को ले जाने का हमारा प्रयास जैसा है, वैसा इस प्रयास को प्रतिसाद देने के नाते केवल दूर से संघ के कार्यक्रमों को देखकर वाह-वाह करना अथवा इसके कार्यों को थोड़ा सा हाथ लगाना, इतने से संभव नहीं होगा। संघ के स्वयंसेवक के नाते हमको भी गुण-संपन्न, योग्यता-संपन्न बनना पड़ेगा। उसका दूसरा उपाय नहीं है। दुनिया में भी संघ ने मुझे भेजा, इस नाते घूम करके आया हूँ अनेक देशों से। व्यक्ति-निर्माण की इस प्रकार की पद्धति अन्यत्र कहीं भी उपलब्ध नहीं है। हमारे पास है, इसलिए हमारा आमंत्रण है कि आइए, संघ कार्य के सहयोगी कार्यकर्ता बनिए। संघ की शाखा पर पुरुष वर्ग प्रशिक्षित हो सकता है। महिलाओं के प्रशिक्षण के लिए 'राष्ट्र सेविका समिति' की शाखा चलती है। उस प्रशिक्षण को लेकर अपनी योग्यता को बनाइए और उस योग्यता का विनियोग देश के हित में, समाज के हित में, संस्कृति-धर्म के हित में किसी एक काम को चुनकर उस काम के सक्रिय कार्यकर्ता, प्रामाणिकता से, निस्स्वार्थ बुद्धि से, तन-मन-धनपूर्वक कार्यकर्ता बनने के लिए कीजिए। यह एक विनती आपके सामने मैं रखता हूँ और अपना निवेदन समाप्त करता हूँ।

□

आंबेडकर और उनका भारत

स्वामी विवेकानंद ने कहा था, 'आदि शंकराचार्य की प्रतिज्ञा और भगवान् बुद्ध की करुणा, इनका संगम रखनेवाला कोई व्यक्ति भारत में हो, तभी समाज को दिशा मिलेगी।' मुझे लगता है, डॉ. बाबासाहेब आंबेडकर के रूप में यह संगम हमको प्राप्त हुआ है। सामाजिक विषमता के निर्मूलन के लिए उनसे जितना हो सकता था, उन्होंने जीते जी किया। बाद में सभी मतों की समीक्षा करते हुए उनके गुण-दोष को जानने के बाद अपने देश की मिट्टी से नाता न टूटे, इसलिए बाकी सभी मतों को छोड़कर बौद्ध मत को स्वीकार किया।

डॉ. आंबेडकर का अध्ययन आवश्यक

आदरणीय नरेंद्र जाधवजी, मित्रवर, उपस्थित नागरिक सज्जन एवं माता-बहनो! मैं भी धन्यवाद से ही प्रारंभ करूँगा। जब यह सूचना मिली कि ऐसा एक प्रकाशन डॉ. नरेंद्र जाधव करना चाहते हैं और मुझे बुलाना चाहते हैं, तो मुझे लगा कि मुझे इस प्रकाशन के योग्य समझा गया, यह मेरे लिए गौरव की बात है। क्योंकि डॉ. बाबा साहेब आंबेडकर के बारे में, दीनदयालजी के बारे में, डॉ. हेडगेवारजी के बारे में ऐसा मौका जिसको मिलता है, उसे इस निमित्त प्रबोध होता है। जितने प्रश्न डॉ. नरेंद्र जाधव ने आपके सामने रखे, ये आपको पता हैं क्या? मुझे पता है कि संघ के सामान्य जिम्मेदार कार्यकर्ता के लिए इसकी मोटी जानकारी आवश्यक रहती है और उनको होती है। विस्तारपूर्वक, बारीकी से अध्ययन करना, यह तो अपना-अपना स्वभाव

---

* 13 अगस्त, 2015, नई दिल्ली; बाबासाहेब भीमराव आंबेडकर के भाषणों पर आधारित चार पुस्तकों का विमोचन कार्यक्रम

रहता है। परंतु डॉ. आंबेडकर के ये सारे कार्य-कृतित्व का यह आलेख, अपने जीवन में जो उन्हें झेलना पड़ा, उसका ज्ञान सारा रहता है।

परंतु कार्य करते-करते उसके अध्ययन के लिए जो समय निकलना चाहिए, वह तभी निकलता है। जब ऐसा कुछ मौका लगता है। इस कार्यक्रम के लिए मैंने जब 'हाँ' कहा, तब मैंने यह भी कहा कि पुस्तकें देखने को मिलेंगी? तुरंत आ गईं, मैंने पढ़ीं। इस निमित्त एक मेरा भी अध्ययन हो गया। क्योंकि यह अध्ययन होना अत्यंत आवश्यक है।

आधुनिक भारत के निर्माता

आधुनिक भारत के निर्माताओं में जिन-जिन का नाम लिया जाता है, उन सबको भारत के सोचने-समझनेवाले प्रत्येक व्यक्ति को जानना आवश्यक है। क्योंकि जिस भारत का हमें निर्माण करना है, वह अभी पूरा निर्माण नहीं हुआ है। हमें उसको करना है। इसके लिए जिन लोगों ने अपना पूरा-का-पूरा जीवन समर्पित किया है, उन्हें जीवन में दूसरा कुछ प्राप्त करने की इच्छा नहीं थी। ऐसे लोगों ने क्या सोचा था? क्या देखा था? क्या समझा था? इसका ज्ञान रखकर ही हमें विचार करना पड़ेगा। लेकिन जैसा उन्होंने उल्लेख किया कि हम लोगों ने अपने महापुरुषों को भी पिंजड़े में बंद कर दिया है।

जात-पाँत, प्रांत-पंथ, भाषा-पक्ष आजकल ये सारी विषमताएँ माननेवाले लोग हो गए हैं। इन सब विषमताओं से ऊपर उठकर सारे देश को एक देश के नाते देखो और उस पर विचार करो—ऐसा कहनेवाले महापुरुषों को भी हमने उनकी जाति में जकड़ दिया, उनको विचारों में बाँध दिया। अब तो अलग-अलग होता ही है।

जात-पाँत, प्रांत-पंथ, भाषा-पक्ष आजकल ये सारी विषमताएँ माननेवाले लोग हो गए हैं। इन सब विषमताओं से ऊपर उठकर सारे देश को एक देश के नाते देखो और उस पर विचार करो—ऐसा कहनेवाले महापुरुषों को भी हमने उनकी जाति में जकड़ दिया, उनको विचारों में बाँध दिया। अब तो अलग-अलग होता ही है। इस पर किसी का कोई वश है क्या? 'दैवायत्तं कुले जन्म मदायत्तं तु पौरुषम्' यह कर्ण के शब्द हैं महाभारत में। अब देखिए, महाभारत में कुछ कर्ण के भी वाक्य, कुछ दुर्योधन के भी वाक्य, ये नीतिसम्मत वाक्य के नाते कहे जाते हैं। केवल धर्म, केवल श्रीकृष्ण के वाक्य नहीं लिये, उनके

तो वाक्य लिये ही हैं। परंतु इन पात्रों के भी कुछ वाक्य लिये हैं। क्योंकि उन्होंने विचार करते समय यह विचार किया। जिस परिस्थिति में जैसा रहना, करना जिसको आवश्यक हो गया होगा, उसने उसको वैसा किया होगा। लेकिन आखिर उसका मन क्या बोलता है ? वह आदमी कैसा है ? वह देखकर और उस प्रकार उसे प्रकट किया था।

हमारे देश में महापुरुषों के प्रति हमारे देखने की जो दृष्टि है, थोड़ी बदलनी चाहिए। ऐसा मुझे लगता है। हम केवल 'उन्होंने क्या किया और क्या बोला, क्या लिखा', यही देखते हैं ! यह तो देखना ही चाहिए, क्योंकि उससे हमको आगे के लिए मार्गदर्शन मिलता है। परंतु मुख्य रूप से यह देखना चाहिए कि वह मनुष्य कैसा था ? उसके जीवन में त्याग है कि नहीं ? उसके जीवन में निस्स्वार्थ बुद्धि है कि नहीं ? वह केवल प्रसिद्ध पुरुष बनने के लिए कुछ करता है, देश के लोगों के दुःख को अपनी पूँजी बनाकर, उसके आधार पर आगे बढ़ने की सोचता है कि उनके दुःख को नष्ट करने की सोचता है ?

एक बहुत बड़े नेता हमको मिले, नाम मैं नहीं लूँगा, उनको कठिनाई होगी। एयरपोर्ट पर ही मिले। नागपुर ही जा रहे थे। मैंने उनको सहज ही कहा कि आप चल ही रहे हैं तो आइए, हमारे कार्यालय में, तो उन्होंने तुरंत कहा, "अर्थक्वेक हो जाएगा भागवतजी, मुझे पार्टी से निकाल दिया जाएगा!" मैंने कहा कि मैंने आपको बुलाया इसलिए नहीं निकाला जाएगा।

इस मूल्यांकन पर कसकर अपने इस नूतन भारत के राष्ट्र–निर्माताओं में जो लोग गिने जाते हैं, उनमें एक डॉ. बाबा साहब आंबेडकर हैं। अब नरेंद्र जाधवजी ने मुझे बुलाया। इसमें तो वास्तव में एक आनंद होना चाहिए। मैं डॉ. हेडगेवार का अनुयायी हूँ और वे डॉ. बाबा साहेब के अनुयायी हैं। देशहित के लिए देश में काम करनेवाली विचारधाराएँ अगर एक रहती हैं, तो इसमें आनंद की बात है या दुःख की बात है ? लेकिन विचित्र स्थिति है।

एक बहुत बड़े नेता हमको मिले, नाम मैं नहीं लूँगा, उनको कठिनाई होगी। एयरपोर्ट पर ही मिले। नागपुर ही जा रहे थे। मैंने उनको सहज ही कहा कि आप चल ही रहे हैं तो आइए, हमारे कार्यालय में, तो उन्होंने तुरंत कहा, "अर्थक्वेक हो जाएगा भागवतजी, मुझे पार्टी से निकाल दिया जाएगा!" मैंने कहा कि मैंने आपको बुलाया इसलिए नहीं निकाला जाएगा। क्योंकि संविधान सभा के जिस भाषण का आपने उल्लेख किया, उसी में डॉ. बाबा

साहेब आंबेडकर ने कहा, "अभी हम अनन्य विचारधाराओं के विभिन्न शिविरों के नाते यहाँ अलग-अलग बैठे हैं। परंतु यह इतिहास ध्यान में रखना चाहिए कि अपने देश को किसी ने अपने बल पर नहीं जीता, बल्कि आपसी भेदों के कारण जीता। हमने चाँदी की तश्तरी में अपना देश उनको पेश किया है। अगर इससे लाभबोध लेकर आगे इस वर्तन को हम नहीं सुधारते तो केवल संविधान आपकी सुरक्षा नहीं कर सकता है, देश की सुरक्षा नहीं कर सकता। तो जैसे यह पूछा गया कि कब हम इस विषमता को तिलांजलि देंगे? वैसे यह भी एक विषमता ही है। मुझे संकोच नहीं होता है, क्योंकि जैसे यह समाचार आया कि अब जरा नरेंद्र जाधवजी संघ वालों से नजदीकी साध रहे हैं। ऐसा मैंने समाचारों में आज ही देखा। वैसे यह भी कहा जा सकता है कि अब दलितों में अपना बेस बड़ा करने के लिए कार्य कर रहा है। यह भी कहा जा सकता है,...कहा जा चुका है कई बार। एप्रोप्रिएशन कर रहे हैं। ऐसे महापुरुषों को कोई एप्रोप्रिएट करना आसान बात है क्या? उनको एप्रोप्रिएट करना यानी उनके जीवन की विरासत को आगे चलाने का संकल्प करना। ऐसा कौन कर सकता है? यह सती का व्रत है, आसान नहीं है किसी महापुरुष का नाम अपने पीछे लगाना। वैसा शील चाहिए, वैसी प्रामाणिकता चाहिए, वैसा समर्पण चाहिए और वैसा, जिसको आपने जी तोड़ परिश्रम कहा, वैसा परिश्रम चाहिए।

ऐसे महापुरुषों को कोई एप्रोप्रिएट करना आसान बात है क्या? उनको एप्रोप्रिएट करना यानी उनके जीवन की विरासत को आगे चलाने का संकल्प करना। ऐसा कौन कर सकता है? यह सती का व्रत है, आसान नहीं है किसी महापुरुष का नाम अपने पीछे लगाना। वैसा शील चाहिए, वैसी प्रामाणिकता चाहिए, वैसा समर्पण चाहिए और वैसा, जिसको आपने जी तोड़ परिश्रम कहा, वैसा परिश्रम चाहिए।

करुणादूत डॉ. आंबेडकर

डॉ. बाबा साहेब के जीवन में ये सारी बातें दिखती हैं, बचपन से और बचपन से मन में विषमता के प्रति एक आग भी दिखती है, जो उनको झेलनी पड़ी। डॉ. बाबा साहेब आंबेडकर के बारे में जो आपने पढ़ा, सब कठोर लगा होगा किसी-किसी को और इससे भी कठोर उन्होंने कहा है और मैं कहता हूँ कि कहनेवाले वे अकेले नहीं

हैं। विवेकानंदजी ने भी उतना ही कठोर कहा है। पढ़ना भी कठिन हो जाता है कभी-कभी, लेकिन उसको पढ़ना पड़ेगा, सुनना पड़ेगा, समझना पड़ेगा। क्योंकि जिनको वह झेलना नहीं पड़ा, वे कल्पना नहीं कर सकते।

आरक्षण के बारे में हमारी प्रतिनिधि सभा में बहुत पहले, 1980 के दशक की बात है। पहली बार जब मंडलजी का इशारा चला, उस समय प्रस्ताव करना था और वह विषय ही ऐसा है कि समाज में दो मत हैं ही। मतों के कारण अलग हैं। दो मत होने के कारण अलग-अलग हैं, लेकिन हैं। तो बहुत घमासान चर्चा हुई, प्रस्ताव पारित होना और रिजेक्ट होना दोनों में ही होता है। क्या करना है इसको? उस समय सरसंघचालक हमारे बाला साहब देवरस थे। उन्होंने सबको रोका और कहा कि रुको-रुको, जरा एक बात ध्यान में लाओ। दो हजार वर्षों से इस विषमता को जो झेल रहे हैं, ऐसे किसी परिवार में अपना जन्म हुआ है। इस मन:स्थिति में आकर इस प्रस्ताव पर विचार करो। ऐसा उन्होंने कहा, अगले पंद्रह मिनट में प्रस्ताव पारित हो जाएगा।

आरक्षण के बारे में हमारी प्रतिनिधि सभा में बहुत पहले, 1980 के दशक की बात है। पहली बार जब मंडलजी का इशारा चला, उस समय प्रस्ताव करना था और वह विषय ही ऐसा है कि समाज में दो मत हैं ही। मतों के कारण अलग हैं। दो मत होने के कारण अलग-अलग हैं, लेकिन हैं। तो बहुत घमासान चर्चा हुई, प्रस्ताव पारित होना और रिजेक्ट होना दोनों में ही होता है।

यह दर्द जिनके मन में है—देश के प्रति, देश के प्रत्येक घटक के प्रति वे हमारे वास्तविक मार्गदर्शक हैं। उनमें डॉ. बाबा साहेब आंबेडकर का नाम आता है। और मैं यह आज नहीं कह रहा हूँ। यह हमारे यहाँ पहले से है। डॉ. बाबा साहेब के सारे प्रयासों में उनके मन में आस्था रखकर जिनसे संबंध रखे थे, वे कौन थे? ऐसे नाम आप निकालेंगे, तो उसमें आपको सावरकरजी का नाम मिलेगा। उनको पत्र लिखा है, जब रत्नागिरि में आने के बाद उन्होंने सामाजिक समरसता के लिए काम किया। उन्होंने लिखा था—"आप यह कर रहे हैं; यह बहुत अच्छी बात है। लेकिन मेरा मानना है, यह जात नाम की व्यवस्था ध्वस्त किए बिना इसका इलाज नहीं होगा। मैं तो उसी में लगा हूँ।"

संघ और बाबा साहेब

संघ में डॉ. आंबेडकर के प्रति हमारा संबंध आज का नहीं है। अब संघ में रिकॉर्ड नहीं रखते, फोटो नहीं रखते। स्वयंसेवक को प्रसिद्धि के मोह से दूर रखने के लिए जो पथ्य परहेज निकाल दिए, उससे नुकसान हमको होता है कि हम उसके डॉक्यूमेंट्स नहीं दे सकते। लेकिन ये बातें हुई हैं।

हमारे संघ शिक्षा वर्ग में बाबा साहेब आंबेडकर आए डॉ. हेडगेवार से मिलने। 1939 था, उनके जाने के एक साल पहले। अचानक आए भोजन के समय, तो डॉ. साहब ने सबको रोका। वे बाबा साहेब को लेकर आए, साथ बिठाया, साथ में भोजन किया। बाद में उन्होंने पूछा भी, "कौन किस जाति का है इधर?" उनको ध्यान में आया, यहाँ यह वातावरण नहीं है, अच्छा लगा। उस दिन दोपहर जो बौद्धिक वर्ग होनेवाला था, उस बौद्धिक वर्ग को डॉ. साहब ने रद्द किया और उसकी जगह डॉ. बाबा साहेब आंबेडकर का भाषण रखा। विषय था—'भारत की दलित समस्या और दलित उद्धार'। इस विषय पर उनका बौद्धिक भाषण हुआ।

हमारे संघ शिक्षा वर्ग में बाबा साहेब आंबेडकर आए डॉ. हेडगेवार से मिलने। 1939 था, उनके जाने के एक साल पहले। अचानक आए भोजन के समय, तो डॉ. साहब ने सबको रोका। वे बाबा साहेब को लेकर आए, साथ बिठाया, साथ में भोजन किया। बाद में उन्होंने पूछा भी, "कौन किस जाति का है इधर?" उनको ध्यान में आया, यहाँ यह वातावरण नहीं है, अच्छा लगा।

संबंध हमारा पुराना है। डॉ. बाबा साहेब आंबेडकर ने यह दीक्षा परिवर्तन किया—"हम हिंदू नहीं हैं, हम बौद्ध हैं।" हिंदू से हमारा कोई संबंध नहीं, ऐसा क्यों कहा? उस समय हमारी क्या प्रतिक्रिया थी? हमको ऐसा लगा कि यह किए बिना जो करनेवाले थे, वह कर नहीं सकते थे। इसलिए उन्होंने यह किया है और यह न करना पड़े, इसके लिए उन्होंने इसके पहले 40 वर्षों तक प्रयास किए। लेकिन उस समय सोया हुआ हिंदू समाज जागा नहीं, इसलिए यह कदम उनको उठाना पड़ा। संत गार्गे महाराज से वे मिलने के लिए गए थे। यह पक्का होने के बाद गार्गे महाराज ने भी कहा कि इस निर्णय पर पुनर्विचार नहीं हो सकता क्या? तो डॉ. आंबेडकर ने साफ कहा—"नहीं हो सकता।" तो उन्होंने मान लिया और कुछ बोले नहीं। बाद में एक 'गौरव विशेषांक' किस मास का है, यह मुझे याद

नहीं है, लेकिन यह 1963 में डॉ. बाबा साहब आंबेडकर पर निकला तो गुरुजी को कुछ लिखने के लिए कहा गया। गुरुजी ने लिखकर भेजा है—"आपने कुछ लिखना चाहिए, ऐसा कहा तो इसलिए मैं लिख रहा हूँ, वरना लिखने की मुझे आदत नहीं है।"

उन्होंने लिखा, ''मुझे लगा है कि स्वामी विवेकानंद ने ऐसा कहा कि आदि शंकराचार्य की प्रतिज्ञा और बुद्ध के हृदय की करुणा, इनको संगम में रखनेवाला कोई व्यक्ति भारत में होना चाहिए। तभी समाज को दिशा मिलेगी। मुझे लगता है कि डॉ. बाबा साहेब आंबेडकर के रूप में यह संगम हमको प्राप्त हुआ है।'' सामाजिक विषमता के निर्मूलन के लिए उनसे जितना हो सकता था, उन्होंने जीते-जी किया और सब मतों की समीक्षा करते हुए उनके गुण--दोष जानने के बाद अपने देश की मिट्टी से नाता न टूटे, इसलिए बाकी सब मत छोड़कर बौद्ध मत को स्वीकार किया। यह बात हमारी पुरानी है और इसलिए पुराना हमारा एकात्मता स्रोत चलता था।

> ***मुझे लगा है कि स्वामी विवेकानंद ने ऐसा कहा कि आदि शंकराचार्य की प्रतिज्ञा और बुद्ध के हृदय की करुणा, इनको संगम में रखनेवाला कोई व्यक्ति भारत में होना चाहिए। तभी समाज को दिशा मिलेगी। मुझे लगता है कि डॉ. बाबा साहेब आंबेडकर के रूप में यह संगम हमको प्राप्त हुआ है।***
> ***– श्रीगुरुजी***

उसकी जब पुनर्रचना हुई, तो उसमें आधुनिक महापुरुषों के भी नाम आए। बाबा साहेब आंबेडकर का नाम उसमें तब से है। हम रोज सुबह वह कहते हैं तो हम उनका स्मरण करते हैं। वह हमारा शुद्ध भाव है। इसका हम अपनी लोकप्रियता के रूप में उपयोग करनेवाले नहीं हैं। हमारी वह पद्धति नहीं है, हमारा वह स्वभाव भी नहीं है। महापुरुषों को हम व्यापार की वस्तु नहीं मानते। हम उनके चरित्र का अनुकरण करके उनके जैसा बनने के प्रयास में ही उनका नाम लेने की सार्थकता मानते हैं। यह वास्तव में कहना पड़े कि यह बात है।

2000 वर्षों की विषमता

भारत में 2000 वर्ष विषमता क्यों चली? मनुष्य के स्वार्थ के कारण चली। सबमें ब्रह्म देखनेवाली आध्यात्मिक दृष्टि देनेवालों का सामाजिक तत्त्वज्ञान विषमता का कैसे हो सकता है? हमको देखना पड़ेगा। जो सनातन हमारी धर्म-संस्कृति है, उसके आधार पर हम विगत दो हजार वर्षों में चले कि नहीं चले? मुझे लगता है

कि धर्म के नाम पर हमने बहुत अधर्म किया है। इससे हमारा तो नुकसान हुआ ही है, धर्म भी बदनाम हो गया। डॉ. आंबेडकर का कहना था, इसको सुधारो, 40 साल उन्होंने प्रयास किया। प्रयास करने के बाद भी जब उनके ध्यान में यह आया कि इनके जागने में बहुत देर है, अभी नहीं जागेंगे! तो फिर वही आशंका उन्होंने प्रकट की थी—"विषमता से ग्रस्त लोगों के विस्फोट से अपनी लोकसत्ता टूट जाएगी।" तो डॉ. बाबा साहेब आंबेडकर का दीक्षा परिवर्तन हम लोग अपने देश के लिए एक बड़ा अवसर मानते हैं। यह हमारी भावना है। लेकिन क्या डॉ. बाबा साहेब ने एक ही काम किया था? वे केवल दलितों के मसीहा थे क्या? केवल विषमता निर्मूलन के काम में थे क्या? ऐसा नहीं है। यह सारा दंश झेलने के बाद भी और उस वर्ग का उत्थान, उनके जीवन का ध्येय बनने के बाद भी, उनके मन में पूरे देश का विचार था, पूरे राष्ट्र का विचार था और इस दृष्टि से जो चिंतन उन्होंने किया है, वह बहुत मूल्यगामी है।

धर्म के नाम पर हमने बहुत अधर्म किया है। इससे हमारा तो नुकसान हुआ ही है, धर्म भी बदनाम हो गया। डॉ. आंबेडकर का कहना था, इसको सुधारो, 40 साल उन्होंने प्रयास किया। प्रयास करने के बाद भी जब उनके ध्यान में यह आया कि इनके जागने में बहुत देर है, अभी नहीं जागेंगे! तो फिर वही आशंका उन्होंने प्रकट की थी—"विषमता से ग्रस्त लोगों के विस्फोट से अपनी लोकसत्ता टूट जाएगी।" तो डॉ. बाबा साहेब आंबेडकर का दीक्षा परिवर्तन हम लोग अपने देश के लिए एक बड़ा अवसर मानते हैं। यह हमारी भावना है। लेकिन क्या डॉ. बाबा साहेब ने एक ही काम किया था? वे केवल दलितों के मसीहा थे क्या?

अब कोई भी महापुरुष चिंतन करता है, कोई भी व्यक्ति कभी भी चिंतन करता है, तो उसमें एक सामयिक अंश होता है। वह तात्कालिक रहता है, एक सनातन अंश रहता है, जो शाश्वत रहता है। विचार करते समय, जो दृष्टि वे लेकर विचार करते हैं, वह शाश्वत होता है। इश्यू आते हैं तो उस इश्यू पर उस समय क्या बोलना है? वह उनको तय करना पड़ता है। वे ऐसा बोलते हैं। हमको अपने ऐसे सब महापुरुषों का अध्ययन करना पड़ेगा और डॉ. बाबा साहेब आंबेडकर के विचारों का ऐसा अध्ययन किए बिना हमारे अपने राष्ट्र के अध्ययन को

पूर्णता प्राप्त नहीं हो सकती। हमने किया है और इसलिए पुणे के सामाजिक समरसता पर वसंत व्याख्यानमाला में बाला साहेब देवरस का भाषण हुआ, वह तो उन्होंने स्पष्ट रूप से अभिव्यक्त किया, जो पहले से हम संघ में मानते थे। लेकिन तब तक संघ में कोई ऐसी प्रतिष्ठा नहीं थी कि कोई संघ के सरसंघचालक क्या कहते हैं सुने, आपातकाल के बाद ऐसी प्रतिष्ठा बनने लगी।

तब बाला साहेब का भाषण हुआ तो बाला साहेब ने सीधे कहा कि 'अस्पृश्यता अगर गलत नहीं, विषमता अगर गलत नहीं तो इस समाज में कुछ भी गलत नहीं।' इसलिए विषमता जानी चाहिए। आमूल-चूल उसका बहिर्गमन होना चाहिए। डॉ. आंबेडकर को जिस परिस्थिति में काम करना था, उसमें धीरे-धीरे करेंगे, इसके लिए अवकाश ही नहीं था। इसलिए विषमता को बाहर निकालना उनका लक्ष्य निकला, उस व्यवस्था को समाप्त कर दो। क्योंकि वह व्यवस्था सीधा घाव कर रही है।

डॉ. हेडगेवार ने प्रारंभ किया, तो उन्होंने सोचा कि यह व्यवस्था किस मानसिकता के कारण है ? उस मानसिकता को मिटा दिया जाए, तो उन्होंने उस दिशा में काम किया। जाना एक ही जगह था, जहाँ से चलना पड़ा, वहाँ से रास्ता बना दिया गया। तत्त्व की भिन्नता नहीं है, जिस परिस्थिति में, जिस परिवेश में जो करना पड़ा, वह करना पड़ा। इसलिए भिन्न दिखता है। लेकिन मन तो एक ही है।

डॉ. हेडगेवार ने प्रारंभ किया, तो उन्होंने सोचा कि यह व्यवस्था किस मानसिकता के कारण है? उस मानसिकता को मिटा दिया जाए, तो उन्होंने उस दिशा में काम किया। जाना एक ही जगह था, जहाँ से चलना पड़ा, वहाँ से रास्ता बना दिया गया। तत्त्व की भिन्नता नहीं है, जिस परिस्थिति में, जिस परिवेश में जो करना पड़ा, वह करना पड़ा। इसलिए भिन्न दिखता है। लेकिन मन तो एक ही है।

अध्ययन का ध्येय

फ्लैग समिति के सामने स्वतंत्र भारत का राष्ट्र-ध्वज कौन सा हो ? यह जब वकालत करनी थी तो इस देश में जिनको हिंदुत्ववादी कहा जाता है, उन लोगों की पैरवी करने डॉ. बाबा साहेब आंबेडकर गए थे। मन तो एक ही था। आपने जो उल्लेख किया है, उन्होंने क्या-क्या लिखा है, कैसा लिखा है ? उन कई बातों में विचार मिलते

ही हैं। हाँ, लेकिन इसमें हमको व्यापार नहीं करना। उनके जीवन को देखें—जिनकी हिम्मत है, यह पढ़ो। चार घंटे पढ़ना चाहिए, किसे पढ़ना चाहिए? हिम्मत वाले को न पढ़ना चाहिए।

एक तो उसमें जो खरा है, उसको खरा कहा है। जो खोटा है, उस पर हथौड़ी के घाव हैं। उस सत्य को सहन करने की ताकत है तो पढ़ें। असत्य के कारण जिनके दिल कमजोर हैं, वे इसको न पढ़ें। यही अच्छा है, उनकी सेहत के लिए। जिनको अपने पूरे समाज को एक मानकर उसके सुख में अपना सुख मानकर जीवन जीने की इच्छा है, वे जरूर पढ़ें। जिनको ऐसी बातों को फैशनेबल शब्दों में लोगों के सामने बोलकर अपना स्थान उत्पन्न करना है, वे न करें; क्योंकि यह शब्द जब बोलेंगे तो उसके पीछे-पीछे सिर पर जो दायित्व आता है, वह ऐसा गहरा और ऐसा ऊँचा होता है कि उसके भार के नीचे दब जाएँगे। जिनके मन में प्रामाणिकता है, सत्य को जानने की। सत्य और न्याय के लिए अपना जिसको बहुत प्रिय मानते हैं, उसको भी एक क्षणार्ध में छोड़ने की तैयारी है, वे इसको पढ़ें। ऐसे लोगों के लिए उपयुक्त है, जिनको अपने देश को बड़ा करना है दुनिया में, अपने धर्म, संस्कृति, समाज का गौरव बढ़ाना है।

सारे विश्व की समस्यायों का उत्तर देनेवाला भारतवर्ष जिनको खड़ा करना है। इसकी प्रामाणिकता से जो ऐसा सोचते हैं और उसके लिए सबकुछ छोड़ने के लिए तैयार हैं, वे लोग पढ़ें। आवश्यक है, यह इच्छा जिन लोगों के मन में है, उन्हें इन सब महापुरुषों को पढ़ना आवश्यक है।

सारे विश्व की समस्यायों का उत्तर देनेवाला भारतवर्ष जिनको खड़ा करना है। इसकी प्रामाणिकता से जो ऐसा सोचते हैं और उसके लिए सबकुछ छोड़ने के लिए तैयार हैं, वे लोग पढ़ें। आवश्यक है, यह इच्छा जिन लोगों के मन में है, उन्हें इन सब महापुरुषों को पढ़ना आवश्यक है और सामाजिक विषमता का दंश झेलनेवाले अपने ही समाज के अपने ही अंग की मुक्ति। यह एक विषय लेकर काम करनेवाली धारा है, उसके मुकुट बने डॉ. आंबेडकर को पढ़े बिना वह अध्ययन पूर्ण हो नहीं सकता।

पहली बार हिंदी में लिखना था, इसलिए आपको कठिनाई हुई, ऐसा आप कह रहे हैं। लेकिन मैंने पढ़ा, बहुत अच्छी हिंदी है। उनके जैसा मन करना पड़ेगा, उनके

जैसा अनुभवी भी होना पड़ेगा। वह आपके पास है और विद्वत्ता के माने में भी उनके जैसा तो आपको नहीं कहूँगा, लेकिन उस पथ पर आप अग्रसर हैं ही, यह तो हम बहुत पहले से जानते हैं। और इसलिए यह संकलन ऐसा हुआ है कि हम सबके घर के संग्रह में रहना चाहिए और उसे पढ़ना चाहिए। आज उन्होंने मुझे वैचारिक चरित्र दिया, मैं पढ़नेवाला हूँ। मुझे लगता है, वह ऐसा ही होगा। यह अध्ययन बहुत आवश्यक है, क्योंकि समझना चाहिए। इन सारे महापुरुषों को बाँटकर रख दिया गया है। केवल एक धारा देश की राष्ट्रीय धारा, बाकी सब अनुलेख से लिये गए हैं, यह होने से अपना देश कमजोर हो जाएगा। जो एक धारा मानी जाती है, उसको छोड़ना नहीं है, लेकिन और भी धाराएँ थीं। सबने मिलकर आज देश को बनाया है, सबने मिलकर एक दिशा तय की है। उस दिशा पर इस देश को आगे ले जाना है। सबने मिलकर तय किया कि राह निर्दोष है।

किसी एक व्यक्ति के आग्रह से खींची गई, उसमें ऐसी बात नहीं है। जब हम इनको बाँट देते हैं, तब फिर हम उनको एक तरफ खींचकर ले जाते हैं और उसके परिणाम भी भुगतते हैं। डॉ. साहब ने कहा है कि 'स्वतंत्र समता' कैसे प्राप्त होगी? बंधुभाव के आधार पर। उसी बंधुभाव को उन्होंने धर्म कहा है, तो बंधुभाव का यह तकाजा है कि सबका हम अध्ययन करें।

किसी एक व्यक्ति के आग्रह से खींची गई, उसमें ऐसी बात नहीं है। जब हम इनको बाँट देते हैं, तब फिर हम उनको एक तरफ खींचकर ले जाते हैं और उसके परिणाम भी भुगतते हैं। डॉ. साहब ने कहा है कि 'स्वतंत्र समता' कैसे प्राप्त होगी ? बंधुभाव के आधार पर। उसी बंधुभाव को उन्होंने धर्म कहा है, तो बंधुभाव का यह तकाजा है कि सबका हम अध्ययन करें। उनकी जो तात्कालिक बातें हैं, उनको छोड़ भी दें, जो शाश्वत दृष्टि है, उसका अध्ययन करें और उस दृष्टि से देखकर, विश्लेषण कर अपने समाज को आगे लाए जाने की राह तय करना सीखें। मैं ऐसा करता हूँ, इसलिए मैं आपको अपना अनुभव बताता हूँ। यह प्रयास जब हम करेंगे, तब हमको उनके करने, बोलने की सार्थकता ध्यान में आएगी। उसके तात्कालिक संदर्भ भी ध्यान में आएँगे और उस दृष्टि से जब देखेंगे, तब ध्यान में आएगा। तो उस दृष्टि को लेकर चलते हैं तो वह दृष्टि सबकी समान है; क्योंकि सब भारत की मिट्टी में जनमे भारत माता के सपूत हैं।

कम-से-कम यह साक्षात्कार हमको हो गया कि ये सब हमारे महापुरुष हैं। उस समय भी एक-दूसरे के विरोधी के नाते एक-दूसरे के विरुद्ध खड़े रहे। परंतु इन मामलों में किसी का भेद नहीं था और इसलिए विरोधी होने के बाद भी उनका मिलना-जुलना रहता था, बात करना रहता था, एक-दूसरे का मानना भी रहता था। सबके स्वभाव अलग थे, सबकी पृष्ठभूमि अलग-अलग थी। अलग मसले पर सबके मत अलग-अलग हो सकते थे।

वैचारिक मतभेद होने के बाद भी एक देश के हम सब लोग हैं और हम सबको मिलकर इस देश को बड़ा बनाना है। इसलिए हम संवाद करेंगे। खंडन-मंडन होगा। जो सत्य है, वह समन्वय से बाहर निकलेगा। उसके पीछे सब चलेंगे। इस प्रकार की एक वृत्ति, इसकी बहुत आवश्यकता है। डॉ. आंबेडकर साहब को पूरे जीवन में इतना कड़ा अन्याय झेलने के बाद भी, अपमान झेलने के बाद भी, उपेक्षा झेलने के बाद एक क्षण भी देश हित का विस्मरण नहीं हुआ, यह जानने की बात है। बहुत बड़ी बात है।

यह प्रसंग याद आया, लेकिन अभी रासुगवीजी बुधवासी हुए हैं। मैं कल ही उन्हें श्रद्धांजलि अर्पित कर आया हूँ। 1983 में हमारे संघ शिक्षा वर्ग में वे हमारे प्रमुख अतिथि के नाते आए और उन्होंने फोन किया, मैं उस समय नागपुर का प्रचारक था। मैंने ही वह फोन उठाया, उन्होंने कहा कि मुझे बुलाओ। मैंने पूछा क्यों? उन्होंने कहा, मुझे कुछ बात कहनी है। अब विचारधारा की दृष्टि से रासुगवीजी और राष्ट्रीय स्वयंसेवक संघ विरोधी कैंप वाले लोग हैं। लेकिन रासुगवीजी को संकोच नहीं है, ऐसा कहने में कि मुझे कुछ कहना है, अपने मंच पर मुझे आने दो, मुझे बुलाओ।

मैं तो उस समय नागपुर महानगर का प्रचारक था। प्रांत मानते थे उसको, तो मैं प्रांत प्रचारक था। तो मैंने निर्णय नहीं किया। मैंने कहा, कल बाला साहेब आनेवाले हैं, उनसे पूछकर बताएँगे। बाला साहेब के सीढ़ियाँ चढ़ते-चढ़ते मैंने कहा कि कल रासुगवीजी का फोन आया था, वे मुख्य अतिथि बनकर आना चाहते हैं। तो चढ़ते-चढ़ते बाला साहेब ने बोला कि फिर बुलाओ। ऐसा कह दिया। उस समय मीनाक्षीपुरम् की घटना हुई थी। उसको लेकर उन्हें अपना मंतव्य रखना था। वह उन्होंने कहा, साफ शब्दों में रखा।

तर्क की ताकत

वैचारिक मतभेद होने के बाद भी एक देश के हम सब लोग हैं और हम सबको मिलकर इस देश को बड़ा बनाना है। इसलिए हम संवाद करेंगे। खंडन-मंडन होगा। जो सत्य है, वह समन्वय से बाहर निकलेगा। उसके पीछे सब चलेंगे। इस प्रकार की एक वृत्ति, इसकी बहुत आवश्यकता है। डॉ. आंबेडकर साहब को पूरे जीवन में इतना कड़ा अन्याय झेलने के बाद भी, अपमान झेलने के बाद भी, उपेक्षा झेलने के बाद एक क्षण भी देश हित का विस्मरण नहीं हुआ, यह जानने की बात है। बहुत बड़ी बात है। अपने, केवल अपने परिश्रम से इतना ऊँचा स्थान उन्होंने हासिल किया। उसके बावजूद उनकी जाति को लेकर उनका अपमान भी हुआ। बैरिस्टर बनने के बाद, डॉक्टर बाबा साहेब आंबेडकर बनने के बाद भी। अपमान करनेवाले अदने से लोग थे। जो किसी प्रकार उनकी बराबरी में नहीं थे। ऐसे अनुभव झेलते हुए भी, इतना विष पीकर भी उन्होंने जो विचार किया, वह देश के हित का ही विचार किया। तो भारत का कोई भी नागरिक उनको क्या मानेगा? वह अपना मानेगा, अपना आदर्श मानेगा। ऐसा ही चरित्र है। इस चरित्र को पढ़ते हैं, तो जिन लोगों का दुःख हमको कभी दिखता नहीं, उनके दुःख की वेदना अपने मन में जाती है। फिर जो आदत से हम करते रहे, उसमें कहाँ कितना अन्याय भरा है, यह हमारे ध्यान में आता है तथा उसका रास्ता निकालने की प्रेरणा भी मिल जाती है और रास्ता भी दिख जाता है।

> *डॉ. बाबा साहेब जिस अर्थ में 'धम्म' कहते थे, उस अर्थ में मैं 'धर्म' कह रहा हूँ। पूजा-पद्धति का धर्म नहीं है, वह समाज की धारणा करनेवाला है। सबको एक साथ आनंद देनेवाला है। वह अनुकरणीय है, यहाँ हो सकता है, वहाँ नहीं हो सकता, ऐसा नहीं है। वह प्रारंभ में, मध्य में और अंत में कल्याणकारक है। ऐसा धर्म देनेवाला अपना देश सनातन काल से है, उस धर्म का स्वरूप छोड़कर हम जब अपने स्वार्थ के लिए भटक गए, तब फिर धर्म के नाम पर इतना अन्याय हुआ।*

कैसे निकलना है? संपूर्ण समाज को एक रखकर चलना है, तो समाज में समरसता होनी ही चाहिए। मानवीय प्रयत्नों से जितना समता-समन्वय, उतना सारा समता-समन्वय लाना ही पड़ेगा। वह सब क्षेत्रों में लाना पड़ेगा। राजनीतिक, सामाजिक,

आर्थिक और मानसिकता यह बनानी पड़ेगी कि ठीक है ये सारे दोष हमारे इसमें है, पहले रहे होंगे। हम कोई पुराणपंथी, दकियानूसी लोग नहीं हैं। अपने दो हजार साल के व्यवहार का पुनः परीक्षण करेंगे। आखिर सारे शास्त्र होते क्यों हैं? मनुष्य धर्मालाप करे, इसलिए ही होते हैं।

डॉ. बाबा साहेब जिस अर्थ में 'धम्म' कहते थे, उस अर्थ में मैं 'धर्म' कह रहा हूँ। पूजा-पद्धति का धर्म नहीं है, वह समाज की धारणा करनेवाला है। सबको एक साथ आनंद देनेवाला है। वह अनुकरणीय है, यहाँ हो सकता है, वहाँ नहीं हो सकता, ऐसा नहीं है। वह प्रारंभ में, मध्य में और अंत में कल्याणकारक है। ऐसा धर्म देनेवाला अपना देश सनातन काल से है, उस धर्म का स्वरूप छोड़कर हम जब अपने स्वार्थ के लिए भटक गए, तब फिर धर्म के नाम पर इतना अन्याय हुआ। उसको वापस करना होगा। हम सब लोगों को अपने आपको धम्म के रास्ते पर, धर्म के रास्ते पर लाना पड़ेगा।

ब्रह्म सत्यं जगत् मिथ्या, तो मिथ्या जगत् के छोटे-छोटे स्वार्थों को लेकर हम सबकी आंतरिक एकता को भूलकर क्यों चलते हैं। जैसे डॉ. आंबेडकर साहब ने सवाल उत्पन्न किया कि उनको हमारा मालिक बनना फायदे का है। लेकिन हमको गुलाम बनाकर कहाँ का फायदा है? वैसे जो मालिक बने थे, उन्हें भी सोचना है कि जिस धर्म की दुहाई देकर हम कहते हैं, उस धर्म में तो ऐसा नहीं कहा गया है।

पूजा-पद्धति कोई हो, तात्कालिक मसलों पर मत कोई हो, लेकिन इन बातों पर कोई मतभेद होने की आवश्यकता नहीं है। समानता कोई मतभेद का मुद्दा नहीं है। हमारे ऋषि-मुनियों तक ने, सबने अपनी अनुभूति से बताया है कि सब एक हैं। अगर सब एक हैं, तो फिर आचरण में दो व्यवहार क्यों? तब तो बाबा साहेब आंबेडकर ने यही कहा और कितने दिनों तक यह दोहरापन चलेगा? डॉ. हेडगेवार ने हमको यही समझाया कि तत्त्व और व्यवहार दो अलग-अलग बातें हैं। कई बार बोलते हैं तात्त्विक दृष्टि से तो ठीक है, लेकिन व्यावहारिक दृष्टि से अलग चलना पड़ेगा। डॉ. हेडगेवार कहते हैं कि जिस तत्त्व को आप व्यवहार में ला नहीं सकते, उस तत्त्व का कोई उपयोग नहीं और जिस व्यवहार की तत्त्व से तुलना नहीं है, वह व्यवहार गलत है।

ब्रह्म सत्यं जगत् मिथ्या, तो मिथ्या जगत् के छोटे-छोटे स्वार्थों को लेकर हम

सबकी आंतरिक एकता को भूलकर क्यों चलते हैं। जैसे डॉ. आंबेडकर साहब ने सवाल उत्पन्न किया कि उनको हमारा मालिक बनना फायदे का है। लेकिन हमको गुलाम बनाकर कहाँ का फायदा है? वैसे जो मालिक बने थे, उन्हें भी सोचना है कि जिस धर्म की दुहाई देकर हम कहते हैं, उस धर्म में तो ऐसा नहीं कहा गया है। यह दोहरापन हम क्यों करें? यह पाप हम क्यों करें? हम धर्म को मलिन क्यों करें? यह विचार-मंथन होना बहुत आवश्यक है।

वैसे डॉ. आंबेडकर की तपस्या व्यर्थ नहीं गई है। परंतु वह मान जाने की बात रहती है, बुद्धि से तो समझ में आ गया है सबको। ऐसा नहीं है, दो हजार वर्षों की आदत को मन से दूर करना पड़ेगा। उसके लिए तो अभ्यास ही है, दूसरा रास्ता नहीं है, अभ्यास ही करना पड़ेगा उसके लिए। वह अभ्यास अपना ठीक चले, निरंतर चले, उचित दिशा में चले, इसलिए ये सारी बातें पढ़नी पड़ेंगी। और इसलिए एक तो इस पर बोलने को मिल रहा है, यह मेरे लिए सौभाग्य की बात है। और दूसरी बात डॉ. आंबेडकर संपूर्ण राष्ट्र के लिए एक दीपस्तंभ समान राष्ट्र नेता थे। उनके विचार केवल एक विषय पर केंद्रित नहीं हैं, संपूर्ण राष्ट्रहित के पहलुओं से जुड़े हुए उनके विचार हैं। इससे सारे समाज को अवगत कराना आवश्यक है। ···इस पुस्तक का जो प्रयोजन आपने बताया है, उस प्रयोजन और संघ के नाते हम सौ प्रतिशत सहमत हैं। इसलिए मैंने तुरंत स्वीकृति दी।

वह लोकार्पण का कार्य हो गया, लेकिन इसके बाद आपके हाथ में यह पुस्तक आनी चाहिए, आपके घर में यह खंड रहना चाहिए। उसका आपको धीरे-धीरे और बारीकी से वाचन करना चाहिए और वाचन में से आप जो निष्कर्ष निकालते हैं, उसके अनुसार अपने जीवन को बदलना चाहिए। यह अनुरोध आपके सामने रखता हूँ, तब इसका लोकार्पण सार्थक होगा।

□

देश का भवितव्य

कई शतकों से विश्व का चिंतन जिस दृष्टि पर आधारित है, उसका अधूरापन अब वैज्ञानिक कसौटियों पर भी सिद्ध हो रहा है। उस अधूरे चिंतन के परिणामों के अनुभव भी उस दृष्टि व चिंतन के ही पुनर्विचार की आवश्यकता को अधोरेखांकित कर रहे हैं। इस स्वानुभूति के बाद विश्व के विकास को लक्षित कर चलनेवाले संवादों में समग्र (Holistic), धारणाक्षम विकास (Sustainable Development) आदि वाक्य प्रयोगों का सुनाई देना प्रारंभ हुआ है। इसलिए इस अधूरी दृष्टि को ध्रुव सत्य मानने के भ्रमजाल से मुक्त होकर, हमें अपनी स्वयं की समयसिद्ध शाश्वत दृष्टि के आधार पर चलना उपयुक्त होगा। यह दृष्टि समन्वय व सहयोग पर आधारित है। जो जीवन को अर्थ व काम प्रधान नहीं, धर्म व सरोकार प्रधान मानती है।

वृहद् है यह वर्ष

श्रीविजयदशमी के प्रतिवर्ष संपन्न होनेवाले पर्व के निमित्त आज हम यहाँ एकत्र हैं। संघ कार्य के आज 90 वर्ष पूर्ण हुए। यह वर्ष भारतरत्न डॉ. भीमराव रामजी उपाख्य बाबासाहेब आंबेडकर की जन्मजयंती का 125वाँ वर्ष है। संपूर्ण देश में सामाजिक विषमता की अन्यायी कुरीति को चुनौती देते हुए उन्होंने जीवन भर संघर्ष किया। स्वतंत्र भारत के संविधान में आर्थिक व राजनीतिक दृष्टि से उस विषमता को निर्मूल कर समता के मूल्यों की प्रतिष्ठापना करनेवाले प्रावधान वे कर गए।

संघ के द्वितीय सरसंघचालक श्रीगुरुजी के शब्दों में—"आचार्य शंकर की

* 22 अक्तूबर, 2015, नागपुर, विजयादशमी उत्सव उद्बोधन

प्रखर बुद्धि व तथागत बुद्ध की असीम करुणा का संगम उनकी प्रतिभा में था।" गत वर्ष संघ के संस्थापक पू. डॉ. हेडगेवारजी की जयंती का भी 125वाँ वर्ष था। समतायुक्त, शोषणमुक्त हिंदू समाज के सामूहिक उद्यम के आधार पर संपूर्ण विश्व में उदाहरणस्वरूप परम वैभव-संपन्न भारत के निर्माण का स्वप्न उन्होंने देखा था। उस लक्ष्य के लिए प्रामाणिकता से, निस्स्वार्थ बुद्धि से व तन-मन-धनपूर्वक सतत प्रयास करनेवाले कार्यकर्ताओं के निर्माण की पद्धति देकर वे गए। उस कार्य-पद्धति के जानकार, संघ के तृतीय सरसंघचालक स्व. बालासाहब देवरस का जन्मशती वर्ष प्रारंभ हो रहा है। संघ की ही कार्य-पद्धति में पले-बढ़े तथा भारतीय दर्शनों के सनातन मूल्यों के आधार पर राष्ट्र की व्यवस्था का संपूर्ण व युगानुकूल वैचारिक दिग्दर्शन करनेवाले 'एकात्म मानव दर्शन' को देनेवाले स्व. पं. दीनदयालजी उपाध्याय का जन्मशताब्दी वर्ष भी प्रारंभ हो चुका है।

'कर्मसु कौशलम्' व 'समत्व' के साथ फलाशारहित निरंतर विहित कर्म करने का संदेश देनेवाली 'श्रीमद्भगवद्गीता' का 5151वाँ वर्ष गीता जयंती तक चलेगा। इस वर्ष हमें छोड़ गए समाज के दो श्रद्धेय धुरीण, नव पीढ़ी में आत्मविश्वास व देश-गौरव जगाकर उन्हें देश के लिए हर क्षेत्र में उत्कृष्टता प्राप्त करने की प्रेरणा देने में ही जीवन लगा देनेवाले पूर्व राष्ट्रपति डॉ. अब्दुल कलाम व वैदिक शिक्षक बनकर अपने समाज में तथा विश्व में सनातन संस्कृति के विषय में युगानुकूल दृष्टि, गौरव व सक्रियता जगानेवाले स्वामी दयानंद सरस्वती, इन दोनों का जीवनकार्य व संदेश भी भारत गौरव व सामाजिक एकता ही था।

सुखद संयोग ऐसा है कि भारत में सुशासन का आदर्श प्रस्थापित कर, दक्षिण-पूर्व एशिया महाद्वीप में अपनी सनातन भारतीय संस्कृति की मंगलसूचक पताका फहरानेवाले राजराजेश्वर राजेंद्र चोल महाराजा के राज्यारोहण का भी 1000वाँ वर्ष मनाया जा रहा है, साथ ही जाति, मत, पंथ के भेदों को पूर्णत: नकारकर, रूढ़ियों की बेड़ियों को तोड़कर भक्ति मार्ग को समाज के सभी घटकों के लिए खोलकर, सामाजिक समरसता के जागरण का पुनः प्रवर्तन करनेवाले श्री रामानुजाचार्य का 1000वाँ जयंती वर्ष भी अगले वर्ष संपन्न करने की तैयारी समाज

में हो रही है। जम्मू-कश्मीर में शैव सिद्धांत के महान् आचार्य अभिनव गुप्त का भी यह 1000वाँ जयंती वर्ष चल रहा है।

जीवन के सब क्षेत्रों में विजिगीषु नीति के आधार पर स्वावलंबी, सामर्थ्य-संपन्न, वैभव-संपन्न, पूर्ण सुरक्षित होकर, संपूर्ण विश्व को मंगलप्रद उत्कर्षकारक नेतृत्व देनेवाला भारत खड़ा करना तब संभव होगा, जब समतायुक्त, शोषणमुक्त, गौरव-संपन्न, संगठित व प्रबुद्ध समाज का उद्यम उन नीतियों के समर्थन में चलेगा तथा ऐसे समाज की दृढ़ इच्छाशक्ति प्रजातांत्रिक व्यवस्था में चलनेवाले तंत्र की तथा उसके संवैधानिक चालकों की दिग्दर्शक होगी।

'कर्मसु कौशलम्' व 'समत्व' के साथ फलाशारहित निरंतर विहित कर्म करने का संदेश देनेवाली 'श्रीमद्भगवद्गीता' का 5151वाँ वर्ष गीता जयंती तक चलेगा। इस वर्ष हमें छोड़ गए समाज के दो श्रद्धेय धुरीण, नव पीढ़ी में आत्मविश्वास व देश-गौरव जगाकर उन्हें देश के लिए हर क्षेत्र में उत्कृष्टता प्राप्त करने की प्रेरणा देने में ही जीवन लगा देनेवाले पूर्व राष्ट्रपति डॉ. अब्दुल कलाम व वैदिक शिक्षक बनकर अपने समाज में तथा विश्व में सनातन संस्कृति के विषय में युगानुकूल दृष्टि, गौरव व उमंग जगानेवाले स्वामी दयानंद सरस्वती*, इन दोनों का जीवनकार्य व संदेश भी भारत गौरव व सामाजिक एकता ही था। इन सब संयोगों के स्मरण का कारण यही है कि आज भी हमारे-आपके परिवारों से लेकर संपूर्ण विश्व की समृद्धि, शांति व उन्नति के लिए हमारा कर्तव्य भी हमें समृद्ध, समर्थ व समरस भारत के निर्माण के लिए आह्वान कर रहा है।

संगठन ही शक्ति है

संपूर्ण समाज की संगठित शक्ति के आधार पर विजय प्राप्त करने का पथ ही आज का विचारणीय विषय है। जीवन के सब क्षेत्रों में विजिगीषु नीति के आधार पर स्वावलंबी, सामर्थ्य-संपन्न, वैभव-संपन्न, पूर्ण सुरक्षित होकर, संपूर्ण विश्व को मंगलप्रद उत्कर्षकारक नेतृत्व देनेवाला भारत खड़ा करना तब संभव होगा, जब समतायुक्त, शोषणमुक्त, गौरव-संपन्न, संगठित व प्रबुद्ध समाज का उद्यम उन नीतियों के समर्थन में चलेगा तथा ऐसे समाज की दृढ़ इच्छाशक्ति प्रजातांत्रिक

* प्रधानमंत्री नरेंद्र मोदी के आध्यात्मिक गुरु

व्यवस्था में चलनेवाले तंत्र की तथा उसके संवैधानिक चालकों की दिग्दर्शक होगी। सजग, स्पष्ट, अचूक नीतियाँ तथा स्वार्थ-भेद रहित विवेकी समाज, ये दोनों कारक देश के भाग्य-परिवर्तन के लिए अनिवार्य हैं, इसलिए उनका उभयपक्षतः एक-दूसरे से पूरक बनकर चलना आवश्यक है।

इस दृष्टि से जब आज देश के परिदृश्य का विचार करते हैं, तब एक बहुत ही सुखद व आशादायक चित्र सामने आता है। दो वर्ष पूर्व जो निराशा का, अविश्वास का वातावरण था, वह अब प्रायः लुप्त हो गया है। अपेक्षाओं का तथा अपेक्षापूर्ति के विश्वास का वातावरण निर्मित हुआ है। उस वातावरण का साक्षात् अनुभव देश के अंतिम पंक्ति में खड़े व्यक्ति तक पहुँचे तथा अपने स्वयं के अनुभव से, अपने व देश के भाग्य-परिवर्तन में समाज के विश्वास की मात्रा निरंतर बढ़ती रहे, इसका ध्यान रखना होगा।

सभी अनुभव कर रहे हैं कि पिछले दो वर्षों में बहुत द्रुतगति से भारत की विश्व में प्रतिष्ठा बढ़ी है। पड़ोसी देशों से संबंध अपने देश के हित को ध्यान में रखते हुए सुधारने के लिए कई महत्त्वपूर्ण कदम उठाए गए हैं तथा वे सफल परिणाम भी दे रहे हैं। लगता है कि विश्व को आधुनिक भारत का एक अलग नया परिचय मिल रहा है। स्वगौरव तथा आत्मविश्वास से युक्त होकर, संपूर्ण विश्व के प्रति अपना परंपरागत सद्भावनापूर्ण दृष्टिकोण रखते हुए, दृढ़तापूर्वक देश-हित की रक्षा के लिए अंतरराष्ट्रीय राजनय में दो-टूक अपनी बात कहनेवाला, विश्व के किसी भी देश में निर्माण हुए संकट में अपना मित्रतापूर्ण हाथ बढ़ानेवाला, भारत का नया अनोखा रूप धीरे-धीरे आकार लेता देख, विश्व के देश स्तब्ध, लुब्ध व नई आशा से आशान्वित हैं।

भारत की गीता, भारत का योगदर्शन, भारत के तथागत विश्वमान्य हो रहे हैं। भारतीय मानस व परंपरा की श्रद्धा के विषयों पर ध्यान जाना तथा उनकी सुरक्षा व मानरक्षा के लिए नीतिगत पहल भी प्रारंभ हुई है। तथाकथित महाशक्तियों के अवांछनीय प्रभाव-जाल से मुक्त होने के लिए छटपटानेवाली विकासशील दुनिया नेतृत्व के लिए भारत की ओर देख रही है। भारतवर्ष की उन्नत तथा अवनत अवस्था में भी उसने विश्व को अपना कुटुंब मानकर अपनी सजगता, दृढ़ता व शक्ति के आधार पर, राष्ट्र-हित व विश्व-हित, दोनों को प्रामाणिकता से साधने की परंपरा निभाई है। राजनय की उस शैली का थोड़ा-थोड़ा अनुभव पुनः मिलने लगा है। विश्व के सामने

व देश के प्रत्येक घटक के अंतःकरण की अनुभूति में भारत का यह देदीप्यमान स्वरूप पूर्णतः अवतरित हो, यह आवश्यक है। उसके लिए जीवन के सभी अंगों में नए विचार व नए पुरुषार्थ का प्रकटीकरण हमें करना होगा।

कैसे बने समृद्ध भारत?

युग-युग से चलते आए हमारे अक्षुण्ण राष्ट्र-जीवन के मूल व सर्वहितकारी सत्य के आधार पर, युगानुकूल नीति, तदनुकूल व्यवस्थाएँ तथा उन्हें क्षमतापूर्वक धारण करनेवाले समाज का नया रूप गढ़ना पड़ेगा। 'साहेब वाक्यं प्रमाणम्' की मानसिक दासता का मन से पूर्ण उच्चाटन करते हुए, भारतीय चित्त व मानस के आधार पर विश्व से जो अच्छा, उचित व सत्य प्राप्त होता है, उसे देशोपयोगी बनाकर, अपने देश के लिए काल सुसंगत पथ का स्वतंत्र विचार कर तथा तदनुरूप समाज में, विद्वानों व चिंतकों में, प्रशासकों व प्रशासनों में तथा शासन व नीतियों में विचार व आचरण का परिवर्तन किए बिना, विश्व के लिए उदाहरणस्वरूप, स्वावलंबी, समतायुक्त, शोषणमुक्त, सामर्थ्य-संपन्न, समृद्ध भारत का निर्माण संभव नहीं है। कई शतकों से विश्व का चिंतन जिस दृष्टि पर आधारित है, उस दृष्टि का अधूरापन अब वैज्ञानिक कसौटियों पर भी सिद्ध हो रहा है तथा उस अधूरे चिंतन के परिणामों के अनुभव भी उस दृष्टि व चिंतन के ही पुनर्विचार की आवश्यकता अधोरेखित कर रहे हैं।

'साहेब वाक्यं प्रमाणम्' की मानसिक दासता का मन से पूर्ण उच्चाटन करते हुए, भारतीय चित्त व मानस के आधार पर विश्व से जो अच्छा, उचित व सत्य प्राप्त होता है, उसे देशोपयोगी बनाकर, अपने देश के लिए काल सुसंगत पथ का स्वतंत्र विचार तथा तदनुरूप समाज में, विद्वानों व चिंतकों में, प्रशासकों व प्रशासनों में तथा शासन व नीतियों में विचार व आचरण का परिवर्तन किए बिना, विश्व को उदाहरणस्वरूप, स्वावलंबी, समतायुक्त, शोषणमुक्त, सामर्थ्य-संपन्न, समृद्ध भारत का निर्माण संभव नहीं है।

1951 में संयुक्त राष्ट्र संघ के सामाजिक व आर्थिक कार्यविभाग ने इस अधूरे चिंतन का संपूर्ण समर्थन करते हुए यह कहा था—"There is a sense in which rapid economic progress is impossible without painful adjustments. Ancient philosophies have to be scrapped; old social institutions have to disintegrate. Bonds of caste, creed and race have to burst and large numbers of persons who cannot keep up with the progress have to have their expectations of a comfortable life frustrated. Very few communities are willing to pay the full price of economic progress."

विश्व में विकास को लक्षित कर चलनेवाले संवादों में 'समग्र' (Holistic), 'धारणक्षम विकास' (Sustainable development) आदि वाक् प्रयोगों का सुनाई देना प्रारंभ हुआ है तथा पर्यावरण की भी थोड़ी-थोड़ी चिंता होने लगी है। इसलिए प्रयोग-अनुभव-परिवर्तन के चक्र में से गुजरती हुई, इस अधूरी दृष्टि को ध्रुव सत्य मानने के भ्रमजाल से मुक्त होकर, हमें अपनी स्वयं की समयसिद्ध शाश्वत दृष्टि के आधार पर ही चलना उपयुक्त होगा।

यह आत्यंतिक जड़वादी, अहंकेंद्रित, मानवीय संवेदनशून्य दृष्टि विश्व पर थोपी गई, उसके सर्वविदित परिणामों के अनुभव जब इसके पुरस्कर्ताओं को भी होने लगे, तब उनकी इस भाषा में एकदम 'घूम जाओ' (उलट) परिवर्तन दिखाई दिया। अक्तूबर 2005 में जी 20 राष्ट्रों के केंद्रीय अधिकोषों के गवर्नरों का सम्मेलन कहता है—

"We note that development approaches are evolving over time and thus need to be updated as economic challenges unfold. We recognize there is no uniform development approach that fits all the countries. Each country should be able to choose the development approaches and policies that best suit its specific characteristics while benefitting from their accumulated experience in policy making over last decades, including the importance of strong macroeconomic policies for sustained growth." बाद में 2008 में और अधिक स्पष्टता के साथ इसी बात को दोहराते हुए विश्व बैंक का समाचार बुलेटिन यह कहता है—"In our work across the world we have learnt the hard way that there is no one model that fits all. Development is all about transformation. It means taking the best ideas, testing them in new situations and throwing away what doesn't work. It means, above all, having the ability to recognize when we have failed. This is never an easy thing to do. It is ever more difficult for an organization to do so, be it the government or the World Bank, which constantly need to adapt to the changing nature of developmental challenge."

इस स्वानुभूति के बाद विश्व में विकास को लक्षित कर चलनेवाले संवादों में 'समग्र' (Holistic), 'धारणक्षम विकास' (Sustainable development) आदि वाक् प्रयोगों का सुनाई देना प्रारंभ हुआ है तथा पर्यावरण की भी थोड़ी-थोड़ी चिंता होने लगी है। इसलिए प्रयोग-अनुभव-परिवर्तन के चक्र में से गुजरती हुई, इस अधूरी दृष्टि को ध्रुव सत्य मानने के भ्रमजाल से मुक्त होकर, हमें अपनी स्वयं की समयसिद्ध शाश्वत दृष्टि के आधार पर ही चलना उपयुक्त होगा। वह दृष्टि समन्वय व सहयोग पर आधारित है। जीवन को अर्थ व काम-प्रधान नहीं, धर्म व संस्कार प्रधान मानती है।

कृषि व किसान, लघु, मध्यम व कुटीर उद्योग, छोटे व्यापारी व कारीगर, इनका अधिक ध्यान रखना पड़ेगा। आर्थिक-सामाजिक क्षेत्र में काम करनेवाले सभी संगठनों, चिंतकों-कार्यकर्ताओं को, नीतिकारों को, शासन-प्रशासन सभी को इस दिशा में ध्यान रखना आवश्यक है। आनंद की बात है कि नीति आयोग के घोषणा-पत्र में इस दिशा के स्पष्ट संकेत मिल रहे हैं। स्पष्ट है कि यह परिवर्तन अचानक नहीं होगा।

धारणक्षम विकास; कम-से-कम ऊर्जा व्यय, अधिकतम रोजगार, पर्यावरण, नैतिकता व कृषि के प्रति पूरकता तथा स्वावलंबन व विकेंद्रित अर्थतंत्र का पुरस्कार करनेवाले उद्योग-तंत्र को मानते हैं। कौशल विकास तथा उत्पादन में वृद्धि पर उसका जोर रहता है। देश के सबसे अंतिम व्यक्ति की अभाव, अशिक्षा व अपमान से मुक्ति तथा ऐसे वर्ग का विकास अपनी दृष्टि में राष्ट्रीय विकास का आधार व विकास का प्रमाण माना जाता है। इसके लिए कृषि व किसान, लघु, मध्यम व कुटीर उद्योग, छोटे व्यापारी व कारीगर, इनका अधिक ध्यान रखना पड़ेगा। आर्थिक-सामाजिक क्षेत्र में काम करनेवाले सभी संगठनों, चिंतकों-कार्यकर्ताओं को, नीतिकारों को, शासन-प्रशासन

सभी को इस दिशा में ध्यान रखना आवश्यक है। आनंद की बात है कि नीति आयोग के घोषणा-पत्र में इस दिशा के स्पष्ट संकेत मिल रहे हैं। स्पष्ट है कि यह परिवर्तन अचानक नहीं होगा।

विरासत में मिली आर्थिक स्थिति के तल से सामान्य धरातल पर आना, अनेक राजनीतिक संतुलनों तथा प्रशासकीय अनिवार्यताओं को साधने-पाटने की कसरत कर, देश के सामान्य वर्गों तक विकास का अनुभव पहुँचाना तथा उनका भी सहभाग प्राप्त करते हुए सबके विश्वास की स्थिरता व वृद्धि होती रहे यह देखना, धैर्यपूर्वक परिणामों की प्रतीक्षा करना, यह सभी को करना पड़ता है। मुद्रा बैंक, जनधन योजना, गैस सब्सिडी को छोड़ देने का आह्वान, स्वच्छ भारत अभियान, कौशल विकास, ऐसी कुछ उपयोगी पहलें इस दृष्टि से सरकार के द्वारा की गई हैं। विकास नीतियों की जमीन पर दिखनेवाले परिणामों की यथातथ्य जानकारी मिलना तथा विकास में सभी को सहभागी बनाने की दृष्टि से सार्थक संवाद व क्रियान्वयन की गति को बढ़ाने की आवश्यकता लगती है। देश के भाग्य-परिवर्तन में सब प्रकार की नीतियों की सफलता संपूर्ण समाज के उद्यम, सहयोग, क्षमता तथा समझदारी पर निर्भर करती है। समाज का प्रबोधन व प्रशिक्षण उसके लिए अनिवार्य शर्त है।

जनसंख्या पर विचार

आजकल विकास का विचार करते समय देश की जनसंख्या भी विचार का एक विषय है। हमारे देश की जनसंख्या नियंत्रण नीति विचारपूर्वक बनानी पड़ेगी। जनसंख्या बोझ है या साधन है? दोनों प्रकार से विचार कर देखना चाहिए। 50 वर्षों के पश्चात् हमारे देश के संसाधन तथा व्यवस्थाएँ कितने लोगों को पोषण, रोजगार व जीवन-विषयक अवसर तथा सुविधाएँ दे सकेंगे? 50 वर्षों के पश्चात् हमारे देश को सुचारु रूप से चलाने के लिए कितने हाथों की आवश्यकता रहेगी? संतान-वृद्धि का कष्ट व उनको संस्कारित करने का कार्य माताओं को करना पड़ता है। उनका पोषण, स्वास्थ्यरक्षण, मान-मर्यादा का संरक्षण, उनका सशक्तीकरण, उनका प्रबोधन, उनके लिए अवसर तथा उससे लाभ ले सकने की स्वतंत्रता, इन सबकी कैसी व्यवस्था है, वह कैसी होनी चाहिए?

50 वर्ष के बाद हमारे देश की पर्यावरण स्थिति की हमारी कल्पना क्या है? पिछली दो जनगणनाओं के आँकड़े सामने आने के पश्चात् जनसंख्या का स्वरूप व उसमें उत्पन्न हुए असंतुलन आदि की भी पर्याप्त चर्चा हो रही है। देश

मनुष्य की सहज प्रवृत्तियाँ, पंथ-संप्रदायों की आचरण परंपराएँ, समाज में चलती आईं सांस्कृतिक परंपराएँ, ये ऐसे विषय हैं, जिनमें यदि देश-काल-परिस्थिति के अनुसार आवश्यक व उचित हो तो भी, वैसा परिवर्तन केवल कानून के परिवर्तन से अथवा उसके पीछे खड़े किए शासन के दंड के बलमात्र से न कभी हुआ है, न कभी होगा। ऐसे परिवर्तनों के पहले व बाद में भी, समाज प्रबोधन द्वारा मन बनाने का सौहार्दपूर्ण प्रयास शासन, प्रशासन, माध्यम तथा समाज के धुरीण व सज्जनों को सतत करना पड़ता है।

के वर्तमान तथा भविष्य पर उसके भी परिणाम होते हैं, हो रहे हैं। वोट बैंक की राजनीति से ऊपर उठकर इन सब बातों का समग्र विचार कर संपूर्ण देश की प्रजा के लिए समान जनसंख्या नीति बनाने की आवश्यकता है। वह नीति मात्र शासन तथा कानून के बल से लागू नहीं होती। उसको स्वीकार करने के लिए समाज का मन बनाने के प्रयास भी पर्याप्त मात्रा में करने पड़ते हैं। उनका भी विचार नीति बनाते समय ही कर लेना उचित रहेगा। मनुष्य की सहज प्रवृत्तियाँ, पंथ-संप्रदायों की आचरण परंपराएँ, समाज में चलती आईं सांस्कृतिक परंपराएँ, ये ऐसे विषय हैं, जिनमें यदि देश-काल-परिस्थिति के अनुसार आवश्यक व उचित हो तो भी, वैसा परिवर्तन केवल कानून के परिवर्तन से अथवा उसके पीछे खड़े किए शासन के दंड के बलमात्र से न कभी हुआ है, न कभी होगा। ऐसे परिवर्तनों के पहले व बाद में भी, समाज प्रबोधन द्वारा मन बनाने का सौहार्दपूर्ण प्रयास शासन, प्रशासन, माध्यम तथा समाज के धुरीण व सज्जनों को सतत करना पड़ता है।

सत्य और समाज

सस्ती लोकप्रियता अथवा राजनीतिक लाभ लेने के मोह से दूर रहते हुए, सत्य के ही दिग्दर्शन में, समाज के सभी वर्गों के प्रति आत्मीयतापूर्ण भाव रखकर ही समाज का मन प्रबोधन के द्वारा बदला जा सकता है। हाल ही के दिनों में ऐसे कुछ निर्णय आए, जिनसे संबंधित वर्गों में जो वेदना के भाव उभरे, उनसे बचा जा सकता था। उदाहरण के लिए, जैन मतानुयायी वर्ग में संथारा, दिगंबर आचार्यों का विशिष्ट जीवनक्रम, बालदीक्षा आदि पद्धतियाँ पुराने समय से चली आ रही हैं। उन परंपराओं

के कारण, महत्त्व तथा उनके पीछे का चिंतन आदि को, पंथ-संप्रदायों के आचार्यों के साथ चर्चा कर गहराई के साथ समझे बिना उनसे छेड़छाड़ का परिणाम समाज के स्वास्थ्य, सौहार्द व अंततोगत्वा देश के लिए घातक होगा।

प्रत्येक पंथ-संप्रदाय अपनी मान्यताओं एवं परंपराओं का समय-समय पर विश्लेषण कर, देश-काल-परिस्थिति के अनुसार उनमें बदलाव कर, मूल्यों के काल, सुसंगत आचरण का रूप खड़ा करता जाता है, यह भी हमारे देश की ही परंपरा है। उसके अनुसार परंपराओं का पुनर्विचार व परिवर्तन भी होना अच्छा है। परंतु यह कार्य उस समूह के अंदर से ही हर बार किया गया है, बाहर से थोपने का प्रयास केवल विवादों को ही जन्म देता आ रहा है। कोई भी व्यवस्था परिवर्तन समाज के मन-परिवर्तन के बल पर ही यशस्वी हुआ है।

शिक्षा समाजाधारित होनी चाहिए। शिक्षा की दिशा उसके उद्‌देश्य व आज के समय की आवश्यकता दोनों की पूर्ति करनेवाली हो, इतनी परिधि में पद्धति की स्वतंत्रता भी देनी चाहिए। शिक्षा व्यापारीकृत न हो, इसलिए शासन को भी सभी स्तरों पर शिक्षा संस्थान अच्छी तरह चलाने चाहिए।

परिवर्तन के लिए समाज में एक महत्त्वपूर्ण साधन होता है—शिक्षा की व्यवस्था। हाल के वर्षों में वह व्यापार का साधन बनती जा रही है। इसीलिए वह महँगी होकर सर्वसामान्य व्यक्ति की पहुँच से बाहर भी होती जा रही है। स्वाभाविक ही शिक्षा के उद्‌देश्य पूरे होते हुए समाज में दिखाई नहीं दे रहे हैं।

शिक्षा का उद्‌देश्य

शिक्षा का उद्‌देश्य विद्यादान के साथ-साथ, विवेक, आत्मभान व आत्मगौरव से परिपूर्ण, संवेदनशील, सक्षम, सुसंस्कृत मनुष्य का निर्माण होना चाहिए। इस दृष्टि से समग्रता के साथ शिक्षा पद्धति के अनेक प्रयोग विश्व व देश में भी चल रहे हैं। उन सारे प्रयोगों का ठीक से संज्ञान लेना चाहिए। उनके निष्कर्ष व अब तक शिक्षा के बारे में अनेक संगठनों तथा आयोगों के द्वारा दिए गए उपयुक्त सुझावों का अध्ययन कर, पाठ्यक्रमों से लेकर शिक्षा संचालन, शुल्क व्यवस्था आदि शिक्षा पद्धति के सब अंगों तक में कुछ मूलभूत परिवर्तन लाने का विचार करना होगा। शिक्षा समाजाधारित होनी चाहिए। शिक्षा की दिशा उसके उद्‌देश्य व आज के समय

की आवश्यकता दोनों की पूर्ति करनेवाली हो, इतनी परिधि में पद्धति की स्वतंत्रता भी देनी चाहिए। शिक्षा व्यापारीकृत न हो, इसलिए शासन को भी सभी स्तरों पर शिक्षण संस्थान अच्छी तरह चलाने चाहिए।

सारी प्रक्रिया का प्रारंभ शिक्षकों के स्तर की तथा उनमें दायित्व-बोध की चिंता, उनके परिणामकारक प्रशिक्षण तथा मानकीकरण से करना पड़ेगा। परंतु इन सबके साथ-साथ हम अभिभावकों, यानी समाज का भी दायित्व इस प्रक्रिया में बहुत महत्त्व रखता है। क्या हम अपने घर के बालकों को अपने उदाहरण व संवाद से यह सिखाते हैं कि जीवन में सफलता के साथ कदाचित् उससे अधिक महत्त्व सार्थकता का है? क्या हम अपने आचरण से सत्य, न्याय, करुणा, त्याग, संयम, सदाचार आदि का महत्त्व नई पीढ़ी के मन में उतारने में सफल हो रहे हैं? क्या हमारी पीढ़ी इस प्रकार के व्यवहार का आचरण हमारे सामाजिक व व्यावसायिक क्रियाकलापों में छोटे-मोटे लाभ-हानि की परवाह किए बिना आग्रहपूर्वक व सजगता के साथ कर रही है? हमारे करने, बोलने, लिखने से समाज, विशेषकर नई पीढ़ी एकात्मता, समरसता व नैतिकता की ओर बढ़ रही है या नहीं, इसका भान समाज का प्रबोधन करनेवाला नेतृत्ववर्ग तथा माध्यम रख रहे हैं क्या? राज्यव्यवस्था, अर्थव्यवस्था आदि व्यवस्थाएँ मनुष्यों के आचरण को नियंत्रित करती हैं; 'यथा राजा तथा प्रजा', यह सत्य का एक पहलू है। इसलिए नीतियाँ समाज को जोड़नेवाली, दुर्बलतम घटक की उन्नति की चिंता करते हुए समाज के सभी घटकों की उन्नति का समन्वय साधनेवाली होनी ही चाहिए। अपने देश का चुनावतंत्र, प्रशासन, कर-व्यवस्था, उद्योग नीति, शिक्षा नीति, कृषि नीति, सार्वजनिक स्वास्थ्य सुविधाएँ आदि में अनेक मूलभूत सुधार कर उन्हें अधिक व्यवस्थित व लोकोपयोगी बनाने की आवश्यकता है, यह बात सही है।

> ***क्या हम अपने घर के बालकों को अपने उदाहरण व संवाद से यह सिखाते हैं कि जीवन में सफलता के साथ कदाचित् उससे अधिक महत्त्व सार्थकता का है? क्या हम अपने आचरण से सत्य, न्याय, करुणा, त्याग, संयम, सदाचार आदि का महत्त्व नई पीढ़ी के मन में उतारने में सफल हो रहे हैं?***

पाकिस्तान की शत्रुता की बुद्धि; चीन का विस्तारवाद; विश्व में बढ़ती हुई कट्टरता व अहंकार तथा अंतरराष्ट्रीय राजनीति की शतरंज में चली गई कूटनीतिक कुचालों के कारण एवं इन सबके परिणामस्वरूप अपने देश के सामने पहले से

खड़ी सीमा सुरक्षा व आंतरिक सुरक्षा की समस्या और भी जटिल व गंभीर बनती जा रही है। बाहरी देशों से समर्थित अथवा बाहरी विचार से प्रेरित आतंकवाद के कारण गुमराह होकर उस गलत राह पर अग्रसर होनेवाले कुछ लोग अपने देश में भी हैं। एक समग्र नीति बनाकर दृढ़तापूर्वक इन सब समस्याओं का पूर्ण निरसन करना शासन का कर्तव्य है, यह सभी मानते हैं।

सामाजिक-सांस्कृतिक जीवन-मूल्यों का पोषण हो, उनके क्षरण का चला हुआ क्रम बंद हो, इसलिए नैतिक शिक्षा का सुयोग्य प्रावधान शिक्षा नीति में लाना, संवाद माध्यमों के द्वारा जाने-अनजाने कोई कुप्रभाव निर्माण न हो, ऐसा उनकी स्वतंत्रता को कायम रखते हुए नियंत्रण भी शासन के विचार में आना चाहिए। ऐसा भी अनेक लोग सोचते हैं। बनी हुई इन आशा एवं अपेक्षाओं के अनुरूप काम हो, जहाँ हो रहा है वहाँ गति बढ़े, यह सोचना ठीक ही है। परंतु इस सत्य का उतना ही प्रभावकारी दूसरा पहलू है कि दुनिया में तथा अपने देश में भी समाज की इच्छा, गुणवत्ता एवं संगठित अवस्था के संयोग से व्यवस्था व शासन नियंत्रित होते हैं। अपने स्वत्व की पहचान कर, अपने स्वगौरव के आधार पर, स्वार्थ व भेदों को मन से मिटाकर समाज जब देश के भाग्य-परिवर्तन के लिए खड़ा होकर चलना प्रारंभ करता है, तब व्यवस्थाएँ उसकी सहायक होती हैं, परिवर्तन के पथ पर अग्रसर होती हैं तथा परिवर्तन में पूर्ण सहायक होती हैं।

समाज की इच्छा, गुणवत्ता एवं संगठित अवस्था के संयोग से व्यवस्था व शासन नियंत्रित होते हैं। अपने स्वत्व की पहचान कर, अपने स्वगौरव के आधार पर, स्वार्थ व भेदों को मन से मिटाकर समाज जब देश के भाग्य-परिवर्तन के लिए खड़ा होकर चलना प्रारंभ करता है, तब व्यवस्थाएँ उसकी सहायक होती हैं, परिवर्तन के पथ पर अग्रसर होती हैं तथा परिवर्तन में पूर्ण सहायक होती हैं।

प्रशासन और प्रजा

शासन, प्रशासन व प्रजा—तीनों के मन में स्वराष्ट्रस्वरूप की पूर्ण स्पष्टता, उसके प्रति गौरवबोध, प्रामाणिक राष्ट्रनिष्ठा, सुसंगठित अवस्था व उनके आधार पर सदिश चिंतन तथा दीर्घोद्योग की क्षमता होती है, तब ही कोई राष्ट्र सुरक्षित, प्रतिष्ठित, संपन्न व सुखी बनता है। हमारे विविधतापूर्ण समाज को संगठित कर

सकनेवाला सूत्र कौन सा है? (1) निश्चित ही वह सब विविधताओं का स्वीकार व सम्मान करनेवाली हमारी सनातन संस्कृति—हिंदू संस्कृति है। वही सब भारतीयों का स्वभाव, उनकी मूल्य-परंपरा है। (2) उस संस्कृति के आचरण को ही जिन हमारे पूर्वज महापुरुषों ने अपना जीवन बनाया, उनके पोषण-संवर्धन के लिए अथक परिश्रम किया, उनकी सुरक्षा-प्रतिष्ठा के लिए स्वयं को बलिदान कर दिया, उनका गौरव हमारे लिए आज भी प्रेरणा व आदर्श बना हुआ है। (3) जिस सुजल-सुफल चैतन्यमयी मातृभूमि में हमें उस संस्कृति के आधारभूत सत्य का तथा तद्भूत धर्म का साक्षात्कार हुआ, जिसकी दिव्य समृद्धि व पोषण ने हमें उदारचेता व सत्प्रवृत्त बनाया, उसकी प्रेमभक्ति उन पूर्वजों से ही विरासत में हमें मिली। वह आज भी देश के प्रत्येक व्यक्ति के पुरुषार्थ जागृति का सामर्थ्य रखती है। इन तीनों सूत्रों से अपनी भाषा, प्रांत, पंथ, पक्ष आदि की विविधता को सुरक्षित रखकर भी व्यक्ति सहज ही मनःपूर्वक जुड़ता है। अपनी छोटी पहचान सुरक्षित रखकर समाज की विशाल पहचान का अंग बन जाता है। इन तीनों सूत्रों के आधार पर विकसित मानवतापूर्ण पुरुषार्थ, दृष्टि, चिंतन व तदनुरूप निर्णय, अविरोधी आचरण को ही हम हिंदुत्व कहते हैं। ऐसे इस हिंदू समाज का जीवन सनातन समय से—'हिंदू' शब्द के उत्पन्न होने के बहुत पहले से—इसी त्रिसूत्र के आधार पर समयानुकूल रूपों को धारण करता चला आया है। इस देश के हिताहित का दायित्व केवल और केवल उसे है। इस अपने हिंदुस्थान देश का भाग्य और भवितव्य हिंदू समाज के साथ एकरूप है।

इन तीनों सूत्रों से अपनी भाषा, प्रांत, पंथ, पक्ष आदि की विविधता को सुरक्षित रखकर भी व्यक्ति सहज ही मनःपूर्वक जुड़ता है। अपनी छोटी पहचान सुरक्षित रखकर समाज की विशाल पहचान का अंग बन जाता है। इन तीनों सूत्रों के आधार पर विकसित मानवतापूर्ण पुरुषार्थ, दृष्टि, चिंतन व तदनुरूप निर्णय, अविरोधी आचरण को ही हम हिंदुत्व कहते हैं।

राष्ट्रीय स्वयंसेवक संघ गत 90 वर्षों से देश के भाग्यविधाता हिंदू समाज को देश के लिए उद्यम करने योग्य बनाने का अविरत प्रयत्न कर रहा है। संघ निर्माता डॉ. हेडगेवारजी ने यह अच्छी तरह समझ लिया था कि देश-हित, राष्ट्र-हित,

समाज-हित के काम किसी को भी ठेके पर नहीं दिए जा सकते। समाज को ही संगठित व योग्य बनकर दीर्घकाल उद्यम करना पड़ता है, तब देश वैभव-संपन्न बनता है। समाज की यह तैयारी करानेवाले कार्यकर्ताओं को गढ़ने का कार्य ही राष्ट्रीय स्वयंसेवक संघ का है। संघ की सरल, सादगीपूर्ण कार्य-पद्धति से तैयार होकर निकले स्वयंसेवकों का कृतित्व आज सबके सामने है, वे आज समाज के स्नेह-विश्वास के कृतज्ञ भागी हैं, भारत के लिए जगन्मान्यता भी प्राप्त कर रहे हैं।

आइए, हम सब इस पवित्र कार्य के सहयोगी कार्यकर्ता स्वयंसेवक बनें। क्योंकि दुनिया को आवश्यक प्रतीत होती हुई नई राह देनेवाला भारत बनाने का एकमात्र पथ यही है। भारतीय समाज को अपनी सनातन पहचान के आधार पर दोषरहित व संगठित होना ही पड़ेगा। निःशंक, निर्भय होकर सब प्रकार के भेदों को समाप्त करनेवाले व मनुष्य मात्र को वास्तविक स्वतंत्रता देकर उसमें मानवता व बंधुभाव भरनेवाले धर्ममूल्यों के अमृत से सिंचित अपने व्यक्तिगत तथा सामूहिक आचरण से मानव समाज को सुख-शांति व मुक्ति देनी होगी। यही उपाय है, यही करना है—'हिंदू-हिंदू एक रहें, भेदभाव को नहीं सहें। संघर्षों से दुःखी जगत् को मानवता की शिक्षा दें। भारत माता की जय!'

□

अहिंसा : सिद्धांत और आचरण

मनुष्य को जोड़ने के लिए, उसकी उन्नति के लिए एकमात्र धर्म ही समर्थ है। हमारे देश में धर्म ने सबको साथ लाने में जिस आकांक्षा और क्षमता का परिचय दिया, वह भारत ही नहीं, दुनिया को आशान्वित करती है। महावीर स्वामी के सिद्धांतों को अपने आचरण में उतारना परम आवश्यक है। सृष्टि का रख-रखाव, विविधता से सजे हुए मानव समूहों के आपसी संबंधों का रख-रखाव और स्वयं के जीवन में सुख-शांति का रख-रखाव, ये तीनों अहिंसा से ही संभव हैं, हिंसा से नहीं।

धर्म जोड़ता है

जैन धर्म की जितनी धाराएँ हैं, वे सभी यहाँ निमंत्रित और उपस्थित हैं। कार्यक्रम की इस विशेषता का मैं अभिनंदन करता हूँ। धर्म जोड़नेवाला होता है और जोड़कर उन्नति करने का हर प्रयास धार्मिक प्रयास है। अभी सभापति महोदया ने कहा कि "धारण शब्द विकास से जुड़ा है। जिसका सूत्रधार मानव है।" जब तक विकास धारण या धारणा से नहीं जुड़ता, तब तक मानव विकास नहीं करता। धर्मविहीन विकास की कल्पना इसलिए व्यर्थ है, क्योंकि धर्म ही जीवन की धारणा है। मनुष्य को जोड़ने के लिए, उन्नति करने के लिए एकमात्र धर्म ही समर्थ है। हमारे देश में धर्म ने सबको साथ लाने में जिस आकांक्षा और क्षमता का परिचय दिया है, वह भारत ही नहीं, दुनिया को आशान्वित करती है। इसलिए मैं आप सबका पुनः अभिनंदन करता हूँ।

---

* 9 अप्रैल, 2016, भगवान् महावीर जयंती महोत्सव

भारत की वैचारिक संस्कृति में भगवान् महावीर

भारत के वैचारिक और सांस्कृतिक स्रोतों में भगवान् महावीर स्वामी का स्थान अग्रणी और अटल है। हमारी मान्यताएँ, परंपराएँ, मनुष्य के विभिन्न मान्य संस्कार और विश्व के बारे में उनके विचारों को ग्रहण किए बिना हमारी संस्कृति पूर्ण हो ही नहीं सकती। इसलिए वह सदा माननीय, स्मरणीय और अनुकरणीय है।

आचार्यों के उद्‍बोधन में कई बातें सामने आई हैं। मैं उनको दोहराना नहीं चाहता। मैं मात्र आपको स्मरण कराना चाहता हूँ कि महावीर स्वामी के सिद्धांतों को अपने आचरण में उतारना परम आवश्यक है। यह स्वयं के लिए तो आवश्यक है ही, साथ ही मेरा परिवार, मेरा गाँव, मेरा समाज उन्नत हो, इसके लिए भी यह अनिवार्य है। विश्व का जीवन उन्नत बनाने के लिए उनके सिद्धांतों को जीवन में उतारना चाहिए। उदाहरण के लिए, अहिंसा की चर्चा बहुत हो रही है। अगर हम अहिंसा पालन करें तो सृष्टि का रख-रखाव, विविधता से सजे हुए मानव समूहों के आपसी संबंधों का रख-रखाव और स्वयं के जीवन में सुख-शांति का रख-रखाव, ये तीनों अहिंसा से ही संभव हैं, हिंसा से नहीं।

गौ-रक्षा के लिए संघ प्रयासरत है। जैन समाज तो बहुत पहले से इसके लिए प्रयास करता रहा है। संपूर्ण भारतवर्ष में गौवंश हत्या बंद हो, यह हमारी इच्छा है। इसके लिए कानून की आवश्यकता है, जो सरकार के अधीन है। कई राज्य इसके लिए कानून लेकर आए हैं। लेकिन हमारी इच्छा है कि पूरे भारतवर्ष में इसके लिए कानून बने। मुझे विश्वास है कि संघ के स्वयंसेवक जहाँ-जहाँ हैं, वे वहाँ की जटिलताओं में से रास्ता निकालकर इस ओर प्रयास कर रहे हैं। राजनीतिक जटिलताओं में समय लगता है। हम लोग जो प्रयास कर रहे हैं, उन्हें जारी रखना चाहिए।

गौरक्षा के लिए संघ प्रयासरत है। जैन समाज तो बहुत पहले से इसके लिए प्रयास करता रहा है। संपूर्ण भारतवर्ष में गौवंश हत्या बंद हो, यह हमारी इच्छा है। इसके लिए कानून की आवश्यकता है, जो सरकार के अधीन है। कई राज्य इसके लिए कानून लेकर आए हैं। लेकिन हमारी इच्छा है कि पूरे भारतवर्ष में इसके लिए कानून बने।

कानून बनता है, व्यवस्था बनती है, लेकिन उनका पालन करनेवाला तो समाज है। 125 करोड़ के समाज में गाय के पालन और संवर्धन की चिंता कितने लोग

करते हैं? इसकी चिंता संस्थाएँ कर रही हैं। राष्ट्रीय स्वयंसेवक संघ कर रहा है। जैन समाज कर रहा है। लेकिन इससे बढ़कर अगर प्रत्येक व्यक्ति गौवंश के संवर्धन की चिंता करे तो कानून कोई भी बने और कैसा भी बने, भारतवर्ष में गौ-रक्षा होनी सुनिश्चित है।

गौहत्या और हिंसा

हिंसा को प्रेरित करने का कानून नहीं हो सकता। गौ हत्या एक अनहोनी है। एक दुर्गुण है, एक दोष है, जो समाज के भीतर आ गया है। कानून अगर होगा तो सद्गुणों के प्रति ही होगा। अहिंसा का पालन करो, यह कानून हो सकता है। लेकिन हिंसा का पालन करो, ऐसा कानून नहीं हो सकता। यह असंभव है। कानून समाज के आचरण पर चलता है। कानून बना और समाज ने आचरण नहीं किया, तो वह व्यर्थ हो जाता है। कानून नहीं बनने पर भी अगर समाज का आचरण बदल गया तो वह अपने आप में एक अलिखित कानून स्थापित हो जाता है।

कानून समाज के आचरण पर चलता है। कानून बना और समाज ने आचरण नहीं किया, तो वह व्यर्थ हो जाता है। कानून नहीं बनने पर भी अगर समाज का आचरण बदल गया तो वह अपने आप में एक अलिखित कानून स्थापित हो जाता है।

हम सब के हाथ में एक बात है। जो प्रयास हम कर रहे हैं, उसे बढ़ाना होगा। कानून बनने की प्रक्रिया को पूर्ण समर्थन देना होगा। आप बने हैं। संघ का स्वयंसेवक होने के नाते मैं भी बना हूँ। हमारा संगठन भी बना है। जिनको कानून बनाना है, उनके रास्ते में जो बाधा आती है, उसे हम सबको दूर करना होगा। उसको जितनी शीघ्रता से हो सके, उतनी शीघ्रता से करना है। यह उनका कार्य है, लेकिन उनके प्रयास को बल देने के लिए हमको अहिंसा को ध्यान में रखना होगा। गाय को बचाने के प्रयास में किसी के मन को ठेस पहुँचे, धक्का लगे, हिंसा हो, ऐसा कुछ नहीं करना चाहिए। इससे गौ-रक्षा का हमारा प्रयास बदनाम होता है। हिंसा का निषेध करने की आवश्यकता है।

गाय की उपयोगिता को विज्ञान भी मानता है। अगर देखा जाए, तो गाय की उपयोगिता सर्वसिद्ध है। स्वयं पशु चिकित्सक होने के नाते मैं गाय के दूध, मल-मूत्र का महत्त्व बेहतर जानता हूँ और वैज्ञानिक भी मानते हैं। गाय के सर्वगुण सामान्य

जनों तक पहुँचाने की आवश्यकता है। गौशालाओं में तो गाय पालन प्रत्यक्ष होता है। घरों में गाय रखी जाए। शहरों में जहाँ गाय रखने की सुविधा नहीं है, वहाँ सामूहिक प्रयास से गाय रखी जाए। नागपुर जहाँ मेरा संघ का मुख्यालय है, वहाँ मैं एक स्वयंसेवक के घर गया। तीसरी मंजिल पर उसका फ्लैट था। उसके यहाँ जो भोजन मिला, उसमें दूध और दही भी था। मैंने कहा, "भाई, इसको थोड़ा कम कर दो।" उसने कहा, "नहीं, नहीं। यह कोई मिलावट वाला नहीं है। देसी गाय का है और घर का है।" मैंने कहा, "देसी गाय का है, यह तो मैं मानता हूँ, घर का कैसे हो गया भाई? तुम्हारा घर तीसरी मंजिल पर है। आस-पास गाय तुम्हारे फ्लैट में कहीं दिख नहीं रही है।" तब उसने बताया, "इस बिल्डिंग में हम पंद्रह लोग रहते हैं, यानी पंद्रह परिवार। हम सबने मिलकर एक जमीन खरीदी है और हम गायें वहीं रखते हैं। छुट्टी के दिन हम जाकर खुद अपने हाथों से सेवा करते हैं। बाकी दिन सेवा करने के लिए वहाँ पर सेवक रखे हैं। वहाँ का दूध-दही हम लेते हैं और उनको वेतन देते हैं। इसलिए यह घर का दूध है।" यही तरीका महानगरों या उन नगरों में अपनाया जा सकता है, जहाँ लोग फ्लैटों में रहते हैं। इस प्रयास की सराहना करनी चाहिए।

"इस बिल्डिंग में हम पंद्रह लोग रहते हैं, यानी पंद्रह परिवार। हम सबने मिलकर एक जमीन खरीदी है और हम गायें वहीं रखते हैं। छुट्टी के दिन हम जाकर खुद अपने हाथों से सेवा करते हैं। बाकी दिन सेवा करने के लिए वहाँ पर सेवक रखे हैं। वहाँ का दूध-दही हम लेते हैं और उनको वेतन देते हैं। इसलिए यह घर का दूध है।" यही तरीका महानगरों या उन नगरों में अपनाया जा सकता है, जहाँ लोग फ्लैट्स में रहते हैं। इस प्रयास की सराहना करनी चाहिए।

अहिंसा भारत का आभूषण

हमको भी अहिंसा का पालन करके अहिंसा का प्रचार करना होगा। इसीलिए गांधीजी साधन शुचिता की बात करते थे। अब हम स्वतंत्र हैं, अपना देश है, अपनी सरकार है। सरकार किसी भी पार्टी की हो, जो भी होगी, भारतीय लोगों की ही होगी। भारतीयों के अनुरूप ही कार्य करेगी। देश का कानून संविधान है। इसका पूर्ण पालन करते हुए हम गौ-रक्षा का कार्य करें और उसे आगे बढ़ाएँ। कानून और संविधान

गौ-रक्षा के अनुरूप, अनुकूल बने, इसके लिए जो प्रयास कर रहे हैं, उनका सहयोग करें। जो चल रहे हैं, उनको अधिक समर्थ बनाएँ। इस नीति से अगर हम आगे जाएँगे, तो बहुत अधिक समय नहीं लगेगा और कानून भी बन जाएगा।

अहिंसा बहुत महत्त्वपूर्ण है। अगर इसका आचरण सभी नागरिक करें, तो भारतवर्ष में किसी प्रकार की हिंसा की घटना नहीं होगी। दूसरों को कष्ट न पहुँचे, इसके लिए कानून तो है, कष्ट पहुँचाया तो दंड का भी प्रावधान है। सारी बातें हैं, परंतु प्रत्येक व्यक्ति अहिंसा को अपने स्वभाव में उतारे और उसके अनुरूप आचरण करे, यह बहुत आवश्यक है। "अहिंसा के आधार पर ही पूर्ण राष्ट्र एकजुट होकर खड़ा हो सकता है।" यह बात कहनेवाला मैं अकेला व्यक्ति नहीं हूँ। आधुनिक भारत के उत्थान में तो यह प्रारंभ से ही कहा जाता रहा है। लेकिन इसका पालन क्यों नहीं होता? क्योंकि सभी व्यक्तियों के मन में यह संदेश बैठा ही नहीं है। यह काम हम सबको मिलकर करना पड़ेगा। अनेक मत हैं, एकाधिक विचार हैं। उन विचारों को मतभेद के नाते न देखते हुए केवल मत के नाते देखना चाहिए।

अहिंसा बहुत महत्त्वपूर्ण है। अगर इसका आचरण सभी नागरिक करें, तो भारतवर्ष में किसी प्रकार की हिंसा की घटना नहीं होगी। दूसरों को कष्ट न पहुँचे, इसके लिए कानून तो है, कष्ट पहुँचाया तो दंड का भी प्रावधान है। सारी बातें हैं, परंतु प्रत्येक व्यक्ति अहिंसा को अपने स्वभाव में उतारे और उसके अनुरूप आचरण करे, यह बहुत आवश्यक है। "अहिंसा के आधार पर ही पूर्ण राष्ट्र एकजुट होकर खड़ा हो सकता है।"

अनेकांतवाद

दूसरी विशेषता है अनेकांतवाद। इसे भी सभी लोगों को अपनाना चाहिए, भले वे जैन हों अथवा न हों। 'सत्य की पूर्ण अनुभूति एक से नहीं होती।' अनेक लोग रहते हैं और सभी अपनी-अपनी अनुभूतियों को मिलाते हैं। इस प्रकार सब मिलाकर सत्य होता है। मैं जो कह रहा हूँ, वही सत्य है। ऐसा नहीं है। महावीर स्वामी जैसे द्रष्टा पुरुष की ही अनुभूति में यह विचार आया। मेरी जगह मैं जो कहता हूँ, वह सच भी है, लेकिन दूसरी जगह कोई दूसरा व्यक्ति जो कहता है, वह भी कुछ दम रखता है।

मैंने एक कहानी सुनी है। वह सत्य है अथवा नहीं, यह मुझे नहीं पता। एक

कार्यक्रम के दौरान मेरे सुनने में आया कि बाल्यकाल में महावीर स्वामी के मित्र उनके महल में आए। नीचे गद्दा था, जहाँ उनके पिताजी बैठे थे। मित्रों ने उनके पिताजी से पूछा, 'महावीर स्वामी कहाँ हैं?' तो पिताजी ने कहा, 'वे ऊपर हैं।' सारा मित्रमंडल वहाँ चला गया। वहाँ रसोई में माताजी थीं। मित्रों ने उनसे भी वही प्रश्न किया कि महावीर स्वामी कहाँ हैं? तो उन्होंने कहा, 'वे नीचे हैं।' तो बालकों ने पूछा कि अब सत्य किसे मानें? पिताजी कह रहे हैं कि ऊपर हैं, माताजी कह रही हैं कि वे नीचे हैं। तब माताजी ने हँसकर बताया, 'जहाँ पिताजी हैं, वहाँ से वह ऊपर हैं और जहाँ मैं खड़ी हूँ, यहाँ से वे नीचे हैं। आप बीच की मंजिल में जाकर तलाश करिए।'

सत्य की बात भी ऐसी ही है। हम जहाँ खड़े हैं, जिस प्रकृति में हैं, जिस परिस्थिति में हैं, उसमें से हम सत्य को देखते हैं और उसको संपूर्ण मानकर चलते हैं। इससे अहंकार भी आ जाता है। इसके चलते आपस में झगड़े भी होते हैं। हमारे देश में इतने सारे विचार हैं, पंथ हैं, संप्रदाय हैं, सबकुछ हैं। दर्शन को गहराई से मैंने नहीं देखा है, लेकिन जितना देखा है, उससे यह जान गया हूँ कि सारी दार्शनिक बातों में भेद है। लेकिन आचरण की बात पर सबके उपदेश समान हैं। अहिंसा, सत्य, करुणा, ये सारी बातें पहले ही बताई गई हैं। हमको इन पर चलना है। हम उन दार्शनिक मतभेदों में उलझ जाते हैं और अपना-अपना अहंकार लेकर आपस में झगड़ा कर बैठते हैं, जिससे समाज विभाजित हो जाता है। थोड़ा मतभेदों को भी सहन करें। अपना मत रखने का सबको अधिकार है। अधिकार क्या यह एक स्वाभाविक सी बात है। अनेकांतवाद, सहजवाद हमको सिखाता है कि हम दूसरों के मत का अपने अहिंसक आचरण के द्वारा सम्मान करें। करुणा जो धर्म का अविभाज्य घटक है, उसका भी संदेश यही है।

सत्य की बात भी ऐसी ही है। हम जहाँ खड़े हैं, जिस प्रकृति में हैं, जिस परिस्थिति में हैं, उसमें से हम सत्य को देखते हैं और उसको संपूर्ण मानकर चलते हैं। इससे अहंकार भी आ जाता है। इसके चलते आपस में झगड़े भी होते हैं। हमारे देश में इतने सारे विचार हैं, पंथ हैं, संप्रदाय हैं, सबकुछ हैं। दर्शन को गहराई से मैंने नहीं देखा है, लेकिन जितना देखा है, उससे यह जान गया हूँ कि सारी दार्शनिक बातों में भेद है। लेकिन आचरण की बात पर सबके उपदेश समान हैं।

जहाँ कष्ट वहीं काशी

एक संत ने मुझसे कहा कि भागवत में धर्म के चार कदम बताए गए हैं। यानी धर्म के चार पैर हैं। पहला है—सत्य-असत्य की कठोरता सहन कैसे करें? सत्य का कठोरता से आचरण कैसे करें? दूसरा है—करुणा। करुणा की छननी से छनकर जो सत्य आता है, वही आचरण और धर्म दोनों को बढ़ाता है। एकनाथ महाराज काशी से गंगाजल भरकर रामेश्वरम् चले। जाते समय एक ऐसा गाँव उनके मार्ग में आया, जहाँ अकाल का संकट था। उनके सामने एक गधा जमीन पर गिर गया। वह पानी के लिए तड़प रहा था। पानी नहीं मिलता, तो वह मर जाता। एकनाथ महाराज, जो काँवड़ गंगा से लाए थे, उन्होंने उसे गधे के मुँह में डाल दिया। लोगों ने कहा, "यह क्या किया आपने? अधर्म किया। पाप किया। वह जल रामेश्वरम् के लिए था।" एकनाथजी ने कहा, "यही मेरा रामेश्वरम् है।" अब शास्त्र का सत्य तो यही है कि काशी की गंगा का जल रामेश्वरम् के शिवलिंग पर डालना है। यह सत्य है, परंतु बीच में जो जीव तड़प रहा है। उसमें भी भगवान् देखो और उसकी प्यास पहले बुझाओ। यह करुणा सिखाती है और समाज खड़ा होता है। सत्य के करुणायुक्त आचरण के बिना करुणा का सत्य लोग कैसे समझेंगे। अगर लोग नहीं समझेंगे तो समाज भी कैसे खड़ा होगा।

□

विकास की अवधारणा

विकास की अवधारणा को हमें नई दृष्टि से देखने की आवश्यकता है। विकास की हमारी परंपरागत दृष्टि संपूर्ण सृष्टि के चैतन्य को मानती है। मनुष्य का विकास होना चाहिए, लेकिन अमर्यादित नहीं। क्षमता है, बस इसलिए कोई काम करना चाहिए, कुछ करने के लिए यह पर्याप्त कारण नहीं है। विवेक की मर्यादा भी होनी चाहिए। परंपरा से आए उस ज्ञान की समीक्षा, विश्लेषण करके उसमें से जो सिद्ध है, उसे स्वीकार करना चाहिए। सज्जन लोग परीक्षा करके स्वीकार या अस्वीकार करते हैं। आधुनिक ज्ञान की और पुराने ज्ञान की भी परीक्षा के बाद स्वीकृति या अस्वीकृति होनी चाहिए।

मर्यादा, विज्ञान और पुरातन ज्ञान से सीखें

उत्तराखंड की त्रासदी में जिनको अपने प्राण त्यागने पड़े, उनकी पवित्र स्मृति में अपनी श्रद्धांजलि अर्पित करता हुआ, इस कार्यक्रम की एक विशेषता, जो मेरे अनुभव में है, आपके भी अनुभव में आई ही होगी, उसके ऊपर मैं आपका ध्यान पुन: आकर्षित करना चाहता हूँ। जो गए, चल बसे, उनको श्रद्धांजलि के कार्यक्रम को हम प्रेरणा के रूप में ग्रहण करते हैं और उन्हें श्रद्धांजलि देते हैं। इस कार्यक्रम में इतने सारे लोगों को श्रद्धांजलि दी जाती है, इस कारण से सावधान होकर हम कुछ बातों का स्मरण करते हैं। जिन बातों का हम स्मरण कर रहे हैं, बोल रहे हैं, वे बातें हमारे लिए, भारत के लोगों के लिए नई बातें नहीं हैं। परंतु नए सिरे से स्मरण करने की बातें आती हैं। क्योंकि पिछली कुछ सदियों में उन बातों को अवैज्ञानिक माना गया, दकियानूसी माना

* 17 जून, 2016, नई दिल्ली; अखिल भारतीय उत्तराखंड त्रासदी पीड़ित मंच के तत्त्वावधान में केदारनाथ त्रासदी 2013 के हुतात्माओं की स्मृति में श्रद्धांजलि सभा

गया, लेकिन अब ज्ञान और विज्ञान की प्रगति उन बातों को समझने लायक हो गई, तो विश्व में भी उन बातों के पुनर्परीक्षण की चर्चा चल रही है।

हिमालय की गोद में समाज फला-फूला

आखिर सदियों से हिमालय की गोद में हमारा समाज रहता रहा, फलता-फूलता रहा। प्राकृतिक आपदाएँ नहीं आईं, ऐसा नहीं है। परंतु मन में उसके कारण उद्वेलन करने लायक कोई प्रसंग ऐसा नहीं है। हमारे स्मरण में प्राचीन काल की नहीं, आधुनिक इतिहास के पिछले दो सौ, तीन सौ, सात सौ वर्षों में कुछ हुआ होगा, तो हुआ होगा। सात सौ वर्ष तक भी नहीं जाना होगा, दो सौ वर्ष तक ही जाना होगा। इतने वर्षों तक इन सारी बातों के होते हुए भी, लगातार वहाँ के समाज का जीवन चलता रहे, ऐसी कौन सी विधा हमने अपनाई, जिसके कारण ऐसा हम कर सके। नहीं तो हिमालय का भूगोल तो पहले से वही है, नया पर्वत है, बढ़ रहा है। जैसे छोटे बालक की हड्डियाँ नरम होती हैं, वैसे उस बालक पर्वत की हड्डियाँ सख्त नहीं हुई हैं। इसलिए मिट्टी खिसकती है। एक टकराहट से उत्पन्न हुआ है, इसलिए प्लेट टैक्टोनिक की आशंकाएँ वहाँ सब तरह की हैं। ये सारी बातें पहले से हैं और पहले से कुछ-न-कुछ तो होता ही होगा। लगातार ऐसी बातें होने के बाद भी वहाँ पर मनुष्यों की बस्ती रही, फली-फूली और वह हमारी यात्रा का स्थान बन गया। हमारी तपस्याओं का स्थान बन गया, हमारी देवभूमि बन गई। तो ये कैसे साधीं सारी बातें?

> *इसको सोचते हैं, तो ध्यान में आता है कि प्राचीन जो ग्रंथ हैं, पुराण हैं और लोकश्रुति, जनश्रुतियाँ हैं, परंपराएँ हैं, वे सब-की-सब ठीक हैं, ऐसा नहीं है। लेकिन सब-की-सब गलत हैं, ऐसा भी नहीं है। विज्ञान के विकास में उनकी भी सहायता होती है। कभी-कभी विज्ञान समझ में नहीं आता, तब ये जनश्रुतियाँ सहायक बनीं, ऐसी भी घटनाएँ घटीं। 'यलो फीवर' नाम का जो रोग है, विशिष्ट प्रकार के बैक्टीरिया के कारण होता है।*

जनश्रुतियों में छिपे हैं कई उपचार

इसको सोचते हैं, तो ध्यान में आता है कि जो प्राचीन ग्रंथ हैं, पुराण हैं और लोकश्रुति, जनश्रुतियाँ हैं, परंपराएँ हैं, वे सब-की-सब ठीक हैं, ऐसा नहीं है। लेकिन

सब-की-सब गलत हैं, ऐसा भी नहीं है। विज्ञान के विकास में उनकी भी सहायता होती है। कभी-कभी विज्ञान समझ में नहीं आता, तब ये जनश्रुतियाँ सहायक बनीं, ऐसी भी घटनाएँ घटीं। 'यलो फीवर' नाम का जो रोग है, विशिष्ट प्रकार के बैक्टीरिया के कारण होता है। बहुत शोध करके भी विज्ञान को इसका पता नहीं चल रहा था कि यह एक आदमी से दूसरे आदमी को लगता कैसे है ? यह रोग समाप्त किस तरह से होता है। रोनाल्ड रोल्फ नाम के एक वैज्ञानिक थे। बहुत दिन भारत में रहकर उन्होंने उसका अध्ययन किया। फिर अफ्रीका में रहकर अध्ययन किया। उन्हें भी नहीं मिला। लगभग निराश होकर कुछ दिन बिताने के लिए वे टेक्सास गए थे। वे वहाँ पर गौपालन करनेवाले रैंच होल्डर के बीच कुछ दिन रहे। वहाँ पर गाय की देखभाल करनेवाले, उनकी रक्षा करनेवाले जो लोग थे, उनकी बातचीत में उन्हें एक बात पता चली। वे कह रहे थे कि आप 'यलो फीवर' का अध्ययन कर रहे हैं, तो उन्होंने बताया कि जब मच्छर बढ़ते हैं तो वह रोग भी आ जाता है। उन्हें विज्ञान आदि का कुछ पता नहीं था, सदियों का अनुभव उनका बोल रहा था। यह उनकी जनश्रुति थी। पहले के लोगों को भी बोला होगा, लेकिन रोनाल्ड रोल्फ ने ध्यान दिया और मच्छरों का और इस रोग का क्या संबंध है, इसके बारे में उनको ध्यान में आया कि जैसे मलेरिया मच्छरों के द्वारा संक्रमित होता है, वैसे 'यलो फीवर' भी मच्छरों के द्वारा संक्रमित होता है। फिर उन्हें उसके उपचार का रास्ता सूझ गया।

> *अभी तक हम कह रहे थे कि हमारे यहाँ सबकुछ गलत है और आधुनिक विज्ञान में सबकुछ सही है। विज्ञान एक निरंतर विकसित होनेवाली चीज है, बहुत बदलाव होता रहता है। आजकल क्वांटम विज्ञान पर जब आप और हम आ गए हैं, तो वह हमारे अध्यात्म के बहुत पास है। पहली बात तो यह ध्यान में आती है कि हमारी जनश्रुतियों-परंपराओं की, विज्ञान के आधार पर संभव हो तो समीक्षा हो। सब बातें गलत नहीं हैं।*

विज्ञान निरंतर विकसित होता है

अभी तक हम कह रहे थे कि हमारे यहाँ सबकुछ गलत है और आधुनिक विज्ञान में सबकुछ सही है। विज्ञान एक निरंतर विकसित होनेवाली चीज है, बहुत बदलाव होता रहता है। आजकल क्वांटम विज्ञान पर जब आप और हम आ गए हैं,

तो वह हमारे अध्यात्म के बहुत पास है। पहली बात तो यह ध्यान में आती है कि हमारी जनश्रुतियों-परंपराओं की, विज्ञान के आधार पर संभव हो तो समीक्षा हो। सब बातें गलत नहीं हैं। क्योंकि किसी की कल्पना भी होगी, उसमें भी तो जन-जीवन का सदियों का अनुभव बोलता है। उसके पीछे तर्कसंगत बातें भी अलग-अलग हो सकती हैं। कुछ बातें गलत भी हो सकती हैं। परंतु हमें यह ध्यान रखना चाहिए कि जहाँ जो विकास करना है, वहाँ के जनमानस में परंपराएँ क्या हैं, जनश्रुतियाँ क्या हैं, उनका महत्त्व क्या है, इसका भी हिसाब होना चाहिए। सब-की-सब बातें माननी चाहिए, इसकी आवश्यकता नहीं है। परंतु उसकी परीक्षा करके जरूर देखनी चाहिए। परीक्षा पर खरी उतरनेवाली बातों को हमें ठीक रखना पड़ेगा।

नई दृष्टि से विकास की अवधारणा हो

दूसरी बात है कि विकास की अवधारणा को हमें नई दृष्टि से देखने की आवश्यकता है। इस आवश्यकता का अनुभव किया जा रहा है। यह नई दृष्टि कौन सी होगी, इसका जब लोग विचार करते हैं, तब उन्हें भारत की परंपरागत इकाई का ध्यान आता है। क्योंकि विकास की हमारी परंपरागत दृष्टि संपूर्ण सृष्टि के चैतन्य को मानती है। इसलिए सृष्टि के कण-कण को आपस में संबंधित मानती है। इसलिए मैं जो करूँगा, उसके परिणाम कहाँ-कहाँ, क्या-क्या होंगे और कहाँ-कहाँ, क्या-क्या होने से मुझ पर क्या-क्या परिणाम हो, उसका विचार करके हर दृष्टि पर वहाँ पर कदम उठाए जाने की बात है। इसलिए नदियों की स्वच्छता हमारे यहाँ कभी सरकारी नीति का विषय नहीं रही, यह स्थानीय नीति में आ गया। अब सब लोगों को तांत्रिक बातें समझ में नहीं आतीं, तंत्र की बातें, विज्ञान की बातें, शास्त्र की बातें, तो उसे यह कहा गया कि यह धर्म है।

विकास की अवधारणा को हमें नई दृष्टि से देखने की आवश्यकता है। इस आवश्यकता का अनुभव किया जा रहा है। यह नई दृष्टि कौन सी होगी, इसका जब लोग विचार करते हैं, तब उन्हें भारत की परंपरागत इकाई का ध्यान आता है। क्योंकि विकास की हमारी परंपरागत दृष्टि संपूर्ण सृष्टि के चैतन्य को मानती है। इसलिए सृष्टि के कण-कण को आपस में संबंधित मानती है।

घर-घर में आयुर्वेद डॉक्टर थे

उस समय का जो विज्ञान था—आप देखेंगे कि हमारे देश के प्रत्येक गाँव की प्रत्येक झोंपड़ी तक पहुँच गया था। छोटे-मोटे रोगों का उपचार लोग घर की दवाइयों से कर लेते थे। ये दवाइयाँ अपने आप थोड़े ही पता थीं। आयुर्वेद ने एक-एक दवाई पर प्रकरण लिखे, लेकिन उस दवाई का प्रयोग कितना करना, कहाँ करना, उसका क्या परिणाम होता है, यह जानकारी जो काम चलाने के लिए आवश्यक है, वह हमारी झोंपड़ी के अंदर घर की नानी-माँ, दादी-माँ भी जानती थीं। यह कैसे पहुँचा, यह पहुँचाने की आवश्यकता है। वैज्ञानिक समाज खड़ा करना है, तो आज हमारी जो ज्ञाननिधि है, वह सारी ज्ञाननिधि जीवन में आए और प्रत्येक आदमी तक पहुँचे। यह जो हमारी दृष्टि है, यह संबंधों का विचार करती है, इसलिए उसमें हर बात की मर्यादा है।

> *आयुर्वेद ने एक-एक दवाई पर प्रकरण लिखे, लेकिन उस दवाई का प्रयोग कितना करना, कहाँ करना, उसका क्या परिणाम होता है, यह जानकारी जो काम चलाने के लिए आवश्यक है, वह हमारी झोंपड़ी के अंदर घर की नानी-माँ, दादी-माँ भी जानती थीं। यह कैसे पहुँचा, यह पहुँचाने की आवश्यकता है।*

मर्यादा में हो मनुष्य का विकास

मनुष्य का विकास होना चाहिए, लेकिन अमर्यादित नहीं होना है, उसकी एक मर्यादा है। मनुष्य के अस्तित्व को खतरा उत्पन्न होता है, अगर मर्यादा भंग हो गई तो? यह बात केवल हमने मानी, ऐसी बात नहीं है। बाइबिल में भी 'हैवनली टावर' की कथा है। कोई राजा था, सर्व-समर्थ था। उसने सोचा कि मैं इतना ऊँचा टावर बनाऊँगा कि वह स्वर्ग को भेदता हुआ ऊपर जाएगा और स्वर्ग में बैठे भगवान् भी उसे देखकर आश्चर्य करेंगे। लेकिन यह अनुमति मनुष्य को नहीं है। उसने बनाया, भगवान् ने उसे प्रजा सहित नष्ट कर दिया। अब उसने टावर बनाया, इसलिए भगवान् गुस्सा हो गए, ऐसा अक्षरशः उसे अर्थ देने की जरूरत नहीं है। लेकिन क्षमता है, इसलिए करना, यह करने के लिए पर्याप्त कारण नहीं है। क्षमता है, लेकिन उसे विवेक की मर्यादा चाहिए। हर बात के लिए मर्यादा है। मर्यादा धर्म का एक स्वरूप है, तो हर बात की मर्यादा जानकर चलें।

विज्ञान और अध्यात्म की भी मर्यादाएँ हैं

विकास और पर्यावरण के, विज्ञान और नीति के ऐसे कई सारे झगड़े हैं। सारे झगड़े की जड़ ही इसमें है कि सबको मर्यादा में चलना है। विज्ञान की भी मर्यादा है, अध्यात्म की भी मर्यादा है। दोनों धर्म के पूरक होने चाहिए। एक सिरे पर जाएँगे तो धर्म नहीं आएगा। धर्म मध्यम मार्ग है। विद्या का भी महत्त्व है, अविद्या का भी महत्त्व है। विद्या की भी मर्यादा है, अविद्या की भी मर्यादा है। नहीं तो सहजता से हमारे गाँव के अशिक्षित लोग भी कह जाते हैं, 'भूखे भजन न होय गोपाला'। तो भजन आवश्यक है, लेकिन भूखे नहीं होता भाई, भूख भी अवश्यंभावी है। उसका भी शमन करना आवश्यक बात है।

मर्यादा का है महत्त्व

मर्यादा का विवेक नीतियों में होना चाहिए। केवल नीतियों में होकर नहीं चलेगा, हमारे-आपके आचरण में भी होना चाहिए। क्योंकि अगर नीतियाँ बनती हैं लोगों की, तो लोग कैसा सोचते हैं, लोग क्या सोचते हैं, लोग क्या पाना चाहते हैं? खासकर शासन-प्रशासन में बैठे लोगों को, तो लोकरंजन किए बिना आगे कदम वे न डाल सकें, ऐसी उनकी स्थिति प्रजातांत्रिक व्यवस्था में तो हो ही जाती है। इसलिए समाज में भी इस मर्यादा का पर्याप्त ज्ञान और उस पर पूरा आचरण हो, इसकी आवश्यकता है। दूसरी बात है कि इतना सब करने के बाद भी संकट नहीं आता, ऐसा नहीं है। दुनिया है ही ऐसी कि उसमें कब क्या हुआ पता नहीं, ये संकट आते हैं। संकट का सामना कैसे किया जाएगा? उचित नीतियों के द्वारा, आनेवाले संकटों की कल्पना करते हुए, आनेवाले संकटों को प्रतिबंधित कर सकें, ऐसी व्यवस्थाएँ बिल्कुल ठीक बात है। परंतु मुख्य बात है कि किसी भी संकट का सामना करना है, तो मनुष्य का जीवट और मनुष्यों का मनुष्यों के प्रति कर्तव्य-बोध, आत्मीयता के भाव से प्रेरित होना चाहिए, स्वार्थ प्रवृत्त नहीं। स्वार्थ प्रवृत्त होकर मुझे या आपको भी नहीं करना चाहिए और किसी शासन-प्रशासन को नीति के तहत भी नहीं करना चाहिए। सब नीतियाँ मनुष्य को सेवा-परायण, परोपकार-प्रवण बनानेवाली, संस्कार देनेवाली होनी चाहिए।

परंपरा से आए ज्ञान की समीक्षा हो

आज दुनिया जिन समस्याओं में फँसी है, आज सारा जगत् जिन समस्याओं की

चर्चा करता है और उत्तराखंड की त्रासदी का स्मरण करने के बाद अपने सामने जो बातें खड़ी होती हैं, उन सबका निदान इन बातों में है। मर्यादाओं को जानकर इन नीतियों का निर्माण होना चाहिए। परंपरा से आए हुए ज्ञान की समीक्षा, विश्लेषण करके उसमें जो सिद्ध है, उसे स्वीकार करना चाहिए। अपने-अपने स्थान पर पूर्वजों के अनुभवों को एकदम नकारने की जरूरत नहीं है। सज्जन लोग परीक्षा करके स्वीकार या अस्वीकार करते हैं। आधुनिक ज्ञान की और पुराने ज्ञान की भी परीक्षा के बाद स्वीकृति और अस्वीकृति होनी चाहिए। मर्यादा का आचरण सब जगह होना चाहिए। मुख्य बात है कि अगर हम सब लोग एक-दूसरे के सुख-दुःख की संवेदना के साथ तन्मय हैं, तो ऐसा कोई संकट नहीं है, जो प्राकृतिक हो या मानव निर्मित हो, ऐसा कोई संकट नहीं है, जो हम लोगों को समाप्त कर सकता है।

भारत का विचार दुनिया से अलग है

हमको विचार करना चाहिए कि हमारे समाज का यह स्वभाव कैसे बना? क्यों यहाँ लोग अपने परिवार के सदस्यों की हानि को न देखते हुए या उनकी सुरक्षा निश्चित कर तुरंत बाकी लोगों के उपचार में लग जाते हैं? क्यों सुरक्षा में लग जाते हैं? संघ के तो संस्कार हैं ही। लेकिन संघ के कोई विशेष और नए संस्कार हैं क्या? संघ अपनी परंपरा में आत्मीयता और संबंधों का जो संस्कार है, जो हमें विरासत में मिला है, उसे बड़ा करता है। कुछ नया नहीं करता।

भारत में यह विचार है, इसलिए ऐसे संकटों में दूसरे देशों के लोगों की प्रतिक्रिया में और भारत के सामान्य लोगों की प्रतिक्रिया में बहुत अंतर है। दुनिया भी कहती है, आपको भी अनुभव आता ही होगा। 9/11 की घटना होने के पाँच साल के बाद सितंबर के महीने में मैं अमरीका गया। कोई भीड़-भड़क्का नहीं, जैसे अपने देश में कोई ट्रेन आती है, वैसा नहीं। एयरपोर्ट भी अपने देश में कितने भीड़-भाड़ भरे हैं। वहाँ पर ऐसा कुछ नहीं है, समय पर टिकट मिल सकता है और कम भीड़ होने के कारण सब सुखद लगता है। तो वहाँ मैंने लोगों को कहा कि कम जनसंख्या होने का एक लाभ तो है कि कहीं भीड़ नहीं होती। तो मेरे साथ जो वहाँ के रहनेवाले थे, उन्होंने कहा कि ऐसी बात नहीं है, यह सितंबर का महीना है। मैंने कहा, सितंबर में क्या होता है। उन्होंने कहा, वह 9/11 हुआ था न, उसके कारण

आज भी लोग सितंबर के महीने में ट्रेन से या विमान से सफर करना टालते हैं। मुझे याद आया मुंबई में विस्फोट का समय। विस्फोट होते ही लोग तुरंत वहाँ से भागे नहीं, लोग सहायता करने स्थल पर पहुँच गए और अस्पतालों में खून देने के लिए पहुँच गए।

विरासत में मिली है आत्मीयता

हमको विचार करना चाहिए कि हमारे समाज का यह स्वभाव कैसे बना? क्यों यहाँ लोग अपने परिवार के सदस्यों की हानि को न देखते हुए या उनकी सुरक्षा निश्चित कर तुरंत बाकी लोगों के उपचार में लग जाते हैं? क्यों सुरक्षा में लग जाते हैं? संघ के तो संस्कार हैं ही। लेकिन संघ के कोई विशेष और नए संस्कार हैं क्या? संघ अपनी परंपरा में आत्मीयता और संबंधों का जो संस्कार है, जो हमें विरासत में मिला है, उसे बड़ा करता है। कुछ नया नहीं करता। हम सब लोग इसको जानें और इसको करने में लग जाएँ, तो हमें ऐसे कारणों से बार-बार श्रद्धांजलि सभा का आयोजन नहीं करना पड़ेगा। तीनों ही मोर्चों पर मर्यादा, विज्ञान और पुरातन ज्ञान तथा इनके साथ समन्वय साधकर चलना, उनका विश्लेषण कर, परीक्षा के बाद स्वीकृत या अस्वीकृत करना और मनुष्यों के संबंधों का ध्यान रखकर अपना आचरण स्वार्थपरक न करते हुए उसे सेवापरायण बनाना। त्यागपूर्वक जियो। हमारे उपनिषदों में जो आदेश है, उसका आचरण अपने जीवन में करना, ये तीन बातें, बाकी तो सरकार को क्या करना चाहिए, ये सारी बातें आ गईं, उसके बारे में मैं नहीं बोलता। लेकिन हम सब सामान्य लोगों के लिए, यह उसके लिए सबक है। उस सबक को सीखना, उसके अनुसार चलना, उस त्रासदी में हमसे विदा हुए हमारे समाज के आत्मजनों को सच्ची श्रद्धांजलि होगी। ऐसा संकल्प मन में लेकर आप सब लोग यहाँ से जाएँ। इतना निवेदन करके मैं अपनी वाणी को विराम देता हूँ।

□

अमर राष्ट्र भारत

परंपरा से हमारा समाज विविधताओं को साथ लेकर चला है। उन सभी विविधताओं के अस्तित्व से ओत-प्रोत जो सनातन और शांत एकत्व है, उसका साक्षात् बोध हमारे मनीषियों को हुआ। इसी बोध का प्रबोधन संपूर्ण जगत् को कराने का साधन इस नाते उनके दुर्धर तप से हमारा राष्ट्र उत्पन्न हुआ और अब तक इसी प्रबोधन को सफल साधन बनने के लिए उसकी जीवनयात्रा चल रही है। आचार्य अभिनव गुप्त, रामानुजाचार्य, दशमेश गुरु गोविंद सिंहजी महाराज और संत ज्ञानदासजी महाराज अलख जगानेवाली दीपशिखा की सुनहरी कड़ियाँ हैं।

बहुमुखी प्रतिभा के धनी थे आचार्यश्री अभिनव गुप्त

हम आचार्यश्री अभिनव गुप्त का सहस्राब्दी वर्ष मनाने जा रहे हैं। आचार्यश्री शैव दर्शन के मूर्धन्य आचार्य तथा साक्षात्कार प्राप्त संत थे। 'प्रत्यभिज्ञा' संज्ञक दार्शनिक संकल्पना के प्रवर्तन के साथ-साथ उन्होंने अपनी बहुमुखी प्रतिभा से काव्य, नाट्य, संगीत, भाषा, ध्वनिशास्त्र आदि में अत्यंत समर्थ, प्रमाणभूत और प्रत्यक्ष परिणाम लानेवाले हस्तक्षेप किए। 'ध्वनि' के विषय में उनकी तात्त्विक विवेचना, परमतत्त्व की अनुभूति तक ले जाने की 'ध्वनि' शक्ति का विवेचन तो मात्र दर्शनशास्त्र ही नहीं, आधुनिक संगणक वैज्ञानिकों के भी गहन अध्ययन का विषय बना है। परंतु उनकी जीवन तपस्या का सबसे महत्त्वपूर्ण कार्य है अपने देश की विविधता में एकता का दर्शन कराने वाली सनातन संस्कृति धारा को कश्मीर की भूमि से पुनः प्रवर्तित करना।

---

* 11 अक्तूबर, 2016, नागपुर, विजयादशमी उत्सव उद्बोधन

सभी संप्रदायों का सम्मान

स्वयं शैव दर्शन धारा के उपासक होते हुए भी उन्होंने मत-संप्रदायों का भेद न करते हुए, सभी का आदरपूर्वक अध्ययन करते हुए सभी से ज्ञान प्राप्त किया। उन्होंने अपने जीवन के अनुभवों और उपदेशों से प्रेम और भक्तिपूर्ण समन्वय की दृष्टि तथा पवित्र आचरण का संदेश दिया और फिर कश्मीर में बड़गाँव के पास बीरवा की भैरव गुफा में शिवत्व में लीन हो गए।

जाति-पंथ के भेद से दूर थे श्री रामानुजाचार्य

दक्षिण के प्रसिद्ध संत 'श्रीभाष्यकार' श्री रामानुजाचार्य की भी यह सहस्राब्दी है। दक्षिण से दिल्ली तक पदयात्रा कर सुल्तान के दरबार से वे अपने आराध्य की उत्सवमूर्ति निकालकर ले आए तथा मूर्ति की भक्त बनी सुल्तान कन्या को भी मेलकोटे के मंदिर में स्थान दिया। जाति-पंथ के भेदभावों का पूर्ण निषेध करते हुए समाज में सभी के लिए भक्ति और ज्ञान के द्वार खोले।

धर्मरक्षा के लिए 'मीरी और पीरी' की नीति

सामाजिक समता को प्रतिष्ठित करते हुए जीवन में धर्म के संपूर्ण और निर्दोष आचरण द्वारा संपूर्ण देश में समता व बंधुत्व का अलख जगाया। अपना देश, समाज और धर्म की रक्षा के लिए 'मीरी और पीरी' का दोधारी बाना अपनाते हुए स्वाभिमान की रक्षा व पाखंड का ध्वंस करनेवाले दशमेश श्रीगुरु गोविंद सिंहजी महाराज के जन्म का 350वाँ वर्ष मनाने जा रहा है।

देश, समाज और धर्म की रक्षा के लिए 'मीरी और पीरी' का दोधारी बाना अपनाते हुए स्वाभिमान की रक्षा व पाखंड का ध्वंस करनेवाले दशमेश श्रीगुरु गोविंद सिंहजी महाराज के जन्म का 350वाँ वर्ष मनाने जा रहा है।

धर्म के हित में सर्वस्व समर्पण और सतत संघर्ष का उनका तेजस्वी आदर्श स्मरण करते हुए स्वामी विवेकानंदजी ने भी लाहौर के प्रसिद्ध भाषण में हिंदू युवकों को उस आदर्श का अनुसरण करने का परामर्श दिया था।

स्वयं को कन्या कहते थे संत गुलाबराव महाराज

यह वर्ष प्रज्ञाचक्षु श्री गुलाबराव महाराजजी का भी जन्मशती वर्ष है। संत श्री

गुलाबराव महाराजजी ने स्वयं को 'कन्या' कहते हुए, परिश्रमपूर्वक स्वदेश तथा विदेश के आध्यात्मिक, वैज्ञानिक ग्रंथों का विस्तारपूर्वक अध्ययन किया। ब्रिटिश दासता के घोर आत्महीनता के कालखंड में अकाट्य तर्कों सहित हमारे शास्त्रों के परंपरागत तथा पश्चिम के अत्याधुनिक वैज्ञानिक प्रमाणों द्वारा बौद्धिक जगत् में और भारतीय मनों में स्वधर्म, स्वदेश और स्व-संस्कृति की श्रेष्ठता का गौरव व आत्मविश्वास स्थापित किया। भविष्य में विज्ञान की प्रगति, मानवीयता व सार्थकता तथा विश्व भर के सभी पंथ-संप्रदायों के समन्वय का आधार हमारी श्रेष्ठ आध्यात्मिक संस्कृति ही हो सकती है, यह उनकी अति विशाल ग्रंथ-संपदा का स्पष्ट संदेश है।

अनुसरण करने लायक हैं महापुरुषों के संदेश

वर्ष भर में जो परिस्थिति और घटनाक्रम हम अनुभव करते आ रहे हैं, उनका अगर बारीकी से अध्ययन और चिंतन करें तो इन महापुरुषों के संदेशों के अनुसरण का महत्त्व ध्यान में आता है। यद्यपि गति बढ़ने की संभावना है और कई बातों का होना अपेक्षित है। गत दो वर्षों में देश में व्याप्त निराशा दूर करनेवाली, विकास बढ़ाने वाली और विकास के पथ पर देश को अग्रसर करनेवाली नीतियों के कारण कुल मिलाकर देश आगे बढ़ता हुआ दिखाई दे रहा है। यह भी स्पष्ट है और हमारे द्वारा अपनाई हुई प्रजातांत्रिक प्रणाली में कुछ अपेक्षित भी है कि जो दल सत्ता से वंचित रहते हैं, वे विरोधी दल बनकर शासन-प्रशासन की कमियों को ही अधो-रेखांकित कर अपने दल के प्रभाव को बढ़ाने वाली राजनीति करते हैं और करेंगे। इसी मंथन में से देश के प्रगतिपथ की सहमति और उसके लिए चलनेवाली नीतियों की समीक्षा, सुधार और सजग निगरानी होते रहना प्रजातंत्र में अपेक्षित रहता

यह वर्ष प्रज्ञाचक्षु श्री गुलाबराव महाराजजी का भी जन्मशती वर्ष है। संत श्री गुलाबराव महाराजजी ने स्वयं को 'कन्या' कहते हुए, परिश्रमपूर्वक स्वदेश तथा विदेश के आध्यात्मिक, वैज्ञानिक ग्रंथों का विस्तारपूर्वक अध्ययन किया। ब्रिटिश दासता के घोर आत्महीनता के कालखंड में अकाट्य तर्कों सहित हमारे शास्त्रों के परंपरागत तथा पश्चिम के अत्याधुनिक वैज्ञानिक प्रमाणों द्वारा बौद्धिक जगत् में और भारतीय मनों में स्वधर्म, स्वदेश और स्व-संस्कृति की श्रेष्ठता का गौरव व आत्मविश्वास स्थापित किया।

है। परंतु जो चित्र पिछले साल भर में दिख रहा, उसमें कुछ चिंताजनक प्रवृत्तियों के खेल-खेले जाते हुए स्पष्ट दिखते हैं। देश की स्थिति और परिदृश्य की थोड़ी-बहुत जानकारी रखनेवाले सभी को यह पता है कि भारत का समर्थ, एकात्म, आत्मनिर्भर व नेतृत्वक्षम होकर उभरना जिन्हें फूटी आँखें न सुहाता हो, ऐसी कुछ कट्टरपंथी, अतिवादी, विभेदकारी व स्वार्थी शक्तियाँ दुनिया में हैं और भारत में भी अपना जाल बिछाए काम कर रही हैं। भारत के समाज-जीवन से अभी तक पूर्णतः निर्मूल न हो पाई विषमता, भेद व संकुचित स्वार्थ प्रवृत्तियों के चलते यदा-कदा घटने वाली घटनाओं का लाभ लेकर अथवा घटना घटे इसके लिए कतिपय लोगों को उकसाते हुए अथवा अघटित घटनाओं के घटने का असत्य प्रचार करते हुए, दुनिया में भारतवासी और भारत का शासन-प्रशासन तथा भारत में ऐसी दुष्प्रवृत्तियों को रोक सकने वाले संघ सहित सज्जन शक्ति को विवादों में खींचकर बदनाम करने का और लोकमानस को उनके बारे में भ्रमित करने का प्रयास चलता हुआ दिखाई देता है। जैसी उनकी आकांक्षाएँ व चरित्र रहा है, यह प्रयास आपस में भी टकरानेवाली ये शक्तियाँ अलग-अलग अथवा समान स्वार्थ के लिए गोलबंद होकर करेंगी ही। उनके भ्रमजाल तथा छल-कपट के चंगुल में फँसकर समाज में विभेद व वैमनस्य का वातावरण न बने, इसके प्रयास करने पड़ेंगे।

स्वयंसेवक निभा रहे हैं अहम जिम्मेदारी

संघ के स्वयंसेवक इस दिशा में अपने प्रयासों की गति बढ़ा रहे हैं। अनेक प्रांतों में इस दृष्टि से सामाजिक समता की सद्यःस्थिति का सर्वेक्षण किया जा रहा है तथा उपाय के लिए समाज-मन की अनुकूलता बनाने की बातचीत शाखाओं के द्वारा अपने-अपने गाँव-मोहल्ले में प्रारंभ कर दी गई है। उदाहरण के लिए, संघ की दृष्टि से मध्य भारत प्रांत माने गए क्षेत्र के 9000 गाँवों का विस्तारपूर्वक सर्वेक्षण पूरा हुआ, जिसमें अभी तक लगभग 40 प्रतिशत गाँवों में मंदिर, 30 प्रतिशत में पानी व 35 प्रतिशत गाँव में

संघ के स्वयंसेवक इस दिशा में अपने प्रयासों की गति बढ़ा रहे हैं। अनेक प्रांतों में इस दृष्टि से सामाजिक समता की सद्यःस्थिति का सर्वेक्षण किया जा रहा है तथा उपाय के लिए समाज-मन की अनुकूलता बनाने की बातचीत शाखाओं के द्वारा अपने-अपने गाँव-मोहल्ले में प्रारंभ कर दी गई है।

श्मशान को लेकर भेदभाव का व्यवहार होता है, यह बात सामने आई है। उनके उपाय के लिए प्रयास प्रारंभ हुए हैं। अनुसूचित जातियों तथा जनजातियों के लिए बने संवैधानिक प्रावधानों का, उनके लिए आवंटित धनराशि का विनियोग व निर्वाह प्रामाणिकता व तत्परता के साथ शासन व प्रशासन द्वारा हो, इसलिए भी संघ के स्वयंसेवकों ने सहायता का कार्य प्रारंभ कर दिया है। परंतु समाजहितैषी सभी व्यक्तियों और शक्तियों को अधिक सक्रिय होकर इस दिशा में प्रयास करने की आवश्यकता है। छोटी-मोटी घटना से उत्तेजित होकर अथवा अपनी श्रेष्ठता के अहंकार में अपने ही निरपराध बंधुओं को अपमान व प्रताड़ना सहन करनी पड़े, यह 21वीं सदी के भारतीय समाज के लिए लज्जाजनक है। कतिपय छिद्रान्वेषी शक्तियाँ इसका लाभ लेकर भारत को बदनाम करने की गतिविधियाँ चलाती हैं तथा समाज में चलनेवाले अच्छे उपक्रमों की गति अवरुद्ध करने का प्रयास करती हैं।

देशी गाय का रक्षण और संवर्धन

देशी गाय, जो अपने देश के पशुधन का बड़ा हिस्सा है, का रक्षण, संवर्धन व विकास संविधान के मार्गदर्शक तत्त्वों में निर्दिष्ट तथा भारतीय समाज की आस्था व परंपरा के अनुसार पवित्र कार्य है। केवल संघ के स्वयंसेवक ही नहीं, देश भर में अनेक संत और सज्जन संविधान तथा कानून की मर्यादा का पूर्ण पालन करते हुए जीवन तपस्या के रूप में इस कार्य को आगे बढ़ा रहे हैं। आधुनिक विज्ञान के प्रमाण देशी गाय की उपयुक्तता व श्रेष्ठता को सिद्ध कर चुके हैं। अनेक राज्यों में गौहत्या प्रतिबंधक कानून तथा पशुओं के प्रति क्रूरता प्रतिबंधक कानून बने हैं। उनका ठीक से अमल हो, इसके लिए भी कभी-कभी व कहीं-कहीं गौसेवकों को अभियान करना पड़ता है। गौहत्या की घटनाओं का आधार लेकर अथवा कपोलकल्पित धटनाओं के मिथ्या समाचार को उछालते हुए अपना व्यक्तिगत अथवा

> *देशी गाय, जो अपने देश के पशुधन का बड़ा हिस्सा है, का रक्षण, संवर्धन तथा विकास संविधान के मार्गदर्शक तत्त्वों में निर्दिष्ट, भारतीय समाज की आस्था व परंपरा के अनुसार पवित्र कार्य है। केवल संघ के स्वयंसेवक ही नहीं, देश भर में अनेक संत और सज्जन संविधान तथा कानून की मर्यादा का पूर्ण पालन करते हुए जीवन तपस्या के रूप में इस कार्य को आगे बढ़ा रहे हैं।*

राजनीतिक स्वार्थ सिद्ध करने, समाज में बिना कारण कलह खड़ी करने, अथवा केवल गौसेवा के पवित्र कार्य को ही लांछित व उपहासित करने के लिए षड्यंत्र रचनेवाले अवांछित तत्त्वों से उनकी तुलना नहीं हो सकती।

गौसेवकों की तपस्या तो चलती, बढ़ती रहेगी। अपना हर कार्य कानून सुव्यवस्था की मर्यादा में ही हो, यह स्वतंत्र देश के प्रजातंत्र का अनुशासन सभी सज्जन, भावनाओं को भड़काने के प्रयासों के बावजूद पालन कर रहे हैं, करते रहेंगे। गौहत्या प्रतिबंध कानूनों का अमल कड़ाई से हो व कानून-व्यवस्था का पालन भी कड़ाई से हो, यह देखते समय प्रशासन सज्जन व दुर्जनों को एक ही तराजू में न तौले, यह आवश्यक है। ऐसी घटनाओं में राजनीतिक लाभ की आशा से राजनीतिक व्यक्ति जो भी पक्ष लें, अपनी करनी से समाज में पड़ी दरारों को चौड़ी न करें। विद्वेष का शमन हो, ऐसा उनका मन, वचन, कर्म रहे, यह समाज की अपेक्षा है। समाचार माध्यमों में भी कुछ वर्ग अपने व्यापारिक लाभ की आशा से ऐसी घटनाओं के वृत्तकथन को वास्तविकता से अधिक भड़काऊ रंग में प्रस्तुत करता दिखाई देता है, इस मोह से उनको बचना चाहिए।

विद्वेष का शमन हो, ऐसा उनका मन, वचन, कर्म रहे, यह समाज की अपेक्षा है। समाचार माध्यमों में भी कुछ वर्ग अपने व्यापारिक लाभ की आशा से ऐसी घटनाओं के वृत्तकथन को वास्तविकता से अधिक भड़काऊ रंग में प्रस्तुत करता दिखाई देता है, इस मोह से उनको बचना चाहिए।

देश की सुरक्षा, एकात्मता, संप्रभुता व अखंडता

सभी को यह ध्यान में रखना चाहिए कि समाज में स्वतंत्रता और समता का अवतरण व दृढ़ीकरण, समाज में बंधुभाव की व्याप्ति और दृढ़ता पर निर्भर रहता है। देश के सामने मुँह बाए खड़ी चुनौतियों का सामना देश उसी के बल पर कर सकेगा। श्री अभिनवगुप्त और श्रीरामानुज जैसे द्रष्टा महापुरुषों द्वारा आगे बढ़ाई इस सद्भाव की परंपरा को और भी आगे बढ़ाने की आवश्यकता है, क्योंकि देश की सुरक्षा, एकात्मता, संप्रभुता व अखंडता पर अभी भी खतरों के बादल मँडरा रहे हैं।

जम्मू-कश्मीर की स्थिति चिंताजनक

जम्मू-कश्मीर की सद्यःस्थिति इस दृष्टि से हमारी चिंताओं को और बढ़ाती है।

इस संबंध में अब तक चली सफल अंतरराष्ट्रीय राजनयिक गतिविधियाँ तथा शासन और संसद् के द्वारा बारंबार व्यक्त दृढ़तापूर्ण संकल्प स्वागत योग्य हैं, परंतु उस सही नीति का तत्परता व दृढ़तापूर्ण क्रियान्वयन हो, यह भी आवश्यक है। जम्मू-लद्दाख सहित कश्मीर घाटी का बड़ा क्षेत्र अभी भी कम उपद्रवग्रस्त और अधिक नियंत्रण में है। वहाँ राष्ट्रीय प्रवृत्तियाँ और शक्तियाँ मजबूत हों, ऐसा कुछ करना चाहिए। उपद्रवग्रस्त क्षेत्रों में उपद्रव उत्पन्न करनेवाले स्थानीय और बाहरी तत्त्वों पर कड़ाई से शीघ्र नियंत्रण हो, इसलिए राज्य और केंद्र अपने-अपने प्रशासन सहित एकमत और एक नीति बनाकर दृढ़ता व तत्परता दिखाएँ, इसकी आवश्यकता है। मीरपुर, मुजफ्फराबाद, गिलगिट, बाल्टिस्तान सहित संपूर्ण कश्मीर भारत का अविभाज्य अंग है, यह दृढ़ भूमिका बनी रहनी चाहिए। वहाँ से विस्थापित हुए बंधु और कश्मीर घाटी से विस्थापित पंडित हिंदू सम्मान, सुरक्षा तथा योगक्षेम की स्थिरता के प्रति निश्चिंत होकर यथापूर्व पुनः स्थापित हो जाएँ, यह कार्य शीघ्रता से आगे बढ़ाना होगा। विभाजन के समय जम्मू-कश्मीर राज्य में तत्कालीन राज्य शासन द्वारा पाकिस्तान में गए भू-भाग से विस्थापित होकर आए हिंदुओं को आत्मसात् करते हुए राज्य में ही बसने को कहा था, उनको राज्य में भी नागरिकता के सभी अधिकार प्राप्त करा देने होंगे। साथ ही राज्य प्रशासन द्वारा जम्मू व लद्दाख के साथ होनेवाला भेदभाव तुरंत ही समाप्त होना चाहिए। जम्मू-कश्मीर में राज्य का प्रशासन राष्ट्रभाव से, स्वच्छ, तत्पर, समदृष्टि व पारदर्शी होकर चले, तभी राज्य की जनता को विजय तथा विकास की एक साथ अनुभूति मिलेगी और घाटी की जनता के सात्मीकरण की प्रक्रिया आगे बढ़ेगी।

> ***सारा विश्व जानता है कि कश्मीर घाटी में चलनेवाले उपद्रवों के पीछे सीमा पार से उकसाने, हवा देने के लिए सतत चलनेवाली कुचेष्टा एक बड़ा कारण है। विश्व के अनेक देशों में अपना केंद्र बनाकर सीमा के क्षेत्र वाले प्रदेशों में अलगाव, हिंसा, आतंक और नशीली दवाओं की तस्करी की गतिविधियाँ चलानेवाले छोटे-बड़े समूहों का भी इनके साथ गठबंधन बनता चला जा रहा है, ये जानकारियाँ भी मिलती रहती हैं।***

कश्मीर में उपद्रवों के पीछे पड़ोसी

सारा विश्व जानता है कि कश्मीर घाटी में चलनेवाले उपद्रवों के पीछे सीमा पार

से उकसाने, हवा देने के लिए सतत चलनेवाली कुचेष्टा एक बड़ा कारण है। विश्व के अनेक देशों में अपना केंद्र बनाकर सीमा के क्षेत्र वाले प्रदेशों में अलगाव, हिंसा, आतंक और नशीली दवाओं की तस्करी की गतिविधियाँ चलानेवाले छोटे-बड़े समूहों का भी इनके साथ गठबंधन बनता चला जा रहा है, ये जानकारियाँ भी मिलती रहती हैं। ऐसी स्थिति में हमारे सामरिक बल की नित्यसिद्धता, सेना दल, रक्षक बल तथा सूचनातंत्रों में समन्वय और सहयोग का प्रमाण व नित्य सजगता में क्षणभर की ढिलाई महँगी पड़ सकती है। उड़ी के सैनिक शिविर पर हुए हमले की घटना ने इसे एक बार फिर अधोरेखित किया है। इस हमले का सही उत्तर बहुत दृढ़तापूर्वक तथा कुशलतापूर्वक शासन के नेतृत्व में हमारे वीर जवानों द्वारा दिया गया। परंतु हमारी यह दृढ़ता तथा राजनयिक और सामरिक कुशलता हमारी नीति में स्थायी हो, यह आवश्यक है। समूचे सागरीय व भू-सीमा प्रदेशों में इस दृष्टि से कड़ी निगरानी रखते हुए शासन, प्रशासन और समाज के परस्पर सहयोग से अवांछित गतिविधियों को तथा उनके पीछे काम करनेवाली कुप्रवृत्तियों को जड़मूल से समाप्त करना आवश्यक हो गया है।

हमने अपने संविधान में संघ राज्यीय कार्यप्रणाली को स्वीकार किया है। ससम्मान और प्रामाणिकतापूर्वक उसका निर्वाह करते समय हम सभी को, विशेषकर विभिन्न दलों द्वारा राजनीतिक नेतृत्व करनेवालों को निरंतर स्मरण रखना पड़ेगा कि व्यवस्था कोई और कैसी भी हो, संपूर्ण भारत युगों से अपने जन की सभी विविधताओं सहित एक जन, एक देश, एक राष्ट्र रहा है तथा आगे उसको वैसे ही रहना है, रखना है। मन, वचन, कर्म से हमारा व्यवहार उस एकता को पुष्ट करनेवाला होना चाहिए, न कि दुर्बल करनेवाला।

राज्य सरकारों का पूर्ण सहयोग जरूरी

राज्यों की शासन व्यवस्थाओं का भी इसमें पूर्ण सहयोग आवश्यक है। हमने अपने संविधान में संघ राज्यीय कार्यप्रणाली को स्वीकार किया है। ससम्मान और प्रामाणिकतापूर्वक उसका निर्वाह करते समय हम सभी को, विशेषकर विभिन्न दलों द्वारा राजनीतिक नेतृत्व करनेवालों को निरंतर स्मरण रखना पड़ेगा कि व्यवस्था कोई और कैसी भी हो, संपूर्ण भारत युगों से अपने जन की सभी विविधताओं सहित एक

जन, एक देश, एक राष्ट्र रहा है तथा आगे उसको वैसे ही रहना है, रखना है। मन, वचन, कर्म से हमारा व्यवहार उस एकता को पुष्ट करनेवाला होना चाहिए, न कि दुर्बल करनेवाला। सामाजिक जीवन के विभिन्न अंगों में नेतृत्व करनेवाले सभी को इस दायित्व-बोध का परिचय देते हुए चलने का अनुशासन सिखाना ही पड़ेगा। साथ-साथ समाज को भी ऐसे ही दायित्वपूर्ण व्यवहार को सिखानेवाली व्यवस्थाएँ बनानी पड़ेंगी।

शिक्षा व्यवस्था में सुधार की आवश्यकता

अनेक वर्षों से देश की शिक्षा व्यवस्था (जिससे देश और समाज के साथ एकात्म, सक्षम तथा दायित्ववान मनुष्यों का निर्माण हो) पर चली चर्चा इस परिप्रेक्ष्य में अत्यंत महत्त्वपूर्ण है। उस चर्चा के निष्कर्ष के रूप में एक सामान्य सहमति भी उभरकर आती दिखाई देती है कि शिक्षा सर्वसामान्य व्यक्तियों की पहुँच में सुलभ और सस्ती रहे। शिक्षित व्यक्ति रोजगार योग्य हों, स्वावलंबी, स्वाभिमानी बन सकें और जीवनयापन के संबंध में उनके मन में आत्मविश्वास हो। वह ज्ञानी बनने, सुविज्ञ बनने के साथ-साथ दायित्व-बोध युक्त समंजस नागरिक तथा मूल्यों का निर्वहन करनेवाला अच्छा मनुष्य बने। शिक्षा की व्यवस्था इस उद्देश्य को साकार करनेवाली हो। पाठ्यक्रम इन्हीं बातों की शिक्षा देनेवाला हो। शिक्षकों का प्रशिक्षण और योगक्षेम की चिंता इस प्रकार हो कि विद्यादान के इस व्रत को निभाने के लिए वे योग्य व समर्थ हों। शासन और समाज दोनों का सहभाग शिक्षा क्षेत्र में हो तथा दोनों मिलकर शिक्षा का व्यापारीकरण न होने दें। नई सरकार आने के बाद इस दिशा में एक समिति बनाकर प्रयास किया गया, उसका प्रतिवेदन भी आ गया है। शिक्षा क्षेत्र की दिशा में उपर्युक्त कार्य करनेवाले बंधु तथा शिक्षाविदों की राय में उस प्रतिवेदन की संस्तुतियाँ इस दिशा में शिक्षा पद्धति को रूपांतरित करेंगी कि नहीं, यह देखना पड़ेगा। दिशागत परिवर्तन के लिए उपयुक्त ढाँचा बनाने की रूपरेखा तभी प्राप्त होगी, अन्यथा उपरोक्त सहमति प्रतीक्षा की अवस्था में ही रहेगी। परंतु नई पीढ़ी के शिक्षित

शिक्षा सर्वसामान्य व्यक्तियों की पहुँच में सुलभ और सस्ती रहे। शिक्षित व्यक्ति रोजगार योग्य हों, स्वावलंबी, स्वाभिमानी बन सकें और जीवनयापन के संबंध में उनके मन में आत्मविश्वास हो। वह ज्ञानी बनने, सुविज्ञ बनने के साथ-साथ दायित्व-बोध युक्त समंजस नागरिक तथा मूल्यों का निर्वहन करनेवाला अच्छा मनुष्य बने।

होने के स्थानों में विद्यालयों, महाविद्यालयों तथा विद्यापीठों के साथ-साथ कुटुंब व पर्व-उत्सवों से लेकर समाज की सभी गतिविधियों व उपक्रमों से निर्माण होनेवाला वातावरण भी हो।

अपने कुटुंब में नई व पुरानी पीढ़ी का आत्मीय संवाद होता है क्या? उस संवाद में से उनमें शनैः-शनैः समाज के प्रति दायित्व-बोध, व्यक्तिगत व राष्ट्रीय चरित्र के गुण, मूल्यश्रद्धा, श्रमश्रद्धा, आत्मीयता तथा बुराइयों के आकर्षण से दूर रहने की प्रवृत्ति का निर्माण होता है क्या? वे ऐसे बनें, इसलिए घर के बड़ों का व्यवहार उदाहरण बनता है क्या? इन प्रश्नों के उत्तर अपने-अपने कुटुंब के लिए हमें ही देने होंगे। घर से उचित स्वभाव, लक्ष्य तथा प्रवृत्ति प्राप्त हो तो ही शिक्षा प्राप्ति का परिश्रम तथा उसके उचित उपयोग का विवेक बालक दिखाता है, यह भी हम सभी का अनुभव है। कुटुंब में यह संवाद प्रारंभ हो और चलता रहे, यह प्रयास अनेक संत सज्जन तथा संगठन कर रहे हैं। संघ के स्वयंसेवकों में भी एक गतिविधि कुटुंब प्रबोधन के ही कार्य को लेकर चली है और बढ़ रही है। किसी के माध्यम से हमारे पास यह कार्य पहुँचे, इसकी प्रतीक्षा किए बिना हम इसे अपने घर से प्रारंभ कर सकते हैं।

पर्व-त्योहारों का आयोजन अधिक हो

समाज में चलनेवाले अनेक उपक्रम, पर्व-त्योहार, अभियान इत्यादि का प्रारंभ समाज प्रबोधन व संस्कार की आवश्यकता को ध्यान में रखकर हुआ। उस प्रयोजन का विस्मरण हुआ तो उत्सव तो चलता रहता है, परंतु वह रूप बदलकर कभी-कभी भद्दा, निरर्थक बन सकता है। प्रयोजन ध्यान में लेकर इन पर्वों के सामाजिक स्तर पर आयोजन का काल सुसंगत रूप गढ़ना चाहिए तो आज भी वह समाज प्रबोधन का अच्छा साधन बन सकते हैं। महाराष्ट्र में सार्वजनिक गणेश मंडलियों द्वारा अनेक स्थानों पर अच्छे प्रयोग किए गए हैं। वर्षप्रतिपदा पर नववर्ष मनाने की अनेक उपयुक्त कल्पनाएँ सामने आई हैं। समाज से ऐसे कल्पक सुधारित उपक्रमों का

कुटुंब में यह संवाद प्रारंभ हो और चलता रहे, यह प्रयास अनेक संत सज्जन तथा संगठन कर रहे हैं। संघ के स्वयंसेवकों में भी एक गतिविधि कुटुंब प्रबोधन के ही कार्य को लेकर चली है और बढ़ रही है। किसी के माध्यम से हमारे पास यह कार्य पहुँचे, इसकी प्रतीक्षा किए बिना हम इसे अपने घर से प्रारंभ कर सकते हैं।

प्रोत्साहन, सहयोग तथा अनुकरण होने की आवश्यकता है। शासकीय तथा अशासकीय दोनों प्रकार की पहल से कुछ नए प्रयास चले हैं, उनमें भी समाज का उत्साह बना रहे, बढ़ता रहे, इसका ध्यान निरंतर सभी समाजहितैषी बंधु व स्वयंसेवकों को रखना पड़ेगा। वृक्षारोपण, स्वच्छ भारत अभियान, योग दिवस आदि उपक्रमों का महत्त्व समाज में सामूहिकता, स्वावलंबन, सामाजिक संवेदना आदि अनेक गुणों के निर्माण की दृष्टि से ध्यान में आ सकता है। इसी बात को मन में लेकर संघ के स्वयंसेवक भी इन उपक्रमों में, उत्सवों में समाज के साथ सहभागी होकर उनको अधिक सुव्यवस्थित, सुंदर व प्रभावी बनाने में समाज का सहयोग कर रहे हैं और करेंगे। समाज की स्वाभाविक संगठित अवस्था ही देश व विश्व में सुव्यवस्था, एकात्मता, शांति व प्रगति का मूल और मुख्य कारण बनती है, इस सत्य के आधार पर ही राष्ट्रीय स्वयंसेवक संघ 90 वर्षों से निरंतर कार्य करते हुए आगे बढ़ रहा है।

समाज की स्वाभाविक संगठित अवस्था ही देश व विश्व में सुव्यवस्था, एकात्मता, शांति व प्रगति का मूल और मुख्य कारण बनती है, इस सत्य के आधार पर ही राष्ट्रीय स्वयंसेवक संघ 90 वर्षों से निरंतर कार्य करते हुए आगे बढ़ रहा है।

परंपराएँ जोड़ती हैं

परंपरा से ही हमारा समाज कई विविधताओं को साथ लेकर चला है। संपूर्ण सृष्टि के विविध-रंगी दृश्य के पीछे, उन सभी विविधताओं के अस्तित्व से ओत-प्रोत जो सनातन और शांत एकत्व है, उसका साक्षात्कार हमारे मनीषियों को हुआ। इसी बोध का प्रबोधन संपूर्ण जगत् को कराने का साधन इस नाते उनके दुर्धर तप से हमारा राष्ट्र उत्पन्न हुआ और अब तक इसी प्रबोधन का सफल साधन बनने के लिए उसकी जीवनयात्रा चल रही है। सृष्टि के अस्तित्व तक इस प्रबोधन की आवश्यकता बनी रहेगी, उस आवश्यकता को पूर्ण करनेवाला यह राष्ट्र भी बना रहेगा। हमारे राष्ट्र को इसलिए अमर राष्ट्र कहा जाता है। जड़ता, कलह की स्वनिर्मित श्रृंखलाओं में बद्ध विश्व को फिर उस प्रबोधन की आवश्यकता है। हमारे लिए, अपने अस्तित्व के प्रयोजन को सिद्ध करने के लिए कर्तव्यबद्ध होकर चलने की घड़ी है। संपूर्ण अस्तित्व की एकता के सत्य पर दृढ़तापूर्वक स्थापित, उसी से निस्सृत हमारे सनातन धर्म और संस्कृति को वर्तमान युग के अनुसार समझकर, देश-काल-परिस्थिति के अनुरूप उसे नूतन आविष्कार, हमारे संगठित, बल-संपन्न, समतायुक्त, शोषणमुक्त, सर्वांग परिपूर्ण, वैभव-संपन्न राष्ट्रजीवन को खड़ा करते हुए विश्व के सामने उदाहरण के

रूप में रखना होगा। कई शतकों की विदेशी दासता और हमारी आत्मविस्मृति के कुप्रभावों से पूर्ण मुक्त होकर हमारे अपने विचार-धन के आधार पर हमें राष्ट्र की नीतियाँ बनानी होंगी। उसके लिए हमारे उन सनातन मूल्यों, आदर्शों और संस्कृति की गौरवगरिमा श्रद्धापूर्वक हृदय में धारण करनी पड़ेगी। विश्व में आत्मविश्वास युक्त पदक्षेपों के साथ राष्ट्र आगे बढ़ रहा है। विश्व को सहस्राब्दियों से पीड़ा देनेवाली समस्याओं का अचूक समाधान दे रहा है, यह दृश्य अपने जीवन व कर्तृत्व से खड़ा करना पड़ेगा। संत शिरोमणि श्री गुलाबराव महाराज की विशाल ग्रंथ-संपदा व दुर्धर जीवन-तपस्या के सारांश में संदेश यही है।

शासन की नीति भेदभाव रहित हो

शासन का कार्य इस दिशा का ध्यान रखकर चले; प्रशासन उसकी नीति का तत्पर व कार्यक्षम रहकर क्रियान्वयन करे और देश के अंतिम व्यक्ति तक सभी को सुखी, सुंदर, सुरक्षित व उन्नत जीवन का लाभ हो रहा है, इस पर दोनों का ध्यान निरंतर रहे। इसके साथ-साथ समाज भी एकरस, संगठित व सजग होकर इन दोनों का सहयोग करे। प्रसंग पड़ने पर नियमन भी करे। यह राष्ट्रजीवन की उन्नति के लिए आवश्यक है। इन तीनों के एक दिशा में सुसूत्र और परस्पर संवेदनशील होकर समन्वित चलने से ही आसुरी शक्तियों के छल-कपट व्यूहों के भ्रमजाल को भेदकर, समस्याओं और प्रतिकूलताओं की बाधाओं को चीरकर परम विजय की प्राप्ति में हम समर्थ हो सकेंगे। कार्य कठिन लगता है, परंतु वही हमारा अनिवार्य कर्तव्य है। असंभव लगने वाले कार्य को दृढ़ निश्चय, पराक्रम, सर्वस्व समर्पण व निष्काम-निस्स्वार्थ बुद्धि से निरंतर सफलता की ओर बढ़ाने वाले श्रीगुरु गोविंद सिंहजी महाराज के तेजस्वी जीवन की विरासत हमें मिली है। हमें श्रद्धापूर्वक सारी शक्ति लगाकर उस आदर्श की राह पर चलने का साहस दिखाना होगा।

असंभव लगने वाले कार्य को दृढ़ निश्चय, पराक्रम, सर्वस्व समर्पण व निष्काम-निस्स्वार्थ बुद्धि से निरंतर सफलता की ओर बढ़ाने वाले श्रीगुरु गोविंद सिंहजी महाराज के तेजस्वी जीवन की विरासत हमें मिली है। हमें श्रद्धापूर्वक सारी शक्ति लगाकर उस आदर्श की राह पर चलने का साहस दिखाना होगा।

दैवीगुणसंपदयुक्त आचरण बनाएँ

समाज ऐसा दैवीगुणसंपदयुक्त बने, इसलिए अपने उदाहरण से ऐसे आचरण का वातावरण बनाने का एकमात्र कार्य राष्ट्रीय स्वयंसेवक संघ कर रहा है। अपने निस्स्वार्थ एवं अकृत्रिम आत्मीयता से समाज के प्रत्येक व्यक्ति को जोड़ना; अपने इस पवित्र और प्राचीन हिंदू राष्ट्र को परम वैभव-संपन्न बनाने के भव्य लक्ष्य के साथ उसको तन्मय करना, कार्य के योग्य बनने के लिए शरीर, मन, बुद्धि का विकास करनेवाली सहज, सरल शाखा साधना को उसके जीवन का अंग बनाना तथा ऐसे साधकों को आवश्यकता और क्षमतानुसार समाज-जीवन के विविध अंगों में आवश्यक कार्य को सेवाभाव से करने के लिए प्रवृत्त करना, यही उसकी कार्य-पद्धति रही है। शीघ्रतापूर्वक समाज में इस परिवर्तन को लाने के लिए चलनेवाली समरसता, गौसंवर्धन, कुटुंब-प्रबोधन जैसी गतिविधियों व उपक्रमों का अत्यल्प परिचय इस भाषण में आपको दिया है। परंतु संपूर्ण समाज ही इस दृष्टि से सक्रिय हो, इसकी आवश्यकता है।

अपनी शक्तियों को एकजुट करें

नवरात्रि के नौ दिन तपस्यापूर्वक देवों ने अर्थात् उस समय की सज्जनशक्ति ने अपनी-अपनी शक्ति को परस्पर समन्वित और पूरक बनाकर सम्मिलित किया व दसवें दिन चंड-मुंड-महिषासुररूपी मायावी असुरशक्ति का निर्दलन कर मानवता के त्रास का हरण किया। विजयदशमी का पर्व हमें अपनी-अपनी शक्तियों को एकजुट करने की प्रेरणा देता है।

□

स्त्री सशक्तीकरण : चाहिए अपना विमर्श

स्त्री सशक्तीकरण इन दिनों एक गंभीर विमर्श बना हुआ है। इसकी दिशा क्या हो, इसे लेकर कई विचार चलते हैं। इनमें पाश्चात्य विचार ही प्रभावी दिखता है। लेकिन उसकी चौखट अधूरी है, अपनी चौखट संपूर्ण है, सर्वश्रेष्ठ है। विश्व के अस्तित्व की एकता का सत्य उसके मूल में है, इसलिए उसके आधार पर जो शाश्वत विचार किया गया, उसपर ही हमको काल सुसंगत रचना बनानी पड़ेगी। विमर्श तैयार नहीं है तो उसे तैयार करना पड़ेगा। साथ ही यह ध्यान रखना पड़ेगा कि इस विषय से जुड़ी समस्याएँ अलग-अलग प्रकार की हैं, जिनके लिए एक जैसा समाधान नहीं हो सकता।

भारत का स्त्री-चिंतन

एक बात पर सबकी सहमति है कि भारत को परम वैभव-संपन्न बनाना है, तो भारत की मातृशक्ति का जागरण, सशक्तीकरण और पुरुषों के बराबर समाज में उनका योगदान हो, ऐसी स्थिति उत्पन्न करना पहली आवश्यकता है। इस बात से भी सभी सहमत हैं कि अगर ऐसा सशक्तीकरण होना है और मातृशक्ति को उनकी वास्तविक भूमिका में खड़ा करना है, तो अपने देश के सनातन मूल्यों के आधार पर ही करना पड़ेगा। क्योंकि इन सब विषयों में बाकी दुनिया का जो अनुभव है, वह हमारी तुलना में बहुत थोड़ा है।

---

* 11 नवंबर, 2016, नई दिल्ली; राष्ट्र सेविका समिति का अखिल भारतीय कार्यकर्ता प्रेरणा शिविर

अपने अनुभवों पर खड़ा रहना है

युगों-युगों से अनेक प्रकार के उतार-चढ़ाव देखते हुए सब प्रकार की परिस्थितियों से गुजरकर हमारा यह समाज यहाँ तक आया है। हमारे विचार उन अनुभवों की कसौटी पर टिके हैं। दुनिया बहुत से मामलों में अभी प्रयोगावस्था में ही चल रही है। इसलिए उनकी सोच बदलती रहती है। कल फैमिनिज्म की चर्चा में इसका वर्णन किया गया। उनका एक प्रयोग दूसरे जैसा नहीं है, हरेक में सुधार करना पड़ा है। पहले के अनुभव से कुछ सीखा, दूसरे में सुधारा, उसमें त्रुटियाँ ध्यान में आईं तो तीसरे में सुधारा। प्रश्न है कि क्या हमको फिर से प्रयोग की इस प्रक्रिया से गुजरना है ? या ऐसे अनेक प्रयोगों से गुजरने के बाद जो कुछ शाश्वत अपने हाथ में है, उसके आधार पर खड़ा रहना है ? ऐसा प्रश्न जब मन में आता है, तो उसका उत्तर निस्संदिग्ध है। जो शाश्वत सत्य अपने पास है, उसके आधार पर ही खड़ा होना पड़ेगा।

प्रश्न है कि क्या हमको फिर से प्रयोग की इस प्रक्रिया से गुजरना है? या ऐसे अनेक प्रयोगों से गुजरने के बाद जो कुछ शाश्वत अपने हाथ में है, उसके आधार पर खड़ा रहना है? ऐसा प्रश्न जब मन में आता है, तो उसका उत्तर निस्संदिग्ध है। जो शाश्वत सत्य अपने पास है, उसके आधार पर ही खड़ा होना पड़ेगा।

हमारे शाश्वत मूल्य हैं मानक

जब हम उस शाश्वत सत्य की बात सोचते हैं, तब तीन-चार बातों का विचार अपने मन में रखना होगा। पहली बात कि वह वास्तविक सत्य क्या है, इसकी पूरी-पूरी समझदारी हम लोगों में होनी चाहिए। सामान्यत: जब उस सत्य की बात करते हैं, तब हम परंपरा एवं अभ्यास (practices and rituals) में चले जाते हैं। उसे ही आधार बनाकर सत्य का विचार करने लगते हैं। ऐसा नहीं चलेगा। क्योंकि परंपरा एवं अभ्यास बदलते रहे हैं। विभिन्न कालों में परस्पर विरोधी भी लगते हैं। सत्य और उससे उपजे मूल्य का विचार हम अगर परंपरा एवं अभ्यास के आधार पर करेंगे तो नहीं चलेगा। मूल्य क्या हैं, यह देखना पड़ेगा ? उन मूल्यों के आधार पर आज की काल सुसंगत व्यवस्था हमको खोजनी पड़ेगी। महाभारत के समय के पहले से आज तक जो कुछ हो रहा है, वह सबकुछ धर्म नहीं है, यह हमको ध्यान में रखना पड़ेगा। जो हो रहा है और जो हो चुका है, उन सबका उदाहरण हम धार्मिक आचरण के नाते नहीं दे सकते

हैं। इस कालावधि में धर्मज्ञों से भी गलतियाँ नहीं हुईं, ऐसा भी नहीं है। अपने प्राचीन मूल्यों की चर्चा करते समय हम कभी-कभी कहते भी हैं, "लेकिन फिर ऐसा भी हुआ था न?" देखनेवाली बात यह है कि जिन बातों के उदाहरण हम देते हैं, वह मूल्यों के विपरीत हुआ था या मूल्यों के अनुकूल हुआ था, इसका विचार हमको करना पड़ेगा। फिर उसके बारे में बोलना पड़ेगा।

समाजधर्म निभाने में चूके भीष्म

सामान्य बुद्धि से अगर ऐसा मानते हैं कि अपने देश में आक्रमण होने लगे, तब से हमारे समाज में यह क्षरण आया है, तो ऐसा नहीं है। क्षरण पहले शुरू हुआ, इसलिए हम आक्रमणकारियों के भक्ष्य बने। इस बात को हमें ध्यान में रखना चाहिए। महाभारत के समय से ही इसकी थोड़ी-थोड़ी झलक मिलती है। परम भागवत कहे जानेवाले भीष्म का भी संहार कृष्ण को करना पड़ा। वे तो परम भागवत थे, धर्मज्ञ थे, यहाँ तक कि शर-शैया पर पड़े-पड़े उन्होंने आगे कैसे कार्य करना है, इसका उपदेश दिया और युधिष्ठिर ने कृष्ण के आदेश से उसको ग्रहण भी किया। पूरा शांतिपर्व उसी से भरा पड़ा है। इतना सब होने के बाद भी जब द्रौपदी का चीरहरण हो रहा था, उस समय भीष्म ने 'अर्थस्य पुरुषो दासः', यानी 'व्यक्ति तो अर्थ का या धन का दास होता है', इस प्रकार का एक तत्त्व बताने की भूमिका में एक असत्य बताया। उन्होंने क्या गलत किया, यह समझना होगा। व्यक्तिधर्म का तो उन्होंने अच्छी तरह पालन किया। प्रतिज्ञा पालन का उनका आदर्श श्रेष्ठ है। **परंतु समाजधर्म निभाने में वे चूक गए।** धर्म का पालन करना अत्यंत कठिन कार्य है। उस कठिन कार्य को करके दिखानेवाले उदाहरण कौन-कौन से हैं? इस तरह से धर्म का पालन नहीं किया, तो वे

सत्य और उससे उपजे मूल्य का विचार हम अगर परंपरा एवं अभ्यास के आधार पर करेंगे तो नहीं चलेगा। मूल्य क्या हैं, यह देखना पड़ेगा? उन मूल्यों के आधार पर आज की काल सुसंगत व्यवस्था हमको खोजनी पड़ेगी। महाभारत के समय के पहले से आज तक जो कुछ हो रहा है, वह सबकुछ धर्म नहीं है, यह हमको ध्यान में रखना पड़ेगा। जो हो रहा है और जो हो चुका है, उन सबका उदाहरण हम धार्मिक आचरण के नाते नहीं दे सकते हैं। इस कालावधि में धर्मज्ञों से भी गलतियाँ नहीं हुईं, ऐसा भी नहीं है।

कितने भी गौरवपूर्ण, आदरपूर्ण हों, उन्होंने ठीक नहीं किया, ऐसे कौन-कौन से लोग हैं? इसका चुनाव और इसका निर्णय हमें करना पड़ेगा।

अपनी सनातन संस्कृति, धर्म, मूल्य के साथ जब हम इन व्यवहारों की तर्कसंगत तुलना करते हैं, तब मन में भ्रम पैदा होता है। यानी ऐसी तुलना करके अपनी संस्कृति-परंपरा पर ही प्रश्नचिह्न लगा देना, उसे ही सवालों के घेरे में ला देना भ्रमित बुद्धि का ही लक्षण है। साथ ही ऐसे उदाहरणों के आधार पर गलत बातों का समर्थन करना भी भ्रम का ही लक्षण है। हमको उस भ्रम से मुक्त होकर विचार करना पड़ेगा। इसके लिए हमको मानवता आधारित तत्त्वों पर ही विचार करना पड़ेगा। तर्कसंगत विचार करना पड़ेगा। स्वामी विवेकानंद ने एक जगह कहा है, "कभी-कभी लोग पूछते हैं कि आज के विज्ञान को जिस प्रकार वैज्ञानिक कसौटियों पर परखने के बाद ही उसके सत्य-असत्य का निर्णय करते हैं, क्या धर्म का भी निर्णय उस प्रकार से ही करना है? आज जिसे हिंदू धर्म कहते हैं, क्या उसपर वही कसौटियाँ लगानी हैं? तो मेरा निस्संदिग्ध उत्तर है—हाँ! उन्हीं कसौटियों पर प्रचलित हिंदू धर्म पर विचार करना चाहिए और उन कसौटियों पर न टिकनेवाली जो बातें हैं, उनको जाने देना चाहिए, छोड़ देना चाहिए। जितनी जल्दी ऐसी बातें छोड़ दी जाएँगी, उतना अच्छा होगा। वैज्ञानिक कसौटी, यानी न्यूटन के 'गति के सिद्धांतों' (Three laws of motion) में वह फिट बैठता है कि नहीं, हिग्स्बोसान के सारे क्रियाकलाप के साथ वह मेल खाता है कि नहीं, यह नहीं है। वैज्ञानिक कसौटी यानी तर्क, उसके आधार पर प्रयोग, उससे मिला फल, उस फल को बार-बार प्राप्त करना, सब परिस्थितियों में सब जगह प्राप्त करना और फिर कहना

स्वामी विवेकानंद ने एक जगह कहा है, "कभी-कभी लोग पूछते हैं कि आज के विज्ञान को जिस प्रकार वैज्ञानिक कसौटियों पर परखने के बाद ही उसके सत्य-असत्य का निर्णय करते हैं, क्या धर्म का भी निर्णय उस प्रकार से ही करना है? आज जिसे हिंदू धर्म कहते हैं, उसे क्या वही कसौटियाँ लगानी हैं? तो मेरा निस्संदिग्ध उत्तर है—हाँ! उन्हीं कसौटियों पर प्रचलित हिंदू धर्म पर विचार करना चाहिए और उन कसौटियों पर न टिकनेवाली जो बातें हैं, उनको जाने देना चाहिए, छोड़ देना चाहिए। जितनी जल्दी ऐसी बातें छोड़ दी जाएँगी, उतना अच्छा होगा।

कि ऐसा है, इसलिए यह बात सत्य है। धर्म के बारे में भी ऐसा ही करना पड़ेगा।" ऐसा विवेकानंद का कहना है। हमको भी ऐसा विचार करना पड़ेगा, यह दूसरी बात है।

स्वयं के आधारों पर हो स्त्री-विमर्श

तीसरी बात जो हमें ध्यान में रखनी पड़ेगी, वह यह कि आधुनिक परिस्थितियों में, आधुनिक काल में महिलाओं के बारे में अपने विचारों पर आधारित बहस अभी हमें शुरू करनी है। अपने विचारों पर आधारित कोई रेडीमेड बहस हमारे लिए उपलब्ध नहीं है। आजकल जो सारा संवाद चल रहा है, उसमें अधिकांश प्रभावी चेहरों और पूरी बहस ही पाश्चात्य विचारों के आधार पर चल रही है। पाश्चात्य विचारों में सबकुछ त्याज्य है, ऐसा भी नहीं है। पाश्चात्य विचार का सबकुछ स्वीकार्य है, ऐसा तो बिल्कुल ही नहीं है और जो भी विचार स्वीकार्य लगते हैं, वे भी पूरे के पूरे स्वीकार्य होंगे, ऐसा भी नहीं है। क्योंकि उनकी चौखट ही अधूरी है। अपनी चौखट पूर्ण है, अंतिम (अल्टीमेट) है। विश्व के अस्तित्व की एकता का सत्य उसके मूल में है। अंतर्ज्ञान (इंट्यूशन) के आधार पर या प्रयोग (एक्सपेरिमेंटेशन) के आधार पर मानव प्राणी जितना आगे जा सकता है, उतना आगे जाकर उसे जो सत्य मिलता है, उसके भी थोड़े आगे के अनुभव के आधार पर हमारा सारा विचार शुरू होता है। इसलिए वह पूर्ण है। तीन बातों को जोड़नेवाला चौथा तत्त्व हमारे पास है। उसके आधार पर हमने यह विचार किया है। नहीं तो खंडित दृष्टिकोण (फ्रैग्मेंटेड एप्रोच) मानेंगे, केवल भौतिक (मैटेरियल) दुनिया को मानेंगे तो फिर महिला और पुरुष को पूरक भी नहीं मान सकते। उन्हें स्पर्धक (कंपटीटर्स) ही मानना पड़ेगा। परंतु वास्तविकता ऐसी नहीं है। अस्तित्व एक है। आविष्कार विविध हैं। सृष्टि को आगे ले जाने के लिए प्रकृति और पुरुष दो हैं। तत्त्व एक है, स्वरूप दो हैं। आखिर हम समानता की बात करते हैं और व्यवहार में नैतिकता की बात करते हैं। नैतिकता ही स्वयं में आधार होगी, तो फिर उसका आधार क्या है? क्यों नैतिकता चाहिए? अगर struggle for existence है और survival of fittest है, तो समानता तो मूल में ही नकारी गई और नैतिकता की आवश्यकता ही नहीं है। Survival की आवश्यकता है। मूल बातों का उत्तर इसमें है कि यह विश्व एक का ही आविष्कार है। इसलिए उसके आधार पर जो शाश्वत विचार किया गया, उस पर ही हमको काल सुसंगत रचना बनानी पड़ेगी। विमर्श उपलब्ध नहीं है, तो वह हमको तैयार करना होगा। विमर्श बनाते समय हमारे मूल विचार में से दिग्दर्शन मिलेगा। महिलाओं के बारे में, स्त्रियों के बारे में हमारी समझदारी क्या है? इसका दिग्दर्शन मिलेगा।

महापुरुषों ने दिए अद्‌भुत विचार

स्वामी विवेकानंद ने एक पत्रकार को महिला विषय पर साक्षात्कार दिया है, उसे पढ़िए। विवेकानंद केंद्र की निवेदिताजी के भाषण में भी वह उद्धृत हुआ है। 'विवेकानंद रेडी रेक्नर' पुस्तक में भी वह दिया गया है। विवेकानंद समग्र में तो मिलेगा ही। वही महिला उत्थान की हमारी दिशा है। महिलाओं के बारे में वह हमारी समझदारी है। गांधीजी ने क्या कहा है, रवींद्रनाथजी ने क्या कहा है, पढ़िए। भारतीय महिला मानस को जानना है, तो शरतचंद्र चट्टोपाध्याय के उपन्यास पढ़िए। भारतीय महिला के सब प्रकार के संदर्भों में वह मानस उसमें व्यक्त होता है। हमको अध्ययन करना चाहिए। दो विषय और ऐसे हैं, जिनके बारे में हिंदू विमर्श खड़ा करना है और उसे खड़ा करने के लिए हमको लिखने के साथ-साथ विषय का उसके मूल रूप में अध्ययन करना पड़ेगा।

भारतीय महिला मानस को जानना है, तो शरतचंद्र चट्टोपाध्याय के उपन्यास पढ़िए। भारतीय महिला के सब प्रकार के संदर्भों में वह मानस उसमें व्यक्त होता है। हमको अध्ययन करना चाहिए। दो विषय और ऐसे हैं, जिनके बारे में हिंदू विमर्श खड़ा करना है और उसे खड़ा करने के लिए हमको लिखने के साथ-साथ विषय का उसके मूल रूप में अध्ययन करना पड़ेगा।

महिला और पिछड़ा वर्ग

एक है—महिला वर्ग और दूसरा है—हमारे समाज का तथाकथित पिछड़ा वर्ग। सामाजिक कारणों से जिनको अस्पृश्य कहा गया, अछूत कहा गया और जिसके कारण सामाजिक समरसता का प्रश्न खड़ा हो गया। इन दो मामलों में हमको पीछे जाकर, इन पंद्रह सौ-दो हजार वर्षों के व्यवहार के परे जाकर जानना पड़ेगा कि इसका उद्‌देश्य क्या था? उस उद्‌देश्य के आधार पर बीच के काल के अनुकूल उदाहरण लेते हुए और प्रतिकूल उदाहरणों को नकारते हुए आज के देश-काल की परिस्थिति के अनुसार एक चित्र खड़ा करना पड़ेगा। क्योंकि बीच में पानी बहुत बह गया है। प्राचीन काल के बहुत से उदाहरण आते हैं। उसके पीछे जो दिशा थी, वह यह सिद्ध करने के लिए कि हमारी महिलाओं के बारे में यह दृष्टि है, तो बिल्कुल ठीक है। यानी आप कहते हैं, वैसी नहीं है। लेकिन आज की स्थिति में तो उसका अनुकरण काम में नहीं आएगा। क्योंकि उस समय यह टेक्नोलॉजी नहीं थी। विज्ञान की इतनी प्रगति भी नहीं हुई थी। विभिन्न देशों के लोग इतने पास नहीं आए थे।

आज बदली है स्थिति

परिस्थितियों में बहुत अंतर आया है। इसलिए आज की तारीख में क्या देखना है? यह हमें सोचना होगा। पहली बात यह है कि आत्मा की प्रकृति के दो रूप होते हैं—महिला और पुरुष। निस्पंद अवस्था से उत्पत्ति की अवस्था में विश्व प्रकट होता है, तो इसका अर्थ है कि दोनों में भेद नहीं है। बिना भेद माने जो व्यवहार चल रहा है, वह हमारे लिए सही है और जहाँ भेद भावना है, वहाँ वह व्यवहार सही नहीं है। इसमें यह भी समझना पड़ेगा कि जहाँ आत्मीयतापूर्वक कार्य बाँट लेते हैं और वहाँ आत्मीयतापूर्वक उस स्थिति में रहना स्वीकार करते हैं, तो उसको भेद नहीं कहा जाएगा। संघ में सारे स्वयंसेवक एक हैं और मान लीजिए, जयपुर में किसी शाखा पर हमारे जयपुर के संघचालक हैं, तो वे प्रणाम लेते हैं, बीच में मैं आ जाता हूँ, तो उनका प्रणाम चला जाता है। लोग मुझे प्रणाम करने लगते हैं। ऐसे में बाहर से देखनेवाला कह सकता है कि संघ में भेद है। इनको प्रणाम करते हैं, उनको नहीं करते हैं और आने के बाद इनको प्रणाम करते हैं। यह एक व्यवस्था, जो हम सबने खुद स्वीकार की है। इसमें भेद कहाँ है? ऊँच-नीच कहाँ है? दो ही स्थितियों में इसको भेद कह सकते हैं। अगर इसमें मान-सम्मान की ज्यादा और आत्मीयता की मात्रा कम हो। ऐसा तो नहीं है। यदि मेरे मन में आए कि मुझे प्रणाम उनको हटाकर मिलता है, तो मैं इनसे श्रेष्ठ हूँ अथवा उनको लगता है कि मुझे हटाकर इनको प्रणाम दिया जाता है, तो ये श्रेष्ठ हैं, यह जो आपत्ति है मान-सम्मान की, वह ज्यादातर बाहर से नहीं आती है। अपने मन से ही यह

संघ में सारे स्वयंसेवक एक हैं और मान लीजिए, जयपुर में किसी शाखा पर हमारे जयपुर के संघचालक हैं, तो वे प्रणाम लेते हैं, बीच में मैं आ जाता हूँ, तो उनका प्रणाम चला जाता है। लोग मुझे प्रणाम करने लगते हैं। ऐसे में बाहर से देखनेवाला कह सकता है कि संघ में भेद है। इनको प्रणाम करते हैं, उनको नहीं करते हैं और आने के बाद इनको प्रणाम करते हैं। यह एक व्यवस्था, जो हम सबने खुद स्वीकार की है। इसमें भेद कहाँ है? ऊँच-नीच कहाँ है? दो ही स्थितियों में इसको भेद कह सकते हैं। अगर इसमें मान-सम्मान की ज्यादा और आत्मीयता की मात्रा कम हो। ऐसा तो नहीं है।

बात उपजती है। इसलिए अपनी बैठक में बार-बार कहा गया कि मूलभूत बातें तो सब ठीक हैं; लेकिन वैसा व्यवहार हो रहा है क्या? व्यवहार ऐसा नहीं हो रहा है, उसका कारण वह व्यक्ति है, उसे अहंकार है। व्यवस्था तो ठीक है, मूल्य तो ठीक हैं। ठीक हैं यानी आज देश-काल की बदली हुई परिस्थिति को देखकर उसको जितना बदलना पड़ेगा, उतना तो बदलना ही पड़ेगा। लेकिन यहाँ उद्‌देश्य पर शंकाएँ लगाई जा सकती हैं क्या? नहीं लगाई जा सकतीं।

डिरेल हो गई व्यवस्था को पटरी पर लाना है

इसलिए यह ध्यान में आता है कि एक व्यवस्था हमारी चल रही थी। ऐसे में मानव-सुलभ क्षरण के कारण उसमें विकृति आने लगी। उसका लाभ लेकर विदेशी हावी हो गए और हमारी व्यवस्थाएँ ध्वस्त हो गईं। हमारे यहाँ व्यवस्था थी, ऐसा क्षरण आने के बाद फिर से विचार करके सारी व्यवस्था को उस काल के अनुरूप बदलने की। हर दो सौ-तीन सौ साल के बाद बदलाव होता था। लेकिन आक्रमणों के काल में ये सारी व्यवस्थाएँ ध्वस्त हो गईं और एक लंबी हजार-बारह सौ वर्ष की अवधि से हमारा व्यवहार अव्यवस्था से चला है। जिनको हम व्यवस्था कहते हैं, वह हमारी जात-पाँत की व्यवस्था है, व्यवस्था कहाँ है, वह तो अव्यवस्था है। उसके साथ भेदभाव की विकृति जुड़ गई है। ऐसे ही महिलाओं के बारे में है। उस संघर्ष में, भाग-दौड़ में फिर भी जितना बचा सकते हैं, उतना बचाकर चलें। लेकिन बचाते-बचाते सुरक्षा के लिए बातें घुस गईं। कुछ बातें हमारी विकृति के कारण भी जुड़ गईं।

> *इसलिए यह ध्यान में आता है कि एक व्यवस्था हमारी चल रही थी। ऐसे में मानव-सुलभ क्षरण के कारण उसमें विकृति आने लगी। उसका लाभ लेकर परकीय हावी हो गए और हमारी व्यवस्थाएँ ध्वस्त हो गईं। हमारे यहाँ व्यवस्था थी, ऐसा क्षरण आने के बाद फिर से विचार करके सारी व्यवस्था को उस काल के अनुरूप बदलने की। हर दो सौ-तीन सौ साल के बाद बदलाव होता था।*

सब-की-सब बातें सुरक्षा के लिए नहीं हैं। कुछ हमारे अहंकार के कारण भी हैं। सत्ता का सवाल ही नहीं आता। हमारा समाज पितृसत्तात्मक है। ऐसा हम कहते हैं, लेकिन सत्ता का सवाल कहाँ आता है इसमें? सत्ता किसकी है? सबको मिलकर

परिवार को चलाना है, सत्ता कहाँ है ? दायित्व की व्यवस्था है। अभी स्वतंत्रता के पहले के कुछ वर्षों तक केरल में तो मातृसत्तात्मक पद्धति चलती थी। यहाँ दामाद ससुराल में रहने के लिए जाता था। बहुत पुरानी बात नहीं है। दो सौ साल हो गए होंगे। उसके पहले ऐसा नहीं था। प्रसिद्ध चित्रकार राजा रवि वर्मा, वे अपनी ससुराल में रहते थे। अभी भी पूर्वोत्तर में कई जगह मातृसत्ता चलती है। तो यह देखना चाहिए कि जहाँ तक व्यवस्था का विषय है, व्यवस्था तदनुरूप, कालानुरूप बदलनी पड़ेगी।

यह बात मानसिकता की है

लेकिन व्यवस्था से भी अधिक यह बात मानसिकता की है। मानसिकता यह होनी चाहिए कि महिला-पुरुष में प्रकृति ने जितना भेद रखा है, उतना ही भेद है। बाकी कोई भेद नहीं है। महिला यह काम करे और पुरुष यह काम करे, यह एक सुविधा का बँटवारा है। वह कोई शाश्वत बात नहीं है। यह नहीं है कि पुरुष का काम महिला नहीं कर सकती। मेरा तो अनुभव ऐसा है कि पुरुष के कई काम महिलाएँ ज्यादा अच्छे से कर सकती हैं और महिलाओं के कई काम पुरुष उतना अच्छे से नहीं कर सकते। परंतु यह बँटवारा एक सुविधा के तहत समय को देखकर किया गया। आज समय बदला है, तो उसको बदल भी सकते हैं, उसमें क्या दिक्कत है ? लेकिन बदलने के पीछे हम समानता ला रहे हैं, यह भावना नहीं है। हम अपनी व्यवस्था को काल के अनुसार बदल रहे हैं। ऐसा होना चाहिए, क्योंकि यह सत्ता का विषय ही नहीं है। सृष्टि को चलाने का हम सबका, मनुष्य प्राणियों का दायित्व है। उसमें अपनी-अपनी सहज सुलभ प्राकृतिक प्रवृत्ति को देखकर हमने काम बाँट लिया था। आज की परिस्थिति में उसका फिर से बँटवारा करना है, तो करने के लिए हम मानसिक रूप में तैयार हैं। इसमें न किसी की जीत है, न हार है। इतना स्पष्ट मत लेकर हमको यह सारा विचार करना पड़ेगा। लिखते समय भी इस विचार को मन में

महिला यह काम करे और पुरुष यह काम करे, यह एक सुविधा का बँटवारा है। वह कोई शाश्वत बात नहीं है। यह नहीं है कि पुरुष का काम महिला नहीं कर सकती। मेरा तो अनुभव ऐसा है कि पुरुष के कई काम महिलाएँ ज्यादा अच्छे से कर सकती हैं और महिलाओं के कई काम पुरुष उतना अच्छे से नहीं कर सकते। परंतु यह बँटवारा एक सुविधा के तहत समय को देखकर किया गया।

रखना पड़ेगा। जब हम यह मानते हैं कि विविध प्रकार का दिखनेवाला अस्तित्व एक है, तभी ऐसा होना संभव है। नहीं तो फिर जीत-हार की बात आएगी, क्रांति की बात आएगी। अनावश्यक संघर्ष चलेंगे। उसमें सबकुछ ध्वस्त हो जाएगा।

समन्वय का तत्त्व देनेवाली एकमात्र संस्कृति हमारी

अभी एक डिसपर्शन की बात चल पड़ी है। यह बाहर से आनेवाले विचारों का स्वभाव है। क्योंकि उन विचारों के मूल में ही यह बात समाई हुई है कि संघर्ष से विनाश होता है और उससे बच नहीं सकते। इसी कड़ी में वहाँ आगे ऐसा विचार है कि उसी विनाश से सृष्टि को आगे बढ़ाना है। इस तरह का ऐसा एक दिवास्वप्न लेकर दो हजार वर्ष चलनेवालों के भाग्य में जो आना चाहिए, वह आ रहा है। समन्वय से सृष्टि को चलाना, इस प्रकार के एक नए प्रयोग की आवश्यकता उत्पन्न हो गई। समन्वय का तत्त्व देनेवाली एकमात्र संस्कृति, एकमात्र धर्म अपना धर्म है। उसको 'हिंदू' नाम दिया है। वास्तव में वह मानव धर्म है। उस आधार पर हमको सोचना पड़ेगा। धर्म का मूल तत्त्व मानवता ही है, मनुष्यता ही है। व्याकरण में मानव, मनुष्य सब पुल्लिंग शब्द माने जाते हैं। मैं उस अर्थ में नहीं कह रहा हूँ। उसमें सब आते हैं। अब इस परिस्थिति में अपने देश का विचार करना है, तो फिर विषय आता है कि क्या-क्या समस्याएँ हैं ?

शहरों में रहनेवाली शिक्षित परिवार की महिलाओं का एक प्रकार है। स्लमों में रहनेवाली महिलाओं का दूसरा प्रकार है। समस्याएँ अलग-अलग हैं और बहुत प्रकार की हैं। ग्रामीण महिलाएँ, झोंपड़पट्टी में रहनेवाली महिलाएँ, उच्च वर्ग की महिलाएँ, मध्यम वर्ग की महिलाएँ, कम आय वर्ग की महिलाएँ, वनवासी और तथाकथित दलित महिलाएँ अलग-अलग प्रकार की परिस्थितियों के चलते आई हैं, जीवन के अलग-अलग प्रकार की शैली के चलते आई हैं।

एक जगह की समस्या, दूसरी जगह के लिए समाधान

समस्याएँ तो हैं, लेकिन एक और बात ध्यान में रखनी पड़ेगी कि सभी समस्याएँ समान नहीं हैं। ऐसा भी अनुभव आया है कि एक जगह की समस्या दूसरी जगह के लिए उपाय बन गई है। इतना विविध प्रकार का अपना समाज है। शहरों में रहनेवाली

शिक्षित परिवार की महिलाओं का एक प्रकार है। स्लमों में रहनेवाली महिलाओं का दूसरा प्रकार है। समस्याएँ अलग-अलग हैं और बहुत प्रकार की हैं। ग्रामीण महिलाएँ, झोंपड़पट्टी में रहनेवाली महिलाएँ, उच्च वर्ग की महिलाएँ, मध्यम वर्ग की महिलाएँ, कम आयवर्ग की महिलाएँ, वनवासी और तथाकथित दलित महिलाएँ अलग-अलग प्रकार की परिस्थितियों के चलते आई हैं, जीवन के अलग-अलग प्रकार की शैली के चलते आई हैं। उस दृष्टि से इन सबका ध्यान रखकर अलग-अलग विचार करना पड़ेगा। ब्लैंकेट सॉल्यूशन (एक सा समाधान) पूरे देश के लिए नहीं हो सकता। कानून देश, काल, परिस्थिति के हिसाब से न बने तो सबके लिए लाभकारक भी नहीं होता है। इसलिए सारे द्वंद्व खड़े होते हैं। उद्योग बढ़ने चाहिए, तो विस्थापितों का क्या होता है? शहर के लोगों को ध्यान में रखकर जो कानून बनता है, वनवासियों के लिए वह हानिकारक है और वनवासियों को ध्यान में रखकर कानून बनाया तो शहर के लोग कहते हैं कि उनके कारण प्रगति रुक रही है।

ब्लैंकेट सॉल्यूशन नहीं दे सकते

महिलाओं में भी पृष्ठभूमि के कारण, परिवेश के कारण समस्याओं की इतने प्रकार की विविधता है कि ब्लैंकेट सॉल्यूशन (एक सा समाधान) नहीं दे सकते। नई परिस्थिति में जीवन का तरीका भी बदला है। कुछ पुरानी बातें हम आग्रहपूर्वक रख सकते हैं, कुछ बातें नहीं रख सकते। प्रौद्योगिकी सुदृढ़ हुई है, उसके प्रभाव से जीवन बदला है, यह निश्चित बात है। क्या कर सकते हैं? वाहन बदले हैं, खेती के तरीके बदले हैं। सारी बातें बदली हैं। उसमें जितना बदलाव उचित है, वह ठीक है। जो बदलाव उचित नहीं है, उसका विरोध करेंगे। लेकिन कुछ तो बदलाव ऐसा होगा ही, जो होता ही है। जीवन काल को अगर हम अलग-अलग देखें तो सतयुग, त्रेता, द्वापर युग में जीवन की शैली बदली है। विज्ञान नए रूप में सामने आया है, सभ्यता बदली है, उस बदलाव के अनुसार सारी बातें चलती हैं। ऐसे ही आज का भी एक समय है,

जीवन काल को अगर हम अलग-अलग देखें तो सतयुग, त्रेता, द्वापर युग में जीवन की शैली बदली है। विज्ञान नए रूप में सामने आया है, सभ्यता बदली है, उस बदलाव के अनुसार सारी बातें चलती हैं। ऐसे ही आज का भी एक समय है, उसमें जो परिवर्तन आवश्यक है, वह बदला है, तो ठीक है, उसको स्वीकार करेंगे।

उसमें जो परिवर्तन आवश्यक है, वह बदला है, तो ठीक है, उसको स्वीकार करेंगे। उस बदली हुई स्थिति में नई रचना क्या होगी? यह सोचना पड़ेगा और सोचते समय भी एक ब्लैंकेट (एक सी) रचना सबके लिए नहीं होगी। वह अलग-अलग क्या होगी, उस पर विचार करना पड़ेगा।

समस्याएँ हैं—इसे स्वीकार करना होगा

पहली बात ध्यान में रखनी पड़ेगी, समस्याएँ हैं ही नहीं, ऐसा नहीं है। मानसिकता में निगेशन (अस्वीकार्यता) नहीं होना चाहिए। समस्या है। हाँ, उसके परिमाण कम-ज्यादा हो सकते हैं। मीडिया जो बताता है, वह बढ़ा-चढ़ाकर बताता हो, यह संभव है। प्रत्यक्ष जाकर देखना पड़ेगा। अपना डिस्कोर्स (विमर्श) बनाने में कठिनाई क्या है? इसको लेकर हम लोगों ने पर्याप्त काम अभी बढ़ाया नहीं है। नया डिस्कोर्स (विमर्श) खड़ा करना है, तो उसके पीछे अनुभव चाहिए और अनुभव में अभी हम कम हैं। हमको आगे बढ़ना पड़ेगा, इससे जूझना पड़ेगा। अभी तो हम डिस्कोर्स (विमर्श) कर नहीं रहे थे, क्योंकि करने की ताकत ही नहीं थी। 1925 में संघ के संस्थापक डॉ. केशव बलिराम हेडगेवार ने इसके बारे में क्या कहा है? सूत्र रूप में जरूर कुछ कहा है, लेकिन विस्तार से नहीं कहा। जिसको आधार बनाकर आज हम अपने कार्यकर्ता को क्षेत्र में भेज सकते हैं, ऐसा कुछ नहीं कहा। तब संभव नहीं था। संघ मुट्‌ठी भर था और उस समय उसके समक्ष चुनौतियाँ भिन्न थीं। कुछ किशोर, कुछ बालक, कुछ तरुण संघ की ताकत थे। क्या तब महिलाओं की समस्याओं पर विचार करते? हो सकता है, विचार करते होंगे, लेकिन डिस्कोर्स (विमर्श) क्या देते? आज हम इतने व्यापक बन गए हैं, हमारे पास इतने कार्यकर्ताओं का बल है, महिला-पुरुष दोनों प्रकार के कार्यकर्ता हैं। अब जाकर हमको यह अनुभव हुआ।

> ***'महिला समन्वय, स्त्री शक्ति के रूप में कार्यकर्ता काम करते हैं।' स्वतंत्र रूप से किसी संगठन में नहीं हैं, तो भी काम करनेवाली अपने परिवारों की महिलाएँ, माताएँ हैं। इन सबका विचार लेकर उसको एक सुव्यवस्थित संवाद के रूप में गठित करना है। यह करते-करते लिखते जाना और लिखते-लिखते करते जाना है, ऐसा करना पड़ेगा। समय किसी के लिए रुका नहीं रहता; इसलिए हम लोगों के सामने एक बात आती है—अध्ययन की।***

आवश्यकता है अध्ययन की

अब नए से प्रारंभ करना है, ऐसा नहीं है, यह पहले से है। इतने सारे विविध संगठन काम करते हैं। 'महिला समन्वय, स्त्री शक्ति के रूप में कार्यकर्ता काम करते हैं।' स्वतंत्र रूप से किसी संगठन में नहीं हैं, तो भी काम करनेवाली अपने परिवारों की महिलाएँ, माताएँ हैं। इन सबका विचार लेकर उसको एक सुव्यवस्थित संवाद के रूप में गठित करना है। यह करते-करते लिखते जाना और लिखते-लिखते करते जाना है, ऐसा करना पड़ेगा। समय किसी के लिए रुका नहीं रहता; इसलिए हम लोगों के सामने एक बात आती है—अध्ययन की। पूर्व में क्या था? शाश्वत क्या है? देश-काल परिस्थिति सापेक्ष क्या है? यह सब अध्ययन से समझ में आना चाहिए। जिससे अपनी दृष्टि की अचूकता का, प्रासंगिकता का विश्वास मन में उत्पन्न हो, ऐसा अध्ययन। तर्क सहित किसी समूह में जाकर बैठें, तो उसे अच्छा मंडन कर सकें, ऐसा अध्ययन। दस प्रकार के प्रश्न आते हैं, तो उन सभी के जवाब दे सकने की पात्रता आए, इतना अध्ययन। यह जो संवाद चलता है, उसमें बहुत सारे प्रश्न आते हैं। उन प्रश्नों को देखते हैं, तो एक बात ध्यान में आती है कि प्रश्नों में 70-80 प्रतिशत प्रश्न किसी स्तर के होते ही नहीं हैं। हल्के प्रश्न होते हैं, ऊपरी-ऊपरी प्रश्न होते हैं। थोड़ा आत्मविश्वास जिसके मन में है, वह भी बिना अध्ययन के उत्तर दे सकता है, ऐसे प्रश्न होते हैं। क्योंकि प्रश्न पूछनेवालों का भी अध्ययन नहीं है। जिनका है, उनका बहुत सतही अध्ययन है और समाज का निरीक्षण बिल्कुल ही नहीं है। जहाँ तक हम पहुँचते हैं, वहाँ तक वे लोग नहीं पहुँचते हैं, यह बात बिल्कुल सही है। कुछ प्रश्न होते हैं, जिनके उत्तर देने पड़ते हैं। ऐसे सतही प्रश्नों को वे फिर से न पूछें, इस प्रकार से उत्तर देने की क्षमता चाहिए। वह भी अध्ययन से ही आएगी। हम हल्के प्रश्नों के जवाब में हल्के उत्तर नहीं दे सकते और अध्ययन के बाद जिनके कुछ प्रश्न खड़े होते हैं, उनका समाधान करने की शक्ति चाहिए, इतना अध्ययन चाहिए। वह अध्ययन सतत करना होगा।

इसलिए मैंने वह नाम लिया। आधुनिक काल के राष्ट्र निर्माताओं की पंक्ति में जिनको खड़ा कर सकते हैं, ऐसे जो प्रामाणिक, निस्स्वार्थ, बुद्धि-संपन्न हमारे जो सब लोग थे, उन सबने भारतीय चित्त-मन को समझकर महिलाओं के बारे में लिखा है, बोला है। उसका अध्ययन कीजिए।

समन्वय बिठाना पड़ेगा

अपने पुरातन सनातन मूल्य और आधुनिक परिस्थिति का जोड़ कैसे बिठाना है,

इसका उसमें से हमें पता चलेगा। उन्होंने जब बोला-लिखा तब से अभी तक समय बहुत आगे गया है। कम समय में रेट ऑफ चेंज (परिवर्तन की गति) बहुत ज्यादा है। विवेकानंद ने जो एक दिशा दी, वह तो ठीक है। उनके समय की महिलाओं की परिस्थिति और आज की परिस्थिति, उनके समय की टेक्नोलॉजी (प्रौद्योगिकी) और आज की टेक्नोलॉजी, उनके समय के समाज के जीवन का स्वरूप और आज के स्वरूप में बहुत अंतर आया है। हमको विचार करना ही पड़ेगा, चिंतन करना ही पड़ेगा। संवाद करना पड़ेगा, प्रत्यक्ष काम करनेवालों को पूछना पड़ेगा और ऐसा करते समय ध्यान में रखना पड़ेगा कि सब प्रकार की विचारधाराओं के लोग जो करते हैं, वह समाज से जानना पड़ेगा। कुछ बातें उसमें से भी मिलेंगी। उसमें गलत विचार लेकर प्रामाणिकता से काम करनेवाले लोग मिल जाएँगे। संवाद होगा, हम दो-चार प्रश्न पूछेंगे, तो उनको अपनी अपूर्णता ध्यान में आएगी, वे आत्मोन्मुख हो जाएँगे, आत्मचिंतन करेंगे। हमसे गलती कहाँ हुई, इस पर आ जाएँगे। अपना काम हो जाएगा।

हमको तो देश को वैभव-संपन्न बनाने में रस है। यह करना पड़ेगा, लेकिन विमर्श में एक सशक्त हिंदू संवाद की उपस्थिति हमको धीरे-धीरे ईंट-पर-ईंट रखकर बनानी पड़ेगी। सब-की-सब रचना आज खड़ी नहीं होगी, क्योंकि रचना खड़ी करनेवाले ही हम हैं। आपने प्रश्न पूछे, मैंने उत्तर दिए, यह बात ठीक है। परंतु प्रत्यक्ष उस क्षेत्र में बोलते समय क्या बोलना है, यह थोड़ा सोचना पड़ेगा।

हर विमर्श में उपस्थिति होनी चाहिए

उन शक्तियों की इच्छा है कि श्रेय उनको मिले, हमारी तो श्रेय लेने की ऐसी कोई इच्छा नहीं है। हमको तो देश को वैभव-संपन्न बनाने में रस है। यह करना पड़ेगा, लेकिन विमर्श में एक सशक्त हिंदू संवाद की उपस्थिति हमको धीरे-धीरे ईंट-पर-ईंट रखकर बनानी पड़ेगी। सब-की-सब रचना आज खड़ी नहीं होगी, क्योंकि रचना खड़ी करनेवाले ही हम हैं। आपने प्रश्न पूछे, मैंने उत्तर दिए, यह बात ठीक है। परंतु प्रत्यक्ष उस क्षेत्र में बोलते समय क्या बोलना है, यह थोड़ा सोचना पड़ेगा। उसका रेडीमेड (पहले से तैयार) उत्तर अपने पास नहीं है। हमारी बात सुनी जा रही है, तो हमको अब अपनी अभिव्यक्ति (आर्टिकुलेशन) बनानी पड़ेगी, डिस्कोर्स (विमर्श) बनाना पड़ेगा।

इसलिए हम अध्ययन करें, लिखें और लिखनेवाले लोगों को एकत्र करें। क्योंकि अगर एक सशक्त डिस्कोर्स (विमर्श) हमको उपस्थित करना है, तो जहाँ-जहाँ बात होगी, वहाँ-वहाँ हमारी उपस्थिति रहनी चाहिए। ये ही थोड़े लोग भारत भर में घूमते रहेंगे, तो उनके लिए यह संभव ही नहीं है। इस आधार पर हमको प्रशिक्षण भी लेना होगा।

लोगों को स्थापित भी करना पड़ेगा। हम स्वान्तः सुखाय लिखते हैं, वह पर्याप्त नहीं है। विषयों की चर्चा और व्यापक बनानी पड़ेगी। हमारे ध्यान में और स्तंभ-लेखक आने चाहिए, हमारा संपर्क रहना चाहिए कि स्थापित लेखक भी हमारी बात को रख सकें। सूची बढ़ानी पड़ेगी, उनको तैयार करना पड़ेगा, उनको सामग्री देनी पड़ेगी, उनको खड़ा करना पड़ेगा और जब-जब ऐसा प्रसंग आता है, तब-तब उनको पकड़ना पड़ेगा। कोई भी चीज उपेक्षित नहीं जानी चाहिए। अभी तक यह हुआ, कारण कि हमारी संख्या कम थी, अनुभव की कमी थी। हमारे पास योग्य लोग नहीं थे। इसलिए हम अनुपस्थित रहे वहाँ पर।

मूल दृष्टि का मसौदा है अपने पास

महिलाओं के बारे में संघ में कोई विचार ही नहीं है, ऐसा लगता है, जबकि ऐसा नहीं है। अपनी दृष्टि से ये सारी बातें करनी पड़ेंगी और इसमें एक मूल दृष्टि का डॉक्यूमेंट (अभिलेख) अब अपने पास है। वृंदावन की प्रतिनिधि सभा में समिति की बहनें, महिला समन्वय के सारे लोगों ने मिलकर एक प्रस्ताव सर्वसम्मति से पारित किया है। इस प्रतिनिधि सभा का एक प्रस्ताव महिलाओं के विषय में भारतीय दृष्टि पर है। वह अपनी मूल दृष्टि आज की परिस्थिति में, काल सुसंगत शब्दों में व्यक्त दृष्टि है, ऐसा मानकर, उसको देखकर आगे चलना है।

महिलाओं के बारे में संघ में कोई विचार ही नहीं है, ऐसा लगता है, जबकि ऐसा नहीं है। अपनी दृष्टि से ये सारी बातें करनी पड़ेंगी और इसमें एक मूल दृष्टि का डॉक्यूमेंट (अभिलेख) अब अपने पास है। वृंदावन की प्रतिनिधि सभा में समिति की बहनें, महिला समन्वय के सारे लोगों ने मिलकर एक प्रस्ताव सर्वसम्मति से पारित किया है।

समस्याएँ बहुत हैं। नई पीढ़ी और परिवार में ये बातें आती हैं। जब महिलाओं का विचार करते हैं, तो समझ में आता है कि परिवार और नई पीढ़ी में आज यह अवश्यंभावी है। लेकिन विश्वास होना चाहिए कि यह गाड़ी भटकनेवाली

नहीं है। जब उथल-पुथल होती है, नई बातों का सामना होता है, तब ऐसा चित्र खड़ा होता है कि यह गया, अब गया। लेकिन 'डूम थ्योरी' में हमको नहीं जाना चाहिए। हमारी बात इतनी हल्की नहीं है, जो किसी हवा में उड़ जाएगी। इस हवा में भी वह नहीं बहेगी। तो चिंतित होने की आवश्यकता नहीं है। निराश होने की आवश्यकता नहीं है। लेकिन चिंतन करने की आवश्यकता है। प्रयास तो करना ही पड़ेगा। यह प्रयास कैसे करना है, यह समझना होगा। नई पीढ़ी की विशेषता है कि वह प्रश्न पूछती है, वह बहुत ज्यादा जानकार है, उसके हाथ में टैबलेट है। जल्दी से विकिपीडिया पर जाकर कुछ देख लेती है। नई पीढ़ी ऐसी है, तो हमारी भी तैयारी होनी चाहिए। युवा पीढ़ी को प्रयोग करना है, तो दे दो उन्हें स्वतंत्रता। अगर उनके मन में अपने मूल्यों के प्रति हम आस्था जगाते हैं, उसके आधार पर यदि वे कुछ करते हैं तो क्या होगा? कुछ नहीं होगा। महात्मा गांधीजी शाकाहार के प्रबल समर्थक थे। लेकिन क्या महात्मा गांधीजी ने अपने विद्यार्थीकाल में मांसाहार का प्रयोग करके नहीं देखा था? आप उनकी जीवनी पढ़िए, वे करके सीखे। लेकिन मूल्यों की जो मूल बात मन में पक्की बैठी थी, उसने उस प्रयोग से उचित निष्कर्ष उनसे निकलवाया और वे ठीक मार्ग पर आ गए। यह हर पीढ़ी में होता है।

आत्मीयता है उपाय

केवल आज की पीढ़ी ऐसी है, ऐसा नहीं है, हर पीढ़ी में ऐसा होता है और उपाय एक ही है, आत्मीयतापूर्वक इन सबका हम विचार करें और आत्मीयतापूर्वक हम इन सबके उपाय करें। यह विश्वास रहे, हम और हमारे लोग इधर-उधर जानेवाले नहीं हैं। ऐसे कैसे जाएँगे? नहीं जाएँगे। अभी धीरे-धीरे संघर्ष करनेवाली शक्तियों का बल फीका पड़ता जा रहा है। अभी तक हमको कड़े संघर्षों से गुजरना पड़ा। धीरे-धीरे हमको भी संघर्ष करने का काम अब आगे कम पड़नेवाला है। इतने लंबे समय तक ऐसी मानसिकता में हम रहे, तो आवेश तो रहता ही है। अभी थोड़ा बदलना पड़ेगा। मूल्यों की बात पक्की है, दिशा अपनी पक्की है। बस तरीके में थोड़ा परिवर्तन लाना पड़ेगा। अब हमारी स्थिति बदल गई है, तो हमको उस ढंग से काम करना पड़ेगा। इतनी

धीरे-धीरे हमको भी संघर्ष करने का काम अब आगे कम पड़नेवाला है। इतने लंबे समय तक ऐसी मानसिकता में हम रहे, तो आवेश तो रहता ही है। अभी थोड़ा बदलना पड़ेगा। मूल्यों की बात पक्की है, दिशा अपनी पक्की है।

बातें ध्यान में रखनी होंगी। अध्ययन बढ़ाकर लिखना प्रारंभ करना और लिखनेवालों की संख्या बढ़ाना। कार्य करते समय जो लोग मिलते हैं, उनसे संवाद करना, जानकारी लेना। अच्छा साहित्य निर्माण भी हो रहा है। कहीं ऐसा साहित्य मिलता है, तो उसका भाषांतर भी हो जाए, हिंदी में हो जाए, प्रांतीय भाषाओं में हो जाए। उसको लोग पढ़ेंगे, शोधकर्ता पढ़ेंगे, तो उनके लिखने में बातें आएँगी, धीरे-धीरे बात बढ़ती जाएगी। हम लिखते हैं, तो हमें उनकी जरूरत पड़ेगी, तब हमको यह पता रहे कि यह पुस्तक है, तो इसका सभी भाषाओं में कैसे अनुवाद करना है, इसको भी सोचना पड़ेगा।

हिंदुत्व को भूलने के कारण हैं समस्याएँ

एक सामूहिक उद्यम खड़ा होगा, तो आज के विश्व की और अपने देश की महिलाओं की इन विविध प्रकार की समस्याओं का उत्तर देनेवाला एक विमर्श हम आनेवाले 5-7 वर्षों में खड़ा कर सकते हैं। इतना अनुभव और इतना कार्यकर्ता बल आज अपने पास है। लेकिन अब शुरू किया है, वह बीच में छोड़े बिना आगे चलाना पड़ेगा। यह ध्यान में रखना पड़ेगा। समस्याएँ जो ध्यान में आती हैं, वे हमारी विकृतियों के कारण हैं, हमारी संस्कृति के कारण नहीं। हमारे विरोधी उन समस्याओं को हमारी संस्कृति से जोड़ते हैं। वास्तव में उलटा है। हिंदुत्व के कारण समस्या नहीं है, असल में हिंदुत्व को भूलने के कारण समस्याएँ हैं। यह सामान्य सूत्र अपने समाज की, देश की, राष्ट्र की सारी परिस्थितियों में आप लागू कर सकते हैं। क्रमशः हमको हिंदुत्व का विस्मरण होता चला गया। जिस क्रम में विस्मरण हुआ, उस क्रम में हमारा पतन हुआ। पूरा इतिहास आप देख लेंगे, तो आपको यह बात समझ में आएगी। जिस क्रम में हमारा पतन हुआ, उस क्रम में हम विदेशियों के आधिपत्य में आते चले गए। 1857 के बाद जो जागृति शुरू हुई, उस जागृति का मूल आधार हमारी अपनी

समस्याएँ जो ध्यान में आती हैं, वे हमारी विकृतियों के कारण हैं, हमारी संस्कृति के कारण नहीं। हमारे विरोधी उन समस्याओं को हमारी संस्कृति से जोड़ते हैं। वास्तव में उलटा है। हिंदुत्व के कारण समस्या नहीं है, असल में हिंदुत्व को भूलने के कारण समस्याएँ हैं। यह सामान्य सूत्र अपने समाज की, देश की, राष्ट्र की सारी परिस्थितियों में आप लागू कर सकते हैं। क्रमशः हमको हिंदुत्व का विस्मरण होता चला गया।

सनातन धर्म-संस्कृति ही थी। उस आधार पर पक्के रहकर जो चले, उनकी धाराएँ आज तक चल रही हैं। बाकी सब बीच में विलुप्त हो गईं।

दुनिया की अपेक्षा—भारत दिखाए रास्ता

आज इस प्रकार की मूल्य-व्यवस्था के आधार पर एक पुनर्रचना की आवश्यकता दुनिया महसूस कर रही है। दुनिया अपेक्षा करती है कि भारत दुनिया को दिखाए कि वह रास्ता क्या है? भारतीय मानस उस प्रकार का बनाना और सारे भारतीय परिवेश में जो संवाद चल रहा है, उसका स्वरूप बदलने की यह चुनौती अपने सामने है और उस चुनौती से निपटने की क्षमता अब अपनी बन गई है। अभी अनुभव होना बाकी है। लिखते-लिखते काम करना, काम करते-करते लिखना। हर लिखनेवाला काम करेगा, ऐसा नहीं है; लेकिन काम करनेवाले बहुत हैं, उनसे संवाद हो सकता है। हर काम करनेवाला लिखेगा, ऐसा नहीं; लेकिन वह लिखनेवालों को अपने अनुभव बता सकता है। इसके आधार पर इस संवाद को एक सशक्त विकल्प के रूप में सामने लाना, यह कार्य अपने सामने है। मैं मानता हूँ कि दो दिन की चर्चा में यह दिशा मिली है। जो सारी बातें आई हैं, उनमें कभी-कभी ऐसा लगता है कि एक तरफ प्राचीन दृष्टि का महिमामंडन हो रहा है, तो दूसरी तरफ उस पर प्रश्न खड़े किए गए हैं। ये उस पर प्रश्न नहीं हैं। ये आज की समस्याएँ हैं, यानी अच्छे संपन्न घर में भी अभी एकाध महिला सुरक्षित नहीं है, ऐसे उदाहरण आते हैं, नहीं आते हैं, ऐसा नहीं है। घर के अपने लोग ही उसका मानमर्दन करते हैं। ऐसी घटनाएँ होती नहीं हैं, ऐसा भी नहीं है। लेकिन यह समझना चाहिए कि यह होता है, इसलिए अपनी सनातन दृष्टि व्यर्थ नहीं है, बल्कि उसको छोड़ने के कारण ऐसा हो रहा है। एक तो उस सनातन मूल्य-व्यवस्था को भारतीय मानस में पक्का करना, उसके आधार

हर काम करनेवाला लिखेगा, ऐसा नहीं; लेकिन वह लिखनेवालों को अपने अनुभव बता सकता है। इसके आधार पर इस संवाद को एक सशक्त विकल्प के रूप में सामने लाना, यह कार्य अपने सामने है। मैं मानता हूँ कि दो दिन की चर्चा में यह दिशा मिली है। जो सारी बातें आई हैं, उनमें कभी-कभी ऐसा लगता है कि एक तरफ प्राचीन दृष्टि का महिमामंडन हो रहा है, तो दूसरी तरफ उस पर प्रश्न खड़े किए गए हैं।

पर बुद्धि चले, इस प्रकार उसको बनाना और दूसरी तरफ आज की दुनिया की समस्या में ये जो सारी बातें आ रही हैं, उनका उत्तर कैसे देना है, यह कार्य है। उपाय तो वही है, दूसरा नहीं है।

सनातन एकात्म मानव दृष्टि चाहिए

निर्भया के बलात्कारियों को सुप्रीम कोर्ट ने सजा सुना दी थी, उसके बाद की बात बता रहा हूँ। मैं एक घर में गया, तो वहाँ टी.वी. चल रहा था। उस चर्चा में एक पत्रकार को देखा। मैंने पाया कि उस पत्रकार के विचार अपने परिवार के जैसे नहीं हैं। सारे पैनलिस्टों की चर्चा के बाद पत्रकार कहने लगे, सजा हो गई वगैरह-वगैरह। लेकिन मेरा मानना है, इसमें कृतार्थता मत मानो। वास्तव में ऐसी कितनी सजाएँ आप देंगे? फाँसी देने से क्या अपराध रुकते हैं? पुरुषों की महिलाओं की ओर देखने की दृष्टि बदलनी पड़ेगी। निष्कर्ष है कि दृष्टि बदलनी पड़ेगी और वह कौन सी दृष्टि चाहिए? अगर हम उस फ्रैग्मेंटेड मैटेरियल एप्रोच को आधार मानेंगे, तो दूसरा उत्तर नहीं है या तो पुरुष महिला को भोग वस्तु के रूप में देखेगा या महिला पुरुष को अपना आधिपत्य प्रस्थापित करके अपने उपयोग की वस्तु मानेगी, दूसरा कुछ नहीं हो सकता। उत्तर एक ही है। यह जो अपनी सनातन एकात्म मानव दृष्टि है, उसके आधार पर देखते हैं, तो अंदर की पवित्रता ध्यान में आती है। फिर संयम, त्याग, कृतज्ञता—ये सारे मूल्य आते हैं। उसके आधार पर हम महिला को माता कह सकते हैं। दूसरा उपाय ही नहीं है।

> ***आज महिलाओं का स्थान समाज में ऐसा है कि बराबरी से योगदान कर रही हैं। वे स्वतंत्र हैं। स्वातंत्र्य और समता महिलाओं में भी है। परंतु यह सारा बंधुता के आधार पर है और जैसा डॉ. आंबेडकर साहब कहते हैं कि स्वतंत्रता, समता, बंधुता—यह फ्रांस की राज्यक्रांति वाली नहीं, यह धर्म से निकली हुई बंधुता है। बंधुभाव है, यही धर्म है। उसके आधार पर वह स्वतंत्रता है, जो अपनी मर्यादा को जानती है।***

यह समता फ्रांस की राज्यक्रांति वाली नहीं है

एक बात ध्यान में रखने की है। देवी जगजननी हैं, ऐसी बातें करते हैं और प्रत्यक्ष व्यवहार कैसा चल रहा है? इसलिए हमारी अपनी आत्मीय, मित्र, भगिनी,

माता को सामान्य व्यवहार के स्थान पर लाना पड़ेगा। उसको एकदम वहाँ ऊँचे स्थान तक पहुँचाएँगे, तो वही विवाद चलता रहेगा कि कहते तो कुछ हैं और करते दूसरा ही हैं। कहते तो ऐसा हैं, परंतु उसका व्यावहारिक रूप क्या है?

आज महिलाओं का स्थान समाज में ऐसा है कि बराबरी से योगदान कर रही हैं। वे स्वतंत्र हैं। स्वातंत्र्य और समता महिलाओं में भी है। परंतु यह सारा बंधुता के आधार पर है और जैसा डॉ. आंबेडकर साहब कहते हैं कि स्वतंत्रता, समता, बंधुता—यह फ्रांस की राज्यक्रांति वाली नहीं, यह धर्म से निकली हुई बंधुता है। बंधुभाव है, यही धर्म है। उसके आधार पर वह स्वतंत्रता है, जो अपनी मर्यादा को जानती है। संयम का पालन करती है। स्वतंत्र होने के बाद भी वह स्वतंत्र नहीं होती है और वह समता जो है, उसके रूप विभिन्न होंगे, स्थान विभिन्न होंगे, काम विभिन्न होंगे तो भी बराबरी का सम्मान देकर साथ में चलेंगे। यह चित्र इन दो वर्गों के बारे में भारतीय समाज में प्रस्थापित होना अत्यंत आवश्यक है, हिंदू संगठन का एक पर्यवसान यही है। यह जब तक नहीं होता, तब तक वह संगठन पूर्ण नहीं होगा। इतना इसका महत्त्व है। इसलिए इस दिशा में सारे देश का विचार बने, मानस बने, संवाद बने—इस दृष्टि से सारा अध्ययन करके हमको लिखना है, पढ़ना है और हमारी संख्या बढ़ानी है। ये बातें आप ध्यान में रखें, मैं समझता हूँ कि समापन के लिए इतनी बातें पर्याप्त हैं।

□

संघ : एक विचार

संघ दुनिया में अपने तरह का अकेला संगठन है। इस कारण किसी से इसकी तुलना नहीं की जा सकती। इस दृष्टि से संघ को समझना कठिन हो जाता है, जो लोग संघ को पढ़कर या सुनकर समझना चाहते हैं, उनके पल्ले भी 'टेढ़ी खीर' जितना ही पड़ता है। हाँ, संघ को जानने की शुद्ध जिज्ञासा मन में लेकर संघ का अनुभव जो लोग करते हैं, उनके लिए संघ को जानना कठिन नहीं। पहले से ही कुछ पूर्वग्रह बनाकर मन में कुछ उद्देश्य लेकर संघ को समझेंगे तो वह समझ में आनेवाला नहीं है। इतना तय है कि संघ जो एक संगठन के रूप में दिखता है, वास्तविकता में वह एक विचार है। उस विचार का अधिष्ठान शुद्ध है, सत्य है।

संघ में आकर ही संघ को समझा जा सकता है

संघ की जानकारी बढ़ाने वाले अथवा संघ को जानने की जिज्ञासा बढ़ाने वाले विषय पर 'पाञ्चजन्य' और 'ऑर्गनाइजर' के अंक का निर्माण और प्रकाशन, जिसे भारत प्रकाशन ने किया है, मैं उनका धन्यवाद करता हूँ। पाञ्चजन्य और ऑर्गनाइजर दोनों के संपादक तथा समूह संपादक को भी धन्यवाद करता हूँ। यह सुनते समय आप में से भी बहुत लोगों को विचित्र लगे, परंतु संघ की न समझने वाली बातों में यह भी एक है। 'संघ के काम' इस नाते जो दिखाई देता है और बताया जाता है, वह संघ के स्वयंसेवकों का काम है।

---

* 1 दिसंबर, 2016, नई दिल्ली, राष्ट्रीय स्वयंसेवक संघ के 90 वर्ष पूर्ण होने पर 'पाञ्चजन्य' एवं 'ऑर्गेनाइजर' के विशेषांक का लोकार्पण कार्यक्रम

शाखा चलाना संघ का काम

संघ तो एक ही काम करता है—शाखाएँ चलाता है। उसमें मनुष्य का निर्माण होता है और उन शाखाओं का बस्ती तथा गाँवों से संबंध रखने के कारण एक वातावरण तैयार होता है। इतना काम सारे देश में प्रारंभ हो, यही संघ को करना है। संघ स्वयं कुछ नहीं करता और स्वयंसेवक कुछ छोड़ते नहीं, सबकुछ करते हैं। यही हम वर्ष 1925 से लगातार अभी तक बता रहे हैं। यह बात लोगों की समझ में नहीं आती है, इसीलिए उनको विश्वास भी नहीं होता। संघ को समझने का प्रयास करना होता है, क्योंकि इस प्रकार का मॉडल आज की तारीख में दूसरा नहीं है। यह निरंतर सीखने-समझने की पद्धति है। यह अंग्रेजी में 'फ्रॉम नोन टू अननोन' की प्रक्रिया होती है। संघ की तुलना करने के लिए दूसरा कोई कंपैरेबल नाउन है ही नहीं। दुनिया में कहीं भी ऐसा संगठन नहीं है। संघ की योजना से कई देशों में जाने का मौका मिला। वहाँ के लोग भी जब संघ को देखते हैं, तो उनकी भी यही हालत हो जाती है।

संघ को जानें तो जानें कैसे? संघ के बारे में कितना पढ़ डाला, संघ समझ में आया है क्या? संभव नहीं है। अब यह केवल बाहर की हालत नहीं है, संघ के स्वयंसेवकों को भी संघ को समझने के लिए प्रयास करना पड़ता है। मैं भी संघ का स्वयंसेवक हूँ, मुझे भी संघ को समझने का प्रयास करना पड़ता है। आज मुझे सरसंघचालक बनाया है, तो मैं भी अपने प्रतिदिन के अनुभव से संघ को अधिकाधिक समझने का प्रयास करता हूँ।

संघ को जानें कैसे?

संघ को जानें तो जानें कैसे? संघ के बारे में कितना पढ़ डाला, संघ समझ में आया है क्या? संभव नहीं है। अब यह केवल बाहर की हालत नहीं है, संघ के स्वयंसेवकों को भी संघ को समझने के लिए प्रयास करना पड़ता है। मैं भी संघ का स्वयंसेवक हूँ, मुझे भी संघ को समझने का प्रयास करना पड़ता है। आज मुझे सरसंघचालक बनाया है, तो मैं भी अपने प्रतिदिन के अनुभव से संघ को अधिकाधिक समझने का प्रयास करता हूँ। संभवतः पूजनीय गुरुजी की 51वीं वर्षगाँठ का अवसर था। उसमें कहीं पर उनका एक वाक्य है कि "गत 15 वर्ष से संघ का सरसंघचालक होने के नाते अब मैं थोड़ा-थोड़ा संघ को समझने लगा हूँ।" जब गुरुजी जैसे लोग ऐसा कहते हैं, तब वहाँ संघ को समझने का दावा कौन कर सकता

संघ को जानने की शुद्ध जिज्ञासा मन में लेकर संघ का अनुभव जो लोग लेते हैं, उनके लिए संघ जानना कठिन नहीं है। बड़ा है, अपार है, इसलिए समय लगता है। हर दिन समझ की मात्रा बढ़ती चली जाती है। पहले से ही कुछ पूर्वग्रह बनाकर, मन में कुछ उद्‌देश्य लेकर संघ को समझेंगे, तो वह समझ में आनेवाला नहीं है। इसलिए संघ क्या है, इसको जानने की प्रामाणिक जिज्ञासा उत्पन्न करना, संघ को बढ़ाने के लिए पर्याप्त है, और यह करना है।

है, तो क्या फिर संघ समझ के परे है, क्या यह समझ में आ नहीं सकता? ऐसा भी नहीं है। संघ को समझना बड़ा आसान है, साथ ही एक तरह से असंभव भी।

जीवन भर साधना करता है स्वयंसेवक

अभी-अभी मैंने कहा कि संघ कुछ नहीं करता और स्वयंसेवक कुछ छोड़ते नहीं, इसमें बहुत से लोगों को लगता है कि यह शब्दों का खेल करते हैं। जाहिर सी बात है, ऐसा लगेगा। लेकिन यह बात सत्य है कि जिनकी तुलना नहीं हो सकती, उन्हें जानने का रास्ता है, हृदय में एक सकारात्मकता रखकर, वास्तविक जिज्ञासा को लेकर, जानने के पहले ही इसका मत न बनाते हुए, श्रद्धा, भक्ति, प्रेम से जानने का प्रयास करना। स्वयंसेवक यह साधना जीवन भर करता है।

रसखान ने कहा है—

सेस गनेस महेस दिनेस, सुरेसहु जाहि निरंतर गावैं।
जाहि अनादि अनंत अखंड, अछेद अभेद सुबेद बतावैं॥
नारद से सुक व्यास रटें, पचिहारे तऊ पुनि पार न पावैं।
ताहि अहीर की छोहरियाँ, छछिया भरि छाछ पै नाच नचावैं॥

कितना कठिन है परमात्मा को जानना।

संघ को जानना कठिन नहीं

संघ को जानने की शुद्ध जिज्ञासा मन में लेकर संघ का अनुभव जो लोग लेते हैं, उनके लिए संघ जानना कठिन नहीं है। बड़ा है, अपार है, इसलिए समय लगता है। हर दिन समझ की मात्रा बढ़ती चली जाती है। पहले से ही कुछ पूर्वग्रह बनाकर, मन में कुछ उद्‌देश्य लेकर संघ को समझेंगे, तो वह समझ में आनेवाला नहीं है।

इसलिए संघ क्या है, इसको जानने की प्रामाणिक जिज्ञासा उत्पन्न करना, संघ को बढ़ाने के लिए पर्याप्त है, और यह करना है।

विवाद में नहीं पड़ते

हम लोग विवाद में नहीं पड़ते। पद्धति हमारी ऐसी है कि हम लोग विवाद को छोड़ देते हैं। विरोध को जितना टाल सकते हैं, उतना टालते हैं, दोस्ती बढ़ाते हैं। बताते नहीं हैं कि संघ क्या है ? संघ में आओ, ऐसा कहते नहीं हैं। हम अपनी आत्मीय मित्रता का अनुभव लेते हैं। संघ क्या है और संघ में क्या होता है ? हम हैं ही, हम को देखो। हमारे विचार के संपर्क में आए हैं, हमारे विचार पर चलनेवाले कामों में से चलकर गए हैं, तो हम जानते हैं कि अपना स्वयंसेवक जो भी सोचेगा, जो भी करेगा, उचित ही करेगा। यही अनुभव लोगों को आता है।

कार्यों के अपने संस्कार हैं

अभी मिलिंदजी* का जो भाषण हुआ, अपने देश और वंचित समाज को लेकर उनकी जो सोच है, वह एक अलग प्रकार की समन्वयात्मक, सकारात्मक सोच उन्होंने आपके सामने रखी। क्यों रखी, उनका अपना श्रेय तो है ही, लेकिन जिन कार्यों से वे गुजरे, उनका भी संस्कार है। वहाँ दिशा यही मिलती है। इसलिए संघ क्या है, तो लोग स्वयंसेवकों को देखते हैं, उनका जीवन देखते हैं, साथ-साथ वे जो कर रहे हैं, वह भी देखते हैं और कहते हैं कि यह संघ है। लेकिन जिसमें से ऐसी सोच, ऐसा कर्म बनता है, वह संघ है। उसके भी परे जाना पड़ता है, तो यह लंबी यात्रा है। वह जानने की इच्छा जीवंत रहनी चाहिए। कोई छोटा स्वार्थ मन में नहीं है, कोई छोटा स्वार्थ मन में रह गया, तो यह वस्तु ही ऐसी है कि कोई एक बार उसे हाथ लगा ले तो उसे वह छोड़ती नहीं है।

वारंगल की कहानी

मैं वारंगल में था, सुबह एक शाखा में गया। हम लोग जाते हैं, तो स्वयंसेवकों में उत्साह रहता है कि अधिकारियों के सामने अपनी शाखा अच्छी दिखे। मनुष्य का स्वभाव काम करता है। जहाँ हम जाते हैं, उन शाखाओं की संख्या अच्छी रहती ही है। वैसा उस समय भी था। अच्छी ही थी, 60-70 युवा व्यवसायी और कुछ

* मिलिंद कांबले (डिक्की) के संस्थापक (दलित इंडियन चेंबर ऑफ कॉमर्स एंड इंडस्ट्री)

विद्यार्थी कबड्डी खेल रहे थे, आवाज हो रही थी। पास में ही इंजीनियरिंग कॉलेज के रास्ते पर दीवार और दीवार के परे कॉलेज, एक सज्जन आए थे। कुछ 50 की उम्र होगी। सीधा अंदर आए। हम देख रहे थे। बाकी तो सब लोग कार्यक्रमों में व्यस्त थे। मैं सरकार्यवाह था। सरकार्यवाह को वे कार्यक्रमों के कार्य में रखते नहीं थे। अलग खड़ा कर देते थे, क्योंकि आनेवालों को उनसे प्रणाम भी लेना पड़ता था। तो मैं अलग खड़ा था। मैं देख रहा था, कौन आ रहा है। वे ध्वज के पास गए और उन्होंने प्रणाम किया। लेकिन बाद में वे इधर-उधर देखने लगे कि किसको प्रणाम करना है। मुझे खड़ा देखकर मेरे पास आए, पूछा कि 'किसको प्रणाम करना है।' मैंने कहा कि 'मुझे ही प्रणाम करो।'

शाखा में 45 साल बाद

फिर मैंने कहा कि 'आपने सीधा आकर प्रणाम जिस प्रकार से किया, तो मैं समझ गया कि आप स्वयंसेवक हैं, लेकिन इस शाखा में कौन अधिकारी है, यह आपको पता नहीं है क्या?' उन्होंने कहा कि 'मैं 45 साल के बाद शाखा में आया हूँ।' मैंने कहा कि 'आपकी आयु तो कुल 50 साल की है।' उन्होंने कहा, 'मैं पाँच साल का था, तब जाता था।' मैंने कहा, 'आज कौन सा साक्षात्कार हुआ?' उन्होंने कहा, 'साक्षात्कार नहीं हुआ। मैं अपने घर में था। पीछे क्वार्टर है कॉलोनी में। यहीं दीवार के उस पार। वहाँ मैं सुबह चाय-वाय पीकर धूप में थोड़ा खड़ा था तो हल्ला सुना। भारत माता की जय सुना तो मुझे लगा कि यहाँ शाखा है। एड़ी ऊँची करके मैंने देखा कि ध्वज लगा है तो तुरंत आ गया।' फिर उन्होंने कहा, 'उस समय मैं जाता था, जब मेरे पिताजी सरकारी नौकरी में थे। तबादला होने के बाद हमें शाखा मिली नहीं, फिर मैं भी अपनी शिक्षा में व्यस्त हो गया। लेकिन मन के अंदर रहता था कि शाखा में फिर से जाना है। आज मुझे घर के पास शाखा मिली तो मैं आया हूँ।'

> *यह संघ ऐसी चीज है, जो एक बार लग गई तो लग गई, छोड़ती नहीं है। कुछ लोग इस डर से भी ज्यादा पास में नहीं आए। लेकिन है क्या? अब विषय सामने निकला है, तो आप पढ़ेंगे। आपमें से जो संघ को कम जानते हैं, नए हैं, अपरिचित हैं, उन्हें बहुत सी जानकारी इसमें से मिलेगी। परंतु इतने वर्षों में समाज के वातावरण में हमारे भी विचार की एक दिशा बनती ही है।*

एक बार लग गई तो छोड़ती नहीं

यह संघ ऐसी चीज है, जो एक बार लग गई तो लग गई, छोड़ती नहीं है। कुछ लोग इस डर से भी ज्यादा पास में नहीं आए। लेकिन है क्या? अब विषय सामने निकला है, तो आप पढ़ेंगे। आपमें से जो संघ को कम जानते हैं, नए हैं, अपरिचित हैं, उन्हें बहुत सी जानकारी इसमें से मिलेगी। परंतु इतने वर्षों में समाज के वातावरण में हमारे भी विचार की एक दिशा बनती ही है। स्वाभाविक है और उससे अलग हटकर सोचें, उस जानकारी को भी समझना जरूरी हो गया। इसलिए कुछ बातें मैं रखता हूँ, उसमें होंगी ही। नहीं होंगी, छूट गई होंगी तो आपको पता चल जाएँगी।

संघ एक विचार है

डॉ. हेडगेवार बचपन में ही अनाथ हो गए। शायद उसके बाद उनके जीवन में दूसरा ध्येय रहा ही नहीं। उनका एकमात्र ध्येय रहा कि एक हो भारत। देशभक्ति की भावना शिशुकाल से ही उनके मन में थी। यह देखकर ही उन्हें कलकत्ता भेजा गया। डॉक्टरी की शिक्षा के बाद वहाँ क्रांतिकारियों से संपर्क साधा और क्रांतिकारियों को पश्चिम भारत में खड़ा करने का काम किया।

संघ एक विचार है और वह विचार क्या है? विचार तो संघ का पुराना ही है। नया नहीं है। संघ का अलग से अपना विचार नहीं है। अपने देश का, सबका, मिलकर जो एक चिंतन बनता है, उसी को लेकर संघ चला है। स्वतंत्रता के पूर्व अपने देश के उत्थान के लिए काम करनेवाले सब लोगों में उनके अपने अनुभव से जो निष्कर्ष था, उस निष्कर्ष को पूरा करने का काम संघ ने उठाया है। उनके मन में तो निष्कर्ष था और सबको यह लगता था कि इस देश के भाग्य-परिवर्तन के लिए यहाँ के समाज को अपनी बुराइयाँ छोड़कर अपने में जो अवगुण आ गए, उन्हें छोड़कर और अपनी अस्मिता पर खड़ा होकर, एक होकर देश के लिए जीना-मरना चाहिए। यह आदत बहुत साल से छूटी हुई है तो उसकी आदत उन्हें लगानेवाला काम होना चाहिए। वास्तविकता में सब लोग कहीं-न-कहीं यह काम कर रहे थे, लगकर कर रहे थे, प्रामाणिकता से, निस्स्वार्थ भाव से। इसलिए अवकाश नहीं था। जिनको अवकाश था, वे कहते थे कि काम यह होना चाहिए, लेकिन यह असंभव है। इस समाज को एक करना, यानी 'मेढक तौलने' जैसी बात है। इतनी इसकी आदत बिगड़ गई है।

यह तो अब मृत्युपथ को लगा हुआ समाज है। जिनकी आशा अभी भी बची थी। वे कहते थे—करना तो चाहिए, लेकिन कोई तरीका नहीं है।

देश का भाग्य-परिवर्तन ही ध्येय

डॉ. हेडगेवार बचपन में ही अनाथ हो गए। शायद उसके बाद उनके जीवन में दूसरा ध्येय रहा ही नहीं। उनका एकमात्र ध्येय रहा कि एक हो भारत। देशभक्ति की भावना शिशुकाल से ही उनके मन में थी। यह देखकर ही उन्हें कलकत्ता भेजा गया। डॉक्टरी की शिक्षा के बाद वहाँ क्रांतिकारियों से संपर्क साधा और क्रांतिकारियों को पश्चिम भारत में खड़ा करने का काम किया। वहाँ उन्होंने प्रतिज्ञा ली कि आजन्म ब्रह्मचारी रहकर इस देश के भाग्य-परिवर्तन का कार्य ही इस जीवन का ध्येय है। ऐसा उन्होंने प्रण किया और उसे आजीवन निभाया। इसलिए समाज-हित के लिए चलनेवाले सब कार्यों में वे सक्रिय रहे।

सबके कार्यों में सहभागी होते

कार्य कौन सा है, यह नहीं देखते थे। कार्य करनेवालों का विचार कौन सा है, यह भी नहीं देखते थे। सब विचारधाराओं में उनके अच्छे मित्र थे। इसलिए सबके कार्यों में सहभागी होते थे। प्रामाणिकता से, निस्स्वार्थ बुद्धि से कार्यकर्ता के नाते काम किया। राजनीति के आंदोलन में कारावास भुगता। संघ स्थापना के बाद भी एक बार भुगता। क्रांतिकारियों का संगठन राजस्थान से आंध्र तक के इलाकों में स्थापित करने का दायित्व उनका था। समाज-सुधार के कामों में हिस्सा लिया। समाज जागरण के लिए भाषण दिया। यह सब वे करते थे।

पैसा नहीं कमाया जीवन में

डॉक्टर बनकर आए, प्रैक्टिस नहीं की। पैसा नहीं कमाया जीवन में। कभी-कभी तो चाय पिलाने के लिए भी घर में पैसा नहीं रहता था। एक बार लोग आए थे और उन्होंने अपनी भाभीजी को कहा, 'दो-चार कप चाय भेज दीजिए।' तो भाभीजी ने कहा, 'चूल्हा जलाने के लिए एक-आध खिड़की-दरवाजा तोड़कर तो काम हो सकता है। घर में कुआँ है, पानी भी मिलता है, लेकिन चीनी और चाय पत्ती का प्रबंध क्या है? बताइए तो चाय भेजती हूँ।' ऐसी हालत थी। फिर भी उन्होंने देश के सुधारने के जितने काम चल रहे थे, उनमें सतत हिस्सा लिया। इसमें उनका

अध्ययन, अनुभव, चिंतन भी था। उन्हें लगा कि सबके मन में यह जो निष्कर्ष है, मुझे भी यही लगता है, अनुभव के आधार पर तो बाकी के लोगों को अवकाश नहीं। बड़े-बड़े लोग सब अच्छे-अच्छे काम करने में लगे हैं। तो मैं सब छोड़कर इसी में लगता हूँ। उन्होंने यह काम कैसे करना है, यह प्रयोग किया। विचार वही है। इतिहास देखेंगे तो आपको ध्यान में आएगा। बारीकी से आप देखिए कि लोगों ने क्या लिखा है, क्या पढ़ाया है ?

1940 के बाद समय बदला

लगभग 1940 तक संघ का विचार कहता है या जो लोग मानते हैं कि यह संघ का विचार है, उसके बारे में हमारे देश के सब विचारधारा के लोगों का अव्यक्त मतैक्य था। बोलने में, लिखने में, उस समय बोला भी यही जाता था, लिखा भी यही जाता था। 1940 के बाद कुछ ऐसी बातें हुईं, जिनको लेकर विचारधाराओं के अपने कुछ स्वार्थ धीरे-धीरे देश के हित से बड़े होने लगे और फिर बिखरना शुरू हुए। आप अध्ययन कीजिए। आपको ध्यान में आएगा कि कांग्रेस पार्टी सहित उसी विचार को लेकर संघ चला है, क्योंकि वह सत्य विचार है।

लगभग 1940 तक संघ का विचार कहता है या जो लोग मानते हैं कि यह संघ का विचार है, उसके बारे में हमारे देश के सब विचारधारा के लोगों में अव्यक्त मतैक्य था। बोलने में, लिखने में, उस समय बोला भी यही जाता था, लिखा भी यही जाता था। 1940 के बाद कुछ ऐसी बातें हुईं, जिनको लेकर विचारधाराओं के अपने कुछ स्वार्थ धीरे-धीरे देश के हित से बड़े होने लगे और फिर बिखरना शुरू हुए। आप अध्ययन कीजिए। आपको ध्यान में आएगा कि कांग्रेस पार्टी सहित उसी विचार को लेकर संघ चला है, क्योंकि वह सत्य विचार है।

हमें जोड़नेवाली बात क्या है?

हमें जोड़नेवाली बात क्या है ? हमें एक भाषा जोड़ती नहीं है। हमारी अनेक भाषाएँ हैं। हमारे पंथ-संप्रदाय अनेक हैं। नास्तिक से लेकर मूर्तिपूजा करनेवाले सब हमारे यहाँ पर हैं। खानपान, रीति-रिवाज सबके सब अलग हैं। दक्षिण में जाएँगे भात-ही-भात। उत्तर में जाएँगे तो रोटी। कहीं पर बाजरे की मिलेगी। कहीं पर गेहूँ की मिलेगी। कहीं पर ज्वार की

भी मिलेगी। अब जैसे-जैसे हम विकास कर रहे हैं, आना-जाना बहुत बढ़ रहा है, तो यह धीरे-धीरे कम हो रहा है। कहीं भी, कुछ भी मिल सकता है। लेकिन परंपरा से बहुत अलग है। अब इसमें जोड़नेवाली बात कौन सी है। एक बात कौन सी है, जो सबमें है। तो एक बात है, विविधता में एकता सिखानेवाली हमारी सनातन काल से चलती आई हुई संस्कृति। सब पर उसका प्रभाव है। इस देश की चहारदीवारी के अंदर जनमा, पला-बढ़ा कोई व्यक्ति, वह पूजा कोई करे अथवा नहीं करे, उसकी भाषा कोई हो, राजनीतिक विचारधारा की मान्यता उसकी जो भी हो, खानपान, रहन-सहन, रीति-रिवाज जो भी हो, कहीं-न-कहीं उस संस्कृति का प्रभाव उस पर दिखाई देता ही है। यह बात दुनिया के अन्य लोगों में नहीं दिखाई देती। वह संस्कृति हम सबको जोड़ती है। उसमें हम सब एक हैं। भाषा अलग-अलग है, भाव उसका एक है। वह संस्कृति का भाव है। खानपान, रीति-रिवाज, रहन-सहन अलग हैं, लेकिन उनमें भी उस संस्कृति ने एकता की कुछ बातें छोड़ी हैं। वे चल रही हैं। पंथ-संप्रदाय अलग हैं, लेकिन जाकी रही भावना जैसी। प्रभु मूरत देखी तिन तैसी।। यह मानकर सब लोग चलते हैं।

एक बात समान है कि कोई कहीं का भी हो और कितना भी अलग विचार रखता हो, देश उसके हृदय को झंकृत करता है। भारत माता उसके हृदय के तारों को छेड़ती है, तब उसके मुख से देशभक्ति के उद्गार निकलते ही हैं। दक्षिण में द्रविड़ पार्टियों की चलती है। पहली बार सत्ता में आईं। विचारधारा उनकी एकदम जोरों पर थी। प्रचंड बहुमत से सत्ता में आ गईं। अन्नादुरई मुख्यमंत्री बने। 'उत्तर का आक्रमण नहीं चलेगा। हिंदी नहीं चलेगी। हिंदू नहीं चलेगा। हम अलग हैं। हमारी तमिल संस्कृति है।'

हिंदू, भारतीय, प्राचीन आर्य संस्कृति हैं समानार्थी शब्द

अपने देश की विशेषता को अगर दुनिया को हम बताने जाएँ तो वे कहते हैं कि यह हिंदुत्व बोल रहा है। यह हिंदू विचार है। भारतीय भी बोल सकते हैं, समानार्थी शब्द है। प्राचीन आर्य संस्कृति ये भी कह सकते हैं, समानार्थी शब्द है। लेकिन अगर ठीक से समझ में आ रहा है, तो एक ही शब्द है 'हिंदू' और वह हम सबकी विरासत है। पूर्वज हमारे उसी नाम से जाने जाते थे। वे सबके समान हैं। इस

देश की चहारदीवारी के अंदर रहनेवाले किसी के पूर्वज इस देश की चहारदीवारी के बाहर से नहीं आए हैं, यहीं के हैं। एक बात समान है कि कोई कहीं का भी हो और कितना भी अलग विचार रखता हो, देश उसके हृदय को झंकृत करता है। भारत माता उसके हृदय के तारों को छेड़ती है, तब उसके मुख से देशभक्ति के उद्गार निकलते ही हैं। दक्षिण में द्रविड़ पार्टियों की चलती है। पहली बार सत्ता में आईं। विचारधारा उनकी एकदम जोरों पर थी। प्रचंड बहुमत से सत्ता में आ गईं। अन्नादुरई मुख्यमंत्री बने। 'उत्तर का आक्रमण नहीं चलेगा। हिंदी नहीं चलेगी। हिंदू नहीं चलेगा। हम अलग हैं। हमारी तमिल संस्कृति है।' यही नारा रहता था। लेकिन चीन का आक्रमण हुआ तो सार्वजनिक सभा में उन्होंने भाषण दिया—

"हिमालय पर आक्रमण तमिलनाडु पर आक्रमण।"

अपने स्वार्थों के चलते कुछ भी मुखौटा ओढ़ लें, अंदर क्या है, अंदर यही बात है। इसे हम हिंदुत्व कहते हैं।

सब पंथ-संप्रदायों का सम्मान करनेवाला हिंदू

हिंदू शब्द को लेकर अंग्रेजों ने हमारे दिमाग को अत्यधिक भ्रमित किया। लोग इसे एक अलग सेट में, जिसके वे सदस्य नहीं हैं, उसमें डाल देते हैं। पंथ-संप्रदाय में हिंदू डालते हैं। जबकि हिंदू नाम का कोई पंथ-संप्रदाय है ही नहीं। सब पंथ-संप्रदायों का सम्मान करनेवाला, उसे स्वीकार करनेवाला, अपने संप्रदाय पर श्रद्धापूर्वक चलनेवाला वह हिंदू है। हिंदू कहने से कुछ अलग, ऐसा नहीं है। यह भ्रम तब भी पैदा हो ही गया। इसलिए डॉ. साहब ने सोचा कि सबको अगर जोड़ना है तो परीक्षा में सबसे पहले आसान प्रश्न हल करो, मुश्किल प्रश्नों पर बाद में दिमाग लगाओ। तो पहले अपने आपको हिंदू कहनेवालों को संगठित करो। उनका एक अच्छा जीवन खड़ा करो। जो अपने स्वार्थ के कारण मानने में हिचकिचाते हैं, उन्हें भी उस समय वह हिचकिचाहट नहीं लगेगी। जो भूल गए हैं, उन्हें भी याद आ जाएगा। क्योंकि है तो यही। यह सत्य है। इसलिए 'सर्वेषां अविरोधनः' यानी किसी के विरोध में नहीं। तात्कालिक किसी परिस्थिति के उत्तर में नहीं, अंग्रेजों को भगाने के लिए नहीं। उस समय भी दंगे आदि हुआ करते थे, इसलिए मुसलमानों के भय से नहीं। मिशनरी मतांतरण करती थी, इसलिए नहीं। हिंदू समाज हमारा है, भारत माता के हित का दायित्व उसका है, इसलिए हिंदुओं को संगठित करना है।

संघ का काम है–जोड़ना

एक बार किसी पत्रकार ने गुरुजी से पूछा, 'मेरे गाँव में तो एक भी मुसलमान-ईसाई नहीं है। आपको संघ की शाखा क्यों चाहिए?' तो गुरुजी ने कहा, 'भले आदमी, तुम्हारे गाँव की क्या बात, दुनिया में भी अगर एक भी मुसलमान-ईसाई न होता और हिंदू समाज इस हालत में होता तो हम इसी काम को करते।' यह किसी के विरोध में नहीं, किसी प्रतिक्रिया में नहीं, यह हमारे अपने सब लोगों को जोड़ने के लिए है। हमारे अपनत्व का दायरा संघ के स्वयंसेवक के नाते भारतवर्ष का जो पुत्र है, उस सबको जोड़ने का है। हिंदू के नाते सारी दुनिया को कुटुंब मानकर सारी दुनिया को जोड़ने का है। एक दायरा बनाकर उसे हमने जकड़ लिया है, ऐसा नहीं है। स्वभावत: यह दायरा ही ऐसा है, वह संपूर्ण विश्व को अपने आलिंगन में बंद करता है, प्रेम की दृष्टि से देखता है, बंधुभाव की दृष्टि से देखता है।

विश्व को कुटुंब माननेवाली संस्कृति के वारिस

> *हमारे अपनत्व का दायरा संघ के स्वयंसेवक के नाते भारतवर्ष का जो पुत्र है, उस सबको जोड़ने का है। हिंदू के नाते सारी दुनिया को कुटुंब मानकर सारी दुनिया को जोड़ने का है। यह एक दायरा बनाकर उसे हमने बस जकड़ लिया है, ऐसा नहीं है। यह दायरा ही ऐसा है, वह संपूर्ण विश्व को अपने आलिंगन में बंद करता है, प्रेम की दृष्टि से देखता है, बंधुभाव की दृष्टि से देखता है।*

भाषण करना बहुत अच्छी बात है। प्रश्न हो सकता है, अगर आप सारे विश्व को बंधुभाव की दृष्टि से देखते हो, तुम्हारे हिंदू समाज में कुछ लोग हैं क्या, जिनकी छाया से तुम दूर रहते हो? पहले तो उत्तर इसका देना पड़ेगा? तुम अगर सारे विश्व को कुटुंब माननेवाली संस्कृति के वारिस होने का दावा करते हो, तो तुम्हारे यहाँ कहाँ से आ गया भेदभाव? पहले अपने आपको ठीक करो। समस्या बाकी लोग नहीं हैं। तुम अपने सही विचार को, उस विचार के काल सुसंगत, सही आचरण को भूल गए हो। समस्या यह है। पहले उसे संगठित करो। फिर क्या करना संगठित होकर? संगठित होकर ही सब होगा, जो होना चाहिए। जो होना चाहिए, वह आज नहीं हो रहा है। इसका कारण तुम्हारी ताकत नहीं है, ऐसा नहीं है, लेकिन

एक तुम्हारी संख्या की, शरीर की शर्त छोड़ दें तो मन तुम्हारा भ्रमित है, बुद्धि तुम्हारी विचलित है, इसलिए तुम कुछ नहीं कर पा रहे हो, सो रहे हो।

खुद को जाग्रत् करो, व्यवस्थित करो

तुम जाग्रत् हो जाओ, अपने आपको व्यवस्थित करो, फिर जो आवश्यक है, तुम करोगे। संघ ने यह कहा है कि तुमको संकट से उबारने का ठेका किसी ने नहीं लिया है और ठेके पर यह काम होता भी नहीं है। डॉ. हेडगेवार स्वयंसेवकों को कहते थे कि भगवान् का तो वचन है कि अधर्म जब बढ़ेगा, धर्म की हानि होगी, तब मैं जन्म लूँगा। फिर भगवान् की प्रार्थना करो कि जल्दी जन्म लो। मगर ऐसा मत करो। डॉ. हेडगेवार कहते थे कि भगवान् को अभी मत बुलाओ, क्योंकि भगवान् ने यह भी कहा है कि आने के बाद पहले दुष्ट लोगों को मारूँगा। पहले यह देख लो कि हिंदुओं में दुष्ट लोग तो नहीं हैं, नहीं तो भगवान् आकर पहले तुमको ही मारेंगे। पहले अपने आपको ठीक करो, अपने जीवन का एक अच्छा उदाहरण पेश करो और ऐसी सारी जो व्यर्थ की धारणाएँ आपने बना रखी हैं 1000-2000 वर्षों में, उनका त्याग करो। अपने शास्त्र को भूल गए। अपने विचार को भूल गए। उनके अर्थों को भूल गए और जो नहीं करना चाहिए, वह करने चले हो। व्यर्थ अहंकार कर रहे हो उसका, उसे छोड़ो। ठीक करो अपने जीवन को। जीवन में तुम्हारे स्वार्थ हैं, यह जीवन मनुष्य को स्वार्थ के लिए नहीं, परोपकार के लिए मिला है।

पहले स्वयं पर ध्यान दो

अब संघ कैसा है? उसे एक परिस्थिति में से जाना है। परिस्थिति में से जाते समय विभिन्न समय पर विभिन्न प्रकार के, आज की भाषा में जिसको मुद्राएँ (Posture) कहते हैं, वे लेने पड़ते हैं। लेकिन पॉस्चर आदमी नहीं बनाता। आदमी क्या करता है, यह अलग

अब संघ कैसा है? उसे एक परिस्थिति में से जाना है। परिस्थिति में से जाते समय विभिन्न समय पर विभिन्न प्रकार के, आज की भाषा में जिसको पॉस्चर (Posture) कहते हैं, वे लेने पड़ते हैं। लेकिन पॉस्चर आदमी नहीं बनाता। आदमी क्या करता है, यह अलग बात है। आदमी क्या है, यह महत्त्वपूर्ण बात है। भय के कारण, स्वार्थ के कारण, मजबूरी के कारण भी अच्छा काम करते हैं लोग।

बात है। आदमी क्या है, यह महत्त्वपूर्ण बात है। भय के कारण, स्वार्थ के कारण, मजबूरी के कारण भी अच्छा काम करते हैं लोग। अच्छा काम करनेवाले सब अच्छे ही होते हैं, ऐसा नहीं है। खराब काम करनेवाले सब खराब ही होते हैं, ऐसा नहीं है। इसलिए आदमी क्या करता है, आदमी क्या बना है, इसकी बजाय आदमी वास्तव में क्या है, इस पर ध्यान दो। आदमी पर ध्यान देने के पहले स्वयं पर ध्यान दो। मैं क्या हूँ, मैं जैसा होना चाहिए वैसा हूँ कि नहीं। बस इसी की साधना संघ साधना है। ऐसे मनुष्य जब तैयार होते हैं तो वह जो होना चाहिए, जो करना चाहिए, वही करते हैं, वही होता है।

भरोसा हमारे स्वयंसेवकों का जीवन है

अभी कानपुर में बड़ी रेल दुर्घटना हुई, तो वहाँ तुरंत संघ के स्वयंसेवक पहुँच गए। बाद में पुलिस भी आ गई। राहत का काम प्रारंभ हुआ। पुलिस के आने के बाद वहाँ से सबको हटाना प्रारंभ कर दिया गया। बिना जाने कि किसने किसकी जेब से क्या निकाला! तब वहाँ सूचना दी गई कि इसमें जो संघ के स्वयंसेवक काम कर रहे हैं, उन्हें रहने दो। बाकी लोगों को हटा दो। क्यों? क्योंकि विश्वास है कि संघ के स्वयंसेवक यहाँ जो करना चाहिए, जैसा करना चाहिए, वैसा ही करेंगे और यह भरोसा हमारे प्रचार के कारण नहीं है। यह विश्वास हमारे नित्य स्वयंसेवकों का जो जीवन है, उसमें से आया है। डॉ. हेडगेवार ने इस तरह के काम करने के लिए कहा और हम सब लोगों ने मान लिया और काम पर लग गए, ऐसा नहीं हुआ। ऐसा नहीं हुआ, पर ऐसा हो सकता था। लेकिन ऐसा करने नहीं दिया डॉ. हेडगेवार ने। डॉ. हेडगेवार ने उनके जो आठ-दस साल के प्रयोगों के निष्कर्ष थे, उन्हें संघ के नाते उस समय मिले तरुण कार्यकर्ताओं के हाथ में दे दिया कि आजमाओ इसे और वे काम करते गए। सन् 1939 में यानी 14 साल के अनुभव के पश्चात् राष्ट्रीय स्वयंसेवक संघ की कार्य-पद्धति निश्चित हो गई।

ऐसा करने नहीं दिया डॉ. हेडगेवार ने। डॉ. हेडगेवार ने उनके जो आठ-दस साल के प्रयोगों के निष्कर्ष थे, उन्हें संघ के नाते उस समय मिले तरुण कार्यकर्ताओं के हाथ में दे दिया कि आजमाओ इसे और वे काम करते गए। सन् 1939 में यानी 14 साल के अनुभव के पश्चात् राष्ट्रीय स्वयंसेवक संघ की कार्य-पद्धति निश्चित हो गई।

काम अपील देने का है, लेने का नहीं

पहले निश्चित हो गया था कि राष्ट्रीय स्वयंसेवक संघ का काम अपील देने का है, लेने का नहीं है। क्या मिलेगा, कुछ नहीं मिलेगा? मैंने इतना किया, मेरा क्या होगा, तुम्हारा जो हुआ, हुआ? तुम्हें जो करना था, वह किया, इतनी ही महत्त्व की बात है। तेरा वैभव अमर रहे माँ, हम दिन चार रहें न रहें। डॉ. साहब स्वयं उस जीवन का मूर्तिमंत उदाहरण बने और उन तरुण कार्यकर्ताओं को उन्होंने जीकर दिखाया। कार्य-पद्धति की छोटी-छोटी बातें आचरण में लाकर दिखाईं। तरुण कार्यकर्ताओं ने उनके अनुकरण को करके देखा। क्या चलता है, क्या नहीं चल सकता, ये सारे प्रयोग होने के बाद 1939 में वह कार्य-पद्धति पक्की हो गई। यानी कालखंड की जब बात करते हैं, तो एक उप-कालखंड रहा, यह भी कह सकते हैं आप। सन् 1925 में संघ प्रारंभ हुआ, लेकिन संघ प्रारंभ हुआ डॉ. हेडगेवार के मन में, आठ-दस साल पहले ही, वह भी एक कालखंड ही है। दूसरा कालखंड, यह कार्य पद्धति पक्की होने का कालखंड। दुर्भाग्य से उसके एक साल बाद डॉ. साहब चले गए। गुरुजी के कंधे पर उन्होंने सरसंघचालक का पदभार रख दिया। उस कार्य-पद्धति के आधार पर और उस ज्वलंत निष्ठा, श्रद्धा के आधार पर संघ की पहली पीढ़ी के कार्यकर्ताओं ने विपरीत परिस्थितियों और कमाल की उपेक्षाओं के बावजूद अपने स्वत्व के आधार पर संघ को देशव्यापी बनाया। संघ के उस देशव्यापी संपर्क के आधार पर आगे जो बड़े कठिन प्रसंग देश पर आए, उनमें से देश को भी उबारा, संघ भी बाहर निकला।

सन् 1925 में संघ प्रारंभ हुआ, लेकिन संघ प्रारंभ हुआ डॉ. हेडगेवार के मन में, आठ-दस साल पहले ही, वह भी एक कालखंड ही है। दूसरा कालखंड, यह कार्य पद्धति पक्की होने का कालखंड। दुर्भाग्य से उसके एक साल बाद डॉ. साहब चले गए। गुरुजी के कंधे पर उन्होंने सरसंघचालक का पदभार रख दिया।

संघ के विरुद्ध विषाक्त वातावरण भी बना

संघ पर प्रथम प्रतिबंध तक के और बाद के कालखंड में संघ के बारे में एक विषाक्त वातावरण बना। लेकिन बाद में संघ को फिर से एक सम्मानित संगठन माना गया और देश की लड़ाई के प्रसंग में विचार-विनिमय करने के लिए बाकी

नेताओं के साथ संघ के सरसंघचालक को भी बुलाया गया। देश के प्रधानमंत्री ने 26 जनवरी, 1963 की परेड में संघ के स्वयंसेवकों की वाहिनी को भी आमंत्रित किया। इस प्रकार की संघ की स्थितियाँ हैं। स्वयंसेवकों के परिश्रम के बलबूते पर और उसके बाद संघ के स्वयंसेवक धीरे-धीरे समाज जीवन के अंगों में जाने लगे। संघ को हवा में डंडे घुमाने का और केवल दक्ष-आरम करने का उपयोग क्या है, इसको समाज में आपातकाल के समय पहली बार अनुभव किया गया। हतप्रभ होकर सब बैठे थे। उस समय संघ के स्वयंसेवकों के संपर्क-जाल के भरोसे सारे देश ने प्रजातंत्र के लिए संघर्ष किया। तब संघ की तरफ देखने की सामान्य समाज की दृष्टि एकदम बदल गई। फिर संघ के स्वयंसेवक अन्य-अन्य क्षेत्रों में काम कर रहे थे, वे भी बड़े हो गए। वह फिर आगे का कालखंड है, आज की स्थिति तक आकर।

संघ का अधिष्ठान शुद्ध है, सत्य है

प्रथम प्रतिबंध तक के बाद के कालखंड में संघ के बारे में एक विषाक्त वातावरण बना। लेकिन बाद में संघ को फिर से एक सम्मानित संगठन माना और देश की लड़ाई के प्रसंग में विचार-विनिमय करने के लिए बाकी नेताओं के साथ संघ के सरसंघचालक को भी बुलाया गया। देश के प्रधानमंत्री ने 26 जनवरी, 1963 की परेड में संघ के स्वयंसेवकों की वाहिनी को भी आमंत्रित किया।

यह सब क्यों हुआ? पहली बात है कि यह संघ का विचार है, यह सत्य पर आधारित है। जो असत्य विचार है, वह इतने सारे संकटों में टिक नहीं सकता। संघ का अधिष्ठान शुद्ध है, सत्य है। किसी के विरोध में नहीं है, किसी से द्वेष का नहीं है। वह सबको सत्पथ पर, सत्कर्म पर चलाने का रास्ता है। दूसरी बात है कि यह विचार है और उसे व्यवहार में लानेवाले व्यक्ति तैयार करने की कार्य-पद्धति संघ निष्ठापूर्वक चला रहा है। बाकी सब बंद हो जाएगा, शाखा नहीं बंद होने देनी है। सत्तर-सत्तर साल पुराने स्वयंसेवक प्रतिदिन शाखा में जाते हैं, मगर नया क्या है? सत्तर साल पहले जो सीखा था, वही है वहाँ भी। दक्ष कैसे करना है, इसकी पद्धति बदली नहीं है। तरह-तरह के शारीरिक प्रदर्शन के प्रयोग बदले नहीं हैं। संघ का काम केवल समाज को इस प्रकार संगठित करने का होने के नाते संघ के बौद्धिक वर्गों के विषय भी बदले नहीं हैं। अगर कहीं बौद्धिक वर्ग है, पाँच सौ

स्वयंसेवक जमा हो गए, मुझे बोलने के लिए कहा गया और मैं पाँच मिनट पहले बौद्धिक वर्ग का विषय बता दूँ, तो मैं जो बोलनेवाला हूँ, वह कोई भी स्वयंसेवक उठकर बोल सकता है। वह याद हो गया है।

सच्चे अर्थ में स्वतंत्रता का चिंतन

सन् 1920 की बात है। 1920 में डॉ. हेडगेवार के चिंतन में भारतवर्ष की स्वतंत्रता से लेकर विश्व की सच्चे अर्थ में स्वतंत्रता का विषय था। इस विचार पृष्ठभूमि को लेकर संघ का निर्माण हुआ। अब यह मैं कितना भी बताऊँ, लेकिन अब इसमें से भी अर्थ निकाले जा सकते हैं, इसमें से भी आप शब्दों से खेल सकते हैं। इसका उलटा-सीधा मिलाप कर सकते हैं। संघ को जानना है तो ठीक है, यह पढ़िए आप। आपको जानकारी भी मिलेगी, जिज्ञासा भी बढ़ेगी। लेकिन जानना है, तो आप संघ में आइए, दूसरा रास्ता नहीं है। अगर केवल पढ़कर समझना चाहेंगे तो स्थिति उस नेत्रहीन व्यक्ति की तरह हो जाएगी। एक कथा है। एक नेत्रहीन व्यक्ति बैठा था, मित्र आया, पदचाल से उसने समझ लिया। पूछा, 'कहाँ गए थे?' मित्र ने कहा, 'भोजन के लिए।' 'क्या खाया भोजन में?' बोला, 'खीर।' 'खीर क्या होती है?' बोला, 'दूध नहीं जानते सफेद सा।' 'हाँ, पीया है। लेकिन सफेद रंग कैसा होता है।' बोला, 'सफेद नहीं जानते, बगुले जैसा।' 'बगुला कैसा होता है?' अब कितने प्रश्नों का

संघ को जानना है तो ठीक है, यह पढ़िए आप। आपको जानकारी भी मिलेगी, जिज्ञासा भी बढ़ेगी। लेकिन जानना है, तो आप संघ में आइए, दूसरा रास्ता नहीं है। अगर केवल पढ़कर समझना चाहेंगे तो स्थिति उस नेत्रहीन व्यक्ति की तरह हो जाएगी। एक कथा है। एक नेत्रहीन व्यक्ति बैठा था, मित्र आया, पदचाल से उसने समझ लिया। पूछा, 'कहाँ गए थे?' मित्र ने कहा, 'भोजन के लिए।' 'क्या खाया भोजन में?' बोला, 'खीर।' 'खीर क्या होती है?' बोला, 'दूध नहीं जानते सफेद सा।' 'हाँ, पीया है। लेकिन सफेद रंग कैसा होता है।' बोला, 'सफेद नहीं जानते, बगुले जैसा।' 'बगुला कैसा होता है?' अब कितने प्रश्नों का उत्तर देते गए। तो उसने हाथ से बताया कि 'देखो, बगुला ऐसा होता है।' नेत्रहीन व्यक्ति ने हाथ टटोलकर कहा, 'इतनी टेढ़ी खीर खाई। तुम्हारे गले में नहीं अटकी?'

उत्तर देते गए। तो उसने हाथ से बताया कि 'देखो, बगुला ऐसा होता है।' नेत्रहीन व्यक्ति ने हाथ टटोलकर कहा, 'इतनी टेढ़ी खीर खाई। तुम्हारे गले में नहीं अटकी?'

पढ़ाकर समझाना टेढ़ी खीर

अब यह संघ को ऐसे बोलकर या पढ़ाकर समझाना टेढ़ी खीर ही है। इसलिए कुछ बातें तो बोल सकते हैं, कुछ हद तक बता सकते हैं, लेकिन जानने के लिए संघ में आइए। संघ मनमर्जी का काम है, आना-जाना फ्री है। इसलिए आइए, देखिए, अनुभव कीजिए। अच्छा लगे तो रहिए, नहीं तो आपकी इच्छा। बस स्नेहपूर्ण आत्मीयता, इसके भरोसे ही यह चलता है। एक ज्ञानेश्वर संत हुए। उन्होंने लोककाव्य में मराठी में कहा है कि काँटे की आनि पर तीन गाँव बैठे हैं। तीन में से दो उजड़ गए और एक बस ही नहीं रहा है। जहाँ बस नहीं रहा है, वहाँ तीन बाड़े थे बड़े-बड़े, दो गिर गए थे, एक बना ही नहीं। जो बना ही नहीं उसमें तीन भैंसें बाँधीं, तो दो बाँझ थीं, एक को हुए ही नहीं। ऐसा चलता रहा, तीन में दो बेकार ऐसा चलता रहा। इसके अंत में ज्ञानेश्वर कहते हैं, इसका अनुभव बिना सतगुरु समझ नहीं आएगा। यह संघ ऐसी एक चीज है कि मैं कितना भी समझाऊँ तो भी क्यों, 'क्या', शेष रहेगा ही। आप आइए, देख लीजिए, और अपने आप तय कर लीजिए। हम भी मुक्त हैं, आप भी मुक्त हैं। इसलिए यही विनती कि आज सुनकर आपको अच्छा लगा, शायद मन में सोचेंगे कि जाकर देखेंगे, लेकिन यह भावना आपको कायम रखनी है, जाकर देखने की है तो कृपया इस अंक को जाकर पढ़िए। वह ताजा रहेगी और उत्कट बनी रहेगी।

□

चाहिए संपूर्ण समाज का बल

इस वर्ष की विजयादशमी के पावन अवसर को संपन्न करने के लिए हम सब आज यहाँ पर एकत्रित हैं। यह वर्ष परमपूज्य पद्मभूषण कुशोक बकुला रिनपोछे (His Eminence Kushok Bakula Rinpoche) की जन्मशती का वर्ष है, साथ ही स्वामी विवेकानंद के प्रसिद्ध शिकागो अभिभाषण का 125वाँ वर्ष तथा उनकी शिष्या स्वनामधन्य भगिनी निवेदिता के जन्म का 150वाँ वर्ष है। पूज्य कुशोक बकुला रिनपोछे तथागत बुद्ध के 16 अर्हतों में से बकुल के अवतार थे, ऐसी पूरे हिमालय बौद्धों में मान्यता है। वर्तमानकाल में वे लद्दाख के सर्वाधिक सम्मानित लामा थे। पूरे लद्दाख में शिक्षा के प्रसार, कुरीतियों के निवारण, समाज-सुधार व राष्ट्रभाव जागरण में उनकी महत्त्वपूर्ण भूमिका रही। 1947 में जब कबाइलियों के वेश में पाकिस्तान की सेना ने जम्मू-कश्मीर पर आक्रमण किया तो उनकी प्रेरणा से वहाँ के नौजवानों ने नुबरा ब्रिगेड का गठन कर आक्रमणकारियों को स्कार्दू से आगे बढ़ने नहीं दिया। जम्मू-कश्मीर की विधानसभा के सदस्य, राज्य सरकार में मंत्री व लोकसभा सांसद के रूप में अखिल भारतीय दृष्टिकोण के साथ उनका महत्त्वपूर्ण योगदान रहा। वे 10 वर्ष मंगोलिया में भारत के राजदूत रहे। उस कालखंड में मंगोलिया में लगभग 80 वर्ष से चली आ रही कम्युनिस्ट शासन व्यवस्था के अंत के पश्चात् बौद्ध परंपरा को पुनर्जीवित करने के वहाँ के समाज के सफल प्रयासों में उनके महत्त्वपूर्ण योगदान के कारण, वे वहाँ सर्वदा के लिए श्रद्धेय बन गए। उन्हें 2001 में मंगोलिया के सर्वोच्च नागरिक सम्मान Polar Star (पोलर स्टार) से सम्मानित किया गया। आध्यात्मिक अनुभव संपदा, अविचल राष्ट्रनिष्ठा तथा निःस्वार्थ बुद्धि से सतत लोकहितरत रहने

* 30 सितंबर, 2017, नागपुर में श्री विजयादशमी उत्सव

के कारण वे हम सबके श्रद्धेय तथा अनुकरणीय भी हैं। स्वामी विवेकानंदजी ने अपने शिकागो अभिभाषण में भारत की विश्वमानवता के प्रति जिस राष्ट्रीय दृष्टि की घोषणा की थी, उसी का व्यक्तिगत व सार्वजनिक जीवन में प्रकटीकरण ही आचार्य बकुलाजी के द्वारा किया गया।

यह राष्ट्रीय दृष्टि हमारी विरासत है। आदिकवि वाल्मीकि ने इसी दृष्टि के जागरण हेतु मर्यादा पुरुषोत्तम श्रीराम के जीवन को अपनी चिरंजीवी कृति महाकाव्य 'रामायण' का विषय बनाया। हमारे प्रमुख अतिथि महोदय की भक्ति का स्थान, भक्ति आंदोलन के आचार्य संतशिरोमणि रविदासजी महाराज ने स्वयं के जीवन व उपदेशों से इसी दृष्टि का पुनर्जागरण जनसामान्य में किया था। भगिनी निवेदिता के द्वारा भी उसी राष्ट्रीय आदर्श को चरितार्थ करनेवाला हिंदू समाज इस देश में खड़ा करने के लिए सतत समाज जागरण व प्रबोधन के प्रयास किए गए। स्वधर्म व स्वदेश के गौरव को मन में चेताकर अपने करोड़ों देशवासियों की अहर्निश सेवा करते हुए उनको अज्ञान व अभावों से मुक्ति दिलाकर संगठित पुरुषार्थ की प्रेरणा दी गई।

समाज को राष्ट्रगौरव से परिपूर्ण पुरुषार्थ के लिए खड़ा करना है तो देश के चिंतकों को, बुद्धिधर्मियों को पहले अपने स्वयं के चित्त से उस विदेशी दृष्टि के विचारों को व संस्कारों को, जो गुलामी के कालखंडों में हमारे चित्त को व्याप्त कर उसे आत्महीन, भ्रमित व मलिन कर चुके हैं—हटाकर उनसे मुक्त होना ही होगा।

समाज को राष्ट्रगौरव से परिपूर्ण पुरुषार्थ के लिए खड़ा करना है तो देश के चिंतकों को, बुद्धिधर्मियों को पहले अपने स्वयं के चित्त से उस विदेशी दृष्टि के विचारों व संस्कारों को, जो गुलामी के कालखंडों में हमारे चित्त को व्याप्त कर उसे आत्महीन, भ्रमित व मलिन कर चुके हैं—हटाकर उनसे मुक्त होना ही होगा। जन्मगत यूरोपीय संस्कारों से पूर्ण मुक्ति पाकर पूर्णत: भारतीय जनता के मानस, मूल्यों तथा संस्कारों के साथ एकात्म होने की भगिनी निवेदिता की साधना हम सब भारतवासियों को भी उस सनातन राष्ट्रीय दृष्टि व मूल्यों के साथ तन्मय होने की प्रेरणा देती रहती है।

राष्ट्र कृत्रिम पद्धतियों से बनाए नहीं जाते। सत्ता आधारित राष्ट्र-राज्य की कल्पना से हमारी संस्कृति व लोक आधारित राष्ट्र की वस्तुस्थिति एकदम अलग व

विशिष्ट है। हम सब की भाषाएँ, प्रांत, पंथ, संप्रदाय, जाति-उपजाति, रीति-रिवाज, रहन-सहन की विविधताओं को एकसूत्र में पिरोकर जोड़नेवाली हमारी संस्कृति व उसके जनक, विश्वमानवता को कौटुंबिक दृष्टि से देखकर विकसित हुए सनातन जीवनमूल्य, हमारी 'समभावना' है। वह राष्ट्र को जोड़नेवाली जीवन-दृष्टि, उस राष्ट्र की अपनी भूमि में सदियों तक साथ-साथ बिताए समाज के जीवन के सब प्रकार के अनुभवों से मिलकर किए हुए पुरुषार्थ से, उसमें से प्राप्त जीवन सत्य के साक्षात्कार तथा सामूहिक समझदारी से बनती है। वही भावना व्यक्ति, परिवार तथा समाज जीवन के सभी अंगों को अनुप्राणित करती हुई, उनके क्रियाकलापों से स्पष्ट रूप में आविष्कृत होती है, तब ही अपने राष्ट्र का वास्तविक विकास होता है; उसे जगन्मान्यता प्राप्त होती है; विश्व जीवन में अपनी भूमिका का योग्य व समर्थ निर्वहन कर वह राष्ट्र अपना अपेक्षित सार्थक योगदान करता है।

इस शाश्वत सत्य का अनुभव अंशत: आज की हमारी स्थिति में शनैः-शनैः हमें प्राप्त हो रहा है। योगविद्या तथा पर्यावरण की हमारी अपनी पहल के कारण अंतरराष्ट्रीय जगत् में उस भूमिका की बढ़ती मान्यता व स्वीकार्यता हम सबके मन में विद्यमान अपने प्राचीन राष्ट्र के प्रति गौरव की सुखद अनुभूति देता है। पश्चिम सीमा पर पाकिस्तान की तथा उत्तर सीमा पर चीन की कारस्वाइयों के प्रति, 'डोकलाम' जैसी घटनाओं में उजागर भारत का सीमाओं पर तथा अंतरराष्ट्रीय राजनय पर सशक्त व दृढ़ प्रतिभाव हमारे मन में स्वसामर्थ्य की आश्वासक अनुभूति जगाने के साथ-साथ अंतरराष्ट्रीय जगत् में भी भारत की प्रतिमा को नई सम्मानजनक ऊँचाई प्रदान करता है। अंतरिक्ष विज्ञान के क्षेत्र में हमारे वैज्ञानिकों के एक के बाद एक पराक्रम ज्ञानबल के क्षेत्र में भी हमारे देश की धाक जमाने में सफल होते हुए दिखाई दे रहे हैं। आंतरिक सुरक्षा को व्यवस्थित करने में देश आगे बढ़ा है। आवागमन के बुनियादी ढाँचे का गति से विस्तार अरुणाचल जैसे सीमावर्ती राज्यों में भी होता हुआ दिख रहा है। महिला वर्ग की समुन्नति को लेकर 'बेटी बचाओ, बेटी पढ़ाओ', जैसी योजनाएँ भी चल रही हैं। स्वच्छता अभियान जैसे उपक्रमों से नागरिकों में कर्तव्य-भावना का संचार कर उनकी सहभागिता भी प्राप्त की जा रही है। देश के अंदर भी अनेक व्यवस्थाओं में छोटे-बड़े सुधारों का प्रयास, चिंतन में भी कहीं-कहीं मूलगामी बदलाव के प्रयास, जनमानस में नवीन आशा व साथ-साथ अपेक्षाओं का भी सृजन कर रहे हैं। बहुत कुछ हो रहा है, जो हो रहा है, उसके साथ और भी होगा तथा और अधिक कुछ होना

चाहिए, उसको लेकर समाज में चर्चाएँ चल रही हैं।

जैसे कश्मीर घाटी की परिस्थिति को लेकर जिस दृढ़ता के साथ सीमा के उस पार से होनेवाली आतंकियों की घुसपैठ व बिना कारण गोलीबारी का प्रतिकार किया जा रहा है, उसका स्वागत हो रहा है। सेना सहित सभी सुरक्षाबलों को अपने कर्तव्य करने की छूट दी गई। अलगाववादी तत्त्वों की उकसाऊ काररवाई, प्रचार-प्रसार व उनके अवैध आर्थिक स्रोतों को बंद करके तथा राष्ट्रविरोधी आतंकी शक्तियों से उनके संबंधों को उजागर कर तथा रोककर नियंत्रित किया जा रहा है। उसके सुपरिणाम भी वहाँ की परिस्थिति में प्राप्त हो रहे हैं।

जैसे कश्मीर घाटी की परिस्थिति को लेकर जिस दृढ़ता के साथ सीमा के उस पार से होनेवाली आतंकियों की घुसपैठ व बिना कारण गोलीबारी का प्रतिकार किया किया जा रहा है, उसका स्वागत हो रहा है। सेना सहित सभी सुरक्षाबलों को अपने कर्तव्य को करने की छूट दी गई। अलगाववादी तत्त्वों की उकसाऊ काररवाई, प्रचार-प्रसार व उनके अवैध आर्थिक स्रोतों को बंद करके तथा राष्ट्रविरोधी आतंकी शक्तियों से उनके संबंधों को उजागर कर तथा रोककर नियंत्रित किया जा रहा है।

परंतु लद्दाख, जम्मू सहित संपूर्ण जम्मू-कश्मीर राज्य में भेदभावरहित, पारदर्शी, स्वच्छ प्रशासन के द्वारा राज्य की जनता तक विकास के लाभ पहुँचाने का कार्य त्वरित व अधिक गति से हो, इसकी अभी भी आवश्यकता है। राज्य में विस्थापितों की समस्या का निदान अभी भी नहीं हुआ है। भारतभक्त व हिंदू बने रहने के लिए ही कई दशकों से थोपी गई विस्थापित अवस्था को उनकी पीढ़ियाँ झेल रही हैं। भारत के नागरिक होते हुए भी राज्य की भेदभावपूर्ण व्यवस्था के चलते मूल अधिकारों से वंचित रह जाने के कारण शिक्षा, आजीविका तथा प्रजातांत्रिक सुविधाओं से अभी भी दूर हैं, बहुत पिछड़ गए हैं। राज्य के ही स्थायी निवासी पाक अधिकृत जम्मू-कश्मीर से 1947 में आए व कश्मीर घाटी से 1990 से विस्थापित बंधुओं की समस्याएँ भी पहले की तरह ही बनी हुई हैं। भारतभक्ति व स्वधर्मभक्ति पर अडिग रहते हुए हमारे ये सब बंधु बराबरी से अपने प्रजातांत्रिक कर्तव्यों का वहन तथा प्रजातांत्रिक अधिकारों का उपयोग करते हुए सुख, सम्मान व

सुरक्षा के साथ सब देशवासियों के साथ रह सकें, ऐसी परिस्थिति लानी होगी। यह न्यायिक कार्य संपन्न हो सके, इसलिए आवश्यकतानुसार संवैधानिक प्रावधान करने होंगे, पुराने बदलने होंगे, तब ही जम्मू-कश्मीर की प्रजा का शेष भारतीय प्रजा के मानस से सात्मीकरण तथा संपूर्ण राष्ट्र के विकास की प्रक्रिया में सहयोग व समभाग संभव होगा।

राज्य व केंद्र शासित प्रदेशों के प्रशासनों के साथ समाज की भूमिका का भी इस प्रक्रिया में अहम महत्त्व है। राज्य के सीमावर्ती प्रदेशों में रहनेवाले नागरिक सदैव सीमा पार से होनेवाली गोलीबारी, आतंकी घुसपैठ आदि की छाया में वीरतापूर्वक डटे हैं, एक प्रकार से वे भी इन राष्ट्रविरोधी शक्तियों के साथ प्रत्यक्ष युद्धरत हैं। उनको सदैव इन स्थितियों में सतत असुरक्षा तथा जीवन व आजीविका की अस्त-व्यस्तता को झेलते रहना पड़ता है। शासन व प्रशासन के द्वारा उनको पर्याप्त राहत आदि की व्यवस्था करवाने के साथ-साथ समाज के विभिन्न संगठनों को भी वहाँ संपर्क बनाकर, अपनी शक्ति में संभव हो उतनी तथा आवश्यकतानुसार सुयोग्य सेवाओं की व्यवस्था करनी चाहिए। इस दिशा में संघ के स्वयंसेवक पहले से ही वहाँ कार्य में लगे हैं। समाज के सोचने, करने, बढ़ने से तथा प्रशासन व समाज के संयुक्त प्रयासों से व्यवस्था अधिक अच्छी हो सकती है। कश्मीर घाटी तथा लद्दाख के सुदूर सीमावर्ती क्षेत्रों में भी शिक्षा, स्वास्थ्य, रोजगार तथा संस्कार करनेवाले कार्यों की और अधिक आवश्यकता प्रतीत होती है। समाज के सकारात्मक संपर्क, जागरण व प्रबोधन का कार्य, जनमानस को सुविचारित आकार देने के लिए समाज के ही प्रयत्नों द्वारा संपन्न कराना, इस परिस्थिति की अनिवार्य आवश्यकता हैं। वर्षों से योजनाबद्ध असत्य कुप्रचार के द्वारा मनों में घोले गए अलगाव व असंतोष के विष को दूर करने के लिए स्वाभाविक अकृत्रिम आत्मीयता

कश्मीर घाटी तथा लद्दाख के सुदूर सीमावर्ती क्षेत्रों में भी शिक्षा, स्वास्थ्य, रोजगार तथा संस्कार करनेवाले कार्यों की और अधिक आवश्यकता प्रतीत होती है। समाज के सकारात्मक संपर्क, जागरण व प्रबोधन का कार्य, जनमानस को सुविचारित आकार देने के लिए समाज के ही प्रयत्नों द्वारा संपन्न कराना, इस परिस्थिति की अनिवार्य आवश्यकता है।

का परिचय भी समाज के द्वारा किए गए सकारात्मक कार्यों से दिलवाना होगा। राष्ट्रविरोधी शक्तियों के षड्यंत्रों को दृढ़तापूर्वक, सामर्थ्य के साथ निपटने की सुविचारित नीति के पीछे जब संपूर्ण समाज भी अपना बल समेटकर खड़ा होगा, तब समस्या के संपूर्ण निराकरण का मार्ग प्रशस्त होगा।

यह विचार करना इसलिए भी अत्यावश्यक हो गया है कि राष्ट्रविरोधी शक्तियाँ भाषा, प्रांत, पंथ, संप्रदाय, समूहों की स्थानीय तथा समूहगत महत्त्वाकांक्षाओं को उभारकर समाज में आपस में असंतोष, अलगाव, हिंसा, शत्रुता या द्वेष तथा संविधान कानून के प्रति अनादर का वातावरण बढ़ाते हुए अराजक दृश्य व स्थितियाँ उत्पन्न करने का खेल अन्य सीमावर्ती राज्यों में भी खेलती हुई दिखाई देती हैं। बंगाल व केरल की परिस्थितियाँ किसी से छिपी नहीं हैं। वहाँ के राज्यशासन व उनके द्वारा योजनापूर्वक राजनीतिक रंग चढ़ाया हुआ प्रशासन इस गंभीर राष्ट्रीय संकट के प्रति केवल उदासीन ही नहीं, बल्कि अपने संकुचित राजनीतिक स्वार्थ के चलते उन राष्ट्रविरोधी शक्तियों की ही सहायता करते हुए दिखते हैं। राष्ट्रविरोधी गतिविधियों की ये सारी सूचनाएँ केंद्र शासन व प्रशासन के पास पहुँचती हैं। इन सबको निष्फल करने का उनका भी प्रयास निश्चित रूप से चल रहा होगा, परंतु सीमापार से होनेवाली गौ-तस्करी सहित सभी प्रकार की तस्करी चिंता का विषय बनी ही हैं। देश में पहले से ही अनधिकृत बांग्लादेशी घुसपैठियों की समस्या है, उसपर अब म्यांमार से खदेड़े गए रोहिंग्या भी भारत में घुसे हैं तथा बहुत अधिक संख्या में घुसने को तैयार हैं। म्यांमार से लगातार चलती आई, उनकी अलगाववादी हिंसक व अपराधी गतिविधि तथा आतंकियों से साँठ-गाँठ ही वहाँ से उनके खदेड़े जाने का मुख्य कारण है। हमारे यहाँ भी वे केवल देश की सुरक्षा व एकात्मता पर

यह विचार करना इसलिए भी अत्यावश्यक हो गया है कि राष्ट्रविरोधी शक्तियाँ भाषा, प्रांत, पंथ, संप्रदाय, समूहों की स्थानीय तथा समूहगत महत्त्वाकांक्षाओं को उभारकर समाज में आपस में असंतोष, अलगाव, हिंसा, शत्रुता या द्वेष तथा संविधान कानून के प्रति अनादर का वातावरण बढ़ाते हुए अराजक दृश्य व स्थितियाँ उत्पन्न करने का खेल अन्य सीमावर्ती राज्यों में भी खेलती हुई दिखाई देती हैं।

संकट ही बनेंगे, ऐसा ध्यान में रखकर ही उनके बारे में विचार व निर्णय करना चाहिए। शासन की सोच भी वही दिख रही है, परंतु परिस्थिति की इस जटिलता में पूर्ण सफलता समाज के सहयोग के बिना मिलना संभव नहीं। इसलिए इन प्रदेशों में विद्यमान सज्जन-शक्ति को निर्भयतापूर्वक आगे आना पड़ेगा। संगठित होकर अधिक मुखर व सक्रिय होते हुए समाज को भी निर्भय, सजग व प्रबुद्ध बनाना पड़ेगा।

देश की सीमाओं की व देश की आंतरिक सुरक्षा का व्यवस्थागत दायित्व सेना, अर्धसैनिक व पुलिस बलों का होता है। स्वतंत्रता के बाद अबतक वे उसको निभाने में पूरी जिम्मेदारी के साथ परिश्रम व त्यागपूर्वक लगे हैं, परंतु उनको पर्याप्त साधन-संपन्न करना, आपस में व देश के सूचना-तंत्र के साथ तालमेल बिठाना, उनकी तथा उनके परिवारों के कल्याण की चिंता करना, युद्धसाधनों में देश की आत्मनिर्भरता, इन बलों में पर्याप्त मात्रा में नई भरती व प्रशिक्षण—इनमें शासन की पहल और गति अधिक बढ़ानी पड़ेगी, इन बलों से शासन को सीधा संवाद बढ़ाना पड़ेगा। समाज से भी उनके प्रति अधिक आत्मीयता व सम्मान की व उनके परिवारों के देखभाल की अपेक्षा है। अपने राष्ट्रीय हित, आकांक्षाएँ, आवश्यकताएँ तथा परिवेश की संदर्भ में सुयोग्य नीतियों के साथ ही समाज भी राष्ट्र गौरव की स्पष्ट कल्पना से अनुप्राणित होकर, संगठित व गुणसंपन्न होकर चले इसकी आवश्यकता सर्वत्र दिखाई देती है। प्रशासन उन नीतियों के मर्म को समझकर उनके क्रियान्वयन को परिणाम तक पहुँचाने की मानसिकता में आए, इसकी भी आवश्यकता है।

आर्थिक परिदृश्य भी हमें इसी निष्कर्ष पर पहुँचाता है। भ्रष्टाचार पर नियंत्रण, आर्थिक स्थिति में द्रुतगति से प्रगति तथा समाज के अंतिम व्यक्ति को लाभ पहुँचाने के लिए शासन के द्वारा जनधन, मुद्रा, गैस सब्सिडी, कृषि बीमा जैसी अनेक लोक कल्याणकारी योजनाएँ व कुछ साहसी निर्णय किए गए, परंतु अभी भी एकात्म व समग्र दृष्टि से देश की सभी विविधताओं व आवश्यकताओं को ध्यान में रखकर उद्योग, व्यापार, कृषि, पर्यावरण को एकसाथ चलानेवाली, देश के बड़े उद्योगों से लेकर छोटे, मध्यम व लघु उद्योगों, खुदरा व्यापारियों, कृषकों व खेतिहर मजदूरों तक सबके हितों का ध्यान रखनेवाली समन्वित नीति की आवश्यकता प्रतीत होती है। दुनिया के प्रचलन में वहाँ के दोषपूर्ण, कृत्रिम व समृद्धि का आभास उत्पन्न करनेवाले तथा नैतिकता, पर्यावरण, रोजगार तथा स्वावलंबन का ह्रास करनेवाली नीति व मानकों पर चलने की अनिवार्यता एक मर्यादा तक समझी जा सकती है, परंतु

अर्थशास्त्र व नीति के पुनर्विचार की तथा प्रत्येक देश के अपने विशिष्ट अर्थव्यवस्था के प्रतिमान की आवश्यकता तो अब सारा विश्व मानने लगा है। विश्व के अद्यतन अनुभव व अपने देश के धरातल की वास्तविकता दोनों का ध्यान रखते हुए, अपने देश का आदर्श, परंपरा, आकांक्षा, आवश्यकता व संसाधनों का एकात्म विचार करते हुए, घिसी-पिटी आर्थिक मतवादों की लीक से बाहर आकर हमारे नीति आयोग व राज्यों के नीति सलाहकारों को सोचना पड़ेगा। समाज को भी दिन-प्रतिदिन के उपयोग की वस्तुएँ तथा अन्य खरीददारी में स्वदेशी उत्पादन की खरीदी का आग्रह कठोरतापूर्वक रखना पड़ेगा।

इन दोनों में सबसे बड़ा योगदान हमारे लघु, मध्यम, कुटीर उद्योगों का, खुदरा व्यापार तथा स्वरोजगार के छोटे-छोटे नित्य चलनेवाले अथवा तात्कालिक रूप से काम करनेवालों का, सहकार क्षेत्र का तथा कृषि और कृषि पर निर्भर कार्यों का है। जागतिक व्यापार के क्षेत्र में होनेवाले उतार-चढ़ाव तथा आर्थिक भूचालों से समय-समय पर वे हमारी सुरक्षा का भी कारण बने हैं। अभी भी सुदृढ़ बनी हुई हमारी परिवार व्यवस्था में घर की महिलाएँ भी घर बैठे छोटा-मोटा काम कर परिवार की आजीविका में योगदान करती रहती हैं।

सामान्यजन के कल्याण की प्रामाणिक भावना से योजनाएँ व नीतियाँ शासन के द्वारा लागू होती हैं। उनके द्वारा लोगों में उद्यमशीलता बढ़े, वे कार्यप्रवण हों—इसकी भी चिंता करनी चाहिए। प्रशासनिक अधिकारियों के हाथ से अनेक स्तरों से छनकर नीचे पहुँचते-पहुँचते उनके अमल का व परिणाम का स्वरूप क्या बनता है, इसकी यथा तथ्य सूचना सब ओर से प्राप्त करने की व्यवस्था होनी चाहिए। शासन के उद्देश्यों की प्रामाणिकता, परिवर्तन के लिए आवश्यक साहसी वृत्ति, प्रमुख लोगों की पारदर्शिता व साख, परिश्रम इस पर सभी का अटूट विश्वास है। बहुत वर्षों के बाद प्राप्त यह सौभाग्य पूर्णफलदायी हो, इसके लिए उपर्युक्त मुद्दों का विचार करना पड़ेगा।

त्रुटिपूर्ण होकर भी सकल घरेलू उत्पाद का मानक अर्थव्यवस्था की सुदृढ़ता व बढ़त की गति का मापक इस नाते प्रचलित है। खाली हाथों को काम मिलना, उसमें से आजीविका की न्यूनतम पर्याप्त व्यवस्था होना यानी रोजगार, वह भी अपने

देश की मुख्य आवश्यकता मानी जाती है। इन दोनों में सबसे बड़ा योगदान हमारे लघु, मध्यम, कुटीर उद्योगों का, खुदरा व्यापार तथा स्वरोजगार के छोटे-छोटे नित्य चलनेवाले अथवा तात्कालिक रूप से काम करनेवालों का, सहकार क्षेत्र का तथा कृषि और कृषि पर निर्भर कार्यों का है। जागतिक व्यापार के क्षेत्र में होनेवाले उतार-चढ़ाव तथा आर्थिक भूचालों से समय-समय पर वे हमारी सुरक्षा का भी कारण बने हैं। अभी भी सुदृढ़ बनी हुई हमारी परिवार व्यवस्था में घर की महिलाएँ भी घर बैठे छोटा-मोटा काम कर परिवार की आजीविका में योगदान करती रहती हैं। कभी-कभी इसको अनौपचारिक अर्थव्यवस्था भी कहा जाता है। आर्थिक भ्रष्टाचार का प्रमाण भी यहाँ न्यूनतम है। करोड़ों जनता को इनसे नौकरी अथवा स्वरोजगार प्राप्त होता है। समाज के अंतिम पंक्ति के व्यक्ति भी अधिकतर इसी में खड़े मिलते हैं। अर्थव्यवस्था के सुधार और स्वच्छता के उपायों में यद्यपि सर्वत्र थोड़ी बहुत उथल-पुथल व अस्थिरता अपेक्षित है, इन क्षेत्रों में उसका परिणाम न्यूनतम हो व अंततोगत्वा इनका बल बढ़े, यह ध्यान में रखना पड़ेगा। उनका कौशल बढ़े, उनके उत्पादन की गुणवत्ता बढ़े, उनके लिए बाजार की सुविधाएँ उत्पन्न हों ऐसे अनेक कार्य, शासन, स्वयंसेवी संगठन तथा कुछ बड़े उद्योग भी नैगमिक सामाजिक दायित्व (कॉरपोरेट सोशल रिस्पॉन्सिबिलिटी) की कल्पना प्रचलित होने के पहले से हमारी परंपराओं के संस्कार के कारण कर रहे हैं। उन सबके प्रयासों का समन्वय भी विचार की एक दिशा हो सकती है, परंतु कुल मिलाकर हमारे आर्थिक चिंतन में अर्थव्यवस्था उत्पादन को विकेंद्रित, उपभोग को संयमित, रोजगार को परिवर्धित तथा मनुष्य को संस्कार केंद्रित बनानेवाली हो तथा ऊर्जा की बचत करनेवाली व पर्यावरण को सुरक्षित रखनेवाली हो, ऐसा सोचकर बढ़े बिना; देश में अंत्योदय तथा अंतरराष्ट्रीय जगत् में संतुलित, धारणक्षम व गतिमान अर्थव्यवस्था का उदाहरण बनने का हमारा स्वप्न साकार हो नहीं सकेगा। आज की अपनी आर्थिक स्थिति में से मार्ग निकालकर आगे बढ़ते समय यह बात हम सबके ध्यान में रहनी चाहिए। अनुसूचित जाति, जनजाति, घुमंतू जाति जैसे सुविधाओं से वंचित वर्गों के लिए केंद्र व राज्यों में अनेक प्रावधान हैं। उनका लाभ इन वर्गों के सभी लोगों को मिले, शासन-प्रशासन इस विषय में सजग व संवेदनशील होकर ध्यान दें। इसमें शासन प्रशासन की तत्परता व सावधानी व समाज के भी सहानुभूतिपूर्ण सहयोग की आवश्यकता है।

अपने देश में उद्योग, व्यापार व कृषि के क्षेत्रों में आपस में कभी प्रतिस्पर्धा नहीं

रही; इनको परस्पर पूरक माना गया, इसलिए कृषि का क्षेत्र हमारे देश में बहुत बड़ा है तथा हमारा किसान स्वभाव से न केवल अपने परिवार का, अपितु सबका भरण-पोषण करनेवाला है। वह आज दु:खी है। वह बाढ़, अकाल, आयात-निर्यात नीति की, फसल बढ़ाने पर भारी कर्जे की व कम भाव की तथा फसल बरबाद होने पर सब तरह से नुकसान की मार झेलकर निराश होने लगा है। एक भाव घर करता जा रहा है कि नई पीढ़ी पढ़ेगी तो शहरों में जाकर बेरोजगार बन जाएगी, देहात में रहकर खेती में काम करना पसंद नहीं करेगी और यदि खेती में काम करती है तो देहातों के सुविधाशून्य जीवन में ही पड़ी रहेगी। परिणामस्वरूप गाँव खाली हो रहे हैं व शहरों पर दबाव बढ़ता चला जा रहा है। दोनों में विकास की समस्या, शहरों में अपराध की समस्या बढ़ रही है। फसल बीमा जैसी अच्छी योजनाएँ प्रवर्तित हुई हैं। मृदा परीक्षण, बाजार से संगणकों द्वारा सीधी खरीदी ऐसे उपयुक्त कदम भी उठाए जा रहे हैं, परंतु धरातल पर इसका अमल ठीक से हो, इसलिए केंद्र व राज्य शासनों के द्वारा अधिक चौकसी होनी चाहिए। कर्जमाफी जैसे कदम भी शासन की संवेदना व सद्भावना के परिचायक हैं, परंतु केवल तात्कालिक राहत इस समस्या का उपाय नहीं है। नई तकनीक व अप्रदूषणकारी परंपरागत तरीकों से कहीं से कर्जा लिये बिना किसान कम लागत में खेती कर सकें, यह रीति सीखनी पड़ेगी। नई तकनीक को भी उसके जमीन, पर्यावरण व मनुष्य के स्वास्थ्य पर कोई घातक, दीर्घकालिक दुष्परिणाम नहीं है, इसकी व्यापक परीक्षा करने के बाद ही स्वीकार करना होगा। अपने परिवार को चलाकर अगले वर्ष की खेती कर सके, लागत व्यय पर लाभ इतना देनेवाला फसल का न्यूनतम मूल्य किसानों को मिलना चाहिए। फसल की समर्थन मूल्य पर खरीददारी शासन के द्वारा सुनिश्चित करनी पड़ेगी। जैविक कृषि, मिश्र कृषि, गौ आधारित पशुपालन सहित कृषि का व्यापक प्रचलन बढ़ाना होगा। अन्न, जल व जमीन को विषयुक्त बनानेवाली, किसान का खर्चा बढ़ानेवाली रासायनिक खेती धीरे-धीरे बंद करनी पड़ेगी।

कम खर्चे में कृषि, जैविक कृषि की बात आती है तो स्वाभाविक ही वह बात भी सामने आती है कि अपने देश में बड़े प्रमाण में कृषक अल्पभूधारक तथा सिंचन व्यवस्थारहित भूमि में कृषि करनेवाले हैं। उनके लिए तो कम व्यय में विषमुक्त खेती करने का सहज-सुलभ उपाय गौ आधारित खेती ही है। इसलिए गौरक्षा तथा गोसंवर्धन की गतिविधि संघ के स्वयंसेवक, भारतवर्ष के सभी संप्रदायों के संत, अनेक अन्य

संगठन-संस्थाएँ तथा व्यक्ति चलाते हैं। गौ अपनी सांस्कृतिक परंपरा में श्रद्धा का एक मानबिंदु है। गौरक्षा का अंतर्भाव अपने संविधान के मार्गदर्शक तत्त्वों में भी है; उसके लिए अनेक राज्यों में विभिन्न राजनीतिक दलों के शासनों के काल में कानून बन चुके हैं। देशी गाय के दूध में ए-2 प्रकार का दूध, जिसकी मनुष्य के पोषण के दृष्टि से श्रेष्ठतम उपयुक्तता तथा गोमय व गोमूत्र में पाए जानेवाले तत्त्वों द्वारा मनुष्य व पशुओं की चिकित्सा तथा भूमि सुधार में भी योगदान करनेवाले व हानिकारक प्रभावों से रहित खाद व कीट-नियंत्रकों के निर्माण में उपयुक्तता अब विज्ञान सिद्ध है और उसके कई अनुसंधान भी चल रहे हैं। गोधन की तस्करी एक चिंताजनक समस्या बनकर सभी राज्यों में—विशेषत: बांग्लादेश की सीमा पर उभरकर आई है। ऐसी स्थिति में ये गतिविधियाँ और अधिक उपयुक्त हो जाती हैं। ये सभी गतिविधियाँ उनके सभी कार्यकर्ता कानून व संविधान की मर्यादा में रहकर करते हैं। यह भी सामने आया है कि हिंसा व अत्याचार के बहुचर्चित प्रकरणों में जाँच के बाद इन गतिविधियों से व कार्यकर्ताओं से उनका कोई संबंध नहीं रहा। इधर के दिनों में उलटे गोरक्षा का प्रयत्न अहिंसक रीति से करनेवाले कई कार्यकर्ताओं की हत्याएँ हुई हैं, उसकी न कोई चर्चा है, न ऐसा करनेवालों पर कोई काररवाई। वस्तुस्थिति न जानते हुए अथवा उसकी उपेक्षा करते हुए गौरक्षा व गौरक्षकों को हिंसक घटनाओं के साथ जोड़ना व सांप्रदायिक प्रश्न के नाते गौरक्षा पर प्रश्नचिह्न लगाना ठीक नहीं। अनेक मुसलिम मतानुयायी सज्जनों के द्वारा भी गौरक्षा, गौपालन व गौशालाओं का उत्तम संचालन किया जाता है। गौरक्षा के विरोध में होनेवाला कुत्सित प्रचार अकारण ही विभिन्न संप्रदायों के लोगों के मन पर तथा आपस में तनाव उत्पन्न करता है, यह

वस्तुस्थिति न जानते हुए अथवा उसकी उपेक्षा करते हुए गौरक्षा व गौरक्षकों को हिंसक घटनाओं के साथ जोड़ना व सांप्रदायिक प्रश्न के नाते गौरक्षा पर प्रश्नचिह्न लगाना ठीक नहीं। अनेक मुसलिम मतानुयायी सज्जनों के द्वारा भी गौरक्षा, गौपालन व गौशालाओं का उत्तम संचालन किया जाता है। गौरक्षा के विरोध में होनेवाला कुत्सित प्रचार अकारण ही विभिन्न संप्रदायों के लोगों के मन पर तथा आपस में तनाव उत्पन्न करता है, यह मैंने कुछ मुसलिम मतानुयायी बंधुओं से ही सुना है।

मैंने कुछ मुसलिम मतानुयायी बंधुओं से ही सुना है। ऐसे में हाल में सद्‍हेतु से दिए गए शासन में उच्च पदस्थों के बयान तथा सर्वोच्च न्यायालय की टिप्पणी से, सात्त्विक भाव से संविधान व कानून की मर्यादा का पालन कर चलनेवाले गौरक्षकों को, गौपालकों को चिंतित या विचलित होने की आवश्यकता नहीं। हिंसा में लिप्त आपराधिक प्रवृत्ति के लोगों के लिए वह चिंता का विषय होना चाहिए। हितसंबंधी शक्तियों द्वारा ऐसे वाक्यों के गलत अर्थ लगाकर सभी के दृष्टिकोणों को प्रभावित करने के चंगुल से शासन-प्रशासन के लोग भी मुक्त रहे हैं, कानून अपराधी को अवश्य दंड दे, सज्जनों को उसका उपद्रव न हो—इसकी चिंता करें। गौरक्षा व गौसंवर्धन का वैध व पवित्र लोकोपकारी कार्य चलेगा, बढ़ेगा—यही इन परिस्थितियों का उत्तर भी होगा।

जलसिंचन की व्यवस्था कृषि की सफलता का एक प्रमुख कारण होता है। देश को प्रतिवर्ष प्राप्त होनेवाली जलराशि के वैज्ञानिक व्यवस्थापन का हमें समग्रता से विचार करना पड़ेगा। विषमुक्त खेती व जल व्यवस्थापन में शासन के द्वारा जलसंचयन, जलसंरक्षण, नदी प्रवाहों का निर्मलीकरण व अविरलीकरण, वृक्षारोपण, जैसी उपयुक्त पहलें हो चुकी हैं। समाज में अनेक व्यक्ति जल व्यवस्थापन जैसे विषय पर 'असरकारी' पद्धति से काम कर रहे हैं।

जलसिंचन की व्यवस्था कृषि की सफलता का एक प्रमुख कारण होता है। देश को प्रतिवर्ष प्राप्त होनेवाली जलराशि के वैज्ञानिक व्यवस्थापन का हमें समग्रता से विचार करना पड़ेगा। विषमुक्त खेती व जल व्यवस्थापन में शासन के द्वारा जलसंचयन, जलसंरक्षण, नदी प्रवाहों का निर्मलीकरण व अविरलीकरण, वृक्षारोपण, जैसी उपयुक्त पहलें हो चुकी हैं। समाज में अनेक व्यक्ति जल व्यवस्थापन जैसे विषय पर 'असरकारी' पद्धति से काम कर रहे हैं। वृक्षों व जंगलों के विषयों पर भी rally for rivers जैसे अनेक उपक्रम हो रहे हैं। जंगलों की सुरक्षा व रखरखाव का दायित्व जंगलों में ही स्थित ग्रामवासियों को अधिकृत कर देने के स्तुत्य उपक्रम भी कहीं-कहीं प्रारंभ हुए, ये अच्छा लक्षण हैं। इन सब प्रयासों के समन्वय से पर्यावरण व कृषि कोई नया समृद्ध रूप लेकर उभरेगी, यह आशा ही नहीं, पूर्ण विश्वास है।

राष्ट्र के नवोत्थान में शासन, प्रशासन के द्वारा किए गए प्रयासों से अधिक भूमिका समाज के सामूहिक प्रयासों की होती है। इस दृष्टि से शिक्षा व्यवस्था महत्त्वपूर्ण है। भारतीय समाज के मानस में आत्महीनता का भाव व्याप्त हो, इसलिए शिक्षा व्यवस्था की रचनाओं में, पाठ्यक्रम में व संचालन में अनेक अनिष्टकारी परिवर्तन विदेशी शासकों के द्वारा पारतंत्र्यकाल में लाए गए। उन सब प्रभावों से शिक्षा को मुक्त करना पड़ेगा। नई शिक्षा नीति की रचना में हमारे देश के सुदूर वनों में, ग्रामों में बसनेवाले बालक-तरुण भी शिक्षा प्राप्त कर सकें, उतनी सस्ती व सुलभ करनी पड़ेगी। उसके पाठ्यक्रम मतवादों के प्रभाव से मुक्त रहकर सत्य का ही ज्ञान करानेवाले, राष्ट्रीयता व राष्ट्रगौरव का बोध जाग्रत् करानेवाले तथा प्रत्येक छात्र में आत्मविश्वास, उत्कृष्टता की चाह, जिज्ञासा, अध्ययन व परिश्रम की प्रवृत्ति जगाने के साथ-साथ शील, विनय, संवेदना, विवेक व दायित्वबोध जगानेवाले होने पड़ेंगे। शिक्षकों को छात्रों का आत्मीय बनकर स्वयं के उदाहरण से यह बोध कराना पड़ेगा। शिक्षा परिसरों का वातावरण तदनुकूल बनाना पड़ेगा। उचित प्रकार के भवन, उपकरण, वाचनालयों से व प्रयोगशालाओं से सुसज्जित होने पड़ेंगे। शिक्षा का बाजारीकरण समाप्त हो, इसलिए शासकीय विद्यालयों, महाविद्यालयों को भी व्यवस्थित कर स्तरवान बनाना पड़ेगा। इस दिशा में समाज में भी अनेक सफल प्रयोग चल रहे हैं, उनके अनुभवों का भी संज्ञान लेना पड़ेगा। शिक्षकों के योगक्षेम की उचित व्यवस्था करनी पड़ेगी। यह पुनरुक्ति इस आशा में कि इन अपेक्षाओं को पूर्ण करनेवाली बहुप्रतीक्षित, आमूलाग्र परिवर्तनकारी शिक्षा नीति शीघ्र ही देश के सामने रखी जाएगी, मैं कर रहा हूँ।

परंतु क्या शिक्षा केवल विद्यालयीन शिक्षा होती है? क्या अपने स्वयं के घर-परिवार, माता-पिता, घर के ज्येष्ठ, अड़ोस-पड़ोस के वरिष्ठों की कथनी व करनी से उनको आचरण की प्रामाणिकता व भद्रता की, संस्कारों से युक्त मनुष्यता के व्यवहार, करुणा व सहसंवेदना की सीख नहीं मिलती? क्या समाज में चलनेवाले उत्सव, पर्वों सहित सभी उपक्रमों, अभियानों, आंदोलनों से मन, वचन, कर्म के संस्कार उन्हें नहीं मिलते? क्या माध्यमों के द्वारा, विशेषकर अंतरताने पर चलनेवाले सूचना-प्रसारण के द्वारा उनके चिंतन व व्यवहार पर परिणाम नहीं होता? ब्लू व्हेल खेल इसका ही उदाहरण है। इस खेल के कुचक्रों से अबोध बालकों को निकालने के लिए शीघ्र ही परिवार, समाज एवं शासन द्वारा प्रभावी कदम उठाने होंगे।

हाल ही में छोटे-मोटे कारणों को लेकर समाज का सड़कों पर उतरना, नागरिक

कर्तव्य, कानून, संविधान के प्रति उदासीनता या अनादर दिखाते हुए अकारण हिंसा पर उतारू होना—ऐसे वातावरण का लाभ समाजविरोधी आपराधिक प्रवृत्तियों तथा समाज की श्रद्धा, एकात्मता व शांति को भंग करने की इच्छा रखनेवाली राष्ट्रविरोधी शक्तियों ने उठाया है। ऐसी जो घटनाएँ घट रही हैं, उनका मूल समाज के असंतोष अथवा उस पर खेलनेवाली स्वार्थी राजनीति या अन्य तत्त्वों की बराबर मात्रा में समाज के विवेक, संस्कार तथा दायित्वबोध के अभाव में भी है।

नई पीढ़ी को व्यक्तिगत आचरण व सामूहिक जीवन के सुसंस्कार परिवार व समाज के जीवन से भी प्राप्त होने चाहिए। स्वार्थ की राजनीति को पनपने का अवसर तब मिलता है, जब समाज के आचरण में शोषण, विषमता तथा संवेदनहीनता की विकृति समाज में भेद, असंतोष व कलह उत्पन्न करने लगती है। यह समरसता के अभाव का ही परिणाम है। अपने संपर्क, स्वयं का उदाहरण तथा निःस्वार्थ सेवा के द्वारा समाज में न्याय, समरसता व सहसंवेदना का, संस्कारयुक्त आचरण का वातावरण बनाने में संघ के स्वयंसेवकों सहित अनेक संगठन व व्यक्ति लगे हैं, परंतु संपूर्ण समाज को ही अपनी कुरीतियों व आचरण की विसंगतियों की आदत को त्याग कर संस्कार व सद्भावनायुक्त आत्मीय, समदृष्टि पूर्ण आचरण अपनाना पड़ेगा, तभी ये सारे प्रयत्न पूर्ण फलदायी होंगे। हम सभी को अपने जीवन के सभी पहलुओं को इस दृष्टि से परिष्कृत करते हुए इस कार्य के लिए बद्धपरिकर व सक्रिय होना पड़ेगा।

नई पीढ़ी को व्यक्तिगत आचरण व सामूहिक जीवन के सुसंस्कार परिवार व समाज के जीवन से भी प्राप्त होने चाहिए। स्वार्थ की राजनीति को पनपने का अवसर तब मिलता है, जब समाज के आचरण में शोषण, विषमता तथा संवेदनहीनता की विकृति समाज में भेद, असंतोष व कलह का अनुभव कहीं-कहीं उत्पन्न करने लगती है। यह समरसता के अभाव का ही परिणाम है।

पिछले कुछ समय से पारिवारिक संबंधों में बिखराव एवं सामाजिक विद्रूपताओं के अनेक चिंताजनक उदाहरण सामने आए हैं। ये घटनाएँ परिवारों एवं समाज-जीवन में संस्कारों के स्खलन के ही संकेत हैं, अतः हमें कुटुंब एवं समाज-प्रबोधन के माध्यम से सद्संस्कार जागरण के कार्य को अधिक गति से बढ़ाना होगा। हम

सभी को अंतर्मुख होकर आत्मशोधन के द्वारा अपने व्यक्तिगत आचरण, पारिवारिक वातावरण तथा सामाजिक क्रिया-कलापों की निर्वहण पद्धति को सुधारना पड़ेगा, क्योंकि स्वतंत्र विजिगीषु राष्ट्र में राष्ट्रीय भावना को पोषण देनेवाला नागरिक व्यवहार ही होता है। इस संबंध में भगिनी निवेदिता ने कहा है—

"The Samaj is the strength of the family: the home is behind the civic life and the civic life sustains the nationality. This is the formula of human combination. The essentials of all four elements we have among us, in our ancient Dharma. But we have allowed much of their consciousness to sleep. We have again to realise the meaning of our own treasure."

(कुटुंब की शक्ति समाज में निहित है। राष्ट्रभाव को जाग्रत रखने में सभ्य नागरिक जीवन की बड़ी भूमिका होती है। सभ्य नागरिक जीवन का आधार हमारे घर है। मानव संयोजन का यही सूत्र है। हमारे प्राचीन धर्म ने हमें ये चार तत्व प्रदान किए। परंतु उनके प्रति हमारी चेतना बहुधा सप्त हो गई है। हमें पुनः अपनी उस ज्ञान निधि का अनुभव करना होगा।)

> *अपने राष्ट्र के स्वरूप की स्पष्ट कल्पना जिनकी बुद्धि में है तथा वाणी उतनी ही स्पष्टता से निर्भयतापूर्वक उसको मुखरित करने का साहस रखती है, मन में अपनी इस पवित्र अखंड मातृभूमि की भक्ति तथा उसके प्रत्येक पुत्र के प्रति अपार आत्मीयता व संवेदना भरी है, अपने पराक्रमी व त्यागी पूर्वजों का गौरव जिनके अंतःकरण का आलंबन है व इस राष्ट्र को परमवैभव-संपन्न बनाने के लिए सर्वस्वत्याग ही जिनकी सामूहिकता की व कर्म की प्रेरणा है, ऐसे कार्यकर्ताओं का देशव्यापी समूह बनाने का यह कार्य अपने 93वें वर्ष में पदार्पण कर रहा है।*

इसलिए सद्यस्थिति में शासन की भारतीय मूल्याधारित नीति तथा प्रशासन द्वारा उसका प्रामाणिक, पारदर्शी व अचूक क्रियान्वयन जितना आवश्यक है, उतना ही समाज का राष्ट्रहितैक बुद्धि से संघबद्ध, गुणवत्तायुक्त व अनुशासित होकर चलना भी आवश्यक है। सनातन भारत युगानुकूल रूप लेकर अवतरित हो रहा है। समाज की सज्जनशक्ति अनेक क्षेत्रों में किए जानेवाले अपने उद्यम से उसके स्वागत के लिए सिद्ध हो रही है; आवश्यकता है समाज की सिद्धता की।

1925 से राष्ट्रीय स्वयंसेवक संघ इसी कार्य में लगा है। अपने राष्ट्र के स्वरूप की स्पष्ट कल्पना जिनकी बुद्धि में है तथा वाणी उतनी ही स्पष्टता से निर्भयतापूर्वक उसको मुखरित करने का साहस रखती है, मन में अपनी इस पवित्र अखंड मातृभूमि की भक्ति तथा उसके प्रत्येक पुत्र के प्रति अपार आत्मीयता व संवेदना भरी है, अपने पराक्रमी व त्यागी पूर्वजों का गौरव जिनके अंत:करण का आलंबन है व इस राष्ट्र को परमवैभव-संपन्न बनाने के लिए सर्वस्वत्याग ही जिनकी सामूहिकता की व कर्म की प्रेरणा है, ऐसे कार्यकर्ताओं का देशव्यापी समूह बनाने का यह कार्य अपने 93वें वर्ष में पदार्पण कर रहा है। कार्य निरंतर गति से बढ़ रहा है। राष्ट्रजीवन के सभी अंगों में संघ के स्वयंसेवक सक्रिय हैं व अपने संपर्क से संस्कारों का वातावरण बना रहे हैं। अभावग्रस्तों की सेवा में भी समाज के प्राय: सभी वर्गों को साथ लेकर एक लाख सत्तर हजार के लगभग सेवा के कार्य विभिन्न संगठनों व संस्थाओं के माध्यम से चला रहे हैं। समाज में इन सब कार्यों से बने वातावरण से ही समाजमन के भेद, स्वार्थ, आलस्य, आत्महीनता आदि त्रुटियाँ दूर होकर उसके संगठनात्मक व गुणवत्ता से परिपूर्ण आचरण का चित्र खड़ा होगा। समाज को समरस व संगठित बनाने का यह एकमेवाद्वितीय उपाय है। उसमें आप सभी की सहभागिता की आवश्यकता है। स्व-आधारित सही नीति, उत्तम क्रियान्वयन, सज्जनशक्ति का सहयोग व तदनुसार समाज का संगठित, उद्यम व एकरस आचरण इस चतुर्विध संयोग से परमवैभव-संपन्न विश्वगुरु भारत के पूर्ण स्वरूप का प्रकटन हम आनेवाले कुछ ही दशकों में कर सकेंगे, ऐसी अनुकूलता सर्वधुर विद्यमान है, अवसर को तत्परतापूर्वक पकड़ना हमारा कर्तव्य है।

कोटि-कोटि हाथोंवाली माँ का अद्भुत आकार उठे
लख विश्वनयन विस्फार उठे
जगजननी का जयकार उठे॥
हिंदूभूमि का कण-कण हो, अब शक्ति का अवतार उठे
जल-थल से, अंबर से फिर हिंदू की जय-जयकार उठे
जगजननी का जयकार उठे॥
॥ भारत माता की जय॥

□

संघ का दृष्टिकोण

इस कार्यक्रम का आयोजन संघ को समझने के लिए हुआ है, क्योंकि संघ आज एक शक्ति के रूप में इस देश में उपस्थित है, ऐसा अनुभव सारी दुनिया को होता है। स्वाभाविक ही उसकी चर्चा चलती है, चलनी भी चाहिए; परंतु चर्चा करने के लिए वस्तुस्थिति का भी पता होना चाहिए। चर्चा कैसी चले, वह तो चर्चा करनेवालों का अधिकार है, परंतु वास्तविकता क्या है, यह जानकर चर्चा होती है तो उसके सार्थक निष्कर्ष निकलते हैं।

संघ का काम एक अनोखा काम है। इस कार्य की तुलना करने के लिए दूसरा कोई तुलनीय (Comparable) कार्य कहीं दिखता नहीं है, इसलिए ज्ञात से अज्ञात (From known to unknown) की पद्धति से इसको नहीं जाना जा सकता है। ऐसे जानने का प्रयास करेंगे तो गलतफहमियाँ होने की संभावना ज्यादा रहती है। संघ का तरीका अनोखा होने के कारण संघ के कार्यकर्ता अपना काम करते रहते हैं। वे प्रचार-प्रसिद्धि के पीछे नहीं भागते हैं। संघ की शक्ति जैसे-जैसे बढ़ती है, वैसे-वैसे उसका प्रचार अपने आप होने लगता है। माध्यमों का ध्यान उसकी ओर जाता है। लोगों की चर्चा में संघ आता है तो संघ क्या है? इसको जानने का सभी लोग प्रयास करते हैं। कोई काम बढ़ता है तो एक शक्ति का स्वरूप बन जाता है। इसलिए किसी-किसी को उस शक्ति का डर भी लगता है, तो उसके बारे में अप्रचार भी होता है। इसमें कोई अस्वाभाविक बात नहीं है।

हमारे दिल्ली प्रांत के कार्यकर्ताओं ने सोचा कि एक बार 'संघ की वस्तुस्थिति क्या है' यह अधिकृत रूप से दिल्ली के प्रभावी, प्रतिष्ठित वर्ग को बताई जाए। उस

---

* 17 सितंबर, 2018, नई दिल्ली; राष्ट्रीय स्वयंसेवक संघ की तीन दिवसीय व्याख्यानमाला 'भविष्य का भारत : संघ का दृष्टिकोण' का प्रथम दिवस

पर कुछ प्रश्नोत्तर हों और इसके लिए यह समय चुना गया। क्योंकि वस्तुस्थिति जानना आवश्यक है, यह वस्तुस्थिति मैं आपके सामने रखनेवाला हूँ। आपके सामने वस्तुस्थिति रखते समय मेरा उद्देश्य आपको सहमत (convince) करने का नहीं है। सहमत होना या नहीं होना, यह आपका अधिकार है। संघ जैसा है, वैसा ही मैं बताऊँगा। आपके प्रश्नों का उत्तर जितनी मेरी जानकारी है, उसके आधार पर मैं दूँगा। उसमें शोध करना, संशोधन करना, सब आप कर सकते हैं, आपका अधिकार है। लेकिन उसके बाद जो भी चर्चा आपके द्वारा होगी, वह संघ की अधिकृत जानकारी के आधार पर होगी, इतना हमारे लिए पर्याप्त है।

संघ संस्थापक डॉ. हेडगेवार

संघ को जानना है तो पहले डॉ. हेडगेवार को जानना आवश्यक है। वे संघ के निर्माता थे। संघ में हम कहते हैं कि डॉ. हेडगेवार ने अपने को बीज रूप में मिट्टी में मिलाकर संघ के वृक्ष को बड़ा किया। इसलिए संघ के सारे कार्य में डॉ. हेडगेवार के मानस का प्रतिबिंब मिलता है। डॉ. हेडगेवार को जाने बिना संघ को समझना कठिन है, संभव नहीं। आज अगर हम संघ को देखेंगे तो डॉ. हेडगेवार का मानस क्या था, इसकी झलक मिल सकती है। इसलिए समझनेवालों को वहाँ से प्रारंभ करना पड़ता है। नागपुर के एक कनिष्ठ मध्यमवर्गीय पौरोहित्य कर्म पर अपना उदर निर्वाह करनेवाले वेदज्ञ परिवार में डॉ. हेडगेवार का जन्म हुआ। घर की परिस्थिति कोई बहुत संपन्न नहीं थी। तीन भाई थे, यह सबसे छोटे थे। उस समय स्वतंत्रता की बात समाज में चलने लगी थी। नागपुर में अंग्रेजों के आने से पहले वहाँ के राजा भोसले थे। उनका राज्य कैसे छीना गया, इसकी चर्चा लोककलाओं में कलाकार एवं मंदिरों में कथावाचक, किसी-न-किसी निमित्त किया करते थे। इस वातावरण में बचपन से ही डॉ. हेडगेवार स्वतंत्रता की आकांक्षा लेकर पले-बढ़े।

संघ को जानना है तो पहले डॉ. हेडगेवार को जानना आवश्यक है। वे संघ के निर्माता थे। संघ में हम कहते हैं कि डॉ. हेडगेवार ने अपने को बीज रूप में मिट्टी में मिलाकर संघ के वृक्ष को बड़ा किया। इसलिए संघ के सारे कार्य में डॉ. हेडगेवार के मानस का प्रतिबिंब मिलता है।

डॉ. हेडगेवार का विद्यार्थी जीवन

हम उनको जन्मजात देशभक्त कहते हैं, क्योंकि जब वे प्राइमरी स्कूल में थे, उसी समय से ऐसा दिखता था। विक्टोरिया रानी के राज्यारोहण समारोह की जुबली भारत में भी मनाई गई। ब्रिटिशों का राज्य था, इसलिए सभी स्कूलों में कार्यक्रम होने अनिवार्य थे, वे हुए। इनके स्कूल में भी कार्यक्रम हुआ, वे उस समय तीसरी कक्षा में पढ़ते थे। उस निमित्त मिठाई बाँटी गई, उन्होंने उस मिठाई को लेकर कूड़ेदान में फेंक दिया। इसलिए शिक्षक ने उनको पूछा कि क्या तुमको मिठाई अच्छी नहीं लगती, जो कूड़ेदान में फेंक दी? इन्होंने उत्तर दिया कि हमारा राज्य छीनकर हमको गुलाम बनानेवालों के राज्यारोहण समारोह की मिठाई हमारे लिए मिठाई कैसे हो सकती है और यह दिन हमारे लिए उत्सव का दिन कैसे हो सकता है? यह दिन तो शोक का दिन है। प्राइमरी स्कूल में पढ़ने की अवस्था में इस प्रकार के विचार-विश्व में यह बालक रहता था। उनका मानसिक स्तर (Mental Makeup) जन्म से कैसा था, यह बतानेवाली बात है। आगे कठिन परिस्थिति में उनको पढ़ना पड़ा। जब वह ग्यारह वर्ष के थे, तब नागपुर में प्लेग की बीमारी चल रही थी, रोगियों की सेवा में उनके माता-पिता दोनों लगे हुए थे, इसी समय वे दोनों भी प्लेग से ग्रस्त हो गए और एक ही दिन में दोनों का देहांत हो गया। घर में आमदनी का कोई साधन नहीं था, इसलिए अत्यंत दरिद्रता की स्थिति में उन्हें अपनी पढ़ाई को पूर्ण करना पड़ा। इस कठिन परिस्थिति में भी केशव हेडगेवार,

विक्टोरिया रानी के राज्यारोहण समारोह की जुबली भारत में भी मनाई गई। ब्रिटिशों का राज्य था, इसलिए सभी स्कूलों में कार्यक्रम होने अनिवार्य थे, वे हुए। इनके स्कूल में भी कार्यक्रम हुआ, वे उस समय तीसरी कक्षा में पढ़ते थे। उस निमित्त मिठाई बाँटी गई, उन्होंने उस मिठाई को लेकर कूड़ेदान में फेंक दिया। इसलिए शिक्षक ने उनको पूछा कि क्या तुमको मिठाई अच्छी नहीं लगती, जो कूड़ेदान में फेंक दी? इन्होंने उत्तर दिया कि हमारा राज्य छीनकर हमको गुलाम बनानेवालों के राज्यारोहण समारोह की मिठाई हमारे लिए मिठाई कैसे हो सकती है और यह दिन हमारे लिए उत्सव का दिन कैसे हो सकता है? यह दिन तो शोक का दिन है।

जो आगे चलकर डॉक्टर बने, के जीवन में दो बातें नहीं छूटीं। एक, अपनी पढ़ाई में हमेशा अपने विद्यालय के पहले दस बच्चों में आना और दूसरी बात, देश के लिए जो कोई प्रयास चल रहा हो, उसमें तन-मन पूर्वक सहभागी होना। सार्वजनिक जीवन की दीक्षा बचपन से ही उनके जीवन में प्रवेश कर गई।

आगे चलकर 'वंदे मातरम्' आंदोलन चला, उस आंदोलन को नागपुर के विद्यालयों में संगठित करने का काम करनेवाली अग्रणी टोली में डॉ. हेडगेवार थे। स्कूल निरीक्षण (इंस्पेक्शन) के लिए इंस्पेक्टर जब आते थे, तब प्रत्येक कक्षा में उनका स्वागत वंदे मातरम् की घोषणा से होता था। स्वाभाविक था कि उस समय की सरकार बिफर गई। उन्होंने नागपुर के सारे स्कूल बंद कर दिए और खोज शुरू की कि ऐसा करनेवाले कौन है? लेकिन उन्होंने इतना अद्भुत संगठन बनाया था कि चार महीने तक कोई भी नाम बाहर नहीं आया। अंत में, छात्रों के अभिभावक, सरकारी अधिकारी सभी ने मिलकर समाधान (Compromise) निकाला कि विद्यालय खोलें। बच्चों के विद्यालय में प्रवेश करते समय गेट पर हेडमास्टर खड़े रहेंगे और हर एक छात्र को पूछेंगे कि गलती हुई है न? तो मुंडी हिलाकर 'हाँ' कहना। इतनी नाममात्र की क्षमा (Nominal Apology) माँगने के साथ प्रवेश मिलेगा। लेकिन नागपुर में दो विद्यार्थियों ने नाममात्र की यह क्षमा (Nominal Apology) माँगने से भी मना कर दिया। उसमें से एक केशव हेडगेवार थे, इसलिए उनको स्कूल से निष्कासित (Rusticate) किया गया। ऐसे आंदोलनों में जिनकी पढ़ाई छूटती थी, उनके लिए उस समय के हमारे नेताओं ने राष्ट्रीय विद्यालय चलाए। उस राष्ट्रीय विद्यालय में वे पढ़े और मैट्रिकुलेशन की परीक्षा में निजी तौर पर उपस्थित (Appear) होकर प्रथम श्रेणी (First Class) में पास हो गए।

> ***पढ़ाई का तो बहाना था, मुख्य उद्देश्य था कि कलकत्ता में देश भर के क्रांतिकारकों की (Coordination Committee) 'अनुशीलन समिति' से जुड़ना, ताकि उसके संपर्क में रहकर जब ये छुट्टियों में वापस नागपुर आएँ, तब क्रांति-कार्य को सेंट्रल प्रोविंस और बेरार के इलाके में स्थापित करना।***

इनकी सक्रियता और इनके दिल की ये चिनगारी नागपुर के तत्कालीन नेताओं को दिख रही थी, इसलिए उन्होंने उनको कलकत्ता के नेशनल मेडिकल कॉलेज

में पढ़ाई करने के लिए थोड़ी-बहुत आर्थिक सहायता जुटाकर भेज दिया। पढ़ाई का तो बहाना था, मुख्य उद्देश्य था कि कलकत्ता में देश भर के क्रांतिकारकों की (Coordination Committee) 'अनुशीलन समिति' से जुड़ना, ताकि उसके संपर्क में रहकर जब ये छुट्टियों में वापस नागपुर आएँ, तब क्रांति-कार्य को सेंट्रल प्रोविंस और बेरार के इलाके में स्थापित करना। ये दोनों काम डॉ. साहब ने बखूबी किए। मेडिकल कॉलेज की अंतिम परीक्षा भी प्रथम श्रेणी में पास की और इन चार वर्षों में अत्यंत कड़ी परीक्षाएँ देकर उस क्रांतिकारक समिति की कोर कमेटी में उनका प्रवेश हुआ। उस समय उनका कूटनाम (Code name) 'कोकेन' था। राजस्थान से आंध्र तक क्रांतिकारियों को बसाना, उनकी आजीविका की व्यवस्था करना, उनको शस्त्र आदि देना, यह सारा काम संगठक के नाते उन्होंने किया। आगे चलकर इस क्रांतिकारी आंदोलन का वह चरण असफल हो गया। शस्त्र लानेवाले जहाज भारत के किनारे पर ही पकड़े गए। अंदर के सूत्र भी पकड़े गए। फिर से सबको समेटने का काम भी उन्होंने किया।

उनके अभिभावक वही थे, माता-पिता तो थे नहीं। चाचा को पत्र लिखा कि मैंने इस जीवन में आजीवन ब्रह्मचर्य का पालन करते हुए देश के लिए जीवन जीने की प्रतिज्ञा की है। मुझे विवाह वगैरह नहीं करना है, तो फिर प्रस्ताव आने बंद हो गए।

इस कालावधि में उन्होंने यह संकल्प लिया कि इस जीवन में केवल अपने देश के लिए ही जीना है और कुछ नहीं करना है। कॉलेज की परीक्षा पास होते ही प्रिंसिपल ने उनको कहा कि तुम अगर जाना चाहते हो तो ब्रह्मदेश (बर्मा) में तुम्हारे लिए एक अच्छी नौकरी है, तीन हजार रुपए वार्षिक वेतन मिलेगा। डॉ. हेडगेवार ने कहा कि मैंने नौकरी नहीं करने का निश्चिय किया है और वे नागपुर वापस आ गए। उस जमाने में पूरे इलाके में 75-100 से ज्यादा डॉक्टर नहीं थे, अगर प्रैक्टिस करते तो बहुत पैसा कमाते। लेकिन उन्होंने तो तय किया था कि पैसा नहीं कमाना है और देश के काम में पूरी तरह लग जाना है। लेकिन डॉक्टर बनकर आए, इसलिए विवाह के भी प्रस्ताव आने लगे। उन्होंने अपने चाचा को पत्र लिखा। उनके अभिभावक वही थे, माता-पिता तो थे नहीं। चाचा को पत्र लिखा कि मैंने इस जीवन में आजीवन ब्रह्मचर्य का पालन करते हुए देश के लिए जीवन जीने की प्रतिज्ञा की है। मुझे विवाह वगैरह नहीं करना है, तो फिर प्रस्ताव आने बंद हो गए।

सार्वजनिक जीवन में डॉक्टरजी

'किस कानून के तहत अंग्रेजों को भारतवर्ष पर राज्य करने का अधिकार मिलता है? ऐसा कानून अगर कहीं है तो बताओ। मैं आपके इस अधिकार को नहीं मानता, आपके कानून को भी नहीं मानता, आपके न्याय को भी नहीं मानता। मैंने अपने लोगों को कुछ गलत नहीं बताया है। अपने समाज के लोगों को मैंने जागरुक किया है। स्वतंत्रता मनुष्य का अधिकार है। स्वतंत्र कैसे होना, स्वतंत्र कैसे रहना और अपनी स्वतंत्रता के साथ अपना जीवन कैसे चलाना, इसके बारे में मैंने भाषणों में बोला है। अगर इसको राजद्रोह समझकर मुझे और मेरे जैसे लोगों को पकड़कर जेल में डालने का षड्यंत्र अगर अंग्रेज सरकार कर रही है तो अंग्रेज सरकार को भी समझना चाहिए कि अपना बोरिया-बिस्तर समेटकर उनका इस देश से जाने का समय निकट आ गया है।'

उस समय आंदोलन केवल एकमात्र मार्ग था। अपने देश के लोगों ने मिलकर 'भारतीय राष्ट्रीय कांग्रेस' की स्थापना की थी, उसके वे विदर्भ प्रदेश के कार्यकर्ता बने। चोटी के कार्यकर्ताओं में उनका क्रमांक आता था। उस समय 'असहकार आंदोलन' शुरू हो गया। उसके लिए प्रचार करना था, गाँव-गाँव जाना, पैदल जाना या बैलगाड़ी से जाना। उन दिनों यातायात के साधन आज जैसे नहीं थे। कठिन परिश्रम करके उन्होंने लोगों को जगाने का प्रयास किया। अपने भाषणों के कारण वे गिरफ्तार हो गए। उन पर राजद्रोह (Sedition) का आरोप लगा और नागपुर के एक कोर्ट में अभियोग चला। अभियोग में उन्होंने अपना बचाव पक्ष (Defence) रखा। उन दिनों आंदोलन में लोग अपना बचाव पक्ष (Defence) नहीं रखते थे, जो सजा मिलती थी, उसे स्वीकार करते थे। लेकिन उन्होंने कहा कि सजा तो मैं स्वीकार करूँगा। लेकिन बचाव (Defence) में अपना पक्ष भी रखूँगा। उस समय कोर्ट में पत्रकार भी आते थे, जनता भी आती थी, इसलिए उन्होंने अपने भाषण के द्वारा अपने विषय को रखने का फैसला किया। उन्होंने भाषण का प्रारंभ यहीं से किया कि 'किस कानून के तहत अंग्रेजों को भारतवर्ष पर राज्य करने का अधिकार मिलता है? ऐसा कानून अगर कहीं है तो बताओ। मैं

आपके इस अधिकार को नहीं मानता, आपके कानून को भी नहीं मानता, आपके न्याय को भी नहीं मानता। मैंने अपने लोगों को कुछ गलत नहीं बताया है। अपने समाज के लोगों को मैंने जागरूक किया है। स्वतंत्रता मनुष्य का अधिकार है। स्वतंत्र कैसे होना, स्वतंत्र कैसे रहना और अपनी स्वतंत्रता के साथ अपना जीवन कैसे चलाना, इसके बारे में मैंने भाषणों में बोला है। अगर इसको राजद्रोह समझकर मुझे और मेरे जैसे लोगों को पकड़कर जेल में डालने का षड्यंत्र अगर अंग्रेज सरकार कर रही है तो अंग्रेज सरकार को भी समझना चाहिए कि अपना बोरिया-बिस्तर समेटकर उनका इस देश से जाने का समय निकट आ गया है।' जज ने उनको एक वर्ष की सश्रम कारावास की सजा देते समय कहा कि जिन भाषणों के बारे में इन पर राजद्रोह का आरोप लगा है, उससे ज्यादा ज्वालाग्राही, भड़काऊ भाषण तो इनका बचाव का भाषण है। एक वर्ष के लिए जेल में गए। जेल में जाते समय उनको विदाई देने के लिए लोग आए, कोर्ट और पुलिस लाइन एवं जेल तक पहुँचने के बीच एक छोटी सभा भी हो गई। उस समय उनके मन में जो विचार चल रहे थे, उसकी झलक उनके उस समय के भाषण में मिलती है। जेल से छूटने के बाद भी उनकी एक 'अभिनंदन सभा' हुई, जिसकी अध्यक्षता मोतीलाल नेहरू कर रहे थे। उस समय भी डॉ. हेडगेवार ने अपने भाषण में कहा कि केवल जेल जाना ही देशभक्ति है, ऐसा मानने का कोई कारण नहीं। जेल जाना पड़ता है तो जेल में भी जाएँगे, लेकिन बाहर रहकर लोगों के मन में स्वतंत्रता का अर्थ स्वतंत्रता प्राप्त करने के लिए प्रयास करना, इसके बारे में जागृति लाना भी देशभक्ति है। उन्होंने कहा कि एक साल मैं कारावास में रहा तो मेरा वजन तो बढ़ गया, मेरे ऊपर कोई दुष्परिणाम नहीं हुआ। लेकिन मुझे विश्वास है कि हम जैसे लोगों की अनुपस्थिति में भी काम तो चला है होगा। उन्होंने फिर से जन-जागृति के कार्य को प्रारंभ किया।

> *अब हम थोड़ा पीछे जाएँगे, क्योंकि ये सारे काम करते समय देश के सार्वजनिक जीवन में डॉ. हेडगेवार का संबंध सर्वत्र आता था। उनका स्वभाव ऐसा था कि किसी की विचारधारा अलग है या विरोधी भी है, तो भी जब तक सामनेवाला प्रामाणिक है और देश के कल्याण की भावना लेकर काम कर रहा है, तब तक उनका उससे कोई विरोध नहीं होता था।*

अब हम थोड़ा पीछे जाएँगे, क्योंकि ये सारे काम करते समय देश के सार्वजनिक

जीवन में डॉ. हेडगेवार का संबंध सर्वत्र आता था। उनका स्वभाव ऐसा था कि किसी की विचारधारा अलग है या विरोधी भी है, तो भी जब तक सामनेवाला प्रामाणिक है और देश के कल्याण की भावना लेकर काम कर रहा है, तब तक उनका उससे कोई विरोध नहीं होता था। सभी प्रकार की विचारधाराओं के लोग उनके अच्छे मित्र थे। उस समय नागपुर में एक कम्युनिस्ट नेता हुआ करते थे—बैरिस्टर रुईकर। अच्छे बैरिस्टर और धनवान व्यक्ति थे। नागपुर के मजदूरों के नेता के रूप में उनकी प्रसिद्धि थी। डॉ. हेडगेवार उनके अच्छे मित्र थे। डॉ. हेडगेवार की आर्थिक स्थिति अच्छी नहीं थी। डॉ. साहब उनको विनोद में कहते थे, "I am a poor capitalist and you are a rich labourer." ऐसे उनकी नोक-झोंक चलती थी। एक बार उन्होंने बैरिस्टर रुईकर को पूछा कि 'अगर कल सुबह मैं आकर आपको यह समाचार दूँ कि अंग्रेजों का राज चला गया और वापस शिवाजी महाराज का राज्य सर्वत्र शुरू हो गया है, तो आप क्या करेंगे?' बैरिस्टर रुईकर साहब ने कहा कि यह कोई पूछने की बात है, मैं तो हाथी पर से पेड़े बटवाऊँगा। तब डॉ. हेडगेवार ने कहा कि इसका मतलब है कि 'आपको भी वहीं जाना है, जहाँ हमको जाना है, तो आपस में झगड़ा क्यों करते हैं, हम मिलकर क्यों नहीं चलते? छोटी-मोटी तात्त्विक बातों को लेकर इतने विवाद क्यों खड़े करते हैं?' उनका मानस (Mind Set) ऐसा था। इस कारण सभी प्रकार के लोगों से उनकी चर्चा-वार्त्ताएँ होती रहती थीं। ये सभी प्रकार के लोग यानी चार प्रकार के लोग थे। अपने थोड़े-बहुत अध्ययन से मुझे ऐसा लगता है।

> ***एक धारा है, जो कहती थी कि एक प्रयास विफल हुआ तो क्या हुआ, इसी मार्ग से यानी सशस्त्र संघर्ष के मार्ग पर ही आगे बढ़ना चाहिए। इसलिए बाद में क्रांतिकारियों का मार्ग शुरू हुआ, गदर के प्रयास हुए। फिर क्रांतिकारियों के छोटे-छोटे टोले बने, उन्होंने कुछ किया।***

समाज जागृति की चार धाराएँ

सन् 1857 में देश को स्वतंत्र कराने का एक बड़ा प्रयास भारतवर्ष में हुआ था और वह विफल हो गया। विफल होने के बाद अपने देश के प्रमुख लोगों के मन में चिंतन शुरू हुआ कि हमारा देश, हमारी इतनी प्रचंड संख्या, हमारे पास सेना, राजा-महाराजा सब हैं। अंग्रेज लोग मुट्ठी भर हैं, वह भी बाहर से आए हैं। यहाँ की हवा में

भी उनके लिए सब प्रतिकूलता है, फिर भी वे जीते और हम हारे थे, यह कैसे हुआ ? ऐसे चिंतन-मंथन के बाद समाज जागृति के जो प्रयास शुरू हुए, उसकी सामान्यतः चार मुख्यधाराएँ दिखाई देती हैं।

एक धारा है, जो कहती थी कि एक प्रयास विफल हुआ तो क्या हुआ, इसी मार्ग से यानी सशस्त्र संघर्ष के मार्ग पर ही आगे बढ़ना चाहिए। इसलिए बाद में क्रांतिकारियों का मार्ग शुरू हुआ, गदर के प्रयास हुए। फिर क्रांतिकारियों के छोटे-छोटे टोले बने, उन्होंने कुछ किया। 1945 में सुभाष बाबू के विमान अपघात में अंतर्धान जाने तक यह धारा चली। उस धारा ने देश के लिए अपना सर्वस्व न्योछावर करनेवाले अनेक महापुरुष हमको दिए, आज भी हम उनका स्मरण करते हैं और उनके जीवन से प्रेरणा लेते हैं। अब हमारा देश स्वतंत्र है तो उसका प्रयोजन नहीं है।

दूसरी धारा यह निकली कि अपने देश के लोगों में राजनैतिक समझदारी कम है। सत्ता किसकी है, इसका क्या महत्त्व है, लोग कम जानते हैं। अपने देश के लोगों की राजनैतिक जागृति करनी चाहिए और इसलिए कांग्रेस के रूप में एक बड़ा आंदोलन सारे देश में खड़ा हुआ। उसमें भी अनेक सर्वस्व त्यागी महापुरुष, जिनकी प्रेरणा आज भी हमारे जीवन की प्रेरणा के रूप में काम करती है, पैदा हुए और देश के सर्वसामान्य व्यक्ति को स्वतंत्रता के लिए रास्ते पर लाकर खड़ा करने का काम उस धारा ने किया। अपनी स्वतंत्रता प्राप्ति में उस धारा का एक बड़ा योगदान है। देश का जीवन आगे चलता है तो राजनीति होती ही है, आज भी चल रही है। अब सारे देश की एक राजनैतिक धारा नहीं रही, अनेक पार्टियाँ हैं, अनेक दल हैं। और अब उसकी स्थिति क्या है ? इसके बारे में मैं कुछ नहीं कहूँगा। आप समझ लीजिए कि क्या है ? कैसा है ? आप देख ही रहे हैं।

अपनी स्वतंत्रता प्राप्ति में उस धारा का एक बड़ा योगदान है। देश का जीवन आगे चलता है तो राजनीति होती ही है, आज भी चल रही है। अब सारे देश की एक राजनैतिक धारा नहीं रही, अनेक पार्टियाँ हैं, अनेक दल हैं। और अब उसकी स्थिति क्या है? इसके बारे में मैं कुछ नहीं कहूँगा। आप समझ लीजिए कि क्या है? कैसा है? आप देख ही रहे हैं।

तीसरी धारा थी, जो कहती थी—हमारे समाज में ही सुधार करने की आवश्यकता है। इतने सारे स्वार्थ हैं, इतने सारे भेद हैं। एक-एक व्यक्ति का चारित्रिक स्खलन है। आपस में भाषा, प्रांत, जाति, उपजाति के

इतने भेद हैं; समाज में अशिक्षा है, समाज में दारिद्र्य है। इन सब बातों को निकाले बिना हम अंग्रेजों के सामने खड़े होकर मुकाबला करने की शक्ति नहीं रख सकते। इसलिए समाज-सुधार में भी कई ऐसे प्रातः स्मरणीय महापुरुष हुए, जिनका नाम हम आज भी लेते हैं। उनका आदर्श अपने जीवन के लिए अपने सामने रखते हैं। यह धारा चली और आज भी थोड़ी-बहुत चल ही रही है। लेकिन उनकी स्थिति सागर में द्वीप जैसी हो गई, उन्होंने जो समाज-सुधार सुझाए और कुछ मात्रा में समाज में परिवर्तन लाकर दिखाया, वहीं तक सीमित हो गया। सारे समाज के स्वभाव में, आचरण में वह परिवर्तन नहीं आया। उनके सपने अभी अधूरे हैं।

विविधताओं को एक साथ चलाने का परंपरा से विचार है, संस्कृति है, परंतु यह परिवर्तन राजनीति में परिवर्तन होने के कारण नहीं आता, समाज में परिवर्तन होना चाहिए। समाज में परिवर्तन होगा तो समाज जीवन के सारे क्रियाकलाप अपने आप परिवर्तित हो जाएँगे। वहाँ से शुरू करके यहाँ नहीं पहुँचा जा सकता, यहाँ से शुरू करके वहाँ पहुँचना पड़ेगा। आगे वे कहते हैं कि इसके लिए नायक की आवश्यकता है। जो शुद्ध चारित्र्यसंपन्न है, समाज के सब लोगों के प्रति जो आत्मीय भाव बरतता है और समाज के मन में उसके प्रति पूर्ण विश्वास है। ऐसे नायक को खड़ा करना पड़ेगा।

चौथी धारा कहती थी कि देखो, अपने मूल पर वापस चलो। आर्यसमाज के संस्थापक स्वामी दयानंदजी, रामकृष्ण परमहंस के शिष्य स्वामी विवेकानंदजी जैसे लोगों ने अपने मूल पर पक्का खड़ा होकर समाज से दारिद्र्य और अज्ञान को भगाने के लिए सेवा करने का संदेश दिया। उस पर हम थोड़ी-बहुत मात्रा में आज भी चल रहे हैं। लेकिन हमारे देश में जो समाज का गुणवत्तापूर्ण चित्र उपस्थित होना चाहिए था, वह नहीं हो सका। स्वतंत्रता के पहले नहीं हुआ और स्वतंत्रता के बाद आज के समय में जब हम बैठकर अपने देश को देखते हैं तो हम सबको इसकी आवश्यकता महसूस होती है। उस समय काम करनेवाले और आज जो ऐसा काम कर रहे हैं अथवा कर चुके, ऐसे लोगों ने कहीं-न-कहीं बोलकर, लिखकर रखा है।

श्री रवींद्रनाथ ठाकुर का 'स्वदेशी समाज' नाम का बड़ा निबंध है। उसमें उन्होंने कहा है कि एकात्मता की जरूरत है, आपस में झगड़े नहीं चलेंगे और झगड़े का उपाय हमको मिल सकता है, क्योंकि हमारे पास सब विविधताओं को

एक साथ चलाने का परंपरा से विचार है, संस्कृति है, परंतु यह परिवर्तन राजनीति में परिवर्तन होने के कारण नहीं आता, समाज में परिवर्तन होना चाहिए। समाज में परिवर्तन होगा तो समाज जीवन के सारे क्रियाकलाप अपने आप परिवर्तित हो जाएँगे। वहाँ से शुरू करके यहाँ नहीं पहुँचा जा सकता, यहाँ से शुरू करके वहाँ पहुँचना पड़ेगा। आगे वे कहते हैं कि इसके लिए नायक की आवश्यकता है। जो शुद्ध चारित्र्यसंपन्न है, समाज के सब लोगों के प्रति जो आत्मीय भाव बरतता है और समाज के मन में उसके प्रति पूर्ण विश्वास है। ऐसे नायक को खड़ा करना पड़ेगा। उन्होंने एक वचन में कहा है, अपना इतना बड़ा विविधताओं से भरा हुआ देश है, मुझे लगता है कि जगह-जगह ऐसे नायक चाहिए, जिनके करने से समाज का आचरण और वातावरण बदलेगा।

अपने पूर्व राष्ट्रपति डॉ. अब्दुल कलाम अरुणाचल में गए थे, तब उन्होंने अपने भाषण में तीन बातें बताई थीं कि हमारे देश में हम लोगों को अपने स्वयं के प्रति, अपने देश, समाज के प्रति विश्वास जाग्रत् करने की आवश्यकता है।

सर मानवेंद्र नाथ रॉय, जिन्होंने कम्युनिस्ट पार्टी की स्थापना की, बाद में वे रेडिकल ह्यूमेनिस्ट (Radical humanist) बने। उन्होंने अपने जीवन का एक दस्तावेज के रूप में 'द रेडिकल ह्यूमेनिज्म' नाम का ग्रंथ लिखा, वह आपने देखा होगा या जरूर देखिए। उसके अंतिम प्रकरणों में वे एक निष्कर्ष बताते हैं। वे कहते हैं कि ऊपर-ऊपर परिवर्तन करके, समाज को बिना बदले, अगर देश में परिवर्तन का प्रयास करेंगे तो वह संभव नहीं होगा। हमें समाज के सामान्य व्यक्तियों के पास पहुँचकर उनकी गुणवत्ता में और उनकी सोच में परिवर्तन लाना पड़ेगा। यह रास्ता बहुत लंबा दिखता है, लेकिन अगर यही एक रास्ता है तो यही सबसे छोटा रास्ता है। अन्य शॉर्टकट ढूँढ़ेंगे तो Shortcut will cut you short. यह उनका वचन है।

अपने पूर्व राष्ट्रपति डॉ. अब्दुल कलाम अरुणाचल में गए थे, तब उन्होंने अपने भाषण में तीन बातें बताई थीं कि हमारे देश में हम लोगों को अपने स्वयं के प्रति, अपने देश, समाज के प्रति विश्वास जाग्रत् करने की आवश्यकता है। हम सब कर सकते हैं और यह करना है तो हमको लोकशक्ति का जागरण करना पड़ेगा। आगे वे कहते हैं कि लोकशक्ति के जागरण के लिए हमें अपनी प्राचीन संस्कृति के संस्कारों

का पुनरुज्जीवन करना पड़ेगा। उनका अरुणाचल का वह भाषण उपलब्ध है, आप देख सकते हैं। उनकी पुस्तकों में सर्वत्र कहीं-न-कहीं ऐसी बातें आ जाती हैं।

'अमूल' जिनके कारण बना, अभी हाल ही में जिनका देहांत हुआ डॉ. वर्गीज कुरियन। उन्होंने अपने आत्मचरित्र 'I too had a dream' में लिखा है कि केवल शासकीय व्यवस्थाओं पर निर्भर रहकर सामान्य समाज की उपेक्षा करने का यह क्रम ऐसे ही चलता रहा, तो इस देश में कोई बड़ा काम होना संभव नहीं है। हमको समाज को शिक्षित करना पड़ेगा, उसको ऊपर उठाना पड़ेगा। उसके बल पर सारे प्रयास यशस्वी होंगे।

डॉक्टरजी का सर्वतोमुखी संपर्क-संबंध

यह मैं क्यों बता रहा हूँ? डॉ. हेडगेवार पूर्णतया देश के सार्वजनिक जीवन में सक्रिय थे और कहीं-न-कहीं इन सब कार्यों के माध्यम से उनका देश के मूर्धन्य चिंतकों से संपर्क आया था। क्रांतिकारियों के साथ भी उन्होंने काम किया। वे उस समय स्वतंत्रता आंदोलनों में भी सहभागी हुए। समाज-सुधार के कार्य भी वे करते थे। उन्होंने देश की जागृति के लिए मंदिर, कथा, प्रवचनों में सभाएँ लीं। एक ही उद्देश्य था देश को जाग्रत् करना। एक बार उनके इस सतत आग्रह से ऊबकर उनके मित्रों ने तय किया कि इनसे एक ऐसा भाषण करवाएँगे, जिसमें देश विषय आएगा ही नहीं। इसलिए उनको एक छोटे गुट में (स्टडी सर्कल) में बुलाया और विषय दिया 'नींद' पर भाषण करो। अब इसमें क्या देश की बात करेंगे? तो डॉ. हेडगेवार ने वहाँ भाषण दिया कि आप सब डॉक्टर लोग हो, आप सब जानते हैं कि नींद बड़ा महत्त्व का विषय है। इसके बिना स्वास्थ्य ठीक नहीं रहता, अच्छी नींद आनी चाहिए। क्योंकि आज देश को स्वस्थ तरुणों की आवश्यकता है; फिर देश की परिस्थिति, तरुणों का कर्तव्य इस पर बोले। ऐसे लगातार देश की चिंता में वे व्यस्त रहते थे, तो सबसे उनकी चर्चाएँ होती

> ***28 अप्रैल, 1922 को पहला एकत्रीकरण था और उन्होंने वक्ता के नाते डॉ. हेडगेवार को बुलाया। तो डॉ. हेडगेवार ने वहाँ कहा कि गांधीजी का मात्र स्मरण करने से काम नहीं चलेगा, उनके जीवन में जो पराकोटि का त्याग है और संपूर्ण निस्स्वार्थ भाव से देश, समाज के लिए काम करने की जो ललक है, उसका हमको अनुकरण करना पड़ेगा।***

थीं। सबके विचारों का विमर्श उनको मिलता था। सबके विचारों में वे जाते थे।

गांधीजी जब यरवडा में पकड़े गए। शायद 28 मार्च दिनांक था, तो नागपुर की कांग्रेस कमेटी ने तय किया कि प्रति मास 28 तारीख को गांधीजी का स्मरण करेंगे, उनके विचारों का स्मरण करेंगे। 28 अप्रैल, 1922 को पहला एकत्रीकरण था और उन्होंने वक्ता के नाते डॉ. हेडगेवार को बुलाया। तो डॉ. हेडगेवार ने वहाँ कहा कि गांधीजी का मात्र स्मरण करने से काम नहीं चलेगा, उनके जीवन में जो पराकोटि का त्याग है और संपूर्ण निस्स्वार्थ भाव से देश, समाज के लिए काम करने की जो ललक है, उसका हमको अनुकरण करना पड़ेगा। वे सुभाष बाबू से मिले थे, सावरकरजी से मिले थे। क्रांतिकारियों से उनका संबंध था ही।

राजगुरु जब भूमिगत हुए तो नागपुर में, विदर्भ में उनके रहने की व्यवस्था उन्होंने की थी। ऐसे सब लोगों से उनकी चर्चाएँ होती रहती थीं, उसमें से उनके ध्यान में आया कि सबको ऐसा लगता है कि जो उपक्रम हमने हाथ में लिये हैं, कभी-न-कभी यशस्वी होंगे। परंतु बार-बार यह काम करने की आवश्यकता हमारे समाज में नहीं पड़नी चाहिए। यह अपने आप होना चाहिए। स्वस्थ समाज में समाज के लिए जो आवश्यक है, वह अपने आप होता रहता है; किसी को करना नहीं पड़ता है। लेकिन यह जो बार-बार आवश्यकता पड़ती है, इसका कारण हमारे समाज की कई कमियाँ हैं और उन कमियों को सुधारकर अगर हम समाज को खड़ा नहीं करेंगे तो हमारे सब काम या तो अपूर्ण रह जाएँगे या फिर तात्कालिक रूप से ही सफल होंगे या असफल भी हो सकते हैं, यह चिंता सबके मन में है; यह उनके ध्यान में आया।

स्वस्थ समाज में समाज के लिए जो आवश्यक है, वह अपने आप होता रहता है; किसी को करना नहीं पड़ता है। लेकिन यह जो बार-बार आवश्यकता पड़ती है, इसका कारण हमारे समाज की कई कमियाँ हैं और उन कमियों को सुधारकर अगर हम समाज को खड़ा नहीं करेंगे तो हमारे सब काम या तो अपूर्ण रह जाएँगे या फिर तात्कालिक रूप से ही सफल होंगे या असफल भी हो सकते हैं, यह चिंता सबके मन में है; यह उनके ध्यान में आया।

पूर्व प्रयत्न और संघ स्थापना

कोलकाता में त्रैलोक्यनाथ चक्रवर्ती प्रसिद्ध क्रांतिकारक थे, बाद में वे दिल्ली

आए। जब 1989 में हम लोगों ने डॉ. हेडगेवार की जन्मशताब्दी मनाई, उस समय उनको उस शताब्दी समिति में लेने के लिए हमारे कार्यकर्ता उनके पास गए थे, उन्होंने सहमति दे दी। तब उन्होंने कहा कि 1911 में एक बार डॉ. हेडगेवार मेरे घर आए थे। उस समय डॉ. हेडगेवार ने यह बात कही थी कि दादा, लगता है, इस समाज को कुछ ट्रेनिंग देने की आवश्यकता है और यह ट्रेनिंग देने की फुरसत किसी को नहीं है, सबने अपना-अपना काम चुन लिया है। लगता है कि यह काम मुझे ही करना पड़ेगा। तब से उनके मन में यह विचार था कि स्वतंत्र देश कहलाने के लिए हमारा समाज योग्य नहीं है, उसको योग्य बनाने का काम करना पड़ेगा। इसलिए उन्होंने प्रयोग किए। लगभग 7-8 वर्ष तक यह कैसे हो सकता है, इसके प्रयोग किए। प्रशिक्षण में क्या कार्यक्रम हो सकते हैं, इसके प्रयोग किए। अनेक संस्थाएँ चल रही थीं, उनके काम देखे, उसमें से कुछ लेकर प्रयोग करने का प्रयास किया, कुछ अपने मन से सोचा। प्रशिक्षण देनेवाले कुछ मंडल चलाए, उन्होंने वर्धा में एक राष्ट्रीय स्वयंसेवक मंडल भी चलाया था। संघ के नाम के दो शब्द संघ की स्थापना के 3-4 वर्ष पहले ही उन्होंने उपयोग किए थे। ये सारे प्रयोग करके अपने समाज को खड़ा करने की एक पद्धति उन्होंने विकसित की और 27 सितंबर, 1925, शुक्रवार, विजयदशमी को नागपुर में उन्होंने घोषणा की कि यह काम आज से शुरू हो रहा है। उस समय जितने सहयोगी मिल सके, उतने सहयोगियों के साथ उन्होंने शुरू किया। और इतना ही बताया कि यह काम अभी शुरू हो रहा है और कुछ नहीं बताया। बाकी सब प्रयोग करके विकसित (Evolve) हुआ है। यह कैसे हुआ, इस पर बाद में आते हैं।

राष्ट्रीय स्वयंसेवक संघ क्या है?

राष्ट्रीय स्वयंसेवक संघ क्या है? यह कार्यप्रणाली (Methodology) है, और कुछ नहीं है। राष्ट्रीय स्वयंसेवक संघ नाम का जो संगठन है, वह करता क्या है? वह व्यक्ति-निर्माण का काम करता है। क्योंकि समाज के आचरण में कई प्रकार का परिवर्तन आज भी हम चाहते हैं। हमको भेद मुक्त समाज चाहिए, समतायुक्त समाज चाहिए, शोषण-मुक्त समाज चाहिए। समाज से स्वार्थ भी जाना चाहिए। लेकिन यह जाना चाहिए, केवल ऐसा कहने से नहीं होगा। समाज का आचरण उदाहरणों की उपस्थिति में बदलता है। हमारे यहाँ आदर्श हैं, महापुरुषों की कोई कमी नहीं है। देश के लिए सर्वस्व न्योछावर करनेवाले इस भूमि में आदिकाल से इस क्षण तक बहुत लोग हैं। लेकिन अपने सामान्य समाज की प्रवृत्ति क्या है? वह उनकी जयंती,

पुण्यतिथि मनाता है। उनकी पूजा जरूर करेगा, उनके जैसा गलती से भी नहीं बनेगा। छत्रपति शिवाजी महाराज फिर से होने चाहिए, लेकिन मेरे घर में नहीं होने चाहिए, दूसरे के घर में होना चाहिए। कुछ वर्ष पहले रीडर्स डाइजेस्ट में एक अंग्रेजी वाक्य पढ़ा था, उसमें यह कहा था कि The ideals are like stars, which we never reach. आदर्श दूर ही रहते हैं। उनकी पूजा होती है, उनका अनुकरण नहीं होता है। आगे का वाक्य है, But we can plot our chart according to them. उसमें ploting the chart का काम नहीं होता। वह किसके भरोसे होता है? अपने निकट जो लोग हैं, उनके आचरण का प्रभाव हमारे आचरण पर होता है। अगर देश के प्रत्येक गाँव में, प्रत्येक गली-मोहल्ले में स्वतंत्र भारत के आज के नागरिक का जैसा आचरण होना चाहिए, वैसा आचरण करनेवाले हर परिस्थिति में उसको न छोड़नेवाले, उस पर अड़े रहनेवाले, चारित्र्यसंपन्न, संपूर्ण समाज से अपना आत्मीय संपर्क रखनेवाले लोग खड़े हो जाएँगे, तो उस वातावरण में समाज का आचरण बदलेगा।

संघ की योजना प्रत्येक गाँव में, प्रत्येक गली में अच्छे स्वयंसेवक खड़े करना है। अच्छे स्वयंसेवक का मतलब है, जिसका अपना चरित्र विश्वासास्पद है, शुद्ध है। जो संपूर्ण समाज को, देश को अपना मानकर काम करता है। किसी को भेदभाव से, शत्रुता के भाव से नहीं देखता और इसके कारण, जिसने समाज का स्नेह और विश्वास अर्जित किया है। ऐसा आचरण करनेवाले लोगों की टोली प्रत्येक गाँव में, प्रत्येक मोहल्ले में खड़ी हो। यह योजना 1925 में संघ के रूप में प्रारंभ हुई। संघ बस इतना ही है, इससे ज्यादा कुछ नहीं।

संघ की योजना प्रत्येक गाँव में, प्रत्येक गली में अच्छे स्वयंसेवक खड़े करना है। अच्छे स्वयंसेवक का मतलब है, जिसका अपना चरित्र विश्वासास्पद है, शुद्ध है। जो संपूर्ण समाज को, देश को अपना मानकर काम करता है। किसी को भेदभाव से, शत्रुता के भाव से नहीं देखता और इसके कारण, जिसने समाज का स्नेह और विश्वास अर्जित किया है। ऐसा आचरण करनेवाले लोगों की टोली प्रत्येक गाँव में, प्रत्येक मोहल्ले में खड़ी हो।

डॉ. हेडगेवार को पूछा गया कि आप क्या करेंगे? 1928 में जब पहली बार संघ का पथ-संचलन नागपुर में हुआ, उसमें ज्यादा लोग नहीं थे। 21-22 ऐसी संख्या थी।

लेकिन अपने समाज में उस समय 21-22 लोग भी एक दिशा में कदम मिलाकर चल रहे हों, यह दृश्य बड़ा दुर्लभ था। इसलिए लोग प्रभावित हो गए और डॉ. हेडगेवार के पास गए, क्योंकि उनको पता था कि ये क्रांतिकारक मनोवृत्ति के आदमी हैं। इन्होंने अपना जीवन देश के लिए समर्पित किया है। तो उनको लगा कि इनकी जरूर कोई दूर की रूपरेखा (Design) है, दूर की गोटी कुछ खेल रहे हैं। तो बड़े विश्वास में लेकर पूछा, डॉ. साहब, अब अपने पचास लोग हो गए, अब आप आगे क्या करेंगे? तो डॉ. साहब ने कहा कि पचास के बाद पाँच सौ करेंगे। पाँच सौ के बाद फिर, पाँच हजार करेंगे। पाँच हजार होने के बाद? अभी हुए कहाँ? नहीं-नहीं, मान लो हो गए तो क्या करेंगे? पचास हजार करेंगे। ऐसा बढ़ते-बढ़ते पाँच करोड़ तक पहुँचे, तब उन्होंने ऊबकर पूछा कि आप इनका करेंगे क्या? तो डॉ. साहब ने कहा कि संपूर्ण हिंदू समाज को हमको संगठित करना है। उसमें अपना अलग संगठन नहीं खड़ा करना है। सबको संगठित करना है। यह छोड़कर हमको दूसरा कोई काम नहीं करना है। क्योंकि ऐसा समाज खड़ा होने के बाद जो होना चाहिए, वह अपने आप होगा। उसके लिए 'और' कुछ नहीं करना पड़ेगा।

हिंदू क्यों?

संपूर्ण हिंदू समाज को संगठित करने के लिए 'राष्ट्रीय स्वयंसेवक संघ' की उस समय स्थापना हुई। यह हिंदू क्यों आया? यह बहुत बड़ा प्रश्न समाज से आता है, आज भी आता है। तो संघ की स्थापना के मूल में जो विचार है, उसके तीन हिस्से हैं। एक मैंने बताया, समाज का परिवर्तन होने से सारी व्यवस्थाएँ यशस्वी होती हैं। व्यवस्था अच्छी है,

> *ये हिंदू क्यों आया। यह बहुत बड़ा प्रश्न समाज से आता है, आज भी आता है। तो संघ की स्थापना के मूल में जो विचार है, उसके तीन हिस्से हैं। एक मैंने बताया। समाज का परिवर्तन होने से सारी व्यवस्थाएँ यशस्वी होती हैं। व्यवस्था अच्छी है, व्यक्ति खराब है, व्यवस्था बिगड़ती है। व्यक्ति अच्छे हैं, व्यवस्था खराब है, व्यक्ति को बिगाड़े देती है। दोनों अच्छा होना चाहिए और प्रारंभ समाज से होता है, क्योंकि व्यवस्थाओं को बदलनेवाले व्यवस्था के लोग कभी हो नहीं सकते, वो तो व्यवस्था में हैं। वे बदलेंगे तो उन पर ही खतरा है। समाज का दबाव व्यवस्थाओं को बदलता है, इसलिए हर परिवर्तन के पीछे कोई-न-कोई समाज जागृति है।*

व्यक्ति खराब है तो व्यवस्था बिगड़ती है। व्यक्ति अच्छे हैं, व्यवस्था खराब है तो व्यक्ति को बिगाड़ देती है। दोनों को अच्छा होना चाहिए और प्रारंभ समाज से होता है, क्योंकि व्यवस्थाओं को बदलनेवाले व्यवस्था के लोग कभी नहीं हो सकते, वे तो व्यवस्था में हैं। वे बदलेंगे तो उन पर ही खतरा है। समाज का दबाव व्यवस्थाओं को बदलता है, इसलिए हर परिवर्तन के पीछे कोई-न-कोई समाज जागृति है, दुनिया में कहीं भी जाकर देख लीजिए। लेकिन समाज का आचरण व्यक्ति-निर्माण से बदलेगा।

अब अपने इस समाज को संगठित करने में एक मुख्य कठिनाई है कि यह समाज एक भाषा बोलनेवाला समाज नहीं है। अलग-अलग इसकी भाषाएँ हैं। एक की भाषा दूसरे को समझ में नहीं आती, ऐसी स्थिति भी है। एक हिंदी की ही बोलियाँ इतनी हैं। पहली बार जब मुझे बिहार भेजा गया, तो प्रवास किया, सब ब्लॉक्स तक जाकर आया। तो एक बार मुजफ्फरपुर पहुँचा। पूर्णिया की तरफ से लंबा प्रवास करके आया था। उस समय की बसें वगैरह, उस समय के रास्तों के कारण सुबह चला तो शाम को पहुँचा। थक गया था। कपड़ों पर धूल भी बहुत थी। तो जो हमारे वहाँ प्रचारक थे, उन्होंने कहा कि आपका पायजामा खींच लूँ क्या? तो मैं डर गया, पहली बार पहुँचा हूँ, परिचय भी नहीं है और ये ऐसी बात कर रहा है। क्या हुआ, मेरी गलती क्या हुई? बाद में ध्यान में आया कि धोने को फींचना कहते हैं और बात करते-करते फींच का खींच हो जाता है। अब हिंदी उन्हें भी आती है, मुझे भी आती है।

तो जो हमारे वहाँ प्रचारक थे, उन्होंने कहा कि आपका पायजामा खींच लूँ क्या? तो मैं डर गया, पहली बार पहुँचा हूँ, परिचय भी नहीं है और ये ऐसी बात कर रहा है। क्या हुआ, मेरी गलती क्या हुई? बाद में ध्यान में आया कि धोने को फींचना कहते हैं और बात करते-करते फींच का खींच हो जाता है। अब हिंदी उन्हें भी आती है, मुझे भी आती है।

भाषाओं की इतनी विविधता, देवी-देवताओं का क्या कहें? तैंतीस करोड़ तो पहले से ही हैं। नए-नए आते रहते हैं। साईं बाबा पहले कहाँ थे, पहले नहीं थे। भगवान् को न माननेवाले भी भारत के संप्रदाय हैं। कितनी विविधता है। दर्शन में परस्पर विरोध भी है। इस समाज को जोड़ें कैसे? खानपान, रीति-रिवाज अलग-अलग हैं। कहीं पर केवल रोटी खाते हैं, तो

कहीं पर केवल चावल खाते हैं। कहीं पर अमुक प्रकार की सब्जी, कहीं पर मिर्ची ज्यादा, कहीं पर मीठा ज्यादा। किसी भी बात में एक-जैसी समानता भारत में कहीं नहीं है। और दुर्भाग्य से इनमें से कुछ विविधताओं को लेकर पहले हमने अपने भेद बनाए हैं। एक को दूसरे से अलग किया। ऊँच-नीच भी किया और बाद में विदेशियों ने भी उसका लाभ लिया। उन दरारों को और चौड़ा किया। तो कैसे जोड़ा जाए? जोड़नेवाला कोई सूत्र है क्या, ऐसा कोई विचार है, जो सब प्रकार की उपासनाओं को, पूजाओं को, देवताओं को मानता है; सबको सत्य कहता है; जो किसी एक भाषा पर आग्रह नहीं रखता, सब भाषाओं का जिसमें स्वीकार है; खानपान, रहन-सहन की विविधता का सब प्रकार का जिसमें स्वीकार है?

विविध विचारों में साम्य

सौभाग्य से यह हमारे देश का परंपरा से चलता आया हुआ विचार है। जब मैं विचार कहता हूँ, तब मैं मूल्यों की बात करता हूँ। विचार के मूल्य होते हैं, जिसमें से विचार निकलता है। उसके आधार पर कुछ formulation होता है। वह अलग-अलग होता है। परस्पर विरोधी भी हो सकता है। लेकिन हमारे देश में जितने सारे विचार हैं, जो हमारे देश की भूमि से निकले हैं। उनको देखेंगे तो आपको ध्यान में आएगा कि जो बीच में दिखनेवाला है, वह सब अलग-अलग है, परस्पर विरोधी भी है। लेकिन जहाँ से शुरू हुआ, वह 'प्रस्थान बिंदु' और जहाँ उसकी परिणति होती है वह 'प्रत्यक्ष उपदेश', इसमें कोई फर्क नहीं है। प्रस्थान बिंदु एक है कि मूल में एक है। विद्वान् लोग उसको अलग-अलग नजर से देखते हैं, इसलिए उसका अलग-अलग वर्णन करते हैं, लेकिन वह एक

> *प्रस्थान बिंदु एक है कि मूल में एक है। विद्वान् लोग उसको अलग-अलग नजर से देखते हैं, इसलिए उसका अलग-अलग वर्णन करते हैं, लेकिन वह एक ही है। एक ही वस्तु का अलग-अलग वर्णन है। एकं सद् विप्राः बहुधा वदन्ति। इसलिए विविधताओं से डरने की कोई बात नहीं। विविधताओं को स्वीकार करो। सभी विविधताएँ सत्य हैं। विविधताओं का उत्सव मनाओ। अपनी-अपनी विविधता पर पक्के रहो, विशिष्टता पर पक्के रहो। सबकी विविधता का सम्मान करो। मिल-जुलकर साथ चलो।*

ही है। एक ही वस्तु का अलग-अलग वर्णन है। 'एकं सत् विप्राः बहुधा वदन्ति'।

विविधताओं से डरने की कोई बात नहीं। विविधताओं को स्वीकार करो। सभी विविधताएँ सत्य हैं। विविधताओं का उत्सव मनाओ। अपनी-अपनी विविधता पर पक्के रहो, विशिष्टता पर पक्के रहो। सबकी विविधता का सम्मान करो। मिल-जुलकर साथ चलो। यह दूसरा समन्वय का मूल्य है। वह अपनी परंपरा है। और सबके साथ मिलकर चलना है तो अपने ऊपर बंधन लाना पड़ता है। मुझे अकेला खाना है तो सबकुछ खा जाऊँगा, लेकिन और दस लोग खानेवाले हैं तो सबको मिला कि नहीं, मुझे देखना पड़ेगा। इसलिए संयम का तीसरा मूल्य है। और ऐसा जीवन जीना है तो छोड़ने की आदत चाहिए। सबकुछ चाहिए ऐसा नहीं चलेगा। सबकुछ चाहिए में चाहत कभी समाप्त नहीं होती, यह सबने कहा है। तृष्णा कभी समाप्त नहीं होती। हम समाप्त हो जाते हैं, तृष्णा चलती रहती है। तो त्यागपूर्वक जीना पड़ेगा। अपनी जरूरतें कम करते जाओ। किसी चीज की जरूरत न रहे, ऐसा जीवन बहुत अच्छा जीवन है, संन्यास का जीवन है।

वह 'एक' क्या है? जब उसका दर्शन शुरू होता है तो कोई इसको जड़ मानता है, कोई इसको चेतन मानता है, कोई उसको ईश्वर मानता है, कोई उसको और कुछ मानता है। परस्पर विरोध भी है। खंडन-मंडन भी चलता रहा है, लेकिन कभी भी किसी की किसी ने समाप्ति नहीं की। सब लोग साथ चले। शास्त्रार्थ चलते रहे। और अंततोगत्वा सारा विचार करने के बाद आचरण का उपदेश तो सबका एक ही है। 'तुम जिओ, सबको जीने दो'।

संपूर्ण अस्तित्व के तुम एक अंग हो। तुम्हारा निर्माण उस संपूर्ण अस्तित्व के योगदान के कारण हुआ है। यह तो अपना अनुभव है। देह मुझे माता-पिता के कारण मिली। संस्कार मुझे परिवार के कारण, समाज के कारण, विद्यालय के कारण, गुरुओं के कारण मिले। कपड़ा पहनता हूँ तो कहीं मिल चलती हैं, कहीं कोई बुनता है, किसान खेती करता है, इसलिए कपास होता है। खाना-पीना भी इसीलिए मिलता है। मैं अकेला होता तो मैं जी भी नहीं सकता। मनुष्य अकेला नहीं जी सकता और मनुष्य के जीने में सबका योगदान होता है। आप इस सृष्टि का एक अविभाज्य अंग हो, उसमें आपको योगदान करना है। उसके प्रति आप कृतज्ञ रहो। यह कृतज्ञता का पाँचवाँ मूल्य है। ये पाँच बातें

भारत से निकले हुए सब विचारों में सर्वत्र मिलती हैं।

वह 'एक' क्या है? जब उसका दर्शन शुरू होता है तो कोई इसको जड़ मानता है, कोई इसको चेतन मानता है, कोई उसको ईश्वर मानता है, कोई उसको और कुछ मानता है। परस्पर विरोध भी है। खंडन-मंडन भी चलता रहा है, लेकिन कभी भी किसी की किसी ने समाप्ति नहीं की। सब लोग साथ चले। शास्त्रार्थ चलते रहे। और अंततोगत्वा सारा विचार करने के बाद आचरण का उपदेश तो सबका एक ही है। 'तुम जिओ, सबको जीने दो'। तथागत ने कहा है कि 'कुसलस्य उपसंपदा' (आजीविका कुशलतापूर्वक)। कुशलता क्या है? दूसरे की आजीविका को धक्का लगाए बिना। 'सब्ब पापस्य अकरणं कुसलस्य उपसंपदा। सचित्त परियोदपनं एते बुद्धानुसासनं', सब जगह यह मिलेगा। पाप नहीं करना। पाप क्या है? 'परहित सरिस धर्म नहिं भाई, परपीड़ा सम नहिं अधिमाई'। दूसरों को कष्ट देना पाप है। पाप मत करो। और बिना पाप किए हुए भी अपने आपको ठीक रखने की कुशलता (कुसलस्य उपसंपदा)। और यह सारा करते समय मुख्य काम क्या है? 'सचित्त परियोदपनं', चित्त शुद्ध करो। चित्त से विकारों को देशनिकाला दे दो। धीरे-धीरे सीखो। पवित्र अंतःकरण वाले बनो। सभी के प्रति सद्भावना वाले बनो, सभी का रक्षण करनेवाले बनो। विस्तारपूर्वक वर्णन होता है तो सब जगह सत्य, अहिंसा, अस्तेय, अपरिग्रह, ब्रह्मचर्य मिलता है। सब जगह संतोष, स्वाध्याय, तपस्या, ईश्वरप्रणिधान मिलता है। यह हमारे जोड़ने की बात है और पीढ़ी-दर-पीढ़ी हमारे यहाँ पर जो परिवारों में व्यवहार सिखाया गया, संस्कारों के द्वारा जिससे हमारी संस्कृति बनी, उस संस्कृति का आचरण, इसी आचरण को बताता है। किसी का भी घर क्यों न हो, मैं तो कहता हूँ, भारत के बाहर से जो संप्रदाय (इसलाम और ईसाइयत) भारत में आए हैं और उनके अनुयायी, जो आज भारतीय लोग हैं, वे अगर भारतीय हैं तो उनके घरों में भी उन्हीं संस्कारों का प्रचलन आज भी मिलता है।

जोड़नेवाली हमारी संस्कृति

हमको जोड़नेवाली यह मूल्याधारित संस्कृति है। हम अपने इतिहास का अध्ययन करते हैं तो हमारे ध्यान में आएगा कि जब हमने इन मूल्यों की अनदेखी की, तब हमारा पतन हुआ। तब हमारे समाज में न्याय का अंतर्धान होकर अन्याय आ गया। उसके कारण हम दुर्बल हुए। उसके कारण हम परतंत्र हुए। डॉ. हेडगेवार हमेशा कहते थे कि अपनी दुरवस्था के कारण के लिए अंग्रेजों को, इसलाम का

आक्रमण हुआ, इसलिए मुसलमानों को कब तक दोष देते रहोगे? यह कैसे हुआ कि हजारों मील दूर से मुट्ठी भर आक्रामक आए और सोने की चिड़िया कहलानेवाला सूरमाओं का भारत उन्होंने देखते-ही-देखते जीत लिया। तुम्हारी कोई कमी है। उसको ठीक करो। कभी-कभी वे कहते थे कि आज देश की प्रमुख समस्या आपको कौन सी लगती है? मैं भी उनका अनुकरण करता हूँ, उनके इस प्रश्न के उत्तर में। वे कहते थे कि सबसे बड़ी समस्या यहाँ का हिंदू है। जब अपने मूल्यों को भूलकर हमने आचरण शुरू किया, तब हमारा पतन शुरू हुआ। मैं विस्तार में नहीं जाता, क्योंकि बहुत समय लगेगा, फिर दो दिन में नहीं होगा। आप अध्ययन करेंगे तो जानेंगे कि अपने देश के पतन का प्रारंभ हमारे पतन से हुआ है। उसका उपाय यही है कि उस पर वापस आना पड़ेगा।

अब इन मूल्यों को आप बताएँगे तो दुनिया के लोग कहेंगे, यह हिंदू विचार है। यह हमने नहीं कहा। हमको दुनिया ने ऐसा कहा। यह जो मूल्याधारित आचरण की बात है, संस्कृति है, उस संस्कृति के कारण हमारा हिंदूपन (Hinduness) है। इसलिए डॉक्टरजी ने विचार किया कि हिंदुत्व हम सबको जोड़ता है। उन्होंने कहा कि संपूर्ण हिंदू समाज का संगठन करेंगे। लेकिन 'हम हिंदू नहीं हैं' ऐसा कहनेवाले लोग भी अपने समाज में हैं, उसके कारण हैं। लेकिन यह कंटेंट अगर बताना है तो इनको जोड़नेवाला शब्द कौन सा है, दूसरा नहीं है। इसलिए उन्होंने स्पष्ट घोषणा की कि हिंदुस्थान हिंदू राष्ट्र है। हम हिंदू समाज को संगठित करेंगे। यह घोषणा उन्होंने इसलिए नहीं की कि उनको किसी का विरोध करना था। यह तात्कालिक घटनाओं की प्रतिक्रिया का परिपाक नहीं था। क्योंकि वे अनुभवों से इसके परे पहुँच गए थे। समाज को पहले ठीक करो। समाज को जोड़ो। भेदरहित स्वार्थमुक्त समाज ही राष्ट्रीय स्वतंत्रता की और स्वतंत्रता के बाद राष्ट्र के परमवैभव की गारंटी है, दूसरी नहीं। विचारधारा अपनी जगह है, नीतियाँ अपनी जगह हैं, सरकारें अपनी जगह हैं, राजनीतिज्ञ अपनी जगह हैं, लेकिन इन सबकी आकांक्षाओं की पूर्णता तब होती है,

संपूर्ण हिंदू समाज का संगठन करेंगे। लेकिन 'हम हिंदू नहीं हैं' ऐसा कहनेवाले लोग भी अपने समाज में हैं, उसके कारण हैं। लेकिन यह कंटेंट अगर बताना है तो इनको जोड़नेवाला शब्द कौन सा है, दूसरा नहीं है। इसलिए उन्होंने स्पष्ट घोषणा की कि हिंदुस्थान हिंदू राष्ट्र है। हम हिंदू समाज को संगठित करेंगे।

जब ऐसे समाज में ये लोग होते हैं। फिर वे सहायक बनते हैं।

अपने देश में स्वतंत्रता के बाद योजनाएँ कम बनी हैं क्या? राजनीति के क्षेत्र में तो एक-दूसरे पर आरोप चलता है कि आपने ठीक नहीं किया। आपने ईमानदारी से नहीं किया। मैं उन आरोपों को नहीं करता। कितना भी कहो, कुछ तो हुआ ही है। कुछ तो ईमानदारी से किया ही गया है। लेकिन उसके परिणाम क्यों नहीं मिलते? We have to deserve it. We have to be a deserving Society. समाज में अनुशासन है क्या? अनुशासित समाज वैभव को प्राप्त करता है। स्वतंत्र देश के हम नागरिकों में सिविकसेंस है क्या? सिविकसेंस का पालन दैनंदिन जीवन में देशभक्ति का आविष्कार है। देश के लिए रोज मरना नहीं पड़ता, देश के लिए रोज जीना पड़ता है। जब मरने की बारी आती है, तब देश के लिए मरनेवाले बड़ी संख्या में उस समाज ने दिए हैं, जिस समाज को देश के लिए जीना मालूम था। इसलिए यह व्यक्ति-निर्माण का कार्य है। हिंदू और इस विषय के बारे में और चर्चा हम थोड़ी बाद में करेंगे। लेकिन यह करना कैसे है? इसकी Methodology आर.एस.एस. है, ऐसा मैंने आपको बताया।

> *डॉ. हेडगेवार ने ये सारे प्रयोग पहले कर लिये थे। संपूर्ण हिंदू समाज को संगठित करने का तरीका क्या है? ऐसा करते-करते उसके परिणाम कैसे होंगे, क्या होंगे, यह सारा उनकी आँखों के सामने स्पष्ट था। उनकी वह प्रतिभा अलौकिक थी। उनका जीवन बड़ा गहरा था। लेकिन संघ स्थापना की घोषणा करने के अलावा उन्होंने दूसरा कुछ नहीं किया। घोषित कर दिया, आज से संपूर्ण हिंदू समाज को संगठित करनेवाला यह संघ प्रारंभ हुआ है, ऐसा बोला और बैठक समाप्त हो गई।*

संघ की कार्य-पद्धति

मैं दूसरे भाग पर पहले आता हूँ। क्योंकि संघ के कार्यक्रम वगैरह में आप देखते हैं कि वहाँ एक व्यक्ति आदेश देता है 'संघ उत्तिष्ठ', सब लोग खड़े हो जाते हैं, 'संघ उपविश', सब लोग बैठ जाते हैं तो लोगों को लगता है कि संघ बड़ा ही Dictatorial organisation है। संघ में सामने एक व्यक्ति होता है, सरसंघचालक। आजकल बाहर की भाषा में उसको गलती से चीफ भी कहा जाता है। तो लोगों को लगता है कि

ये चीफ हैं, इसलिए ये बोलेंगे और सभी लोग सुनेंगे और सब इनके मन से चलता है। इसलिए संघ को अंदर से आकर देखने पर आपको सब बातें पता चलेंगी, जो मैं आपको बताने वाला हूँ। लेकिन केवल मेरे बताने पर मत जाइए। अंदर आकर देखिए। आपको वही बातें मिलेंगी।

डॉ. हेडगेवार ने ये सारे प्रयोग पहले कर लिये थे। संपूर्ण हिंदू समाज को संगठित करने का तरीका क्या है ? ऐसा करते-करते उसके परिणाम कैसे होंगे, क्या होंगे, यह सारा उनकी आँखों के सामने स्पष्ट था। उनकी वह प्रतिभा अलौकिक थी। उनका जीवन बड़ा गहरा था। लेकिन संघ स्थापना की घोषणा करने के अलावा उन्होंने दूसरा कुछ नहीं किया। घोषित कर दिया, आज से संपूर्ण हिंदू समाज को संगठित करनेवाला यह संघ प्रारंभ हुआ है, ऐसा बोला और बैठक समाप्त हो गई। तो फिर साथी आ गए, करना क्या है ? तो साथ में बैठो और तय करो कि आगे क्या करना है। उस दिन हमारी शाखा शुरू नहीं हुई थी। यह शाखा बाद की बात है।

डॉ. हेडगेवार ने नहीं कहा कि शाखा शुरू करो। उस बैठनेवाली टोली की चर्चा में से एक सहमति बनी और यह हुआ। डॉ. हेडगेवार चाहते थे कि लोग रोज इकट्ठे हों, लेकिन उन्होंने कभी ऐसा कहा नहीं। कार्यकर्ताओं के हाथ में दे दिया कि यह काम करना है, कैसे होता है, प्रयोग करो। ऐसे ही विकसित हुआ। फिर लगा कि लाठी वगैरह तो अपने यहाँ है।

संघ पहले बैठकों के रूप में था। तो ऐसा करेंगे कि मास में एक बार बैठक करेंगे। अब मास की बैठक का अनुभव ऐसा आया कि पहली दो-चार बैठक में लोग आए और बाद में बुलाना पड़ा। बाद में बुलाने पर भी नहीं आना शुरू हुआ। तो लोगों ने कहा कि यह मास में नहीं, साप्ताहिक करते हैं, आदत बनी रहती है। फिर दैनिक पर आ गए। कमरे के अंदर दैनिक बैठकें और चर्चा होने लगीं। लेकिन संघ में उस समय जो लोग आए, वे सब जवान लोग थे। बालक थे, किशोर थे, तरुण थे। कमानेवाले लोग तो बहुत ही कम थे। डॉ. हेडगेवार उस समय 35 साल की आयु में थे। वे संघ के एल्डर्स में एक थे। पाँच-छह एल्डर्स थे, उसमें एक डॉ. हेडगेवार थे। तो जवान लोगों ने सोचा कि ये क्या रोज आकर कमरे के अंदर बैठकर चर्चा करना, अरे जवान लोग हैं, कुछ हाथ-पैर हिलाएँगे, तो चलो शारीरिक कार्यक्रम करेंगे। मैदान पर कबड्डी खेलेंगे।

बाहर क्या-क्या कर सकते हैं? कबड्डी खेलो, छोटे-छोटे खेल खेलो, फिर लगा कि नहीं, थोड़ी शस्त्र विद्या भी सीखो, अभी लड़ाई का समय है तो फिर अखाड़े हैं, अखाड़ों में जाओ। यह बाहर जब आना शुरू हुआ तो संघ स्थापना के तीन-साढ़े तीन महीने के बाद फिर शाखा शुरू हुई। डॉ. हेडगेवार ने नहीं कहा कि शाखा शुरू करो। उस बैठनेवाली टोली की चर्चा में से एक सहमति बनी और यह हुआ। डॉ. हेडगेवार चाहते थे कि लोग रोज इकट्ठे हों, लेकिन उन्होंने कभी ऐसा कहा नहीं। कार्यकर्ताओं के हाथ में दे दिया कि यह काम करना है, कैसे होता है, प्रयोग करो। ऐसे ही विकसित हुआ। फिर लगा कि लाठी वगैरह तो अपने यहाँ है। राज कौन कर रहा है, अंग्रेज। अंग्रेज अपने यहाँ क्या करता है परेड, अपने को भी परेड करना आना चाहिए। तो फर्स्ट वर्ल्ड वार के बाद सेना से रिटायर्ड मार्तंड जोग नाम के एक सज्जन थे, वे डॉ. हेडगेवार के मित्र थे, उन्होंने हर इतवार को परेड लेना प्रारंभ किया। परेड के लिए एक गणवेश चाहिए तो यूनिफॉर्म बनी। वो उस समय की पुलिस, मिलिट्री वालों की ड्रेस जैसी होती थी, वैसी ही थी। और फिर पथ संचलन वगैरह निकलने लगे, फिर अपना बैंड भी चाहिए तो वही मिलिट्री बैंड का अनुकरण करके हमारा एक टूटा-फूटा बैंड बना। लेकिन यह सारा कार्यकर्ताओं की चर्चा में से बना।

डॉ. हेडगेवार ने ऐसा नहीं कहा कि राष्ट्रीय स्वयंसेवक संघ शुरू हुआ। उन्होंने कहा संघ शुरू हुआ। और लोग जैसे शाखा में अन्य लोगों को लाने लगे, तो वे पूछने लगे कि आपका संघ कौन सा है? तो उन्होंने डॉ. साहब को पूछा कि अपने संघ का नाम क्या है? डॉ. साहब ने कहा कि तय किसने किया है? बैठो और तय करो। बैठक हुई, सोलह लोग आए, तीन नाम प्रस्तावित किए गए, चर्चा हुई, मतदान हुआ और बहुमत से पारित हुआ 'राष्ट्रीय स्वयंसेवक संघ'।

डॉ. हेडगेवार ने ऐसा नहीं कहा कि राष्ट्रीय स्वयंसेवक संघ शुरू हुआ। उन्होंने कहा संघ शुरू हुआ। और लोग जैसे शाखा में अन्य लोगों को लाने लगे, तो वे पूछने लगे कि आपका संघ कौन सा है? तो उन्होंने डॉ. साहब को पूछा कि अपने संघ का नाम क्या है? डॉ. साहब ने कहा कि तय किसने किया है? बैठो और तय करो। बैठक हुई, सोलह लोग आए, तीन नाम प्रस्तावित किए गए, चर्चा हुई, मतदान हुआ और बहुमत से पारित हुआ

'राष्ट्रीय स्वयंसेवक संघ'। डॉ. हेडगेवार ने संघ स्थापना से दो वर्ष पूर्व तक राष्ट्रीय स्वयंसेवक मंडल चलाया था, लेकिन उन्होंने यह नाम किसी को बताया नहीं। चर्चा में से आया।

सामूहिक सहमति का स्वभाव डॉ. साहब का भी था और संघ का भी है। हमारे यहाँ एक बार सहमति होने के बाद फिर सबके बोलने की जरूरत नहीं रहती है। फिर भी सब बोलने लगे तो एक ही बात बोलेंगे। प्रत्येक की शैली अलग-अलग होगी। इसलिए बोलने का काम किसी एक को देते हैं। यहाँ मैं आपके सामने बोल रहा हूँ, ये सारी बातें आपके सामने बजरंग लालजी भी बता सकते हैं और उनको माइक भी मिला था। लेकिन उन्होंने अपने मोह का संवरण किया, क्योंकि एक मुख से बात जाए, एक ही बात जाती है। अनुशासन के तकाजे से, सहमति व्यक्त करने के तकाजे से ऐसा दिखता है कि एक के बोलने पर सब होता है, लेकिन ऐसा नहीं होता। एक-एक सामान्य स्वयंसेवक के विवेक से काम होता है।

रोज शाखा में जाना चाहिए, ऐसा हम बताते हैं। हम सब जाते हैं। हम लोग शाखा जाते हैं कि नहीं, छोटे-से-छोटा स्वयंसेवक भी देखता है। और अगर कोई गलती हो गई तो हमको पकड़ भी सकता है। मैं स्वयं संघ का सरसंघचालक हूँ, मेरा नाम नागपुर में मोहिते सायं शाखा की सूची में है। मेरा प्रवास रहता है, इसलिए मैं वहाँ रोज नहीं होता हूँ। उस शाखा में एक छोटा नया स्वयंसेवक आता है। उस समय वह चौथी में पढ़ रहा था। बहुत दिनों के बाद मैं नागपुर पहुँचा, शाम को शाखा में गया। विकिर होने के बाद वह मेरे सामने आया। वह देखने लगा, तो मैंने पूछा कि क्या है भई ? तो उसने कहा कि आज हमारे गणशिक्षकजी ने बताया कि शाखा में रोज आना चाहिए। मैंने कहा, सही बात है। मैंने सुना है कि आप हमारी शाखा के स्वयंसेवक हैं। मैंने कहा, सही बात है। तो उसने कहा कि आप तो रोज नहीं दिखते। मैंने कहा कि भई, मेरा प्रवास होता है, तो जहाँ प्रवास होता है, वहाँ शाखा में जाता हूँ। तो वह बोला कि आप नागपुर में कितने दिन से हैं ? मैंने कहा कि चार-पाँच दिन से हूँ। उसने कहा, आज पहली बार शाखा में दिखे हैं। अरे, अन्य शाखाओं में जाने का कार्यक्रम था, मुझे जाना पड़ता है तो दूसरी शाखाओं में गया। उसके बाद जब-जब मैं शाखा में जाता था, वह पूछता था कि प्रवास कहाँ-कहाँ हुआ है ? शाखा कहाँ-कहाँ हुई ?

संघ ऐसा Open संगठन है। यहाँ प्रत्येक स्वयंसेवक पूछ सकता है। प्रत्येक स्वयंसेवक विचार करता है। प्रत्यक्ष स्वयंसेवक का विचार चर्चा में आने की पद्धति

है। अब लाखों स्वयंसेवक हैं। उनकी मैं अकेला नहीं सुनता हूँ, लेकिन शाखा स्तर से ऐसी व्यवस्था है। विचार आते-आते ऊपर प्रतिनिधि सभा में सहमति बनती है और जो सहमति बनती है, उसमें सब अपना-अपना विचार विलीन कर देते हैं। Most Democratic Organisation आपको देखना है तो आप संघ में आइए।

उसके दायरे में वह अपनी मनमानी से कुछ भी कर सकता है। उसके करने पर हमारा कुछ अंकुश नहीं होता है। ऐसी पद्धति डॉ. हेडगेवार के स्वयं के अनुभव से और चिंतन से निकला हुआ शास्त्र है। हम उनको बुलाते हैं, उनकी शारीरिक, बौद्धिक और मानसिक उन्नति हो, ऐसा प्रयास करते हैं और कुछ योग्यता आने के बाद उनको अपनी रुचि के कार्य में सहभागी होने की छूट है।

यहाँ स्वयंसेवक पर किसी भी प्रकार का अंकुश नहीं है। केवल हमने जो उसको संस्कार और विवेक दिया है, वही उसको चलाता है। उसके दायरे में वह अपनी मनमानी से कुछ भी कर सकता है। उसके करने पर हमारा कुछ अंकुश नहीं होता है। ऐसी पद्धति डॉ. हेडगेवार के स्वयं के अनुभव से और चिंतन से निकला हुआ शास्त्र है। हम उनको बुलाते हैं, उनकी शारीरिक, बौद्धिक और मानसिक उन्नति हो, ऐसा प्रयास करते हैं और कुछ योग्यता आने के बाद उनको अपनी रुचि के कार्य में सहभागी होने की छूट है। कहाँ जाना है, हम नहीं बताते हैं। वे कहीं भी जा सकते हैं। जहाँ जाएँगे, वहाँ संपूर्ण समाज को अपना मानकर मात्र राष्ट्रहित की बुद्धि से वे अपना काम करें, जहाँ जाएँगे, वहाँ का अनुशासन पालन करें और इस बात पर समझौता न करें। इतनी केवल अपेक्षा रहती है। यह संघ की कार्य-पद्धति है।

हम रोज छोटे-छोटे सरल सीधे-सादे कार्यक्रमों से संस्कार करते हैं। उस समय जो कार्यक्रम उपलब्ध थे, वे चले। नए-नए कार्यक्रम आते हैं, हम स्वीकार करते हैं। हमारा कार्यक्रम स्वीकार करने में हम पर एक बंधन रहता है। वह यह है कि संघ सब प्रकार के लोगों से चलता है, किसी एक वर्ग का संगठन नहीं है। सब प्रकार के आर्थिक वर्ग में, सब प्रकार की भाषाओं में, सब प्रकार की जाति-उपजातियों में चलनेवाला यह संगठन है। जो सब लोग कर सकते हैं ऐसा कार्यक्रम हमारा अखिल भारतीय कार्यक्रम बन जाता है। अच्छे-अच्छे कार्यक्रम बहुत हैं।

स्वावलंबी संगठन

लेकिन कुछ कार्यक्रमों के लिए खर्चा करना पड़ता है। हमारा संघ स्वावलंबी है। जो खर्चा करना पड़ता है, वह हम ही जुटाते हैं। संघ का काम चलाने के लिए हम एक पाई भी बाहर से नहीं लेते। किसी ने लाकर दी तो हम लौटा देते हैं। राष्ट्रीय स्वयंसेवक संघ स्वयंसेवकों की गुरुदक्षिणा पर चलता है। साल में एक बार भगवा ध्वज को गुरु मानकर उसकी पूजा में दक्षिणा समर्पित करते हैं।

भगवा ध्वज गुरु क्यों? क्योंकि वह अपनी तब से आज तक की परंपरा का चिह्न है। जब-जब हमारे इतिहास का विषय आता है, यह भगवा झंडा कहीं-न-कहीं रहता है। यहाँ तक कि स्वतंत्र भारत का ध्वज कौन सा हो? इसके संबंध में फ्लैग कमेटी ने जो रिपोर्ट दी, वह तो यही दी कि सर्वत्र सुपरिचित, सुप्रतिष्ठित भगवा झंडा हो। बाद में उसमें परिवर्तन हुआ, तिरंगा ध्वज आ गया। वह हमारा राष्ट्रध्वज है। हम उसका भी पूर्ण सम्मान रखते ही हैं। यह भी प्रश्न उठाया जाता है कि शाखा में भगवा झंडा लगता है, तिरंगे झंडे का क्या?

हमारा संघ स्वावलंबी है। जो खर्चा करना पड़ता है, वह हम ही जुटाते हैं। संघ का काम चलाने के लिए हम एक पाई भी बाहर से नहीं लेते। किसी ने लाकर दी तो हम लौटा देते हैं। राष्ट्रीय स्वयंसेवक संघ स्वयंसेवकों की गुरुदक्षिणा पर चलता है। साल में एक बार भगवा ध्वज को गुरु मानकर उसकी पूजा में दक्षिणा समर्पित करते हैं।

तिरंगे झंडे के जन्म से, उसके सम्मान के साथ संघ का स्वयंसेवक जुड़ा है। मैं आपको सत्य घटना बता रहा हूँ। निश्चित होने के बाद, उस समय तो चक्र नहीं था, चरखा था ध्वज पर। पहली बार फैजपुर के कांग्रेस अधिवेशन में उस ध्वज को फहराया गया था, अस्सी फीट ऊँचा ध्वजस्तंभ लगाया था। नेहरूजी उसके अध्यक्ष थे। झंडा बीच में लटक गया। ऊपर पूरा जा नहीं सका और इतना ऊँचा चढ़कर उसको सुलझाने का साहस किसी का नहीं था। एक तरुण भीड़ में से दौड़ा, वह सटासट उस खंबे पर चढ़ गया, उसने रस्सियों की गुत्थी सुलझाई, ध्वज को ऊपर पहुँचाकर नीचे आ गया। तो स्वाभाविक लोगों ने उसको कंधों पर उठा लिया और नेहरूजी के पास लेकर गए, नेहरूजी ने उसकी पीठ थपथपाई और कहा कि तुम शाम को खुले अधिवेशन में आओ, तुम्हारा अभिनंदन करेंगे, लेकिन फिर कुछ नेता

आए और कहा कि उसको मत बुलाओ, वह शाखा में जाता है। जलगाँव में फैजपुर के रहनेवाले श्री किशन सिंह राजपूत वह स्वयंसेवक थे। पाँच-छह वर्ष पहले उनका देहांत हो गया। डॉ. हेडगेवार को पता चला तो वे प्रवास करके गए। उन्होंने उनको एक छोटा सा चाँदी का लोटा पुरस्कार के रूप में भेंट कर उसका अभिनंदन किया। तिरंगा पहली बार फहराया गया, तब से इसके सम्मान के साथ स्वयंसेवक जुड़ा है।

जब पहली बार कांग्रेस ने संपूर्ण स्वतंत्रता का प्रस्ताव लाहौर अधिवेशन में पारित किया तो डॉ. साहब ने सर्कुलर निकाला कि सभी शाखाएँ सभा करें और कांग्रेस का अभिनंदन करनेवाला प्रस्ताव शाखाओं द्वारा पारित करके कांग्रेस कमेटी के पास भेजा जाए। यह 1931 की बात है। डॉ. हेडगेवार के जीवन में देश का परम वैभव, देश की स्वतंत्रता, यही उनके जीवन का गंतव्य था। संघ में दूसरा क्या हो सकता है ? इसलिए अपने स्वतंत्रता के जितने सारे प्रतीक हैं, उन सबके प्रति संघ का स्वयंसेवक अत्यंत श्रद्धा और सम्मान के साथ समर्पित रहा है। इससे दूसरी बात संघ में नहीं चल सकती।

डॉ. हेडगेवार के जीवन में देश का परम वैभव, देश की स्वतंत्रता, यही उनके जीवन का गंतव्य था। संघ में दूसरा क्या हो सकता है? इसलिए अपने स्वतंत्रता के जितने सारे प्रतीक हैं, उन सबके प्रति संघ का स्वयंसेवक अत्यंत श्रद्धा और सम्मान के साथ समर्पित रहा है। इससे दूसरी बात संघ में नहीं चल सकती।
खैर, उस भगवा ध्वज को हम गुरु मानते हैं, उसके सामने गुरुदक्षिणा करते हैं और उसमें जितना होता है, उससे हम अपना खर्चा चलाते हैं।

खैर, उस भगवा ध्वज को हम गुरु मानते हैं, उसके सामने गुरुदक्षिणा करते हैं और उसमें जितना होता है, उससे हम अपना खर्चा चलाते हैं। आज की भी यही स्थिति है। संघ इतना बड़ा और प्रसिद्ध हो गया है और बड़े-बड़े संघ के स्वयंसेवक भी और अच्छे कमानेवाले लोग हैं, फिर भी मैं जानता हूँ कि हमको मार्च के बाद जुलाई महीने तक खर्चा चलाने में थोड़ी तंगी आ जाती है। सेवा के अनेक काम हमारे स्वयंसेवक करते हैं, उसके लिए समाज की सहायता लेते हैं, उनके ट्रस्ट बने हैं और बाकायदा वे निधि संकलन करते हैं,उसका हिसाब रखते हैं। सारी बातें जैसा कानून का प्रोसीजर है, वैसा करते हैं। लेकिन राष्ट्रीय स्वयंसेवक संघ बाहर से पैसा

नहीं लेता, दिया तो भी नहीं लेता। संघ को चलाना है संघ के स्वयंसेवक ने। ऐसा स्वावलंबी हमारा संगठन है और संस्कार का काम है।

प्रसिद्धि-परांगमुखता

इसलिए इसमें प्रचार का बहुत ज्यादा काम नहीं होता, क्योंकि भाषण तो आप बहुत सुनते होंगे, ग्रंथ आपने बहुत पढ़े होंगे, लेकिन जो पढ़ा, लिखा और समझा है, उसको आचरण में उतारने के लिए आदत ही काम करती है और दूसरी कोई बात काम नहीं करती। यह आदत लगाने का काम शाखा में होता है। रोज आने की आदत होती है। अनुशासन की आदत होती है। समाज को अपना मानकर सारी बातें करने की आदत होती है। पहले दिन से ही शुरू होती है और इसलिए कोई आसमानी आपत्ति आ जाए, जैसे केरल में आ गई, संघ का स्वयंसेवक सबसे पहले पहुँचता है। क्यों पहुँचता है? उनको आपदा प्रबंधन की ट्रेनिंग शाखा में नहीं मिलती। हमारे वर्गों में भी नहीं मिलती। अब हम सोच रहे हैं कि उसके लिए कुछ खड़ा करें, लेकिन अब तक तो नहीं मिला। वे पहले गए कैसे? हमने एक भाव उत्पन्न किया और अनुशासन की पद्धति उत्पन्न की। संपूर्ण देश में सब लोगों को यह प्रशिक्षण मिले। सारा समाज इस मामले में राष्ट्रीय स्वयंसेवक संघ बन जाए, इस इच्छा से हम इसको करते हैं। इससे क्या होगा, आप लोगों को इससे क्या साधना है? हमको और कुछ नहीं साधना है। यही साधना है और कुछ नहीं।

समाज को अपना मानकर सारी बातें करने की आदत होती है। पहले दिन से ही शुरू होती है और इसलिए कोई आसमानी आपत्ति आ जाए, जैसे केरल में आ गई, संघ का स्वयंसेवक सबसे पहले पहुँचता है। क्यों पहुँचता है? उनको आपदा प्रबंधन की ट्रेनिंग शाखा में नहीं मिलती। हमारे वर्गों में भी नहीं मिलती। अब हम सोच रहे हैं कि उसके लिए कुछ खड़ा करें, लेकिन अब तक तो नहीं मिला।

बहुत लोग इसको उद्देश्य चिपकाते हैं। जो बिल्कुल नहीं है। हम संघ का प्रभुत्व (Domination) नहीं चाहते। इसके उलटा है संघ का विचार। अगर संघ के प्रभुत्व के कारण इस देश में कुछ अच्छा हुआ, ऐसा इतिहास में लिखा तो वह संघ की बहुत बड़ी पराजय होगी। क्योंकि हम चाहते हैं कि देश का इतिहास, देश का वर्तमान,

देश के लोगों के कारण बने। महापुरुष, विचारधाराएँ, तत्त्वज्ञान—ये सब सहायक होंगे। लेकिन सामान्य व्यक्ति के कर्तृत्व से देश का परम वैभव आना चाहिए। प्रार्थना में हम यही कहते हैं, 'विजेत्री च नः संहता कार्यशक्तिः'। हमारी सामूहिक शक्ति के आधार पर; हमारी यानी संघ की नहीं, हिंदू समाज की सामूहिक शक्ति के आधार पर। अगर उसमें ऐसा हो गया कि कोई संघ आ गया और उसने इस देश का उद्धार कर दिया तो यह संघ को मंजूर नहीं, इसलिए बहुत अच्छे काम बहुत स्वयंसेवक करते हैं, उसकी प्रसिद्धि, प्रचार में नहीं जाते।

संघ के कितने स्वयंसेवक हैं, कितने काम करते हैं, लेकिन प्रसिद्ध सभी नहीं होते। दुनियादारी में चलना है तो संगठन के पदाधिकारी होना पड़ता है, फिर बड़ा बन गया तो माध्यमों (Media) के लोग पीछे पड़ते हैं, दिखाते हैं तो सामने आना पड़ता है। नहीं तो मोहन भागवत सरसंघचालक बन गया और उसके रोज फोटो छप रहे हैं, यह मोहन भागवत के लिए बहुत परेशानी का विषय है, क्योंकि यह संघ की पद्धति नहीं है।

अब बहुत दबाव बढ़ गया है। संघ बड़ा हो गया है और यह हम नहीं करते हैं तो गलतफहमी फैलाने का अवसर मिलता है। इसलिए हाल के बीस एक वर्षों में हम क्या कर रहे हैं, इसका हम ब्योरा रखते हैं। हम अपनी पीठ कभी नहीं थपथपाते। क्योंकि यह तो कर्तव्य है, हर आदमी का कर्तव्य है। संघ क्या विशेष कर रहा है? संघ के स्वयंसेवक इतने बड़े-बड़े काम करते हैं तो कौन सी बड़ी बात है? उपकार है क्या? यह अपना समाज है, उसके लिए करना है। जरूरत है, तो देशहित में, समाज हित में मरने की भी तैयारी रखनी चाहिए, तो फिर जिंदा रहकर कुछ चार अच्छे काम कर लिये तो उसमें पीठ थपथपाने की बात क्या है? निस्स्वार्थ बुद्धि से देश की सेवा करो। सब मिलकर करो। और इसलिए संघ में आपको कदम-कदम पर सामूहिकता मिलेगी। संघ के कितने स्वयंसेवक हैं, कितने काम करते हैं, लेकिन प्रसिद्ध सभी नहीं होते। दुनियादारी में चलना है तो संगठन के पदाधिकारी होना पड़ता है, फिर बड़ा बन गया तो माध्यमों (Media) के लोग पीछे पड़ते हैं, दिखाते हैं तो सामने आना पड़ता है। नहीं तो मोहन भागवत सरसंघचालक बन गया और उसके रोज फोटो छप रहे हैं, यह मोहन भागवत के लिए बहुत परेशानी

का विषय है, क्योंकि यह संघ की पद्धति नहीं है।

कभी-कभी लोग कहते हैं कि आप सब अच्छे लोगों को Faceless बना रहे हो। हाँ, बात सही है। हम Faceless बनते हैं, क्योंकि यह अहंकार न रहे कि मैंने किया है। उसकी कुछ कठिनाइयाँ आती हैं, लेकिन हमने एक विशिष्ट प्रकार का व्यक्ति समाज में बने, इसके लिए यह काम शुरू किया है। हमको और कुछ नहीं चाहिए। सत्ता में कौन बैठेगा, देश किस नीति को स्वीकार करेगा; समाज के लोग तय करेंगे। उसके उपकरण बने हैं, वे चल रहे हैं, अगर इस प्रकार से देशभक्त, प्रामाणिक, निस्स्वार्थ, अनुशासित लोग होंगे, तो वे और अच्छी तरह चलेंगे। ऐसे लोग जितने ज्यादा होंगे, उतना अच्छा चलेगा। उसकी चिंता हमको नहीं है। हमको चिंता केवल इतनी है कि समाज का ऐसा आचरण बने और इसलिए सारी बातें हमारी रहती हैं।

लोग प्रश्न पूछते हैं कि आप प्रसिद्धि, प्रचार से दूर क्यों रहते हैं? हम दूर नहीं भागते। न ही उसके पीछे भागते हैं। संघ स्थापना के समय भी संघ के सार्वजनिक कार्यक्रम होते थे। डॉ. हेडगेवार स्वयं उसका वृत्त लिखकर पेपरों में पहुँचाते थे। वे संपादक भी रह चुके थे, एक वृत्तपत्र के व्यवस्थापक भी रह चुके थे। संघ के कौन से कार्य विभाग होने चाहिए, ऐसा एक डॉक्यूमेंट मुझे अभिलेखागार में मिला। उसमें लिखा है प्रसिद्धि विभाग, यह 1936 की बात है। लेकिन हमारे संस्कार के काम में उसका उपयोग नहीं है। इसलिए जब पर्याप्त काम हो गया, कुछ करके दिखाया, तब हमने हमारा एक प्रचार विभाग 1990 के दशक में बनाया। वह अब चल रहा है। लेकिन प्रसिद्धि परांगमुख, यानी मैं मेरी प्रसिद्धि नहीं चाहता हूँ। मैं कार्य की प्रसिद्धि जरूर चाहता हूँ और आगे हम जो करनेवाले हैं, उसकी प्रसिद्धि हम नहीं करते। जो किया है, उसकी जानकारी के रूप में प्रसिद्धि करते हैं। जो हम करते हैं, उसका उदाहरण भी बन सकता है। यहाँ हमने ऐसा किया, अन्य लोगों को भी प्रेरणा मिलती है। बहुत से लोग साथ लग जाते हैं। बहुत से लोग स्वतंत्र

> ***बहुत से लोग स्वतंत्र रूप से वैसा ही काम करने लगते हैं। हमको उसमें आनंद है। देश में सूर्योदय हो, वह हमारे मुरगे के बाँग देने से ही हो, ऐसा हमारा विचार नहीं है। सूर्योदय हो, इससे हमारा मतलब है, उसके लिए एक विशिष्ट प्रकार का समाज चाहिए, वह हम खड़ा करते हैं।***

रूप से वैसा ही काम करने लगते हैं। हमको उसमें आनंद है। देश में सूर्योदय हो, वह हमारे मुरगे के बाँग देने से ही हो, ऐसा हमारा विचार नहीं है। सूर्योदय हो, इससे हमारा मतलब है, उसके लिए एक विशिष्ट प्रकार का समाज चाहिए, वह हम खड़ा करते हैं।

विविध संगठन-स्वतंत्र, स्वायत्त और स्वावलंबी

अब दो बातें रह जाती हैं इस कार्य-पद्धति में। एक तो है कंट्रोल। रिमोट कंट्रोल, ऐसे शब्द चलते हैं। संघ का स्वयंसेवक संघ का स्वयंसेवक है। वह अपने बाकी जीवन में क्या करे? कौन सा सार्वजनिक कार्य करे? वह सोचे। वह जो चाहता है, वो करे। अमुक जगह कार्य करो, ऐसा हम उसको नहीं कहते, वह अपना कार्यक्षेत्र स्वयं चुनता है। आज संघ के स्वयंसेवक अनेक क्षेत्रों में कार्य कर रहे हैं। ये जो सारे संगठन हैं, स्वयंसेवकों का जिसमें प्रभाव है, वे निर्णयों की दृष्टि से, नीति की दृष्टि से स्वतंत्र, स्वायत्त और व्यवस्था की दृष्टि से स्वावलंबी हैं। वे स्वयंसेवक हैं, संघ से विचार लेते हैं, कोई गलती न कर बैठें, इसलिए संघ चिंता करता है। लेकिन अपने-अपने कार्यक्षेत्र में क्या करना है, क्या नहीं करना, वह उनका निर्णय रहता है। अब पुराने हो गए, तो उनकी Expertise भी हैं और किसी को उनको सलाह देने की आवश्यकता भी नहीं। ये सारे संगठन स्वतंत्र, स्वायत्त, स्वावलंबी रूप से चलते हैं। संघ के स्वयंसेवक हैं, इसलिए उनका आना-जाना, मिलना-जुलना, सुख-दुःख की बात करना और अच्छे कामों में एक-दूसरे को मदद करना, ये चलता है। अच्छे कामों में दूसरों की मदद करना, यह सबके लिए खुला है। वह केवल उन्हीं संगठनों के लिए है, ऐसी बात नहीं है। अच्छे काम में जो कोई है, हमारी जितनी शक्ति है, हम उसकी मदद करेंगे। हमको विचारधारा का संकोच नहीं है, हमको संघ के बारे में उनका क्या मत

संघ का स्वयंसेवक संघ का स्वयंसेवक है। वह अपने बाकी जीवन में क्या करे? कौन सा सार्वजनिक कार्य करे? वह सोचे। वह जो चाहता है, वो करे। अमुक जगह कार्य करो, ऐसा हम उसको नहीं कहते, वह अपना कार्यक्षेत्र स्वयं चुनता है। आज संघ के स्वयंसेवक अनेक क्षेत्रों में कार्य कर रहे हैं। ये जो सारे संगठन हैं, स्वयंसेवकों का जिसमें प्रभाव है, वे निर्णयों की दृष्टि से, नीति की दृष्टि से स्वतंत्र, स्वायत्त और व्यवस्था की दृष्टि से स्वावलंबी हैं।

है, इसका भी संकोच नहीं है। वह अच्छा काम कर रहे हैं, प्रामाणिकता से कर रहे हैं। वहाँ हमारे प्रभावी स्वयंसेवक हैं, वे जरूर मदद करेंगे।

समन्वय बैठक इसलिए नहीं होती है कि कोई कॉमन पॉलिसी तय होती है। समन्वय बैठक इसलिए होती है कि उन लोगों को अपने-अपने कार्यक्षेत्र में विपरीत प्रभावों में काम करते समय अपने संस्कारों का स्मरण रहे, इसलिए बीच-बीच में संघ के वातावरण में कुछ समय उन्हें मिले। वहाँ वे बात करते हैं, चर्चा करते हैं, Ideas लेते-देते हैं, उन Ideas को वे Follow करें, इसका बंधन नहीं है। वह उनका प्रश्न है।

> *अगर इसको बदलना है तो दोनों तरफ लगना चाहिए कि इसको बदलना है, तब वह होगा, नहीं तो नहीं होगा, ऐसे ही चलेगा। परंतु संघ के स्वयंसेवक जो अन्य काम करते हैं, सेवा कार्य करते हैं, 1 लाख 70 हजार से ऊपर छोटे-बड़े सेवा प्रकल्प चलते हैं। यह पाँच साल के पहले का आँकड़ा है, पाँच साल के बाद की गिनती अभी हो रही है। इस साल वह आँकड़ा आ जाएगा। उसमें तो महिला-पुरुष सभी काम करते हैं।*

संघ में महिलाओं की स्थिति

दूसरी बात है कि संपूर्ण हिंदू समाज को संगठित करते समय महिलाओं का क्या? यह प्रश्न डॉ. हेडगेवार से एक महिला ने 1931 में पूछा। आप बात कर रहे हो हिंदू समाज के संगठन की, लेकिन 50 प्रतिशत महिलाओं को तो वैसे ही छोड़ दिया आपने। तब डॉ. हेडगेवार ने उनको कहा कि आपकी बात बिल्कुल ठीक है, परंतु आज वातावरण ऐसा नहीं है कि पुरुष जाकर महिलाओं में काम करे। इससे कई प्रकार की गलतफहमियों को मौका मिलता है। कोई महिला अगर काम करने को जाती है तो हम उसकी पूरी मदद करेंगे। तब उस महिला ने इसी प्रकार चलनेवाला एक 'राष्ट्र सेविका समिति' नाम का संगठन चलाया। आज वह भी भारतव्यापी संगठन बन गया है। संघ के संस्कारों की कार्य-पद्धति पुरुषों के लिए राष्ट्रीय स्वयंसेवक संघ में, महिलाओं के लिए राष्ट्र सेविका समिति में, ये दोनों समानांतर चलेंगे। एक-दूसरे के कार्यक्षेत्र में काम नहीं करेंगे, एक-दूसरे की हमेशा मदद करके चलेंगे। यह उस समय तय हुआ। अगर इसको बदलना है तो दोनों तरफ लगना चाहिए कि इसको बदलना है, तब वह होगा, नहीं तो नहीं होगा, ऐसे ही चलेगा। परंतु संघ के स्वयंसेवक जो अन्य काम करते हैं,

सेवा कार्य करते हैं, 1 लाख 70 हजार से ऊपर छोटे-बड़े सेवा प्रकल्प चलते हैं। यह पाँच साल के पहले का आँकड़ा है, पाँच साल के बाद की गिनती अभी हो रही है। इस साल वह आँकड़ा आ जाएगा। उसमें तो महिला-पुरुष सभी काम करते हैं। संघ कोई संन्यासियों का संगठन नहीं है। अधिकांश स्वयंसेवक गृहस्थ कार्यकर्ता हैं। घरों में आना-जाना रहता है। हमारी माताएँ, बहनें अपनी-अपनी जगह से भी बहुत मदद सीधे संघ के कार्य को करती हैं। इतने सारे विविध कार्य चलते हैं, उसमें महिलाएँ आई हैं और आगे भी आएँगी।

यह संघ की कार्य-पद्धति है और संघ संपूर्ण समाज को संगठित करना चाहता है, इसमें संघ को पराया कोई नहीं। जो आज हमारा विरोध करते हैं, वे भी हमारे हैं। यह हमारा पक्का है। उनके विरोध से हमारी क्षति न हो, इतनी चिंता हम जरूर करेंगे। लेकिन हम लोग तो सर्वलोकयुक्त भारत वाले लोग हैं, मुक्त वाले नहीं हैं। राष्ट्रीय स्वयंसेवक संघ के नाते सबको जोड़ने का हमारा प्रयास है और सबको बुलाने का भी हमारा प्रयास रहता है। आखिर किसी को विरोध भी करना है तो वस्तुस्थिति के आधार पर हो। बस इतनी बात है। लेकिन मुख्य जो बात आती है कि यह हिंदू के लिए ही क्यों? कल उसकी चर्चा करेंगे और उसके बाद भावी भारत के बारे में संघ की दृष्टि क्या है? इस विषय पर मैं आऊँगा। बहुत-बहुत धन्यवाद।

□

संघ का कार्य : व्यक्ति-निर्माण

मंच पर उपस्थित माननीय संघचालकगण। उपस्थित सभी महानुभाव, माता, भगिनी! कल हमने देखा कि किस प्रकार और किस कार्य के लिए संघ की स्थापना हुई और उसकी कार्य-पद्धति कैसी है? हमारा कार्य व्यक्ति-निर्माण का है, निर्मित होने के बाद ये व्यक्ति समाज का वातावरण बनाते हैं और उसके आचरण में परिवर्तन लाने का प्रयास करते हैं। यह स्वावलंबी और सामूहिक पद्धति से चलनेवाला काम है। यह मनमर्जी का काम है। इसमें आना-जाना बिना शुल्क है। इसमें कोई जबरदस्ती नहीं है, क्योंकि जबरदस्ती करने के लिए हमारे हाथ में कुछ नहीं है, केवल दोस्ती है। स्वयंसेवकों को शिक्षा मिली है कि संघ केवल व्यक्ति-निर्माण का ही काम करेगा, लेकिन समाज के हित में जो-जो करना चाहिए वह सब काम स्वयंसेवक करते हैं। जैसे-जैसे काम बढ़ता है तो शक्ति बढ़ती है। संघ की शक्ति के बढ़ने के साथ संघ चलाने के लिए जितने स्वयंसेवक आवश्यक हैं, उनको छोड़कर अन्य स्वयंसेवक खाली नहीं बैठते। वे अपनी समझ के अनुसार किसी भी कार्य को हाथ में ले लेते हैं। साथ ही वही कार्य कोई और कर रहा है, तो वे उसके अनुशासन में उसके साथ जुट जाते हैं। अन्यथा वे कोई नया काम खड़ा कर लेते हैं।

समाज जीवन के लगभग सभी क्षेत्रों में स्वयंसेवकों ने अनेक कार्य खड़े किए हैं, विविध संगठन बनाए हैं। ये सभी संगठन स्वतंत्र, स्वायत्त और स्वावलंबी हैं। संघ की किसी बैठक के निर्णय से कोई भी संगठन नहीं चला। ये संगठन स्वयंसेवकों ने अपने से शुरू किए हैं और स्वयंसेवक अपने भरोसे उनको चलाते हैं। आपसी सहयोग से ये कार्य स्वाभाविक गति से चलते हैं।

---

* 18 सितंबर, 2018, नई दिल्ली; राष्ट्रीय स्वयंसेवक संघ की तीन दिवसीय व्याख्यानमाला 'भविष्य का भारत : संघ का दृष्टिकोण' का द्वितीय दिवस

स्वयंसेवकों को संघ से जो विचारदृष्टि और संस्कार मिलते हैं, वही उनका परिचय होता है। संघ के साथ उनका संपर्क बना रहता है और वहाँ से भी उन्हें परामर्श एवं सहयोग मिलता रहता है। स्वयंसेवकों को यह भी सीख मिली है कि अच्छे काम कौन कर रहा है, यह मत देखो; वह अपना समर्थक है या विरोधी है, यह मत देखो; अगर वो प्रामाणिकता से कर रहा है, समाज की भलाई के लिए कर रहा है, तो उसमें सहयोग करना चाहिए। उसके अनुसार स्वयंसेवकों का सहयोग अपने आप मिलता रहता है। जैसा मैंने कल कहा कि समन्वय बैठक योजना तय करने के लिए नहीं होती, इनका आयोजन तो संघ के बाहर अनेक क्षेत्रों में काम करनेवाले स्वयंसेवकों को स्वयंसेवकत्व का वातावरण मिले, इसलिए किया जाता है।

संघ और राजनीति

यह मैं बहुत थोड़े शब्दों में फिर से इसलिए बता रहा हूँ कि बहुत बार हमसे प्रश्न किया जाता है कि संघ का राजनीति से क्या संबंध है? संघ की कोई राजनैतिक महत्त्वाकांक्षा है क्या? क्योंकि जमाने का चलन ऐसा दिखता है कि जब व्यक्ति समर्थ बन जाता है और जहाँ से उसने यह सामर्थ्य प्राप्त किया है, उस क्षेत्र में अपनी पहचान बना लेता है तो आगे उसकी इच्छा राजनीति में जाने की होती है। लेकिन संघ को संपूर्ण समाज को जोड़ना है और राजनीति समाज जीवन के अनेक विषयों को देखती है। उन विषयों में मतभेद होते ही हैं, और यह स्वाभाविक भी है; क्योंकि विचार अलग-अलग प्रकार के रहते हैं, जिससे दलबंदी हो जाती है। अलग-अलग दल बन जाते हैं, और उनमें विरोध भी खड़ा हो जाता है। राजनीति, दल और सारे समाज को जोड़ने का काम एक सीमित मात्रा में ही एक साथ चल सकता है। इसलिए संघ ने अपने जन्म से ही निश्चित किया है कि हमारा संगठन राजनीति से दूर रहेगा। स्पर्धा की राजनीति नहीं करेगा, चुनाव नहीं लड़ेगा, संघ का कोई भी पदाधिकारी किसी भी राजनीतिक दल में

स्वयंसेवकों को यह भी सीख मिली है कि अच्छे काम कौन कर रहा है, यह मत देखो; वह अपना समर्थक है या विरोधी है, यह मत देखो; अगर वो प्रामाणिकता से कर रहा है, समाज की भलाई के लिए कर रहा है, तो उसमें सहयोग करना चाहिए। उसके अनुसार स्वयंसेवकों का सहयोग अपने आप मिलता रहता है।

पदाधिकारी नहीं बन सकता। संघ को चुनाव और वोटों की राजनीति से दूर रहना है।

डॉ. हेडगेवार स्वयं एक कुशल राजनीतिक कार्यकर्ता थे। जब वे विद्यार्थी थे, तब कलकत्ता में उन्होंने एक 'कागजी आंदोलन' चलाया और अंग्रेज सरकार के एक प्रस्ताव को पराभूत कर दिया। अंग्रेज सरकार एक कानून लानेवाली थी, जिसके कारण राष्ट्रीय विद्यालय और कॉलेज में पढ़नेवाले आंदोलनकारी छात्रों को मिलने वाले प्रमाण-पत्र (डिग्री) अवैध घोषित किए जाने थे। उस समय समाज में इस विषय को लेकर बड़ा आंदोलन खड़ा करना संभव नहीं था, तो डॉ. हेडगेवार ने कलकत्ता में घूम-घूमकर हर बस्ती के प्रमुख लोगों से बातचीत की और उनको विश्वास में लेकर इतना बताया कि यदि कोई अधिकारी आकर आपसे पूछे कि सरकार के इस प्रस्ताव के विरोध में आपके यहाँ कोई सभा हुई, तो आप कहिए 'हाँ'। आप सभा में गए थे क्या? 'हाँ, मैं गया था।' और यदि पूछा जाता है कि किस-किस के भाषण हुए, तो हेडगेवार ने उन्हें कुछ अलग-अलग नाम दिए थे, तो बताना कि इनके भाषण हुए और यह भी कि सभा में बहुत भीड़ थी और सबने एकमत से डिग्रियों को बरकरार रखने के प्रस्ताव को पारित किया। इसके बाद उन्होंने समाचार-पत्रों में छपवाया कि अमुक मोहल्ले में सभा हुई, तीन हजार लोग थे, भाषण हुआ, प्रस्ताव आया और सरकार के खिलाफ प्रस्ताव एकमत से पारित हो गया।

डॉ. हेडगेवार ने कलकत्ता में घूम-घूमकर हर बस्ती के प्रमुख लोगों से बातचीत की और उनको विश्वास में लेकर इतना बताया कि यदि कोई अधिकारी आकर आपसे पूछे कि सरकार के इस प्रस्ताव के विरोध में आपके यहाँ कोई सभा हुई, तो आप कहिए 'हाँ'। आप सभा में गए थे क्या? 'हाँ, मैं गया था।' और यदि पूछा जाता है कि किस-किस के भाषण हुए, तो हेडगेवार ने उन्हें कुछ अलग-अलग नाम दिए थे, तो बताना कि इनके भाषण हुए और यह भी कि सभा में बहुत भीड़ थी और सबने एकमत से डिग्रियों को बरकरार रखने के प्रस्ताव को पारित किया।

ऐसे समाचार लगातार प्रकाशित होने का ताँता चला, तो ब्रिटिश सरकार के कान खड़े हो गए और जब उन्होंने घटना की सच्चाई जानने के लिए अपने लोग भेजे तो

सबको प्रमाण मिले कि इस प्रकार की सभाएँ हुईं और सरकार के पास रिपोर्ट गई कि इस विषय को लेकर बड़ा जन-असंतोष है। यदि यह कानून लाया गया तो 'आ बैल मुझे मार' जैसी स्थिति हो जाएगी। परिणामस्वरूप ब्रिटिश सरकार उस कानून को नहीं ला सकी। डॉ. हेडगेवार ऐसे कुशल राजनेता थे, और जब वे विदर्भ में काम कर रहे थे, तब तरुण वर्ग में वे बहुत लोकप्रिय हो गए थे, वे स्वयं भी युवा थे।

लेकिन संघ का काम संपूर्ण समाज को जोड़ने का है, इसलिए संघ ने अपने जन्म से ही स्वयं तय किया है कि ऐसी रोजमर्रा की राजनीति में हम नहीं जाएँगे। संघ के विचार के आधार पर नीतियों के बारे में संघ के स्वयंसेवकों के मत हैं। राज्य कौन करे, इसका चुनाव तो जनता करती है। परंतु राष्ट्रहित में यह कैसे चले, इस राष्ट्रनीति के बारे में हमारे कुछ मत हैं, जिन्हें हम पहले से सार्वजनिक रूप से बोलते रहे हैं। और हमारी जितनी शक्ति है, उसके अनुसार हो, इसका प्रयास भी करते हैं और हमारे प्रयास लोकतांत्रिक रीति से ही होते हैं। संघ को राजनीति से परहेज रहता है, इसका मतलब यह नहीं है कि वह घुसपैठियों के बारे में न बोले। ये सब राष्ट्रीय प्रश्न हैं। राजनीति की उसमें भूमिका है, प्रमुख भूमिका है। इन प्रश्नों के सुलझने और न सुलझने का परिणाम पूरे देश पर होता है एवं ऐसे सब विषयों पर संघ अपना मत रखता है।

एक दल विशेष में ही स्वयंसेवक क्यों हैं? उस दल में बहुत सारे पदाधिकारी, आज के प्रधानमंत्री, राष्ट्रपतिजी स्वयंसेवक हैं? इसलिए लोग जब यह कयास लगाते हैं कि नागपुर से फोन जाता होगा और बात होती होगी, यह बिल्कुल गलत बात है। एक तो राजनीतिक क्षेत्र में काम करनेवाले कार्यकर्ता या तो मेरी आयुवर्ग के हैं, या मुझसे सीनियर हैं और संघकार्य का जितना मेरा अनुभव है, उससे

एक दल विशेष में ही स्वयंसेवक क्यों हैं? उस दल में बहुत सारे पदाधिकारी, आज के प्रधानमंत्री, राष्ट्रपतिजी स्वयंसेवक हैं? इसलिए लोग जब यह कयास लगाते हैं कि नागपुर से फोन जाता होगा और बात होती होगी, यह बिल्कुल गलत बात है। एक तो राजनीतिक क्षेत्र में काम करनेवाले कार्यकर्ता या तो मेरी आयुवर्ग के हैं, या मुझसे सीनियर हैं और संघकार्य का जितना मेरा अनुभव है, उससे कहीं अधिक अनुभव उनको राजनीति का है।

कहीं अधिक अनुभव उनको राजनीति का है। इसलिए उनको अपनी राजनीति चलाने के लिए किसी की सलाह की आवश्यकता नहीं है। हम उसके बारे में कुछ नहीं जानते, हम सलाह दे भी नहीं सकते। हाँ, वे हमसे परिचित हैं तो एक-दूसरे का हाल-चाल पूछते हैं। यदि उनको सलाह चाहिए तो वे पूछते हैं और यदि हम दे सकते हैं तो देते हैं। परंतु उनकी राजनीति पर हमारा कोई प्रभाव नहीं और सरकार की नीतियों पर भी हमारा कोई प्रभाव नहीं है। वे हमारे स्वयंसेवक हैं, उनके पास विचारदृष्टि है, अपने-अपने कार्यक्षेत्र में उन विचारों को प्रत्यक्ष करने के लिए वे समर्थ हैं। ऐसा स्वतंत्रता, स्वायत्तता और स्वालंबन से वे अपना काम करते हैं। उन्हें ऐसा करना चाहिए, ऐसी हमारी इच्छा है। देश में, देश की व्यवस्था में 'पावर' नाम की जो चीज है, उसका सेंटर जो संविधान द्वारा तय हुआ है, वही रहेगा। कोई बाहर का दूसरा केंद्र खड़ा हो, इसे हम गलत मानते हैं, इसलिए हम कभी ऐसा नहीं करते हैं।

ऐसा स्वतंत्रता, स्वायत्तता और स्वालंबन से वे अपना काम करते हैं। उन्हें ऐसा करना चाहिए, ऐसी हमारी इच्छा है। देश में, देश की व्यवस्था में 'पावर' नाम की जो चीज है, उसका सेंटर जो संविधान द्वारा तय हुआ है, वही रहेगा। कोई बाहर का दूसरा केंद्र खड़ा हो, इसे हम गलत मानते हैं, इसलिए हम कभी ऐसा नहीं करते हैं।

इसलिए संघ का राजनीति से संबंध क्या है? क्यों उसी एक दल में ज्यादा स्वयंसेवक हैं? अब यह तो हमारा प्रश्न नहीं है। बाकी दलों में जाने की उनकी इच्छा क्यों नहीं होती, यह उनको विचार करना है। हम तो स्वयंसेवक को किसी एक विशिष्ट राजनीतिक दल का काम करने के लिए नहीं कहते हैं। हम तो इतना कहते हैं कि राष्ट्र के लिए राष्ट्रहित के विचार और एक नीति का स्वप्न लेकर काम करनेवालों के पीछे खड़े हो जाओ। राष्ट्रहित की नीति तो किसी दल की भी हो सकती है, होती भी है। राष्ट्रीय हित के लिए स्वयंसेवक नागरिक होने के नाते जितना वे कर सकते हैं, उतना वे काम करते हैं। संघ के कार्य में दायित्वधारी कार्यकर्ता राजनीति में बिल्कुल नहीं पड़ते, स्वयंसेवक स्वतंत्र हैं। उसका मन करे तो वह कर भी सकता है और नहीं भी कर सकता है। स्वयंसेवक रोजमर्रा के जीवन में अपने विवेक से चलते हैं। ऐसा अपना काम चलता है और संघ का प्रभाव बढ़ता है तो उसके परिणाम सब

क्षेत्रों में दिखते हैं, राजनीति में भी दिखते हैं। हम वह प्रभाव उत्पन्न करने के लिए काम नहीं कर रहे हैं; वो अपने आप होता है, हम क्या करें? इस प्रकार संघ का और राजनीति का संबंध चला है।

राष्ट्रनीति के बारे में हम बोलते हैं और हम जिसको उचित मानते हैं, उसको करवाने के लिए अपनी शक्ति जरूर लगाते हैं और यह हम छुपे-छुपे नहीं करते, डंके की चोट पर करते हैं। हमारा मुख्य काम व्यक्ति-निर्माण का है, और हम वही करते हैं, लेकिन निर्मित व्यक्ति निठल्ले तो नहीं रहेंगे, वे देश के नागरिक हैं और सामान्य नागरिकों के समान उनसे भी जीवन के समस्त अंगों में सहभागी रहने की अपेक्षा की जाती है और सहभाग रहता भी है। उसमें किसी दल या किसी विचारधारा के स्वार्थ की बात नहीं। केवल राष्ट्रहित का ही भाव रहता है। किसी के प्रति बैर नहीं और किसी के प्रति अधिक दोस्ती नहीं—यह संघ का स्वभाव है। स्वतंत्र, अलग, स्वायत्ता संबंधी बात का कल भी उल्लेख आया था।

महिलाओं के संबंध में विचार

महिलाओं का विचार करते समय भी हमारा विचार यही है। हमारे देश में प्राचीन समय से ही महिलाओं को अत्यंत बड़ा स्थान दिया है। वैचारिक रूप से उन्हें हम शक्तिस्वरूपा, जगदंबा का रूप मानते हैं, लेकिन व्यवहार में ऐसा नहीं होता है। अब यह तो ठीक है कि उनको भगवान् बनाकर मंदिर में स्थापित करके पूजने की भी आवश्यकता नहीं और न ही उनको दासता की कड़ी में ढकेलने की जरूरत है। महिला समाज का एक हिस्सा होने के नाते समाज जीवन के सब प्रयासों में बराबरी की हिस्सेदार है, बराबरी की जिम्मेदार है और उसी तरह उनके साथ व्यवहार होना चाहिए। लेकिन यह इस ढंग से नहीं होना चाहिए कि बेचारी महिला का 'हम उद्धार करेंगे'। हमारा और आपका भी यह अनुभव होगा कि कई मामलों में महिलाएँ पुरुषों से ज्यादा समर्थ हैं, पुरुषों की

सामान्य नागरिकों के समान उनसे भी जीवन के समस्त अंगों में सहभागी रहने की अपेक्षा की जाती है और सहभाग रहता भी है। उसमें किसी दल या किसी विचारधारा के स्वार्थ की बात नहीं। केवल राष्ट्रहित का ही भाव रहता है। किसी के प्रति बैर नहीं और किसी के प्रति अधिक दोस्ती नहीं–यह संघ का स्वभाव है।

तुलना में वे उसी काम को अधिक कुशलता और निपुणता से कर लेती हैं। उनको और सशक्त करने की जरूरत है, स्वतंत्रता देने की जरूरत है और ऐसे काम करने के लिए उनको प्रबुद्ध बनाने की जरूरत है।

संघ की इच्छा है कि अपने घर से लेकर समाज के प्रत्येक क्षेत्र में सर्वत्र 'मातृशक्ति जागरण' का काम होना चाहिए। संघ के स्वयंसेवक और संघ के साथ जुड़े हुए परिवारों की महिलाएँ, स्वयंसेवकों द्वारा चलाए जा रहे अनेक संगठनों में सहभागी महिलाएँ मिलकर ये काम करती हैं। महिला और पुरुष एक-दूसरे के पूरक हैं, सार्थक जीवन के लिए दोनों को बराबरी से काम करना होगा। निर्णयों से लेकर दायित्वों तक में उनकी बराबरी से सहभागिता होनी चाहिए, राष्ट्र-निर्माण में उनकी भूमिका भी होनी चाहिए। महिलाओं के बारे में संघ का यह सुविचारित मत है।

हिंदुत्व

कल मैंने कहा था कि हम अपने वैचारिक अधिष्ठान पर बात करेंगे। संघ का विचार हिंदुत्व का विचार है, लेकिन इसका मतलब यह नहीं है कि संघ ने हिंदुत्व को खोजा है। यह तो अपने देश में परंपरा से चलता आया हुआ विचार है। इसको लेकर अनेक भ्रम खड़े किए गए, लेकिन इस प्रचार के भ्रमजाल से हटकर हम देखेंगे तो पाएँगे कि यह तो सबका माना हुआ सर्वसम्मत विचार है।

संघ का विचार हिंदुत्व का विचार है, लेकिन इसका मतलब यह नहीं है कि संघ ने हिंदुत्व को खोजा है। यह तो अपने देश में परंपरा से चलता आया हुआ विचार है। इसको लेकर अनेक भ्रम खड़े किए गए, लेकिन इस प्रचार के भ्रमजाल से हटकर हम देखेंगे तो पाएँगे कि यह तो सबका माना हुआ सर्वसम्मत विचार है। हिंदुत्व को लेकर खड़े किए गए भ्रमों में सबसे बड़ी भूमिका स्वयं हिंदू समाज की ही है।

हिंदुत्व को लेकर खड़े किए गए भ्रमों में सबसे बड़ी भूमिका स्वयं हिंदू समाज की ही है। विविधता में एकता, समन्वय, त्याग, संयम, कृतज्ञता जैसे 'मूल्य-समुच्चय' का नाम हिंदुत्व है। इसका आधार सत्य है और उसका अन्वेषण हमारे यहाँ किया गया। जब दुनिया सुख की खोज बाहर कर रही थी और बाहर ढूँढ़ते-ढूँढ़ते थक गई, उस समय हमारे पूर्वजों ने सुख के लिए अंतर में देखने का सुझाव दिया। भारतीय विचार में जड़-जगत् के विज्ञाननिष्ठ अध्ययन के साथ अंतर जगत् के आध्यात्मिक

अध्ययन का भी प्रारंभ हुआ और इसी अध्ययन के आधार पर हमारे पूर्वजों को तर्क और प्रत्यक्ष अनुभूति से अस्तित्व की एकता का सत्य प्राप्त हुआ। ऐसे प्रत्यक्ष अनुभूति रखनेवाले महान् पुरुषों की यह परंपरा तब से आज तक देश में पूर्णतया विद्यमान है। हम केवल तर्क या सिद्धांत की बात नहीं करते। जैसा कि स्वामी विवेकानंद ने रामकृष्ण परमहंस से पूछा था कि क्या आपने ईश्वर को देखा है?

विवेकानंद ने यही प्रश्न अनेक लोगों से पूछा था, लेकिन सबने गोल-मटोल बातें कहीं। क्योंकि तर्क से तो बहुत लोग बता सकते हैं, लेकिन तर्क की बात वहाँ चलती नहीं। विवेकानंद ने रवींद्रनाथ ठाकुर के पिता देवेंद्रनाथ ठाकुर से भी यही प्रश्न पूछा था तो वे उत्तर नहीं दे सके। उन्होंने कहा कि तुम्हारी आँखों में बड़ा तेज है, इस पर विवेकानंद ने कहा, 'मुझे मेरे प्रश्न का सीधा उत्तर चाहिए। क्या आपने भगवान् को देखा है?' जबाव में कोई तर्कसंगत उत्तर नहीं आया। जब विवेकानंद के कॉलेज में फिलॉसफी पढ़ाते समय उनके अंग्रेजी प्रोफेसर 'ट्रांस' शब्द का अर्थ समझा रहे थे तो उन्होंने यही कहा कि यदि आपको इसका सही अर्थ जानना है तो दक्षिणेश्वर जाओ। विवेकानंद रामकृष्ण परमहंस के पास गए और एक-दो बार मिलने के बाद उन्होंने वही प्रश्न पूछा कि क्या आपने भगवान् को देखा है? तो रामकृष्ण परमहंस, जो मुश्किल से चौथी पास रहे होंगे, ने कहा, 'हाँ, देखा है। नित्य देखता हूँ, तुमको जितना स्पष्ट देखता हूँ, उससे ज्यादा स्पष्ट देखता हूँ और भगवान् से बात भी करता हूँ। और अगर तुम मेरे बताए रास्ते पर चलोगे तो तुम भी यह कर सकोगे।' इस बात को इतने आत्मविश्वास के साथ बता सकनेवाले लोग आज भी अपने देश में मिलते हैं। सत्य के वर्णन अलग-अलग हैं और परस्पर विरोधी भी हैं, परंतु सत्य तो एक ही है और वह अस्तित्व की एकता का सत्य है। उस सत्य के आधार पर दुनिया की विविधताओं को स्वीकार

उन्होंने कहा कि तुम्हारी आँखों में बड़ा तेज है, इस पर विवेकानंद ने कहा, 'मुझे मेरे प्रश्न का सीधा उत्तर चाहिए। क्या आपने भगवान् को देखा है?' जबाव में कोई तर्कसंगत उत्तर नहीं आया। जब विवेकानंद के कॉलेज में फिलॉसफी पढ़ाते समय उनके अंग्रेजी प्रोफेसर 'ट्रांस' शब्द का अर्थ समझा रहे थे तो उन्होंने यही कहा कि यदि आपको इसका सही अर्थ जानना है तो दक्षिणेश्वर जाओ।

करो, उनका सम्मान करो और उनका उत्सव मनाओ। अपनी-अपनी विविधता पर श्रद्धापूर्वक चलते रहो तथा सबकी विविधता का सम्मान करो और मिल-जुलकर रहो। यह संदेश देनेवाला 'मूल्य समुच्चय' हिंदू है, हिंदुत्व है।

हिंदू शब्द क्यों?

उस सत्य के आधार पर दुनिया की विविधताओं को स्वीकार करो, उनका सम्मान करो और उनका उत्सव मनाओ। अपनी-अपनी विविधता पर श्रद्धापूर्वक चलते रहो तथा सबकी विविधता का सम्मान करो और मिल-जुलकर रहो। यह संदेश देनेवाला 'मूल्य समुच्चय' हिंदू है, हिंदुत्व है।

हिंदू नाम तो बाहर से मिला, यह बात सही है, क्योंकि भारत के प्राचीन ग्रंथों में यह शब्द आपको कहीं मिलेगा ही नहीं। आज भी बहुत से विद्वान्, संत हिंदू नहीं कहते हैं, सनातनी कहते हैं; धर्म को 'सनातन' कहते हैं। बौद्ध जैसे संप्रदाय में 'धम्म' कहते हैं। किन्हीं विशेष परिस्थितियों के कारण हिंदू नाम बाद में आया। बीसवीं सदी के उनतीस के दशक में महावीर प्रसाद द्विवेदी ने अपने एक लेख में लिखा था कि जरथुष्ट्र जब पर्शिया यानी आज के ईरान पहुँचे, तो वहाँ के समाज ने उनको अपना गुरु माना और उनका परिचय पूछा। तब उन्होंने कहा कि अपना परिचय क्या बताऊँ, हम तो मानव एकता में विश्वास करनेवाले लोग हैं और यदि आप हमारे गाँव का नाम जानना चाहते हैं तो मैं इतना बताता हूँ कि हमारे पूर्वज सिंधु के पार से आए थे। फारसी भाषा में 'स' का उच्चारण 'ह' होता है, और यहीं से उन्होंने अपने गुरु को 'हिंदू' गुरु बना दिया। तब ईरान का इजराइल के साथ व्यापार होता था, तो व्यापारियों के माध्यम से यह शब्द यहूदियों के पास पहुँच गया। वहाँ से समुद्री मार्ग से हमारे देश के व्यापारियों को पता चला और धीरे-धीरे व्यापारियों की जानकारी के अनुसार हमारे देश के बौद्धिक जगत् में भी आ गया। तब शायद नौवीं सदी में हमारे ग्रथों में इस शब्द का उल्लेख होने लगा। लेकिन लोकभाषा में यह शब्द अभी तक नहीं आया था। जब आक्रमणकारियों ने अपनी विचारधारा का प्रभाव स्थापित करने के लिए इस देश की अनेक प्रकार की धाराओं को एक-एक करके पीटना शुरू किया, तब शायद हमारे लोगों ने विचार किया कि ये कैसे हो रहा है ? हम तो इनके समान ही निर्गुण-निराकार ईश्वर को मानते हैं तो भी हमें यह पीट रहे हैं। तो उन्हें उत्तर मिला कि आप सब लोग हिंदू हो, इसलिए हम आप सबका धर्म बदल रहे

हैं, और यहीं से लोकभाषा में हिंदू शब्द का चलन हुआ।

लोकभाषा का शब्द संत पहले उठाते हैं तो संतों की वाणी में पहले आया और उसके बाद गुरु नानकदेव ने कहा, 'खुरासान खसमाना किया, हिंदुस्थान डराया, काया कप्पड़ टुक-टुक होसि हिंदुस्थान समालसी बोला।' हिंदू शब्द तब से लोगों में प्रचलित है, लेकिन अब यह हमारे साथ चिपक गया है तो हम क्या करें? जैसे मेरा और आपका जो नाम है, वह हमारी अनुमति लेकर तो रखा नहीं गया, लेकिन वह हमसे चिपक गया है। अगर किसी दूसरे नाम से हमें पुकारा जाएगा तो हम प्रतिसाद ही नहीं देंगे। अस्तित्व की एकता, परस्पर सहयोग, सबका साथ चलना—इसका एक भाग offshoot होता है कि समाज हित में किसी भी व्यक्ति का विरोध नहीं है और समाजवाद में व्यक्ति को दबाने की जरूरत नहीं है। व्यक्ति की उन्नति के कारण समाज में शोषण की जरूरत नहीं है। व्यक्ति और समाज परस्पर विकास में साथ-साथ चल सकते हैं। मानव समाज, विकास, पर्यावरण में कोई विरोध नहीं है, वह साथ चल सकता है। विकास भी हो सकता है, पर्यावरण भी ठीक रह सकता है, क्योंकि सृष्टि और समाज का झगड़ा नहीं है। सारे विश्व का एक ही अस्तित्व होने के कारण सब लोग साथ चल सकते हैं। साथ चलकर सबकी उन्नति हो सकती है और सब लोग श्रेयस को, सत्य को प्राप्त कर सकते हैं। जब इस विचार को बताने लगते हैं, तो लोग कहते हैं कि ये हिंदू विचार बोल रहे हैं।

वह इंडिक भी इसी का शब्द है। बहुत दूर क्यों, जब हम भारतीय कहते हैं तो वह केवल भारत नाम के भूगोल का नाम नहीं रहता। क्योंकि भारत का भूगोल तो बदलता रहा है, कम-ज्यादा होता रहा है। भारत तो एक स्वभाव का नाम है। ये सारे शब्द समानार्थी हैं। लेकिन इसके आशय को स्पष्ट रूप से बतानेवाला एक शब्द है हिंदू।

हिंदू, भारतीय समानार्थी

मैंने ऐसा सुना है, लेकिन मुझे प्रत्यक्ष मालूम नहीं कि हज यात्रा पर जानेवाले भारत के मुसलमानों का जो पंजीयन वहाँ होता है, उसमें उनको 'हिंदवी मुसलमान' के रूप में माना जाता है। इसी प्रकार इंटलेक्चुअल सर्कल में जो चर्चा चलती है, उसमें इस प्रकार के विचारों को 'इंडिक थॉट' कहते हैं। वह इंडिक भी इसी का शब्द है।

बहुत दूर क्यों, जब हम भारतीय कहते हैं तो वह केवल भारत नाम के भूगोल का नाम नहीं रहता। क्योंकि भारत का भूगोल तो बदलता रहा है, कम-ज्यादा होता रहा है। भारत तो एक स्वभाव का नाम है। ये सारे शब्द समानार्थी हैं। लेकिन इसके आशय को स्पष्ट रूप से बतानेवाला एक शब्द है हिंदू।

इसीलिए संघ हिंदू शब्द को आग्रहपूर्वक लेकर चलता है, लेकिन इसका मतलब यह नहीं है कि भारत, इंडिक या आर्य शब्द का प्रयोग करनेवाले से हमारा कोई झगड़ा या विरोध है। हम जानते हैं कि उनको वही कहना है। हमारे लिए हिंदू आग्रह का शब्द है। उनके लिए वह होगा, बहुत अच्छी बात है। इसको लेकर झगड़ा करने की कोई बात नहीं है। क्योंकि आशय की बात तो एक ही है—'विविधता में एकता'। इस मूल्य समुच्चय के आधार पर धर्म की संकल्पना बनती है कि जीवन में कैसे चलना चाहिए, किस दिशा में चलना चाहिए।

यह धर्म किसी एक विशेष देश के समाज की बपौती नहीं है। यह पूरे मानव का वैश्विक धर्म है। जिसको आज हिंदू धर्म कहते हैं, वह वास्तव में हिंदुओं का धर्म नहीं है। हिंदुओं का धर्म शास्त्र 'हिंदू धर्म शास्त्र' के नाम से नहीं है। उसको 'मानव धर्म शास्त्र' कहा जाता है। हिंदू शब्द आने के पहले वह रचा गया। वह किसी एक के लिए नहीं था, वह सबके लिए था।

धर्म, रिलीजन

अब इस धर्म शब्द को लेकर भी बड़ा 'कंफ्यूजन' है, क्योंकि यह शब्द केवल भारतीय भाषाओं में ही मिलता है। धम्म या धर्म शब्द भारत की देन है। भारत के बाहर ये शब्द नहीं मिलता है। इससे थोड़ा मिलता-जुलता शब्द, क्योंकि धर्म के साथ कर्मकांड भी आता है तो विशेष प्रकार का कर्मकांड, विशेष प्रकार की पूजा, विशेष प्रकार के ग्रंथ, विशेष प्रकार के मसीहा, ऐसा जो बनता है, उसको 'रिलीजन' कहते हैं। इसलिए अपनी भाषा को छोड़कर जब हम विदेशी भाषा में बोलने लगते हैं तो रिलीजन कहते हैं और रिलीजन का अनुवाद धर्म करते हैं। इससे गलतफहमी पैदा होती है। यह धर्म किसी एक विशेष देश के समाज की बपौती नहीं है। यह पूरे मानव का वैश्विक धर्म है। जिसको आज हिंदू धर्म कहते हैं, वह वास्तव में हिंदुओं का धर्म नहीं है। हिंदुओं का धर्म शास्त्र 'हिंदू धर्म शास्त्र' के नाम से नहीं है। उसको 'मानव धर्म शास्त्र' कहा जाता है। हिंदू शब्द आने के पहले वह रचा गया।

वह किसी एक के लिए नहीं था, वह सबके लिए था।

भारत में जनमी सनातनी, बौद्ध, जैन, सिख और आर्यसमाज जैसी आध्यात्मिक धाराएँ विश्व कल्याण की बात करती हैं, क्योंकि हमने कभी भी अपने आपको विश्व मानवता से अलग नहीं माना। 'माता च पार्वती देवी पिता देवो महेश्वरः बंधवा शिवाभक्ताश्च स्वदेशो भुवनत्रयम्' यानी त्रिभुवन हमारा स्वदेश है, सारी पृथ्वी हमारा कुटुंब है (वसुधैव कुटुम्बकम्)। यह हमारा स्वभाव रहा है। क्योंकि अस्तित्व की एकता को जानने से भारत का उद्गम है। उस अस्तित्व की एकता का भान सबको करा देने के प्रयोजन से भारत का अस्तित्व बना है। तब से हम इन सब प्रकार की विविधताओं को लेकर एक समाज के नाते चल रहे हैं, एक राष्ट्र के नाते चल रहे हैं।

तृप्ति से सुख मिलता है, तृप्ति के लिए साधन चाहिए, तो उसके लिए अर्थ पुरुषार्थ भी है। लेकिन इन दोनों को साथ मिलकर चलना है। अकेले की उन्नति नहीं करनी। मेरे विकास में इन सबका विकास होना चाहिए। इसका भान रखकर चलानेवाला अनुशासन है। वह अनुशासन धर्म है। कल मैंने तथागत का एक वचन आपको सुनाया था, 'सब्ब पापस्य अकरणम्' अर्थात् पाप नहीं करना चाहिए, क्योंकि इससे दूसरों को तकलीफ होती है। दूसरे को होती होगी तो हो।

हमारा राष्ट्र बहुत प्राचीन है। राष्ट्र की कल्पना अगर पश्चिम की व्याख्या से करेंगे तो जहाँ स्टेट है, वहाँ नेशन है। स्टेट गया कि नेशन गया। लेकिन हमारा यह कॉन्सेप्ट कभी नहीं रहा। स्टेट बदलते रहे। हमारा सांस्कृतिक राष्ट्र है। इस धर्म में जो शाश्वत मूल्यों का भाग है, वह शाश्वत धर्म है। आचार धर्म बदलना चाहिए। देश, काल, परिस्थिति और जिस व्यक्ति के संबंध में विचार है; उस समय उस पर निर्भर करता है कि वहाँ पर उसका आचार धर्म क्या है? संसद् में डॉ. आंबेडकर साहब ने 'हिंदू कोड बिल' की चर्चा करते समय विरोध करनेवालों से पूछा था कि आप धर्म को क्या समझते हैं—'वैल्यूज या कोड'? आप 'कोड' को धर्म मान रहे हैं, कोड बदलता है, बदलना ही चाहिए। मैं उसको बदल रहा हूँ, वैल्यूज तो वही हैं। धर्म की ओर देखने की हमारी दृष्टि वह वैल्यूज हैं। उस समय का कोड इस वैल्यू के साथ-साथ जितना चलता है,

उतना हमें स्वीकार्य है। जो 'वैल्यूज' के विपरीत है, उसको बदलना चाहिए।

हिंदू परंपरा में देवी-देवता भी बदल गए हैं। वैदिक काल के देवता आज नहीं हैं, मध्यकाल के देवताओं के स्वरूप बदल गए हैं। नए-नए संप्रदाय निकल आते हैं। हिंदुत्व की संकल्पना खाने-पीने के विशिष्ट व्यवहार में किसी को जकड़ने वाली नहीं है। हिंदुत्व की संकल्पना विशिष्ट पूजा का समर्थन नहीं करती। हिंदुत्व की संकल्पना विशिष्ट भाषा, प्रांत या प्रदेश को नहीं मानती है। हिंदुत्व की संकल्पना समस्त सृष्टि के साथ समाज सुख और व्यक्ति सुख को एक साथ रखनेवाली है। इसलिए हमारी संस्कृति में 'अर्थ और काम' दोनों को मान्यता है। इच्छाएँ सबकी होती हैं, उनकी तृप्ति से सुख मिलता है, तृप्ति के लिए साधन चाहिए, तो उसके लिए अर्थ पुरुषार्थ भी है।

लेकिन इन दोनों को साथ मिलकर चलना है। अकेले की उन्नति नहीं करनी। मेरे विकास में इन सबका विकास होना चाहिए। इसका भान रखकर चलानेवाला अनुशासन है। वह अनुशासन धर्म है। कल मैंने तथागत का एक वचन आपको सुनाया था, 'सब्ब पापस्य अकरणम्' अर्थात् पाप नहीं करना चाहिए, क्योंकि इससे दूसरों को तकलीफ होती है। दूसरे को होती होगी तो हो। अरे वह दूसरा नहीं है, वह भी तुम ही हो। इसलिए सबके कल्याण में अपना कल्याण और अपने कल्याण से सबका कल्याण। ऐसा जीवन जीने का अनुशासन और सबका कल्याण हो, इसलिए सबके हितों का एक संतुलित समन्वय, बैलेंस वास्तव में हिंदुत्व है। भारत से निकलने वाले सभी संप्रदायों का यही सामूहिक मूल्य-बोध है और उसका नाम हिंदुत्व है। लेकिन अनेक संप्रदाय हैं, प्राचीन हैं, चले हैं और कहते हैं, यह हमारा धर्म है। उनको हम मान्य करते हैं। सभी विविधताओं का अपने यहाँ स्वीकार है। यह भारत की पहचान बनी है। यह वैश्विक धर्म है, केवल भारत के लिए नहीं है। भारत में इसका सांगोपांग विचार हुआ, निर्माण हुआ है और एक ट्रस्टी के नाते समय-समय पर भारत विश्व को इसका ज्ञान देता आया है।

वैदिक ऋषियों के समय सारे विश्व में अध्यात्म गया। तथागत के काल में उनकी प्रेरणा से दुनिया में इसी धम्म का प्रचार हुआ। आज भी अनेक संत-महात्मा दुनिया में जाते हैं और इन बातों को बताते हैं, लेकिन वे कन्वर्जन नहीं करते। महर्षि रमण के पास सर पॉल ब्रंटन आए थे और उन्होंने कहा कि मुझे हिंदू बना लो। महर्षि रमण ने कहा कि 'तुम एक अच्छे ईसाई हो, अच्छे ईसाई बनो, उसी में सार्थक्य है।

तुम्हें हिंदू बनने की जरूरत नहीं है, क्योंकि इन सब विविधताओं को, दर्शनों को, तत्त्वज्ञान को हम सत्य मानते हैं।' रामकृष्ण परमहंस जैसे संत कहते थे—'जो-जो मत, तो-तो पथ', उन्होंने सभी उपासनाओं का प्रत्यक्ष आचरण करके उनकी अंतिम उपलब्धि तक जाकर देख लिया और बताया कि यह हिंदुत्व है।

सभी विविधताएँ रहेंगी, विशिष्टताएँ रहेंगी; उनका स्वीकार होगा, सम्मान होगा, लेकिन ये हममें आपसी भेद का, अलगाव का कारण नहीं बनेंगी, क्योंकि ऐसा भेद न करने की सीख देनेवाली भारतभूमि के हम पुत्र हैं। हम जिसको हिंदुत्व कहते हैं इस मूल्यबोध, उससे निकली यह संस्कृति के साथ दूसरा घटक है—'देशभक्ति'। यह भारत की पहचान है। भारत इसके लिए है, इसलिए इसका आचरण भारत वर्ष में लगातार हो रहा है। सब प्रकार की परिस्थितियों में हुआ है। जब विदेशी आक्रमणकारियों के पैरों तले हमारी धरती रौंदी जा रही थी, तब भी इस धर्म का आचरण करनेवालों ने यथासंभव इसका आचरण किया। जब अपने ही कुछ स्वार्थी लोगों के द्वारा इसके आचरण को मूल्यों के विपरीत बिगाड़ दिया गया, तो उस समय अनेक संत और महात्मा ऐसे हुए, जिन्होंने उसको वापस लाइन पर लाने का काम किया, उनसे ही ये हमारे संप्रदाय बने; इसलिए प्रस्थान-बिंदु और आचरण का उपदेश सबका एक है।

देश, काल, परिस्थिति के अनुसार दर्शन, विधि और आचार धर्म की व्याख्या सबने अलग-अलग बताई, इसलिए इस मूलभूत एकता को देखकर साथ चलने के स्वभाव का नाम 'हिंदुत्व' है। किसी का हित गौण नहीं, सबका हित एक साथ चाहिए। 'मैक्सिमम गुड ऑफ दि मैक्सिमम पीपल'। इसके आगे हमारे पूर्वजों ने कहा 'सर्वेऽपि सुखिनः सन्तु'। 'हवई सब्ब मंगलम्' या 'सरबत्त का भला' यानी सबका भला।

देश, काल, परिस्थिति के अनुसार दर्शन, विधि और आचार धर्म की व्याख्या सबने अलग-अलग बताई, इसलिए इस मूलभूत एकता को देखकर साथ चलने के स्वभाव का नाम 'हिंदुत्व' है। किसी का हित गौण नहीं, सबका हित एक साथ चाहिए। 'मैक्सिमम गुड ऑफ दि मैक्सिमम पीपल'। इसके आगे हमारे पूर्वजों ने कहा 'सर्वेऽपि सुखिनः सन्तु'। 'हवई सब्ब मंगलम्' या 'सरबत्त का भला' यानी सबका भला। किसी

भी भारतीय पंथ-संप्रदाय में जाओ, आपको केवल 'सबका' ही विचार मिलेगा। यहाँ तक कि जो खल है, दुष्ट है, उसका भी भला ही सोचा है सबने। 'पसायदान' में ज्ञानेश्वर महाराज ने कहा, 'खलांचि व्यंकटी सांडो', यानी दुष्ट स्वभाव के लोगों का टेढ़ापन चला जाए। हमारे यहाँ सनातन परंपरा में उद्घोष है, धर्म की जय हो, लेकिन अधर्मी का नाश हो कभी नहीं कहते। 'धर्म की जय हो, अधर्म का विनाश हो, प्राणियों में सद्भावना हो' यह जो विचार है, इसकी आज विश्व को नितांत आवश्यकता है।

इस अपने विचार को अपने आचरण में चरितार्थ करनेवाला समाज भारत में खड़ा करना है और वही हम सबको जोड़ता है। कोई एक भाषा हमको नहीं जोड़ती है। कोई एक देवी-देवता हमको नहीं जोड़ते हैं। हमारा खान-पान, रीति-रिवाज का एक तरीका नहीं है। हमारे प्रांत हैं, हमारी भाषाएँ हैं, हमारी जातियाँ हैं, उपजातियाँ सब हैं, लेकिन ये सब होने के बावजूद हम सब भारत माता के पुत्र उस वैश्विक मानव-संस्कृति के अनुयायी हैं।

> *कहीं मूर्तियाँ मिलती हैं, कहीं शिल्प खड़े किए, नए सिरे से रामायण-महाभारत की कथाएँ चलाईं, रामलीलाएँ चलाईं, जो आज तक आनंद से चलती हैं। उनकी पूजा की पद्धतियाँ बदल गईं। न वहाँ पर शैव रहे, न बौद्ध रहे; वे आज मुसलमान हैं, लेकिन कहते हैं कि हमने अपने पूर्वज नहीं बदले। ये मधुर स्मृतियाँ, भारत का एकमात्र चमत्कार क्यों है?*

हम विश्व में जहाँ-जहाँ गए हैं, हमने कभी कोई लड़ाई नहीं की, किसी का राज्य नहीं जीता, किसी की संपत्ति को नहीं लूटा। हम जहाँ गए, वहाँ हमने ज्ञान और सभ्यता दी। दुनिया में किसी देश के लोग अन्य देश में जाकर प्रभावी बनते हैं और बाद में वापस जाते हैं, तो उनकी स्मृतियाँ अच्छी नहीं रहतीं। अन्य देश के लोग आए, उन्होंने राज्य किया और बाद में चले गए; दूसरे देश के लोग आए और हमें प्रभावित करके चले गए—लोग इसको अच्छा नहीं बताते। अपवाद एकमात्र भारत है, जिसका जिन-जिन देशों में वास्तव्य हुआ, उसकी स्मृतियों को वहाँ के लोग आनंद से आदरपूर्वक बताते हैं। आज भी उसके अवशेष चला रहे हैं—कहीं मूर्तियाँ मिलती हैं, कहीं शिल्प खड़े किए, नए सिरे से रामायण-महाभारत की कथाएँ चलाईं, रामलीलाएँ चलाईं, जो आज तक आनंद से चलती हैं। उनकी पूजा की पद्धतियाँ बदल गईं। न वहाँ पर शैव रहे, न बौद्ध रहे;

वे आज मुसलमान हैं, लेकिन कहते हैं कि हमने अपने पूर्वज नहीं बदले। ये मधुर स्मृतियाँ, भारत का एकमात्र चमत्कार क्यों है ? यह इसलिए है कि भारत इस संतुलन को, अनुशासन को विश्व कल्याण की भावना से सबको अपना मानकर ले गया है। यह चित्र हमें यहाँ फिर से खड़ा करना है। हमें हमारी सुजल, सुफल, मलयज, शीतल मातृभूमि ने प्राचीन समय में कभी आक्रमण की चिंता में नहीं रखा। हम चारों ओर से संरक्षित थे। तब आज के जैसे आने-जाने के साधन नहीं थे, तो हम सुरक्षित थे, समृद्ध थे। हमने लड़ाई करना कभी सीखा ही नहीं। जो हमारे यहाँ आया, उसको हमने बसा लिया। हमारी भाषाएँ और देवी-देवता पहले से ही अनेक हैं, इसलिए इन आनेवालों से उनका कुछ नहीं बिगड़ता, सब मानवता के धर्म को लेकर चलो।

डॉ. आंबेडकर साहब ने कहा है कि स्वातंत्र्य, समता और बंधुता के आदर्श मैंने फ्रांस की राज्यक्रांति से नहीं लिये। इसी मिट्टी में उपजे तथागत बुद्ध के विचार से लिए हैं। क्योंकि जब स्वतंत्रता आई तो समता का लोप होता है और स्वतंत्रता को पाने के लिए समता को संकुचित करना पड़ता है। अतः समता और स्वतंत्रता को एक साथ लाना है तो बंधुभाव की आवश्यकता होती है और वह बंधुभाव ही धर्म है। बंधुभाव का आधार क्या है ? हमारे पूर्वज समान हैं, हमारी सबकी सांस्कृतिक विरासत साँझी है और हमारी मातृभूमि एक है।

> *इसी मिट्टी में उपजे तथागत बुद्ध के विचार से लिए हैं। क्योंकि जब स्वतंत्रता आई तो समता का लोप होता है और स्वतंत्रता को पाने के लिए समता को संकुचित करना पड़ता है। अतः समता और स्वतंत्रता को एक साथ लाना है तो बंधुभाव की आवश्यकता होती है और वह बंधुभाव ही धर्म है। बंधुभाव का आधार क्या है? हमारे पूर्वज समान हैं, हमारी सबकी सांस्कृतिक विरासत साँझी है और हमारी मातृभूमि एक है।*

मेरे कहने का कभी-कभी विरोध भी हाता है, लेकिन मेरे हृदय की भावना यह है कि भारतवर्ष में जो हैं, वे सब हमारी भाषा में हिंदू हैं। वे अपने आप को हिंदू कहें, न कहें उनको स्वतंत्रता है या दूसरा कुछ कहते हैं तो हमको कोई गिला-शिकवा नहीं, वह हमारे मन के अपनत्व को कम करने बात नहीं है। हम सब एक पहचान के लोग हैं। राष्ट्र के नाते उस पहचान को हम हिंदू कहते हैं।

कुछ लोग हिंदू कहने में गौरव मानते हैं और कुछ के मन में उतना गौरव नहीं है, कोई बात नहीं। कुछ 'मैटीरियल कंसीडरेशंस' या 'पॉलिटिकल करेक्टनेस' के कारण सार्वजनिक रूप से कभी कहेंगे नहीं, लेकिन निजी रूप से मिलते हैं तो कभी-कभी कहते भी हैं। और कुछ लोग हैं, जो भूल गए हैं। ये सभी लोग हमारे अपने हैं, भारत के हैं। हमारी दृष्टि से इस संपूर्ण समाज का संगठन हिंदू संगठन है। जैसे परीक्षा में जब हाथ में प्रश्नपत्र आता है, तो सबसे पहले आसान सवालों को हल करते हैं, बाद में कठिन सवालों को हाथ लगाते हैं। वैसे ही हम पहले उनका संगठन करते हैं, जो अपने आपको हिंदू मानते हैं। संगठन इनके खिलाफ नहीं, इनके लिए करेंगे। एक अच्छा जीवन खड़ा करके, उस जीवन में ये सब लोग भी बराबरी से सहभागी हों, ऐसा प्रयास हम कर रहे हैं। हमारा कोई शत्रु नहीं है, न दुनिया में, न देश में। हमसे शत्रुता करनेवाले लोग होंगे, उनसे अपने को बचाते हुए भी हमारी आकांक्षा उनको समाप्त करने की नहीं है, उनको साथ लेने की है, जोड़ने की है। यह वास्तव में हिंदुत्व है।

वैसे ही हम पहले उनका संगठन करते हैं, जो अपने आपको हिंदू मानते हैं। संगठन इनके खिलाफ नहीं, इनके लिए करेंगे। एक अच्छा जीवन खड़ा करके, उस जीवन में ये सब लोग भी बराबरी से सहभागी हों, ऐसा प्रयास हम कर रहे हैं। हमारा कोई शत्रु नहीं है, न दुनिया में, न देश में। हमसे शत्रुता करनेवाले लोग होंगे, उनसे अपने को बचाते हुए भी हमारी आकांक्षा उनको समाप्त करने की नहीं है, उनको साथ लेने की है, जोड़ने की है। यह वास्तव में हिंदुत्व है।

आज हिंदू के नाम पर प्रचलित जो हम देखते हैं, वह सबकुछ धर्म नहीं है। क्योंकि इस भावना का लोप महाभारत काल से धीरे-धीरे होता आया। इसलिए मैंने कहा कि इसको संकुचित करने में पहला योगदान हिंदू समाज का ही है। उसने अपने आपको संकुचित कर लिया, वैल्यूज को कर्मकांड में बाँध दिया। इसलिए कई प्रकार की कुरीतियाँ, रूढ़ियाँ, अस्पृश्यता जैसे पाप हिंदू समाज के जीवन में प्रवेश कर गए। हम चाहते हैं कि ये सब साफ हों। देश, काल, परिस्थिति के अनुसार नवीन रूप में उस सनातन मानव धर्म का पुनरुत्थान भारत में हो। हम जानते हैं कि

हमारे देश के सभी संप्रदायों में वही मूल्याधारित आचरण बताया गया है। उसका ही प्रचलन सर्वत्र हो, वह किसी को बुरा नहीं कहेगा, किसी को पराया नहीं कहेगा; जिसको हाथ लगाएगा, उसको अपनाएगा और उसको अच्छा बनाएगा।

हम उस हिंदुत्व की बात करते हैं। इसके आधार पर व्यक्ति में आवश्यक सद्गुण भरकर खड़ा करना यह हमारा काम है। सर्वेषां अविरोधेन। किसी की बुरी कामना हमारे मन में नहीं है। उलट हमारा कहना है कि आप आकर इसको सीख लो, तो आपको जो करना है, वह आप अच्छी तरह से करोगे और आप जो करोगे, वह मानवता के लिए उपकारक होगा। हिंदुत्व के हम तीन आधार मानते हैं—देशभक्ति, पूर्वज-गौरव और संस्कृति। उसके बारे में विवाद होने का कारण नहीं। वह सबका साँझा है। जाने-अनजाने उसका आचरण हम सब करते ही हैं। थोड़ा अंदर देखकर सोचें, सबको पता चल जाएगा।

हम जानते हैं कि हमारे देश के सभी संप्रदायों में वही मूल्याधारित आचरण बताया गया है। उसका ही प्रचलन सर्वत्र हो, वह किसी को बुरा नहीं कहेगा, किसी को पराया नहीं कहेगा; जिसको हाथ लगाएगा, उसको अपनाएगा और उसको अच्छा बनाएगा। हम उस हिंदुत्व की बात करते हैं। इसके आधार पर व्यक्ति में आवश्यक सद्गुण भरकर खड़ा करना यह हमारा काम है। सर्वेषां अविरोधेन। किसी की बुरी कामना हमारे मन में नहीं है।

संघ इसी हिंदुत्व के आधार पर विचार करता है। विचार 'इश्यूज' पर होते हैं, 'इश्यूज' में भाषा अलग-अलग हो सकती है। जैसे घर में चार बच्चे हैं, तो उनको उनके स्वभाव के अनुसार अलग-अलग ढंग से समझाना पड़ता है। इस बाहर की बात पर मत जाइए। अपने देश में देश की चिंता करनेवाले प्रामाणिक निस्स्वार्थ बुद्धि के लोगों ने अपने देश के बारे में जो संकल्पना की है, उसी को लेकर हम चल रहे हैं। यही हमारी हिंदुत्व की कल्पना है। हमें कोई नया विचार करना नहीं है।

विकास की अवधारणा

विकास के बारे में पश्चिम की अलग अवधारणा है और हमारी अलग कल्पना है। हमें विकास की अनुकूल अवधारणा खड़ी करनी पड़ेगी। अंधानुकरण करके लोग जिन समस्याओं में फँस गए हैं, उनमें हम क्यों फँसें? हम उसके उत्तर खोजें। हमें

उसमें फँसना नहीं है। आज दुनिया सबके विकास के साथ समन्वित और संतुलित विकास की बात कर रही है, 'सस्टेनेबल डवलपमेंट' की बात कर रही है; हमारे पास पहले से ही यह सब विद्यमान है। हमने भूतकाल में अपने जीवन का उदाहरण प्रस्तुत किया है।

हमारी क्षमता है, हम आधुनिकतम दुनिया के लिए उपयुक्त 'मॉडल' खड़ा कर सकते हैं। हमें उस दिशा में सोचना चाहिए। अर्थ का जीवन में मर्यादा से अधिक प्रधान पद आने से अनेक समस्याएँ खड़ी हो गईं। हम अर्थ (आर्थिक कामों) को अनुशासन के दायरे में चलाते हैं। कमाई से विरोध नहीं, लेकिन कमाई सबकुछ नहीं। कमाओ, जी भर के कमाओ, लेकिन दिल खोलकर बाँटो। यह मुख्य बात है। कमाने से ज्यादा, कमाई का उपयोग कैसे करना, यह सीखना होगा। सक्सेसफुल जीवन मीनिंगफुल जीवन भी होना चाहिए।

ऐसे जीवन के सब अंगों के विषयों के बारे में इस मूल अवधारणा के कारण हमारे देश की अपनी एक दृष्टि बनती है। हमारे देश के सब प्रकार के लोग उसी को अपने क्रियाकलापों में लाने का प्रयास करते हुए दिखाई देते हैं।

संविधान

हम स्वतंत्र भारत के सब प्रतीकों का और संविधान की भावना का पूर्ण सम्मान करके चलते हैं। हमारा संविधान भी ऐसा प्रतीक है। शतकों के बाद हमें फिर से अपना जीवन अपने तंत्र से खड़ा करने का मौका मिला, उसके बाद हमारे देश के मूर्धन्य लोगों ने, विचारवान लोगों ने एकत्र आकर विचार करके संविधान का निर्माण किया है, वह ऐसे ही नहीं बना।

हमने अपने प्रजातांत्रिक देश में एक संविधान को स्वीकार किया है। यह संविधान हमारे लोगों ने तैयार किया और यह संविधान हमारा देश का consensus है, इसलिए संविधान के अनुशासन का पालन करना सबका कर्तव्य है। संघ इसको पहले से ही मानता है। अभी तक जो मैंने बोला, उसमें संविधान के विपरीत कुछ नहीं है; संविधान में जो कुछ है, उसी को मैंने अपने शब्दों में बोला है। हम स्वतंत्र भारत के सब प्रतीकों का और संविधान की भावना का पूर्ण सम्मान करके चलते हैं। हमारा संविधान भी ऐसा प्रतीक है। शतकों के बाद हमें फिर से अपना जीवन अपने तंत्र से खड़ा करने का मौका मिला, उसके बाद हमारे देश के मूर्धन्य

लोगों ने, विचारवान लोगों ने एकत्र आकर विचार करके संविधान का निर्माण किया है, वह ऐसे ही नहीं बना। जिन विचारवान लोगों ने इस संविधान का निर्माण किया, उन्होंने उसके एक-एक शब्द पर बहुत मंथन किया और सर्वसहमति उत्पन्न करने के पूर्ण प्रयास के बाद बनी सहमति के बाद यह संविधान बना।

उसकी एक प्रस्तावना (प्रियंबल) है। उसमें नागरिक कर्तव्य बताए गए हैं, उसमें 'डायरेक्टिव प्रिंसीपल्स' हैं और नागरिक अधिकार भी हैं। उसके आधार पर जो कानून बने हैं, वह बदलते रहते हैं। उन्हें बदलने का प्रावधान संविधान में है। उसके लिए फोरम है भारत की संसद्। उसके इंटरप्रिटेशन के लिए कोर्ट का मत लिया जाता है। यह व्यवस्था है। लेकिन ये जो चार बातें हैं और कुछ कॉन्स्टीट्यूशंस, प्रोवीजंस हैं, वह हमारा कन्सेंसस है, उसको मानकर ही सबको चलना चाहिए, ऐसा हम मानते हैं और ऐसा हम चलते हैं। मैं केवल प्रियंबल पढ़ देता हूँ।

"WE, THE PEOPLE OF INDIA, having solemnly resolved to constitute India into a SOVEREIGN, SOCIALIST, SECULAR, DEMOCRATIC REPUBLIC (ये सोशलिस्ट सेक्युलर शब्द बाद में आया है, सबको पता है, लेकिन अभी है। इसलिए मैंने उसको भी पढ़ा है।) and secure to all its citizens JUSTICE, social, economic and political; LIBERTY of thought, expression, belief, faith and worship; EQUALITY of status and of opportunity; (अब आगे एक महत्त्व की बात डॉ. आंबेडकर साहब ने संविधान सभा के अपने भाषण में कही थी।) and to promote among them all FRATERNITY assuring the dignity of the individual and the unity and integrity of the Nation; संविधान सभा में डॉ. अंबेडकर ने यह भी कहा था कि हमारी आपस की लड़ाई के कारण विदेशी जीते और हमको गुलाम बनाया। मैं उनके भाव बता रहा हूँ, उनके शब्दों को आप पढ़ सकते हैं। उन्होंने कहा है कि संसद् में परस्पर विरोधी कैंप में एक-दूसरे के विरोधी बनकर हम बैठे हैं, यह तंत्र की मजबूरी है, लेकिन इसके बावजूद हम सब एक हैं, यदि हमने ऐसा बंधुभाव उत्पन्न नहीं किया, तो न जाने हमें कैसे दिन देखने पड़ेंगे, कह नहीं सकते।

संघ इसी बंधुभाव के लिए काम करता है, और इस बंधुभाव के लिए एक ही आधार है, 'विविधता में एकता'। परंपरा से चलते आए इस चिंतन को ही दुनिया हिंदुत्व कहती है। इसलिए हम कहते हैं कि हमारा राष्ट्र हिंदू राष्ट्र है। इसका मतलब इसमें मुसलमान नहीं चाहिए, ऐसा बिल्कुल नहीं होता है। जिस दिन यह कहा जाएगा

कि मुसलमान नहीं चाहिए, उस दिन वह हिंदुत्व नहीं रहेगा।

हिंदुत्व तो विश्व कुटुंब की बात करता है। जिस दिन हम यह कहेंगे कि केवल वेद चलेंगे, वेदों को न माननेवाला बौद्धमत नहीं चलेगा, उस दिन वह हिंदुत्व नहीं रहेगा। क्योंकि हमारे देश में सत्य की सतत खोज चली है और उसके क्रम में अनेक दर्शन उत्पन्न हुए हैं। सबकी मान्यता है, वो सब सत्य हैं, ऐसी सबकी श्रद्धा है, होनी चाहिए। हम इसी हिंदुत्व को लेकर चलते हैं, क्योंकि इस बंधुभाव को वैचारिक आधार देनेवाला वही एकमात्र विचार है।

वह विचार 'सर्वेषां अवरोधेन' है, कभी प्रतिक्रिया में नहीं आता है। वास्तव में उसको धारण करके चलने की योग्यता हमारी होनी चाहिए। हमने बीच के काल में उसको खो दिया है, इसलिए बहुत सारी बातें हुई हैं। सन् 1881 की जनगणना हुई, तब तक हमारे सामान्य लोग भी यह जानते थे। सर सैयद अहमद खाँ का लाहौर का भाषण है। वे बैरिस्टर बनकर लौटे तो लाहौर के आर्य प्रतिनिधि समाज ने उनका सत्कार किया और उनका परिचय देते समय परिचयकर्ता ने कहा कि हिंदुओं में तो बहुत बैरिस्टर बने हैं, लेकिन मुसलमानों में ये पहले हैं, इसलिए हम उनका अभिनंदन कर रहे हैं। सर सैयद अहमद अली खाँ ने अपने भाषण में इसका उत्तर देते हुए कहा कि 'मुझे बड़ा दुःख हुआ कि आपने हमको अपने में शुमार नहीं किया। क्या हम भारत माता के पुत्र नहीं हैं? इतिहास में हमारी पूजा-पद्धति बदल गई और क्या बदला है?'

इतिहास में हमारी पूजा-पद्धति बदल गई और क्या बदला है?' यह बात 1881 तक हम सभी जानते थे, धीरे-धीरे उसे हमने अपने जेहन से निकाल दिया, उसे वापस लाना होगा। आप उसे हिंदू नहीं कहना चाहते हैं, मत कहो, चलेगा; आप उसको भारतीय कहो। हम आपके कहने का सम्मान करते हैं।

यह बात 1881 तक हम सभी जानते थे, धीरे-धीरे उसे हमने अपने जेहन से निकाल दिया, उसे वापस लाना होगा। आप उसे हिंदू नहीं कहना चाहते हैं, मत कहो, चलेगा; आप उसको भारतीय कहो। हम आपके कहने का सम्मान करते हैं। हम जिस संस्कार का निर्माण करना चाहते हैं, उसके लिए हमें एकमात्र उपयुक्त शब्द हिंदू लगता है, इसलिए उसको लेकर हम चल रहे हैं। उसके नुकसान भी होते हैं तो हम

सहन करके चल रहे हैं, क्योंकि हमारा विश्वास है कि इस शब्द के रहने से भारत का यह स्वभाव कभी भी लुप्त नहीं होगा। भारत के लोग सबको साथ लेकर आगे बढ़ेंगे और यही संघ का विचार है। संविधान के सम्मान-असम्मान का प्रश्न ही नहीं उठता। संविधान के अनुशासन से हम सब बँधे हैं। मैं कहता हूँ कि अपने वैश्विक धर्म, भारत का धर्म, आज का आचार धर्म संविधान में उल्लिखित है, उससे हम सब बँधे हैं। संविधान इतना उदार है कि उसकी अपनी चर्चा हो सकने के प्रावधान भी उसमें हैं। ऐसी चर्चाएँ होती रहती हैं, उसके लिए व्यवस्थाएँ भी बनी हैं। संघ संविधान और कानून का संपूर्ण सम्मान करता है। एक भी उदाहरण ऐसा नहीं मिलेगा, जिसमें संघ ने संविधान के कानून के खिलाफ आचरण किया हो।

> *जापान के बारे में एक पुस्तक लिखी गई 'द इनक्रेडिबल जापानीज'। जापान उस समय दुनिया के बाजारों का राजा था। उस समय जापान के बाजारों का अध्ययन दो समाजशास्त्री और दो अर्थशास्त्री चारों ने मिलकर किया और एक पुस्तक लिखी। पुस्तक पढ़ने लायक है। उसके अंतिम पृष्ठ पर उन्होंने नौ निष्कर्ष दिए हैं और उनमें से पहले पाँच निष्कर्षों का संबंध अर्थशास्त्र से नहीं है। उन्होंने लिखा है कि जापान के लोग अनुशासित हैं, इसलिए इतने प्रगतिशील हैं।*

हमारा यह अहंकार नहीं है कि अकेला संघ ही भारत का उद्धार करेगा। यह अहंकार किसी को भी नहीं करना चाहिए। क्योंकि देश किसी एक व्यक्ति, एक संस्था, एक संगठन अथवा एक सरकार के जरिए आगे नहीं बढ़ता है। जब संपूर्ण समाज अपने देश के लिए गुणवान बनकर, संगठित होकर, भेदों और स्वार्थों को भूलकर जीने-मरने का उद्यम करता है, तब देश का भाग्य बदलता है। आधुनिक काल में दुनिया के जो देश आज तक बड़े हुए हैं, आप सबका इतिहास देख लीजिए, वहाँ सतत कम-से-कम सौ वर्ष ऐसे प्रयास हुए, तब वे देश गर्त से उठकर विश्व के सिरमौर बने। वह चाहे इंग्लैंड, अमरीका, फ्रांस, क्यूबा हो, चाहे जापान या चीन। इन सबके इतिहास हैं, लिखे जा चुके हैं। मैंने स्वयं पढ़े हैं, उसके निष्कर्षों के आधार पर मैं बता रहा हूँ।

मैं एक ही उदाहरण दूँगा। जापान के बारे में एक पुस्तक लिखी गई 'द

इनक्रेडिबल जापानीज'। जापान उस समय दुनिया के बाजारों का राजा था। उस समय जापान के बाजारों का अध्ययन दो समाजशास्त्री और दो अर्थशास्त्री चारों ने मिलकर किया और एक पुस्तक लिखी। पुस्तक पढ़ने लायक है। उसके अंतिम पृष्ठ पर उन्होंने नौ निष्कर्ष दिए हैं और उनमें से पहले पाँच निष्कर्षों का संबंध अर्थशास्त्र से नहीं है। उन्होंने लिखा है कि जापान के लोग अनुशासित हैं, इसलिए इतने प्रगतिशील हैं। दूसरी बात जापान के लोग जब अपने हित का विचार करते हैं तो अपने अकेले के हित का विचार नहीं करते, वे अपने गाँव की भलाई सोचकर उसकी योजना करते हैं। तीसरा निष्कर्ष है कि जापान के लोग अपने देश के लिए किसी भी प्रकार का साहस करने के लिए सदा तैयार रहते हैं। चौथा, जापान के लोग अपने देश के लिए किसी भी प्रकार का त्याग करने के लिए तैयार रहते हैं, और पाँचवाँ, वे अपने देश का हर काम उत्कृष्ट हो, इसकी चिंता करते हैं।

स्वतंत्रता के बाद भी ऐसे कालखंड आए, जिसमें एकदम आशाएँ पल्लवित हुईं, सब लोग उत्साह में आ गए और बाद में फिर से पहले से ज्यादा अँधेरे में चले गए। उस आशा को निर्माण करनेवाले लोग कारण नहीं थे; अपने सामान्य समाज का स्तर, उसकी गुणवत्ता, उसका संकल्प वास्तविक कारण था।

हमें भी अपने समाज में यही संस्कार भरने हैं। इसी काम को करना है, इसलिए हम मानते हैं कि संपूर्ण समाज को संगठित होना चाहिए और प्रामाणिकता से, निस्स्वार्थ बुद्धि से, अपनी-अपनी जगह छोटे-बड़े दायरे में देशहित में काम करनेवाले सबका योगदान है। जब संपूर्ण समाज ऐसे भाव से अनुप्राणित होगा, तब देश का भाग्य बदलेगा। नहीं तो कुछ दिन अच्छा चलेगा, बाद में फिर से गिरावट आएगी। यह हमने स्वतंत्रता से पहले और स्वतंत्रता के बाद भी अनुभव किया है। स्वतंत्रता के बाद भी ऐसे कालखंड आए, जिसमें एकदम आशाएँ पल्लवित हुईं, सब लोग उत्साह में आ गए और बाद में फिर से पहले से ज्यादा अँधेरे में चले गए। उस आशा को निर्माण करनेवाले लोग कारण नहीं थे; अपने सामान्य समाज का स्तर, उसकी गुणवत्ता, उसका संकल्प वास्तविक कारण था। प्रामाणिकता से जो कोई देशहित में उद्यम करता है, उसका उद्यम सफल हो; ऐसा समाज निर्माण करना आवश्यक है। 'We have come to fulfill not to distroy.' सब सद् हितैषी

लोगों के सब उद्यम पूर्णतया सफल होते रहें, इसके लिए समाज की व्यवस्था करनी है। संघ इसके लिए प्रयत्नशील है।

इसलिए जब हम भविष्य के भारत की कल्पना करते हैं, तो हमें बहुत ज्यादा सोचने की आवश्यकता नहीं पड़ती है। प्रत्येक भारतीय व्यक्ति अगर किसी आदर्श स्थिति की कल्पना करता है, तो एक ही प्रकार की कल्पना करता है। हमको कैसा देश चाहिए? हमको सामर्थ्य-संपन्न देश चाहिए। उस सामर्थ्य का उपयोग दूसरों को दबाने के लिए नहीं करना है, लेकिन जिसके पास सामर्थ्य नहीं होता है, उसकी अच्छी बातें भी दुनिया नहीं सुनती, यह वास्तविकता है। सत्य की तब चलती है, जब उसके पीछे कोई शक्ति होती है। बड़ों की बात सब सुनते हैं। 'समरथ को नहिं दोष गुसाईं' ऐसी कहावत भी है।

उसके प्रति श्रद्धा रखकर बात होती है, तो सारे प्रश्नों का हल निकलता है। हम एक होकर खड़े हो सकते हैं और सुसंगठित होना आवश्यक है। दुनिया को उपदेश करने जाएँगे, तो अपने देश का जीवन सर्वांग सुंदर होना चाहिए। इसलिए समतायुक्त, शोषणमुक्त और विश्व के लिए मन में सद्भावना लेकर चलनेवाला हमारा विजन डॉक्यूमेंट बना तो वह अपने साम्राज्य के विस्तार का नहीं बनेगा, अपने आर्थिक विस्तार का नहीं बनेगा।

मैं अभी अमेरिका में शिकागो 'वर्ल्ड हिंदू कांग्रेस' में जाकर आया हूँ। वहाँ के लोगों के सामने बोलने का प्रसंग आया। लेकिन जब 'माई ब्रदर एंड सिस्टर ऑफ अमेरिका' विवेकानंद ने कहा, तब तीन मिनट तक तालियाँ गूँजी, लेकिन मैं यदि यह शब्द कहता हूँ तो तालियाँ नहीं बजतीं। कारण, उन शब्दों के पीछे व्यक्ति की तपस्या और शक्ति काम करती है। इसलिए विश्व कल्याण के लिए भारत को आर्थिक, नैतिक और सामरिक दृष्टि से समर्थ होना आवश्यक है। हम सबको मित्र बनाकर यह काम करेंगे। इसके लिए हमें नैतिक बल, शील और ज्ञान-संपन्न देश चाहिए।

'एतत देश प्रसूतस्य सकाशादग्र जन्मनः, स्व स्व चरित्रं शिक्षेरन् पृथिव्यां सर्वमानवाः।' यह गर्वोक्ति फिर से हम कर सकें, इसके लिए सामर्थ्य-संपन्न, शील-संपन्न, ज्ञान-संपन्न देश चाहिए और संगठित होना पड़ेगा। विविधताओं के पुष्पों को गूँथकर बनाए गए सुंदर हार से अपने देश को सजाना पड़ेगा। सबको एक साथ

आना पड़ेगा और यह असंभव नहीं है। कितने भी बड़े विवादों का हल बैठकर निकल सकता है, बशर्ते सबके मन में भारत का हित, पूर्वजों का गौरव और संस्कृति के प्रति श्रद्धा होनी चाहिए। उस जोड़नेवाली बात को हम 'हिंदुत्व' कहते हैं। उसके प्रति श्रद्धा रखकर बात होती है, तो सारे प्रश्नों का हल निकलता है। हम एक होकर खड़े हो सकते हैं और सुसंगठित होना आवश्यक है।

दुनिया को उपदेश करने जाएँगे, तो अपने देश का जीवन सर्वांग सुंदर होना चाहिए। इसलिए समतायुक्त, शोषणमुक्त और विश्व के लिए मन में सद्भावना लेकर चलनेवाला हमारा विजन डॉक्यूमेंट बना तो वह अपने साम्राज्य के विस्तार का नहीं बनेगा, अपने आर्थिक विस्तार का नहीं बनेगा। जो दुनिया के ऐसे पिछड़ गए देश, पिछड़ गए समाज को बराबरी में लाने का विजन डॉक्यूमेंट होगा। किसी को बिना हानि पहुँचाए सबको कल्याण-पथ पर चलानेवाला हमारा विजन डॉक्यूमेंट होगा। ऐसा देश हमको चाहिए। भारत त्रस्त मानवता को नई संजीवनी प्रदान करके सर्वसमन्वय साधने वाले संतुलन और सर्वसमन्वय साधने के लिए अपेक्षित अनुशासन के मार्ग पर चलाएगा। डंडे से नहीं, तो स्वयं के उदाहरण से उनके मन में अपने प्रति सम्मान उत्पन्न करके चलाएगा। सबके मन में अतीव कल्याण की भावना लेकर चलाएगा। ऐसा देश चाहिए। भले ही बोल मैं रहा हूँ, लेकिन यह मेरा विचार नहीं है। यह विचार अपने देश का सनातन विचार है। अपने देश के विजन के बारे में जब-जब जिस किसी ने भी बोला है, यही बोला है।

रवींद्रनाथ ठाकुर की एक प्रसिद्ध कविता 'चित्त जेथा शून्य, उन्नत जेथा शिर' का अनुवाद भी हुआ है, लेकिन nearly accurate अनुवाद मुझे अंग्रेजी का लगा। इसलिए मैं वह अनुवाद पढ़ता हूँ। कविता 'गीतांजलि' में नैवेद्य नाम का अंश है।

रवींद्रनाथ ठाकुर की एक प्रसिद्ध कविता 'चित्त जेथा शून्य, उन्नत जेथा शिर' का अनुवाद भी हुआ है, लेकिन nearly accurate अनुवाद मुझे अंग्रेजी का लगा। इसलिए मैं वह अनुवाद पढ़ता हूँ। कविता 'गीतांजलि' में नैवेद्य नाम का अंश है। उस कविता के अंत में रवींद्रनाथजी ने कहा है, 'हे परम पिता, अपने कठोर हाथ से एक आघात हमारे देश पर करो और उसको इसी दुनिया में जाग्रत् करो।' यह आघात वाली बात अंग्रेजी अनुवाद में नहीं है, लेकिन सीधे से नहीं मानता तो भगवान् हमको

ऐसी ताड़ना करके, कान पकड़कर चलाएगा, क्योंकि हमारी नियति दूसरी नहीं हो सकती। उस पर हम सीधे से जाएँ, यह अच्छी बात है, नहीं तो भगवान् मारेगा। अंग्रेजी अनुवाद है—

Where the mind is without fear and the head is held high;
Where knowledge is free;
Where the world has not been broken up into fragments by narrow domestic walls;
Where words come out from the depth of truth;
Where tireless striving streches its arms towards perfection;
Where the clear stream of reason has not lost its way into the dreary desert sand of dead habit;
Where the mind is led forward by thee into ever widening thought and action
Into that heaven of freedom, my Father, let my country awake.

रवींद्रनाथ उधर बंगाल में थे और इधर महाराष्ट्र में स्वातंत्र्यवीर सावरकर ने भी 'स्वतंत्रता देवी की आरती' में यही कहा, 'जो-जो उत्तम, उदात्त, उन्नत, महन्मधुर, वह सब स्वतंत्रता भगवती तुम्हारे साथ अवतरित हो; वह हमारे देश में हो।' हम अपने स्वतंत्र भारत की कल्पना इसी प्रकार से करते हैं।

ऐसे भारत को खड़ा करनेवाला समाज कैसा होना चाहिए, उसमें भी मैं अपनी कोई अलग बात नहीं करता हूँ। अपने समाज के किन दोषों का निपटारा होना चाहिए, इसके बारे में महात्माजी ने सात पापों की बात की है। उन पापों को अपने जीवन से प्रत्यनपूर्वक हटाना पड़ेगा, जिसके लिए स्वयं को संस्कारित करना पड़ेगा। व्यक्ति-निर्माण का कार्य इसी हेतु से चलता है। गांधीजी द्वारा बताए सामाजिक पाप हैं—

1. Wealth without Work,
2. Pleasure without Conscience,
3. Knowledge without Character,
4. Commerce without Morality,
5. Science without Humanity,
6. Religion without Sacrifice,
7. Politics without Principle.

संघ का आह्वान

आज अपने समाज के जीवन में नजर डालेंगे तो स्वतंत्रता के बाद बहुत कुछ अच्छा हुआ है, लेकिन इस पाप-प्रक्षालन के बिना उस स्वतंत्रता का संपूर्ण फल प्राप्त होना कठिन है। इसके लिए संपूर्ण समाज को जुड़कर प्रयास करने पड़ेंगे। ये सारे पाप बाहर नहीं, अपने मन में रहते हैं। अपने मन से लेकर सारे देश के आकाश को साफ करने का काम हमको करना पड़ेगा। इसका प्रारंभ अपने से करना पड़ेगा। प्रारंभ करने के लिए संघ सबको बुलाता है। संघ का आह्वान यही है। अपनी इस पवित्र मातृभूमि का भाग्य बदलने के लायक बनो, सबको बनाओ और फिर हम सब मिलकर, सामूहिक विचारकर तय करेंगे; जो तय होगा; होगा, वैसी हमारी शक्ति बनेगी। यह संघ का मंतव्य है, जो शुरू में समझने में कठिन जाता है।

आज की दुनिया में कोई अच्छा काम करने जाता है तो लोग पहले पूछते हैं, ये क्यों कर रहा है? ऐसी शंकित अवस्था समाज मन में है। इसलिए भी कठिन होता है। जानबूझकर अंधकार, भ्रम उत्पन्न करनेवाले लोग भी काम करते हैं। उनका भी भला हो। उनके बारे में हमारी भावना बुरी नहीं है। उनका टेढ़ापन चला जाए, ज्ञानेश्वर महाराज के शब्दों में, 'इतनी ही प्रार्थना है। ऐसा होने के कारण इसको समझना पड़ता है।'

इसलिए हमने सोचा कि प्रमुख लोगों को बुलाकर यह बात साफ-साफ आपके सामने रखी जाए कि संघ क्या करना चाहता है? क्यों करना चाहता है? संघ क्यों हिंदुत्व की बात करता है? और संघ के सामने भारत का विजन क्या है। चारों बातें मैंने आपके सामने रखी हैं। बहुत-बहुत धन्यवाद।

□

संघ विषयक कुछ जिज्ञासाएँ

हिंदुत्व संबंधी

प्रश्न : क्या हिंदुत्व को हिंदुइज्म कहा जा सकता है?
देश में अन्य मत-पंथों के साथ हिंदुत्व का तालमेल कैसे संभव है?
क्या जनजातीय समाज भी हिंदू है?

उत्तर : हिंदुत्व अर्थात् Hinduness। हिंदुइज्म—यह गलत शब्द है, क्योंकि इज्म एक बंद चीज मानी जाती है। यह कोई इज्म नहीं है, यह एक प्रक्रिया है, जो चलती रहती है। गांधीजी ने कहा है कि सत्य की अनवरत खोज का नाम हिंदुत्व है। राधाकृष्णनजी का एक बहुत सुंदर उद्धरण (quote) है—"Hinduism is a movement, not a position; a process, not a result; a growing tradition, not a fixed revelation. Its past history encourages us to believe that it will be found equal to any emergency that the future may throw up, whether in the field of thought or of history." (The Hindu View of Life, p.95). हिंदुत्व यह प्रक्रिया (process) है, सतत चलनेवाली प्रक्रिया है, सर्वाधिक गतिशील (most dynamic) है। उसमें उन सब विचारकों का योगदान है, जो भारत में हो गए। इसलिए हिंदुत्व को हिंदुइज्म नहीं कहना चाहिए, ऐसा मेरा मत है।

अन्य मत-पंथों के साथ तालमेल कर सकने वाला एकमात्र विचार, जो भारत की विचार है, वह हिंदुत्व का विचार है। तालमेल का आधार 'मूल में एकत्व' है। प्रकार विविध हैं और विविध होना अवश्यंभावी है, क्योंकि प्रकृति विविधता को लेकर चलती है। विविधता भेद नहीं है, विविधता साज-सज्जा है, प्रकृति का श्रृंगार

---

* 19 सितंबर, 2018, नई दिल्ली; राष्ट्रीय स्वयंसेवक संघ की तीन दिवसीय व्याख्यानमाला 'भविष्य का भारत : संघ का दृष्टिकोण' का तृतीय दिवस

है, ऐसा संदेश देनेवाला और संदेश यानी केवल सिद्धांत (theroisation) के आधार पर नहीं, अनुभूति के आधार पर देनेवाला, एकमात्र देश हमारा देश है और इसलिए हिंदुत्व ही है, जो सबके तालमेल का आधार बन सकता है।

हिंदुत्व को हिंदुइज्म नहीं कहना चाहिए, ऐसा मेरा मत है। अन्य मत-पंथों के साथ तालमेल कर सकने वाला एकमात्र विचार, जो भारत की विचार है, वह हिंदुत्व का विचार है। तालमेल का आधार 'मूल में एकत्व' है। प्रकार विविध हैं और विविध होना अवश्यंभावी है, क्योंकि प्रकृति विविधता को लेकर चलती है। विविधता भेद नहीं है, विविधता साज-सज्जा है, प्रकृति का श्रृंगार है, ऐसा संदेश देनेवाला और संदेश यानी केवल सिद्धांत (theroisation) के आधार पर नहीं, अनुभूति के आधार पर देनेवाला, एकमात्र देश हमारा देश है और इसलिए हिंदुत्व ही है, जो सबके तालमेल का आधार बन सकता है।

जनजातीय समाज भी हिंदू है। कल मैंने हमारी कल्पना की जिस राष्ट्रीयता का वर्णन किया, उस अर्थ में जनजातीय समाज भी हिंदू समाज ही है। भारत में रहनेवाले सब लोग पहचान की दृष्टि से, राष्ट्रीयता की दृष्टि से हिंदू ही हैं। यह कुछ लोग जानते हैं, गर्व से कहते हैं; कुछ लोग जानते हैं, लेकिन गर्व अनुभव नहीं करते, 'हाँ, हैं भई', इतना कहते हैं; कुछ लोग जानते हैं, लेकिन अन्य किसी बात के कारण कहने में संकोच करते हैं और कुछ लोग नहीं जानते हैं, इसलिए नहीं कहते हैं।

मैं तो कहता हूँ कि भारत का यह प्राचीन दर्शन और विचार अब तक चला आ रहा है और अन्यान्य रूपों में सर्वत्र प्रकट हो गया है; उन रूपों में इतनी विविधता है कि कई रूप एक-दूसरे के विरोधी भी लगते हैं, लेकिन वह एक समान मूल्यबोध लेकर चलनेवाला दर्शन है। उस मूल्यबोध का प्रारंभ हमारे जनजातीय-बंधुओं और कृषकों के जीवन से प्रारंभ हुआ है। इस अर्थ में तो ये हमारे पूर्वज हैं। ऐसे ही उनको देखना चाहिए और उनकी सारी स्थितियों का, समस्याओं का विचार करना चाहिए। ये सब अपने हैं। भारत में कोई पराया नहीं, परायापन हमने निर्माण किया है—हमारी परंपरा ने नहीं, वह तो एकता ही सिखाती है।

जाति-व्यवस्था व समरसता

प्रश्न : पूरे हिंदू समाज में समरसता के लिए रोटी-बेटी का संबंध होना चाहिए, संघ इसके लिए क्या करेगा ?

अंतरजातीय विवाह तथा अंतरधार्मिक विवाह के संबंध में संघ क्या सोचता है ?

क्या यह सुनिश्चित किया जा सकता है कि हिंदू समाज जातियों में नहीं बँटेगा ?

उत्तर : रोटी-बेटी व्यवहार का हम पूरा समर्थन करते हैं। लेकिन जब इसको करने जाते हैं तो रोटी व्यवहार तो आसान है, हम आसानी से कर सकते हैं और बहुत लोग आजकल मजबूरन कर भी रहे हैं। वह मन से होना चाहिए, इसकी आवश्यकता है। समझदारी ठीक करनी पड़ेगी। बेटी व्यवहार थोड़ा कठिन इसलिए है कि उसमें केवल सामाजिक समरसता का विचार नहीं, दो परिवारों के मिलन का भी विचार है। वर-वधू के मैचिंग का भी विचार है। यह सब देखकर हम उसका समर्थन करते हैं। महाराष्ट्र में पहला अंतरजातीय विवाह 1942 में हुआ। पहला ही था और अच्छे सुशिक्षित लोगों का था, इसलिए उसकी प्रसिद्धि हुई। उस समय उसके लिए जो शुभ संदेश आए थे, उसमें पूजनीय डॉ. बाबा साहब आंबेडकर का भी संदेश था और पूजनीय श्रीगुरुजी का भी संदेश था। गुरुजी ने उस संदेश में कहा था कि आपके विवाह का कारण केवल शारीरिक आकर्षण नहीं है, आप यह भी बताना चाह रहे हैं कि समाज में हम सब एक हैं, इसलिए आप विवाह कर रहे हैं। मैं आपका इस बात के लिए अभिनंदन करता हूँ और आपको दांपत्य-जीवन की सब प्रकार की शुभकामनाएँ देता हूँ।

मानव मानव में भेद नहीं करना। रुचि-अरुचि प्रत्येक की अपनी होती है। पूरा जीवन साथ में चलाना है। वह ठीक से चल सकता है या नहीं इतना देखना चाहिए। बेटी व्यवहार के लिए भी हमारा समर्थन है। मैं तो कभी-कभी कहता हूँ कि भारत में अंतरजातीय विवाहों की गणना करके अगर प्रतिशत (percentage) निकाला जाए तो शायद आपको सबसे ज्यादा प्रतिशत ऐसा करनेवाले संघ के स्वयंसेवकों का मिलेगा। इस रोटी-बेटी व्यवहार का चलन बढ़ाने से, यानी केवल विवाह और साथ बैठकर खाने की बात नहीं है।

जीवन की हर कृति में समाज को अभेद दृष्टि से देखना, मन से भेद को

निकाल देना, ये जब करते हैं तो हिंदू समाज जातियों में नहीं बँटेगा, इसको हम सुनिश्चित कर सकते हैं। वो बँटेगा नहीं, यह मैं जानता हूँ, इसलिए कि प्रत्येक हिंदू की जो आत्मा है, वह आत्मा एकता में ही विश्वास करती है और मनुष्य का शरीर, मन, बुद्धि, आत्मा से अलग होकर ज्यादा नहीं चल सकता। वह आत्मा जरूर देश, काल, परिस्थिति के अनुसार आवश्यक नया शरीर धारण करेगी, इस पर मेरा पूर्ण विश्वास है। इसलिए हम लोग सारे हिंदुओं को एकत्र करने का प्रयास कर ही रहे हैं। इस विश्वास के साथ ही कर रहे हैं। नहीं तो जिस जमाने में संघ शुरू हुआ, उस जमाने में किसी का विश्वास नहीं था कि ऐसा हो सकता है। बहुत लोगों ने डॉ. हेडगेवार को कहा कि जब तक कंधों पर पाँचवाँ न हो, तब तक जिस समाज के चार लोग एक दिशा में नहीं चल सकते, आप उस समाज को कैसे एकत्र करेंगे? लेकिन आज आप देखते हैं कि हमने कर लिया है। इसलिए यह जरूर होगा। यह किया जा सकता है, हमने करके दिखाया है, यह किया जाना चाहिए, और हम करेंगे।

> ***मानव मानव में भेद नहीं करना। रुचि-अरुचि प्रत्येक की अपनी होती है। पूरा जीवन साथ में चलाना है। वह ठीक से चल सकता है या नहीं इतना देखना चाहिए। बेटी व्यवहार के लिए भी हमारा समर्थन है। मैं तो कभी-कभी कहता हूँ कि भारत में अंतरजातीय विवाहों की गणना करके अगर प्रतिशत (percentage) निकाला जाए तो शायद आपको सबसे ज्यादा प्रतिशत ऐसा करनेवाले संघ के स्वयंसेवकों का मिलेगा। इस रोटी-बेटी व्यवहार का चलन बढ़ाने से, यानी केवल विवाह और साथ बैठकर खाने की बात नहीं है।***

संघ एवं जाति व्यवस्था

प्रश्न : हिंदू समाज में जाति-व्यवस्था को संघ कैसे देखता है? संघ में अनुसूचित जाति, जनजातियों का कैसा प्रतिनिधित्व और स्थान है?

घुमंतू और विमुक्त जातियों के लिए क्या संघ ने कोई पहल की है?

उत्तर : जाति-व्यवस्था कहते हैं तो उसमें गलती होती है। आज व्यवस्था कहाँ है, वह अव्यवस्था है। यह जाति कभी व्यवस्था रही होगी, वह उपयुक्त रही होगी या नहीं रही होगी। आज उसका विचार करने का कोई कारण नहीं है। वह जानेवाली है।

जाने के लिए प्रयास करेंगे तो और पक्की होगी। उसको भगाने के लिए प्रयास करने के बजाय जो आना चाहिए, उसके लिए हम प्रयास करें तो ज्यादा अच्छा होगा। अँधेरे को लाठी मार-मारकर भगाएँगे तो अँधेरा नहीं जाएगा। एक दीपक जलाओ, वह भाग जाएगा। एक बड़ी रेखा (line) खींचो, तो सारे भेद विलुप्त हो जाएँगे। यही संघ कर रहा है और हम मानते हैं कि सामाजिक विषमता का पोषण करनेवाली सभी बातें बाहर जानी चाहिए, Lock, stock and barrel. हम विषमता में विश्वास नहीं करते। यह प्रत्यक्ष आचरण में आने तक की यात्रा कठिन है, लंबी है; लेकिन वह करनी ही पड़ेगी और उस पर हमने कदम बढ़ाया है। संघ का काम जैसे-जैसे बढ़ेगा, वैसे-वैसे सर्वत्र पहुँचेगा।

हमारी शाखाएँ बढ़ीं, हम उस बस्ती में पहुँचे, हमने काम बढ़ाया। स्वाभाविक उसमें से कार्यकर्ता तैयार हुए, वे आगे आए। कोटा प्रणाली सिस्टम करेंगे तो जाति का भान रहेगा। सहज प्रक्रिया से सबको लाएँगे तो फिर जाति नहीं रहेगी। सहज प्रक्रिया से लाते समय लानेवालों के मन में यह भान रहना चाहिए, क्योंकि स्वाभाविक मनुष्य की प्रवृत्ति अपने जैसे को पकड़ने की होती है। हमको अपने जैसे को नहीं, सबको पकड़ना है।

अभी ऊपर हमने जाति का निषेध किया है और आप पूछ रहे हैं कि संघ के कार्यकर्ताओं में अनुसूचित जाति के कितने लोग हैं? इसलिए उत्तर देना कठिन हो रहा है। लेकिन आज की दृष्टि से देखें तो जिनको हम अनुसूचित जाति, जनजाति के मानते हैं, उन बंधुओं का भी प्रमाण दिखने लगेगा। हम संघ में पूछते ही नहीं।

जब मैं पहली बार सरकार्यवाह चुना गया। उस समय हमारे सुरेशजी सोनी की सहसरकार्यवाह के नाते नियुक्ति हो गई तो मीडिया ने चलाया कि यह भागवत गुट की विजय हो गई, लेकिन ओ.बी.सी. को प्रतिनिधित्व (representation) देना है, इसलिए सोनीजी को रखा है। तब मैंने सोनीजी को पूछा कि सोनीजी आप ओ.बी.सी. में आते हैं क्या? तो उन्होंने थोड़ा सा स्मित हास्य कर दिया, स्माइल कर दिया और उत्तर नहीं दिया। अभी भी सोनीजी कहाँ से आते हैं, मैं नहीं जानता। यह संघ में वातावरण है। अगर हम इसी ढंग से बढ़ते हैं तो यह परिवर्तन होता है।

मैं नागपुर में पढ़ रहा था, विद्यार्थी था, तो उस समय नागपुर संघ के लगभग सब अधिकारी एक ही जाति, ब्राह्मण जाति के थे। लेकिन मैं नागपुर का प्रचारक बनकर अस्सी के दशक में जब वापस आया तो जगह-जगह जितनी बस्तियाँ थीं, उस प्रकार की कार्यकारिणी बनी थी। इसलिए बनी थी कि हमारी शाखाएँ बढ़ीं, हम उस बस्ती में पहुँचे, हमने काम बढ़ाया। स्वाभाविक उसमें से कार्यकर्ता तैयार हुए, वे आगे आए। कोटा प्रणाली सिस्टम करेंगे तो जाति का भान रहेगा। सहज प्रक्रिया से सबको लाएँगे तो फिर जाति नहीं रहेगी। सहज प्रक्रिया से लाते समय लानेवालों के मन में यह भान रहना चाहिए, क्योंकि स्वाभाविक मनुष्य की प्रवृत्ति अपने जैसे को पकड़ने की होती है। हमको अपने जैसे को नहीं, सबको पकड़ना है। यह ध्यान रखकर अगर काम चलता है तो ऐसा होता है।

पचास के दशक के संघ में आपको ब्राह्मण ही नजर आते थे। आज के संघ में, क्योंकि आप पूछते हो, थोड़ा-बहुत मैं देखता हूँ, तो मेरे ध्यान में आता है कि प्रांत और प्रांत के ऊपर क्षेत्र (zone) स्तर पर सभी जातियों के कार्यकर्ता आते हैं। अखिल भारतीय स्तर पर भी अब एक ही जाति नहीं रही। यह बढ़ता जाएगा और संपूर्ण हिंदू समाज का संगठन, जिसमें काम करनेवालों में सभी जाति, वर्गों का समावेश है, ऐसी कार्यकारिणी आपको उस समय दिखने लगेगी। मैंने कहा कि यात्रा लंबी है, लेकिन हम उस ओर आगे बढ़ रहे हैं, यह महत्त्व की बात है।

घुमंतू जातियों के लिए भी हमने काम किया है। मैं मानता हूँ कि स्वतंत्रता के बाद उनकी दखल लेकर काम करनेवाले हम पहले होंगे। महाराष्ट्र में यह काम शुरू हुआ और उसके चलते बहुत सारी बातें हुईं। उनको स्थिर करना, उनके बच्चों को शिक्षा में भेजना, शिक्षा प्राप्त करके वे समाज में आगे बढ़ें, इसको देखना। उनकी परंपरा से आनेवाली जो रूढ़ियाँ-कुरीतियाँ हैं, उसको हटाने का भाव उनके ही मन में उत्पन्न करके, उनको निरस्त करना आदि सारी बातें करते-करते कार्य का परिणाम ऐसा हो गया कि पहले महाराष्ट्र सरकार ने और अब केंद्र सरकार ने भी उनके लिए एक अलग कमीशन बनाया है, 'यमगरवाड़ी' नाम के स्थान में हमारा वह पायलट प्रयोग चला है। वहाँ पर उसकी केंद्रीभूत जानकारी और कार्य का प्रातिनिधिक स्वरूप आपको देखने को मिलेगा। जिनको जाना है, जरूर जाइए। आप मनोरंजन के लिए इधर-उधर विदेशों में यात्रा करते हैं, एक बार वहाँ की भी यात्रा कीजिए। कितने पापड़ बेलकर कार्यकर्ताओं ने उस समाज को बराबरी में लाने का प्रयास चलाया है, आप

जान सकेंगे। उसको देखिए। उस कार्य को अब अखिल भारत में जितनी घुमंतू विमुक्त जातियाँ हैं, उनके लिए बढ़ाने का भी हमने उपक्रम पिछले वर्ष से प्रारंभ किया है और हम उनके लिए भी काम करेंगे।

शिक्षा में भारतीय मूल्य

प्रश्न : शिक्षा में परंपरा और आधुनिकता का समन्वय; वेद, रामायण, महाभारत आदि का शिक्षा में समावेश, सहशिक्षा आदि विषयों पर संघ की क्या राय है?

शिक्षा भारत के लोगों को मिलनी ही चाहिए, सबको मिलनी चाहिए। और भी संप्रदाय हैं, जो बाहर से आए हैं, लेकिन उसकी अच्छी-खासी संख्या है, उसमें भी जो मूल्यबोध है, वह सिखाना चाहिए। Religion की शिक्षा भले ही हम न दें, लेकिन मूल्यबोध इस दृष्टि से और उसमें से निकलने वाले संस्कारों की दृष्टि से इन सबका अध्ययन, पठन-पाठन हमारी शिक्षा पद्धति में, देश की शिक्षा–राष्ट्रीय शिक्षा, इस नाते अनिवार्य है। ऐसा संघ का मत है।

उच्च शिक्षा का स्तर लगातार घट रहा है। भविष्य के भारत का निर्माण कैसे होगा?

उत्तर : देखिए, धर्मपालजी के ग्रंथ आप पढ़ेंगे तो आपको ध्यान में आएगा कि अंग्रेजों के आने के बाद उन्होंने जब सर्वे किया, तो उनको ध्यान में आया कि परंपरा से हमारी शिक्षा-पद्धति ज्यादा प्रभावी, अधिक लोगों को साक्षर बनानेवाली, मनुष्य बनानेवाली और अपना जीवन चलाने के लिए योग्य बनानेवाली थी। उसे वे अपने देश में ले गए और ऐसा सबकुछ एक साथ न कर सकनेवाली उनकी पद्धतियाँ उन्होंने यहाँ लाईं। यह इतिहास है। आज की दुनिया में आधुनिक शिक्षा प्रणाली में जो लेने लायक है, वह लेते हुए अपनी परंपरा से जो लेना है वह लेकर, हमको एक नई शिक्षा नीति बनानी चाहिए। आशा करता हूँ कि आनेवाली नई शिक्षा नीति में ये सब बातें होंगी।

अपने देश का विचारधन उसमें से मिलना चाहिए। 'चतुर्वेदाः पुराणानि सर्वेपनिषदस्तथा। रामायणं भारतं च गीता सद्दर्शनानि च॥ जैनागमात्रिपिटकाः गुरुग्रन्थः सतां गिरः। एषः ज्ञाननिधिः श्रेष्ठः श्रद्धेयो हृदि सर्वदा॥' यह शिक्षा भारत के

लोगों को मिलनी ही चाहिए, सबको मिलनी चाहिए। और भी संप्रदाय हैं, जो बाहर से आए हैं, लेकिन उसकी अच्छी-खासी संख्या है, उसमें भी जो मूल्यबोध है, वह सिखाना चाहिए। Religion की शिक्षा भले ही हम न दें, लेकिन मूल्यबोध इस दृष्टि से और उसमें से निकलने वाले संस्कारों की दृष्टि से इन सबका अध्ययन, पठन-पाठन हमारी शिक्षा पद्धति में, देश की शिक्षा—राष्ट्रीय शिक्षा, इस नाते अनिवार्य है। ऐसा संघ का मत है।

शिक्षा का स्तर घट रहा है, ऐसा हम कहते हैं। शिक्षा का स्तर नहीं घटता है; शिक्षा देनेवालों का स्तर घटता है, लेनेवालों का घटता है। छात्र शिक्षा के लिए आता है कि अपने जीवन की कमाई पर दृष्टि रखकर उसके लिए आवश्यक डिग्री के लिए आता है? उसको हम घर में कैसा तैयार करते हैं? मुझे एक सज्जन पुणे में मिले। सज्जन यानी कर्तृत्वसंपन्न व्यक्ति हैं। पढ़ेगा-लिखेगा नहीं, इसलिए शिक्षा छुड़ाकर उनके पिताजी ने उनको सतारा से पुणे भेज दिया और वहाँ वे प्रिंटिंग प्रेस में नौकरी करने लगे। करते-करते उनके ध्यान में आया तो उन्होंने अपनी विज्ञापन एजेंसी (advertising agency) चलाई और साथ-साथ शिक्षा भी पोस्ट ग्रैजुएशन तक पूरी कर ली। आज उनकी स्थिति यह है कि उनकी एक अव्वल विज्ञापन एजेंसी है और महाराष्ट्र सरकार को भी किसी गाँव का सत्य डाटा चाहिए तो उनके पास जाते हैं। प्रदीप लोखंडे उनका नाम है। उन्होंने मुझे कहा कि भागवतजी, आप लोगों में भाषण देते हो, एक संदेश हमारा पहुँचाओ। तो मैंने कहा, क्या संदेश है? उन्होंने कहा, 'हर व्यक्ति को लगता है कि अपना बेटा आर्किटेक्ट, इंजीनियर, डॉक्टर ऐसे ही कुछ बने। अरे, हर लड़का ऐसा नहीं बन सकता। हर एक की अपनी क्षमता भी होती है, रुचि भी होती है। उसको जो अच्छा लगता है, उसको करने को मिले और जो वह करे, उत्कृष्ट करे।'

शिक्षा का स्तर घट रहा है, ऐसा हम कहते हैं। शिक्षा का स्तर नहीं घटता है; शिक्षा देनेवालों का स्तर घटता है, लेनेवालों का घटता है। छात्र शिक्षा के लिए आता है कि अपने जीवन की कमाई पर दृष्टि रखकर उसके लिए आवश्यक डिग्री के लिए आता है? उसको हम घर में कैसा तैयार करते हैं? मुझे एक सज्जन पुणे में मिले। सज्जन यानी कर्तृत्वसंपन्न व्यक्ति हैं।

तिलकजी के लड़के ने कहा कि मुझे यह-यह पढ़ने की इच्छा है तो तिलकजी ने उसको पत्र लिखा कि जीवन में क्या पढ़ना है, यह तुम विचार करो। तुम अगर कहते हो कि मैं जूते सीने का व्यवसाय करता हूँ तो मुझे चलेगा। लेकिन ध्यान रखो, तुम्हारा सिला हुआ जूता इतना उत्कृष्ट होना चाहिए कि पूना शहर का हर आदमी कहे कि जूता खरीदना है तो तिलकजी के बेटे से खरीदना है।

'जो मैं सीख रहा हूँ, वह मैं उत्कृष्ट करूँगा, उत्तम करूँगा। उसकी उत्कृष्टता में मेरी प्रतिष्ठा है', यह भावना भरकर हम अपने घर के लड़कों को छात्रों को भेजते हैं क्या स्कूल में। 'ज्यादा कमाओ, कैसा भी कमाओ, लेकिन कमाओ', यह मंत्र देकर यदि हम उनको भेजेंगे तो शिक्षा कितनी भी अच्छी होगी, वे उसको नहीं लेंगे, क्योंकि पिताजी ने कहा है।

क्या शिक्षक को यह भान है कि मैं अपने देश के बच्चों का भविष्य गढ़ रहा हूँ, एक-एक व्यक्ति को मैं गढ़ रहा हूँ? अनेक महापुरुष अपने प्राथमिक विद्यालय के, माध्यमिक विद्यालय के, कॉलेज के शिक्षकों को याद करते हैं। क्यों करते हैं? उनके जीवन में उनका कुछ योगदान (contribution) है। ऐसा उनके जीवन में हमको योगदान करना है, ये देनेवाला शिक्षक है क्या? और शिक्षक को अपने विषय का ज्ञान ठीक है क्या? शिक्षकों के स्तर का एक प्रश्न है और अध्ययन की विषय-वस्तु (course content) का भी यह प्रश्न है। कई बार ऐसा होता है कि हमारे उच्च शिक्षा संस्थानों से लोग डिग्री लेकर तो निकलते हैं, लेकिन रोजगार या सेवायोग्य (employable) नहीं रहते हैं। डिग्रियाँ बहुत मिल रही हैं, उच्च शिक्षा के संस्थान चल रहे हैं। लेकिन शोध (research) कम हो रहा है हमारे यहाँ। विषय को पढ़ानेवाले प्राध्यापक (professors), शिक्षक कम हो रहे हैं।

'जो मैं सीख रहा हूँ, वह मैं उत्कृष्ट करूँगा, उत्तम करूँगा। उसकी उत्कृष्टता में मेरी प्रतिष्ठा है', यह भावना भरकर हम अपने घर के लड़कों को छात्रों को भेजते हैं क्या स्कूल में। 'ज्यादा कमाओ, कैसा भी कमाओ, लेकिन कमाओ', यह मंत्र देकर यदि हम उनको भेजेंगे तो शिक्षा कितनी भी अच्छी होगी, वे उसको नहीं लेंगे, क्योंकि पिताजी ने कहा है।

इस दृष्टि से एक सर्वांगीण विचार करके सभी स्तरों की शिक्षा का एक अच्छा मॉडल हमको खड़ा करना पड़ेगा। इसलिए शिक्षा नीति का आमूलचूल विचार हो और इसमें आवश्यक परिवर्तन किया जाए, संघ यह बहुत सालों से कह रहा है। और इसके लिए जो कमीशन नियुक्त किए गए, उन सब कमीशनों की रिपोर्ट भी ऐसी है। अब आशा करते हैं कि नई शिक्षा नीति में इस सारी बातों का अंतर्भाव होगा।

एक और बात है—अपने देश की अधिक शिक्षा निजी हाथों में है, सरकार के पास नहीं है, और उस निजी क्षेत्र में बहुत अच्छे-अच्छे प्रयोग भी चल रहे हैं। यहाँ दिल्ली में ही एक साल पहले ऐसे प्रयोग करनेवालों का एक सम्मेलन हुआ था। भारत के विभिन्न स्थानों से, अलग-अलग प्रांतों से साढ़े तीन सौ के ऊपर लोग आए थे और उन्होंने चामत्कारिक कार्य किए हैं (they have worked miracles)। नीति जब आएगी, तब आएगी; लागू होगी, तब होगी—उसकी राह देखने की आवश्यकता नहीं है। शिक्षा संस्थानों में काम करनेवाले लोग अपनी अधिकार-मर्यादा में प्रयोग करके शिक्षा का स्तर ऊँचा उठा सकते हैं। ऐसा हुआ तो फिर सरकारी नीति भी उसका अनुकरण करेगी, ऐसी स्थिति आ जाएगी। इसलिए सारा कुछ सरकार के सिर पर न डालते हुए हमको भी अपने-अपने क्षेत्र में इसका प्रयास करना चाहिए।

भाषा-संबंधी

प्रश्न : नीति नियामक संस्थाओं में अंग्रेजी का प्रभुत्व दिखाई देता है। संघ का भारतीय भाषाओं और हिंदी के प्रति क्या विचार है?

संस्कृत के विद्यालय भी घट रहे हैं और इसे महत्त्व भी नहीं दिया जाता। संघ इस स्थिति को कैसे देखता है?

हिंदी पूरे देश की भाषा कब बनेगी? क्या संस्कृत को हिंदी से अधिक वरीयता नहीं दी जानी चाहिए?

उत्तर : यह जो अंग्रेजी के प्रभुत्व की बात है, वह नीति नियामक संस्था में कहाँ है? वह तो हमारे मन में है। आज यह सामान्य अनुभव है कि भारत का उच्च भू (elite) वर्ग, जो भारतीय भाषाओं में बोल सकता है, दोनों हिंदी भी जानते हैं तो भी, जब मिलते हैं, तब अंग्रेजी में बात करते हैं। हम अपनी मातृभाषाओं को सम्मान देना शुरू करें। भाषा भाव की वाहक होती है, संस्कृति की वाहक होती है और इसलिए मनुष्य जाति के विकास के लिए भाषाओं का रहना अनिवार्य बात है। अपनी भाषा का पूरा ज्ञान हो, किसी भाषा से शत्रुता करने की जरूरत नहीं। अंग्रेजी हटाओ नहीं; अंग्रेजी

रखो, यथास्थान रखो। अंग्रेजी का एक हौवा जो हमारे मन पर है, उसको निकालना चाहिए। अंग्रेजी को हम अंतरराष्ट्रीय भाषा (International language) कहते हैं, लेकिन वास्तव में ऐसा है कि यूरोप के देशों में दो भारतीय मिलने के बाद अंग्रेजी में बात करेंगे तो सबको समझ में नहीं आएगी। उनको भारतीय भाषाओं का ही प्रयोग करना पड़ता है, क्योंकि जहाँ-जहाँ अंग्रेजों का प्रभुत्व रहा, ऐसे देशों में अंग्रेजी का एक स्थान है। अमेरिका भी अंग्रेजी बोलता है, लेकिन वह कहता है, ब्रिटिश अंग्रेजी से हमारी अंग्रेजी अलग है। वर्तनी (स्पैलिंग) तक सब अलग-अलग हैं। फ्रांस में जाएँगे, फ्रेंच चलेगी। इजराइल में आपको पढ़ने जाना है तो हिब्रू पढ़कर जाना पड़ेगा। रूस में जाना है तो रूसी भाषा सीखकर जाना पड़ेगा। चीन, जापान सब अपनी-अपनी भाषा का प्रयोग सब बातों में करते हैं। उन्होंने प्रयासपूर्वक इसको किया है। हमको भी यह प्रयास करने पड़ेंगे।

एक भाषा बनाने से अगर आपस में कटुता बढ़ती है तो हमको तो यह सोचना चाहिए कि मन हम कैसा बनाएँ। मेरा अनुभव ऐसा कहता है, हिंदी ठीक है कोई दिक्कत नहीं है। लेकिन हिंदी में काम करना पड़ता है देश के अधिकांश भाग में इसलिए अन्य प्रांतों के बहुत से लोग हिंदी सीख रहे हैं, हिंदी सीखते हैं। काम हिंदी प्रांतों के लोगों का हिंदी में चल जाता है, इसलिए दूसरी भाषा नहीं सीखते। क्यों न हिंदी बोलनेवाले लोगों को भी दूसरे किसी प्रांत की एक भाषा को सीखना चाहिए।

जितना हो सके, हम स्वभाषा में काम चलाएँगे और सबसे समृद्ध भाषाएँ हमारे पास हैं। हम यह कर सकते हैं, हम करने को हो जाएँ तो यह हो जाएगा। अंग्रेजी से हमारी कोई शत्रुता नहीं है। उत्तम अंग्रेजी बोलनेवाले चाहिए और दुनिया में भी अपने अंग्रेजी वक्तृत्व की छाप बना सकते हैं, ऐसे अंग्रेजी बोलनेवाले लोग हमारे देश के भी होने चाहिए। भाषा के नाते किसी भाषा से शत्रुता हम नहीं करते, लेकिन देश की उन्नति के नाते हमारी मातृभाषाओं में शिक्षा हो, इसकी आवश्यकता है।

फिर प्रश्न आता है कि हमारी तो अनेक भाषाएँ हैं। हमारी एक भाषा हमारी क्यों नहीं है? किसी एक और भारतीय भाषा को हम सीखें, इसका मानस हमको बनाना पड़ेगा। हिंदी की बात स्वाभाविक रूप से चली है, पुराने समय से चली है। अधिक

लोग हिंदी बोलते हैं, इसलिए चली है। लेकिन यह मन बनाना पड़ेगा। कानून बनाने से नहीं होगा, थोपने से नहीं होगा। आखिर एक भाषा की बात हम क्यों कर रहे हैं, इसलिए कि हमको देश को जोड़ना है। एक भाषा बनाने से अगर देश में विरोध खड़ा होता है, आपस में कटुता बढ़ती है तो हमको यह सोचना चाहिए कि मन हम कैसा बनाएँ? मेरा अनुभव ऐसा कहता है कि हिंदी ठीक है, कोई दिक्कत नहीं है। लेकिन देश के अधिकांश भाग में हिंदी में काम करना पड़ता है। इसलिए अन्य प्रांतों के बहुत से लोग हिंदी सीख रहे हैं, सीखते हैं। हिंदी प्रांतों के लोगों का काम हिंदी में चल जाता है, इसलिए दूसरी भाषा नहीं सीखते। हिंदी बोलनेवाले लोगों ने भी दूसरे किसी प्रांत की एक भाषा को क्यों नहीं सीखना चहिए? इससे मन-मिलाप जल्दी होगा, हमारी एक राष्ट्र भाषा और उसमें सारा कारोबार, यह काम जल्द ही हो जाएगा। यह करने की आवश्यकता है।

संस्कृत के विद्यालय घट रहे हैं और महत्त्व नहीं दिया जा रहा है। कौन नहीं देता? हम महत्त्व नहीं देते, इसलिए सरकार भी नहीं देती। अगर हमारा आग्रह रहे कि हम संस्कृत सीखें, हमारे बच्चे सीखें, कम-से-कम बोलचाल कर सकें, इतना सीखें; क्योंकि अपनी परंपरा का सारा साहित्य लगभग संस्कृत में है। इस दिशा में संघ के स्वयंसेवक लगे हैं। संस्कृत के प्रचार-प्रसार के दो-तीन काम चलते हैं। अच्छे पल-बढ़ रहे हैं। लेकिन यह अगर हमारा मानस बने तो अपनी विरासत का अध्ययन भी ठीक से हो सकेगा और अपनी भी कोई भाषा है और वह इतनी श्रेष्ठ भाषा है कि संगणक के लिए सर्वाधिक उपयोगी यही भाषा है, ये सारी बातें पता चलेंगी। यह गौरव बनता है, तो समाज में उसका चलन बढ़ता है। चलन बढ़ता है तो विद्यालय भी फिर से खुल जाते हैं, पढ़ानेवाले भी मिल जाते हैं, नीतियों को भी समाज का मानस प्रभावित करता है। यह काम करने की बहुत जरूरत

संस्कृत के विद्यालय घट रहे हैं और महत्त्व नहीं दिया जा रहा है। कौन नहीं देता? हम महत्त्व नहीं देते, इसलिए सरकार भी नहीं देती। अगर हमारा आग्रह रहे कि हम संस्कृत सीखें, हमारे बच्चे सीखें, कम-से-कम बोलचाल कर सकें, इतना सीखें; क्योंकि अपनी परंपरा का सारा साहित्य लगभग संस्कृत में है। इस दिशा में संघ के स्वयंसेवक लगे हैं।

है। वह हम करते नहीं हैं, और कोई करे, ऐसा ठेका देकर विचार करते हैं, तो यह कभी होनेवाला नहीं है।

फिर वरीयता का प्रश्न है, यह वरीयता शब्द गलत है। भारत की सारी भाषाएँ मेरी भाषा हैं और जहाँ मैं रहता हूँ, वहाँ की भाषा बोलता हूँ। यह होना चाहिए। अपनी मातृभाषा पूरी आनी चाहिए। जहाँ मैं रहता हूँ, वहाँ की भाषा आत्मसात् करनी चाहिए और पूरे भारत की एक भाषा, जो हम बनाएँगे। वह श्रेष्ठ है, इसलिए नहीं, आज के समय में वह सर्वाधिक उपयुक्त है, इसलिए बनाएँगे। उसको भी सीखना चाहिए और फिर आपकी रुचि है और आवश्यकता है तो कोई भी विदेश की भाषा सीखिए। उसमें विदेशी लोगों से ज्यादा प्रवीण बनिए। उसमें भारत का गौरव है।

महिलाएँ और संघ का दृष्टिकोण

प्रश्न : लड़कियों व महिलाओं की सुरक्षा को लेकर संघ की क्या दृष्टि है? संघ ने इस दिशा में क्या-कुछ किया है? आखिर अपराधियों में कानून का डर क्यों नहीं है?

उत्तर : लड़कियों और महिलाओं की सुरक्षा—यह सुनिश्चित करने के लिए दो-तीन बातें करनी पड़ेंगी। पुराने जमाने में महिलाओं का जब घर के अंदर बंद होना निश्चित रहता था, तब उसकी जिम्मेवारी परिवार पर रहती थी। लेकिन अब महिलाएँ भी पुरुषों की बराबरी से बाहर आकर कर्तृत्व दिखा रही हैं और उन्हें दिखाना चाहिए। तो उनको अपनी सुरक्षा के लिए भी सजग और सक्षम बनाना पड़ेगा। इसलिए किशोर आयु के लड़के और लड़की दोनों का प्रशिक्षण देना पड़ेगा—'किशोरी विकास, किशोर विकास'। यह काम संघ के स्वयंसेवक कर रहे हैं, क्योंकि महिला असुरक्षित कब हो जाती है, जब पुरुष उसकी ओर देखने की अपनी दृष्टि को बदलता है।

जब सुप्रीम कोर्ट से बलात्कारियों को कड़ी सजा हो गई थी, उसकी चर्चा टी.वी. पर चल रही थी। मैं बैठा सुन रहा था तो एक महिला पत्रकार कह रही थी

जब सुप्रीम कोर्ट से बलात्कारियों को कड़ी सजा हो गई थी, उसकी चर्चा टी.वी. पर चल रही थी। मैं बैठा सुन रहा था तो एक महिला पत्रकार कह रही थी कि केवल अपराधियों को सजा होने से काम नहीं चलता। मूल समस्या यह है कि महिलाओं को देखने की पुरुष की दृष्टि बदलनी पड़ेगी।

कि केवल अपराधियों को सजा होने से काम नहीं चलता। मूल समस्या यह है कि महिलाओं को देखने की पुरुष की दृष्टि बदलनी पड़ेगी। यह दृष्टि हमारी परंपरा में है—'मातृवत् परदारेषु'। अपनी ब्याहता पत्नी छोड़कर बाकी सबको माता के रूप में देखना। यह अपना आदर्श है। उन संस्कारों को पुरुषों में भी जगाना पड़ेगा। इसलिए किशोर और किशोरी विकास के उपक्रम चलें और महिलाओं को आत्मसंरक्षण की कला सिखानेवाले उपक्रम भी बढ़ें। इसमें भी स्वयंसेवकों ने काम प्रारंभ किया है। बड़ी संख्या में स्कूल, कॉलेज की छात्राओं को इसका प्रशिक्षण देना और फिर प्रशिक्षण की स्पर्धाएँ भी आयोजित करना, पिछले वर्ष से यह उपक्रम शुरू हुआ है। आगे चलकर देश के सब राज्यों में ये शुरू होगा। संघ के स्वयंसेवक इसको करते हैं। राष्ट्रीय स्वयंसेवक संघ केवल शाखा चलाता है, और कुछ नहीं करता। लेकिन संघ के स्वयंसेवक यह करते हैं तो विद्यार्थी परिषद् के द्वारा यह उपक्रम शुरू किया गया है, उसके बड़े-बड़े कार्यक्रम हो रहे हैं और यह प्रशिक्षण दिया जा रहा है। वे देशव्यापी कार्यक्रम चलाएँगे।

कानून का डर अपराधियों में कम रहता है, क्योंकि कानून एक हद तक चल सकता है। समाज की 'धाक' और 'संस्कारों के चलन' का परिणाम ज्यादा होता है। कानून की यशस्विता समाज के मानस पर निर्भर करती है। लाल बत्ती है, लेकिन लाल बत्ती का नियम न तोड़नेवाला समाज है तो लाल बत्ती का पालन होता है। इसलिए कानून तो कड़े-से-कड़े बनने चाहिए और उनका अमल ठीक से होकर अपराधी को उचित सजा मिलनी चाहिए। इसमें कोई दो राय नहीं हो सकती। लेकिन उसके साथ-साथ समाज भी इस पर नजर रखे। लोगों में आँखों की शर्म हो। समाज का वातावरण ऐसा हो, जो अपराधों को बढ़ावा नहीं देता। यह हमारी जिम्मेदारी है। उस दृष्टि से यह संस्कार जागरण का पक्ष भी इन मामलों में उतना ही महत्त्व का है। हम देखते हैं कि

कानून का डर अपराधियों में कम रहता है, क्योंकि कानून एक हद तक चल सकता है। समाज की 'धाक' और 'संस्कारों के चलन' का परिणाम ज्यादा होता है। कानून की यशस्विता समाज के मानस पर निर्भर करती है। लाल बत्ती है, लेकिन लाल बत्ती का नियम न तोड़नेवाला समाज है तो लाल बत्ती का पालन होता है।

कहीं-कहीं पाँच, साढ़े पाँच बजे के बाद महिलाएँ बाहर नहीं जातीं और अपने देश में कहीं-कहीं ऐसे इलाके हैं, ऐसे राज्य हैं, जहाँ पर रात को भी सब अलंकार पहनकर महिला कहीं जाकर आती है, अकेली भी जाती है, तो भी उसके मन में कोई भय नहीं है। यह कानून का परिणाम नहीं है, यह परिणाम वहाँ के वातावरण का है। उस वातावरण को प्रयासपूर्वक हमको बनाना पड़ेगा। हम सबको उसके लिए काम करना पड़ेगा, वह करना चाहिए।

हिंदुत्व को लेकर आक्रोश, हिंसा

प्रश्न : यदि हिंदुत्व की व्याख्या इतनी ही श्रेष्ठ और सुंदर है, जैसी कि बताई गई तो आज विश्व और भारत के भीतर भी हिंदुत्व को लेकर आक्रोश और हिंसा क्यों दिखाई देती है ? संघ इसके लिए क्या करेगा ?

उत्तर : विश्व में हिंदुत्व को लेकर आक्रोश और हिंसा नहीं है, उलटा है। विश्व में हिंदुत्व की स्वीकार्यता बढ़ रही है। भारत में आक्रोश है और भारत में जो आक्रोश है, वह हिंदुत्व विचार के कारण नहीं है, विचार को छोड़कर गत पंद्रह सौ-दो हजार वर्षों में हमने जो आचरण से एक विकृत उदाहरण प्रस्तुत किया, उसको लेकर है। हमारे मूल्यबोध के अनुसार जो आचरण करना चाहिए, वह न करते हुए हम पोथीनिष्ठ बन गए, रूढ़िग्रस्त बन गए; हमने बहुत सारा अधर्म धर्म के नाम पर किया। तो आज की देशकाल परिस्थिति के अनुसार धर्म का आचार, धर्म का रूप बदलकर हमको उस आचरण को करना पड़ेगा, तो सारा आक्रोश विलुप्त हो जाएगा; क्योंकि विचार के नाते हिंदुत्व का विचार श्रेष्ठ, उदात्त, शुद्ध है। हमको विचार के अनुसार चलने का अभ्यास करना पड़ेगा और संघ यही करता है।

> ***जो तत्त्व आप व्यवहार में उतार नहीं सकते, वह तत्त्व किस काम का? और तत्त्व आपका श्रेष्ठ है, लेकिन व्यवहार गलत है तो भी वह तत्त्व किस काम का? इसलिए हिंदुत्व के मूल्यबोध के आधार पर पहले हिंदू अच्छा, पक्का, सच्चा हिंदू बने, इसके लिए संघ चलता है। हम इन्हीं संस्कारों को प्रत्येक व्यक्ति में उतारने का प्रयास लगातार बानबे साल से कर रहे हैं।***

डॉ. हेडगेवार के प्रारंभिक दिनों के बौद्धिक वर्ग बहुत कम उपलब्ध हैं, लेकिन जो उपलब्ध हैं, उसमें एक है—'तत्त्व और व्यवहार'। उसमें डॉ. हेडगेवार ने कहा

है कि श्रेष्ठ तत्त्व केवल बोलने से क्या होता है, वैसा ही व्यवहार करके बताओ। जो तत्त्व आप व्यवहार में उतार नहीं सकते, वह तत्त्व किस काम का? और तत्त्व आपका श्रेष्ठ है, लेकिन व्यवहार गलत है तो भी वह तत्त्व किस काम का? इसलिए हिंदुत्व के मूल्यबोध के आधार पर पहले हिंदू अच्छा, पक्का, सच्चा हिंदू बने, इसके लिए संघ चलता है। हम इन्हीं संस्कारों को प्रत्येक व्यक्ति में उतारने का प्रयास लगातार बानबे साल से कर रहे हैं।

गौ-रक्षा संबंधी

प्रश्न : गाय के प्रश्न पर मॉब लिंचिंग क्या उचित है? गौ-रक्षा कैसे होगी?

गौ-रक्षा कानून लागू नहीं होते हैं। गौ-तस्करों के हौसले बहुत बढ़े हुए हैं। गौ-रक्षा करनेवालों पर हमले होते हैं। इन सबका क्या समाधान है?

उत्तर : गाय का क्यों, किसी भी प्रश्न पर कानून हाथ में लेना, हिंसा करना, तोड़-फोड़ करना अत्यंत अनुचित अपराध है और उस पर कड़ी काररवाई होनी चाहिए, अपराधियों को सजा होनी चाहिए। परंतु गाय परंपरागत श्रद्धा का विषय तो है ही, मानबिंदु भी माना जाता है। मैं जानवरों का डॉक्टर हूँ, मैं जानता हूँ उस शास्त्र को। उसके हवाले से कह रहा हूँ, अपने देश के छोटे किसान, जो बहुसंख्या में हैं, उनके अर्थायाम का आधार गाय बन सकती है, दूसरा कुछ नहीं बन सकता। अनेक ढंग से गाय उपकारी है। अब सारी बातें बाहर आ रही हैं। ए-2 मिल्क की बात होती है। पहले नहीं थी, अब विज्ञान को मालूम हो गया है। अतः गौ-रक्षा तो होनी चाहिए। संविधान का भी मार्गदर्शक तत्त्व है, उसका पालन करना चाहिए। लेकिन गौ-रक्षा केवल कानून से नहीं होती। गौ-रक्षा करनेवाले देश के नागरिक गाय को पहले रखें। गाय को रखेंगे नहीं और खुला छोड़ देंगे तो उपद्रव होगा।

अब सारी बातें बाहर आ रही हैं। ए-2 मिल्क की बात होती है। पहले नहीं थी, अब विज्ञान को मालूम हो गया है। अतः गौ-रक्षा तो होनी चाहिए। संविधान का भी मार्गदर्शक तत्त्व है, उसका पालन करना चाहिए। लेकिन गौ-रक्षा केवल कानून से नहीं होती। गौ-रक्षा करनेवाले देश के नागरिक गाय को पहले रखें। गाय को रखेंगे नहीं और खुला छोड़ देंगे तो उपद्रव होगा।

गौ-रक्षा के बारे में आस्था पर प्रश्न उठता है। इसलिए गौ-संवर्धन का विचार होना चाहिए। सामान्य रोजमर्रा के जीवन में गाय के जितने सारे उपयोग हैं, वे आज कैसे लागू किए जाएँ, कैसे तकनीकी का उपयोग करके उसको घर-घर तक पहुँचाया जाए, इस पर बहुत लोग काम कर रहे हैं।

जो गौ-रक्षा की बात करते हैं, वे लिंचिंग करनेवालों में नहीं हैं। वे समाज की भलाई के लिए काम कर रहे हैं, सात्त्विक प्रकृति के लोग हैं, केवल संघ के स्वयंसेवक ही नहीं हैं। पूरा का पूरा जैन समाज इस पर काम कर रहा है। और भी अनेक लोग हैं। अच्छी गौशालाएँ चलानेवाले, भक्ति से चलानेवाले मुसलमान भी अपने देश में बहुत जगह हैं। इन सब लोगों को लिंचिंग के साथ कभी जोड़ना नहीं चाहिए। उनके कार्य को प्रोत्साहन मिलना चाहिए, क्योंकि यह अपने देश के सामान्य व्यक्ति के हित का काम है, अपने देश की अर्थव्यवस्था में एक बड़ा आधार साबित हो सकता है। गौ-तस्कर हमला करते हैं, हिंसा करते हैं, उस पर आवाज नहीं उठती है, यह दोगली प्रवृत्ति छोड़नी चाहिए।

गाय के बारे में, उसके क्या-क्या उपयोग हैं; लोगों में यह जागृति लाना इन सबका समाधान यही है। यह जागृति हो रही है, बढ़ रही है। सारी बातें आजकल कागजों में मौजूद हैं, वैज्ञानिकों में शोध हुआ है, उसके दस्तावेज डॉक्यूमेंट्स उपलब्ध हैं और गौ-रक्षा का काम करनेवाले लोग, सात्त्विक प्रवृत्ति से इस एक काम को बढ़ा रहे हैं, वह बढ़ेगा। जो उपद्रवी तत्त्व हैं, उनके साथ जोड़कर इनको नहीं देखना, हम इतना कर लें और समाज को जाग्रत् करें तो गौ-रक्षा का काम होगा, देश का लाभ होगा। गाय के सान्निध्य का यह प्रत्यक्ष अनुभव है कि हाथों से गौ-सेवा करनेवाले की आपराधिक प्रवृत्ति कम हो जाती है, जेलों की गौशालाओं में ये प्रयोग हो चुके हैं। देश का अपराध वगैरह भी कम हो जाएगा, ऐसा मुझे लगता है।

मतांतरण

प्रश्न : क्या धर्मांतरण (conversion) छल, बल, धन से हो रहा है ? क्या इसके लिए राष्ट्रीय स्तर पर कानून बनना चाहिए ?

अगर सभी मत-पंथ समान हैं तो संघ धर्मांतरण (conversion) का विरोध क्यों करता है ?

उत्तर—एक गुलाब राव महाराज हो गए। उनको भी यही आखिरी वाला प्रश्न पूछा गया था। उन्होंने जो उत्तर दिया, वही मैं आपको देता हूँ। अगर सभी मत-पंथ

समान हैं तो धर्मांतरण (conversion) का विरोध क्यों? जब उनसे ऐसा पूछा गया तो उन्होंने कहा, अगर सभी मत-पंथ समान हैं, तो धर्मांतरण (conversion) की आवश्यकता क्यों? क्यों आप इधर से उधर ले जाने का प्रयास कर रहे हो? सभी मत-पंथ समान हैं, तो जो जिसमें है, वह तपस्या करेगा, तो उसमें पूर्णता प्राप्त करेगा; आप उसको फिर भी इधर ला रहे हो तो आपका उद्देश्य उसको अध्यात्म सिखाना नहीं है। भगवान् बाजार में बेचा नहीं जाता, भगवान् जबरदस्ती स्वीकार नहीं किया जाता। लेकिन यदि छल, बल और धन से होता है, तो वह होना ही नहीं चाहिए; क्योंकि उसका उद्देश्य मनुष्य की आध्यात्मिक उन्नति नहीं है, दूसरे कुछ उद्देश्य छुपे हैं। आप सब विद्वान् लोग हैं, मैं उसका अधिक वर्णन क्यों करूँ!

आप देश-विदेश के इतिहास पढ़ लीजिए, उसमें धर्मांतरण (conversion) करनेवालों के क्या रोल रहे हैं। इसका सत्य डाटा निकालिए। संघवालों ने लिखा हुआ डाटा नहीं, संघ के विरोधी विचार रखनेवालों ने भी इसके बारे में जो लिखा है, वह देख लीजिए तो आपको पता चलेगा कि इसका विरोध क्यों करना चाहिए। संघवाले ही क्यों करें? पूरे समाज में ऐसे धर्मांतरण (conversion) का विरोध होना चाहिए। यह मेरा मामला है कि मैं किसकी पूजा करूँ?

एक नारायण वामन तिलक थे, चित्तपावन ब्राह्मण थे। अच्छा परिवार था, उनके मन में आ गया कि यीशू का रास्ता ठीक है। उन्होंने अपने आपको ईसाई बनाया, वे पास्टर बने। उनकी पत्नी ने अपना धर्म नहीं छोड़ा, वह वैसी ही बनी रही। संघवालों सहित महाराष्ट्र में सब लोग उनको बड़े आदर की दृष्टि से देखते हैं। उन्होंने धर्मांतरण (conversion) किया, इसकी बात कोई नहीं करता। उन्होंने देशभक्ति की उत्तम-उत्तम कविताएँ हमको दीं और अपने जीवन में सात्त्विक जीवन का आदर्श समाज में रखा।

एक नारायण वामन तिलक थे, चित्तपावन ब्राह्मण थे। अच्छा परिवार था, उनके मन में आ गया कि यीशू का रास्ता ठीक है। उन्होंने अपने आपको ईसाई बनाया, वे पास्टर बने। उनकी पत्नी ने अपना धर्म नहीं छोड़ा, वह वैसी ही बनी रही। संघवालों सहित महाराष्ट्र में सब लोग उनको बड़े आदर की दृष्टि से देखते हैं। उन्होंने धर्मांतरण

(conversion) किया, इसकी बात कोई नहीं करता। उन्होंने देशभक्ति की उत्तम-उत्तम कविताएँ हमको दीं और अपने जीवन में सात्त्विक जीवन का आदर्श समाज में रखा। क्योंकि वे छल-बल से मतांतरित (converted) नहीं हुए थे, उनके मन में परिवर्तन आया। इसकी तो मान्यता है हिंदुओं में। लेकिन ऐसा नहीं होता है। चर्च में आने के लिए इतने रुपए देंगे, जब ऐसा होता है, तब उसका विरोध करना ही चाहिए। अध्यात्म बेचने की चीज नहीं है।

जनसंख्या संबंधी

प्रश्न : देश के कई हिस्सों में बदलता जनसांख्यिकीय स्वरूप और हिंदू जनसंख्या की घटती वृद्धि दर को संघ कैसे देखता है? क्या जनसंख्या नियंत्रण के लिए कानून बनाया जाना चाहिए?

पचास साल बाद भारत में हिंदुओं की स्थिति क्या होगी? जनसंख्या से क्या विकास प्रभावित हो रहा है? संघ इसे कैसे देखता है?

उत्तर : संघ का इसके बारे में प्रस्ताव है, उसी का वर्णन मैं करता हूँ। जनसंख्या का विचार जैसे एक बोझ के रूप में होता है कि मुँह बढ़ेंगे तो खाने को तो देना ही पड़ेगा। रहने को जगह देनी पड़ेगी, पर्यावरण का उपयोग ज्यादा होगा; लेकिन जनसंख्या काम करनेवाले हाथ भी देती है। अभी भारत तरुणों का देश है। शायद छप्पन प्रतिशत तरुण हैं, इसका हमको बड़ा गर्व है। दुनिया में सर्वाधिक तरुण भारत में हैं। तीस साल बाद यही तरुण जब बूढ़े हो जाएँगे, तब इनसे ज्यादा तरुणों की संख्या नहीं होगी तो भारत बूढ़ों का देश हो जाएगा, जैसे आज चीन का हुआ है। इसलिए जनसंख्या का विचार दोनों दृष्टि से करना चाहिए। तात्कालिक नहीं, एक पचास साल का प्रोजेक्शन मन में लाकर यह सोचना चाहिए कि तब कितने लोगों को खिलाने की हमारी क्षमता होगी। रोटी, कपड़ा, मकान, स्वास्थ्य, शिक्षा, अतिथि-सत्कार—यह जो गृहस्थ की छह आवश्यकताएँ रहती हैं, उसको देने की हमारी क्षमता क्या होगी? उस समय हमारा पर्यावरण कितना भार सहन कर सकेगा? उसकी क्षमता हम कितनी बढ़ा सकते हैं? उस समय यह सारा करने के लिए काम करनेवाले हाथ हमको कितने चाहिए?

जनसंख्या की चर्चा तो हम सब करते हैं, लेकिन जन्म देने का काम माताओं को करना पड़ता है। तो हमारी वह माता कितनी सक्षम है, कितनी प्रबुद्ध है, कितनी स्वतंत्र है, उसके भरण-पोषण की व्यवस्था उसके हाथ में कितनी है? यह सारा विचार करते हुए और एक महत्त्व की बात, जो पहले प्रश्न में आई है, जनसांख्यिकी

संतुलन (demographic balance)। अब हम इसको माने या न माने यह महत्त्व की चीज तो सब जगह मानी जाती है। इसकी बात न करनेवाले भी लोग हैं, लेकिन वे भी इसका महत्व समझते हैं।

जनसांख्यिकी संतुलन (demographic balance) भी रहना चाहिए। इसको ध्यान में रखकर जनसंख्या के बारे में एक नीति हो। अभी नीति है। 2.1 संतान का वह पुरस्कार करती है। लेकिन फिर एक बार देखा जाए कि ये सारे अंग उसमें विचारित हैं या नहीं, सुविचारित हैं या नहीं, अगले पचास साल तक की स्थिति की कल्पना हुई या नहीं; फिर नीति बने। उस नीति में जो तय होता है, वह सब पर समान रूप से लागू किया जाए, किसी को उसमें से छूट न हो। जहाँ समस्या है, वहाँ पहले उपाय हों, यानी जहाँ बच्चों का पालन करने की क्षमता नहीं है, लेकिन बहुत बच्चे हो रहे हैं, उनकी परवरिश ठीक नहीं होगी तो अच्छे नागरिक नहीं मिलेंगे; वहाँ पहले उपाय हो। जहाँ ऐसा नहीं है, वहाँ भी लागू तो करना है, लेकिन थोड़ा बाद में किया तो भी चलेगा। लेकिन कानून बनाकर लागू करने से लोग स्वीकार करेंगे, ऐसा नहीं है। मैं स्वयं एक साल सरकारी नौकरी में था और परिवार नियोजन अभियान (Family Planning Campaign) का वह सर्वाधिक प्रचार का समय (peak) था। हम सब किसी भी डिपार्टमेंट के हों, हमें यह काम करना पड़ता था। तब गाँव-गाँव में जाकर मैंने इसके लिए प्रचार किया है और देहातियों के सब प्रश्न मैंने सुने हैं। मन बनाना पड़ेगा। सबका मन बनाना पड़ेगा। धैर्य से सोचना, ठीक से सोचना, पूरा सोचना, सोचकर तय करना; जो तय किया है, उसके बारे में जनता का मन बनाना और इसको समान रूप से सब पर लागू करना, ये होना चाहिए, उसके फायदे ही होंगे।

इसमें एक बात और ध्यान में रखनी

यह एक-एक परिवार का भी प्रश्न है। उसका संतुलित विचार कैसे करना है, इसका भी प्रशिक्षण समाज को मिलना चाहिए। लेकिन दूसरी, दो बातें हैं—जनसांख्यिकीय असंतुलन (demographic imbalance) मतांतरण के कारण भी होता है, घुसपैठ के कारण भी होता है। मतांतरण के बारे में मैं बोल चुका हूँ। घुसपैठ सीधा-सीधा अपने देश की संप्रभुता को आह्वान देनेवाला विषय है, उसका कड़ाई से बंदोबस्त होना चाहिए।

चाहिए कि जन्मदर एक बात है, अब हिंदुओं की जन्मदर घट रही है या बढ़ रही है, जो भी आप कहेंगे, इसके लिए केवल नीति जिम्मेवार नहीं रहती। तो सोच भी रहती है। उचित सोच क्या हो? परिवार में संतान कितनी हैं? यह केवल देश का ही प्रश्न नहीं है, यह एक-एक परिवार का भी प्रश्न है। उसका संतुलित विचार कैसे करना है, इसका भी प्रशिक्षण समाज को मिलना चाहिए। लेकिन दूसरी, दो बातें हैं— जनसांख्यिकीय असंतुलन (demographic imbalance) मतांतरण के कारण भी होता है, घुसपैठ के कारण भी होता है। मतांतरण के बारे में मैं बोल चुका हूँ। घुसपैठ सीधा-सीधा अपने देश की संप्रभुता को आह्वान देनेवाला विषय है, उसका कड़ाई से बंदोबस्त होना चाहिए।

आरक्षण

प्रश्न : आरक्षण पर संघ का क्या मत है? आरक्षण कब तक जारी रहेगा?

क्या आर्थिक आधार पर आरक्षण को संघ मान्यता देता है? आरक्षण के कारण जो समाज में अनेक संघर्ष हो रहे हैं, उनका हल क्या है?

क्या क्रीमीलेयर को आरक्षण मिलना चाहिए? क्या अल्पसंख्यकों को आरक्षण मिलना चाहिए?

उत्तर : सामाजिक विषमता को हटाकर समाज में सबके लिए अवसरों की बराबरी प्राप्त हो, इसलिए सामाजिक आरक्षण का प्रावधान संविधान में किया गया है। संविधान सम्मत सभी आरक्षणों को संघ का पूरा समर्थन है। बीच-बीच में वक्तव्य होते हैं, उनमें से अर्थ निकाले जाते हैं। यह बात ध्यान में रखिए—सामाजिक विषमता दूर करने के लिए संविधान में जितना, जहाँ आरक्षण दिया गया है, उसको संघ का पूरा समर्थन है और रहेगा। आरक्षण कब तक चलेगा, इसका निर्णय, जिनके लिए आरक्षण दिया गया है, वही करेंगे। उनको जब लगेगा कि अब हमको इसकी आवश्यकता नहीं है, तब फिर देखेंगे। लेकिन तब तक इसको जारी रहना चाहिए, ऐसा संघ का बहुत सुविचारित और जब से यह प्रश्न चर्चा में आया है, तब से मत है। उसमें बदल नहीं हुआ है।

अब क्रीमीलेयर का क्या करना? संविधान में आरक्षण सामाजिक आधार पर है, संप्रदायों के आधार पर नहीं है। क्योंकि अपने यहाँ सभी संप्रदाय कभी-न-कभी समाज के अग्रणी वर्गों में रहे हैं। तो उनके आरक्षण का क्या करना? अब और भी जातियाँ आरक्षण माँग रही हैं, उसका क्या करना? इसका विचार करने के लिए संविधान ने

पीठ बनाए हैं, फोरम बनाए हैं, वे उसका विचार करें और उचित निर्णय लें।

आरक्षण समस्या नहीं है। आरक्षण की राजनीति—यह समस्या है। ऐतिहासिक, सामाजिक कारणों से अपने समाज का एक अंग पीछे है। शरीर पूरा स्वस्थ तब कहा जाता है, उसके सब अंग अगर आगे जाना है तो आगे जाते हैं। मैं आगे जाने को तैयार होता हूँ, हाथ हिलने लगते हैं, लेकिन पैर पीछे रह जाते हैं तो मुझे लकवाग्रस्त (paralytic) कहा जाएगा। इसलिए उसको बराबरी में लाने की आवश्यकता है। समाज में यह बराबरी कब आएगी? जो ऊपर हैं, वे नीचे झुकेंगे और जो नीचे हैं, वे एड़ियाँ ऊँची करेंगे। गड्ढे में जो गिरे हैं, उनको हाथ-से-हाथ मिलाकर ऊपर लाया जाएगा। समाज को आरक्षण का विचार इस मानसिकता से करना चाहिए। आज हमको मिल रहा है या नहीं मिल रहा है, यह नहीं सोचना चाहिए। सबको मिलना चाहिए। सामाजिक कारणों से हजारों वर्षों से लगभग यह स्थिति है कि अपने समाज का एक अंग हमने पूर्णतः निर्बल बना दिया है, उसको ठीक करना आवश्यक है। हजार वर्षों की बीमारी ठीक करने में अगर सौ-डेढ़ सौ साल हमको नीचे झुककर रहना पड़ता है तो यह महँगा सौदा बिल्कुल नहीं है। यह तो हमारा कर्तव्य है। ऐसा सोचकर इसका विचार करना चाहिए, तब इन सारे प्रश्नों के हल मिलेंगे और इस प्रश्न को लेकर राजनीति नहीं करनी चाहिए। यह समाज की स्वस्थता का प्रश्न है। इसमें सबने एकमत से चलना चाहिए, ऐसा संघ को लगता है।

आज हमको मिल रहा है या नहीं मिल रहा है, यह नहीं सोचना चाहिए। सबको मिलना चाहिए। सामाजिक कारणों से हजारों वर्षों से लगभग यह स्थिति है कि अपने समाज का एक अंग हमने पूर्णतः निर्बल बना दिया है, उसको ठीक करना आवश्यक है।

एससी/एसटी ऐक्ट

प्रश्न : अत्याचार निरोधक कानून पर सर्वेच्च न्यायालय के निर्णय से जो इन वर्गों की प्रतिक्रिया और आक्रोश निर्मित हुआ है, क्या यह उचित था? क्या सर्वेच्च न्यायालय का निर्णय संसद् को बदलना चाहिए था?

सवर्ण और अनुसूचित समाज में जो खाई निर्माण हो गई है, क्या वह ठीक है और यह कैसे दूर होगी?

उत्तर : स्वाभाविक अपने सामाजिक पिछड़ेपन के कारण और अपने जातिगत अहंकार के कारण एक अत्याचार की परिस्थिति तो है। उस परिस्थिति से निपटने के लिए अत्याचार विरोधी कानून बना। वह ठीक से लागू होना चाहिए। उसका दुरुपयोग नहीं होना चाहिए। ये दोनों बातें हैं। ठीक से लागू नहीं होता, यह भी है; दुरुपयोग भी होता है, यह भी है। इसलिए संघ मानता है कि उस कानून को ठीक से लागू करना चाहिए और उसका दुरुपयोग नहीं होना चाहिए। लेकिन यह होगा कैसे? यह केवल कानून से नहीं होगा। समाज में सद्भाव, समाज की समरसता की भावना इसमें काम करती है। आज के युग में शिक्षा का इतना प्रसार होने के बाद भी आपको देखने के बाद मेरे मन में पहला प्रश्न आता है कि आप कौन हैं? यानी नाम-वाम मालूम है, लेकिन आप कहाँ से आते हैं? यह क्यों आता है मेरे मन में? और अत्याचार अत्याचार है। वह इस पर हुआ, इसलिए जायज है, उस पर हुआ, इसलिए नाजायज है, ऐसा नहीं हो सकता। यह सद्भावना जाग्रत् करने की बहुत आवश्यकता है।

अस्पृश्यता किसी सरकार के कानून से नहीं आई, वह समाज की रूढ़ि के कारण आई है; शास्त्रों से भी नहीं आई, यह हमारी दुर्भावना के कारण आई है। हमारी सद्भावना ही उसका प्रतिकार कर सकेगी। उस सद्भावना को बढ़ाने के काम स्वयंसेवकों ने चलाए हैं। 'समरसता मंच' के रूप में स्वयंसेवक काम करते हैं, सद्भावना बैठकें चलाकर इन सारी बातों को ठीक करने का उनका प्रयास रहता है।

बाकी सर्वोच्च न्यायालय ने क्या कहा? और सरकार के क्या किया, इसके बारे में मैं नहीं बोलूँगा। संघ की इच्छा यह है कि कानून का संरक्षण रहे, उसका दुरुपयोग न हो और इस समस्या को समाज में आपसी सद्भाव बढ़ाकर ठीक करना चाहिए। कानून कुछ करे, न करे। अस्पृश्यता किसी सरकार के कानून से नहीं आई, वह समाज की रूढ़ि के कारण आई है; शास्त्रों से भी नहीं आई, यह हमारी दुर्भावना के कारण आई है। हमारी सद्भावना ही उसका प्रतिकार कर सकेगी। उस सद्भावना को बढ़ाने के काम स्वयंसेवकों ने चलाए हैं। 'समरसता मंच' के रूप में स्वयंसेवक काम करते हैं, सद्भावना बैठकें चलाकर इन सारी बातों को ठीक करने का उनका प्रयास रहता है।

अनुच्छेद 377

प्रश्न : हाल में आए न्यायालय के फैसले के बाद धारा 377 और समलैंगिकता का मुद्दा चर्चा का विषय बना हुआ है। संघ का इस पर क्या मत है ? इसके साथ ही किन्नरों की सामाजिक स्थिति भी एक प्रश्न है, इस पर आपका क्या विचार है ?

उत्तर : समाज का प्रत्येक व्यक्ति अपनी भाषा, जाति, अपने संप्रदाय के साथ समाज का एक अंग है। यह जो विशिष्टता है, उसके साथ ऐसी कुछ बातें भी समाज में कुछ लोगों में हैं, लेकिन वे हैं तो समाज के अंग ही। उनकी व्यवस्था करने का काम समाज को करना चाहिए और अपनी परंपरा में, अपने समाज में यह काम हुआ है।

अब समय बदला है तो अलग प्रकार की व्यवस्था करनी पड़ेगी, करनी चाहिए। उसको चर्चा का बड़ा मुद्दा बनाकर, जैसे वही देश की प्रमुख समस्या है, इतना हो-हल्ला करने से काम नहीं होगा। ये सहृदयता से देखने की बातें हैं। जितना उपाय हो सकता है, उतना करना; नहीं तो जैसा है, वैसा स्वीकार करके उनकी कोई-न-कोई व्यवस्था बने, ताकि सारा समाज स्वस्थ मन से चल सके और किसी कारण ऐसी अस्वस्थता किसी में है या अलगपन है तो वह उसके समाज से अलग-थलग पड़ जाने का और अपने जीवन की आकांक्षाओं में आगे न बढ़ सकने का कारण न बने। यह सारे समाज को देखना पड़ेगा। समय बहुत बदला है, इसलिए हमको इसकी सामाजिक टैकलिंग के बारे में विचार करना पड़ेगा।

बाकी कानून अपनी जगह शब्दों के अर्थ निकालकर क्या-क्या करता है, वह करता है। उसका इलाज नहीं। उसमें हम चर्चा करने जाएँगे तो बहुत सारी बातें निकलेंगी। समस्या वहीं की वहीं रहेगी। इसलिए सहृदयता से, इन सब लोगों को देखते हुए और समाज स्वस्थ रहे, इस तरह से उनकी व्यवस्था कैसे की जाए, ताकि वे भी केवल अपने इस अलगपन के कारण अलग-थलग (isolate) होकर किसी गर्त में न गिर जाएँ, यह करने की आवश्यकता मुझे लगती है।

संघ और अल्पसंख्यक

प्रश्न : अल्पसंख्यकों को जोड़ने के विषय में संघ क्या सोचता है ?

'Bunch of Thoughts' में मुसलिम समाज को शत्रु के रूप में संबोधित किया गया है, क्या संघ इन विचारों से सहमत है ?

संघ को लेकर मुसलिम समाज में जो भय है, वह उसे कैसे दूर करेगा ?

उत्तर : अल्पसंख्यक—इस शब्द की परिभाषा अपने यहाँ अभी स्पष्ट नहीं है। जहाँ तक मत-संप्रदाय (religion), भाषा (language) इनकी संख्या का सवाल है, अपने देश में पहले से ही अनेक प्रकार हैं। लेकिन हमने कभी स्वतंत्रता के या अंग्रेजों के आने के पहले अल्पसंख्यक शब्द का उपयोग नहीं किया। हम सब एक समाज के थे। एक माल्य में मिलकर चलते थे। हाँ, यह बात जरूर है कि दूरियाँ बढ़ी हैं। मैं विचार करता हूँ कि अल्पसंख्यकों को जोड़ना, ऐसा नहीं, अपने समाज के बंधुओं को, जो बिखर गए हैं, उनको जोड़ने की बात होनी चाहिए। भाषा भी परिणाम करती है न। अल्पसंख्यक हैं यानी आप अलग हैं, हम अलग हैं; हमको जुड़ना है, क्यों जुड़ना है? जुड़ने से कल्याण होगा इसलिए, कल्याण नहीं होगा तो एक-दूसरे को छोड़ देंगे क्या? अरे भाई, हम एक देश की संतान हैं। भाई-भाई जैसा रहें। इसलिए 'अल्पसंख्यक' शब्द के बारे में ही संघ के पूर्वग्रह (reservations) हैं। संघ इसको नहीं मानता। सब अपने हैं और दूर गए, तो जुड़ना है। इस भावना से हम बोलते हैं।

मुसलिम समाज में अगर इसके बारे में भय है, तो कल मैंने बात की है, उस बात पर मत जाइए। आप आइए, संघ को अंदर से देखिए। जहाँ-जहाँ संघ की अच्छी शाखा है, वहाँ पर यदि पास में मुसलमान बस्ती है तो मैं आपको दावे के साथ बताता हूँ, उनको वहाँ ज्यादा सुरक्षा महसूस होती है। इसलिए आप देखिए। हमारा आह्वान राष्ट्रीयता का है।

मुसलिम समाज में अगर इसके बारे में भय है, तो कल मैंने बात की है, उस बात पर मत जाइए। आप आइए, संघ को अंदर से देखिए। जहाँ-जहाँ संघ की अच्छी शाखा है, वहाँ पर यदि पास में मुसलमान बस्ती है तो मैं आपको दावे के साथ बताता हूँ, उनको वहाँ ज्यादा सुरक्षा महसूस होती है। इसलिए आप देखिए। हमारा आह्वान राष्ट्रीयता का है। जो भारत के मुसलमानों की, ईसाइयों की, सबकी परंपरा का है; उसके प्रति गौरव का है, मातृभूमि की भक्ति का है, वही हिंदुत्व है। बिना कारण मन में भय क्यों रखना? एक बार आकर देखिए। बात करके देखिए। संघ के कार्यक्रमों में आइए, देखिए, क्या-क्या होता है? क्या-क्या बात होती है? मेरा तो अनुभव है, जो-जो आते हैं, उनके विचार बदल जाते हैं। आप आइए, देखिए और हमारी कोई बात गलत है या आपके विरोध

से प्रेरित है तो फिर हमको पूछिए। ऐसा कुछ नहीं है संघ में। सही बात आपको पसंद नहीं आएगी, तो भी हम बोलेंगे। परंपरा से, राष्ट्रीयता से, मातृभूमि से, पूर्वजों से हम सब लोग हिंदू हैं, यह हमारा कहना है और यह हम कहते रहेंगे। उस शब्द को हम क्यों नहीं छोड़ते, कल मैंने बताया है। लेकिन इसका मतलब हम आपको अपना नहीं मानते, ऐसा नहीं है। हम आपको अपना मानने के लिए ऐसा कह रहे हैं। किस आधार पर हम आपको अपना मानें, वह पंथ, संप्रदाय, भाषा, जाति, कुछ नहीं है; मातृभूमि, संस्कृति, पूर्वज ये आधार हैं। उन पर हम जोर देते हैं। उसको हम अपनी राष्ट्रीयता के घटक मानते हैं। इसलिए आकर देखिए।

अब रही बात 'Bunch of Thoughts' की। तो बातें जो बोली जाती हैं, वह परिस्थिति विशेष, प्रसंग विशेष के संबंध में बोली जाती हैं। वह शाश्वत नहीं रहती हैं। एक बात तो यह है कि गुरुजी के जो शाश्वत विचार हैं, उनका एक संकलन प्रकाशित हुआ है—'श्रीगुरुजी—विजन एंड मिशन'। उसमें तात्कालिक संदर्भ से आनेवाली सारी बातें हमने हटाकर उनके जो सदा काल के लिए उपयुक्त विचार हैं, वे रखे हैं। उसको आप पढ़िए। उसमें आपको ऐसी बातें नहीं मिलेंगी। दूसरी बात है कि संघ 'बंद संगठन' नहीं है कि डॉ. हेडगेवार ने कुछ वाक्य बोल दिए, अब उन्हीं वाक्यों को लेकर हम चलनेवाले हैं। समय बदलता है, संगठन की स्थिति बदलती है। हमारा सोचना, सोचने का तरीका (articulation) भी बदलता है और बदलने की अनुमति (permission) हमको डॉ. हेडगेवार से मिलती रही है। नहीं तो डॉ. हेडगेवार पहले ही दिन बता देते कि हमको राष्ट्रीय स्वयंसेवक संघ चलाना है, शाखा शुरू करो। उन्होंने एक भी चीज नहीं बताई, विचार बताए। तरुण कार्यकर्ताओं ने प्रयोग किए। जो उचित लगा, वह रखा; जो नहीं लगा, वह नहीं रखा और संघ ऐसे ही बढ़ता चला जा रहा है। अगर आप संघ को एक बंद संगठन मानकर विचार करते हैं तो आपको 'Bunch of Thoughts' में क्या लिखा है, उससे शंका उत्पन्न होती है। मैं कहता हूँ, आज आप संघ के कार्यकर्ता क्या-क्या कर रहे हैं, उसका प्रत्यक्ष अनुभव लीजिए। वे क्या सोचते हैं, कैसे सोचते हैं, उसका अनुभव लीजिए। आपकी सारी शंकाएँ दूर हो जाएँगी।

अनुच्छेद 370 तथा अनुच्छेद 35ए

प्रश्न : अनुच्छेद 370 तथा अनुच्छेद 35 ए के संबंध में संघ का क्या मत है?

क्या जम्मू-कश्मीर राज्य का तीन भागों में विभाजन होना चाहिए ?

घाटी के भटके हुए युवाओं में राष्ट्रभाव जगाने के लिए संघ ने क्या प्रयास किए हैं ?

उत्तर : अनुच्छेद 370 और 35 ए के बारे में हमारे विचार सर्वपरिचित हैं। हम उनको नहीं मानते, यानी वह नहीं रहना चाहिए, ऐसा हमारा मत है। कारणों में जाऊँगा तो लंबा बोलना पड़ेगा, इसलिए एक वाक्य में बता देता हूँ कि कई बार इसको भाषणों में हमने कहा है। इसकी पुस्तिकाएँ भी उपलब्ध हैं। आप कभी सुरुचि प्रकाशन में जाकर उनको देख सकते हैं।

राज्य के निर्माण, विभाजन आदि की जो बात है, उसके पीछे विचार कौन सा रहता है? देश की अखंडता, एकात्मता, सुरक्षा और प्रशासन की सुलभता। इसको देखकर जब लगेगा कि तीन राज्य होने चाहिए, तो उस समय का शासन निर्णय करे। अगर लगता है कि कोई जरूरत नहीं, तो रहे। लेकिन जम्मू, लद्दाख, कश्मीर घाटी अभी जो भारत के पास है (कश्मीर का जो गुलाम कश्मीर है, वह तो अभी उधर ही है)–कम-से-कम इन तीन में भेदभाव मुक्त, सबके लिए विकासोन्मुख प्रशासन चल रहा है क्या? इसका विचार करना चाहिए।

राज्य के निर्माण, विभाजन आदि की जो बात है, उसके पीछे विचार कौन सा रहता है ? देश की अखंडता, एकात्मता, सुरक्षा और प्रशासन की सुलभता। इसको देखकर जब लगेगा कि तीन राज्य होने चाहिए, तो उस समय का शासन निर्णय करे। अगर लगता है कि कोई जरूरत नहीं, तो रहे। लेकिन जम्मू, लद्दाख, कश्मीर घाटी अभी जो भारत के पास है (कश्मीर का जो गुलाम कश्मीर है, वह तो अभी उधर ही है)—कम-से-कम इन तीन में भेदभाव मुक्त, सबके लिए विकासोन्मुख प्रशासन चल रहा है क्या ? इसका विचार करना चाहिए। वहाँ की जो परिस्थिति है, उसमें इन राज्यों को भारत के साथ और भारत की कुल मिलाकर एकात्मता, अखंडता, सुरक्षा के लिए क्या पोषक है, इसका विचार करना चाहिए। वह विचार शासन-प्रशासन करेगा। जब विचार करेंगे, तय करेंगे। मूल बात है प्रशासन ऐसा होना चाहिए—सुरक्षा रहनी चाहिए। सुरक्षा तब रहती है; जब सुरक्षा बल रहते हैं, कानून रहते हैं, संविधान रहता

है; लेकिन मुख्य, समाज रहता है और वह समाज चाहता है।

आपने बिल्कुल सही पूछा कि भटके युवाओं के लिए कुछ करना चाहिए और हम कर रहे हैं। हमारे स्वयंसेवक, फिर से मैं बताता हूँ, हम सब कर रहे हैं। ऐसा मैं कहता हूँ, राष्ट्रीय स्वयंसेवक संघ केवल शाखा चला रहा है और कुछ नहीं करता है, और कुछ करना भी नहीं है हमको। लेकिन हमारे में से निकले स्वयंसेवक समाज के लिए जो-जो आवश्यक है, वह करने के लिए दौड़ते रहते हैं। ऐसे युवकों ने वहाँ पर सेवा कार्य चलाए हैं, एकल विद्यालय चलाए हैं, विद्यालय चलाए हैं। उनमें राष्ट्रीयता की बात होती है, उनमें वंदे मातरम् भी होता है, उनमें जन-गण-मन भी होता है, उनमें 26 जनवरी, 15 अगस्त भी होता है और वहाँ के अभिभावक तथा वहाँ के विद्यालयों में आनेवाले छात्र, दोनों का बहुत अच्छा सहयोग और समर्थन हमको मिलता है। धीरे-धीरे ये बात बढ़ेगी, क्योंकि ये प्रयास इसके पहले कभी हुआ नहीं, अब शुरू किया है। उसके फल आने में समय लगेगा। लेकिन हमने इसमें कुछ किया नहीं, ऐसा नहीं। विजयदशमी के भाषण में, जिसको हमारा नीति निर्धारण संबोधन (policy speech) आप लोग मानते हो, मैं कहता हूँ कि बाकी बातें जैसी हैं, उसका उपाय होना चाहिए। वैसे काश्मीर के सामान्य समाज का शेष भारत के साथ सात्मीकरण, उनको मिलना-मिलाना, ये भी होना चाहिए। यह मैं कहता हूँ, तो उसके पहले काम शुरू हो चुका होता है, तब मैं कहता हूँ। जो शुरू नहीं हुआ, उसको हम बोलते नहीं हैं। वह हो रहा है, आगे बढ़ रहा है। व्याप्त और पर्याप्त मजबूत होने के बाद उसको हम बोलते भी रहेंगे।

आंतरिक सुरक्षा

प्रश्न : संघ की दृष्टि में प्रमुख आंतरिक सुरक्षा चुनौती क्या है और उसका समाधान क्या है?

आतंकवाद आज सबसे बड़ी चुनौती बन गया है। इसका समाधान क्या है? क्या आतंकवाद से जुड़े मुद्दों के लिए फास्ट ट्रैक कोर्ट नहीं होने चाहिए?

देशद्रोह का कोई डर नहीं है। क्या कोई सख्त कानून नहीं होना चाहिए?

उत्तर : आंतरिक सुरक्षा में आंतरिक फसाद खड़ा करनेवालों के प्रति समाज आकर्षित न हो, इसलिए समाज में विकास की धारा सर्वत्र पहुँचाना; शासन-प्रशासन अपना है, पारदर्शी है, जवाबदेह है, ऐसा उसको लगना; और इस देश में अपना जीवन चल सकता है, उन्नत हो सकता है, यह विश्वास उसके मन में रहना—यह काम

शासन-प्रशासन को भी करना पड़ता है, समाज को भी करना पड़ता है। क्योंकि इसमें कमियों का लाभ लेकर सुरक्षा के लिए आह्वान उत्पन्न करनेवाले लोग सर्वत्र हैं। यहाँ भी हैं। उनकी न चले, ऐसी इच्छा है तो यह करना पड़ता है। देश के संविधान कानून को वहाँ लागू करने के मामले में उसके विरोध में खुला चलनेवालों का बंदोबस्त कड़ाई से होना चाहिए।

आंतरिक सुरक्षा का विचार करते हैं, तब अपने समाज की स्थिति भी एक चुनौती के रूप में सामने आती है। शासन की काररवाई पर्याप्त सख्त हो, पर्याप्त सीधी हो, गोली से बात नहीं होगी, बोली से हो सकती है और बोली इस दिशा में जानी चाहिए कि भारत देश एक रहे, भारत देश अखंड रहे। इस रवैये से सबको चलना चाहिए। इसमें जो कभी-कभी आगे-पीछे, आगे-पीछे होता है, उसके परिणाम घातक होते हैं। इसलिए सरकार की दृढ़ नीति, समाज और सरकार का सब लोगों तक पहुँचना, सब तक विकास का पहुँचाना और अपनत्व का एक भरोसा सबमें उत्पन्न करना, यह बात है। उसको लेकर जो कानून बने हैं और सख्त कानून की आवश्यकता है तो बनने चाहिए, ये सब मैं बात करता हूँ, लेकिन उन कानूनों के अमल में सुरक्षा को खतरा उत्पन्न करनेवाले, कानून तोड़नेवाले, देशद्रोह की भाषा बोलनेवालों की तरफ से अपने ही समाज से उनका समर्थन करनेवाले खड़े न हों, यह भी आवश्यकता है। तो समाज का मन ऐसा बने कि ऐसी बात करनेवाले अलग-थलग (isolate) हो जाएँ? यह भी साथ-साथ होना चाहिए। ये दोनों बातें जब होती हैं, तब फिर आंतरिक सुरक्षा अत्यंत मजबूत रहती है।

इसलिए सरकार की दृढ़ नीति, समाज और सरकार का सब लोगों तक पहुँचना, सब तक विकास का पहुँचाना और अपनत्व का एक भरोसा सबमें उत्पन्न करना, यह बात है। उसको लेकर जो कानून बने हैं और सख्त कानून की आवश्यकता है तो बनने चाहिए, ये सब मैं बात करता हूँ, लेकिन उन कानूनों के अमल में सुरक्षा को खतरा उत्पन्न करनेवाले, कानून तोड़नेवाले, देशद्रोह की भाषा बोलनेवालों की तरफ से अपने ही समाज से उनका समर्थन करनेवाले खड़े न हों, यह भी आवश्यकता है।

समान नागरिक संहिता

प्रश्न : समान नागरिक संहिता के विषय में संघ का क्या मत है?

उत्तर : यह संविधान का मार्गदर्शक तत्त्व तो है और इस दृष्टि से इसको कहा जाता है कि एक देश के लोग एक कानून के अंदर रहें। एक कानून के अंदर रहने का समाज का मन बने। जब लोग समान नागरिक संहिता की चर्चा निकालते हैं तो उनका रुख रहता है—हिंदू और मुसलमान। लेकिन केवल इतना नहीं है। सबकी परंपराओं में कुछ-न-कुछ परिवर्तन आएगा, हिंदुओं की भी। फिर आज दायभाग भी चलता है और मिताक्षरा भी चलता है। अपने जनजातीय बंधुओं के परंपरागत कानून भी चलते हैं। सब विविधता को ध्यान में रखते हुए संविधान में यह अनुमति है। यह सारा ध्यान में रखकर किसी एक संहिता के लिए समाज का मन बने, ऐसा प्रयास होना चाहिए और वास्तव में देश की एकात्मता को समान नागरिक संहिता की बात पुष्ट करती है, लेकिन वह एकता के लिए है। उसके लागू करने से समाज में और गुट तैयार नहीं होने चाहिए, इसकी चिंता करते हुए धीरे-धीरे उसको लाना चाहिए। अभी यह बात मैं भी कर रहा हूँ, लेकिन ऐसी ही बात अपने संविधान के मार्गदर्शक तत्त्वों ने संविधान में बताई है कि सरकार मामले को इस तरफ ले जाए। ले जाने की यह पद्धति है कि सबका साकल्य विचार करते हुए कैसी संहिता हो, उसका विचार करना, समाज में उसके लिए मन बनाना और उसको लागू करना।

भारत का गणराज्य और संघ

प्रश्न : नोटा के प्रावधान को संघ किस तरह देखता है?

क्या अमेरिका व रूस की तरह राष्ट्रपति चुनाव प्रणाली भारत में नहीं होनी चाहिए तथा संविधान की दृष्टि से यदि सभी समान हैं, तो अल्पसंख्यकों के लिए विशेष प्रावधान क्यों हैं?

उत्तर : संविधान सभा में चर्चा चली, आज हम जिनको अल्पसंख्यक कहते हैं, तब उनके कुछ प्रतिनिधियों में भी यह बात चली थी कि आप अल्पसंख्यक शब्द निकाल दो। क्योंकि ऐसी बात को लेकर ही देश का विभाजन हुआ था और आगे और बँटना कोई नहीं चाहता था। लेकिन मुझे लगता है कि यह बात संविधान निर्माताओं के मन में आई होगी कि जिनकी संख्या ऐसी कम है, उनको जरा विशेष अवसर दिए जाएँ। इसलिए ऐसे प्रावधान किए गए। लेकिन जैसा मैं कह रहा हूँ कि 'अल्पसंख्यक' शब्द बहुत संदिग्ध है। कश्मीर में अल्पसंख्यक कौन हैं? देश में हर जगह अलग-

अलग बात है न। अब कानून में जो होगा, सो होगा, उसके लिए हम यह न करें। क्योंकि ऐसी बातें निकालते हैं तो फिर से मनमुटाव शुरू हो जाता है। लेकिन समाज में यह प्रयत्न चलना चाहिए कि कोई अल्पसंख्यक-बहुसंख्यक नहीं है। हम सब एक देश के लोग हैं, एक-दूसरे के भाई हैं और अलग-अलग प्रकार रहना, यह हमारी विशेषता है, उसको साथ लेकर चलें; भाई जैसे चलें, एक माल्य में मिलकर चलें; यह होना चाहिए। बहुत कुछ करना पड़ेगा उसके लिए।

अब कानून में जो होगा, सो होगा, उसके लिए हम यह न करें। क्योंकि ऐसी बातें निकालते हैं तो फिर से मनमुटाव शुरू हो जाता है। लेकिन समाज में यह प्रयत्न चलना चाहिए कि कोई अल्पसंख्यक-बहुसंख्यक नहीं है। हम सब एक देश के लोग हैं, एक-दूसरे के भाई हैं और अलग-अलग प्रकार रहना, यह हमारी विशेषता है, उसको साथ लेकर चलें; भाई जैसे चलें, एक माल्य में मिलकर चलें; यह होना चाहिए। बहुत कुछ करना पड़ेगा उसके लिए।

अमेरिका और रूस की तरह प्रणाली की बात हम करते हैं, तो भारत की प्रणाली भारत जैसी हो, अमेरिका-रूस जैसी क्यों हो? भारत के सब लोग मिलकर जो तय करते हैं, वैसा हो। क्योंकि कैसी प्रशासन की पद्धति लागू करने से मैं उसका लाभ लेकर अपने जीवन को बना सकता हूँ, ये भारत का सामान्य व्यक्ति जानता है। उससे बात करनी चाहिए और जो आम सहमति (concensus) बनती है, वैसा ही रहना चाहिए। अभी तक तो ठीक ही चला है। सारी दुनिया यह कहती है कि अपेक्षा नहीं थी, लेकिन दुनिया का सर्वाधिक यशस्वी प्रजातंत्र भारत है। अब जाननेवाले, सोचनेवाले लोग विचार करते हैं और कुछ सुधारों (reforms) की बात करते हैं, जरूर उस पर विचार होना चाहिए और जो स्वीकृत होता है, वह करना चाहिए। उसके लिए बहुत प्रकार के सुझाव आए हैं। लेकिन पद्धति में ही आमूलाग्र बदलाव करो, ऐसा सुझाव कहीं से नहीं आया है। चुनाव की पद्धति में सुधार करो, इसमें सुधार करो, उसमें सुधार करो, ऐसा आया है। उसका विचार होना चाहिए और ये सुधार (reforms) होने चाहिए, ऐसा मुझे लगता है।

इसमें एक बात नोटा की है कि खड़े हुए पाँच लोग और एक भी मेरी पसंद नहीं है। इसमें से कोई भी मुझे पसंद नहीं है, ऐसा कहना। अब एक तो बात है

कि प्रजातांत्रिक राजनीति में हमेशा उपलब्ध में से सर्वश्रेष्ठ (available best) को ही चुनना पड़ता है, सौ प्रतिशत (hundred percent) श्रेष्ठ मिलना बहुत कठिन बात है, आकाश-पुष्प जैसी बात है। मैं आज की बात नहीं कर रहा हूँ, यह महाभारत के समय से है। कौरव-पांडवों का युद्ध आसन्न हो गया तो यादवों की सभा में विचार चला कि किसका समर्थन करना? कुछ लोग कौरवों के पक्ष में थे। कुछ लोग पांडवों के पक्ष में थे और कौरवों के अधर्म की चर्चा चल रही थी, तो लोग कह रहे थे कि पांडव कौन से दूध के धुले हैं? कोई अपनी पत्नी को दाँव पर लगाता है क्या? इन्होंने भी बहुत गलतियाँ की हैं। इनको कैसे धार्मिक कहें? बलरामजी ने कहा कि आप लोग बहुत चर्चा कर रहे हो और आप सबको मालूम है कि कृष्ण जो कहेगा, हम वही करेंगे। और वह तो चुप है, उसको पूछो। फिर कृष्ण को पूछा गया। उसके बाद कृष्ण ने राज्यसभा में भाषण दिया। उसमें उन्होंने यहाँ से शुरू किया कि राजनीति ऐसी चीज है कि यहाँ तो आपको सौ प्रतिशत अच्छे लोग मिलना बड़ी कठिन बात है। मिल जाए तो दीनदयालजी जैसा कोई, यह उन्होंने नहीं कहा, यह मैं कह रहा हूँ, तो अच्छी बात है। लेकिन इसलिए लोगों के सामने एक ही चारा रहता है कि उपलब्ध में से सर्वश्रेष्ठ (available best) को चुनो। फिर उन्होंने पांडवों के पक्ष में अपना मत दिया।

> *चुनाव की पद्धति में सुधार करो, इसमें सुधार करो, उसमें सुधार करो, ऐसा आया है। उसका विचार होना चाहिए और ये सुधार (**reforms**) होने चाहिए, ऐसा मुझे लगता है। इसमें एक बात नोटा की है कि खड़े हुए पाँच लोग और एक भी मेरी पसंद नहीं है। इसमें से कोई भी मुझे पसंद नहीं है, ऐसा कहना। अब एक तो बात है कि प्रजातांत्रिक राजनीति में हमेशा उपलब्ध में से सर्वश्रेष्ठ (**available best**) को ही चुनना पड़ता है, सौ प्रतिशत (**hundred percent**) श्रेष्ठ मिलना बहुत कठिन बात है, आकाश-पुष्प जैसी बात है।*

अब जब हम नोटा करते हैं तो हम उपलब्ध में से सर्वश्रेष्ठ (available best) को भी किनारे कर देते हैं और इसका लाभ जो उपलब्ध में से निकृष्टतम (available worst) है, उनको ही मिलता है। इसलिए यद्यपि नोटा का प्रावधान

है। मेरा मानना है कि नोटा का प्रयोग बिल्कुल नहीं करना चाहिए। उपलब्ध में से सर्वश्रेष्ठ (available best) के पक्ष में जाना चाहिए।

संघ और राजनीति व राजनैतिक दल

प्रश्न : यदि संघ और राजनीति का संबंध नहीं है तो भाजपा में संगठन मंत्री हमेशा संघ ही क्यों देता है?

क्या संघ ने दूसरे दलों का या अन्य संगठनों का आज तक कभी समर्थन किया है? क्या संघ का उपयोग लोग राजनीति में आगे बढ़ने के लिए करते हैं?

धर्म-जाति के आधार पर जो राजनीति चल रही है, उसको लेकर संघ की क्या राय है? राजनीति श्मशान, कब्रिस्तान, भगवा आतंकवाद आदि से कब निकलेगी?

उत्तर : संघ संगठन मंत्री जो माँगते हैं, उनको देता है। अभी तक और किसी ने माँगा नहीं है। माँगेंगे तो हम विचार करेंगे। काम अच्छा है तो जरूर देंगे। क्योंकि हमने तिरानबे सालों में किसी दल का समर्थन कभी नहीं किया है। हमने एक नीति का समर्थन जरूर किया है और हमारी नीति का समर्थन करने का लाभ जैसे हमारी शक्ति बढ़ती है, वैसे राजनीतिक दलों को मिलता है। जो इसका लाभ ले जा सकते हैं, ले जाते हैं। जो नहीं ले सकते, वे रह जाते हैं। आपातकाल (emergency) के समय हमारा आपातकाल का विरोध था, हमने इमरजेंसी के विरोध की नीति का पुरस्कार किया। अनेक लोग थे, जो इमरजेंसी के खिलाफ लड़े। हमने ऐसा विचार नहीं किया कि जनसंघ को इसका लाभ मिले।

> ***वह प्रश्न होते हुए भी जब-जब उनका गठबंधन (alliance) वगैरह था, तो गठबंधन में सबको लाभ मिला। तो हम नीति का पुरस्कार करते हैं। दलों का न किया है, न करेंगे। अब हमारे पुरस्कार के कारण अगर लाभ होता है, तो कैसे ले जाना, यह सोचना उनका काम है। राजनीति वे करते हैं, हम नहीं करते। संघ का इस्तेमाल, इस शब्द का प्रयोग आपने किया है, यह बड़ा कठिन कर्म है। यह हो नहीं सकता। संघ के द्वारा कभी नहीं होगा। आजकल बहुत लोग आते हैं, फोटो खिंचवाते हैं और कभी-कभी अपने आवेदन (application) में जोड़ते भी हैं।***

उसमें बाबू जगजीवन राम भी थे। उसमें एस.एम. जोशी साहब, ना.ग. गोरे साहब भी थे। उसमें गोपालनजी मार्क्सवादी पार्टी के भी थे, उसका सबको लाभ मिला। स्वयंसेवकों ने सबके लिए काम किया है। केवल एक चुनाव कभी ऐसा हुआ था, राम मंदिर की नीति का हम समर्थन कर रहे थे और केवल भाजपा ही उसके पक्ष में थी, तब केवल भाजपा को लाभ मिला। वह प्रश्न होते हुए भी जब-जब उनका गठबंधन (alliance) वगैरह था, तो गठबंधन में सबको लाभ मिला। तो हम नीति का पुरस्कार करते हैं। दलों का न किया है, न करेंगे। अब हमारे पुरस्कार के कारण अगर लाभ होता है, तो कैसे ले जाना, यह सोचना उनका काम है। राजनीति वे करते हैं, हम नहीं करते।

संघ का इस्तेमाल, इस शब्द का प्रयोग आपने किया है, यह बड़ा कठिन कर्म है। यह हो नहीं सकता। संघ के द्वारा कभी नहीं होगा। आजकल बहुत लोग आते हैं, फोटो खिंचवाते हैं और कभी-कभी अपने आवेदन (application) में जोड़ते भी हैं। अब जैसा आपने कहा, जहाँ यह आवेदन जाता है, वहाँ बैठे संगठन मंत्री स्वयंसेवक हैं। वे जानते हैं कि इस फोटो का मतलब क्या होता है? लाभ नहीं होता, उलटा नुकसान होता है।

हमने एक ऐसी कार्य-पद्धति बनाई है, जिसमें जो आता है, वह कैसा भी हो; जैसा हमको चाहिए, वैसा बनकर निकलेगा। अगर स्वार्थ वगैरह मन में है, तो किनारे हट जाएगा, लेकिन संघ के कार्य में जीवन भर रहने के बाद भी एक थैंक्यू भी कोई नहीं कहता। मिलने की बात तो दूर ही रही, सब देना ही देना है।

हमारे प्रांत संघचालक थे महाराष्ट्र के बाबाराव भिड़े। वे स्वयंसेवकों को बताते थे कि संघ में 'याद्या' करते हैं। यादि यानी सूची (लिस्ट) मराठी में। लेकिन 'या' और 'द्या', इसको अलग किया तो इसका मतलब होता है— 'आओ' और 'दो'। तो संघ में याद्या का काम है, लेने-देने का काम है ही नहीं।

लोककल्याण का माध्यम सत्ता है। उतनी ही सत्ता की राजनीति चलनी चाहिए। उससे ज्यादा नहीं चलनी चाहिए। यह अगर हो गया, जो जयप्रकाशजी की आशा थी, जो गांधीजी की आशा थी, उसके अनुसार अपने देश के अनुसार राजनैतिक वर्ग के लोग चलने लगे तो फिर ये पाँचवाँ प्रश्न जो है, यह आएगा ही नहीं।

ऐसा संघ है। फिर भी बहुत विशेष चतुर बुद्धि रखनेवाले एकाध-दूसरे निकले तो निकले। अब क्या करें? लेकिन संघ में आप आओगे और ज्यादा संघ के साथ रहोगे तो यह खतरा है कि आप संघवाले बन जाओगे, यह मैं आपको बताना चाहता हूँ।

राजनीति लोककल्याण के लिए चलनी चाहिए। लोककल्याण का माध्यम सत्ता है। उतनी ही सत्ता की राजनीति चलनी चाहिए। उससे ज्यादा नहीं चलनी चाहिए। यह अगर हो गया, जो जयप्रकाशजी की आशा थी, जो गांधीजी की आशा थी, उसके अनुसार अपने देश के अनुसार राजनैतिक वर्ग के लोग चलने लगे तो फिर ये पाँचवाँ प्रश्न जो है, यह आएगा ही नहीं। श्मशान, कब्रिस्तान, भगवा आतंकवाद—ये सारी बातें होंगी नहीं। ये सारी बातें तब होती हैं, जब राजनीति केवल सत्ता के लिए चलती है, सत्ता के माध्यम से लोक-कल्याण के लिए नहीं चलती है। तो उस प्रकार का प्रशिक्षण वहाँ होने की आवश्यकता है। जो लोग राजनीति में हैं, वे उसका विचार करें।

आर्थिक परिस्थिति व बेरोजगारी

प्रश्न : ग्राम-विकास, स्वदेशी आधारित अर्थनीति और बेरोजगारी पर संघ की क्या राय है तथा क्या 2014 के बाद देश में हुए विकास को संघ अपने विचारों के अनुरूप मानता है?

उत्तर : ग्राम विकास का काम तो हम करते ही हैं। गाँव का विकास होना ही चाहिए। गाँवों का गाँवपन कायम रखकर, गाँवपन यानी मनोवृत्ति का, रास्तों का नहीं। गाँवों में स्कूल नहीं है, यह गाँवपन नहीं है। विकास वहाँ पूरा होना चाहिए, लेकिन गाँव की जो वृत्ति है, उसमें प्रकृति के प्रति मित्रता है, उसमें परस्पर सहयोग है, सद्भाव है, ये सारी बातें कायम रखकर गाँव का विकास होना चाहिए। गाँव के विकास में भारत का विकास है, ऐसा हम मानते हैं और ग्राम विकास के लिए अपने स्वयंसेवक काम भी करते हैं। आज अपने देश में, संघ के स्वयंसेवकों के प्रयासों से जो दिखाने लायक ग्राम हुए हैं, उनकी संख्या पाँच सौ के आसपास पहुँची होगी। हम और बढ़ा रहे हैं।

स्वदेशी आधारित अर्थनीति सबकी ही होनी चाहिए, क्योंकि अर्थनीति में अर्थ-सुरक्षा स्वावलंबन के आधार पर होती है। जब तक हम स्वदेशी का अनुगमन नहीं करेंगे, तब तक वास्तविक विकास होगा ही नहीं। लेकिन स्वदेशी क्या है? स्वदेशी यानी दुनिया से देश को बंद कर लेना नहीं है। 'आ नो भद्राः क्रतवो यन्तु विश्वतः',

तो जो मेरे घर में बन सकता है, वह मैं बाजार से नहीं लाऊँगा। मेरे गाँव के बाजार में जो मिलता है, उससे मेरे गाँव का रोजगार बनता है, मैं बाहर के गाँव से, बाजार से नहीं लाऊँगा। ऐसे क्रमशः जाते हैं, तो जो अपने देश में बनता है, वह बाहर से नहीं लाना। लेकिन अपने देश में बनता ही नहीं है और जीवन के लिए आवश्यक है तो बाहर से भी लाऊँगा। ज्ञान की बात है, तकनीकी की बात है, हम पूरी दुनिया से लेंगे, लेकिन लेने के बाद हमारे देश की प्रकृति और हमारे देश के भविष्य की आकांक्षा के अनुरूप उसको बदलकर लेंगे और हम प्रयास करेंगे कि सारा कुछ हमारे देश में बने। यह स्वदेशी वृत्ति है, इस स्वदेशी वृत्ति के बिना कोई अर्थ-तंत्र अपने देश को सबल नहीं बना सकता।

दुनिया पास में आई है और पास में नहीं थी, तब से अंतरराष्ट्रीय व्यापार चलता है और वह लेन-देन के तत्त्वों पर ही चलता है। वह तो चलेगा ही चलेगा। लेकिन लेन-देन में केवल देन-देन ही हमारी तरफ आए और लेन-लेन उनकी तरफ जाए, ऐसा नहीं है। हाँ, लेन-देन भी चलेगा, लेकिन हमारी शर्तें हम मनवाएँगे, इस वृत्ति से उसको करना चाहिए। यह बिल्कुल व्यावहारिक बात है, सब जगह चलेगी, तभी देश बलवान होगा।

दुनिया पास में आई है और पास में नहीं थी, तब से अंतरराष्ट्रीय व्यापार चलता है और वह लेन-देन के तत्त्वों पर ही चलता है। वह तो चलेगा ही चलेगा। लेकिन लेन-देन में केवल देन-देन ही हमारी तरफ आए और लेन-लेन उनकी तरफ जाए, ऐसा नहीं है। हाँ, लेन-देन भी चलेगा, लेकिन हमारी शर्तें हम मनवाएँगे, इस वृत्ति से उसको करना चाहिए। यह बिल्कुल व्यावहारिक बात है, सब जगह चलेगी, तभी देश बलवान होगा।

अब 2014 के बाद ऐसा हुआ है क्या? तो आप यह विचार कीजिए कि किसी भी, केवल 2014 की बात नहीं, 1947 में ऐसा हुआ है क्या? आप ऐसा भी पूछो। मेरा उत्तर एक ही है कि यह आदर्श की बात जमीन पर उतारने के लिए, एक परिस्थिति जो विरासत में मिली है, उसको लेकर उनको काम करना पड़ेगा। मान लीजिए, सरकार आ गई, आओ चलो, अब स्वदेशी लागू करनी है और तिजोरी खोलकर देखते हैं तो एक पैसा नहीं है उसमें। तो कहीं से तो पैसा लाना पड़ेगा। पहले उसका प्रावधान करना पड़ेगा, तब स्वदेशी में आगे बढ़ सकते हैं। इसलिए 1947

हो, 1952 हो, 1957 हो या कोई भी साल लीजिए, सौ प्रतिशत उसमें कोई शासन आगे गया क्या? शासन-प्रशासन की चौखट में, आज की तारीख में एकदम यह संभव नहीं होता है, परंतु उस दिशा में हुआ है क्या? हाँ, उस दिशा में हुआ है, ऐसा मुझे लगता है, क्योंकि समाज में हवा बदली है। आज हमारे देश के ज्यादातर लोग सोच रहे हैं कि हम अपने देश में बनाएँगे। आज हमारे देश की कंपनियाँ स्पर्धा करने के लिए आगे जा रही हैं। रामदेव बाबा जैसे संत भी आगे जा रहे हैं। उद्यमिता बढ़ी है, स्किल ट्रेनिंग बढ़ी है। युवा विदेशों में जाकर शिक्षा लेकर वापस आकर काम कर रहे हैं, खेती में काम कर रहे हैं, स्किल ट्रेनिंग में काम कर रहे हैं। कुछ आशा बनी है कि देश अपने पैरों पर खड़ा करना है, इसलिए तो हुआ है और आशा बनी है, वह हमारे भाषणों से थोड़े ही बनी है। उनको जो अनुभव आ रहे हैं, उनके कारण बन रही है। तो हम ऐसा कह सकते हैं कि सौ प्रतिशत ऐसा एकदम हो नहीं सकता। जब होगा तब सुवर्ण दिन होगा। लेकिन आज की तारीख में यह तो कह सकते हैं कि हाँ, इस दिशा में अपने देश ने कदम तो बढ़ाए हैं।

> *जो भगवान् तो नहीं मानते, लेकिन उनको आचरण की मर्यादा, भारतीय मर्यादा के जनक मानते हैं। उनको 'इमामे हिंद' मानते हैं, इसलिए समाज के सभी वर्गों में एक आस्था जुड़ी है। राम के बहुत मंदिर हैं और बहुत टूटे भी हैं, लेकिन सबकी बात नहीं उठाते। जहाँ उनका जन्म हुआ, वहाँ मंदिर होना चाहिए। वहाँ मंदिर पहले था, यह अब लेजर किरणों से देखा गया।*

श्रीराम जन्मभूमि मंदिर

प्रश्न : आस्था का प्रश्न कानूनी मसला बना हुआ है। क्या इस विषय पर शाहबानो प्रकरण की भाँति अध्यादेश लाया जा सकता है? और या फिर संघ के इस व्याख्यानमाला के आयोजन की भाँति किसी बड़े सामाजिक संवाद का आयोजन किया जा सकता है?

उत्तर : अब अध्यादेश का मामला सरकार के पास है और आयोजन का मामला राम जन्मभूमि मुक्ति संघर्ष समिति के पास है। दोनों में मैं नहीं हूँ। आंदोलन में क्या करना है, वह उसकी उच्चाधिकार समिति तय करती है। वह सलाह पूछेगी तो मैं

बताऊँगा। हाँ, संवाद जरूर करना चाहिए, ऐसा मेरा मत है। करते भी हैं; नहीं करते, ऐसा नहीं है। अध्यादेश लाना या नहीं लाना, कानूनन ला सकते हैं क्या? अध्यादेश लाने के बाद उसको चुनौती नहीं मिलेगी, यह पक्का है क्या? चुनौती मिलने के बाद यह कहा जाएगा कि क्या चुनाव के चलते यह काम किया गया है? ये सब उनके सोचने की बातें हैं, मेरी नहीं हैं।

संघ के स्वयंसेवक के नाते, संघ के सरसंघचालक के नाते और राम जन्मभूमि आंदोलन के एक हिस्से के नाते मैं चाहता हूँ कि राम जन्मभूमि पर भव्य मंदिर जल्दी बनना चाहिए। भगवान् राम अपने देश के बहुसंख्य लोगों के लिए भगवान् हैं, लेकिन वे केवल भगवान् नहीं हैं। अपने देश में अन्य लोग ऐसे भी हैं, जो भगवान् तो नहीं मानते, लेकिन उनको आचरण की मर्यादा, भारतीय मर्यादा के जनक मानते हैं। उनको 'इमामे हिंद' मानते हैं, इसलिए समाज के सभी वर्गों में एक आस्था जुड़ी है। राम के बहुत मंदिर हैं और बहुत टूटे भी हैं, लेकिन सबकी बात नहीं उठाते। जहाँ उनका जन्म हुआ, वहाँ मंदिर होना चाहिए। वहाँ मंदिर पहले था, यह अब लेजर किरणों से देखा गया।

अगर यह हो गया तो हिंदू और मुसलमानों के बीच झगड़े का एक बड़ा कारण समाप्त हो जाएगा। और यह सद्भावना से हो गया तो मुसलमानों की ओर बार-बार जो उँगली उठती है, उसमें बहुत कमी आ जाएगी। देश की एकता को और देश के आदर्शों को पुष्ट करनेवाली यह बात है और करोड़ों लोगों की आस्था का यह सवाल है। इसको इतना लटकना ही नहीं चाहिए था। देशहित की बुद्धि से विचार होता, राजनीति इसमें नहीं आती, तो इसको पहले ही बन जाना चाहिए था। खैर, देर आयद दुरुस्त आयद। राम जन्मभूमि में भव्य राम-मंदिर का निर्माण जिस किसी उपाय से हो सकता है, शीघ्र होना चाहिए, यह मेरा मानना है।

हिंदू त्योहारों व परंपराओं का विरोध

प्रश्न : पर्यावरण के नाम पर हिंदू त्योहारों व परंपराओं का विरोध करने का जो प्रचलन चल पड़ा है, इस पर संघ का क्या मत है?

उत्तर : ऐसे किसी नाम पर किसी बात को करना, यह तो गलत ही है न? जो करना है, वह सीधा-सीधा करना चाहिए। पर्यावरण का निमित्त लेकर त्योहारों का विरोध! तो बहुत से लोगों के बहुत से त्योहार ऐसे हैं। हाँ, लेकिन वास्तव में कोई पर्यावरण का प्रश्न है, उसकी चर्चा होनी चाहिए। त्योहारों के कर्मकांड, हिंदुत्व के

लिए कोई अनिवार्य (compulsory) बात नहीं है, वह बदलते रहे हैं। अब वट सावित्री व्रत के दिन महिलाएँ गाँव-गाँव में, शहरों में भी जाकर वट को सूत बाँधती थीं। अब मुंबई, कोलकाता जैसे शहर में वट ही नहीं है। अब क्या हुआ? उसकी डालियाँ तोड़कर लाते हैं और उसको बेचते हैं तथा डाली ले जाते हैं, उसको बाँधते हैं। अब यह धर्मसम्मत है क्या? अरे धर्मसम्मत नहीं है, लेकिन वह प्रतीक है संस्कार का, तो कुछ तो समाधान करना पड़ता है। हाँ, हमने वट वृक्ष की पूजा नहीं की, तो हमने डाली की पूजा की। यह बदलता है देश, काल और परिस्थिति के अनुसार। तो उस बदल के लिए भी संकोच नहीं करना चाहिए।

आज भी है क्या वह उपयोग, यह देखने की बात है। आज उसका उपयोग नहीं है, उपद्रव है, तो बदलो। लेकिन सीधा कहो न? और फिर केवल हिंदुओं के त्योहारों पर ही क्यों? सबका परीक्षण ऐसा करो। देश, कालपरिस्थिति के अनुसार बदलो। कर्मकांड कोई ध्रुव रेखा नहीं है, वह बदलते रहता है। इसमें हिंदुओं में मनाही नहीं है।

पटाखों की बात है, प्रदूषण (pollution) की बात आती है। आपको पता है कि पहले जो पटाखे बनते थे, वह मिलावट के नहीं बनते थे। वह शुद्ध बारूद के बनते थे। खेती का सारा काम होने के बाद, एक फसल होने के बाद, वर्षा के बाद जो कीड़े बनते थे और सबको तकलीफ देते थे, इन पटाखों के धुएँ के कारण उनका कुछ नियंत्रण हो जाता था। यह उसका उपयोग था। आज भी है क्या वह उपयोग, यह देखने की बात है। आज उसका उपयोग नहीं है, उपद्रव है, तो बदलो। लेकिन सीधा कहो न? और फिर केवल हिंदुओं के त्योहारों पर ही क्यों? सबका परीक्षण ऐसा करो। देश, कालपरिस्थिति के अनुसार बदलो। कर्मकांड कोई ध्रुव रेखा नहीं है, वह बदलते रहता है। इसमें हिंदुओं में मनाही नहीं है।

आप घर में विचार करो, योग्य विचार करो, युक्त विचार करो और जाकर लोगों को बताओ कि मैं विद्वान् हूँ, मैं कहता हूँ, बदल दो, ऐसा मत करो। समाज-मन को बदलना पड़ता है। समझाओ, अनुनय करो। बात करते समय हिंदू धर्म की अनिष्ट प्रथा है, ऐसा क्यों कहते हो। आप यह कहो कि पर्यावरण के लिए खतरा है और हिंदुओं में सुधार की परंपरा है तो इसका विचार करना चाहिए, तो लोग मानेंगे

न। जिस ढंग से यह किया जाता है, वह ढंग मन में शंकाएँ पैदा करता है। वास्तव में, अगर यह उद्द्देश्य है तो वह नहीं करना चाहिए। कुछ सदुद्देश्य है, तो अपना सदुद्देश्य लोगों के ध्यान में आए; इस तरह से करना। तो हमारे धर्माचार्य भी इसका विचार करेंगे। क्यों नहीं करेंगे ?

संघ की कार्य-पद्धति व रीति-नीति

प्रश्न : संघ में कहा जाता है कि सूचना मिली तो सोचना बंद। क्या यह तानाशाही नहीं है ? संघ में सरसंघचालक का चुनाव क्यों नहीं होता है ?

क्या संघ का पंजीकरण है ? क्या संघ के हिसाब-किताब का ऑडिट होता है ?

हिंदू धर्म की रक्षा में सिक्खों का बड़ा योगदान रहा है। संघ केवल महाराणा प्रताप और शिवाजी महाराज का ही गुणगान करता है, ऐसा क्यों है ?

राष्ट्रीय स्वयंसेवक संघ युवाओं को दिशा देने के लिए क्या कर रहा है ?

उत्तर : अब मैं क्रम से उत्तर नहीं देता, सबका उत्तर देता हूँ। अभी मैंने कहा, 'चतुर्वेदा पुराणानि…' उसमें गुरुग्रंथ का भी नाम लिया है न! ये मैंने जहाँ से कहा, वह रोज सुबह हम कहते हैं। उसमें गुरुनानक साहब और गुरु गोविंद सिंहजी महाराज, इन दोनों का नाम रोज सुबह लेते हैं। उसको प्रात: स्मरण कहते हैं—एकात्मता स्तोत्र। राजा भाऊ पातुरकर पंजाब के प्रांत प्रचारक रहे। वहाँ से वापस आने के बाद सिखों के सारे गौरवपूर्ण बलिदानी इतिहास की चित्र-प्रदर्शनी लगाकर उन्होंने सारे देश में प्रांतों-प्रांतों में घुमाई। वे सबके गुरु हैं। वे किसी सिख पंथ के गुरु नहीं हैं, वे हम

> *वे सबके गुरु हैं। वे किसी सिख पंथ के गुरु नहीं हैं, वे हम सबके हैं। सिख पंथ में हो गए, लेकिन देश-दुनिया के लिए हमारे सब गुरु ऐसे हैं और हम सबके हैं। हम सबका सम्मान करते हैं। अभी दिल्ली में ही तो मैंने भाषण दिया है इस पर, वह तो आपके पास आया होगा। हम उसको अलग नहीं मानते, यह हम सबका इतिहास है। और सिख-बंधुओं के उस गौरवमयी इतिहास के कारण हम आदर करते हैं और विशेष सम्मानपूर्वक उनको देखते हैं। यह हमारा मन है।*

सबके हैं। सिख पंथ में हो गए, लेकिन देश-दुनिया के लिए हमारे सब गुरु ऐसे हैं और हम सबके हैं। हम सबका सम्मान करते हैं। अभी दिल्ली में ही तो मैंने भाषण दिया है इस पर, वह तो आपके पास आया होगा। हम उसको अलग नहीं मानते, यह हम सबका इतिहास है। और सिख-बंधुओं के उस गौरवमयी इतिहास के कारण हम आदर करते हैं और विशेष सम्मानपूर्वक उनको देखते हैं। यह हमारा मन है।

अब संघ पंजीकृत क्यों नहीं है ? क्योंकि जब संघ शुरू हुआ, तो स्वतंत्र भारत की सरकार नहीं थी। सन् 1925 की बात है। तो चला और चल पड़ा। स्वतंत्रता के बाद भी चलता रहा और स्वतंत्रता के बाद के कानूनों में हर एक संस्था ने रजिस्ट्रेशन करना चाहिए, ऐसा कानून नहीं है और कानूनन संघ को एक स्टेटस है—Body of individuals—उसके तहत हम चल रहे हैं। उस Body of individuals को, उस स्टेटस के आधार पर कानूनन हमको टैक्स नहीं है। इसलिए सरकार हमारा हिसाब-किताब नहीं माँगती है। लेकिन हमको हमारी साख को जतन करना है, एक-एक पाई का हिसाब हम रखते हैं। प्रतिवर्ष हम ऑडिट करते हैं, ऑडिट के नियमों के अनुसार हमारी प्रत्येक आर्थिक इकाई (economic unit) का ऑडिट प्रतिवर्ष नियमित होता है। इसमें कोई नरमी हम नहीं बरतते हैं। और अगर सरकार कभी माँगेगी कि लाओ हिसाब, तो हमारा हिसाब तैयार है। हम कानून को मानकर चलनेवाले लोग हैं। जो कुछ है, वह कानूनन है। हिसाब-किताब का ऑडिट होता है, इंटरनल ऑडिट होता है; इंटरनल ऑडिट करने के लिए हम बाहर के चार्टर्ड अकाउंटेंट्स को नियुक्त करते हैं। बाकायदा जो फॉर्मेट है, उसके अनुसार हमारा हिसाब-किताब रखा जाता है। बैंक खाते के द्वारा सब व्यवहार चलता है। कोई ऐसा पैसा हम इधर से उधर कभी करते नहीं।

अब सरसंघचालक का चुनाव क्यों नहीं होता ? क्योंकि सरसंघचालक डॉ. हेगडेवार रहे हैं, उसके बाद गुरुजी रहे, ऐसे लोग रहे हैं। इसलिए वह श्रद्धा का स्थान है। मेरे बाद सरसंघचालक कौन होगा, यह मेरी मर्जी पर है और मैं सरसंघचालक कब तक रहूँगा, यह भी मेरी मर्जी पर है। लेकिन मैं ऐसा हूँ, तो संघ ने एक होशियारी बरती कि मेरा अधिकार संघ में क्या है, कुछ नहीं है। मैं केवल मित्र, मार्गदर्शक और दर्शन प्रस्तुत करनेवाला (friend, guide and philosopher) हूँ। सरसंघचालक को और कुछ करने का अधिकार नहीं है। संघ का मुख्य कार्यपालक (Chief Executive) अधिकारी सरकार्यवाह है। उसके हाथ में सब अधिकार हैं,

वह अगर मुझे कहेगा कि ये बंद करो और तुरंत नागपुर चलो, तो अभी मुझे उठकर जाना पड़ेगा। और उसका चुनाव विधिवत् प्रति तीन साल में होता है। संघ ने सरकार को अपना लिखित संविधान दिया, तब से आज तक हमारा एक भी चुनाव, एक दिन भी स्थगित (postpone) नहीं हुआ है। नीचे शाखाएँ प्रांतों के प्रतिनिधि को बनाती हैं और अन्य स्तर के संघचालकों का चुनाव जिला, विभाग, प्रांत और क्षेत्र के वहाँ होता है। और अखिल भारतीय प्रतिनिधि चुने जाते हैं, वे हर तीन साल में सरकार्यवाह को चुनते हैं। यह प्रक्रिया हमारे यहाँ विधिवत्, उसके भाव को पूर्ण ध्यान में रखकर एकदम ठीक से होती है। सबसे नियमित चुनाव वाला संगठन, शायद दुनिया में भी संघ है। केवल जब संघ पर प्रतिबंध था, उस समय चुनाव का वर्ष आपातकाल (emergency) में आया था। उस साल चुनाव नहीं हुए, लेकिन बंदी उठने के बाद जो पहली प्रतिनिधि सभा हुई, उसमें पहला काम हमने चुनाव करवाया। तो हम इस मामले में बहुत नियमित हैं।

अब सरसंघचालक का चुनाव क्यों नहीं होता? क्योंकि सरसंघचालक डॉ. हेगडेवार रहे हैं, उसके बाद गुरुजी रहे, ऐसे लोग रहे हैं। इसलिए वह श्रद्धा का स्थान है। मेरे बाद सरसंघचालक कौन होगा, यह मेरी मर्जी पर है और मैं सरसंघचालक कब तक रहूँगा, यह भी मेरी मर्जी पर है।

सूचना मिली तो सोचना बंद, यह बात सही है। लेकिन सूचना मिलने के पहले का मामला इसमें नहीं है। सूचना बहुत चर्चा के बाद ही मिलती है। अब मैं यह दो दिन का भाषण दे रहा हूँ। मैं अपना तत्काल भाषण (extempore) दे रहा हूँ। आपको लगता है कि मेरे मन से मैं बोल रहा हूँ। मैंने इसके पहले सब प्रमुख अधिकारियों से, इसमें क्या रखना, क्या नहीं रखना, इसकी चर्चा की है। मैंने कहा कि ये रखूँगा और उन्होंने कहा, नहीं-नहीं, इसकी जरूरत नहीं है, तो मैंने withdraw किया है। और मैं जो बोल रहा हूँ, वह संघ की सहमति बोल रही है। अब मेरे इस बोलने का संघ में कोई प्रतिवाद नहीं करेगा। सूचना मिली, सोचना बंद, लेकिन सूचना के पहले बहुत सोचना हो गया। और मेरा अपना विचार कुछ भी रहे, मैं उस सोचने के अनुसार बोल रहा हूँ। यह संघ की पद्धति है। आपको लगता है कि आपस में सिरफुटव्वल होना, यही डेमोक्रेसी है। अरे डेमोक्रेसी का मूल तत्त्व (essence) है—सर्वसहमति। जैसे अपना संविधान

बना। संघ में हर बात ऐसे ही सर्वसहमति बनाकर होती है। इसलिए फिर हम कह सकते हैं कि सूचना हो गई, सोचना बंद। किसी आदमी को कहो आप, वह करेगा क्या? नहीं करेगा। यह हो नहीं सकता, सोचना बंद नहीं कर सकते आप। कब कर सकते हैं? जब सबका विचार लेकर एक समन्वित सर्वसहमति बनी हो। वह हम करते हैं, इसलिए हम ऐसा कह सकते हैं। ऐसा कहने पर उसका पालन भी होता है, वह मन से होता है, तानाशाही के कारण नहीं होता है।

□

समापन

बस तीन–चार छोटी बातें कहनी हैं। क्योंकि दो भाषण मैं पहले ही दे चुका हूँ और प्रश्नों के उत्तर भी दे चुका हूँ। पहली बात है—संघ के बारे में कौन, क्या कहता है, इस पर विश्वास मत रखिए। आप चाहते हैं, तो मैंने जो बोला, उस पर भी विश्वास मत रखिए। संघ एक खुला संगठन है, उसमें आने में शुल्क नहीं लगता। संघ की कोई औपचारिक सदस्यता (formal membership) नहीं है। मनमर्जी का मामला है। आप आकर संघ को अंदर से देखिए। यहाँ मातृशक्ति बैठी है, वे भी आकर अंदर से देख सकती है। और फिर संघ के बारे में अपना जो मत बनाना है, वह बनाइए। मैं यह नहीं कहता कि आप राजी (convince) होइए, राजी (convince) होने के लिए मैंने कुछ कहा नहीं। वह आपको करना है, लेकिन संघ को पहले निकट से देखिए, समझ लीजिए। और फिर आपको जो कहना है, कहिए; आपको जो करना है, वह आप कीजिए।

हमारा यह जो उपक्रम चला, उसमें कन्विंस करने की बात नहीं थी, हम तथ्य (facts) बताना चाहते हैं और जो तथ्य हैं, वही मैंने बताए हैं। अब इसके बाद अगर आपमें से किसी की इच्छा हुई कि संघ के कार्य में प्रत्यक्ष जुड़ेंगे, तो शाखा में जाइए। नहीं, शाखा में जाना नहीं होगा मेरा, ठीक है, संघ के स्वयंसेवक अनेक अच्छे काम करते हैं, उनमें जुड़िए। समाज परिवर्तन के काम करते हैं। सब प्रकार के क्षेत्रों में काम करते हैं, उसमें आप जुड़ सकते हैं।

लेकिन यहाँ संघ के स्वयंसेवकों से मिलकर मैंने एक अच्छा काम चलाया, वही मैं करना चाहता हूँ, जरूर कीजिए। नहीं, मैं किसी से जुड़ना नहीं चाहता, मैं अपना

---

* 19 सितंबर, 2018, नई दिल्ली; राष्ट्रीय स्वयंसेवक संघ की तीन दिवसीय व्याख्यानमाला 'भविष्य का भारत : संघ का दृष्टिकोण' का समापन भाषण

काम करूँगा, जरूर कीजिए। बस हमारी एक ही अपेक्षा है, इसके बाद आप निष्क्रिय मत रहिए। जैसे भी आपको समझ में आता है, इस राष्ट्र को अपने स्वत्व पर खड़ा करने के लिए और परम वैभव-संपन्न बनाने के लिए इस राष्ट्र को समझकर, सारे देश को एक करने की दिशा में जो भी छोटा-बड़ा काम आप अपनी पद्धति से करना चाहते हैं, वह कीजिए।

संघ के स्वयंसेवकों की जितनी ताकत है, उतना वह आपको सहायता जरूर करेंगे। केवल आपको संपर्क रखना पड़ेगा। कई लोगों को लगता है कि मुझे कहने से हो जाएगा। संघ में उलटा है, ऊपर से काम नहीं होता है। जमीन पर जो है, उनके साथ आप संपर्क रखो, आपको एक पैढ़ी भी ऊपर आने की जरूरत नहीं पड़ेगी, वहीं परस्पर सब हो जाएगा। आप स्थानीय तौर पर संपर्क रखें। आपको सहायता होगी, और हमको भी आपसे कोई सहायता चाहिए, तो माँगने के लिए हमारा परिचय रहेगा। हमारी जितनी शक्ति है, हम करेंगे, आपकी जितनी शक्ति है, उतना आप करो। लेकिन इस देश को हमको खड़ा करना है, क्योंकि संपूर्ण दुनिया को आज एक तीसरा रास्ता चाहिए।

जैसे भी आपको समझ में आता है, इस राष्ट्र को अपने स्वत्व पर खड़ा करने के लिए और परम वैभव-संपन्न बनाने के लिए इस राष्ट्र को समझकर, सारे देश को एक करने की दिशा में जो भी छोटा-बड़ा काम आप अपनी पद्धति से करना चाहते हैं, वह कीजिए।

दुनिया जानती है, हम भी जानें कि तीसरा रास्ता देने की अंतर्निहित शक्ति केवल और केवल भारत की है। यह भारत-हित का काम है, क्योंकि हम भारत में हैं और भारत के नागरिक हैं, यह मेरे आपके व्यक्तिगत और पारिवारिक हित का भी काम है और यह दुनिया के कल्याण का काम है। इसको नहीं करेंगे तो तीनों पर खतरा है। हम जागें, भारत का यह कर्तव्य है। भारत ने जब-जब दुनिया में पदार्पण किया, किसी को जीतने के लिए नहीं किया, सबके हृदय जीते; सब जगह जो था, उससे अच्छा किया। गुरुदेव रवींद्रनाथ अपने गीत में कहते हैं—

"ए आमार देश जेदिन तोमार वैभवमय भांडार द्वार अबरित छिलो विश्वजनाय सकलकामना पूर्ण करे से महादिने महाइतिहास नित्यजीवने वरण करे।" (हे महान् देश! हे हमारे महान् देश! जिस दिन तुम्हारे अकूत ज्ञान-भंडार और संपत्ति-भंडार का

द्वार सारे विश्व के लिए खुला हो गया और उन सकल लोगों की कामना पूर्ण करने लगा, उस महादिन का स्मरण करो, उसको अपने जीवन में वरण करो।) यह आह्वान साक्षात् अपने सामने खड़ा है, उसको पूरा करने की ताकत हमको समाज की बनानी पड़ेगी। इसके लिए समाज को जोड़नेवाला एकमात्र सूत्र दुनिया में जो है, उसका आलंबन लेकर संपूर्ण समाज को इससे जोड़ना पड़ेगा। अपने कर्तव्य-बोध पर खड़ा करना पड़ेगा। और उनकी गुणवत्ता को बढ़ाकर उनके सामूहिक प्रयास को आगे बढ़ाना पड़ेगा।

यह अत्यंत पवित्र कार्य है। सारी दुनिया के जीवन में एक अर्थ और समृद्धि उत्पन्न करनेवाला यह काम है। यह हम सबको करना है, करना ही है; क्योंकि हम भारत माता के पुत्र कहलाते हैं, हम भारत देश के नागरिक कहलाते हैं। भारत का अस्तित्व ही इस प्रयोजन के कारण उत्पन्न हुआ है। आप कल्पना करो—यह सत्य मिलने के बाद, हमारे उस समय के पूर्वजों ने, ऋषि-मुनियों ने कितना परिश्रम किया होगा? गाँव-गाँव में, झोंपड़ी-झोंपड़ी तक यह अपने देश का यह स्वभाव सब तक पहुँचाया है।

आप कल्पना करो—यह सत्य मिलने के बाद, हमारे उस समय के पूर्वजों ने, ऋषि-मुनियों ने कितना परिश्रम किया होगा? गाँव-गाँव में, झोंपड़ी-झोंपड़ी तक यह अपने देश का यह स्वभाव सब तक पहुँचाया है। घुमंतू जमात की बात निकली, ये घुमंतू लोग कौन हैं? जिन लोगों ने स्वेच्छा से अपनी संस्कृति का यह संदेश सबके जीवन में उतारने के लिए घर, गाँव छोड़ दिया। एक जगह रहना अस्वीकार करके, घुमंतू जीवन स्वीकार करके इसका प्रचार गाँव-गाँव करनेवाले वे लोग हैं।

घुमंतू जमात की बात निकली, ये घुमंतू लोग कौन हैं? जिन लोगों ने स्वेच्छा से अपनी संस्कृति का यह संदेश सबके जीवन में उतारने के लिए घर, गाँव छोड़ दिया। एक जगह रहना अस्वीकार करके, घुमंतू जीवन स्वीकार करके इसका प्रचार गाँव-गाँव करनेवाले वे लोग हैं। जमाना बदल गया, उनके शास्त्र हमारे ध्यान में नहीं आते, लेकिन एक जमात है, जो रास्तों पर कसरत करती है। डोंबारी कहते हैं उनको। वे शारीरिक संस्कृति (physical culture) का समाज में प्रचार करनेवाले लोग थे। जड़ी-बूटी को जाननेवाले लोग

थे। उस समय प्रकर्ष धातु युग था। धातु का काम सिखानेवाले, सीखनेवाले लोग थे। उनमें ऐसे कई प्रकार हैं। आज भी वे लोग जब यह काम करने के लिए जाते हैं तो घर में अपने परंपरागत पूजा-अर्चना करके जाते हैं। यह क्यों, यह छोड़ दो, आज के जमाने में नहीं चलेगा, ऐसा कहना है तो बहुत बार उत्तर मिलता है कि 'ये तो हमारा धर्म है।' इतने परिश्रमपूर्वक यह देश बना है दुनिया के लिए। उसका ईश्वर प्रदत्त कर्तव्य पूर्ण करने के लायक उसको होना चाहिए, इसलिए यह बात हम कर रहे हैं।

आपको यह सब बताने के पीछे संघ के बारे में गलतफहमियाँ ठीक हों, ये तो हैं ही, लेकिन अकेला संघ बड़ा हो गया, तो कौन सी बड़ी बात है। इतिहास में हम यह लिखा देना नहीं चाहते कि राष्ट्रीय स्वयंसेवक संघ के कारण देश का उद्धार हुआ। हम यह लिखा देना चाहते हैं कि इस देश में एक ऐसी पीढ़ी निर्माण हुई, उन्होंने उद्यम किया और अपने देश को पूरी दुनिया का गुरु बनाया। उस पवित्र कर्तव्य के प्रारंभ के लिए मैं आपका आह्वान करता हूँ।

इन दो दिनों में आपने लंबा-लंबा भाषण बहुत धैर्य से सुना। मैंने प्रश्नों के उत्तर दिए, वह आपने सुने। उसमें कुछ भूल रही हो तो आप सबसे क्षमा माँगता हुआ, हम सारे समाज में कर्तव्य का बोध जाग्रत् करें, इस एक बात को कहता हुआ, मेरा निवेदन समाप्त करता हूँ। बहुत-बहुत धन्यवाद।

□

भारत के 'स्व' की पहचान

देश की सुरक्षा

अंतरराष्ट्रीय संबंधों के ताने-बाने को ठीक से समझकर अपने देश की सुरक्षा-चिंताओं से उनको अवगत कराना व उनका सहयोग-समर्थन प्राप्त करना, यह भी सफल प्रयास हुआ है। पड़ोसी देशों सहित सब देशों से शांतिपूर्ण व सौहार्दपूर्ण संबंध बनाने-बढ़ाने की अपनी इच्छा, वाणी व कृति को कायम रखते हुए, देश के सुरक्षा संदर्भ में जहाँ आवश्यक वहाँ दृढ़ता से खड़े व अड़े रहना तथा साहसपूर्ण पहल करके अपने सामर्थ्य का विवेकी उपयोग करना, यह भी अपना रुख सेना, शासन व प्रशासन ने स्पष्ट दिखाया है। साथ ही सुरक्षा बलों, रक्षक बलों तथा उनके परिवारों के योगक्षेम की व्यवस्था पर ध्यान बढ़ाना आवश्यक है। इस दिशा में कुछ अच्छे प्रयास शासन के द्वारा हुए हैं।

सीमा पार तथा आवश्यकतानुसार देश के अंदर भी समाज की सुरक्षा के लिए जूझनेवाले अपने बंधु अपने परिवार की सुव्यवस्था व सुरक्षा के बारे में निश्चिंत होकर अपना काम कर सकें, यह आवश्यक है। अभी पश्चिम सीमा पार के देश में हुए सत्ता-परिवर्तन से हमारी सीमा पर तथा पंजाब, जम्मू व कश्मीर जैसे राज्यों में चली, उसकी प्रकट अथवा छुपी उकसाऊ गतिविधियों में कोई कमी आने की न अपेक्षा थी, न वैसा हुआ है।

सुरक्षा उत्पादों के मामले में देश की संपूर्ण आत्मनिर्भरता को—अन्य देशों के साथ आपसी आदान-प्रदान की उचित मात्रा रखते हुए भी—साधे बिना हम देश की सुरक्षा के प्रति आश्वस्त नहीं हो सकते। इस दिशा में देश में प्रयासों की गति बहुत अधिक बढ़ानी पड़ेगी।

---

* 18 अक्तूबर, 2018, नागपुर में श्री विजयादशमी उत्सव

आंतरिक सुरक्षा

देश की सीमाओं की सुरक्षा के साथ ही देश में आंतरिक सुरक्षा का विषय भी उतना ही महत्त्वपूर्ण है। उसके उपायों का एक पहलू केंद्र व राज्य शासनों तथा प्रशासन के द्वारा कड़ाई के साथ कानून, संविधान तथा देश की सार्वभौम संप्रभुता को चुनौती देनेवाली, हिंसक गतिविधियाँ करनेवाली, देश के अंदर तथा बाहर से प्रेरित अथवा प्रेषित मंडलियों का बंदोबस्त करना है। इसमें केंद्र व राज्य सरकारों की तथा पुलिस व अर्धसैनिक बलों की कारवाई सफलतापूर्वक चली है।

> *देश की सीमाओं की सुरक्षा के साथ ही देश में आंतरिक सुरक्षा का विषय भी उतना ही महत्त्वपूर्ण है। उसके उपायों का एक पहलू केंद्र व राज्य शासनों तथा प्रशासन के द्वारा कड़ाई के साथ कानून, संविधान तथा देश की सार्वभौम संप्रभुता को चुनौता देनेवाली, हिंसक गतिविधियाँ करनेवाली, देश के अंदर तथा बाहर से प्रेरित अथवा प्रेषित मंडलियों का बंदोबस्त करना है।*

उसके मूल में अपने समाज में व्याप्त अज्ञान, विकास तथा सुविधाओं का अभाव, बेरोजगारी, अन्याय, शोषण, विषमता का व्यवहार तथा स्वतंत्र देश में आवश्यक विवेक व संवेदना का समाज में बड़ी मात्रा में अभाव है।

अनुसूचित जाति व जनजाति वर्गों के लिए बनी हुई योजनाएँ, उपयोजनाएँ व कई प्रकार के प्रावधान समय पर तथा ठीक से लागू करना इस बारे में केंद्र व राज्य शासनों को अधिक तत्परता व संवेदना का परिचय देने की व अधिक पारदर्शिता बरतने की आवश्यकता है, ऐसा प्रतीत होता है।

चिंताजनक प्रवृत्तियाँ

देश को चलानेवाला व्यवस्था-तंत्र तथा देश-समाज के द्वारा समाज के दुर्बल घटकों के साथ, उनके उन्नति के प्रयासों में तत्परता, संवेदनशील आत्मीयता तथा पारदर्शिता व आदर-सम्मान का व्यवहार बरतने में त्रुटियाँ रह जाने से अभाव, उपेक्षा व अन्याय की मार से जर्जर ऐसे वर्गों के मन में संशय, अलगाव, अविवेक, विद्रोह-द्वेष तथा हिंसा के बीज बोना एवं पनपाना आसानी से संभव हो जाता है। इसी का लाभ लेकर उनको अपने स्वार्थप्रेरित उद्‌देश्य के लिए, देशविरोधी कृत्यों के लिए, आपराधिक गतिविधियों के लिए गोला-बारूद के रूप में उपयोग करने की इच्छा

रखनेवाली शक्तियाँ उनमें अपने छल-कपट के खेल खेलती हैं।

आनेवाले चुनाव के वोटों पर ध्यान रखकर, सामाजिक एकात्मता, कानून संविधान का अनुशासन आदि की नितांत उपेक्षा करके चलनेवाली स्वार्थी, सत्तालोलुप राजनीति तो ऐसे हथकंडों के पीछे स्पष्ट दिखती रही है।

सोशल मीडिया, अन्य माध्यम तथा बुद्धिजीवियों व अन्य संस्थाओं में पहले से तथा बाद तक स्थापित इनके हस्तक ऐसी घटनाओं में, इनसे संबद्ध भ्रमपूर्ण प्रचार अभियान में, बौद्धिक व अन्य सभी प्रकार का समर्थन आदि में, सुरक्षित अंतर पर व तथाकथित कृत्रिम प्रतिष्ठा के कवच में रहकर संलग्न रहते हैं। उनके प्रचार का विषैलापन अधिक प्रभावी करने के लिए उन्हें असत्य तथा जहरीली-भड़काऊ भाषा का उपयोग स्वच्छंदतापूर्वक करना भी आता है। देश के शत्रुपक्ष से सहायता लेकर स्वदेशद्रोह करना तो अतिरिक्त कौशल्य माना जाता है। सोशल मीडिया के इनके आशय (कंटेंट) व कथ्य नरेशन का उद्गम कहाँ से है, यह जाँच-पड़ताल की जाए तो यह बात सामने आती है। जेहादी व अन्य कट्टरपंथी व्यक्तियों की कहीं-न-कहीं प्रत्यक्ष उपस्थिति भी इन सभी घटनाओं में समान बात है। इसलिए यह सारा घटनाक्रम केवल प्रतिपक्ष की सत्ताप्राप्ति की राजनीति मात्र न रहकर देशी-विदेशी भारत विरोधी ताकतों की साँठगाँठ से धूर्ततापूर्वक चलाया गया कोई बड़ा षड्यंत्र है, जिसमें राजनीतिक महत्त्वाकांक्षी व्यक्ति अथवा समूह जाने-अनजाने तथा अभाव व उपेक्षा में पिसने वाला समाज का दुर्बल वर्ग अनजाने व अनचाहे गोला-बारूद के रूप में उपयोग में लाए जाने के लिए खींचा जा रहा है, इस निष्कर्ष पर आना पड़ता है। सारा विषाक्त व विद्वेषी वातावरण बनाकर देश की आंतरिक सुरक्षा का मुख्य आधार समाज के सामरस्य को ही जर्जर बनाकर ढहा देनेवाला मानसशास्त्रीय युद्ध, जिसको अपनी राजनीति-शास्त्र की परंपरा में 'मंत्रयुद्ध' कहा गया, उसी की सृष्टि की जा रही है।

बदला हुआ समय, उसमें बढ़ा हुआ प्रसार माध्यमों का व्यापक प्रसार व प्रभाव, नई तकनीकी के माध्यम से व्यक्ति को अधिक आत्मकेंद्रित बनानेवाले तथा व्यक्ति के विवेक-बुद्धि को समझे बिना विश्व की सारी सही-गलत सूचनाओं व शान को उससे साक्षात् करानेवाले साधन इसमें बहुत सावधानी बरतने की आवश्यकता विश्व में सभी को प्रतीत हो रही है।

अपने जीवन-व्यवहार में नागरिक अनुशासन व कानून व्यवस्था की मर्यादा का आचरण करें। इस संबंध में हमारे राजनेताओं सहित समाज के प्रत्येक व्यक्ति को पू. डॉ. बाबासाहेब आंबेडकर का (25 नवंबर, 1949 का) वह प्रसिद्ध भाषण नित्य स्मरण में रखना चाहिए, जिसमें वे परामर्श देते हैं कि न्याय, समता व स्वातंत्र्य की दिशा में देश का बढ़ना, राजनीतिक व आर्थिक प्रजातंत्र के साथ सामाजिक प्रजातंत्र की ओर बढ़ना समाज में बंधुभाव के व्यापक प्रसार के बिना संभव नहीं। बिना उसके इन प्रजातांत्रिक मूल्यों की व अपनी स्वतंत्रता की भी सुरक्षा खतरे में पड़ सकती है।

परिवार में संस्कार आवश्यक

देश की राजनीति, कार्यपालिका, न्यायपालिका, स्थानीय प्रशासन, संगठन, संस्थाएँ, विशेष व्यक्ति व जनता इन सबकी इसके बारे में एक पक्की सहमति तथा समाज की आत्मीय एकात्मता की भावना ही देश में स्थिरता, विकास व सुरक्षा की गारंटी है। यह सरकार नई पीढ़ी को भी शैशवकाल से ही घर में, शिक्षा में तथा समाज के क्रियाकलापों में से प्राप्त होनी चाहिए।

घर से नई पीढ़ी में मनुष्य के मनुष्यत्व व सच्चारित्र्य की नींव रूप सुसंस्कारों का मिलना आज के समय में बहुत अधिक महत्त्व का हो गया है। समाज के वातावरण तथा शिक्षा के पाठ्यक्रमों में आजकल इन बातों का अभाव सा हो गया है।

बदला हुआ समय, उसमें बढ़ा हुआ प्रसार माध्यमों का व्यापक प्रसार व प्रभाव, नई तकनीकी के माध्यम से व्यक्ति को अधिक आत्मकेंद्रित बनानेवाले तथा व्यक्ति के विवेक-बुद्धि को समझे बिना विश्व की सारी सही-गलत सूचनाओं व शान को उससे साक्षात् करानेवाले साधन इसमें बहुत सावधानी बरतने की आवश्यकता विश्व में सभी को प्रतीत हो रही है। ऐसे समय में परिवार की स्वपरंपरा के सुसंस्कार मिलते रहें, यह आवश्यक है।

देश में पारिवारिक क्लेश, ऋणग्रस्तता, निकट के ही व्यक्तियों द्वारा बलात्कार-व्यभिचार, आत्महत्याएँ तथा जातीय संघर्ष एवं भेदभाव की घटनाओं के समाचार निश्चित ही पीड़ादायक व चिंताजनक हैं। इन समस्याओं का समाधान भी अंततोगत्वा स्नेह व आत्मीयपूर्ण पारिवारिक वातावरण एवं सामाजिक सद्भाव निर्माण करने में ही है। इस दृष्टि से समाज के सुधी वर्ग एवं प्रमुख प्रबुद्धजनों सहित पूरे समाज को इस दिशा में कर्तव्यरत होना पड़ेगा।

चिंतन में समग्रता

हमारी प्रत्येक कृति, उक्ति व मन से भी व्यक्ति, परिवार, समाज, मानवता व सृष्टि, सभी का सुपोषण हो, यह विशेषकर विविध अंगों में समाज का दिग्दर्शन करनेवाले सभी को ध्यान में रखना चाहिए।

विश्व में कहीं भी समाज का स्वस्थ व शांतिपूर्ण जीवन केवल विधि-व्यवस्था व दंड के भय से न चला है, न चल सकता है। समाज के द्वारा कानून का पालन समाज के नीतिबोध का परिणाम होता है, न कि कारण; और समाज का नीतिबोध उसके परंपरागत मूल्यबोध से बनता है। मूल्यों के आधार पर पक्का रहकर ही समयानुकूल आचार-धर्म अपनाने के लिए नीति-कल्पना व नियम बदलने चाहिए।

अपने देश में जो है, उसको देश-काल-परिस्थिति अनुरूप सुधारकर, परिवर्तित कर अथवा आवश्यक है तो कुछ बातों को पूर्णतः त्यागकर भी युगानुकूल बनाना तथा विश्व में जो भद्र है, अच्छा है, उसको देशानुकूल बनाना, इन दोनों के निर्णय का आधार यही मूल्यबोध है। यही अपने देश की प्रकृति व स्वभाव है। यही हिंदुत्व है। अपने प्रकृति व स्वभाव पर पक्का व स्थिर रहकर ही कोई देश उन्नत होता है, अंधानुकरण से नहीं।

धार्मिक परंपराओं के प्रमुख कर्ताधर्ताओं का पक्ष, करोड़ों भक्तों की श्रद्धा को परामर्श में नहीं लिया। महिलाओं में भी बहुत बड़ा वर्ग, जो इन नियमों को मानकर चलता है, उनकी बात नहीं सुनी गई। कानूनी निर्णय से समाज में शांति सुस्थिरता व समानता के स्थान पर अशांति, अस्थिरता व भेदों का सृजन हुआ। क्यों, हिंदू समाज की श्रद्धाओं पर ही ऐसे आघात लगातार व बिना संकोच किए जाते हैं, ऐसे प्रश्न समाज के मन में उठते हैं और असंतोष की स्थिति बनती चली जाती है। यह स्थिति समाज-जीवन की स्वस्थता व शांति के लिए कतई ठीक नहीं है।

स्वतंत्र देश का 'स्व' आधारित तंत्र

भारत के जीवन के सभी अंगों के नवनिर्माण में भारत के मूल्यबोध के शाश्वत आधार पर पक्का रहकर ही प्रगति करनी पड़ेगी। अपने देश में जो है, उसको देश-काल-परिस्थिति अनुरूप सुधारकर, परिवर्तित कर अथवा आवश्यक है तो कुछ बातों को पूर्णतः त्यागकर भी युगानुकूल बनाना तथा विश्व में जो भद्र है, अच्छा है, उसको

देशानुकूल बनाना, इन दोनों के निर्णय का आधार यही मूल्यबोध है। यही अपने देश की प्रकृति व स्वभाव है। यही हिंदुत्व है। अपने प्रकृति व स्वभाव पर पक्का व स्थिर रहकर ही कोई देश उन्नत होता है, अंधानुकरण से नहीं।

शासन की अच्छी नीतियों के परिणाम समाज के अंतिम पंक्ति में खड़े व्यक्ति तक अनुभव में आए, इसलिए प्रशासन के द्वारा उनकी तत्परता, संवेदनशीलता, पारदर्शिता व संपूर्णता के साथ जो काररवाई होनी चाहिए, उस परिमाण में अभी भी नहीं हो रही है।

केवल राजनीतिक स्वतंत्रता अपने आप में पूर्ण नहीं होती। राष्ट्र के जीवन-व्यवहार के सभी पहलुओं की पुनर्रचना उसी स्वगौरव के आधार पर खड़ी करनी पड़ती है, जिसने हमें स्वतंत्रता के संघर्ष के लिए एक जन के नाते प्राणवान बनाकर प्रेरित किया। स्वतंत्र भारत की जनाकांक्षा हमारे संविधान की प्रस्तावना, मूल अधिकार, मार्गदर्शक तत्त्व व मूलभूत कर्तव्य, इन चारों प्रकरणों में परिभाषित है।

श्रीराम जन्मभूमि

राष्ट्र के 'स्व' के गौरव के ही संदर्भ में अपने करोड़ों देशवासियों के साथ श्रीराम जन्मभूमि पर राष्ट्र के प्राणस्वरूप धर्ममर्यादा के विग्रह रूप श्रीरामचंद्र का भव्य राममंदिर बनाने के प्रयास में संघ सहयोगी है। सब प्रकार के साक्ष्य वहाँ कभी मंदिर था, यह बता रहे हैं, फिर भी मंदिर निर्माण के लिए जन्मभूमि का स्थान उपलब्ध होना बाकी है। न्यायिक प्रक्रिया में तरह-तरह की नई बातें उपस्थित कर निर्णय न होने देने का स्पष्ट खेल कतिपय शक्तियों द्वारा चल रहा है। ऐसे छलकपट के बावजूद शीघ्रतापूर्वक उस भूमि के स्वामित्व के संबंध में निर्णय हो तथा शासन के द्वारा उचित व आवश्यक कानून बनाकर भव्य मंदिर के निर्माण का मार्ग प्रशस्त किया जाना चाहिए।

निर्वाचन

देश का नेतृत्व कौन करे? जो नीतियाँ चली हैं, वे सही हैं अथवा गलत? इन सब बातों का निर्णय प्रजातंत्र की अपने देश की व्यवस्था में पाँच वर्षों में एक बार सामान्य मतदाता करे, यह कर्तव्य उसी का माना जाता है। पछताना न पड़े, ऐसा निर्णय मतदाताओं के द्वारा प्राप्त होना है तो मतदाताओं को राष्ट्रहित को सर्वोपरि मानकर, स्वार्थ, संकुचित भावनाएँ व अपने भाषा, प्रांत, जाति आदि छोटे दायरों के अभिनिवेश से ऊपर उठकर विचार करना पड़ेगा। उम्मीदवार की प्रामाणिकता व क्षमता, दल की

नीति की राष्ट्रहित व राष्ट्र की एकात्मता के साथ प्रतिबद्धता तथा इन दोनों के पहले के तथा वर्तमान के क्रियाकलापों के अनुभव, इनका स्वतंत्र बुद्धि से मतदाताओं को विचार करना पड़ेगा।

प्रजातंत्र की राजनीति का चरित्र ऐसा रहता आया है कि संपूर्णतया योग्य अथवा संपूर्णतया अयोग्य किसी को नहीं मान सकते। ऐसी स्थिति में मतदान न करना अथवा NOTA के अधिकार का उपयोग करना, मतदाता की दृष्टि में जो सबसे अयोग्य है, उसी के पक्ष में जाता है। इसलिए सभी तरफ के प्रचार को सुनकर, उसके जाल में न फँसते हुए राष्ट्रहित सर्वोपरि रखकर सौ प्रतिशत मतदान आवश्यक है।

प्रजातंत्र की राजनीति का चरित्र ऐसा रहता आया है कि संपूर्णतया योग्य अथवा संपूर्णतया अयोग्य किसी को नहीं मान सकते। ऐसी स्थिति में मतदान न करना अथवा ***NOTA*** *के अधिकार का उपयोग करना, मतदाता की दृष्टि में जो सबसे अयोग्य है, उसी के पक्ष में जाता है। इसलिए सभी तरफ के प्रचार को सुनकर, उसके जाल में न फँसते हुए राष्ट्रहित सर्वोपरि रखकर 100 प्रतिशत मतदान आवश्यक है।*

दलगत राजनीति, जाति-संप्रदायों के प्रभाव की राजनीति आदि से संघ अपने जन्म से सोच-समझकर अलग रहता आया है, रहेगा। परंतु संपूर्ण देश में व्याप्त स्वयंसेवकों की संख्या नागरिक के नाते अपने कर्तव्यों को पूर्ण करे तथा समग्र व सम्यक् राष्ट्रहित के पक्ष में अपनी शक्ति को खड़ा करे, यह देशहित के लिए आवश्यक कार्य है।

आह्वान

देशहित की मूलभूत अनिवार्य आवश्यकता है कि भारत के 'स्व' की पहचान के सुस्पष्ट अधिष्ठान पर खड़ा हुआ सामर्थ्य-संपन्न व गुणवत्तावाला संगठित समाज इस देश में बने। वह हमारी पहचान हिंदू पहचान है, जो हमें सबका आदर, सबका स्वीकार, सबका मेल-मिलाप व सबका भला करना सिखाती है। इसलिए संघ हिंदू समाज को संगठित व अजेय सामर्थ्य-संपन्न बनाना चाहता है और इस कार्य को संपूर्ण संपन्न करके रहेगा। अपने-अपने संप्रदाय, परंपरा व रहन-सहन को लेकर अपने आपको अलग माननेवाले अथवा 'हिंदू' शब्द से भयभीत होनेवाले समाज के

वर्गों को यह समझने की आवश्यकता है कि हिंदुत्व तो इस देश के सनातन मूल्यबोध को ही कहते हैं।

हिमालय से समुद्रपर्यंत अखंड भारतभूमि के साथ हिंदुत्व का तादात्म्य है। उस मूल्यबोध से अनुप्राणित भारत की एक संस्कृति के रंग में सभी भारतीय रँग जाएँ, यह संघ की इच्छा है। भारत के सभी पंथ-संप्रदायों का आचार धर्म उसी को आधार बनाकर चलता है। इस हिंदू संस्कृति व समाज की सुरक्षा तथा संवर्धना के लिए प्रखर परिश्रम करनेवाले, प्राणोत्सर्ग करनेवाले महापुरुष हम सबके पूर्वज, हम सबके गौरव हैं।

हिमालय से समुद्रपर्यंत अखंड भारतभूमि के साथ हिंदुत्व का तादात्म्य है। उस मूल्यबोध से अनुप्राणित भारत की एक संस्कृति के रंग में सभी भारतीय रँग जाएँ, यह संघ की इच्छा है। भारत के सभी पंथ-संप्रदायों का आचार धर्म उसी को आधार बनाकर चलता है। इस हिंदू संस्कृति व समाज की सुरक्षा तथा संवर्धना के लिए प्रखर परिश्रम करनेवाले, प्राणोत्सर्ग करनेवाले महापुरुष हम सबके पूर्वज, हम सबके गौरव हैं।

संगठित हिंदू समाज ही देश की अखंडता, एकात्मता व निरंतर उन्नति का आधार है। सारी दुनिया में कट्टरपन, संकुचित स्वार्थ व आत्यंतिक जड़वादिता के कारण मर्यादारहित उपभोग वृत्ति तथा संवेदनहीनता को समाप्त करने का एकमात्र उपाय हिंदुत्व के शाश्वत मूल्य-बोध का स्वीकार है। हिंदू संगठन का कार्य इसीलिए विश्वहितैषी, भारत कल्याणकारी एवं लोकमंगल का कार्य है।

□□□